JN324320

二見文庫

月夜の館でささやく愛

キャサリン・コールター／山田香里＝訳

The Nightingale Legacy
by
Catherine Coulter

サラ・ウィーンとゴードン・ウィーンに捧ぐ

親友である、相性ばっちりのおふたりさん。

あなたたちふたりとわたしの相性もばっちりよ。

イギリス領ヴァージン諸島とティム船長の政治哲学に声援を送りましょう。

いつも明るく、おもしろく、めちゃくちゃやさしくて、そしてとんでもなくすてきな水中世界を見せてくれて、どうもありがとう。

では、次回の過酷な言葉遊びまで、ごきげんよう。

月夜の館でささやく愛

登場人物紹介

キャロライン・ダーウェント=ジョーンズ	〈ハニーメッド館〉の女主人
フレデリック・ノース・ナイティンゲール	チルトン子爵。〈マウント・ホーク〉の主人
ローランド・ファルクス	キャロラインの後見人。キャロラインの亡父のいとこ
オーウェン・ファルクス	ローランドの息子。キャロラインの幼なじみ
エレノア・ペンローズ	キャロラインのおば
ベンジャミン・トリース	医師
ベス・トリース	ベンジャミンの妹
ベネット・ペンローズ	キャロラインのいとこ。エレノアの甥
クーム	〈マウント・ホーク〉の執事
トリギーグル	〈マウント・ホーク〉の家政夫
ポルグレイン	〈マウント・ホーク〉の料理人
ティミー	〈マウント・ホーク〉の新しい召使い
ブローガン	ペンローズ家の弁護士
アリス イヴリン メアリー・パトリシア	エレノアに保護された娘
ラファエル・カーステアーズ	元船乗り。ノースの隣人
ヴィクトリア・カーステアーズ	ラファエルの妻
フラッシュ・セイヴォリー	元すりの青年
マーカス・ウィンダム	チェイス伯爵。ノースの友人
ジョゼフィーナ	マーカスの妻。通称"妃殿下"

1

一八一四年　八月
コーンウォール州　セント・アグネス・ヘッド

フレデリック・ノース・ナイティンゲールは、足もとにうずくまる女を見おろしていた。女は両腕で頭を抱え、胸とひざがつきそうなほど丸まり、上にそびえる断崖から転落したとき身を守ろうとしたかのようだった。かつては上品なものだったと思われる水色のモスリンのドレスは脇の下で無惨に裂け、身頃もスカートも泥だらけだった。青の室内履《ば》きが片方、よじれてちぎれかけたリボンでかろうじて右足からぶらさがっていた。

ノースは女のそばにひざをつき、こわばった腕をそっと頭からどけた。死後しばらく、少なくとも一日は経《た》っていそうだ。死後硬直がとけはじめ、こわばりがとれかけている。泥だらけの首に——ドレスの襟が裂けたところに——そっと手を当ててみた。どうして脈を確かめたのかわからない。奇跡でも起きないかと思ったのかもしれない。しかし、もちろん脈はなく、ことされて冷たくなった肉体があるだけだった。

水色の瞳がノースを見あげていた。死を受け入れたおだやかなまなざしではなく、命が消える最期の瞬間、死がすぐそこまで迫ったことを悟ったような、恐怖に見ひらかれた瞳だった。これまでノースは、戦争や戦争の負傷による感染症で亡くなった男たちを大勢見てきたが、この光景にはちがった感慨をおぼえた。彼女は剣や火縄銃を操る兵士ではない。ただのふつうの女性で、つまりは男の基準からすると非力であり、こんなおそろしい転落に遭《あ》ってどうすることもできなかったのだ。ノースは彼女の目を閉じ、それからあごも押さえ、最期の叫びに大きくひらいた口も閉じさせようとした。しかし口は閉じず、彼女の恐怖は耳にこそ届かないが、目に見えるものとして残った。彼女がただの白い骨になるまで、消えることのないものとして。

ノースはゆっくりと立ちあがってうしろに離れたが、下がりすぎないよう気をつけた。でなければせまい岩棚から、四十フィート下に広がるアイリッシュ海へ吸いこまれてしまう。潮のにおいが鼻を刺し、はるか昔から海にもまれた黒い岩に波が当たって砕ける音がとどろいている。しかし規則的な律動を持つ轟音は、なぜか心のやすらぎを与えてくれるものだった。ここから逃れたいと思っていた子どものころから、ずっとそうだ。

死んだ女とは、まったく面識がないわけではなかった。気がつくのにしばらくかかったが、彼女はずいぶん前に亡くなった地主ジョサイア・ペンローズの奥方、エレノア・ペンローズだった。わずか三マイルほど北へ行ったトレヴォノンス湾の際にある、〈スクリーラディ館〉の住人だ。彼女がドーセット州のどこかからやってきて地主と結婚したころからの知り合いだが、当時ノースは十歳そこそこの子どもだった。彼の記憶にあるエレノアはいつも笑い声が絶えず、胸が大きくて満面の笑みをたたえ、淡い茶色の巻き毛をふわふわと弾《はず》ませながら冗談を言ったり、もの静かな地主の脇をつついたりして、亭主のいかめしい口もとにも苦笑を浮かばせていた。しかしいま、その彼女は骸《むくろ》となり、せまい岩棚で赤子のように丸まっている。落ちたにちがいないと、ノースは思った。悲劇の事故。まったくもってそうとしか言えないのだが、腹の底では、そんなことはありえないとわかっていた。エレノア・ペンローズは彼と同じくらいこの土地を熟知している。館から遠く離れたここまでひとりでやってきて、足をすべらせ、崖から落ちるわけがない。どうしてそんなことになったのだろう。

ノースはゆっくりと、三十フィートほどある崖をよじのぼっていった。手がかりがどこにあるかはよく知っていたので、足をすべらせることは二度しかなかった。やがてセント・アグネス・ヘッドの不毛な荒れた縁地に、両腕で体を持ちあげて上がり、ひざ丈ズボンから泥を払いながら下を見た。この高さからだと、エレノアの亡骸《なきがら》は水色の布きれにしか見えない。そもそもそれに気づき、なんだろうと思って下におりたのだ。

そのとき、ブーツを履いた足もとで、いきなりやわらかな土塊が砕けた。ノースは腕をばたつかせ、あわてて飛びのいた。心臓をどぎまぎさせ、崖の縁から三フィートほど離れた安全な場所まで下がった。エレノア・ペンローズのときも同じことが起きたのかもしれない。崖の縁に寄りすぎて、急に地面が崩れた。しかし泡立つ波までは落ちず、突きだした岩棚でとどまった。だがそれは、彼女の命を奪うにはじゅうぶんだった。ノースはひざをつき、地面を調べた。たったいま崩れたところしか、欠けたところはないように思える。彼は地面を見て、さらに岩棚も見おろしたが、上からではよく見えなかった。立ちあがり、手の泥を払った。

ノースは鹿毛《かげ》の去勢馬、ツリートップのところに戻った。馬は身じろぎもせず、主《あるじ》が近づいてくるのを見ていた。頭のすぐ上を飛ぶタゲリの群れには目もくれない。ツリートップの臀部《でんぶ》にトンボが止まり、尾を軽く振る。治安判事のところへ行ったほうがいいかもしれないと、ノースは思った。が、そのとき、治安判事は自分だと気づいた。これは軍隊で起きた話ではない。命令をきいてくれる軍曹もいない。規則もしきたりも存在しない。「それでは」ツリートップの大きな背中にひらりとまたがった。「ドクター・トリースのところへ行こう。彼女の遺体を動かす前に、ドクターに診《み》てもらわなくてはな。彼女は事故で落ちたんだと思うか？」

ツリートップはいななきもせず、屈強な頭を左右に振った。

ノースは彼女が越えた断崖を振り返り、手をかざして昼どきのまぶしい日射しをさえぎると、ゆっくり言葉を吐きだした。「おれもそう思う。どこかの野郎に殺されたんだ」

「チルトン卿！　こいつは驚いた、いつ戻ったんだ。前に戻ったのは一年以上も前だろう。

お父上の葬儀で帰られたものの、あの終わりの見えない戦争にまたすぐ戻って。まあ、ようやく終わったのだからありがたい。われわれイングランドの立派な男衆は、やっと領地に戻ることができる。さあどうぞ、なかへ。きみはいつもうちの診療所を訪ねてくれる」

まばゆい日射しを受けて立つ長身のドクター・トリースは、若木のように背筋が伸び、十八の青年のようにすらりとして、ノースの知るだれよりも頭がいい。ドクターはノースの手を上下に強く振って握手すると、こぢんまりとした診療所に彼を招き入れた。そこにはぴかぴか光る金属製の道具や、慎重にラベルをつけた薬瓶でいっぱいの棚が並んでいた。棚の下にあるみすぼらしい机には、乳鉢と乳棒があった。ドクターはここ〈パース・コテージ〉の客間に、ノースを案内した。あたたかみがあって心地よい部屋のいっぽうの端には暖炉があり、家具や調度品があふれ、新聞や雑誌が散らかって、あちこちに空っぽになったカップが置かれている。そう言えばドクターは、密輸入品のフランス産ブランデーを混ぜた紅茶を飲んでいたっけ。

かつてドクター・トリースが大男のように思えていた幼少時代を思いだし、ノースは頬をほころばせた。ドクターは長身だが、ノースも成人したいまとなっては、ドクターの背丈もさほど並はずれたものとは思えなくなっていた。そういうノースも長身の家系で、人をこわがらせようと思えばできるほどの背丈だ。

ドクター・トリースはあたたかな歓迎の笑みを浮かべた。

「お久しぶりです、先生。でも、こうしてまた故郷に戻ってきましたよ。今度はこちらで暮らすつもりで」

「掛けてくれ、ノース。紅茶か、ブランデーでも？」

「いえ、けっこうです。じつはこちらには、治安判事としておじゃましました。つい先ほど、セント・アグネス・ヘッドの下に突きでている岩棚で、エレノア・ペンローズを発見したんです。亡くなってしばらく——少なくとも一日は経っていると思います。体がまだ硬直していましたが、ゆるみはじめていたので」

ドクター・ベンジャミン・トリースは凍りつき、みるみる青ざめて、首に巻いたひかえめな白い襟巻きと変わらぬ顔色になった。その一瞬で生気がまるごと吸い取られたかのように、急に老《ふ》けこんだかに見えたが、あいだを置かずにかぶりを振った。「まさか」ドクターは言った。「そんなはずはない。きみはエレノアの顔を忘れていたんじゃないか。ちがう、エレノアじゃない。彼女によく似たべつの女性だ。その女性には気の毒だが、エレノアではない。エレノアであるはずがない。まちがいだったと言ってくれ、ノース」

「残念ですが、先生、あれはエレノア・ペンローズでした」

しかしドクター・トリースはまだ首を振っていた。さらに激しく、暗いまなざしで、いっそう顔を蒼白にして。「死んでいたと言ったね？　いや、ノース、そんなはずはない。わたしは二日前の晩に彼女と食事をしたばかりだ。彼女は元気だったし、いつものようによく笑っていた。きみもそういう彼女は覚えているだろう？〈スクリーラディ館〉で牡蠣《かき》を食べたんだ。ろうそくの火がとてもやさしくて、わたしが海軍時代の話をしたら大笑いして。仲間が壊血症になったとき、カリブ海のセント・トーマス近くでオランダ船からレモンを袋ごと失敬した話には、とくにね。だからちがうんだ、ノース、きみはまちがっている。エレノアが死ぬようなことがあってはならないんだ」

なんてことだ、とノースは思った。「残念ですが、先生、ほんとうです。ほんとうに、彼女は死んだんです」

ベンジャミン・トリースは背を向け、客間の奥にあるフランス窓にゆっくりと歩いていった。そこに面した囲いのある小さな庭園には、八月まっ盛りとあって花が咲き乱れていた。バラのなかにブーゲンビリアとアジサイが混じり、鮮やかな赤やピンクや黄色があふれている。古いカシの木などはあまりに葉が生い茂り、重くなった枝葉で庭の一角が埋まっているほどで、幹にはセイヨウキヅタが幾重にも巻きついていた。ツタの上に何匹ものルリイトトンボが舞い、眠気を誘うような日射しのなかでツタがちらちらと光って揺らいでいるかのように見える。キリギリスのしわがれた鳴き声も聞こえた。

ドクター・トリースはたたずんだまま、無言で肩を上下させていた。涙をこらえているのだと、ノースにはわかった。「なんともお気の毒です、先生。ミセス・ペンローズと先生が親しい仲だったとは知りませんでした。一緒に来てください、先生。先生に見ていただかなければならないことが、まだあると思うので」

ドクター・トリースはゆっくりと振り向いた。「彼女は死んだんだろう。ほかになにがある？　ノース、いったいなにがあると言うんだ？」

「たんに崖から落ちただけとは思えません。だれかに突き落とされたのではないかと。ぼくは脈を診た以外、なにも調べていませんから、先生にやっていただきたいのです」

「そうか」ドクター・トリースはようやく言った。「そうだな、行かなければな。いや、きみはなんと言った？　だれかに突き落とされただって？　まさか、そんなことはありえない。エレノアはだれからも好かれていた。だれひとり嫌う者などいない。ああ、なんてことだ。そうだな、わたしが行かなくては」ドクターは声をあげた。「ベス！　ちょっとおりてきてくれないか。出かけなくてはならなくなった。もうすぐジャック・マーリーが来るんだ。ベス？　ほら、早く」

ベス・トリースが、やおら客間のドアから顔を出した。息を切らし、胸を手で押さえて。彼女はすらりと背が高く、ノースよりもさらに黒い髪をしている。トリース兄妹はよく似ていた。彼女はノースを見てあわててひざを折り、うれしそうに言った。「だんなさま、お戻りになられたんですね。先代のだんなさまと瓜ふたつでいらっしゃるわ。でもナイティンゲール家の男性は代々とてもよく似ていらっしゃるって、少なくともミセス・フリーリーや彼女のお母さまはおっしゃっていたけれど。たいへん、なにか悪いことが起きたのね？　どうして出かけるの、兄さん？　なにがあったの？　〈マウント・ホーク〉でどなたか具合が悪くなられたのかしら？」

ドクター・トリースは妹を見ただけだった。いや、その視線は妹を素通りし、自分のそばに立っている妹もノースも超えて、〈パース・コテージ〉のさらに向こうに飛んでいた。彼は自分を奮《ふる》い立たせるかのように頭を振った。「ジャック・マーリーは首に腫《は》れものができているんだ。診たかったらおまえが診てやってくれてもいいが、でなければ、また来るよう・に伝えてくれ。まずは消毒のために石炭酸をたっぷり使うこと。彼は首をちっとも洗わないだろう？」

「ええ、わかっているわ、兄さん。彼のことはまかせて」

ノースはとにかくこれだけ言った。「事故があってね、ミス・トリース。もう行かないと」

「事故？　なにがあったの？　いったいどうしたの、兄さん？」

ドクター・トリースは首を振りつづけるだけだった。妹を押しやるようにして部屋を出ると、ノースもあとにつづいた。

2

一八一四年　九月
サウス・ダウンズ　〈ハニーメッド館〉

彼女は震えていた。館《やかた》は骨身にしみるほどの寒さにくわえ、いっきに湿っぽくなってきていた。ウールの靴下でさえ湿った感じがする。この二日間、灰色のカーテンが降りたかのような雨が降り、勢いがゆるんでこぬか雨や霧雨に変わったものの、気温が急に下がってだれもがみじめな思いをしていた。ぶち模様の家猫や、ミセス・テイルストロップの鼻のつぶれたパグのルーシーも例外ではなく、ルーシーの哀れな鳴き声が止まない。ミセス・テイルストロップは、自分の犬を毛布にくるんで持ち運んでやっていた。

彼女はまた身震いした。ああ、なんて寒いのかしら。〈ハニーメッド館〉に棲《す》む二体の亡霊が動きまわり、手当たり次第に館を冷やしているのか、それともただ後見人のローランド・ファルクスがけちということなのか。

答えは簡単だった。亡霊のせいではない。亡霊だって、きっと寒くて震えている。三日前にファルクスがやってきてから、亡霊はすっかりなりをひそめていて、猫を驚かせて尻尾《しっぽ》を十倍の太さにふくらませることもない。とはいえ、いまでは彼らがそれほど出没することはなく、年に一度か二度だけ、絵画をがたつかせて落としたり、厨房《ちゆうぼう》で働く女中のひざに訳もなく鉢のミルクをこぼして悲鳴をあげさせたりして、〈サウス・ダウンズ新聞〉が説明のつかないものの存在を書きたててやっと、住民が思いだすという具合だった。

ミスター・ファルクスはこの館にやってくるたび、主面《あるじづら》をする。まったく腹が立つ。〈ハニーメッド館〉は彼女の両親の家だったのだから、いまは彼女の家だ。ここの薪《まき》も暖炉も彼女のものなのに、彼は十一月までは暖炉に火を入れるなと召使いたちに命じた。彼がこの館にいるときにかぎって亡霊が悪さのひとつもしないなんて、まったくくやしい。なんて役立たずなのだろう。

「お嬢さま」彼女が折を見て文句を言うたび、ミセス・テイルストロップは新参者を指導する賢女さながらに答えた。彼女には言ってもわからないだろうとあきらめ半分だから、口調に思いやりの欠片《かけら》も感じられない。「殿方ってのは、そんなもんですよ。望むものは与えてあげなきゃいけません。一国一城の主なんですからね。それが殿方の権利です。だから慣れなきゃいけません。お嬢さまもよくお勉強なさってくださいな」

ばかばかしい。キャロラインは、いつもそう言い返した。ここはわたしの城で、彼の城じゃないわ、と。するとミセス・テイルストロップは、見るからにそういう考えはまったく理解できないと言いたげな調子で、キャロラインの手をたたくだけで、こう言うのだった。

「まあまあ、わたしの大事なお嬢さま、いつかお嬢さまもだんなさまをお持ちになれば、おわかりになりますよ。だんなさまにうまく従うことを身につけなければ、だんなさまはお嬢さまのことをよくお思いにならず、とてもおつらいことになります。かつていい夫に恵まれたわたしが言うんだから、まちがいございません」

結婚。そんなことはありえない。キャロラインは二年前の十七歳の誕生日にそう決心し、それはいまでも変わっていない。彼女の上下の歯が、かちかちとぶつかりはじめた。

キャロラインは暖を求めて〈花の間〉に行った。白地に赤いバラがちりばめられた壁紙が部屋の名前の由来だが、貼られてから少なくとも六十年も経ったいまでは剝《は》がれかけている。暖炉の火格子《ひごうし》には火や灰はおろか薪さえ入っておらず、近隣の客が訪れたときにはお茶をもてなすこの部屋までも、後見人は火を使わせないことにしたのだとわかった。どうしてここまでけちなのだろう。どうせ彼女のお金なのに？ 彼女がどれだけの薪を燃やすか、どうしてファルクスは気にするのだろう。古びた長椅子や椅子やカーテンを取り替えたいと言っても、なぜいつも却下《きゃっか》するのだろう。サー・ロジャーが譲ってくれると言った牝馬も、買ってはいけないと言われた。換えのきかない車輪と、亀との競走にも負けそうな年老いた牝馬の牽《ひ》く、がたついた古い一頭立ての二輪馬車しか残してくれない。さらに、小作人の扱いときたら。彼らの住まいは修繕が不可欠だ。新しい鋤《すき》や種もいる。彼女の父親が亡くなってから、放置されたままなのだ。ファルクスのけちくささには打つ手がなにもないのだが、彼女は心からやましさを感じずにはいられなかった。

しかし、どれほど打ち消そうとしても、思いこもうとしても、なぜファルクスが金をまったく使わせないのか、彼女にはわかっていた。ファルクスは、彼女のお金を自分のものにするつもりなのだ。だから、彼女やここの敷地や館に金をかけるのを、まったくの無駄遣いとしか思っていない。でも、お金はぜったいに渡さない。彼女が本気でそう思っているということを、そのうち思い知らせてやる。

彼女は自分の体をぎゅっと抱きしめ、両腕を手でたたき、そして頭を振った。ばかみたい。早足で外へ出る。重く垂れこめた灰色の雲から、ほんのわずかに太陽が射している。

彼女はせまい正面階段に立ち、大きく息を吸って、空を見あげた。あんなに暗くて寒い〈朝食の間〉で震えながら食べるより、この階段で朝食を食べたほうがましだ。あの部屋は半世紀も前に改装しなければならない状態だったというのに、あの後見人ファルクスは、なにもしてくれなかった。でも、明日になればすべてが終わる。明日からは、なんでも彼女の望むとおりにできる。

明日、彼女は十九歳になる。彼女の父親が、娘に自由を与えると定めた年齢に。

自由か、さもなくば、結婚か。そんなこと、選ぶまでもない。そう、いつの日か、歯なしのよれよればあさんになったころにでも結婚しよう。相手はハンサムな青年で、彼女の余生を楽しませるのが彼の仕事。そのあと、彼の努力がどれだけ成功したかに応じて、見返りを渡そう。まったく、いい取引だ。

明日、ミスター・ファルクスに、彼をどう思っているか言ってやろう。あんたはけちで低俗な人間だと告げ、ただちに館に火を入れるよう命じよう。すべての部屋に。そう、古びた玄関ホールにある、斧《おの》さえも簡単にあぶれそうな巨大な暖炉にも。それから、彼を追いだしてやる。明日を最後に、彼の顔も、彼の耳のとがった情けない息子の顔も、見なくてすむように。ファルクスの息子のことは嫌いではなかったが、父親の不興《ふきょう》を買うとすぐにびくびくして、殴ってやりたくなるのだ。しかも、それがしょっちゅうで、少なくとも〈ハニーメッド館〉に来たときはいつもそんな調子だった。

「親愛なるミス・ダーウェント＝ジョーンズ」

彼女は眉間にしわを寄せて振り返った。ミスター・ファルクスは、毎度毎度やたらと丁寧《ていねい》な呼びかけをして不愉快なので、ついこういう顔になってしまう。だが、彼女はどうにか眉間のしわを消し、この二年間で身につけた冷ややかな笑みを浮かべた。そう、ミスター・ファルクスが息子のオーウェンを〈ハニーメッド館〉に送りこみ、彼女に求婚させようとしてから、明日できっかり二年になる。オーウェンのことは小さいころからずっと知っていて、好感を持っていたことさえあった。だが二年前のあのときから、ふたりの関係はおぞましい方向に進むこととなり、子ども時代の関係の名残《なごり》は跡形もなく消えた。まったく、喜劇と言ったほうがいいほどのうっとうしい茶番を、ふたりはどれだけ演じてきたことだろう。

父親は思いあがった強欲じじい、そして息子は、父親がこの世から消えないかぎり一人前になれそうもない、めめしい男。しかしとんでもない父親を持ったとはいえ、オーウェンはおどおどした感じでありながらも、やさしかった。ファルクス父子はここに来てまだ三日目だが、到着して二十分も経つころには、彼女は後見人である父親のほうを火かき棒で殴り倒したくなっていた。きみの誕生日のお祝いにやってきたのだよ、とミスター・ファルクスは言い、もみ手をしながら、シュルーズベリー伯爵夫人その人の手によって一五八七年ごろ建てられた玄関ホールに視線をめぐらせた。きみの誕生日を祝えなければ、オーウェンもさぞかしがっかりしただろうからね、と父親はいい気でのたまい、にんまりと彼女を見おろしたが、口もとは笑っていても目は氷のようだった。オーウェンはいつものようにとんがった耳を突きだし、いつものように無言だった。そうなんだ、と父親は息子を横目で見ながら甘ったるい声で言った。うちのかわいいオーウェンは、はとこのきみが大好きで、きみの将来と幸せに心を砕いて心配しているんだ。ああ、それにね、と笑いながら、さらにつづける。まったくの親ばかだ。彼女の美しい金色の髪（夏に日焼けして色が抜けた髪が少しは混じっているが、ほんとうはただの茶色）や、輝きのあるすみれ色の瞳（真実だけを忠実に言いあらわすとするなら、ただの緑）について、オーウェンは熱烈に語ったのだという。父親の話はえんえんとつづき、さしもの彼女もいらだってきた。そのとき、ファルクスは彼女の歯をドーヴァー海峡の白い崖にたとえるという、とんでもないへまをやらかし、彼女は吹きだしてしまった。せいぜい傷ひとつない真珠にたとえるくらいだろうと思っていたのに、こっぱずかしいポエムの世界を飛びだしたと思ったら、地層の世界に着地するとは。ファルクスはほかになにか言っただろうか。

気がつくと、キャロラインはもはやちゃんと彼の話を聞いていなかった。

「ごきげんよう、ミスター・ファルクス」彼女の笑みも、ファルクスに負けないくらい冷ややかだった。「やっとお日さまが出ましたね。このままあたたかい日がつづけば、二週間くらいで館もあったまるかしら」

「でしょうな、だが、そんなことはどうでもいい。どうやら、ぼんやりしていたようですな、親愛なるミス・ダーウェント＝ジョーンズ。まあ、チャーミングな若い女性はそういうものらしいですが？ 昨夜遅くまで——こう言ってはなんだが——ロマンチックな森の散策をしていた若い娘にしては、ずいぶんと早起きではないかな？ まだ朝の八時だというのに」

「自然界にそんな掟があったかしら？ 若い娘は、夜にお楽しみのあった翌朝は一日じゅうベッドにいなければならないとか？」杖に寄りかかって足もともおぼつかない老婆となった自分が、例の熱心な青年と結婚するところを思い浮かべ、彼女は愉快になった。

「またご冗談を、お嬢さん。わたしの前では、いつも冗談ばかりですな。そういうところがかわいらしいのだろうが、あいにくわたしにそういう趣味はない。オーウェンはきみの冗談をおもしろいと思っているようだが、息子はまだ若く、そういったものを見分ける力がない。

というわけで、わたしの経験から言わせてもらうと、若い娘はきみが昨夜見せたような体力というか、元気は持っておらんはずだ」

「わたしは九時半には部屋に引き取りました、おじさま」

「えっ、そうなのか？　いや、たしかオーウェンと庭を散策していたのでは――」

「オーウェンは庭に出たかもしれませんね、おじさま。そして、真紅のベルベットのカーテンや、切り傷から滴《したた》る血を、バラにたとえていたのかも。でも、昨夜は暗くてずっと雨がしとしと降っていて、わたしは彼に気づきませんでしたけど。そうだわ、覚えてらっしゃらないかもしれないけど、おじさまは父のブランデーをせっせと飲んで、唯一火の入った暖炉の前で祝杯をあげてらしたものね。ミセス・テイルストロップがおそばで丸パンをお出ししていたでしょう？　でもね、昨夜はポエムのひとつもつくれそうな星なんて、ひとつも出ていなかったわ、おじさま。それにじつを言うと、オーウェンはお花が好きじゃないの。くしゃみが出るんですって。わたしはベッドに入ってお誕生日の夢を見ていたわ。ここしばらく、ずっとそんな夢を見ているの」

「えっ」ファルクスはまごついた様子を見せた。まんまと娘に逃げられた息子に腹を立てたことと、彼女の父親のブランデーをがぶ飲みし、自分の言うことにはなんでもミセス・テイルストロップがそばでうなずいていたという事実を言い当てられたからだ。そう、紳士の話を聞いてうなずき、食べ物や飲み物を出すのがなにより大事な淑女の仕事なのですよと、キャロラインはミセス・テイルストロップから耳が痛くなるほど聞かされていた。キャロラインにとっては、腹立たしいご託《たく》もいいところだった。

彼女は上目づかいでそっとミスター・ファルクスをうかがった。彼はまだ怒っているようで、これからどうしたものか困っているようでもあった。それもそうだろう。やせっぽちの息子にどんな指示を出したのか、キャロラインには細かいところまで想像できた。そしてオーウェンは、父親の期待にそえなかった。ファルクスは咳払いをし、おもねるような声でおだやかに言った。「きみの誕生日だが、親愛なるミス・ダーウェント＝ジョーンズ、肉親だけで昼食会をひらこうと思っているよ」

誕生日を月で過ごそうがどこで過ごそうが、キャロラインにはどうでもよかった。彼女はうなずいた。「それでけっこうですわ、おじさま。残念ながら、この近くには、もう肉親はいませんけど」

「オーウェンとわたしがしっかりやるよ。たしかオーウェンが誕生日のプレゼントを持ってきたはずだが――どうだろう――婚約のプレゼントを兼ねてみては？」

やっと本音を吐いたわね。キャロラインは一瞬、面食らったが、ほんの一瞬だけだった。彼女は満面の笑みを見せた。「オーウェンはなんてやさしいのかしら。でも、それはちょっと早すぎると思います、おじさま。ミスター・ダンカンからも求婚を受けましたが、婚約を発表するのは来月まで待とうということになりました。クリスマスに結婚式を挙げます。だから、ミスター・ダンカンとの婚約を正式に発表するまで、オーウェンのプレゼントは受け取れないわ」

「ミスター・ダンカン！　いったい、そのミスター・ダンカンというのは何者だ？」

ミスター・ファルクスは顔がまっ赤にふくらみ、脳卒中で死んでしまいそうに見えた。彼女はとてつもなくうれしかった。事実、彼は館の正面階段から転がり落ちそうになり、怒りのあまり口から泡を吹いてよろけていた。「あら、おじさま、彼はお隣の地主ですわ。わたし、彼のことを〝わたしの大切な地主さま〟と呼んでいるの。ダンカン家は地元の名家で、何百年もつづいた家柄なのよ。ここ三年ほど親しくしていただいてるの。とってもハンサムな方で、あごは引き締まっているし、耳もとんがってないわ。だからね、おじさま、わたしたちは結婚して領地を統合するつもりなの」

「そんな男の話など、一度もしたことがないではないか、親愛なるミス・ダーウェント＝ジョーンズ。それどころか、ミスター・ダンカンという男がいるという話さえ聞いたことがない。そんな話は認めんぞ、よくわかっているだろう？　ミセス・テイルストロップに問いただしてやる。監督者としての心づもりを説教してやらなければ」

「おじさまは二年前まで、こちらにあまりお越しじゃなかったわ。でも最近はしょっちゅういらっしゃるから、ミセス・テイルストロップはおじさまのベッドにいつも新しいシーツを掛けておくようにしているけれど。ミセス・テイルストロップが監督者だなんて、思っていませんでした。でも、そんなことはもうどうでもいいですわね。じつを申しますと、おじさまがいらっしゃるときはいつも、ミスター・ダンカンとは会わないようにしていましたの」

「わたしはいつもオーウェンを同伴していた。きみはいつも息子と一緒にいたじゃないか」

「オーウェンにも新しいシーツをご用意していましたわ、おじさま」

「きみの冗談は笑えんぞ、親愛なるミス・ダーウェント＝ジョーンズ。ここ数日、ますます冗談としか思えん言動が増えておるようだな。きみが年々おかしくなっているとミセス・テイルストロップは言っておったが、きみの奇行をたしなめるのもまた家政婦の務めだと注意しておいた。若い娘は慎み深くひかえめでなければならん。でなければ、夫など見つからんぞ」

「それなら簡単ですわ。ミスター・ダンカンがおりますから」

「まあ、きみはそう言うがな。もっと明確に、はっきりと説明してくれなければ」

「わたしはいつでもユーモアあふれるご説明をしようとしているだけです。おじさまが理解してくださらないのは残念だわ。わかりました。なにをお知りになりたいの？」

「そのダンカンとかいうやつのことだ。その男に会って、どういうつもりなのか確かめたい。明日になれば、きみは莫大な遺産を手にする。そいつが財産狙いではないということを確かめねばならん。そうとも、彼に会わねば。今夜、夕食のときにでも。でなければオーウェンだってかわいそうだろう？　若い娘は気まぐれなものだが、真剣に思いを寄せてくれる青年に対しては、少しくらい善意や気遣いを見せてもよかろう」

オーウェンが彼女に思いを寄せている？　彼女とオーウェンは、退屈した犬同士が互いに目を合わせてあくびしているようなものなのに？　このまぬけな後見人は、彼女の唯一の武器とも言えるユーモアを理解しないだけでなく、彼女をばかで無能な人間だと思っている。だが、そのとおりなのかもしれない。だって、これだけがんばっても、どの暖炉にも火をいれることができていないのだから。

「今夜はミスター・ダンカンにお時間があるかどうか」

「これこれ、親愛なるミス・ダーウェント＝ジョーンズ、わたしは良識ある人間として、きみがよからぬ関係を結ぼうとしているのを見過ごすことはできんよ。それでは責任を果たしていないことになる。なんと言っても、きみの結婚についてはわたしに判断をゆだねるという条項が、お父上の遺言にあるのだ。いままではきみがオーウェンと結ばれるものと思っていたから、思いだしもしなかったが」

彼女は目をむいてミスター・ファルクスを見つめた。まさか、そんなことがあるはずがない。彼女はなんとか怒りを抑え、こう言った。「わたしの結婚について条項があったなんて知りませんでした、おじさま。結婚しない場合についても、なにかあるんですか？　いえ、ミスター・ダンカンに会うまでは、結婚することも考えていませんでしたから。お父さまの遺言を見せてください」

「いいとも、ミス・ダーウェント＝ジョーンズ」〝親愛なる〟という言葉がなくなっていた。進歩だった。「だがね、若い娘には理解できないと思うよ。ご婦人の頭では混乱するような法律の専門用語がたくさんあるのでね」

「それでは特別にユーモア精神をレベルアップして、理解できるようがんばりますわ、おじさま」

彼はいまにも彼女を殴りそうな顔をしたが、望むところだった。キャロラインこそ、彼の脇腹にナイフを突き立てたい気分だったから。「お父さまの遺言にある、その条項とやらを、いますぐに読ませていただいてもよろしいですか？」

「あいにく、遺言書はわたしの事務所にあるのだよ、ロンドンに。助手に手紙を書いて、この〈ハニーメッド館〉まで送らせるには、しばらく時間がかかる」

「そうですか」と彼女は答えたものの、ほんとうに納得したかどうかは自分でもおおいに疑問だった。

「つまるところ、お父上は、きみの求婚者をわたしに見定めてほしかったのだよ、ミス・ダーウェント＝ジョーンズ。わたしが相手の男を不適当と判断した場合は、きみが二十五歳になるまで、あるいは、わたしが認める相手が見つかるまで、引きつづき後見人としてきみを見守ることになる」

「降参だわ、おじさま、またひとつお粗末な冗談を言ったことを白状しなくちゃならないようね。ミスター・ダンカンという人はいません。結婚したいと思っている相手はいないの。だから、おじさま、明日の十九歳の誕生日が来たら、わたしは両親の遺産をひとりですべて手に入れる。そして、あなたはもうわたしの頭上で鞭《むち》を振るえなくなるの」

「そんなことだろうと思った」ミスター・ファルクスが言い、彼女はしてやられたことに気づいた。初めから、遺言書に条項などなかったのだ。彼女はまんまとはめられた。彼は両の手のひらを差しだし、なだめるようなしぐさをした。「わたしたちは敵同士ではないんだよ、お嬢さん。それどころか、きみがそれほど美しい娘に成長して、感心しているのだ。それはうちの息子も同じでな。さて、たしかにきみは、明日、遺産を手に入れる。しかしきみが結婚するまでは、わたしが管財人となることもまた事実だ」

「それで、後見人から管財人になれば、なにが変わるの？」

「管財人としては、投資をおすすめする。法的な問題はわたしにまかせておけば、きみは生活面の費用をじゅうぶんにまかなえるこづかいが得られ、変わらぬ生活をつづけることができる。わたしはお父上のいとこなのだよ、ミス・ダーウェント＝ジョーンズ。きみがなに不自由なく暮らせるよう、父上はきみのことをわたしに託していった。ミスター・ダンカンとやらがいなくてよかった。男というものは、見かけどおりでないことが多いだろう？　いや、きみにはまだわからないか。世間知らずなきみを利用しかねない男たちから、きみは守られていたのだから。これからもわたしが守ってさしあげますぞ、ミス・ダーウェント＝ジョーンズ」

その守るという名目で、キャロラインはかつてノッティンガムの〈チャドレイ女子寄宿学校〉に送りこまれ、なんとか出てこられたのはわずか三年前のことだ。やたらと音が響くチャドレイの寄宿部屋は、修道院でもこれほど窮屈でつまらなくはないだろうと思えるほどだった。女学生は忍び笑いばかりで、ダンス教師のえくぼのことくらいしか頭にない。女教師たちは、容赦なく学生をみな一様に――中身はないが、いちおう男性受けするように――教育しようとしていた。脳みそが凍りつくまでただ男性の話にうなずき、聞いているふりをする。死んでこの世からありがたくも解放されるまで、刺繍《ししゅう》を刺す。もちろん、それなりの数の子孫を生みだしたあとであることは言うまでもない。

ところがキャロラインは十六歳のころ、さすがの校長ミス・ビーミスをもおそれおののかせ、失禁させそうになるほどの疫病《えきびょう》らしき病に倒れた。あっというまに彼女は〈ハニーメッド館〉のミセス・テイルストロップのもとへ戻された。クルミの染料と、どろどろに溶いた灰色の粘土と、つぶしたオークの葉を混ぜあわせ、じくじくした腫れ物に見えるよう細工した斑点は、館に着いてようやく洗い流した。

「そうだとも」ミスター・ファルクスがつづけた。「これからもわたしがきみを導こう。ずっとこの〈ハニーメッド館〉に住まうのもよいかもしれんな、ミス・ダーウェント＝ジョーンズ。このあたりはオーウェンも気に入っておる」

「どうでしょうか、ミスター・ファルクス。それはないと思いますけど」

「いやいや、オーウェンはおおいに気に入っておるぞ」

キャロラインはなにも言わなかった。背を向け、館に入った。明日になれば、思うぞんぶん彼にわめきちらし、そのあと、ここから出ていけと言ってやろう。


キャロラインの袖をつかみ、その唇に人さし指を当てて強い調子でささやいたのは、二階担当の小間使いモーナだった。「来てください、お嬢さま、早く、早く！」キャロラインはモーナについて駆け足で一階におり、長い廊下を進んで、奥にひっそりとしつらえられた主の小部屋に行った。ここは代々の退屈で怠惰《たいだ》に育った男たちを思わせる不快な場所なので、ふだんは寄りつかなかった。きっと彼らはここにこもり、金の心配で鬱々《うつうつ》としていたにちがいない。

ドアはきちんと閉まっていなかった。モーナがキャロラインのほうにうなずき、そっとドア近くに押しやった。そのとき、オーウェンの声が小さいがはっきりと聞こえた。「話を聞いてよ、父さん。彼女と結婚させたがってることは知ってる。ずっとそう思ってきたんだろ。でも、今回くらいは耳を貸して。キャロラインは一筋縄じゃいかない。頑固なんだ。いままで自分の思うとおりに生きてきた娘だ。ぼくは嫌われてはいないけど、ばかなやつだと思われてる。そんなぼくと結婚するわけがない。それは何度も言っただろう。ぜったいに彼女の気持ちは変わらないよ」

「いいや」ようやくミスター・ファルクスの声がした。「おまえが、まったくなっとらんからだ」

キャロラインはぎくりとし、ドアのすきまに顔を近づけた。うしろではモーナの息が速くなっているのがわかる。

「無理やり乱暴するなんてできないよ」オーウェンが子どもみたいに生意気で不機嫌そうな声を出した。父親の前ではいつもこうだ。

「なぜだ？」

完全な沈黙がしばらくつづいたあと、オーウェンがゆっくりと言った。「彼女は強いんだ。いままでは父さんにもよくわかってるだろう。彼女は冗談でいろんなことを切り抜けようとしてるけど、いざとなったら暴れる。そうなったらこっちも力で応戦しなきゃならないし、縛《しば》りあげなきゃだめかもしれない」

「だから？」

「だからって、父さん！　そんなこと、ぼくにはできない」

「なんだ、わたしのひとり息子は、男としての務めもまっとうできんと言うのか？」

「きわどすぎる」

「おまえには失望したぞ、オーウェン。だが、まあ、おまえの言うとおりかもしれん。彼女は甘やかされて思いあがって、気位が高い。ここでの主人がだれなのか、思い知らせてやらねばならん。わたしのことを信用しておらんから、おまえも信用されておらん。嘆《なげ》かわしいことだが、それはどうしようもない」ミスター・ファルクスが大きく息を吸うのが聞こえた。

「しかたがない。わたしがやる。わたしと結婚させる」

「なんだって、父さん、キャロラインをぼくの継母《ままはは》に？　まだ十九にもなってないのに！」

「もう立派な大人の女だ。あの年で母親になっとる娘なんぞおおぜいいる」

「ぞっとするよ。彼女は母親なんて柄《がら》じゃない。ぼくより年下なんだよ。それに、ものすごく強いんだ」

「わたしなら負けん。それにだな、こういう男としての務めは大歓迎だ。わたしはそんなに老いぼれてはおらん。何度でも喜んで楽しんでやるぞ。それにあの娘よりわたしのほうが知恵がまわる。今朝もわたしを出し抜こうとしたが、反対に目に物見せてやっただろう。心配するな。言いなりにさせてやるさ。縛りあげることなど、わたしは屁《へ》とも思わん。結婚を承知するまで組み敷いてやるし、子をはらむまで犯しつづけてやる。そうとも、そうするのがいちばんだ。そうすればあの娘も母親らしくなるだろう。よく見ておれ。腹違いのきょうだいもいいもんだろう？」

「それはどうだか、父さん。彼女に遺産を渡してさよならするわけにはいかないの？」

「ばか言うな、そんなことができるか。とんでもない。わたしはあの金が必要なんだよ、オーウェン。あの娘の遺産は、見事に手つかずで残してあるのだからな。あとはいまいましい娘の誕生日を待つだけだ。ここまで来て、尻尾を巻いて逃げろと言うのか？　おまえは〈ビティントン〉の懐中時計を新調したくないのか？　したいだろう？　そうとも、おまえができないと言うのなら、わたしがやらねばならん。話は終わりだ」

終わりもなにも、とんでもないことだ。キャロラインがきびすを返すと、モーナが立ちつくして食い入るように彼女を見つめ、怒りで顔をまっ赤にしていた。これほど怒ったモーナを、キャロラインは見たことがなかった。彼女はうなずいてモーナの手を取り、階段を駆けもどった。ここを出なければ。もはやそうするしかない。ミセス・テイルストロップはなにもしてくれない。彼女はミスター・ファルクスにお給金をもらっている。ひとりで立ち向かうしかない。ここ〈ハニーメッド館〉にいようとロシアにいようと、変わらず財産は彼女のものになる。でも、遺産を受け取りに戻ってきたそのとき、ミスター・ファルクスの魔の手を逃れられるだろうか？

銃が必要だ。銃がないなら、ミスター・ファルクスよりも頭のいい冷酷な人が。遺産のなかからじゅうぶんな謝礼を渡す代わりに、命がけで彼女を守ってくれる人が。

こんなときこそ、〝ミスター・ダンカン〟がいてくれたらいいのに。

3

一階の置き時計が、館じゅうに響きわたる音で朗々と十二時を打ちはじめた。とどろくような時計の音も、館の住人にとっては長年のあいだにたんなる夜の日課となり、だれも目を覚まさなくなっていた。ミセス・テイルストロップの厄介なパグ犬、ルーシーでさえも。しかし今夜、キャロラインだけはしっかりと目を覚まし、巻きあげた時計のぜんまいのようにきりきりと神経を張りつめ、耳をすまして待っていた。彼女のほうは鐘を鳴らすことはおろか、物音ひとつたてるわけにはいかない。

とうとうミスター・ファルクスが階下の玄関ホールに姿をあらわしたとき、キャロラインは階段の踊り場にあるアリストテレス像の陰からすべりでて、自室に駆けもどり、音をたてないようドアに鍵をかけた。ドアの内側にたたずみ、夜空のように黙りこくって、じっと待つ。まもなく、重々しい足音が、長い廊下をどんどん近づいてくるのが聞こえた。足音が止まった。映像が目に見えるかのようだ。彼が手を伸ばし、ゆっくりと音もなくドアノブをまわす。わかっていても、キャロラインは跳びあがった。息をのみ、動かなくなる。ドアノブが何度もまわったが、ようやく鍵がかかっているとわかったようだ。彼の悪態が聞こえた。そのあと、静かになった。

ドアの外で彼がたたずみ、どうしたものかと思案しているのが目に見えるようだった。彼もばかではない。なにか策を講じてくるだろう。彼はノックした。何度か、小さく。そして、今朝料理人がこしらえたばかりの、粒なしイチゴジャムみたいになめらかな声が言った。

「親愛なるミス・ダーウェント＝ジョーンズ？　わたしだよ、入れておくれ。話がある。きみの遺産について、重要なことなんだ。入れてくれ。さあ、もめごとはなしにしよう。わたしと話せば、いいことがあるぞ」

ふん、とキャロラインは思った。こいつを部屋に入れるなんて、ホワイトホール（ロンドンにあった宮殿。一六九八年に焼失）にナポレオンを呼びこむようなものだ。彼女はしっかりと口をつぐみ、ドアに顔を押しつけて、彼が立ち去るのを待った。ほんの数秒後にはいなくなったが、何年も前にキャロラインの乳歯を抜こうと母親がドアノブに糸を巻きつけていた時間よりも、長く感じられた。

長かった。やっとあきらめて行ってくれた。さらに五分、そのままじっと耐え、確実に彼が三部屋先にある自室に戻ってベッドに入るまでの時間を取った。それから彼女は旅行かばんをベッドの下から取りだし、丈夫な歩行用ブーツを履き、青いベルベットのマントを肩にかけた。部屋の鍵をそろそろと差しこんでまわし、やはりそろりとドアノブをまわした。ドアをゆっくりと開ける。すべるように廊下に出て、左右を見た。暗がりしか見えない。生まれてこのかた、ずっとなじんできた夜の暗がり。

キャロラインは向きを変え、急いで中央階段に向かったが、ブーツを履いた足でもまったく音はたてなかった。だが腕が体にまわって、ぐいっとうしろに引っぱられ、口を開けて悲鳴をあげようとしたが、大きな手のひらが口をおおって歯に当たった。またしても彼にしてやられたのだとわかった。彼の熱い吐息が耳にかかる。彼の腕に力が入り、肋骨《ろっこつ》に食いこんで、息が絞りだされた。

「さあて、往生際《おうじょうぎわ》の悪いお嬢さん、声を出すなよ。わたしをだましおおせたと思ったか？わたしはだれにもしてやられんよ、だれにも。高慢ちきな小娘なぞ言わずもがなだ。さあ、これから散歩に行こう。誕生日のお祝いをしようじゃないか。こわがらんでいい。わたしからの祝いの品は、わたしの種だ。わたしと結婚して楽しく暮らそうじゃないか、ミス・ダーウェント＝ジョーンズ、もしきみが楽しくなくても、まあ、きみの財産はわたしのものになるんだから、問題ない。暴れるのはやめて、自分の未来を受け入れろ。きみ次第だぞ、そうとも」

キャロラインは彼の手に嚙みついた。彼が息をのむのを聞いて、一瞬、激しい喜びを感じたが、急に向きを変えられたかと思うと、こぶしであごを殴りつけられた。彼女はその場にくずおれた。

ずきずきするあごの痛みで、意識が戻った。目を開け、まばたきをする。がたついた近くの木製テーブルにある、小さなろうそくの灯りだけが見えた。ほかはまっ暗だ。体を起こそうとしたが、なんとなく不潔なにおいのする、小さなベッドの薄っぺらい柵状のヘッドボードに、両手が縛りつけられているのがすぐにわかった。

「おお、起きたな。あんなに強く殴るつもりではなかったんだが、自業自得だ。しつけだと思いたまえ。ぐずぐずしてやる気のないそぶりを見せたら、いつでもああしてやるからな。あごの骨は折れておらん。さわって確かめた。さて、お嬢さん、きみは十九歳になった。財産を受け継ぎ、まもなく結婚する。どう思うかね？」

「あんたがまともじゃないとしか思えない」

「では、四つんばいになるあいだ、われわれの子どもがまともに生まれてくることを祈っておれ。そうとも、たくさん子どもを産むんだぞ、いとしいお嬢さん。きみの腹に、植えつけられるだけの種を植えつけてやる。切れ目のないように。腹が大きいと女は動きが鈍くなるし、ちょっとした痛みやら心配やらに気を取られて、赤ん坊のことばかり考えるようになる。余計なことをしなくなる。ひょっとしたら、おまえも一ダースほど子どもを産めば、妻の鑑《かがみ》になるかもしれんぞ。ま、期待はできんが、やってみなけりゃわからん」

「そんなばかげた知恵を、どこで仕入れてきたの？」

ミスター・ファルクスは笑っただけで、せまいベッドに腰をおろした。キャロラインが縮みあがり、それを見た彼の笑みは大きくなった。「こわいんだろう？　だが、それをわたしに見せまいとがんばっている。父親そっくりだな。子どものころ、あいつはわたしらを引き連れて悪さをして、両親を髪の毛が逆立つくらい怒らせた。だがあいつは、なにがあってもこわがっている素ぶりは見せなかった。わたしらがすくみあがると、ばかにされたよ。だから、おまえがどんなにおそれを隠そうとしても、わたしにはわかる。好きなだけ泣き叫べ。いっこうにかまわん。それどころか、より刺激的になるというもんだ。だれにも聞こえん。だれも助けにこん。さあ、肉の愉《たの》しみをはじめるとしようか」

「少し待ったほうがいいと思うわ、ミスター・ファルクス」

「わたしの名はローランドだ。もうすぐおまえはわたしの妻となるのだから、クリスチャンネームで呼ぶのがふさわしい。これからは名前で呼ぶことを許してやる」

「あんたなんか、あほんだらとしか呼べないわ。いえ、老いぼれあほんだら、かしら。それがいいわ」

彼は平手でキャロラインをぶった。焼けるような痛みに彼女は息をのんだが、それでもがまんすることができた。彼なんかに弱みを見せるものか。でも、ああ、神さま、つらいです、とても。

「ふん、またおとなしくなったな。女はおとなしくしておくものだ」ミスター・ファルクスが立ちあがると、ガウン姿だとわかった。ロイヤルブルーの紋織りのガウンで、袖口にたっぷり刺繍が入っており、でっぷりした腹にベルトを巻いている。そのベルトを引き、前をひらいた。彼の腹は修道女のベールよりも白く、かたく張りだしていた。さらに下には灰茶色の茂みがあり、そこに男性器が収まっていた。彼女は吐きそうになった。

男性器と細い脚を、キャロラインはじっと見つめた。吐くことはなかった。それよりも笑った。最初は、恐怖でこわばったのどから絞りだされたような笑い声だったが、いったん笑いだすと、どんどん声が出てきて止まらなかった。やがて、笑いすぎてのどが詰まった。目の前の彼は、かたまってしまったかのように突っ立ち、首の太い血管をぴくぴくさせ、赤らんだ顔はこわばっていた。

「あんた」キャロラインは、むせながら笑った。指さすことができないので、彼のほうにあごをしゃくった。「それ――みじめなもんね。あんたって、みじめったらしい。カエルみたいに太って。ただの年寄りね。ばっかみたい」笑いが止まらない。

そのとき、彼が襲いかかった。彼女の上に飛び乗り、その重みで彼女が薄いマットレスに沈みこむ。

「このあばずれが。黙れ。黙れ!」馬乗りになり、彼女を殴った。一度、二度。肩で息をし、彼女は静かになった。もっとけなしてやりたかったが、いまはもう言葉が出ない。どうあがいても。彼はドレスの身頃をウエストまで裂いた。シュミーズを見おろし、それからゆっくりと、ずんぐりとした指で胸もとのラインをなぞった。「すばらしい」と、ひとこと。「まちがいなく処女だな。処女をいただくのは、二十五年前のオーウェンの母親以来だ。なんとまあ、おとなしくなって、親愛なるミス・ダーウェント＝ジョーンズ。いや、キャロラインと呼ぶべきか？　おまえの名前は気に入らんが、しかたがない。昔、キャロラインという女がおってな、どうしてもわたしを受け入れなかった。彼女はおまえの父親が好きだった。ああ、三角関係というやつだ。おまえの父親はおまえの母親を愛し、キャロラインの夢はついえた。おまえの母親がおまえをキャロラインと名付けたとは、いったいどういうつもりだったんだろうな。おまえの父親は反対しただろうに。キャロラインという女は、おまえの父親が自分と結婚しなかったことを後悔していたから、名前をつけたと思ったんじゃないか？　いまなっては答えはわからんが。まあ、そんなことはどうでもいい。だろう？　つづきをやろうか、お嬢さん？」

「つづき？　ふざけたこと言わないで、よくわかってるくせに。父親かおじいちゃんを相手にするようなものだわ」

彼はまた平手打ちをくわせた。さほど強くはない。彼女の頭を薄い枕に戻すくらいのものだった。

「さて、ほかの部分も見てみようか」ミスター・ファルクスはシュミーズをウエストまで引きずりおろしたが、胸を見たがっている様子でもなかった。冷たい夜気が肌に当たり、年寄りの手がふれてくる。キャロラインは、これから自分の身に起こることのおぞましさに、大声で叫びたかった。ファルクスが彼女の上からおり、彼女を見おろし、そして、なにかを決心したかのようにうなずくと、残りの服を脱いだ。

「すばらしい」そう言い、ガウンを肩から落とす。

キャロラインは目を閉じた。彼の両手がおなかに置かれ、肉をもむ。軽く恥骨をなで、指を広げて腰幅を計る。「死ぬ前に、たくさん産めるぞ。かわいそうなアンは、二度目のお産で赤ん坊と一緒に死んでしまった。だが赤ん坊は女の子だったから、どうせ役には立たなかったがな」

「強姦したら、殺してやる」

彼の頭が、さっと上がった。キャロラインはじっと見つめていた。もう一度、くり返す。

「強姦したら、殺してやる。冗談じゃないわよ。それに、あんたとはぜったいに結婚しないわ。ぜったいに」

「いいや、するとも。するしかないんだ。もし拒んだら、おまえは終わりだ。だれもおまえとつきあわん。おまえは社会からのけ者にされ、子どもは私生児となり、世間からさげすまれる」

「かまわないわ。遺産があるもの。無理やり結婚させることはできないわよ」

「それがな」彼はゆっくりと言った。「できるんだ。さあ、すませてしまおう」彼は男性器をこすりはじめ、しばらくつづけて頭をのけぞらせ、目を閉じた。

キャロラインは縛られた両手を引っぱってみたが、手首に食いこんでいた。だが、わずかに結び目が動く余地はあり、手首をひねれば縄をゆるめられそうだ。彼が苦しそうに息をするのが聞こえたが、そちらを見ることはなかった。見たら吐いていただろう。

そのとき、彼がキャロラインにおおいかぶさり、彼女の脚を押しひらいた。とっさに、迷うことなく、彼女はひざを胸もとに引きつけ、彼の股間を力のかぎり蹴りつけた。彼はあおむけに床に転がり、股間に手を当てて叫び、うめき、悪態をついた。しかしどうすることもできなかった。少なくともしばらくのあいだは。だが、そう長い時間ではなかった。

キャロラインは、自分の手首に血がぬるつくのを感じたが、手首の縄をより強く、速く、ひねりつづけた。ああ、早く、急がなくちゃ。ほどける前に彼が立ちなおったら……考えるのはよそう、考えてはだめ。とうとう、血でぬるつきながらも、片手を自由にすることができた。そして、残る片方も。彼はまだ前を押さえてうめいてはいたが、いまや体を起こして座っていた。

「この、ろくでなしのくそったれ！」

キャロラインは小さな木のテーブルをつかみ、彼の頭を殴りつけた。一本かぎりのろうそくが飛んだが、汚れた床に落ちる前に、なんとかつかんだ。

「なんてこった、なにをやらかした？」

オーウェンが立っていた。髪を逆立て、裸足《はだし》で、ひざ丈ズボンに大あわてでシャツをたくしこんできただけの格好だ。彼はキャロラインを見つめ、それから床の父親を見た。「やめろと言ったのに」オーウェンは動かなかったが、なぜだかうれしそうな声だった。「なんてことだ、キャロライン、裸じゃないか」驚いたことに、オーウェンは彼女から目をそむけ、倒れた父親に視線を移した。父親は前を押さえたままの格好で、横向きに倒れている。意識はない。「かわいそうな父さん。死んじまって。ぼくは父さんを止めに来たんだ」

「知ってたの？」

「ああ。でも、ぼくなんか必要なかったみたいだね。きみにはだれも必要じゃないんだ。きみは強いって、父さんにも言ったんだけど」

「知ってるわ。あなたがそう言ってるのを聞いたもの。彼は死んではいないわ。でも、もし銃を持ってたら、撃ってただろうけど。ちょっと、あっち向いてて、オーウェン。服を着るから」

あっというまだった。やぶれたドレスの上からマントをはおっただけだ。

「これからどうするんだい、キャロライン？」

「あなたに関係ないでしょ、腰抜けのうじ虫くん」

「腰抜けじゃないぞ。きみを助けにきたんだ。父さんはあきらめないぞ、キャロライン。あきらめが悪いんだよ。金も必要だし。かならずきみをつかまえる」

キャロラインは長々とオーウェンを見ていたが、縄を彼に投げてよこした。縄には血がついていた。彼女の血が。「彼を縛って、オーウェン。いいことをするから。いやだと言うなら、今度はこのスツールでもう一回、彼を殴るわ。それから、あなたも殴ってやる。痛いわよ」

オーウェンは言われたとおりに従った。というより、キャロラインがまちがっていなければ、楽しんでいるように見えた。突然、父親の目が開き、息子を見あげ、それから縛られた手首を見た。「オーウェン、親愛なる息子よ、いったいなにをしてる？　あのいまいましい小娘を黙らせたのか？　さあ、ほどけ、早く。ああ、息子が父親の裸を見るものじゃない。ガウンをくれ」

「だめよ、オーウェン、ガウンはわたしが必要なの。でっぷり太ったあなたの親愛なるお父さんは、ここに最初に駆けつける人物によってはびっくり仰天されるでしょうけど、そのときは運が悪かったってことね。ねえ、ミスター・ファルクス、どうやらここは、長年、開かずの間になっている、みすぼらしい納屋の家畜小屋みたいね。でも、かえってよかったわ。〈ハニーメッド館〉の使用人みんなに、すてきなプレゼントができるもの。ここの扉は大きく開けはなっておいてあげる」

ミスター・ファルクスは怒りに瞳をぎらつかせて彼女を見た。「このばか娘が。こんなことをして、逃げおおせると思うな。かならず捕まえて、後悔させてやる」

キャロラインは声をあげて笑った。今度ばかりは恐怖も感じなかった。思いきり、笑いたいだけ笑った。それからオーウェンを見た。彼が手に銃を持っているのを見て、思わずまばたきをする。ああ、ほんとうに、彼は父親を止めようとここへ来たんだ。でも、どうしていまごろ銃を抜くの？ 彼女はすかさず彼の手から銃をもぎ取り、彼を押しやった。

そしてミスター・ファルクスに向きなおった。足もとに転がっているのが、いい気味だった。「こんなみすぼらしい納屋に、よくベッドなんか入れたわね。なんて積極的なのかしら。お礼を言うわ。さあ、オーウェン、一度しか言わないわよ。館に戻って、わたしの部屋から旅行かばんを持ってきて。五分よ。あなたが戻ってこなかったり、だれかを呼んできたら、あなたの父親を撃つわ。そして、あなたのあとを追いかける。いま、わたし、ものすごく凶暴な気分なの、オーウェン」

「はったりだ、オーウェン、こいつは女だ、人殺しなどせん。言うことを信じるな――」

彼女は銃を持ちあげ、弾が二発装塡されているのを見ると、狙いをつけて発砲した。ミスター・ファルクスは悲鳴をあげた。スリッパを履いた彼の足からわずか二インチのところで、弾が木の床をえぐった。

「行け、オーウェン、早く！」

キャロラインは、かつての後見人を見おろした。「ねえ、おじさま、もしわたしの指がすべったら、そのときはだれがわたしの管財人になるの？」

「こんなことをしでかして、ただですむと思うな、ミス・ダーウェント＝ジョーンズ。治安判事裁判所の逮捕係を出動させてやる。彼らがおまえをここに連れ戻し――」

「どうして？」

「どうしてだと？」

「あなた以外に、わたしをここへ連れ戻そうとする人間なんていないわ。わたしはもう十九歳になったんだから、べつの——家に落ち着いて、あなたの手から遺産を取り戻す」

「家だと？　ほかに家などなかろう。どこへ行こうというんだ、愚か者め」

「そんなことをあなたに教えると思ってるの？　それこそ愚か者のすることよ」

「どうでもいい。すぐに見つけてやる。後悔するぞ」

「くだらない脅しをかけてる子どもみたい」キャロラインは足もとの男を見た。「でも、あなたは子どもじゃない。銃に弾が三発入っていればよかったのに」

突然、彼女の旅行かばんを持ったオーウェンがドアのところにあらわれた。今度はブーツとマントを身につけている。さらに古ぼけたフェルト帽を耳までかぶっていた。

「さあ、オーウェン、いまから少しばかり馬に乗るわよ」彼女はミスター・ファルクスに向いた。「息子を人質にもらっていくわ。なにか余計なことをしようとしたら、彼の右腕をもいでやる。オーウェンに右腕がないと困るでしょ。なにひとつ欠けても困るわよね。ひとつでもなくなったら、不自由なものよ。わかった？　おじさま？」

ローランド・ファルクスは悪態をついた。

「父さん、そんな言葉をご婦人の前で使うものじゃないよ」

キャロラインはミスター・ファルクスがいまこそ脳卒中を起こすのではないかと思ったが、

そうはならなかった。オーウェンは頭を振り、キャロラインから背中に銃を突きつけられて、先に納屋を出ていった。

それからまる二時間、オーウェンは無言だった。田舎道を馬で駆けていた。空気は乾いて少しひんやりとしていたが、ここ数日の雨ですがすがしく、静まり返っている。とうとう彼は口をひらいた。「あんなところに裸で父さんを残してきてよかったのかな。召使いに発見されたら、召使いにとっても父さんにとっても気の毒なことになる。あれじゃあ、目の毒だよ、キャロライン」

「彼はわたしの顔を何度も殴ったわ。犯すつもりだったのよ、オーウェン。その報いとしては当然じゃないの?」

「きみは父さんの股間を蹴りあげたろう。キャロライン、きみは男じゃないから、それがどういうことかわからないんだ。とんでもなくぞっとするよ」

「若い娘さんに蹴られたことでもあるの、オーウェン?」

「まさか。でも子どものころ、友だちにボールをぶつけられたことがあって。あんなこと、どこで覚えたんだい?」

「じつは、だいぶ幼いころに、母から教わったの。ほら、うちの小間使いのひとりが襲われたことがあったでしょう、母はあれで激怒したの。女性が身を守る術《すべ》を知るのに、幼すぎることはないって。詳しいやり方は、父に習ったんだと思うわ。母に教わったとき、父がわたしににっこり笑って、頭をぽんぽんとたたいてくれたもの。〝これで小さな女戦士ができあがったぞ。よかった〟って」

「まったく男には厄介だよ。ぼくはぶたれたとき、死ぬかと思った」

キャロラインは彼には見えないことがわかっていて、にんまり笑った。もうあたりはまっ暗で、せまい小径に立つ木々のすきまから半月の明かりがもれてくるだけだ。「あなたのお父さんに痛い目を見せてやれて、すっとしたわ。いやな人だもの」

「これからどうするつもり？　ぼくをどこへ連れていくんだい？」

「〈ハニーメッド館〉を出てからずっと黙りこくって、お言葉のひとつもちょうだいしてなかったのに、いまごろ質問とはどういう風の吹きまわし？」

「なにを言えばいいか、どういう順序で言えばいいか、考えるのに時間がかかったんだよ」

キャロラインは彼の言葉を信じた。オーウェンは、こういう人だった。彼を連れてきたなんて、なにを考えていたんだろうと思いはじめた。もし彼が急に動いても、彼を撃つことは自分にはできない。まったく、手を縛りあげることさえしていない。オーウェンがその気になれば、馬の横腹に蹴りを入れて、いますぐ逃げだすことだってできるのに。

「オーウェン、これから、あなたとわたしはコーンウォールへ行くの」

「コーンウォール？　セント・オステルには一度行ったことがあるけど、だいぶ前の話だ。どうしてまた、そんなところへ？」

「おばが住んでいるの。もう三年も会ってないけど。かくまってくれるわ。母の妹よ。あなたのすてきなお父さんのおかげで、わたしは〈ハニーメッド館〉を離れることができず、おばを訪ねていったことはないし、おばが訪ねてきたこともないわ。でも、おばはそんなこと気にせずに〈チャドレイ女子寄宿学校〉まで何度か会いに来てくれたのよ。思いだしたくもないほど長いあいだ、あなたのお父さんに閉じこめられてたところ。あなたのお父さんって、ほんとにいやなやつよ、オーウェン」

「コーンウォールまで、何日くらいかかるかわかる？　コーンウォールのどのあたり？」

「もうニューフォレストまで来てるわ、オーウェン。あと、もう三、四日かしら。もっと早いかもしれない。詳しい場所は言わないわ。あなたが逃げる気になって、お父さんに教えられたら困るし。さあ、夜のうちに進んで、日中にやすむわよ。お金はあなたのお父さんからいただいてきたから、じゅうぶんあるの」

「ぶじにコーンウォールに着いたら、ぼくをどうするつもり？」

キャロラインは思案顔になった。「まだわからないわ、オーウェン。あなたを人質にとっておいたら、あなたのお父さんももう少し話のわかる人になるかもしれない。すべての書類に署名してくれて――なんでも言うことを聞いてくれて――遺産を返してくれるかも」

「ぜったい、ありえないよ、キャロライン」

「じゃあ、あなたの体の一部分を少しずつ送りつけることにしようかしら、オーウェン」

「指とか？」

「そうよ、足の指とか、耳とか」

オーウェンはなにも言わなくなった。むっつりと黙りこみ、スティープルフォードの町を迂回《うかい》して過ぎたあたりで、ようやく言った。「きみと結婚したいと思ったことは一度もないんだ、キャロライン。きみはきれいだし、いいところはたくさんあるけど、あるべき姿からははずれてるだろ」

「それ、どういうこと？」

「どういうって、わかりきってるじゃないか。慎み深いレディならみんな、泣いたり、すがったり、おとなしく横になってたりするのに、きみはちがう。ぼくはきみを助けにいったけど、ぜんぜん必要なかった。実際、大胆にも父さんに痛い目を見せた。父さんは男の務めを果たそうとしていただけなのに」

「男の務め？　あなたはあれをそういうふうに言うわけ？」

「父さんはそう表現してた」

「そうね、思いだしたわ。主の部屋で、あなたたちの会話はほとんどぜんぶ聞いたの。あなたのお父さんがこれほど悪賢くなければ、うまく逃げられたんだけど。お父さんだって、納屋に裸で転がることもなかった。馬屋番はびっくりするでしょうね」

「きみが継母になるなんて、ぞっとするよ」

「わたしはだれの継母にもならないわ、オーウェン」

「いや、なるさ。父さんはきみを見つける。ぼくはどんな仕打ちを受けるかわからないけど、父さんはきみと結婚するよ、キャロライン。きみにはどうしようもない」迷いもなくきっぱりと言いきるオーウェンに、一瞬、彼女は血が凍るのを感じた。けれど、オーウェンは自分の父親を、まだ大人の男ではなく子どもの目線で見ているのだと気づいた。「ねえ、オーウェン、これからの冒険は、わたしたちのどちらにとっても実りあるものになるかも。自分が人質だということは忘れないで——わたしは意地が悪いし、強いんだから。でも、おばのところに着いたら、あなたにああしろ、こうしろ、ああ言え、こう言えと指図するお父さんがいなくなって、きっと世界が一変するわよ」

「父さんはきみを捕まえる」オーウェンはそう言うばかりだった。改宗したばかりのクリスチャンのように、その信念は揺るがないらしい。「そして、きみが継母になるんだ」

それを思うと、ふたりとも身震いした。

大きな雨粒がキャロラインの頭に落ちた。「ああ、いやだ」そう言って上を見あげる。「どうしてなにもかもうまくいかないのかしら」

「父さんが相手だからさ」

4

その夜は大雨で寒かった。オーウェンもキャロラインもずぶぬれでつらかったが、夜どおし馬を駆けさせ、ときおり宿屋に立ち寄っては熱いエールビールを飲み、宿屋の酒場にある暖炉の前で服を乾かした。だいぶ遅れることにはなるが、しかたがない。そして翌朝遅く、ドーチェスター州の〈黒髪亭〉に泊まって服を乾かし、睡眠も取った。

ようやく、二日目の夜に雨がやんだ。キャロラインはあわてて服を着ると、部屋の小さな窓まで行き、外を見た。庭に馬が数頭と馬車が一両あり、人も何人かいたが、とにかく雨はやんだ。助かった。彼女は頭上に腕を伸ばしてのびをした。もう夜の十一時近い。睡眠を取って生き返ったし、ときどきいびきで起こされたところから察するに、オーウェンも同じだろう。もう出発しなければ。オーウェンは、彼女の小さなベッドの近くの床で、毛布を敷いて寝ていた。彼女はつま先で軽く彼をつついた。

「ちょっと、オーウェン、起きて。もう遅いわ。次の休憩はプリマスまで行ってからよ。雨はやんだから、だいぶ楽になるはずよ。さあ、起きて」

オーウェンはあおむけになって目を開け、彼女を見つめた。そしてまばたきをする。それから、うめいた。キャロラインはろうそくの火を下げて、もっと近くで彼を見た。彼の顔が赤くほてり、熱くなっていた。

彼女はまじまじと彼を見おろした。まったくもう、熱を出したのね。よくもこんなときに、熱を出すなんて。「オーウェン、なにか言いなさい。転がってうめいてないで、なにか言って」

彼はぼんやりとした顔を向けた。「なんだかおかしいよ、キャロライン。気分が悪い」

どうしよう、声もひどい。キャロラインは彼のそばにひざをついてしゃがみ、彼の額《ひたい》に手を当ててみた。ものすごい熱だ。「体を起こしてあげるから、わたしのベッドに移って」

オーウェンは体が大きなほうではないが、なにしろ力が抜けている状態なので、ベッドに引きずりあげるのもひと苦労だった。彼女はありったけの毛布を掛けてやり、しばしかたわらに立って彼を見おろし、いったいどうしたものかと思案した。「あのね、困ったちゃんのオーウェン。わたしの頭が悪かったら、わざとやってるのかと疑うところよ」

彼を置いてはいけないけれど、置いていきたかった。

オーウェンはうめいた。

「これも、あなたのお父さんのしわざだなんて言わないでよね」

オーウェンが、ベッドの柱さながらに動かなくなった。

「あら、仮病じゃないってことはわかってるわ。こんなことを企てるほど、あなたはずる賢くないものね」キャロラインは宿の階下におりていった。廊下は埃《ほこり》っぽくてせまく、明かりもほとんどない。酒場から聞こえてくる、さわがしい男たちの声を頼りに進んだ。薄暗くて煙った部屋に顔を出し、宿の主人を探す。主人は彼女と同じくらいの背丈で、樽《たる》のように丸く、今日一日でついたとは思えないエールビールのしみだらけの巨大な白いエプロンを腰に巻いていた。主人は暖炉のそばに立っていた。脚を伸ばしてひとりで座っている男性とおしゃべり中だ。彼女は天井の低い部屋にするりと入り、木のテーブルの数々をぐるりとまわり、主人のほうに向かった。

突然、話し声が消えていった。男たちが彼女を見つめる。最初は無言だったのが、あるときだれかが言った。「こいつあ、どういうこった、マッキー？」

「どういうって、かわいい小鳥ちゃんが遊びにきてくれたんだろ。クロリンダだって、客を手分けしてもやかましいこと言わねえさ。小鳥ちゃん、こっち来いよ、おいしいエールビールがある、ちょこっとかわいがってやるからよ」

キャロラインは目もくれず、宿の主人に視線を据えていた。彼はまだ男性と話をしている。手がひとつ伸びて彼女のドレスをつかみ、ぐいと引っぱった。

「おい、かわいこちゃん、そう急ぐなよ。こっちのマッキーが自分のジョッキから飲ましてやるって言ってるぜ。どうだ？」

キャロランはゆっくりと振り向いた。少しもこわくはない。だって、ここにいる男たちはただの男で、みな一杯飲んだりおしゃべりするために来ているだけの労働者だ。〈ハニーメッド館〉の農地で働く小作人たちと変わらない。彼女は愛想よくにっこり笑った。「いいえ、けっこうです、ミスター・マッキー。わたし、宿のご主人のミスター・テュークスベリーに話があるの」

「ロークス、おまえ、ミスター・マッキーなんて呼ばれやがって、ええ人みたいだなあ」

「ええともさ、このぼけなす。そうかい、かわいこちゃん、あんた、テュークスベリーのおやじに用があんのか。ほお、そいつはすげえなあ、そうだろ、ウォルト？　だがまあ、ひと口飲んでけや」

「いえ、けっこうです。すみませんがドレスを放してください」

ミスター・テュークスベリーが、ようやく顔を上げた。

ウォルトは手を放さなかった。キャロラインはどうしたものかと、つかのま立っていたが、肩をすくめ、しょうのない男たちねという顔でウォルトとマッキーを見ると、エールビールのジョッキをつかんでかなりの量を飲み干した。ビールが渦を巻いて、胃のなかへと落ちていく。キャロラインは目を丸くし、身を震わせて咳きこんだ。「うっぷ、なによ、これ？　胃が焼けるのか凍るのか、わからないわ」

男たちはいまや大笑いし、自分たちのジョッキでテーブルをたたいていた。「かわいこちゃんに、もう一杯！　おい、クロリンダ、おれたちのかわいいお友だちにもう一杯！」

「いえ、けっこうよ。もうじゅうぶん」

十年ぶりに異性にときめいたのか、マッキーは彼女を引っぱってひざに乗せた。「あんたみたいに小柄な娘っこがジョッキ一杯飲んじまうなんて、初めて見た。チューしてくれよ、なあ」

キャロラインはすっかり酔っぱらってぼんやりした彼の目や、剃《そ》り残しのあごひげや、彼の体や衣服から立ちのぼってくる馬屋のにおいに眉をひそめた。「ミスター・マッキー、ひざからおろしてちょうだい。ビールをありがとう、でももうたっぷりいただいたわ。じつを言うと、こんな経験は一回でじゅうぶんみたい。あのね、わたしの兄が熱を出して、医者を呼ばなきゃならないの。助けてくれない？」

「あんたの兄さんって、あのなまっちろくて細面《ほそおもて》で、こずるそうな、あのあんちゃんかい？」ウォルトが身を乗りだして訊いた。

「そうよ、それがオーウェン。お医者さまはどこに行けば見つかるかしら？　兄の容態がすごく心配なの」

ミスター・テュークスベリーはくだんの男のところから、キャロラインたちのほうにのしのしとやってきた。しかたなく、といった顔つきで。やれやれ、やっとだ。この見当ちがいの男たちをあしらって、やっと手を貸してくれるのだ。主人が怒鳴らんばかりの大声で言った。「ミス・スミス、あんたの兄さんが病気とかいう話だが？　いやはや、お嬢さん、あんたがたが兄妹だって？　わしにゃあ、あのお若い紳士が恥知らずなあんたからふんだくられてるとしか思えんかったが。手を放せ、マッキー。この娘は、おまえやウォルトやここにいるおばかな野郎どもが束になってもかなわねえくらい、頭が働くよ。そうとも、頭のいい商売女が、わしの宿で悪さをしてるってこった。あの若だんなの金を狙って二階に連れこみ、だんなが病気だとうそぶいてるんじゃねえのか。あんた、あの若だんなに毒を盛ったんじゃなかろうな、ミス・スミス？」

キャロラインはあっけにとられた。商売女？　恥知らず？　その他もろもろ、あまりの言われように彼女はひるんだ。

「テュークスのおやじ、びびるんじゃねえよ。この娘はおまえにもだれにも悪さしちゃいねえ。あの若造は兄貴だとも。見ろよ、テュークス、この嬢ちゃんはかわいい顔してるし、あの兄貴もくだらんことばっかり言ってる、ええとこのボンボンだ。ふたりは兄妹にちげえねえ」

「おい、よく聞け、マッキー、この娘っこは――」

「テュークスベリーのおやじ、いったいなにごとだ？」

暖炉のそばで座っていた紳士が話に入った。低く、静かな声で、どことなく愉快そうな口調だった。彼は見てくれも悪くなかった。

「すみません、だんな。ちいと若いのが入ってきまして。二階のボンボンが自分の兄で、具合が悪いってんですよ。でも――」

「どうして彼女の言うことを信じてやらん？」

「だって、娘っこを見てくだせえよ、だんな。マッキーのひざにすました顔でおさまって、こういうことをやり慣れてるにちげえねえ。あっちのクロリンダを見ておくんなさい。この娘っこに客をぜんぶ取られちまうと思って、むっつりご機嫌ななめだ。きっとクロリンダはこの娘の髪を引っこ抜いて血まみれにして、わめいたり泣いたりするんだから、こっちの神経が持ちませんや。あの娘の飲みっぷりも見たでしょう？　いいとこのレディがあんなふうに酒をあおるかね？」

「このレディはやるのよ」キャロラインが言った。「初めて飲んだけど、もう二度とごめんだわ。ものすごく強いんだもの。女はエールビールを飲んではいけないっていう法律、どこかになかったかしら？」

「へっ」とミスター・テュークスベリー。

「それで」〝だんな〟と呼ばれた男が言った。「きみが、そのミス・スミスとやらか？」

「というわけでもないんだけど、そうしておくわ」キャロラインは向きを変えてマッキーにほほえんだ。「それじゃ、失礼するわね、ミスター・マッキー。本気で兄にお医者を呼ばなくちゃならないの。それに、クロリンダに髪を引っこ抜かれたくないし」

「クロリンダは気が強えし、きつい性格だ。放してやったほうがいいぜ、マッキー」

「医者を呼んでやるよ、嬢ちゃん」マッキーは宣言し、キャロラインを軽々と持ちあげて立たせた。それから自分も立ったが、彼はキャロラインがいままでに見たことがないほどの大男だということがわかった。彼女は笑顔でマッキーを見あげた。

「ありがとう、ミスター・マッキー」

マッキーはうやうやしく一礼し、彼女の手に接吻《せっぷん》して言った。「かわいいお嬢ちゃん。とにかく、ここではクロリンダに近寄らないことだ」さらに一礼。先ほど一度練習したので、今度は少し優雅になっていた。マッキーはほかの男たちをどやしつけると、まるで忠実な軍隊であるかのように、全員がガタガタと音をたてて彼のあとから出ていった。

「さあ、これでいいかい、お嬢ちゃん。とっとと――」

「ちょっと待ってくれ、ミスター・テュークスベリー。ミス・スミスと話がしたい。悪いが彼女にお茶を一杯持ってきてくれ。それからミス・クロリンダには、おれが責任を持ってこの小鳩ちゃんを遠ざけておくと伝えてくれ」彼は向きを変え、キャロラインにあいまいな笑顔を見せた。「おれのひざに座るか、それとも椅子でいいかな?」

「あなたはミスター・マッキーほど大きくないわ。落っこちてしまうかもしれないから、椅子にします」

彼はまじまじと彼女を見おろした。「よく動く口だな」ようやく言った。「これほど口達者なお嬢さんにお目にかかったのは、ひさびさだ」

彼は、自分が座っていた暖炉近くのテーブルに彼女を案内した。彼女のために椅子を引いてやる。「どうぞ、お嬢さん。おれがやわで、きみをしっかり支えられないと困るから、こちらの椅子でよろしく」

「恐縮です、サー」

彼は先ほど腰かけていた椅子に座り、暖炉のほうに脚を伸ばした。なにか思案している顔つきだったが、ふと眉根を寄せた。「よくできたものだな」

「なにが？」

「さっきの男どもだよ。無鉄砲な感じのやつらで、しかもそうとう酔っぱらってたのに、あのマッキーってやつはきみにひざまずいて永遠の忠誠でも誓いかねない様子だった。どうやったらあんなことができる？」

「よくわからないわ。けっこうああいう人たちが好きなだけ。わたしの住むところの小作人に似てるの。たんに男の人がお酒を飲んで、憂《う》さ晴らししてるだけのことですもの。ああいう人たちって、いったん懐《ふところ》に飛びこむととってもやさしいのよ」

「ああいうやつらは、自分たちの領域に女がひとりでふらふら入ってきたら、そうやさしくはないと思うが、でも、きみにはたしかにやさしかった。まあ、謎は謎のままにしておこう。ところで、天気だが。なんとも憂鬱な天気だったが少しましになった」

「そうね、でもじつは起きたばかりで、ほんとうのところは知らないの。少なくとも雨はやんだのね。雨のなか馬を走らせるのはいやなのよ。時間のロスになってしまうから」

キャロラインは目を見ひらき、とっさに手で口をおおった。忠実な兵士が、知るかぎりの軍の機密をうっかり敵にもらしてしまったかのように。

「お兄さんの具合が悪いなら」彼は冷静な口調で言った。「今夜はどこにも馬で出たりしないほうがいい」

「昨夜から今朝にかけて、ずっとずぶぬれで馬を駆けさせてきたの。ぐっすり眠ればだいじょうぶだと思ったんだけど。オーウェンはあまり丈夫じゃないから」

「オーウェンって、細面の青年かい？」

「ウォルトがそう言ってたわね？　そうね、細面だと思うわ。ひげを生やしてごまかしたらって言わなきゃ。どうかしら？」

「ひげを生やせって言う前に、そのあごをよく見てみないと」

「そんなことしなくてもいいわ、サー。ミスター・マッキーがお医者さまを連れてきてくれたら、強壮剤かなにかオーウェンに飲ませてもらって、明日には出発するから」

「行き先を訊いてもいいかな？」

「コーンウォール州よ」

彼は話のつづきを待ち、黒い眉を片方、無言でくいっと上げて先をうながした。

「なにもかもお話しするとは思わないで、サー。それどころか、もうしゃべりすぎて信じられないくらい。初めて会った見ず知らずの人なのに。悪い人かもしれないのに。宿の外で、あなたの合図を待っている仲間がいるかもしれないわ」

「そうだな」と彼は言った。「そのどれも、ありうることだ」

彼はそれ以上なにも言わず、ただ目の前で輝く火をまっすぐに見つめていた。心からくつろぎ、ゆったりしているように見える。彼女がいようがいまいが、どうでもいいかのようだ。まわりがどうあろうと、彼の様子もふるまいも気持ちも、なにも変わらないとでもいうようだ。キャロラインは言った。「あなた、ひとり？　外に仲間なんていないのね？」

「ああ、ひとりきりだ」

キャロラインは、いつのまにかこう言っていた。「わたしの名前はミス・スミスじゃないの」

ゆっくりと、彼が頭を向けた。「そうか」とひとこと。「ちがうと言っていたものな」

「ジョーンズよ」

彼は目を大きくした。そして、笑った。最初は口の端を軽く上げただけだったが、やがてほんものの笑みに変わった。いつしか声をあげて笑っていた。

すてきな笑い声だった。自分でも知らないうちに、キャロラインはためらうことなく口をひらいていた。「ただのジョーンズじゃないの、でも、やっぱりあなたに教えるのは危険かも。でも、不思議だわ。あなたからなにか話せと命令されたり頼まれたりしたわけでもないのに、わたしはなぜか口をひらいてしゃべってしまう。困ったわ。あなたって危険な人ね」

「それなら、スミスのままでいよう。もっとも、ミス・スミスじゃ、あまりそそられるもんじゃないが。いや、ミス・ジョーンズでも変わらないか」

「あなたは何者なの、サー？」

「おれか？　おれはチルトンだ」

「チルトンだけ？　どんなチルトン？　ミスター・テュークスベリーは、あなたを〝だんな《マイ・ロード》〟と呼んでいたわ」

「ああ、そうだ。つまり、チルトン卿《ロード・チルトン》というのがぴったりかな。この宿には何度か来たことがあってね。テュークスベリーは、たまに身分のある者が自分の宿に来ると、箔《はく》がつくと言って喜んでくれる。だから、マッキーのひざに商売女が座っていたりすれば、おれが宿に愛想を尽かすと思ったんだろう。いまにもきみの耳をつまんで、この夜更けにたたきだそうって勢いだった」

「あなたはどこへ行くの？」

「ロンドンだ。片付けなきゃならない仕事があって。だが、きみにはおもしろくもない話だ、ミス・スミス。ほら、お茶がきた。ゆっくり飲みたまえ。そのあいだにおれは、細面のきみの兄さんがまだ息をしているか、見てこよう」

「まあ、だめよ！」キャロラインははじかれたように立ち、ティーカップを倒した。テーブルから自分のスカートへ、紅茶が流れ落ちる。

「兄はあなたが見にくると困ると思うわ。だって知らない人だもの。お願い、驚いてひきつけでも起こすかもしれないから、やめて――」

彼は腰をおろした。落ち着きはらってつまらなそうで――いや、正直言えば、どうでもいいと言わんばかりの顔で。「デュークスベリーのおやじ」声をあげた。「お茶をもう一杯、頼む。それからふきんも。ミス・スミスのドレスが汚れてしまった」

「ありがとう」キャロラインが言うと、彼はうなずき、それ以上の関心を寄せることもなかった。またもや、彼女はためらいもなく口をひらいていた。「ほんとうは、見知らぬあなたを見て兄さんがひきつけを起こしたり気絶したりすることはないと思うの。ただ、兄さんがなにもかもしゃべってしまうかもしれないから、そうなるとまずいのよ」

「いま、きみもしゃべっているが、ミス・スミス？」

「あら、ほんとね、そうかもしれないけど、しゃべりたくはないのよ。とにかく、口をすべらしそうになるのを、ずっと一生懸命に押しとどめているというか。自分でもよくわからないわ」

「もしかして、きみはカトリック教徒で、子どものころの神父におれが似ているとか？」

「まあ、いいえ、ぜんぜん。これまでに会った神父は、みんな屋内にこもりすぎて青白かったし、言わせてもらえば、わたしに殴られるのがいやで、ほんとうに思っていることを言わない役立たずだったわ」

「コーンウォールのどこへ行く？　いや、まだ言うな、ちょっと当ててみよう。おれはコーンウォールに住んでいてね。ひょっとして、そのうちご近所さんになるんじゃないか」

「じゃあ、手を貸して、サー」

「いいだろう。おれが住んでいるのは〝どんまの鐘《グーンベル》〟の近くだ」

「作り話はだめよ。ああ、ありがとう、ミスター・テュークスベリー。お茶をこぼしてごめんなさい。これ、とってもいい香りね」

ミスター・テュークスベリーは鼻息も荒かったが、商売女がいてもチルトン卿が落ち着きはらっているのを見て、しみったれた笑顔を見せた。「クロリンダには近づくなって言っとくよ、お嬢ちゃん。だが、クロリンダはおもしろくないらしい。おまえさんのことをこれっぽっちも信用しとらんよ」

「ありがとう、助かります、ミスター・テュークスベリー。それで、サー、グーンベルですって？　変な名前。作り話でしょう」

「ばれたか。よろしい、ほんとうは、〝へんてこ海へビ《クリップリシース》〟にほど近い、〝お遊び広場《プレイング・プレイス》〟に住んでいるんだ」

キャロラインは笑ってお茶にむせ、服の前にこぼした。「まあ、どうしよう、あなたのせいよ」

「スカートだけじゃなく、全身ずぶぬれになってしまったな」

「お遊び広場《プレイング・プレイス》って、すごい名前。へんてこ海へビ《クリップフリシース》もありえない」

「頭が十二個あるんだぞ」

「もうお茶が飲めないわ。あなたに吹きかけてしまいそう」

「じつは、いま言った名前のうちひとつはほんとうなんだ、いや、ほぼぜんぶほんとうなんだが」

「わたしがどこから来たか、わかる、サー?」

彼は片方の黒い眉をくいっと上げたが、なにも言わなかった。が、しばらくして口をひらいた。「黙ってれば、きっとそのうち言ってくれるんじゃないかな」

「〝まっ黒水たまり《アフパドル》〟よ」

「きれいなところだ。おれは何週間か、愛人のミセス〝がらくたビン《オッズボトル》〟を連れて楽しく過ごしたことがある」

キャロラインは彼と張り合うのをあきらめて紅茶を飲み、口をつぐんでおくことだけを心がけ、ミスター・マッキーが医者を連れてくる音に耳をそばだてた。

「そうだ、イザベラ・オッズボトルだ。正式に改名したらどうかとすすめたんだが、彼女はいやだと言ってね。イザベラという名が気に入ってるというんだ。祖母からいただいた名前だそうで」

彼女はもう乗っていかなかった。チルトン卿のほうは、椅子にもたれて胸の前で両手を組み、自分自身に驚いていた。見ず知らずの娘と――しかも知らないばかりか、変わった娘と――おしゃべりして、すっかり楽しんでいるとは。彼女はいったいどういう事情があるのだろう。二階で熱を出して寝ているオーウェンという男が兄だという話は、まったく信じていないが。

駆け落ちか？

まあ、ゆっくり待つとしよう。なぜだかわからないが、彼女やオーウェンという男が何者なのか、知りたくなっていた。すっかり夜も更け、酒場はあたたかく、ブランデーが心地よく腹に収まっている。彼はうとうとした。

キャロラインはあきれたように彼を見つめた。寝ている。彼女の目の前で、なんとこの人は眠ってしまった。

宿の玄関が開く音がして、何人もの男がいっぺんにしゃべっている声がし、キャロラインは笑顔になった。これからうるさくなりそうだから、この紳士も長くは眠っていられないだろう。

ミスター・マッキーが酒場の入口にあらわれ、身をかがめて入ってきた。ドアより少なくとも一フィートは背が高いのだから、無理もない。

「くたびれたよ、お嬢ちゃん。このウォルトが先生の息を嗅《か》いでみたが、酒のにおいはしねえし、酔いつぶれてもいねえ。ちゃんとまっすぐに歩けてるから、兄ちゃんを殺したりはしねえよ」

「そりゃよかった」チルトン卿が顔も上げずに言った。

「名前は〝おやつバケツ《タックバケット》〟先生だ」

「まさか」キャロラインが席を立った。「〝つぶやき村《マンブルズ》〟の出身じゃないでしょうね。タックバケットって言ったら、たいがいそうだもの」

彼女が酒場を出るとき、チルトン卿が忍び笑いをしているのが聞こえた。さっきの笑い声と同じで、忍び笑いもかすれていた。

不思議な人。キャロラインはそう思いながら、せまい階段をタックバケット先生のうしろから上がっていった。たしかに医者は、ミスター・マッキーの手をあまり借りなくとも歩けていた。

5

オーウェンはひどい風邪を引いたとのことだった。ひどすぎて、タックバケット先生は持っていた特製の薬をひと瓶ぜんぶ、オーウェンののどに流しこんだ。キャロラインはオーウェンが咳きこんだり、息を荒くしたり、きみは気が強くて意地が悪いから風邪も引かないんだとわめいているのを押さえつけ、そんなに弱虫でどうするのと叱っていた。タックバケットは彼女とふたりになると、お兄さんはだいぶ具合が悪いから、少なくとも一週間は安静にしていなければならないと告げた。

キャロラインはびっくりして医者を見つめた。「一週間？　そんな、先生、それは無理です」ミスター・ファルクスの顔が浮かんだ。「一週間もここに留まるお金なんてありません」

「できれば、診察代を先にお願いしたいが」

「あ、ええ、もちろんです。でもほんとうですか、先生？　ほんとうに一週間も？」

「まあ様子を見ての話だが、あまり期待はできん。顔が土気色だからな」

「死んだりしませんよね？」

「ああ、だがちゃんと看病してやって、きみもマッキーのビールを飲まないようにすればの話だ」

オーウェンを看病するなんてぞっとしたが、キャロラインはなんとかうなずき、たったいま処罰を言い渡された囚人のような声で答えた。「指示とお薬をお願いします、先生。看病しますから」

言うとやるとでは大ちがいだと、キャロラインはすぐにわかった。オーウェンはひと晩じゅうのたうちまわり、上掛けをはねとばした。体の内側から熱に焼かれているのかと思うと、次は血管のなかで血が氷にでも変わったのか、彼は震えてうめきだした。

朝の四時ごろ、キャロラインは椅子に座って脚を投げだし、髪は乱れて顔にかかり、もう動きたくないほど疲れていた。ただオーウェンを見つめるばかりだったが、彼はやっと眠りについていた。とぎれがちではあるが、それでも眠りにはちがいない。

オーウェンがうめき、キャロラインはやむなく立ちあがった。そっと彼の額に手を当ててみる。ひんやりとしていた。よかった。とりあえずは。

ドアに小さなノックがあった。びくりとしたが、かぶりを振った。ミスター・ファルクスに彼女の行き先がわかるはずがない。ぜったいに。ミスター・マッキーだろう。そうだ、いまならエールビールを一杯やるのも大歓迎だわ、と彼女は気分を明るくした。

ドアを開けると、チルトン卿が立っていた。全身黒ずくめでドアの枠にもたれ、軽く腕を組んで、窓枠でひなたぼっこをする猫のようにゆったりした空気を漂わせていた。だがその表情は、こわかった。キャロラインは笑顔で彼を見あげた。「もう夜明け近いわ。どうして起きているの？」

彼は眉を寄せ、彼女はさらに笑みを大きくした。「入りますか。椅子はひとつしかないけれど、あなたは貴族でわたしはそうじゃないから、きっとあなたが座るんでしょうね」

「おれは貴族だが、つまりそれは紳士でもあるということだ。だから椅子はきみに譲らねばなるまい。少なくとも、おれのひざに座ろうとは思わないだろうから」

彼はこれまでになくむっつりとして、こわそうで、キャロラインはとにかくさらに笑顔になるしかなかった。うなるように返事をした彼は、ベッドまで歩いていき、思案顔でオーウエンを見おろし、手のひらをオーウェンの頬に当て、額に当て、のどもとの脈を診て、うなずいてから椅子に腰をおろした。「疲れた」頭をうしろにもたせかける。「紳士ぶってはいられない。きみは妹なんだから、ベッドに腰かけたまえ」

キャロラインはブーツを履いた彼の足を蹴りたくなった。でも、こう言った。「ここでなにをしているの？ この一時間ほどはオーウェンも静かだったから、物音で起こされたのではないと思うけど」

「自分でもよくわからないんだが、きみもわからないだろうが、おれは心配で目が覚めたんだ。きみたちふたりは世間を知らなすぎる。お兄さんの看病はきみがしているんだろう？　ひとりで？」

「クロリンダはなにもしてくれないでしょうから」

「ああ、そうだな。おれにはあれこれやりたそうにしていたが」

「まあ、そうなの？　こんな夜遅くに？　飲みすぎはよくないわ、サー、健康に悪いわよ」

彼が目を開けて、あまりにもいらだたしげな顔をしたので、キャロラインは目をぱちくりさせた。「ばか言うな」彼はそれだけ言うと、また頭をうしろにもたせかけ、目を閉じた。

たったひとつの椅子を紳士に取られたので、キャロラインはオーウェンのベッドの端に座った。

チルトン卿はゆっくりと、だるそうに言った。「この部屋はひどいな。せまいし空気が悪い。においもこもってる。大事な兄さんをさっさと天国に行かせちまいたくないなら、テュークスベリーに言って広い部屋に替えてもらえ」

「そんなお金はないわ」

彼はため息をついた。「だろうと思った。きみはいったい何者なんだ？」

「〝しとやか娘《プルーデンス》〟って名前でないことはたしかよ。名前は教えないわ。わたしはそんなばかじゃない。でも、疲れすぎて、二分前に話したことも覚えていられなくなってきたけど」

「行儀が悪いことをしていたら、注意してやるよ」

「ありがとう。でも、あなたはここにいなくてもいいんじゃない？　ここでのんびりして、わたしに文句をつけてるくせに、なにも手伝ってくれないし」

「そのとおりだ」彼は目を開けた。「きみ、ひどい顔だな。プルーデンスって名前がぴったりの顔だと思うぞ」

「ローズマリーって呼んでちょうだい。わたしの別名よ」

「そりゃよかった」

「失礼なことを言いたくないんだけど、チルトン卿、もう自分のお部屋に戻ったらどうかしら」

彼はさっと椅子から立ち、ポケットから鍵を出して彼女に渡した。「ほら、持ってけ。廊下の先の七号室だ。このひどい宿でいちばんいい部屋だ。少し眠ってこい。オーウェンはしばらくおれが見ていてやる」

「本気？」

「本気だとも。少しやすまないと、厄介なことになるぞ。おれの親切心がどこかに飛んでいかないうちに、早く行け」

「オーウェンは、あと二時間は眠らせておかなくちゃならないの。そのあとで、水を飲ませないと。のどの渇いたラクダだと思って、たっぷり飲ませろって、タックバケット先生が」

「尿瓶はどこだ？」

キャロラインは目を丸くした。

「ラクダみたいに飲んだら、出さなきゃならないだろうが。そっちのことは考えなかったのか、ローズマリー？　いや、この名はまずいな。ミス・スミスのままにしておこう」チルトン卿はため息をついた。彼もくたくたなのだ。「まだそっちの面倒は見てないんだな。考えもしなかったわけだから」

「いえ、尿瓶ならベッドの下にあるわ」

彼はうなずいただけで、ドアを手で示した。「寝てこい、ミス・スミス」

キャロラインは頭を振り、彼っていったいどういう人だろうと思いながら、部屋を出た。こんなとんでもない冒険を聞いたら、おばのエリーはなんと言うだろう。エリーおばの家の玄関でこの冒険が終わりになることを、彼女は心から願った。牢屋に入れられるなんてごめんだ。だって、飲み代を払うじゅうぶんな持ち合わせがないのだから。それにオーウェンのこともある。かわいそうなオーウェン。どうしようもなく病気になってしまって。でも、どうしてもう少し待ってくれなかったんだろう。せめてコーンウォールに着くまで。キャロラインは、ミスター・ファルクスに見つかるのではという気がしてならなかった。とにかくそう、わかるのだ。

チルトン卿の天蓋付きのやわらかな羽根マットレスのベッドで、キャロラインはたっぷり六時間眠った。彼女の眉をそっと指先でなでて起こしたのは、彼だった。なんという妙な感覚。なぜか落ち着くような、それでいてとてつもなくなまめかしくて。それがなんとも否応なしに心を惹《ひ》かれる感覚だったので、彼女はなにも言わず、息だけついた。すると指先の動きが止まって離れた。

「目が覚めたな、ミス・スミス。目を開けろ。もう正午近い。クロリンダに懇切《こんせつ》丁寧にお願いして、きみに昼食を出してもらい、髪の毛は引っこ抜かれないようにしておいたぞ。きみがおれのベッドにいることを知られているし、昨夜きみがマッキーのひざに座って彼のエールを飲んだことからあらぬ想像をされてるものだから、たいへんだったんだぞ」

しかしキャロラインは、もっと眉をなでてくれればよかったのにと思っていた。目を開け、彼を見あげる。顔から数インチというところまで、彼は身をかがめていた。

「あなたの目、とても深い、濃い色なのね」キャロラインは言った。「黒じゃないけど、茶色でもないわ。ご両親はムーア人？」

「いや、だが、おれの母にはアイルランドの血が混じっていたと聞いている。おかしなことだが、その母よりも、おれの瞳のほうがまだ色が濃いそうだ。目のほかは、少なくとも外見は父に似ているらしい。外見以外のことは、毎朝、心から、父譲りでなければと――」彼はそこで口をつぐみ、眉を寄せた。「こんなことを言うつもりじゃなかった。どうかしている」

キャロラインは手を上げ、彼の眉を指先でそっとなぞった。まず片方を、そしてもう片方も。彼は動かず、ただ彼女を見おろしていたが、表情は読めない。

「オーウェンの具合はどう？」

「文句を言ってる。いい兆候だ」

彼女は手をおろし、軽く彼の肩を押しやった。彼は体を起こし、立ちあがった。彼女も起きあがってのびをする。「ずうずうしいわね、文句を言ったり、めそめそしたり。自分が病気になって足止めさせせてるくせに。それを、わたしのせいみたいに不満たらたら。神さまはお見通しよ」

「まあ、あいつも男だから、ミス・スミス」

「男にもなってない、お子さまよ。いまから文句を言ってて、あと五年経ったらどうなるのやら」

また、彼はくすくす笑った。やはりかすれた声で。でもキャロラインは、自分が彼を笑わせたことがうれしかった。彼女は彼を見あげてもう一度のびをし、彼のベッドからおりた。足で室内履きを探して履き、脚を曲げて足首のリボンを結んだ。

「おれのような紳士のいる前でも、不思議ときみは緊張しないんだな、ミス・スミス。足首さえ見せるとは。そんなに気前のいい娘には会ったことがないぞ」

「じゃあ、見なければいいでしょ。そこにあなたが立ってるんだから、こうしないとリボンが結べないの」

「たしかに。さあ、階下《した》に行って昼食にしよう。オーウェンはミス・クロリンダが見ていてくれる。たぶん、またべつの理由であいつは熱を出すかもしれないが」

「どういうこと? まさか、ワインとか牛肉とか、胃に重いものを食べさせられてるんじゃないでしょうね?」

「いいや、ミス・スミス、食べさせてるのは、はちみつを少しのせたオートミール粥《がゆ》だ」

「よかった、もうそんな心配させないで。あら、いやだ、ひどい髪」

チルトン卿は黒髪が一本ついた櫛《くし》を彼女に渡し、ベッドサイドテーブルに置いてある小さな鏡を指さした。彼女がもつれた髪をとかし、鏡のそばにあった水差しの水を顔に跳ねかけるところを、彼はドアのそばで腕組みをして見ていた。彼女はさらに、やわらかなタオルで頬を軽く押さえた。

これまで女性が身じたくするところを見たのは、一度きりだった。あのとき彼はまだ青二才と言っていいほどの若造だったが、女の姿をほんの一瞬思いだしただけで、胸が張り裂けそうになる。彼女の顔は陰になって、はっきりと思い浮かべることもできないというのに。彼女のハミング、笑顔を思いだす。輝くような笑顔。それは彼に向けられたものだった。チルトン卿は向きを変えてドアを開け、せまくて埃っぽい廊下に出た。

「行くぞ、ミス・スミス」

深夜だった。もう〈黒髪亭〉に来て三日になる。おかしなことに、チルトン卿も同じく残っていて、キャロラインがそのことを言うと、「いまのところ楽しめるから」とだけ返ってきた。それしか言わない彼を、彼女はぶってやりたくなった。それでは彼女とオーウェンが愉快な珍品のようではないか。しかしそれでも、彼がいてくれるのはとてもありがたかった。彼がいなければ、彼女もオーウェンもそれぞれミスター・テュークスベリーに耳をつかまれ、つまみだされていただろう。

ミスター・ファルクスはあとを追ってきている。彼女にはわかる。だから真夜中に部屋をノックされたとき、彼女は起きあがることも返事をすることもなかった。するとドアが勢いよくひらいて壁にぶつかり、前はチルトン卿の部屋だったが二日前にオーウェンに譲ってくれた部屋へ、ミスター・ファルクスが乗りこんできた。

「おお！」

「こんばんは、ミスター・ファルクス。どうしてここがわかったの？」

「どうしてだと？　おまえの目は節穴か、この愚か者――」

「声を小さくしてもらえませんか、おじさま。あなたの息子はまだ具合が悪くて、眠っているのよ」

ミスター・ファルクスはうなり声をあげ、毛布の山の下で丸くなっている息子に目をやった。「どうしたわけだ？」

「雨のなか、ひと晩じゅう馬を走らせてきたの。それで風邪を引いてしまって。でも、よくなってきているし、週末には快復するはずよ」

「おまえはわたしの息子を人質にとって、それから殺そうとしたのか？」

「人質？　レディが紳士を人質にとっただって？」

響いた声に、ミスター・ファルクスはきびすを返した。貴族の男がそこにいた。貴族にまちがいない。ミスター・ファルクスは、二マイル先からでも相手が貴族かそうでないかを判別できた。尊大な雰囲気、上からものを見る態度、気どったしゃべり方には、腹が煮えくりかえる。そうとも、あのいとこのような男には。わたしこそがもっといい家柄の家系に生まれてくるべきだったのに。だがナイトの称号を持っていたいとこは、少なくとも、もう何年も前にこの世を去った。

「そうよ」キャロラインが言った。「オーウェンから聞いていないなんて、驚きだわ。でも、きっとわたしをかばおうとしてくれたんでしょうね。たしかにわたしは、オーウェンを人質にしたわ。そして彼も、自分の名誉にかけて沈黙を守らなければならないと思ったんでしょう。こちらが彼のお父さま、ミスター・ローランド・ファルクスよ。おじさま、こちらはチルトン卿」

「つまり、あなたは彼女の父親か」

「なんですと？」

「いや、もしオーウェンが彼女の兄ならば、そういうことになるのではないかな?」

ミスター・ファルクスは背筋を伸ばした。黒い外套《がいとう》とブーツ姿が、なんとなくおそろしく見える。「わたしは彼女の許婚《いいなずけ》だ」彼は言った。「だが、あなたにはなんの関係もないことだ、チルトン卿」

「おや、たしかにおれの知ったことではない。が、この若いレディのお相手として、あなたは少しばかり年配すぎやしないかな。あなたの息子さんがどうして人質になったのか、尋ねてもよろしいか」

「人質などではない、ばかなことを。息子は男ですぞ。いや、どんな質問もお断わりする。いらぬお節介だ。どうぞ、お引き取りを」

「許婚なんかじゃないわ」キャロラインが立ちあがった。「こんな茶番はやめて、ミスター・ファルクス。チルトン卿、この男はわたしが先週、十九歳になるまでのあいだ、わたしの後見人だったの。強引にオーウェンと結婚させられそうになったけど、そんなばかげたことを受けいれるわけにはいかないわ。そうしたら、今度は自分でわたしを無理やりものにして結婚させようとしたの。それでわたしは逃げ、オーウェンを人質として一緒に連れてきたというわけ」そこでオーウェンに目をやると、もはや目を覚ましたオーウェンは目もとまで上掛けを引っぱりあげ、父親の金をくすねたところを見つかったかのような風情《ふぜい》で、父親を見つめていた。「そこでオーウェンが風邪を引いたのよ」

「なるほど」とチルトン卿。

「お帰りください、サー」ミスター・ファルクスが言う。

「どうしてここがわかったんだ?」

ミスター・ファルクスは息子を見て言った。「だいぶ雨が降っただろう。おまえたちが休憩した宿では、どこでもおまえたちを覚えていた。それに、おまえたちが逃げた方向に五人の男を差し向けたからな」

「その人たちの報酬も、わたしのお金で支払ったんでしょうね、この泥棒!」

「どうでしょう、ご主人」いまやミス・スミスが怒りに燃えたまっ赤な顔で火かき棒を左手に持ち、スカートにひそませているのを見てチルトン卿が言った。「どうやらこちらのミス・スミスは――」

「スミス? なにをばかなことを。スミスだと? 彼女の名前はダーウェント＝ジョーンズで、わたしは彼女の許婚だ。ここを発《た》つ前に式をすませよう」

「――つまり、ミス・ダーウェント＝ジョーンズは成人しているということですね。つまり、彼女が結婚したくなければ、しなくてもよいというわけだ」

「いや、結婚しますとも。彼女の評判は地に落ちている。わたしと結婚して汚名をそそぐしか道はないのだ」

「それくらいなら、オーウェンと結婚するわ!」

ベッドから情けない声があがった。

「おまえは黙っておれ、おまえに押しつけたりはせん。わたしが自分でやる。きっとわれながら後悔するだろうが、それでもやる」

チルトン卿ノース・ナイティンゲールは、まずミスター・ファルクスを見た。それほどの悪人には見えないが、筋金入りの頑固者であるのはまちがいなく、なんとしても望むものを手に入れようとしている。次に、視線をミス・ダーウェント＝ジョーンズに移した。例の火かき棒をいまにも振りあげ、ミスター・ファルクスの頭を殴りつけそうだ。さらに、情けない声をもらしているオーウェンを見た。毛布のすぐ上に見える目はきつく閉じている。「ご存じですか、ミスター・ファルクス。ミス・ダーウェント＝ジョーンズは、この三日、ぼくのベッドで眠っていました。それから朝は、いつも決まって、彼女の眉を指でなぞって起こしていました。彼女が髪を梳《す》いたり湯浴《ゆあ》みをしたりするのを眺めているのは、このうえなく楽しかったですよ」

ミスター・ファルクスはただただ、彼を見つめた。

キャロラインも同じだった。彼の言うことはすべて真実。それを聞けば、ふしだらな女としか思えない。チルトン卿は、ミスター・ファルクスから彼女を救おうとしてくれているのだ。

「財産を渡してちょうだい、ミスター・ファルクス。いますぐ書類にサインして、わたしに渡して。わたしは自分のものを返してほしいだけ」

「おまえのものなど、なにひとつない。おまえは女にすぎん。自分のことを自分で管理できるものか。こんなふうに財産を遺すなぞ、おまえの父親はばか者だ。そうだ、だから、おまえは結婚するのだ――そしてわたしが――わたしが、おまえも息子も管理してやる。かわいそうなはとこのオーウェンが苦しんでいるあいだ、おまえはこの男とお楽しみだったというのに、それでもまだおまえを迎えてやろうというのだぞ」

「なんだ、このメロドラマは」ノースは暖炉に向かって言った。「しかも趣味が悪い。まるで、この三月にロンドンで起きた事件のようじゃないか。若い男が恋人に裏切られたと思いこみ、騒ぎを起こして、罪もないやつを殺し――」

「もうたくさんだ、だんな《サー》！」

「いや」ノースはやさしく言った。「だんな《サー》ではなく、わがきみ《マイ・ロード》だ。礼儀は忘れないようにしたまえ。さもないと決闘を申しこみ、けがを負わせてやるぞ。そうすれば、おまえはオーウェンと並べて寝かされ、一緒に文句を言うことになるだろうな」

「この思いあがった若造が」

「おや、けっこうな言い草だ。そんなふうに形容していただくとは」

キャロラインはふたりの男に目を丸くし、背筋を伸ばして言った。「ミスター・ファルクス、せっかく来ていただいたんですから、オーウェンのことはおまかせしたわ。わたしはもう出発します。チルトン卿、お力添えありがとうございました。ほんとうに助かりました」

「どこにも行かさんぞ、おまえはわたしのものだ！」ミスター・ファルクスは通りすぎようとした彼女の腕をつかみ、引っぱった。そのとき彼女が火かき棒を振りあげ、ファルクスの肩を打つ姿を、ノースはあっけに取られて見ていた。

ファルクスは悲痛な声をあげて手を放した。「この、ばか娘が――」

キャロラインはいま一度、彼のもう片方の肩を打ち、火かき棒を投げ捨てた。両手をたたいて汚れを払い、旅行かばんを取ると、衣服を詰めはじめた。

「死ぬところだったぞ」

「死んでないでしょ」キャロラインは彼を見ることもなく言った。「死んでほしかったけど。もう放っておいて、ミスター・ファルクス。弁護士に連絡させますから」

キャロラインはマントを手にし、部屋からすたすたと出ていった。ミスター・ファルクスはあとを追おうとしたが、毛布の牙城《がじょう》からあらわれたオーウェンが言った。「やめなよ、父さん、彼女を行かせてやって。彼女はぼくとも、父さんとも結婚しない。世間でなんと言われようが、彼女は気にしないんだ。お願いだ、父さん、財産を渡してやって。もう終わりにしよう、家に帰ろうよ」

「びた一文、あの娘にやるものか。それになんだ、おまえは。めそめそしおって、当てにならん。なにもかも台なしにした報いを受けさせてやるぞ」

「台なし？　父さん、ぼくは病気になったじゃないか。ぼくが病気にならなけりゃ、ぼくらを見つけられなかっただろう？」

「ばかなことを言うな、オーウェン。あの娘がどこに行くか、わたしにはわかっておる。コーンウォールにいる、おばのエリーのところだ。トレヴェラスとかなんとかいう町だ。もしここでおまえたちが見つからなかったら、そこに向かっておった。だが、ここで見つかったのはよかった。でなきゃ、あのいまいましい女が娘をかくまっていただろうからな」

ノースはみぞおちを蹴られたような衝撃を受けた。トレヴェラス？　おばのエリー？　一瞬、意識が遠のき、刺すような痛みに襲われた。同じ痛みを、もうすぐあの娘も味わうことになる……。

「たいしたものを見せてもらいましたよ」ノースはミスター・ファルクスに言った。そしてオーウェンに向かってうなずくと、意外にもオーウェンは友好的に応えた。「看病してくれてありがとう、ノース。また会えるといいな。ピケットの戦略をもっと教えてほしいし」

「ふん」とファルクス。

「そうだな」ノースは答えた。「じゃあな、オーウェン、ミスター・ファルクス」

ミスター・ファルクスは無言でおざなりな会釈《えしゃく》をした。そして息子に向かって言った。

「おまえはここに残れ、オーウェン、あたたかくしていろ。だが、まあ、よくもそれだけの毛布をかぶって耐えていられるな。わたしはミス・ダーウェント＝ジョーンズのあとを追う。

そう遠くへは行っておるまい。今度はしてやられんぞ。こっちがやってやる。わたしは男で、頭も働く。目にもの見せてくれるわ」

その言葉が、廊下に出て歩きかけていたノースにも届いた。なるほど、そういうつもりか。

6

ノースはテュークスベリーをまじまじと見つめた。たいしたもんだと感動し、思わず吹きだしそうになるのをこらえた。

「ちょっと、だんな、そんなあきれたような顔をなさってますがね、あのあま——いや、嬢ちゃんときたら、宿代を踏み倒して行っちまった。わたしの言ったとおりだ。どうすればいいんですかね」

うかつだった、とノースは思った。わかりきっていたことじゃないか。オーウェンにかかった金を、どうして彼女が払わなきゃならない？　オーウェンは人質だ。人質……。ノースはまたしても、こみあげた笑いをこらえた。女が男を人質にとった、だと。彼は肩をすくめて言った。「彼の父親が二階にいる。名前はミスター・ローランド・ファルクスだ。当然、彼が払ってくれるんじゃないか」

「でも、なんだってあの娘は父親が来たとたん、籠《かご》から出た鳥みたいに飛んでいっちまったんです？」

「どうやら」ノースは前のめりになり、内緒話をするかのように言った。「ミスター・ファルクスの妻のマチルダが、ドイツ人の召使いと駆け落ちしたらしい。娘は母親の味方になって一緒に逃げたが、兄もくっついてきた。娘は父親を毛嫌いしているんだな。なかなかいやなやつだということが、おまえもわかるだろうよ」

「ああ」とテュークスベリー。「なるほど、そういうわけですか。召使いと、ねえ？　ドイツ人ですって？　そりゃ親父も気の毒に」

ノースはまじめくさった顔でうなずいた。自分の勘定を支払い、ミスター・テュークスベリーにうなずいて、宿を出た。宿の庭に入っていくと、乗馬用の鞭を軽く腿に打ちつけた。どんよりとした朝だが、あたたかくはなりそうだ。

雨も降りそうだが、イングランドでは雨はつきものだ。とくに、この南西の海岸地帯では。ノースは馬屋番のひとりを呼び、ツリートップを連れてくるよう申しつけた。ツリートップはずっとつながれて退屈しているだろうから、疾風《はやて》のごとく駆けてくれるだろう。彼女に追いつかなければならないが、そう長い時間はかからないだろう。ツリートップは脚力のあるすばらしい駿馬《しゅんめ》だ。

馬屋番の少年は敬礼して軽く頭を下げると、宿の横に建てられたおんぼろの大きな馬屋に駆けていった。しかしすぐに赤い顔をして戻り、必死の形相《ぎょうそう》であちこち目をやって助けを探したが、だれもいなかった。

「馬がいねえんです、だんなさま」

「なんだと？　前肢に白い靴下を履いた、鹿毛の去勢馬だぞ」

「わかってやす、だんなさま、でもスパーキーの話では、若いレディがツリートップに乗ってって、自分の馬を残してったとか。だいぶ年取った気の強え牝馬です。前肢はしっかりしてるが、脚は速くねえってこってす、だんなさま」

考えてみれば驚くようなことでもない。だが今度ばかりはノースも愉快というよりは、腹が立ってきた。彼女はミスター・ファルクスをやりこめ、今度は彼にもやってくれたというわけだ。なんの苦労もなく。きっとツリートップを見て、自分の馬よりも速く走れそうだと踏んだのだろう。彼女の馬はどうやらここに着いてから食ってばかりだったのか、ぼんやりとして眠そうだ。

「さて、どうしようか、馬のばあちゃん？」

年老いた牝馬は、退屈そうな顔で彼を見た。

「悪いな。だが、しかたがないんだ、すまん。おまえのご主人さまを探そう。おれの馬に乗っていったとすれば、方向をまちがえているかもしれん」

数分後、小さな紙きれが革の鞍《くら》の折り返しにはさまれているのが見つかった。そこにはこう書いてあった。

チルトン卿へ
あなたの馬を拝借して申し訳ありません。でも、ミスター・ファルクスに追いつかれたくないのです。今度追いつかれたら、銃を使うような事態になりかねません。馬はかならずお返しします。どこに行っても、グーンベルのことを人に尋ねて調べますから。

あなたのしもべ、キャロライン・ダーウェント＝ジョーンズより

五分ほどして、ノースもまたコーンウォールへの道を引き返していた。ロンドン行きはとりやめだ。男の野暮《やぼ》用、かわいい愛人、女優のジュディス。彼女は芝居のせりふを覚えるためなら、相手が彼でもどんな男でも、操《みさお》を立てるとはかぎらない。ノースはため息をついた。まあ、ジュディスはいつもおしゃべりしているわりに、頭の回転が少し鈍《にぶ》い。ある晩など、彼が快楽の極みに達したばかりというときに、陽気な声でこんなことを言いだした。「オセロのデスデモーナを演じるなんて、とんでもないわ、わがきみ。長いブロンドのかつらを――黄色っぽいブロンドのかつらをかぶるなんて――しかもイアーゴーに謀《はか》られて、すてきなムーア人の夫に殺されるのよ。そのあと夫は悔やみに悔やんで、わたしの愛らしい姿を上掛けや枕に写し取り、苦悩のうちに自殺するの、それから――」
あのとき彼はうめき、指がうずいて、彼女ののどに手をまわしそうになった。あのばかげ

た出来事を思いだすと、あやうく声をあげて笑いそうになる。ジュディスはベッドのなかではすばらしいと思っていたし、実際にそうだったが、頭は悪かった。しかしそんなことはどうでもよかった。絶えずおしゃべりしているのには閉口するが、いったん彼女に愛撫され、キスされれば、そんなことはどうでも……くそっ、いまは自分の馬を盗んだとんでもない娘を追いかけているのだ。ツリートップは婦人用の横鞍をつけたことがない。どこかの水路で、首の骨を折った彼女の遺体が見つからないよう祈るばかりだ。

彼女の姿はまったく見つからなかった。ツリートップは彼でさえ手にあまることがあるのだから、どうやら彼女は馬を操るのがうまいらしい。しかし初めての人間だぞ？　しかも、ツリートップの大きな背に厚かましくも横鞍をつけた、初めての女だ。

こうして昼間もおおっぴらに馬を駆けさせられるノースとちがって、ミス・ダーウェント＝ジョーンズのほうは昼間、姿を隠さなければならない。そして彼女は、少なくともばかではない。昼は休憩し、夜だけ馬で移動するという以前と同じやり方をつづけているのはまちがいなかった。そういうわけで、彼はエクセターを抜けてボーヴェイ・トレイシーに入り、道路脇の小さなカエデの森で数時間やすんだあと、リスカードまでいっきに走るという行程をたどった。そして〈裸のガチョウ亭〉に宿を取り、六時間ほど眠った。そして翌朝六時、また出発した。

ありがたくも天気はもってくれていた。ノースは旅を楽しんでいた。こんな状況でなければとても乗りたくないような馬だったが、乗ってみるとこの牝馬は根性があって抜群に辛抱強かった。だから売り払おうとか、宿に置き去りにして新しい馬を調達しようなどという気は起きなかった。そう、馬の名前すらわからないが、とても気に入っていた。長い最初の一日が終わりに近づき、そろそろリスカードに着こうかというころ、彼は牝馬に〝女王さま《レジーナ》〟という名をつけていた。実際、彼女は〝女王さま〟になっていたからだ。「仮の名だからな」そう言って、彼はレジーナのしっかりした首をたたいた。「おまえのご主人さまを見つけるまでだ。うまくいって彼女に会えたら、おまえもご主人さまの元に戻り、前の名前に戻れる」

翌早朝、リスカードの〈裸のガチョウ亭〉から外へ出たとき、レジーナは彼の姿を見て取ったのか、頭を上げて小さくいななき、頭を振った。そばまで行くと、レジーナは頭を彼の手に押しあててきた。

「なかなか甘え上手だな、レジー？　ほら、ニンジンだ、食ったら出発だぞ」ノースがレジーナのやわらかな鼻面をなで、ニンジンを食べさせるうち、いつしか彼女は笑っているような顔になった。ノースは彼女にまたがり、セント・アグネス・ヘッドに向けて出発した。それが今朝のことだ。

キャロライン・ダーウェント＝ジョーンズに再会したらどうしようか、とノースは思った。彼女のおばが殺されたと告げるのは、楽しい仕事ではない。それに、ミスター・ファルクスが彼女を捕まえにここまで来たらどうすればいいのだろう。ノースはため息をついた。彼女と関わりを持ちたくはなかった。強がっている彼女。世間知らずの彼女。ああ、そして、打てば響くようなユーモアに少なくとも二度は笑わされたことも忘れられない。思わず彼もユーモアで返し、おしゃべりをしてしまったが、あのときはとても自然で、少しも不愉快ではなかった。なんとなく、ウィンダム家の〈チェイス・パーク〉にいたときの感じに似ていた。もちろんほんの短い時間ではあったが、親友マーカスと彼の妻〝妃殿下《ひでんか》〟、そして彼らの使用人——たいていの人間が一生かかっても得られないような友人——と過ごしているときの心地よさを思わせた。だが、ノースは〈チェイス・パーク〉のあるヨークシャーを離れた。そろそろコーンウォールに戻るときが来たのだ。ついに家督を継ぎ、彼を待つ悪魔たちと対《たい》峙《じ》するときが。一年と三カ月前、彼は父親の不慮の死によって、チルトン子爵となっていた。

だがなによりも、彼はひとりでいたかった。ひとりのほうがうまくいく。犬と馬がいて、巨大でがらんとした邸《やしき》があって、少しばかりの使用人が働いている。彼らは生まれてからずっとあの邸に住み、ナイティンゲール家のことしか知らないように思える。

そうだ、だからミス・ダーウェント＝ジョーンズとは関わりたくない。一度だけでじゅうぶんだ。彼女の小さくてかわいい耳。彼女を起こすときにいつも指先でなぞった、形のよいあの弓形の眉。手をかけて締めつけこそしなかったが、すらりと優雅だったあの首。そんな彼女に、もう心惹かれたくない。そしてなにより、彼女におばが死んだと告げる人間にはなりたくなかった。背中を刺され、セント・アグネス・ヘッドの岩棚に突き落とされて死んだ、などと。

ノースはまっすぐ自分の邸〈マウント・ホーク〉に向かった。同じ名の村を見おろす、なだらかな丘の頂上にそびえる建物だ。ヘンリー八世がキャサリン・ハワードの可憐《かれん》な首をはねた時代から、ずっと村人たちを守ってきた歴史がある。まさにその斬首《ざんしゅ》の日、〈マウント・ホーク〉に立派な扉が取りつけられたという記録も残っていた。

ノースは、その陰鬱な建物が大嫌いだった。四角く角張った城。役にも立たない四つの塔があり、広い階段と廊下はすきま風が入り、軍隊が行進しているかと思うほど足音が響く石の床は冷え冷えとして、約百年も経ってようやく、祖先たちは分厚いトルコ絨毯《じゅうたん》を敷いたようだ。近くのバルデューから採石された淡い灰色の石で建てた城は、客観的に見れば美しいと言えたが、ノースは客観的ではなかった。だがこの城はいまやノースのものであり、大切にするべきものとなっていた。なぜならこの城は父から息子へ、三百五十年近くもの長きにわたってとぎれることなく、男子のみに受け継がれてきたという、それだけでも得がたい偉業の証《あかし》だからだ。たしかに心打たれる姿だった。どこかおそろしげで、威嚇《いかく》するような風情で丘の上に立つ城は、丘の斜面にも下の町にもその影を投げかけていた。

日も暮れかけたころ、上り坂をできるだけ苦労なく黒い鉄門まで上がっていけるよう、何度も急カーブを施した広い馬車道を、ノースは馬で駆けていった。敵軍や近隣領主の襲撃などもはやなくなったいまでは、楽しい道のりだった。城が建てられたころのことを想像してみる。まるで人間の頭にかぶせた兜《かぶと》のような風情は、孤高の存在に思えて胸に迫った。ノースが生まれる前からナイティンゲール家の門番を務めるトム・オラディーが、前歯の抜けた大きなすきまを隠そうともせず、満面の笑みで彼を迎えた。殴り合いの結果だが、けんかには勝ったそうだ。息をついたとたん、気を失ったということだったが。オラディーはビールとジョークが大好きな男だ。だが飲みすぎるし、すぐに暴力に訴える。

「おお、だんなさま！　おかえりなせえまし。今度のロンドン行きは短かったですな？　とんでもねえ街らしいが、ロンドンは。ミスター・クームとミスター・トリギーグルは、あと二週間はお戻りにならねえとおっしゃってたが」

「ただいま、トム。いや、ツリートップはどこだと思ってるだろうが、このかわいいおばあちゃん馬はレジーナというんだ。すごい馬だぞ、気概がすごい。おまえの甥《おい》っ子はどうだ？」

「まだ弱ってますだ、だんなさま、ですがミスター・ポルグレインが特製スープを毎日運んでくだすって、快復に向かっとります」

「よかった。次はボートから落ちて溺れたりするなと言っておけ」

「へい、だんなさま。あいつも身にしみたこってしょう。なんてったって、あいつをボートから突き落としたのは、あの鍛冶《かじ》屋の娘でさ。どうやら口説《くど》いて迫ってたのが、いやがられたらしくて」

ノースはうめいた——いや、少なくともうめこうとしたが、つい口もとがほころんだ。

大きな門を抜けて斜面を上がると、馬車道はさらに広くなり、巨大な邸が近づいてきた。三世紀ものあいだ、砦《とりで》から人間の住まいへ変貌しようとしてきたその邸は、ノースにとってたしかに自分の家と言えるものになったと思う。かつては跳ね橋まであり、十六世紀には無用の長物と思われていたが、翌十七世紀の清教徒革命時には、その跳ね橋のおかげで、オリヴァー・クロムウェルの円頂党の兵士に攻めこまれずにすんだのだ。しかしそれから長い年月を経たいまは、深く幅の広い堀も埋め立てられ、果樹園となってリンゴの木が茂り、斜面が波打つような美しい景色をつくりだしている。

ノースは手綱を引いてレジーナを静かに止め、灰色の石でできた巨大ないかつい建物を見あげた。陰鬱な空に吸いこまれそうなほど高くそびえている。男たちは戦い、征服するか、さもなければ死が待つのみ。すでに手にしたものでじゅうぶんなはずなのに、それでは満足できないものらしい。彼もかつては兵士だった。ナポレオンを阻止することが最終目標だった。少なくとも、自分ではそう思ってきた。だがじつを言えば、戦いのなかに身を置くことが好きだったのだ。自分自身を、自分の強さと知力を、どんな敵が相手でも試してみたかった。もし中世の世に生まれていたら、活躍できただろうと思う。そしてナポレオンがエルバ島に流されたままだったら、あれほど大規模な戦いもなかっただろう。そう思うと、ノースはつまらなくて気が滅入《めい》ることがあった。彼の友マーカス・ウィンダムも同じだろう。だがいまやマーカスは想う相手と結婚し、領地を守っている。これからノースがしていくのと同じように。人生とは、なんと思いも寄らぬものなのだろう。

ノースはレジーナに乗ったまま〈マウント・ホーク〉の馬屋へ行った。れんが造りの長い建物には馬具室、広々とした馬房、干し草入れなど、異常なほど几帳面《きちょうめん》な祖父が思いついたかぎりのものがそろっている。ノースはレジーナからおり、パ・ドゥに手で合図し、よたつく老人が来ると手綱を渡した。

明日はグーンベルに行ってみよう。巨大な真鍮《しんちゅう》のノッカーを握ってオーク材の扉に打ちつける彼は、いつしか笑顔になっていた。グーンベルか。〈マウント・ホーク〉は名前は立派だが、もしもここではなく、グーンベルの村を見晴るかす〈マウント・グーンベル〉とやらに住むのだとしたら、どんな気分だっただろう。

くすくす笑っていると、父親の代から執事を務めているクームが扉を開けた。声をたてて笑っている主を見て、クームは目をしばたたいた。

ノースはクームの驚いた顔を見て、その理由を思いやり、こう言った。「いや、もしも〈マウント・ホーク〉ではなく〈マウント・グーンベル〉という名だったら、どんなにおかしかったかと思ってな。おもしろいが、おそろしくもある」

クームは言われたことをしばし考えていたが、やがてこう言った。「そのように不吉なお考えに対して、大笑いしているというのはいかがなものでしょう、だんなさま」

ノースはうめいた。

「そういった反応のほうがずっとよろしいかと存じます」とクーム。「おかえりなさいませ、だんなさま。ですが、どうして二週間も早くお戻りになられたのですか」


彼女はまだグーンベルに到着していなかった。だが、こちらの方向に向かっていることはまちがいない。少なくとも、ここに寄らなければ〈スクリーラディ館〉に行く道がわからない。彼は、だれのどんなことでも知っていそうな猟師に話を聞いた。だが宿の女主人であるミセス・フリーリーのほうが情報通だった。やはり、ミス・ダーウェント・ジョーンズは着いていない。

彼はため息をつき、レジーナからおりた。わずか三十分で〈スクリーラディ館〉に着いた。トレヴェラスのすぐ郊外で、海から半マイルと離れていない。

長い歴史を感じる赤れんが造りで、野生のブーゲンビリアとバラとジャスミンに囲まれるようにして建つ邸宅には、召使いが三人いた。この愛らしい邸宅は、いまやミス・ダーウェント＝ジョーンズのものなのか、とノースは思った。まあ、確かなことはわからないのだが。

しかし、彼女がここに向かっていることはまちがいない。

出迎えてくれたのはドクター・ベンジャミン・トリースで、彼は見知らぬ紳士に邸を案内してまわっていた。

「ああ、これは、どうぞ入って。またどうしてここへ？」

ノースはまだなにも言えず、うなずいただけだった。

「こちらは事務弁護士のミスター・ブローガン。ペンローズ氏の遺言を執行するために、全資産の目録をつくりにいらしたんだ」

「なるほど」ノースは言った。「ミス・ダーウェント＝ジョーンズはいつ到着する予定なんですか、ミスター・ブローガン？」

ミスター・ブローガンは大きな茶色の瞳をぱちくりさせるくらいしか、驚きを見せなかった。

ノースの左肩を越えたあたりに目の焦点を当て、ミスター・ブローガンが言った。「あなたさまがこちらのご家族とそれほど親しい間柄とは存じませんでした。そうなのです、相続権を持ちますのは、ミス・ダーウェント＝ジョーンズとミスター・ペンローズ――おわかりのとおり地主さま側のご遺族ですが――そのおふた方だけなのです。ミスター・ベネット・ペンローズは、ここ五年ほどのあいだ、こちらに出入りなさっていたようです。もちろん、そのおふた方の前で遺言を読みあげるまでは、これ以上のことは申しあげかねますが」

「たしかに」ノースはドクター・トリースに向きなおった。「だいじょうぶですか、先生？」

「ああ、だがたいへんだよ、ノース、なんとも言えん。きみがロンドンに出立したあとも、なにも新しいことはわかっていない。ああ、そう言えば、早く帰ってきたものだな」

「ええ、まったく。ミス・ダーウェント＝ジョーンズに連絡の手紙は送ったのでしょうね、ミスター・ブローガン？」

やはりミスター・ブローガンに驚いた様子はなかった。「ええ、数週間前に。どうして返事がないのか、わかりませんが、まもなく到着するでしょう。週末までに到着しなければ、もう一度手紙を書きますよ。郵便は当てにならない場合もあるのでね」

「ええ、そうかもしれません」

「彼女とはお知り合いですか」

「ええ」ノースは答えた。

「しかし、どうしてまた？　そのようなことはあまり考えられませんが」

「ちょっと込みいった話でしてね、ミスター・ブローガン。まあ、ミス・ダーウェント＝ジョーンズを待とうじゃないですか」

女中頭のミセス・トレボーは紅茶とケーキを客間でふるまった。なごやかな会話がつづいた。しかししばらくしてノースは、ドクター・トリースとミスター・ブローガンから詮索《せんさく》されないうちに辞去した。いったいどうやってミス・ダーウェント＝ジョーンズと顔見知りになったのか、どうして彼もここにいるのか、いったい彼の目的はなんなのか。

どうやらミス・ダーウェント＝ジョーンズは、到着すれば、事務弁護士とドクター・トリースに迎えられるようだ。わざわざ彼の口から、どこかのおかしな男におばを殺されたなどと聞かされることもないだろう。彼自身、信じようとしているが、とても信じられないのだ。だが、ミス・ダーウェント＝ジョーンズが〈スクリーラディ館〉に行くことはなかった。

翌日の夜十時、クームはノースの書斎を小さくノックした。入ると咳払いをし、ノースの右肩越しに、陰になったマントルピースに視線を定める。その上にはハンブルクでつくられた古い時計が置かれ、ちょうど十回目の鐘が小さく鳴ったところだった。

「なんだ、クーム？」

「だんなさま、どう申しあげてよいやら、めったにないことでして、われわれも困っておるのですが。だんなさまにお会いしたいと、若い娘が来ております。このように遅い時間ですし、その娘の状態もなんともひどく、行商ならどこかよそに行けと言おうとしたら、なんと銃を抜いてわたくしに突きつけ、あなたさまに会わせろと、そう申したのでございます」

7

ノースはあっというまにクームの横を抜け、長くせまい玄関ホールへ足早に入っていった。彼女がいた。玄関扉のそばに立っている。頭を垂れ、肩を落とし、たったひとつの旅行かばんが左足のそばに置いてある。着ているマントはしわだらけで泥にまみれていたが、フードは脱いでいた。太い三つ編みにしていたらしい髪は、いまや巻き毛となって肩にはらはらと乱れかかっている。だらりと垂れた右手には、例の銃が握られていた。

その瞬間、彼女は頭を上げた。その顔に疲れはなかった。あるのは生々しいほどの深い苦痛と、不安だった。

「ミス・ダーウェント＝ジョーンズ」ノースは言いながら大またで近づいた。「なんてことだ、たいへんだっただろう、つらかっただろう」

彼女がごくりとつばを飲みこむのが、ノースの目に映った。そして、さらにもう一回。ノースは両腕を広げた。そんなことは考えもしていなかったのに。ほんとうならまったくおかしなことなのに。だが、彼女はその腕に飛びこんできた。そしてしばらくのあいだ、両手を握りしめて彼の胸に押しあて、身じろぎひとつしなかった。銃は彼女の手から落ち、なめらかな大理石の床の上をすべっていった。突然、彼女は泣きだした。全身が震えるほどしゃくりあげている。いまにもくずおれて彼に寄りかかりそうだった。闘志も強がりも、悲しみとショックで追いやられていた。

ノースはしっかりと彼女を抱いて引き寄せ、髪をなでてなぐさめ、いたわってやった。意味もない言葉をつぶやきながら、体を揺らして彼女をあやす。

ようやく彼女が頭を上げ、少し体を引いた。「知ってたのね」とひとこと。「知ってたのに、なにも言ってくれなかったのね」

「ちがう、言う機会がなかっただけだ。きみはあわてて出発したから」

「おばさまは亡くなってたわ、チルトン卿。いえ、ただ亡くなっただけじゃなく、殺された。どうしてそんな――」

ノースはそっと彼女の唇を指先で押さえた。「しっ。きみは疲れている。書斎に来てあたたまりたまえ。少しブランデーでも飲んでなにか食べれば、落ち着くだろう。さあ、おいで」

「飲み物とお食事をお持ちいたします、だんなさま。ですが、厨房にたいしたものはないかもしれません」

クームがノースのすぐうしろで言った。不満そうな声で。まるでノースの父親があのとき……いや、いまあんなことを考えるのはよそう。

「ありがとう、クーム。いまあるものでいい。さあ、ミス・ダーウェント＝ジョーンズ、一緒に来なさい」

彼女はマントを脱ぎ、まるで自分を落ち着けようとしているかのように、それをゆっくりと慎重にたたんだ。それから、たたんだマントを椅子の背にかけた。そしてため息をついたが、まだ彼のほうを見ない。たたんだマントのひだを何度か直したのも、無意識のようだ。彼女はそれから暖炉に向かって歩いていき、新しい薪を一本くべて、少しかきまわし、両手を火にかざした。ひとこともしゃべらず、身動きもしない。ついこのあいだ、マッキーのひざに座って笑い、意気揚々としてビールをあおり、咳きこんで顔をまっ赤にしていた彼女とは、まるで別人だ。あたたかさを逃がさないために、ノースはそっと書斎のドアを閉め、なにを言ったらいいかと思いながら振り返った。彼女はおばのエリーに会うために後見人から逃げてきた。しかし、予想だにしなかった悲劇に直面した。

暖炉の前に立つ彼女を、ノースが無言でただ見守っていると、クームが古びた銀のティーポットを盆に載せて入ってきた。ティーポットの側面には、リンカンシャー州の歩兵第十二連隊のデニー大佐がまだハンサムだったころ、顔にぶつぶつとできていた水痘《すいとう》の数以上のへこみがあった。カップとソーサーはあまりに古くて欠け、半世紀も前から使われてきたものにちがいない。食べ物にしても、ふた切れのパンの端には少しカビがついているし、カップに盛ったコーンウォール地方のクロテッドクリームは白というより黄色で、ひとつきりのスコーンは武器になるのではないかと思う代物だった。ノースはクームをにらんだが、クームは目を合わさず、しかたございませんというように肩をすくめただけだった。ノースはなにも言わなかった。ノースが執事を叱りつけているところなど、いまのこんなときに、客人は聞きたくもないだろう。

ノースは自分と彼女に紅茶をついだが、レモンもミルクも砂糖もすすめることができなかった。どれも盆の上になかったからだ。

「ありがとう」彼女は熱い紅茶をありがたく口に運んだ。が、吹きだして咳きこみ、あわてて口をナプキンで押さえた。「こ、これはパンチがあるわ――」

ノースがおそるおそる紅茶をひと口含んでみたところ、舌がもげるかと思った。アイリッシュ海の吹きすさぶ嵐よりも強烈で、国王陛下の船で味わった飲み水くらいしょっぱくてまずい。パンチがあるにもほどがある。

「すまない」ノースは彼女のカップを取った。「とにかく、ここで少しやすんでいてくれ。べつのものをなにか持ってくる」彼は厨房に行き、全員の尻をそろえて並ばせ、しこたま蹴りあげてやりたかった。だが彼女をひとりにしたくないと思った。少なくとも、いまはまだ。

彼女の顔には血の気がなく、途方に暮れて疲れ果てている。彼はサイドボードからブランデーを取ってきた。「これを。うちの料理人がお茶のつもりでいれたものより、ずっと体があたたまる」

キャロラインはゆっくりとブランデーをすすった。マッキーのエールビールから学ぶことがあったらしい。じょじょに彼女の顔に赤みが戻ってきた。「おいしいわ。ミスター・マッキーのビールより刺激が少ない。正直、さっきの紅茶よりもね。ブランデーを飲んだのは初めてなの」

「薬だと思えばいい」ノースは言った。「スコーンはどうだ？」

キャロラインは盆に載ったそれを見て、困ったように彼を見あげた。ノースはつい五分ほど前に思ったよりもさらに強く、召使いたちを全員蹴りあげてやるぞと誓った。彼女はゆっくりと首を振った。「いいえ、おなかはすいてないから。でも、ありがとう」

ノースは少しのあいだ火を見つめ、そして言った。「おれから話したかったんだが、きみがいつ到着するのか、最初にどこへ行くのかわからなかったのでね。〈スクリーラディ館〉には行ってみたが、ミスター・ブローガンという弁護士がいて、おれはあまり歓迎されないかと思って。きみのおば上のことは残念だった。エレノア・ペンローズのことは、おれも大好きだったよ。おれがまだ十歳の子どものころ、初めてこの土地にやってきたんだけどね。人気者だった」

「そう思わない人もいたようだけど」

彼女の目にまた涙が湧いてきたが、ノースは動かず、なにも言わずにいた。

「グーンベルの宿のミセス・フリーリーから、あなたがおばを発見したと聞いたわ」

「ああ、そうだ。なあ、ミス・ダーウェント＝ジョーンズ、きみはとても疲れている。〈スクリーラディ館〉に行くには、もう遅い。今夜はここに泊まって、明日おれが連れていこう」

うれしいことに、彼女はひねた笑みを浮かべた。「朝食にブランデーを飲むって、かまわないのかしら？」

ノースはほほえんだ。なんとも妙な感じがしていた。「朝食にはかならずおいしい紅茶を出そう。献立やなにやらについて、ちょっと料理人に話してみるから」

「執事さんには門前払いをされるんじゃないかと思ってしまって。銃で脅したりしてごめんなさい、でもほかにどうすればいいか、わからなかったの」

「気にするな。執事もびっくりしたようだが、それだけだ。執事の態度については、彼らが生まれる前からこの〈マウント・ホーク〉には女性がいなかったからとしか言いようがない。執事も料理人も、どう受け止めればよいのかわからなかったんだろう」

「料理人も、わたしを迎えたくなかったようね」

「彼も男なものでね。ミスター・ポルグレインというんだ」

彼女が椅子で舟をこぎそうになっているのを見て、ノースは立ちあがった。「ちょっと失礼するよ、ミス・ダーウェント＝ジョーンズ。きみの部屋を用意するようトリギーグルに言ってくる」

「そのトリギーグルさんは、スカートをはいているの？」

「いや、ミスター・オーガスタス・トリギーグルだ。さっきも言ったように、ここにはもうずっと女性がいない。男だけの邸なんだ」

「まあ、ごめんなさい。それはあなたもさぞたいへんでしょう」

「いや、べつに」言い方がそっけなくなり、ノースは笑みをつけたして印象をやわらげたが、ふだんは笑うことのない自分がまたしてもすんなりとほほえむことができた。あまりにもすんなりと――。考えてもみろ、と自問する。彼女はあわれに思ったんだぞ。この邸では女性が廊下をぱたぱたと行き来することもなく、においに敏感な女性が室内の空気を嗅いでいいにおいかどうか調べることもなく、ほんの少しほころびただけのシーツに舌打ちすることもなく、暖炉がまっ黒だと言って絶えず困っていることもない、そんな状況を。なのにおれは、笑顔で〝平気だ〟と告げている。しかし、この女性がいない環境をほんとうにありがたいと思っていることを、ノースは彼女に言いたかった。たしかに友人のマーカス・ウィンダムのようなほかの男なら、女性のいる環境はすばらしいのかもしれないが、ノースにとってはちがう。こんな環境でもやすらぎを感じている。だが気づくと彼は、また彼女にほほえんでいた。彼女はもう眠りそうだった。この邸に迎えられるという、めったにない体験をしている自覚もない。そうは言っても、めったにない体験をしているのは彼のほうだが。

ノースは赤々と燃える暖炉の前でぐったりしている彼女を残し、トリギーグルを捜しにいった。年齢の割に白髪が多いが、おおぜいの男がうらやむような美男子であるトリギーグルが、毎晩ひっかけるグーンベル・エールを飲みすぎて、清潔なシーツと室内便器の区別もつかないほど泥酔していないことを祈った。

だがトリギーグルは、一滴も飲んでいないのではないかという様子だった。それどころか、彼はすでにきれいになった木製カウンターからポルグレインがパンくずを払うのを見ながら、そのポルグレインやクームとなにやら話しこんでいた。トリギーグルは若いころと変わらず、すらりと背が高く姿勢もいい。ノースは厨房の入口に立ち、彼が子どものころから——正確に言えば、彼が五歳でここに来て暮らすようになってから——知っている三人を眺めていた。が、いまにも口をついて出そうな盛大な悪態をこらえ、大きな咳払いをした。

「あっ、だんなさま」クームが、頭のはげた男にありったけの毛はえ薬を売りつけたばかりのよろず屋さながらの、猫なで声で言った。そそくさと前に出て、通りがかりにポルグレインのエプロンで手をぬぐった。「なにも問題はございませんか？」

「いや、大ありだ、おまえたちみんな、わかっているんだろう。まあ、だれもかれもがへまをしてくれたことは、また明日話すことにする。トリギーグル、客人に部屋を用意しろ」

「ですが、だんなさま、部屋などございません！」

「ばか言うな、クーム。この邸は村より広いじゃないか。少なくとも二十以上の部屋があるはずだ、このばか者」

「おっしゃるとおりでございます、だんなさま」トリギーグルが五フィート十一インチの体をぐっと伸ばし、主人を圧倒しようとしたが、どうあってもノースに効き目はなかった。

「ですが、ミスター・クームの言うことももっともです。われわれは令嬢にお食事をお出ししました。じゅうぶんな援助をいたしました。それなのに、ここにお泊まりに？　そのようなお話は聞いたことがございません、だんなさま、ありえません。ここは紳士だけの邸です。世間が――」

「世間がどうした？　なにをばかげたことを言ってる。さあ、つべこべ言わずに言うことを聞け。彼女はミセス・エレノア・ペンローズの姪御《めい》どのだ。ついさっき、おば上が亡くなったことを知ったばかりなんだ」

「おお、なんという」クームが言った。「そんなことはおっしゃいませんでした。ただわたくしに銃を向けて、こわい顔をなさって。頭がおかしいのかと思いましたよ、だんなさま」

「まったくもって、残念なことです」とトリギーグル。「そのような知らせを聞けば、女性がヒステリーを起こすのもしかたがない。われわれの想像も及ばないほど、女性というものはそういうものなのではないでしょうか」

「〈スクリーラディ館〉へ行かれたほうが、居心地がいいのはまちがいありません」ポルグレインも言う。「あちらには令嬢に手を尽くし、おなぐさめする女性がいます。それに、あちらでは食材もすばらしいとか」

「さっきおまえが出したものよりは、うまいだろうな」ノースは言った。「まったく、ポルグレイン、あのスコーンをおまえにぶつけたら死ぬんじゃないか――石そのものだったぞ。いや、話はもういい。これ以上話していたら、干からびた女嫌いのじいさん三人組かと思われるぞ、まったく。いや、もう言うまでもなかったか。だがよく聞け。ミス・ダーウェント＝ジョーンズはまだいたいけな娘さんだ。おれのほかに頼る者もいない。疲れ果てて、ひと晩たっぷり眠りたいんだ。〈スクリーラディ館〉に連れていくには時間も遅い。とにかく動け、トリギーグル、これ以上ぶつぶつ言うな」

「かしこまりました、だんなさま」トリギーグルは最高におごそかな声で言った。「〈秋の間〉をご用意しようと思います」

「あそこは暗くて寒い」ノースはどの部屋かわかっていてよかった、と思った。「あんなところで眠ったら、肺炎を起こしかねないぞ。それに換気もしなければならないだろう」

三人の召使いは顔を見あわせた。クームがそろそろと言った。「もし具合が悪くなられたら、長いことここにいらっしゃることになるんでしょうか」

ノースはうなずいた。「そうとも。空気が悪くてしかも湿っぽい部屋に泊めたりしたら、まちがいなく具合が悪くなる。瀕死《ひんし》になるかもしれん。そうすると、長いあいだここに留まることになるぞ。クームが思うよりもずっと長く」

「ご高察です、だんなさま」クームは言い、咳払いをしてつけ加えた。「〈ピンクの楕円《だえん》の間〉がよろしいかと存じます。やはり女性ですし、女性と言えばピンクがぴったりではないでしょうか」

「そうだな」ミスター・トリギーグルがしばらく考えこんだあとで言った。「あの部屋は昨日一日、窓を開けてあった。新しい召使いのティミーに掃除をさせて――いえ、ちょっと練習をさせておりましてね、だんなさま――昨日は雨も降っていなかった。そうだな、クーム、それがいい」

ノースはただ頭を振るしかなかった。ここに戻ってきた自分を三人がこころよく受け入れ、迎えてくれたことには感謝していた。なにしろ〈マウント・ホーク〉は父の死後、彼らのものだったと言っても過言ではない。ここに女が泊まるとなったら、彼らは自分を閉じこめておくのだろうか。ミス・ダーウェント＝ジョーンズの扱いを見ていると、いかにもありそうなことだ。明日の朝には彼女が出ていってくれるようでよかった。でなければこいつらは、彼女に毒でも盛りかねない。

ノースはクームもトリギーグルも自分を見ていることに気がつき、それでよし、とでもいうようにうなずいた。彼らは自分の好きなようにしているのだから、まぬけな感じがしたが、それでも彼は言った。「〈ピンクの楕円の間〉ならいいだろう、いや、なんとかなってくれないと困る」

ぐっすり眠りこんだ彼女を、ノースは二階の愛らしい角部屋に抱いて運んだ。その部屋からは、半世紀も前に植えられたリンゴの果樹園が見わたせる。そろそろ熟した大きなリンゴが、冬のあいだ村人に行きわたるほど鈴なりに実っているのを思い、ノースの口がうるおった。城から下ってゆく斜面をリンゴの木がおおいつくしているのが美しい。斜面が終わって平地になったあたりで〈マウント・ホーク〉の土地は三エーカー以上もの広がりを見せ、そこを小さな川がうねるように走っている。

かつてこの部屋は女性が使っていたのだが、だれなのかは彼も知らない。淡いピンクとクリーム色に室内を統一したのはだれなのだろう。男子の後継者が次々と生まれて〈マウント・ホーク〉を継いでいるのだから、少なくとも数年ずつは女性がここで暮らしたことはまちがいない。だが、彼の母がこの部屋を使ったことはなかった。ここに住んだのは彼の父と祖父だけだ。母が〈マウント・ホーク〉を訪れたことはあったのだろうか……。ノースはかぶりを振り、小さな思い出とそこはかとない心の痛みを追いやった。そう、今世紀に入ってから〈マウント・ホーク〉に住んだ女性はいないのだ。

家具類は古いので傷《いた》んでいたが、きれいに掃除され磨《みが》かれていた。すべてがレモンと蜜蠟《みつろう》のにおいがする。墓場のように暗い石造りのこの城がノースは嫌いだったが、それでも手入れが行き届いているのはすばらしいことだと思う。新しい召使いのティミーもしっかりとした仕事ぶりだ。男ばかりの邸というのも、女性の客人に礼儀正しくふるまえるのならば悪くはない。

ノースは彼女のすり切れたブーツだけ脱がせた。左足の靴下の甲側に穴があき、皮膚が赤くすりむけている。見るだに痛々しかった。彼は上掛けをかけ、一本きりのろうそくを消した。

クームが〈ピンクの楕円の間〉の外で待っていた。「ご令嬢はだいじょうぶでございますか？」

「眠っている。明日、いろいろ訊くことにしよう」

「あの、お部屋でございますが、だんなさま、〈マウント・ホーク〉の恥になるようなものではございませんでしたでしょうか？」

「ああ、召使いのティミーはよくやってくれた。そうだ、クーム、ポルグレインに言って、明日の朝食は豪華にするように。皿はひびのひとつもなく、ぴかぴかのものを。テーブルクロスはしみひとつないように。リネンのナプキンも忘れるな。いいか？」

「はい、だんなさま。肝《きも》に銘じましてございます。わたくしたちにも頭はあります。ご令嬢は朝食後ただちにご出立されるのですから、目的地への旅に向けて、胃袋を満たしてさしあげるのがわたくしどもの務めと心得ております」

だが、彼女の目的地とはいったいどこなんだ？　そしてミスター・ローランド・ファルクスはいつやってくるのだろう。そのときは、あのあわれなオーウェンも一緒にちがいない。

彼女はまだ若く、しかも女性で、この〝男の世界〟というものがわかっていないのだから、あの元後見人から守ってやるのは自分の務めだとノースは思った。しかし、どうすればいいのか、さっぱりわからない。

ノースは静かにドアを閉めた。眉間にしわが寄っている。クームが言った。「なにかご用がおありでしょうか、だんなさま？」

「いや。ただ、彼女――いや、たいしたことじゃないんだ。おやすみ、クーム」

「おやすみなさいませ、だんなさま。うまく切り抜けられますとも」

「切り抜ける？　たかが女がひとり、ちょっと立ち寄っただけのことを？」

「彼女が銃を突きつけたことをお忘れでございます、だんなさま」

「もう寝ろ、クーム」

「それはおそろしい形相でございましたよ、だんなさま。ほんとうに撃たれていたかも」

「撃たれて当然だ。早く寝ろ」

「はい、だんなさま」

　おそろしい悲鳴を聞いて暗闇のなか目覚めたとき、ノースは一瞬、トゥールーズの戦いに戻ったのかと思った。火を噴く大砲に囲まれ、フランス兵が撃ちまくる。鋭い銃剣が皮膚を貫《つらぬ》く。栄光をつかむか、さもなくば死か――もちろん、はらわたをまき散らし、断末魔をあげて死ぬなんて、だれも望むわけがないのに——だが、歴史に名を残すに足る英雄ナポレオンのために。これ以上の犠牲を出さないために。フランス兵の叫びがまだ耳にこびりついている——「栄光《グロワール》を！　栄光《グロワール》を！」たとえ仲間が倒れて息絶え、累々と積み重なった屍《しかばね》をまたいでいかなければならなくても、彼らは叫びつづける。何度も、何度も。「栄光《グロワール》を！　栄光《グロワール》を！」

ノースはベッドで跳ね起きた。自分がどこにいるのか、一瞬わからなかった。また悲鳴が聞こえた。そしてもう一度。だが男ではなく、兵士でもなく、女の悲鳴。女？　ここで？〈マウント・ホーク〉で？　髪をかきあげたとき、やっと頭がはっきりした。

そうだ、あわれなオーウェンを人質に取り、ノースの馬を拝借した、あの彼女がいる。おびえて泣き、疲れ果てて彼の城の扉をたたいた彼女。その彼女に、ノースは野生の雄牛でも倒せそうな紅茶を出し、紅茶で倒せなかったときの次の手にもなりそうなスコーンを出した。

ノースは部屋を飛びだし、ガウンをはおりながら走った。

8

ノースはドアノブをまわすや、まっ暗な部屋に飛びこんだ。

「ミス・ダーウェント＝ジョーンズ——キャロライン！」

激しい呼吸が聞こえ、ノースは考えるまもなくベッドに駆けよった。離れた窓からかすかな月明かりが差しこんでいる。銀色のほの明るい光だけ。だが、彼女がベッドに体を起こし、ベッドの柱のように身をかたくしているのはじゅうぶんに見て取れた。その目はまっすぐに、天蓋付きベッドの反対側にある淡いピンク色に塗られた衣装だんすにそそがれていた。

「いったいどうした？　悪い夢でも見たのか？」

ノースは自分の行動の意味もわからないまま、彼女をつかんだ。いや、理由など必要なかった。なぜなら彼女がそこにいるから。しかも、おびえて。マウント・ホークの村から城まで走ってきたかのように息を乱して。ノースは彼女を抱きよせ、しっかりと抱きしめた。大きな手で背中をなでてやると、服の下にあるすべすべとしたやわらかさを感じた。

彼女の体から力が抜け、彼女はノースの背中に腕をまわした。彼の胸に頬を寄せ、ささやくような声で言う。「駆けつけてくれてありがとう。あの、衣装だんすのうしろにだれかが隠れていたの」

「なんだって？」

彼女の唇が、ノースの首にふれる。またささやく。「衣装だんすのうしろにだれかいたの。男の人だったと思う。目が覚めると、そこに立ってた。わたしを見おろしてた。すごく荒い息をして。わたしが悲鳴をあげたら息をのんで、時間切れにでもなったのか、ヘビみたいに鋭い息を吐いてそっちに戻ったわ」

ノースはそっと彼女を押しやり、静かに言った。「横になってじっとしていろ」ゆっくりと立ちあがった彼の目は、部屋の暗がりにもう慣れていた。衣装だんすに目を向ける。なにごともない。なにかが動く気配もない。そこにあるはずのない影も見当たらない。だが衣装だんすのうしろに人が隠れられるだけのすきまがあることはわかった。男？　この部屋に？　ありえないように思う。だが……ノースは古ぼけた衣装だんすにつかつかと近づき、ハンドルをつかむと、勢いよく引きあけた。衣装だんすが前にかしぐ。手を離すと、ぐらつきながら衣装だんすは元に戻った。

悲鳴。男の悲鳴。

「出てこい、この野郎！　おい、出ろ！」

衣装だんすのうしろから出てきたのは男ではなかった。まだたった十二歳の召使い、ティミーだった。すみれ色がかった赤毛、白い肌が見えないほどそばかすだらけの顔。彼はいまおののき、口を大きく開けて、もし衣装だんすが倒れてきたら叫ぼう、わめこうとしていた。

ノースは一歩下がり、腕を組んで召使いの少年を見おろした。「どうして真夜中に、こんなレディの部屋にいるのか、説明したまえ」

「このお部屋を掃除したです、だんなさま」

「それはご苦労だった。だが、どうしていまここにいる?」

ティミーは助けを求めてあたりを見まわした。だが、だれもいない。彼は自分の靴を見つめて言った。「そのベッドのお嬢さんのおかげで鼓膜が破れそうだったです、だんなさま、ものすごい悲鳴で」言ったことを裏付けるかのように、召使いの少年は手のひらの付け根で側頭部をたたいた。「あんな悲鳴、聞いたことがないや、死ぬかと思った」

「わたしはおまえに質問したはずだが、ティミー。それに彼女が悲鳴をあげたのは、おまえが死ぬほどおどかしたからだろうが」

少年は主人を見あげ、破滅がすぐそこまで近づいていることを痛感しながらよろよろと立ちあがり、足もとを見つめた。ただうなだれ、自分のしたことを思えば重いにちがいない罰の宣告を待って、立ちつくす。先代の伯爵の話も、いやというほど聞かされた。その変わり者のご主人さまは、マクブライトさんがお天気の話にたとえて、だんなさまの頭の上にはいつも黒雲が浮かんでいるようだとかなんとか言っただけで、尻に杖が飛んできたという。

「ぼくはただ、このお嬢さんが見たかったです、だんなさま。それだけです。クジャクの羽根みたいにきれいな人だって聞いたから」

「なんだと？　まったく、おまえときたら。彼女もこの近辺に住んでいるほかのご婦人と変わらない、ただの女性だろう？　彼女を見たかったとは、いったいどういうわけだ。クジャクの羽根みたいにきれいだとは？」

キャロラインがノースのすぐうしろから言った。「このろうそくを持って、わたしの上にかがみこむように立っていたわ。ろうそくのあたたかさで目が覚めたの。あと、ろうそくのほんのりとした明かりで」

ティミーは息を吸い、ノースの向こうを覗きこむようにして彼女を見た。「なんてきれいなんだろう、天使みたい、王女さまみたいだ、クジャクの羽根っていうより」

「もういい」ノースはうんざりしきって言った。「彼女はただの女性だ。ふつうのご婦人となんら変わりはない。だが、おまえはその天使であり、王女であり、クジャクの羽根である彼女を、死ぬほど驚かせたんだ。いったい、おまえをどうしてやろうか」

「ねえ、天使ですって？」キャロラインがノースを押しのけて前に出た。

「はい、お嬢さん。髪は金を紡《つむ》いだみたいだし、ふさふさしてなめらかで、絹糸みたいで——」

キャロラインはノースに向いた。「この子のしたこと、べつにそれほど悪いことではないわ、だんなさま」

「べたぼめされたから、そんなことを言うんだな？　ふん、天使だって？　鏡を見てみろ、キャロライン。ひどいもんだぞ、その格好、髪は干し草みたいにピンピンで——」

「もういいわ、ノース。黙ってて」彼女はティミーのほうに身をかがめた。彼は捕まってから初めて、視線をそらしがちな緑の瞳にひと筋の希望の光を宿していた。「ほんとうは、どうしてここに来たの、ティミー？」

主人からは情けをかけてもらえそうにないが、女性ならもしかして少しくらいはと、ティミーは思った。「ミスター・クームの話を聞いたから。お嬢さんが銃を持ってて彼に突きつけて、死ぬほどびっくりしたって、ミスター・クームがミスター・トリギーグルに話してた。うちの父ちゃんの銃、こわれてて。狩猟罠がうまく働かなかったときには銃がいるんだ。おいらのきょうだい、みんな腹をすかしてて、だから食べ物がいるんだ」

「わたしの銃を盗むつもりだったの？」

彼はこくりとうなずいた。

「なるほどね」キャロラインは肩をすくめてほほえんだ。「わかったわ。どうやら、あなたのお父さんのほうが、わたしよりずっとこれが必要みたいね。でも、わたしはとっても悪い人に追いかけられているの。その人はわたしのお金がほしくて、わたしと結婚したがっているの。わたしは身を守るために銃を使わなきゃならないかもしれない。だから、その人とのことがすんだら、あなたに銃をあげるわ。それでいい？　ティミー？」

「だんなさまは助けてくださらないんですか、お嬢さん？　だんなさまが、悪いやつをとっちめてくれるんじゃ？」

「いいえ、わたしがやらなきゃならないことなの。だからね、その悪いやつと完全に片を付けたら、銃はあなたにあげるわ。どうかしら、ティミー？」

「ええ、お嬢さん、すごいや。父ちゃんもお嬢さんのこと、べっぴんだ、べっぴんだって言うに決まってる――」

「いい加減にしろ、ティミー」ノースが言った。「どうしておれのところに相談に来なかった？」

「だんなさまをわずらわせちゃいけないって、ミスター・クームに言われました。だんなさまはひとりでいるのがお好きだからって。ナイティンゲール家の紳士はみなずっと、ひとり静かに生きてきたって、ミスター・トリギーグルも言ってて。だからです。だんなさまにはご心配かけちゃいけない、みんなでだんなさまを守る、ご婦人みたいにこうるさい人間は近づけちゃいけないんだ、って」

「困っているのはいまも同じだぞ。せっかく気持ちよく寝ていたのに、おまえに急に起こされて――」

「もういいわ、だ、だんなさま。ティミーは謝ってくれたもの。さあ、これで問題ないでしょ？」

「もう寝なさい、ティミー」ノースは観念した。「このつづきは、また明日だ。おやすみ」

ティミーは神妙な顔でノースにうなずき、キャロラインには、へへっと笑ってみせた。彼が外へ出てしまってから、ノースはゆっくりと彼女に向きなおった。「まったく、きみの悲鳴で死ぬほど驚いたぞ」

「ごめんなさい。だってティミーに死ぬほどびっくりさせられたんですもの。あなた、髪の毛がピンピン逆立ってるわ。なんだかすてき」

ノースは髪をなでつけた。「ばか言うな。とにかく、きみのことだ。きみは天使で、大切なお姫さまで、その美しさの前には海も退《ひ》く、つまりきみはクジャクの羽根で——」

キャロラインは笑った。声をあげて笑った。そして彼の腕をこぶしで軽くこづいた。「自分でもおかしくなるから、やめて。そんなに並べたてられても困るわ。あなたを起こしたのは悪かったけれど、それくらいびっくりしたのよ」下を見た彼女は、ぽかんとして言った。

「わたしのブーツ、脱がせたのね」

「ああ、だがほかにはなにもしてないぞ、自分を見ればわかるだろう。東の棟に飾ってある裸体像みたいに裸じゃないんだから。近づいた距離で言えば、ティミーのほうが近かったくらいだ。左足の靴下は穴が空いてて、まめができてたぞ。よくは見なかったが。朝になったら手当てしよう」

「わかったわ。あなた、わたしのことキャロラインって呼んだわね」

「ドラゴンや強盗やあの卑劣なミスター・ファルクスからきみを救おうと部屋を飛びだしてきたときに、〝ミス・ダーウェント＝ジョーンズ〟では、少し仰々しすぎるだろう」

「いいの。キャロラインって呼んでちょうだい。あなたに呼ばれるといい感じ。よく通る深みのある声で、なんだかどきどきするわ。足のつま先までしびれそう」

「そうかな？　まあいい。まだ知り合ってまもないおれたちだが、これまでに経験したことを考えると、かしこまってばかりもいられない。おれのことはノースと呼んでくれ。まあ、すでにそうしているみたいだが」

「ノースのあとは、なんていうの？」

「正確に言うと、ペンリス男爵兼チルトン子爵フレデリック・ノース・ナイティンゲール、以上だ。おれのご先祖が長い年月をかけて手に入れたものだ。チルトン子爵になったときに〈マウント・ホーク〉を建て、下にある村も同じ名前に変えた」

「変える前はなんて名前だったの？」

ノースはゆっくりと、魅惑的な笑みを浮かべた。「〈鳩の足《ピジョン・フット》〉だったなんて言ったら、信じられるか？」

「いいえ。ねえ、ほんとうはなんだったの？」

ノースは肩をすくめただけだった。

彼女はしばらく思案顔だった。それから彼を見あげ、ほほえんだ。「ノース・ナイティンゲール。すてきな名前だわ。とてもロマンチック。お母さまがつけたのかしら？」

「それはないと思う」

「じゃあ、お父さまがロマンチックだったのね」

ノースはなにも言わなかった。沈黙のなかで空気が張り詰めていく。重苦しく気まずく、なにか黒いものが漂っているような。その黒いものがなんなのか、キャロラインにはわからなかった。だからあわてて言った。「すぐに助けに来てくれてありがとう。ほんとうに一瞬で駆けつけてくれたものね」

「礼などいい。さあ、また眠ってくれ」

ノースは彼女が壇から寝台に上がるのを手伝った。そして彼女のあごまで上掛けを引っぱり、肩をすっぽり包んでたくしこんでやった。まるで父親か、おじか、あるいは彼女を子どもだと思っている人間であるかのように。彼女にしてみればしゃくにさわるが、それでも安心できる心地だった。

「なあ、キャロライン、清らかなきみにミスター・ファルクスが悪さできないよう、おれが見張っててやる」

「やさしいのね、ノース、でも自分でなんとかなるわ。前もそうだったし、これからだって」

「そうか」彼の声はやさしかった。「だが、おれはきみから離れない。これからもあいつに目を光らせている。あいつはかならずやってくる、そうだろう？」

彼女の額にかかった巻き毛を、ノースはうしろに直してやった。そっと彼女の頬を手のひらで包み、にっこり笑って見おろす。そして、指先で彼女の眉をなでた。それがとてもやさしくて、キャロラインの奥にあるなにかを揺さぶった。なんの前ぶれもなく、彼女はわっと泣きだした。

ノースは彼女のそばで動けなくなり、経験したことがないほど途方に暮れた。彼女の隣に腰をおろすと、つかのまもぞもぞしていたが、彼女を胸に抱きよせた。「だいじょうぶだ」彼女の体を抱いたままゆっくりと揺らし、髪にささやく。「きっとなにもかもよくなる。ファルクスの話をしてこわがらせるつもりはなかった」

「いいえ、ちがうの、あいつのことじゃないの」キャロラインの小さな声は、涙で揺れていた。「あいつはただの虫けらよ。いざとなればわたしが殺してやるわ。ごめんなさい。さっきあなたが上掛けをかけてくれたとき――なんて言うか――お母さまがかけてくれたみたいだったから。あなたは髪を払ってくれて、頬を軽くたたいて、眉をなぞってくれて。ずっと昔のことだけど。わたしが小さいころ。もうずっと前のことなんだけど」ますますしゃくりあげる彼女を、ノースはただ抱きとめていた。彼女の孤独を感じながら。これから彼女は、さらなる苦悩と悲惨な出来事に向かい合わなければならない。また彼女は体を引いて洟《はな》をすすった。「こんなにぬらしちゃってごめんなさい。わたし、ばかね。いつもはぜんぜん泣かないの、ほんとうよ。だって、泣くなんて時間の無駄ですもの」

「なにを言うんだ、キャロライン。泣けば身も心もすっきりして、物事がよく見えてくる。人生はめちゃくちゃなものだ。わかってるだろう？　たまには泣いて当然だ。そうすることで物事のあるべき姿が見えてくる」

キャロラインは黙っていた。が、しばらくして息をついた。「あなたの言うとおりだわ。思い出が押しよせてきたら、どんなことをしたって止められそうにないものね。でも、ありがとう、ノース」

「もう落ち着いた？」

「ええ、だいじょうぶ、ありがとう」

彼女をもう一度横にならせたとき、今度は上掛けを引っぱりあげず、ウエストのあたりにとどめておいた。そして、頰を軽くたたいてやった。どうしてかはわからない。

ノースが部屋を出て、うしろ手でドアをそっと閉めてから、キャロラインは起きあがってガウンを脱いだ。しわだらけになってしまったからだが、替えはない。できるだけしわを伸ばし、椅子の背にかけた。そしてまたあおむけに寝ると、頭の下で手を組んだ。目頭が熱くなるのを感じて、ぎゅっと目をつぶる。あごの下に上掛けをたくしこんでくれた、彼のあのしぐさが、母を思いださせてどうにもこたえた。でも、母の顔はもう思い描くことすらできない。そんな思い出は、エリーおばが死んだことに比べたら、もうたいしたことではなかった。いったいだれがおばを殺したというの？　もう、なにもかもわけがわからない。出会ってわずか一週間の紳士の城で、ベッドに入っていることだって。

いったいこれから、どうすればいいのだろう？

ひどい見てくれなのはわかっているが、少なくともすっきりと清潔ではあった。目を覚ましてみると、丸い整理だんすになまあたたかいお湯の入った洗面器が置いてあった。下着だけの姿になって、汚れをこすり落とす。四日間も、ろくに風呂に入らなかったなんて。幽霊のような召使いが持ってきたこの洗面器が、体ごと入れる湯船だったらよかったのに。とはいえ、前夜に受けた対応を思うと、洗面器のお湯が出てきたのはかなりの譲歩だろう。

キャロラインはゆっくりと大きな階段をおりていった。正装した貴婦人が少なくとも三人は横に並んで通れるほどの幅がある。二階分吹き抜けの天井からは、巨大なシャンデリアが玄関ホールの床から十二フィートほど上のところにぶらさがっている。曲線の多い派手な本体部分は、金がたっぷりと使われているのかぴかぴかと光り、まばゆいばかりの光を放つろうそくまでもが磨かれているように見えた。

彼女は踊り場でつかのま足を止め、まわりを見た。なんて立派な由緒《ゆいしょ》あるお邸だろう。いや、これは邸というよりも、何世紀にもわたって巨大な領主館《マナーハウス》へと改築されていった〝城〟

と言ったほうがいい。そう、いまでもまだ城の荘厳さを残した〝城〟のままだ。この洞窟のような玄関ホールは、何世紀も前につくられたものだろうが、長くて幅がせまい。しかしせまいと言っても、ふつうのマナーハウスにあるものほど幅が広くはないというだけのことだった。こんな玄関ホールは見たことがない。かなり奇妙な印象で、つい目をこらして見てしまう。あこがれのような気持ちで見入ってしまう。彼女は頭を振ったが、やはり気持ちに変わりはない。

玄関ホールからつづく広い通路の壁は、男性の肖像画でいっぱいだった——女性のものはなく、男性のものだけだ。奥に進むにつれ十六世紀までもさかのぼっていくようだ。キャロラインはじっくりと肖像画を見た。やはり女性のものは一枚もない。なんと奇妙な。どうして女性の肖像画が一枚もないのだろう。この男性たちをこの世に送りだした女性がいるはずなのに。法的にも正式な間柄にちがいない女性が。彼女たちだって、少なくともしばらくのあいだはここで生活していたはずだ。なのに、おかしい。

「おはよう」

階段の上がり口に、鹿革と磨きあげられたヘシアンブーツをまとったノースがいた。白いローンのシャツは襟を開け、淡い茶色の上着をはおっている。キャロラインは初めてノースを男性としてまじまじと見たが、とてもすてきだった。黒髪は長めで、流行からはずれているくらい長いが、この荒涼としたコーンウォールで、この世の終わりがくるまで巨大な城でありつづけるような建物の主人である男性としては、いかにもといった風貌だった。

とてもハンサムだったのが意外だ。それに、心を乱される。彼は、あられもなく彼女が泣いているとき、抱きしめていてくれた。しかも二度も。それに彼女をベッドに入れて身をかがめ、寝かしつけてくれた。

「あの、おはよう」キャロラインは言った。

「足は洗ったか？」

「足？　どこもかしこも洗ったけれど、小さな洗面器ひとつぶんしかお湯がなかったから。文句を言ってるんじゃないのよ、ノース、お心遣いには感謝してるの。お湯を持ってきてくれたのはティミーかしら？」

ノースは手を振って質問をごまかした。「きみの靴下は破れて、足がすりむけていた。何日もブーツを履いていて、こすれてしまったんだな。洗ったか？　具合はどうだ？」

「そうね。少しは痛いけど。どうしようもなかったから。ドーチェスターに旅行かばんを置いてこざるをえなくて。着の身着のままよ。破れた靴下やら、なんやら」

ノースは眉をひそめ、やがて言った。「それじゃ、だめだな」向きを変えて、大声を張りあげる。「トリギーグル！　いますぐ来い！」

また彼女に向きなおったが、ノースは眉をひそめたままなにも言わず、トリギーグルがあらわれるのを待った。自分になんともすてきな部屋を用意してくれた召使い頭の顔が拝めるのだと、興味が湧いた。しかしあらわれた彼を見て、あっと声をあげそうになる。とても背が高く、もの静かで、年がいっているのにこれほど美しい人はこれまで見たことがなかった。まるで理想のおじいさまといった風貌だ。ふさふさとした銀髪、鮮やかな青い瞳、すっきりとした顔の輪郭。こんな美しい風貌の紳士が、召使い頭？　やはりここはとんでもなく奇妙な邸だ。キャロラインは言った。「すてきなお部屋をありがとうございました、ミスター・トリギーグル。それに、あたたかいお湯も」

「熱々ではありませんでしたが」トリギーグルが答えた。なんとなく彼女の方向に軽く一礼する。「だんなさま？」

「足のまめに効く軟膏と、包帯代わりのきれいな布を持ってこい。それから、洗面器に熱々の湯も。書斎まで、いますぐに」

「かしこまりました、だんなさま。ですが、おかしなお申しつけでございますね。理由をお伺いしても――」

「だめだ、とにかく持ってこい」

「はい、だんなさま。では、お嬢さま」彼はキャロラインに短く会釈すると、向きを変えてゆったりと、主教さながらの威厳を漂わせて、城の奥へと消えていった。

ノースはてっきり、キャロラインから放っておいてと言われると思っていた――つっかかってこられるものだと。まだ年若い乙女であり、しかも付き添い婦人も連れずにいるのだから、それが自然だ。だが彼女は言った。「すてきなお邸ね。信じられないくらい。いまでも命が息づくお城だなんて。数えきれないほどの人々の足跡を残しながら、たくさん手が加えられてやさしい雰囲気になって。この階段にじっと座って、思いをはせていたいわ」

ノースは眉をぴくりと動かしただけで、黙っていた。

「家紋はなに?」

「ああ、予想を裏切るかもしれないが、サヨナキドリ《ナイティンゲール》ではないんだ。交わった剣を背に闘う、二頭のライオンでね。それに、ナイティンゲール家の家訓も、鳥とはまったく関係ない。〝美徳はオークの木のごとくあらわれる〟という、単純なものだ」

「それはまたおそろしくロマンチックでも、すばらしく奥深いものでもないわね」

「そうだな。おれもがっかりしてる。大昔のご先祖が、ナイティンゲールとはなんの関わりも持たないぞと決心したとき、それくらいしか思いつかなかったんだろう」

「交わった剣を背に闘う、二頭のライオンと言ったわね。オークの木はどこにあるの?」

「どこか目立たないところだろう」

「まあ、でも、少なくとも家紋と家訓があるんだもの。それってとても幸運なことだわ。わたしの邸――〈ハニーメッド館〉もすてきだけれど、ほかと代わり映えしないの。建てられてせいぜい六十年ほどのマナーハウスで、家紋も家訓もないわ。でもここは」――キャロラインは大きく息を吸い、遠くの隅に鎮座する古めかしい鎧兜《よろい》を見やった。その隣にある巨大な暖炉も、少なくとも百年は使われているのだろう、火床がまっ黒だ――「ここは魔法の世界みたい。最高だわ」

「それはどうも」

そっけないノースの返事に、今度は彼女が眉をひそめる番だった。

「ああ、トリギーグル、救急道具を持ってきてくれたか。そうそう、そのバジルパウダーもだ。書斎のデスクに持っていってくれ。さあ、キャロライン、おいで」

「キャロライン?」トリギーグルが驚いた顔で主人を振り返った。「だんなさま、年若いお嬢さまをクリスチャンネームで呼ばれましたね。珍しくはなくとも良い名前ではございますが、それでもクリスチャンネームでございますから、そのように安易に口にされるのはよろしくありません。お嬢さまは昨夜お越しになったばかりで、朝食のあとはすぐにお発ちになるのでしょう。ファミリーネームで呼ばれたほうがよろしいかと」

キャロラインは目を丸くするだけだった。接待役のノースのほうは顔を紅潮させ、召使い頭の首にいまにも手をかけそうな風情に見えたが、ぎりぎりのところで自制心を働かせた。

「ご意見ありがとう、トリギーグル。おれに首をへし折ってもらいたいようだな。行け。朝食の準備でもしていろ。十分後に食べるとポルグレインに言っておけ。ああ、トリギーグル――」

「はい、だんなさま?」

「忘れるな、朝食はうまいものを頼む」

「かしこまりました、だんなさま」

　キャロラインは辞去する召使い頭を見ていた。書斎からいなくなると、驚いたような口調でノースに言った。「彼は、〈チャドレイ寄宿学校〉の先生みたいだわ。その先生は女生徒たちが大嫌いだったんだけれど、少なくともそれを見せないようにはしていたの。ねえ、ノース、どうしてなのかしら。ここには女性の肖像画が一枚もないわね。貴婦人の肖像画だけを保管した特別室でもあるのかしら。でも、もしそうだとしても、やっぱりすごく変だわ。それに、召使いがみんな男性ね。昨夜、あなたはここが男だけの邸だと言ったけど。彼らがみんな、ここに女性はいらないと思ってるのがわかって。どうしてなの？」

「忘れてくれ。そんなことは考えなくていい。きみには関係ないことだ。さあ、座って、足台に左足を載せて」

「まめなら自分で見えるわ、ノース。背中にできて届かないってわけでもないし」

「いいから黙って座れ」

　キャロラインはそうした。ノースは彼女の前でひざをつき、彼女のブーツのひもをほどいて彼女の足から抜いた。ハンカチが左足の側面に当てられていた。そのハンカチが彼の昔の家庭教師から贈られたイニシャルの刺繡入りのものだと気づき、彼女はいったいどこで手に入れたのだろうとノースは思った。そしてハンカチをはずした。痛々しくすりむけた皮膚があらわれる。ノースは軍にいたころ、こういう小さなすり傷をこしらえ、熱で意識が朦朧《もうろう》としたまま死んでいった男たちを、いやというほど見ていた。だから足のまめについても知識がある。まめの中心部分から放射状に伸びるスポークのような痛々しい赤い線はない。それだけでもありがたいことだった。

「じっとしていろ。最初はちょっと痛いかもしれないが」そんなものじゃすまないわ、とキャロラインは思った。彼が靴下の残りを足首まで裂き、洗面器に張った湯に彼女の足をつける。彼女はすぐさま椅子から立ちそうになった。

「じっとしていろ、痛いのはじきにおさまる」

「それより」キャロラインは歯を食いしばって言った。「わたしが悲鳴をあげたら、あなたの召使いが飛びこんできて、わたしを撃つんでしょうね」

「いや、そんなことはしないさ。そんな面倒で騒々しいことは。あいつらだったらきみの頭を棒で殴りつけて、庭に埋めるだけだろうさ」

「すばらしいわ」キャロラインの体から力が抜けはじめ、ノースがまた彼女の足を上げて、きれいに洗いはじめる。「彼らは国外追放くらいしか考えてないかもね。わたし、ずっとオーストラリアのボタニー湾に行ってみたかったの」

「さあ、キャロライン、痛いと思うが、もう少しのがまんだ。ほら、きれいになった。今度は、おれの上等なフランス産ブランデーを――だめだ、逃げられんぞ。しみる感じはするかもしれんが——」

彼女は手がまっ白になるほど強く椅子の肘掛けを握り、歯を食いしばっていた。いまにも悲鳴をあげそうだったが、なんとか落ち着いた声でこう言った。「しみる、ですって？　ノース・ナイティンゲール、言わせてもらえば、この痛みはしみるなんて程度のものじゃないわ。ひどすぎよ、どこまで忍耐を試されるのか——」

「弱音を吐くな。そら、もう終わった。次はバジルパウダーをつけるぞ」

彼はやさしかった。それは確かだ。これほど足の状態がひどいとは、キャロラインは思っていなかった。彼が足に白い布きれを巻きはじめると、彼女は力いっぱい肘掛けを握りしめた。

「これじゃあ、もうブーツが履けないわ」キャロラインは白い布でぐるぐる巻きになった足の先半分を見た。

「ブーツも室内履きもだめだな。それどころか、一週間は歩くこともできないだろう。〈スクリーラディ館〉に落ち着いたら、ドクター・トリースが診てくれる。いいな？」

キャロラインは彼の黒い頭を見おろした。そして、彼女の足をつかんでいる日焼けした手も。いったいどうしたのだろう、すごく変だ。この何分間か、彼女は自分の置かれた状況も、おばのエリーが亡くなったことも、いまや自分がひとりぼっちになってしまったことも、一度も考えなかった。

だが状況はなにも変わってはいない。そう思うと、またひきつれるようないまいましい痛みが走った。

「まだ痛むか?」

「いいえ、ありがとう、ノース」

「いや」ノースは立ちあがった。「朝食でも食べよう。そのあときみを〈スクリーラディ館〉に送っていく」

彼女はそこで、かつての後見人がやってくるのを待つことになるのだろう。そう、彼はかならず来る。ミスター・ファルクスはのどから手が出るほど金をほしがっている。そして、金をむしり取ることができる相手は、彼女しかいない。だれがおばのエリーを殺したのかという思いが頭から離れないのと同じように、ファルクスのことも彼女の頭を離れなかった。また涙があふれる。役にも立たない、愚かな涙。彼女は顔をそむけ、洟をすすらないよう必死で耐えた。

ありがたいことにノースはなにも言わず、彼女が落ち着くまで待って、〈朝食の間〉に案内した。足が痛いのだと思わせておくことにしよう。彼に憐れまれるより、そのほうがいい。

9

〈スクリーラディ館〉の客間で燃える暖炉の前の椅子に腰かけ、ひざのあいだで両手を軽く組んでうなだれている青年に、キャロラインはほんのひとつまみほどのわずかな同情心でも見いだそうとしたものの、まったく浮かんでこなかった。もう枯渇《こかつ》したかに思える忍耐を、引っぱりだそうとしてみる。本音を言えば、彼をぶってやりたい気分だったのだから、相当にむずかしい。

「いとこのベネットくん」キャロラインは足を引きずりながら彼に近づいた。「つらい状況なのはわかるわ。わたしだって同じよ。ねえ、紅茶でもいかが。少しは気分がよくなるかも。弁護士のミスター・ブローガンが、エリーおばさまの遺言についてお話をしにきてくださっているわ」

「彼女の遺言など、だれが知りたい？」ベネットは顔も上げずに言った。「ぼくが知りたいのは、おじの遺言だ。大事なのはおじの遺言で、彼女のじゃない」

「どうして？　おじさまは五年ほど前に亡くなったわ。財産はすべて、妻であるエレノアおばさまに遺されたのよ」

「それはどうだか。いや、そんなことは一度だって信じたことがない。ぼくはおじにとって唯一の男子相続人で、ほんとうはぼくにすべてを遺すはずだった。あの女が遺言を変えたに決まっている。ミスター・ブローガンを雇って変えさせたんだ。おそらくは体を使って、思うとおりのことを彼にさせた」

キャロラインの忍耐はまたたくまに失せていった。厳しい口調で言う。「そんなふうに思っていたのなら、どうしてそのときに行動を起こさなかったの?」

「おじが死んだとき、ぼくはまだ二十三だった。なにか言ってもだれも信じてくれなかったさ。ぼくには金もなく、力のある友人もいなかった。だれもかれもあの未亡人の言うことを信じた。あの女は売女《ばいた》だぞ、知ってたか? ミスター・ブローガンとだって関係していたにちがいない。いまいましいコーンウォールの妖精みたいに、干からびて老いさらばえたあの弁護士。あいつは人間の家じゃなくて、木の幹にでも住んでるんだろうぜ」

「そうね、きっと月の出た夜には穀物を脱穀してるのかもね。口を慎みなさい、ベネット。黙ってて。ばかなふるまいはよして。どうしてそんなところで震えながら座ってるの?真冬でもないし、雪も降っていないのに。そうよ、寒くもなんともないっていうのに」

「こんな野蛮で未開の地はじゅうぶん寒いさ」ようやくベネットは彼女のほうに顔をめぐらせ立ちあがった。「ふん、こんな不毛で切り立った崖ばかりの土地もみじめったらしいスズ鉱山も、大嫌いだ。地球でいちばん荒れ果てた土地だよ。もううんざりだ、聞いてるか?」

「わたしは地球上でいちばん美しい場所だと思っているわ、ベネット。だから、それはあなたがそう思っているだけ。ここではローマ人がやってくる前から、何百年もスズを採ってきたの。おかげでみんなが仕事にありつける。文句ばかり言うのはやめて、ベネット」

「不思議に思っていたけど、その足はどうしたんだ。どうやってここまで来た? どうして着替えも持っていない? 付き添い婦人も連れていないのはなぜだ? それにもうひとつ、きみをここへ連れてきたのはチルトン子爵だ。彼にはどす黒い評判がつきまとっている。暗くて陰気で、バイロンの詩に出てくる主人公みたいだと。そして地元の娘はみな彼に夢中なのに、子爵はおもてに出てこず、気むずかしく、いつもこわい顔をしているって。きみはどうやって彼と知り合いになったんだ? とうていありえないような話だよ、キャロライン」

「話せば長くなるし、あなたには退屈な話よ。だってあなたが話したいことといえば、自分がどんなふうにだまされていたか、どんなにコーンウォールが嫌いかってことだけでしょう。いいえ、もうなにも言わないで、ベネット。ミスター・ブローガンはもうお着きよ。もうすぐエリーおばさまの遺言の内容があきらかになるわ。あなたにも関係ある話のはずよ。でなければ、ここへ呼ばれたりしないわ。さあ、少しくらいはお行儀よくしてちょうだい」

「言うのは簡単さ」ベネットはぼそりと言ったが、キャロラインにはしっかり聞こえていた。眉間にしわを寄せたものの、冷静さはなんとか保った。

いとこのベネットは極上の笑顔と天使の贈り物のような金髪と天からの贈り物のような青い瞳をした、とびきりのハンサムだった。しかし前日にうちとけてみると――たかだか三十分でじゅうぶんだったが――彼はほんとうの気持ちを見せはじめた。憤《いきどお》りと恨《うら》みにまみれた心を。いま目の前にいるベネットは下唇を突きだしていて、彼女は思わず蹴りつけたくなった。おばのエリーは、すべてを彼に遺しているにちがいない。なんと言ってもキャロラインにはほかに継ぐ遺産があり、〈スクリーラディ館〉もこれ以上の金も必要ない身分なのだ。おばのエリーもそのことを知っていたはずだ。

ところが、そうではなかった。事務仕事ばかり何年もつづけてなまっちろい顔色をしたミスター・ブローガンは、白髪交じりの髪をなでつけ、ふたりに椅子をすすめた。「エレノア・ペンローズの遺言はきわめて短く、要点を示しただけのものです。少なくとも、最初のほうは」そう言いながら細いリボンをほどき、書類を広げる。「この遺言の作成を依頼されたのは、わずか二年ほど前のことです。ペンローズ家の使用人にある程度の遺贈を行い、トレヴェラスの町にも何件かの寄贈をすませましたら、残りの資産はあなたに贈られることとなっております、ミス・ダーウェント＝ジョーンズ。ちなみに、かなりの額となります」

「ばかな」ベネットがわめき、椅子から跳びあがった。「資産がすべて――おじの金がすべて――キャロラインのものに？　ぼくは認めない。断固として闘うぞ、ぼくは――」

「おかけください、ミスター・ペンローズ。ミセス・ペンローズの遺言にはまだまだ先がありますが、落ち着いてくださらないのなら、すぐにでも帰らせていただきます」

ベネットは体を投げだすように椅子に戻ると、ミスター・ブローガンもキャロラインも殺してやると言いたげな視線を送った。

「さて」ミスター・ブローガンが咳払いをした。「あなた方のおばさまに依頼されてわたくしが書き留めたお手紙をもとに、ご説明させていただきます」彼は眼鏡をかけ、書類を手に取った。

大切な姪へ

あなたがコーンウォールに来て、わたしと暮らす日を、楽しみにしています。あなたが十九歳になったら、あなたを迎えに行き、あのいやらしいミスター・ファルクスの手から救いだしましょう。彼も、もうあなたに手出しできません。そして、わたしたちはふたりでもう一度、〈スクリーラディ館〉を笑い声とパーティのあふれる楽しい〝わが家〟に変えましょう。わたしがいままでずっとあなたを愛し、精いっぱいあなたを幸せにしたいと思っていること、忘れないで。

あなたの親愛なるおば、エレノア・ペンローズよりキャロラインはもう耐えられなかった。うつむいて涙が頰を伝うにまかせ、ひざの上で握った手の甲で受けとめた。

「ミス・ダーウェント＝ジョーンズ、おばさまは、あなたが結婚するまで自分のところで暮らすと思っておられたようです。先ほども申しあげましたとおり、おばさまはあなたが十七歳のときに遺言を書かれ、当時からご自分がこの世を去られることを知っていらしたかのように、あなたに手紙も残されました。そのようにすることで、ご自分の真心が伝わると思うとおっしゃっていました。たしかに、そのとおりになったようですな」

そこまで言って顔を上げた弁護士は、キャロラインが泣いているのを見た。「おお、これは申し訳ない、ミス・ダーウェント＝ジョーンズ。お許しください。あなたにとっては、あまりにショックが大きすぎましたね、このような悲劇――」

「ぼくはどうなんだ？」

「は？　ああ、ミスター・ペンローズ。あなたとは、ミス・ダーウェント＝ジョーンズが落ち着かれたら、お話しいたしましょうか。彼女にとっては、さぞかしおつらいことでしょうから」

「なぜだ？　金はすべて彼女のものなのに」

キャロラインは手の甲で目をこすり、おばのハンカチで洟をかんだ。「いいんです、ミスター・ブローガン。ごめんなさい。ただ、おばさまの手紙なんて聞いたから、まるでおばさまがここにいて、話しかけてくださっているような気がして」

「わかりますよ。おばさまはすばらしいレディでした。つづけてもよろしいですかな？」

「はい、もちろん」

「そうですか」ミスター・ブローガンはまた眼鏡をかけ、手にした紙にざっと目を走らせた。

「さて、ここから遺言の内容は複雑になりまして、あなた方のどちらにとっても、ふつうでは考えられない、おそらく驚かれるものだと思います。エレノア・ペンローズは強い女性でありましたが、同時にたいへん思いやり深い方でもあり、自分よりも恵まれない人々になにかをしなければならないと考える女性だったと申しあげれば、ご理解いただけるかもしれません」

「ぼくはまちがいなく、おじのとんでもない未亡人よりは恵まれないと思うけど」

「ミスター・ペンローズ、口を慎まれますように」ミスター・ブローガンがいつになく強い調子で言った。「さて、ミセス・ペンローズはこのあたりでもご身分あるレディでした。さらに、未婚のまま身ごもってしまった少女たちを救うために、お力を注いでおられました。そういった少女たちは決まって、雇い主の主人やその息子たちに誘惑されたり無理やり関係をさせられ、血を分けた家族から身ひとつで追いだされるのです。ミセス・ペンローズはそのような少女たちを助け、ここに連れてきて、セント・アグネスの小さな家に住まわせておりました。この二年ほどは、ドクター・トリースと親しくしておられました。思うに、つねに患者を紹介できたからではないでしょうか」

冗談のつもりだったようなので、キャロラインは無理に笑みをつくった。ミスター・ブローガンもがんばっているのだ。彼は咳払いをしてつづけた。「そこの若い娘たちが出産を終えると、エレノアさまはなんでも彼女たちの望むようにさせてやりました。そのまま子どもといたいというのなら、それが可能となるような仕事先を見つけてやったり、子どもを望まないのであれば、里親を探してやったり」

「なんてばかばかしい」ベネット・ペンローズが言って立ちあがり、デスクの前をうろうろしはじめた。「脚も閉じておけないばかな娘たちを集めて――ぼくになんの関係があるんだ？　ぼくらになんの関係が？　雇い主に誘惑されたと、さっき言ったな？　そういう少女たちに手を差しのべる？　なにをばかな。身ごもったのは本人の責任だ、分別がないからだ。その尻ぬぐいを、どうしてぼくらが――」

「お黙りなさい、ベネット」キャロラインは立ちあがり、足を引きずりながらもまっすぐに彼の目を見すえた。「その口を閉じないと、殴ってやるわよ。いえ、銃で撃ってあげてもいいわね。わたしの腕前がなかなかのものだってこと、知ってるでしょう？」

「やめろ、そんな乱暴な。とにかく聞けよ、ぼくらにはこういうこと、なんの関係もないじゃないか、キャロライン」

ミスター・ブローガンは頬を赤らめていたが、出てきた声は静かだった。「それが関係あるのです、ミスター・ベネット。ミセス・ペンローズは〈スクリーラディ館〉と敷地ぜんぶ、スズ鉱山などすべてを、あなた方おふたりに遺しました。ですが――」

ベネット・ペンローズはきびすを返した。ふだん覇気《はき》のない青年にしては俊敏な動きだったが、顔は怒りでまっ赤だった。「なんだって？　またしてもばかげたことを聞かせてくれるものだ！　金はすべてキャロラインに遺しておきながら、ぼくには邸も半分、小作料も半分、スズ鉱山も半分、召使いも家具調度品も半分というのか？」

「それは少しちがいます、ミスター・ペンローズ。正確に申しあげますと、〈スクリーラディ館〉とスズ鉱山、農場、その他もろもろからの収入について、あなた方はおふたりそろって共同受託者となっているのです。〈スクリーラディ館〉は先ほど申しあげましたような少女たちの保護場所となる予定です。エレノア・ペンローズは、あなた方がこの活動に関心を持ち、少女たちに住む場所だけでなく、出産後に生きていけるだけの訓練を与えてほしいとお考えでした。小作料と三つのスズ鉱山からの収入で、〈スクリーラディ館〉を維持するだけの資金はまかなえますから」

ベネット・ペンローズはデスクの前で立ちつくし、ミスター・ブローガンを見つめるのみだった。信じられない、ぞっとする、というような顔をしている。いまにも暴れだすのではないかと思えた。「つまり、ぼくにここでキャロラインと暮らし、腹のふくらんだ娘どもの面倒を見ろと？　英語もろくにしゃべれず、売春婦の卵みたいな品のないあばずれども。自分を雇ってくれた紳士に無理強いされたと泣きごとを言い、父なし子をあちこちで産み落とすような娘どもを？　正気の沙汰《さた》じゃない、こんな遺言を遺すなんて、おばは頭がおかしかったんだ。ぼくは認めないぞ、ミスター・ブローガン。ぼくはもう金も友人もいない二十三の子どもじゃない。こんなばかげた遺言、無効の申し立てをしてやる」

「二十三のころだっていまだって、たいした友人なんかいないくせに」

「なんだと、すべてを手に入れておいて、そのうえまだぼくを罵倒するのか。くそっ、キャロライン、こんなこと、ぜったいに許さないからな」

「落ち着きなさい、ミスター・ペンローズ。今回のことがショックなのはわかります。とにかく座って、自分の立場を思いだして。ミス・ダーウェント＝ジョーンズ、どう思います？」

キャロラインは怒りに満ちたベネットの顔と、冷静なミスター・ブローガンの顔を見比べた。自分の顔が赤くなっているのはわかっていた。ベネットを殴ってやりたいと思っていることも。しかし彼女は深く息を吸い、肝心な点ただひとつに自分を集中させた。「望まぬ妊娠をしてしまった女の子なんて、いままでひとりも知らなかったわ。きっと、おぞましいことなんでしょうね。いま、そういう少女が何人いるのかしら、先生？」

「いまのところ三人だけです。現在、彼女たちは形式上のことではありますが、セント・アグネスの司祭であるミスター・プランベリーのもとに身を寄せております。彼は、その、おばさまの活動にそれほど熱心ではありませんでしたが、おばさまから多額の支援金を受けておりましたので、活動に力を貸すのは神に仕える者としての義務だと思っていたようです。司祭としての職務を果たすのに支援金を役立てていたようですし。少女たちは、おばさまの死に激しく動揺しております。ドクター・トリースの話では、三人のうち、まだわずか十四歳の少女が、おばさまが亡くなってから泣きやまないそうです。彼女はエレノア・ペンローズさまを聖人として崇《あが》めていたのです」

キャロラインはゆっくりと立ちあがった。包帯代わりの布を巻いた足を見おろす。前の晩、ベッドに入る前にブランデーをかけた足は、いまだにうずいている。彼女は両手で服をなでつけた。あのとんでもない夜、もし両手を自由にできなければ、もしミスター・ファルクスの股間を蹴りつけることができなければ、あの男に辱《はずかし》められていたことをまざまざと思いだす。あのとき、まんまとしてやられていれば、自分だって妊娠していたかもしれない。そう思うと、身震いがした。若い娘には危険がいっぱいだ。とくに、心ない主人のもとで働くことになった器量のよい娘は。そこまで考えて、キャロラインはベネット・ペンローズに向きあった。「ねえ、ベネット、つまらない文句を並べたてるのはやめましょう。だれかが自分のお金でやりたいことがあるというのなら、その意見に従うべきよ。管財人になるというのがどういうことなのか、ましてやそういう境遇にいる少女たちを預かるのがどういうことなのか、わたしにはわからないけれど。でも、それがエレノアおばさまの願いなのでしょう。

あなたとわたしがそれをまかされたの、ベネット。やってみるべきだと思うわ」

「キャロライン、いまのきみは、いたずらに笑顔だけ浮かべた聖人きどりだ。ついさっきまでは、ぼくにがみがみわめいて毒づいてたくせに。吐き気がするよ」彼はミスター・ブローガンをものすごい形相でにらむと、客間から大またで出ていった。

「あの態度はいかがなものですかな」ミスター・ブローガンは書類をそろえながら言った。「子どものころから存じあげておりますが、成長しておられない」

「きっと彼は、いろいろと期待していたんだと思います、先生。先生は、エレノアおばさまがどうしてそんなふうに財産を遺されたのか、ご存じなのですか？」

「エレノアさまは、ベネットにはまだ救いがあると感じていたのではないでしょうか、ミス・ダーウェント＝ジョーンズ。わたしとしては、とても賛同しかねますが、それでも彼女は自分のまわりの人間を信じたかったのでしょう。たとえ、くだんの青年があきらかに堕落《だらく》していようとも。ベネットは、おじ上が亡くなってからエレノアさまに金の無心ばかりしていたようです。しかもその金を生産的なことに使うことはまったくなかった。ですから、もっとまともになってほしい、人間として成長してほしい、できれば責任というものも学んでくれたらと、挑戦状をたたきつけるつもりで願っていたのかもしれません。あなたにとっては理不尽でしょうが、あなたならきっとベネットの力になり、彼を導き、正しい道へと向かわせてくれると考えたのでしょう。あなたに多大な信頼をおき、敬意をお持ちだったのです」

キャロラインは彼をただ見つめることしかできなかった。「でも、わたしがその気になるって、どうしてわかったんでしょう？　ただ手を握りあわせておろおろするだけの、愚かな小娘ではないなんて、どうして？」

ミスター・ブローガンは眼鏡を耳からはずし、ハンカチでぬぐった。「あなたはお父上から正義感を、母上からはまっすぐな心を受け継いでいると、彼女はそう言っていました。そして困難にあっても耐え抜く、あなたならではの揺るぎない強さをも持っていると」

キャロラインはため息をついた。「おばさまをがっかりさせたくはありません。ほんとうです、ミスター・ブローガン。でも、こんなのは大きな責任だし、ほかに巻きこまれる人も出てきます」心の奥にいつも引っかかっているミスター・ファルクスの顔が浮かぶ。そしてオーウェンの顔、ベネット・ペンローズの顔も。「おなかの大きくなった娘さんのなかには、行儀見習いのできていない子もいるでしょう。そのときは教育や相談もしなければなりません」

ミスター・ブローガンは、ここにきて初めて、彼女に笑顔を見せた。「すばらしい」とひとこと。「じつにすばらしい」

「そう思われますか？」

キャロラインはミスター・ブローガンを昼食に引きとめたが、〈スクリーラディ館〉の女中頭であるミセス・トレボーが厨房から運んできたものを見たとき、早まったことをしたかと思った。しかしミスター・ブローガンはもみ手をしながら言った。「スターゲイジー・パイかね。これはうれしい」

キャロラインは巨大な丸いパイを見つめた。パイの縁から飛びだしている、目を開けたいくつものニシンの頭。

ミスター・ブローガンは彼女ににんまりと笑った。「コーンウォール人というのはつましくてね、ミス・ダーウェント＝ジョーンズ。食べられない魚の頭までパイ生地で包むのはもったいないから、頭は出したままにしておくんだよ。でも最初から頭を落としておいたのでは油が流れでてしまって、身がぱさぱさになってしまうからね」

キャロラインはパイを食べたものの、ニシンの頭はとても注視できなかった。

昼食のあと、ドクター・トリースがやってきたが、彼はおばにとってたんなる友人以上の人だったのだとすぐにわかり、しばらく引きとめた。ドクターは彼女の足を見て、あれこれ質問をすると、満足して彼女のひざをぽんとたたいた。「そうか、このミスター・ブローガンになんでも遠慮なく話したまえ。エリーの姪御さんの力になれるとしたら、こんなにうれしいことはないよ」

キャロラインは大きく息を吸った。「どんなお力でもお借りしたいんです、ドクター・トリース」彼女は話した。ミスター・ファルクスのこと、彼がやろうとしたこと、自分がオーウェンを人質にした経緯。オーウェンは動転していて、いつでも逃げだせる状況だったのに逃げなかったこと。そして、ノース・ナイティンゲールのこと。ドーチェスターの宿でオーウェンが熱を出して倒れたとき、助けてもらったことを。「そういうわけで」彼女が話を締めくくろうかというときには、ミスター・ブローガンもドクター・トリースも、さっきニシンの頭をぼう然と見つめていた彼女と同じように、あっけにとられていた。「ミスター・ファルクスはかならずコーンウォールにやってきます。彼にはお金が必要なんです。わたしのお金が。無理にでもわたしと結婚してやると言っていました。だからおふたりの力を貸してください」

客間のドアからもうひとつ、静かな声が響いた。「おれも手を貸そう、キャロライン」振り返った彼女は、ノースにまばゆいばかりの笑みを見せた。椅子からはじけるように立ち、足を引きずりながら彼のもとに向かう。そんな熱烈な歓迎を受けてノースが驚いているのかどうか、それはわからなかった。彼はただ彼女の手を取り、口もとへ持っていって接吻した。あたたかな唇がふれたとたん、彼女はまくしたてた。「ああ、ノース、来てくれたのね。どうぞ入って。ミスター・ブローガンとドクター・トリースにお話をしていたのだけど、どれくらい聞こえた？」

「じゅうぶんなくらいは。さて、おふた方、どう思います？　ミスター・ファルクスの頭を吹き飛ばす刺客を雇うべきでしょうか？」

「そうだな」ドクター・トリースが言った。「とんでもなく不愉快な男のようだからな」

「こんな話は聞いたこともありません」ミスター・ブローガンも言う。「なんと卑劣で破廉恥《はれんち》な男だ。彼女のお父上のいとこだというのに、なんという所業だ」

「〈マウント・ホーク〉の地下牢に閉じこめてやりたいね」とドクター・トリース。「数週間あそこに入れて腐らせてやれば、悔い改めるだろうよ」

「一緒にミスター・ベネット・ペンローズを入れてやってもいいんじゃないか」とミスター・ブローガン。「殺しあうかもしれんぞ」

ノースはキャロラインに手を貸して椅子まで戻した。「足の具合はどうだ?」

「もうだいじょうぶよ、ありがとう」

「きみの手当てはすばらしかったよ」ドクター・トリースが言った。「もう腫れもなく、きれいに治ってきている」

三人の紳士の話題は、いまや包帯を巻いた彼女の足のことになり、キャロラインはひとりひとりの顔に視線をめぐらせて大きく息を吸いこんだ。「ミスター・ブローガン、わたしの弁護士を引き受けてくださいますか。すべての信託財産と、ミスター・ファルクスから奪い返せるだけのものを奪い返したいのです。わたしはもう成人です、自分の財産は自分で管理するべきだと思います」

「彼は、自分がきみの管財人だと言ったそうだね?」

「はい」

「嘘かもしれない」ノースが言った。「心配するな、キャロライン。ミスター・ブローガンがすべてやってくれる。先生、必要でしたら、ロンドンのわたしの弁護士にあたっていただいてもかまいません。だからキャロライン、きみはひとりじゃない。ミスター・ファルクスがあらわれても、かならずや後悔することになるさ」

「オーウェンが巻きこまれなければいいんだけど」とキャロラインは言った。「彼には悪気があったわけじゃないから」

「巻きこまれたら、そのときはまたきみが彼を人質にしてやればいい」ノースが答えた。

「さてと、ドクター・トリースの了解が得られたら、きみを馬に乗せてやりたいんだが。きみ、そこの白い壁みたいな顔色だぞ」

　キャロラインの目が輝いた。「すてき。あ、でも、乗馬服を持っていないの」

　ドクター・トリースがやさしく咳払いをした。「きみの大切なおばさまも乗馬が好きだったよ。きみよりは大柄だったから、ぴったり合うとはかぎらないが、きみの服を送ってもらうまでのつなぎにはなるだろう。美しいロイヤルブルーの乗馬服があったぞ。上着には小さな真鍮のボタンと、金色の肩章がついていた」

　ドクターの目が潤《うる》んでいるのを見て、キャロラインはすかさず立ちあがった。「ありがとうございます、先生。それでじゅうぶん間にあうと思います」

サイズは合わなかった。だが、彼女の胸の部分をじっと見つめていたノースは、こう言うにとどめた。「きみのおばさまは、すばらしい才能に恵まれた人だったよ」

そう言ってにこりと笑った彼は、キャロラインにとって、この全世界でいちばん美しい人に思えた。

10

キャロラインはセント・アグネス・ヘッドまで行きたいと言った。セント・アグネスの村と切り立った海岸の絶壁のあいだに横たわる、荒涼とした土地に近づくと、キャロラインは天をあおいで潮気をふくんだ空気を吸いこんだ。荒々しくも美しいこの土地は、彼女がそれまで見たことも想像したこともないものだった。まるで故郷に帰ってきたような心地がする。コーンウォールには来たこともないのだから、もちろんおかしな話だが、それでもなお、この時間の流れを感じさせない不思議な場所になぜか惹きつけられる。北に位置するセント・アグネス・ビーチに目を向ける。巨大な半円状の浜辺と、その上にそびえる不毛な断崖絶壁。この美しき未開の地に何度でも馬に乗って足を運んだであろう、おばに思いをはせた。この美しさに感動し、ここで命を落としたおば——彼女は最後にどんなことを考えたのだろう。命を奪った相手と争ったのだろうか……。頭上のまばゆい日射しにキャロラインは一瞬、目をつむり、自分の奥にある苦痛がふくらんで顔を出すのをとどめることもなく、その苦痛に身をまかせた。

ノースが感情を抑えた声で言った。「ここで馬をおりよう、キャロライン。昨夜の大雨のあとでは地盤がいつどうなるか、わからないからな」

彼女が履いているたったひとつの乗馬用ブーツはエリーおばのもので、革はやわらかいのだが、それでもつま先が痛かった。左足には包帯を巻いている。ノースは彼女の腕を取り、力を貸して崖の縁まで行った。

「下には、幅二フィートばかりのせまい岩棚がある」ノースの声からいっさいの感情が消されているのが、キャロラインにはありがたかった。「おれはここまで馬でやってきて、ちょうどこのあたりに立って、南のセント・アイヴズを眺めていた。そのとき、なにかおかしな色が目をかすめたように見えた。大声で呼びかけてみたが返事がないので、おりていったら、それが彼女だった」

キャロラインは口をつぐみ、ノースが見た映像を彼の言葉から描きだそうとした。でも、できなかった。おばはもうこの世になく、二度と会えない。彼女はため息をついて顔をそむけた。そのとき、突風が音をたてて分厚い岩のあいだを吹き抜け、彼女の乗馬用スカートを体にはりつかせた。彼女は体の向きを変え、潮気をふくんだ激しい風にあえて頬をさらした。風の感触も、眼下の不毛な黒い岩に打ちつける激しい波の音も、心から受けとめることができた。あたたかみのあるヒースの香りと、トモシリソウのにおいを吸いこむ。不毛な岩のすきまや絶壁におびただしく自生している植物は、大地と同じだけの年月を経たいかつい巨石のすきまから、いくつもの藪《やぶ》となって突きだしている。崖の下のほうには、イソマツやオレンジ色の地衣植物や緑色の海藻がはりつき、荒れ狂う海にも負けず繁栄を見せている。こんな荒涼とした不毛そうな場所にも、生気あふれる色彩が満ち、幾種類もの植物が息づき、命にあふれている。荒々しくも目を瞠《みは》らずにはいられない場所。頭上には美しい流線型のミツユビカモメが舞い、フルマカモメが合間を飛び交っている。突きでた岩の上に数羽のウミスズメが舞いおり、キンポウゲの群れに埋もれるようにうずくまった。

これほど暴力や死とは無縁に見える場所なのに。

キャロラインは振り返ってノースを見あげた。「おばの馬はどうなったの?」

「わからない。そんなことは考えもしなかった。なんてことだ、おれは治安判事だというのに、彼女の馬のことにも思い至らなかったとは」

「馬はまちがいなく〈スクリーラディ館〉に戻ったはずよ。馬屋番頭のロビンに訊いてみるわ。頭といっても、そういえば馬屋番は彼しかいないんだけど」

「帰ったら、おれから話を聞こう」

軍の司令官が出すような声だった。頑強で超然として、アイリッシュ海から吹く冬の風よりも冷たい。重大な問題をはらんでいるかもしれないことを見逃していた自分に、ノースは猛烈に腹を立てていた。

キャロラインはうなずいただけだったが、やがて言った。「崖から突き落とされたとき、すでに絶命していたとすれば、あの岩棚に落ちて止まることはなかったと思うの」

「そうだな。落ちながらなにかにつかまろうとしなければ、あそこにはとどまれない。いつか岩から突きでた藪がある。藪に当たって、なんとかつかまることができたにちがいない」

彼女は乾いた唇をなめ、心をしっかり持とうとふんばった。泣きわめいてもエリーおばは喜ばない。彼女を殺した犯人を見つけだすことこそ、自分のやるべきことなのだ。「それはつまり、まだ生きているときに突き落とされて、必死で生きようとしたということね」

「そうだ、たぶん。だが、そのとき彼女はひどく弱っていた。長くは苦しまなかったんじゃないかと思うよ、キャロライン」

彼女はしばらく黙っていた。のどに言葉がつかえて出てこなかったが、ようやく言った。

「教えて、ノース。おばが死んだのは、なぜだったの？」

「背中を刺されていた」

「そんなこと、いったいだれができるというの？　ミスター・ファルクスだって悪どくてなりふりかまわない人だけど、そんな彼でもだれかをうしろから刺して崖から突き落としたりしない――あんまりだわ、ノース」

「ああ、あんまりだ」ノースも小声でくり返した。「通り魔か、怨恨《えんこん》か、ただの欲得ずくか」

「それほどおばを憎む人に、心当たりはある？」

「いいや。欲得ずくというのなら、相続人はキャロライン、きみだが、それはありえない。きみはここにいなかった」

「あんまりだわ」とキャロライン。「こんなの、あんまりよ」

ノースは、つかのま苦しげに眉をしかめて彼女を見おろしていたが、こう言った。「地元の人間をひとり雇って、力を貸してもらうことにした。変な話、そいつは昔すりだったんだが、頭のいいやつだ。もと船長でいまは近隣に住むサー・ラファエル・カーステアーズのお墨付きだぞ。そいつのおかげでセント・オステル近くのむずかしい事件が片付き、しかもそいつは難なく逃げおおせた。きみもやつのことは気に入るだろう――フラッシュ・セイヴォリーという男だ」

「閃光《フラッシュ》、ね。人の懐をするときの早業から、そんな名前がついたのかしら」

「だろうな」

彼女はうしろの海を振り返った。「ドクター・トリースは、おばにとても好意を持っていたみたい」

「ああ、おば上の遺体を見つけてすぐに先生のところへ駆けつけたが、先生はショック状態で、見るからに悲嘆に暮れていた。気の毒だったよ。妹さんのベスが、いままでずっとかいがいしく世話をしてきたそうだが」

「信じがたい話があるのだけど。ベネット・ペンローズが言うには、おばはふしだらな女で、ミスター・ブローガンと関係を持って遺言をねつ造したって」

「浪費家のろくでなしにとって、思惑がはずれたから、そんなことを言うんだろう。彼はごねると思うか？」

「わからないわ。いまのところ、とにかく信じられないみたい。エレノアおばさまが、彼とわたしのふたりに依頼した仕事が」

「どんな仕事だ？」

「〈スクリーラディ館〉の管財人になって、未婚で身ごもった少女たちを保護してほしいって」

「なんてことだ」ノースは驚愕と感嘆のまなざしで彼女を見おろした。

「ええ、そうなの、たいへんなことだけど、お願いされてしまったのよ。いま、そういう状況の少女が三人いて、セント・アグネスの司祭さまのところに身を寄せているわ」

「あの老いぼれ司祭か。彼女らが外に出れば、村を堕落させるとでも思っているんだろうな」

「ミスター・プランベリーにはお会いしたことがないの。ほんとうに、そんな人なの？」

「きみのおば上に対する追悼《ついとう》演説を聞いてほしかったよ。もし亡霊というものが存在するのなら、きみのおば上はこの世に舞い戻って永遠に彼にとりついてやるだろうさ。あの司祭ときたら……〝故人は貴婦人ではありましたが、それでもなお人の劣情を呼びこんでしまう存在でした。この世に無用の身持ちの悪い娘たちを庇護《ひご》してはおりましたが、やはり要らぬお節介だったと言えましょう〟とかなんとか」

「司祭の錫杖《しゃくじょう》を、のどから突っこんでやりたいわね」

ノースは自分でも意外だったが、笑ってしまった。「錫杖は、かなり大きいぞ」

「司祭の口はもっと大きいようですから」

「きみのおば上だが――まだ十九歳のきみに身重な娘たちの保護を頼むとは――いまだにちょっと理解できない」

「彼女たちは、ただたんに未婚で身ごもってしまったというだけではないわ。雇い主に誘惑されたり、強姦されたりしたということなの。守ってくれる父親や男きょうだいがいない娘というのは、無防備もいいところよ、ノース。おまけに家が貧しければ、いくら守ると言われたって、口先だけの言葉でしかないんですもの」

「貴婦人は、世間のそんな一面を知る必要はない」

「そうかしら？　エリーおばさまはご存じだったわ。そして行動されていた。わたしもなにかしたいの。でも残念ながら、ひとりの人間にできることなんて、たかが知れているわ。ベネットはたいして当てにならないと思うし」

ノースはため息をついて片手を上げ、またおろした。「きみはなんとも若い、キャロライン」

その言葉に彼女はにんまり笑った。「あら、ノース、十九歳ってかなりの年なのよ。ミセス・テイルストロップにしょっちゅう言われていたんだけれど――あ、彼女は〈ハニーメッド館〉での名ばかりの付き添い婦人だけど――こんな年にまでなった娘はもう売れ残りなのよ。でもわたしには運よく財産があるから、まだもらい手がつくかもしれないんですって」

「売れ残りって――ひどい言い方だな」

「そうでしょう？　まるでビン入りジャムにでもなったみたい。それとも鶏肉料理？　オートミール粥？」

「そんな埒《らち》もない話は忘れろ。きみはいまのままでじゅうぶんだ、じゅうぶんもらい手はある」

「あなたっていくつなの、ノース？」

「二十五だ」

「まあ。あなたこそ、売れ残りってわけ？」

「男には、さっきの話は通用しないんだ」

「そんなの、ずるくないかしら？　でも、なんとなくわかるわ。男性は女性よりも経験が必要そうだものね。オーウェンもかわいそうに、あなたよりふたつ年下なだけなのに、それ以上の年数分は成長しないと、ぜんぜんおよびじゃないわ。でもね、子爵さま、あなたはもうだいじょうぶ」

「おれの経験値は、それほど高いのか?」

「ええ、夏の桃みたいに、もうすっかり熟してる」

ノースは笑みを浮かべたが言葉はなく、ただ彼女と肩を並べ、長いあいだアイリッシュ海を眺めていた。やがて、前を向いたままこう言った。「左手の海岸線を見てみろ。セント・アイヴズの町だ。入り江には漁船が、崖には明るい色の小さな家がひしめいているだろう。引き潮になると、漁船は浜に打ちあげられるんだ。妙な光景だよ。その向こうがトレヴォース・ヘッドだ。北の海岸線であるこちら側は、なにもかもが荒涼として、生えている木もアイリッシュ海からの厳しい強風にさらされて曲がり、育ちが悪い。南の海岸線とは大ちがいだ。あっちではヤシの木の下に座っておだやかな風を感じ、恋人に詩の朗読でもするというのにな」ノースはいったん言葉を切り、考え深げにつづけた。「こんなふうに女性と話したのは、いつ以来だろう。話といっても中身のないお天気の話くらいで、連れていく場所も――いや、なんでもない。言いたかったのは、どうしてだかわからないが、なぜかきみにはいろいろ話ができて、しかも話しやすくて楽しいってことだ。もうずいぶん長いこと、女性と笑いあったことさえなかったからな。まあ、マーカス・ウィンダムという友人の新妻になった〝妃殿下〟とは、そうでもないが――その彼女でもこんな――」そこで口をつぐみ、頭を振る。少なくともキャロラインの目には、彼がとてつもなく混乱して落ち着きをなくしているのはわかった。「きみは、なにかがちがうんだろうな」

「どうなのかしら。あなたにいやがられていると感じたことは、たしかにないけど。わたしはあなたに会ったときから、おもしろい人だと思ったわ。しかも、あなたはやさしかった。それにすごくハンサムだしね、ノース。あなた、女性は嫌い？」

ノースは一瞬、驚いたような顔をしたが、彼女は深い意味も考えずに〝女性は嫌い？〟など訊いたのだと思い至った。しかし彼は、答えをあいまいにぼかそうとは思わなかった。

「女性は欠かせないものではあるが、いなくても、日々生きていくのに支障はない」

「まるで教会の祈禱《きとう》に使われる言葉みたいね。子どものころ、頭にたたきこまれたんじゃないの？　つまり、あなたって女性は好きじゃないのね。ベネットに聞いたけれど、あなたにはよくない評判があるって。陰気で暗くて危険だけど、気が向いたときには地元の娘さんたちとよろしくやってるそうじゃない」

「あのペンローズってやつ、ばかじゃないのか。今度会ったら、下劣な口に五ポンド紙幣を詰めこんでやる。あわれなオーウエンとちがって、ペンローズはおしゃべりなのか？　ま、ちがうだろうけどな。それで女性のことだが。女性はちゃんと好きだぞ。さっきも言ったとおり、欠かせないものだ。男には、その、なんだ、ほっとするために女性が必要なんだ」

「それ、なんだかとても変な言い草だわ、ノース。まるで女はだれでも一緒で、取り替えがきくみたいな言い方。それはつまり、わたしがあなたをミスター・ファルクスやオーウエンやめめしいベネットと同じように考えるということよ。ベネットなんて、毎日殴られでもすれば性格もよくなるのかしら?」

「いや、きみが取り替えがきくって意味じゃない。ただ、いままで女性に対してそういう切実な……いや、もういい、こんな話はするべきじゃない。そもそも、きみは付き添い婦人を連れていないんだから、こうしておれと一緒にいることさえよくないんだ。といっても、ミスター・ファルクスが行動を起こすまでは近くにいたほうがいいんだが。彼はきっと動きだす。死に物狂いになっている彼にとって、どっぷり浸かった借金から抜けだせる頼みの綱はきみだけだ」

「あなた、ほんとうに陰気で暗くて危険なの、ノース?」

「きみはそう思うか?」

「そうね、ありうるかも。たしかにあなたは、そういう役どころに難なく身を置いているわ。バイロンの描く主人公みたいだって、ベネットは言っていた。それは当たっているとわたしも思う。でも、あなたはわたしにとてもやさしかったから、わたしはどんなあなたでも受け入れてあげる。猟犬を連れて荒野に出て、物思いにふけりたいというなら、どうぞ、お好きなように。ありとあらゆる極彩色を使った豪華なタペストリーみたいに、人間だって、いろいろな気分や環境を織りこんで成長していかないとね。過酷なものも、やさしいものも」

「かもな」これまでこんなふうに女性に話をされたことのないノースは、まじまじと彼女を見た。といっても、これまでは女とふたりきりでいて、肌を合わせずにこれほど長く話をしていたこともなかったのだが。「キャロライン、どうしておれが猟犬を持っていることを知っている？　きみと会っているときは、犬はみな檻に入っていた。月が出ていても遠吠えしたことさえなかったと思うが」

「ミスター・トリギーグルがミスター・ポルグレインに、猟犬の餌《えさ》がどうとか話していたのを聞いたの。〝いまいましいブタと変わらんが〟とか言ってたわ」

「ああ、そうだろうな。ところでキャロライン、きみにはうしろ暗い秘密などあるんだろうか？」そう言うと、ノースは美しくもあけっぴろげな彼女の顔を見おろした。ユーモアとちゃめっけと知性にあふれた賢そうな、はっとするような深い緑の瞳を。そうだ、彼女だけは、ほかのどんな女とも換えがきかない――そんな自分の思いに、ノースは一瞬、つま先までぞくりとおののいた。とっさに、父親の姿が脳内に浮かぶ。怒り狂って腹立たしげに、辛辣《しんらつ》な言葉を息子に怒鳴りちらす父。やめろ、父のことなど考えるな。ノースは手を上げ、彼女のうなじから前にひと房垂れた栗色の巻き毛を、うしろに直してやった。彼女の耳に髪をかけてやりながら、低く響くなめらかな声で告げた。「いや、きみに秘密などないんだろうな。きみはあけっぴろげで愛らしくて、信じられないほどやさしい。あんな後見人に何年も苦しめられてきたというのに」

「ミスター・ファルクスが後見人になったのは、十一歳のときよ。〝愛らしい〟なんて言わないで。まるで、なでてほしくておなかを出してる、太ったパグみたい」

「きみは人を疑うことを知らないんだな、キャロライン。こんな暴風の吹き荒れる断崖で、おれみたいに魂のけがれた男と一緒にいる。疑いを知らなすぎる。くそっ、その唇がほしい」

ノースは身をかがめ、閉じたキャロラインの唇に軽く口づけた。彼女はびっくりして動けず、もの問いたげに首をかしげて彼を見あげるだけだった。ほんのわずかな時間、ノースの指先が彼女の頬を、耳を、のどを、かすめてゆく。

「すまない」ノースは一歩、離れた。「おれは紳士なのだから、レディの弱みにつけこむようなことをしてはならないのに」

キャロラインは驚いてぽかんとした顔で彼を見ていた。自分の唇に指先を当てたが、今度は考えこむような顔つきになった。「そうね、とにかくびっくりしてるわ。ねえ、もう一度、してくれない？　とてもすてきかもしれない。あなたのためというより、わたしのために」

「やめろ。さあ、北のほうに行ってみよう。浜辺におりる、秘密の道があるんだ」

翌日の夕刻六時、〈スクリーラディ館〉にあらわれたローランド・ファルクスは、グリフィンの頭を象《かたど》った巨大な真鍮のノッカーを打ちつけた。

館には、キャロラインのほかに召使い二名と女中頭のミセス・トレボーしかいなかった。

小さな〈朝食の間〉でひとりのんびりと夕食をとっていたキャロラインのもとへやってきた

のは、ミセス・トレボーだった。ベネットは馬でグーンベルの〈ミセス・フリーリーのニシン頭亭〉に出かけ、前後不覚になるほど飲んでいる最中だった。

「失礼いたします、ミス・キャロライン。ミスター・ローランド・ファルクスがいらっしゃいました。あなたさまの後見人であり、いとこだかおじだかのようなものだそうで、ぜひお会いしたいとのことです。ご案内いたしましょうか？」

だが、そんな必要はなかった。ミスター・ファルクスはミセス・トレボーのあとについて、すぐそこまでやってきていた。自信満々で、強健で、なんのはばかりもない様子で。

まごうかたなき恐怖の戦慄《せんりつ》がキャロラインを駆け抜けた。のろのろと椅子から立ちあがる。

「ミセス・トレボー、よく聞いてちょうだい。ロビンに言って、チルトン卿をただちに呼びにやって。いますぐよ」

「おお、それには及びませんよ、ミセス・トレボー」すでに〈朝食の間〉に入ってきていたミスター・ファルクスは口もとに愛想のいい笑みを浮かべて、ゆったりと言った。「いや、なに、こちらのお嬢さんと後見人であるわたしとのあいだに、ちょっとした意見の相違がございましてな。いわゆる和解のためにここまでまいったのですよ」

「よくもそんなふうに笑えるわね？　一見、本気かと思うくらい。まあ、いいわ。さあ、ミセス・トレボー。この男は犯罪者よ。後見人なんかじゃないわ。すぐにチルトン卿を呼びにいって」

ミセス・トレボーは困惑し、ほんの少しおののいてもいるようで、あわてて出ていった。「無駄なことを、キャロライン」ローランド・ファルクスは飛びだす女中頭の背中をちらりと見やった。「チルトン卿が〈マウント・ホーク〉でのお楽しみをさしおいて駆けつけたとしても、ここに着いたときにはもうおまえはいない。準備はいいかな、かわいいお嬢さん？」

「地獄に堕《お》ちればいい、ミスター・ファルクス。ここはわたしの家よ。早く帰って。あなたに言うことはなにもないわ。弁護士に連絡させますから。あなたはもうわたしの後見人じゃない。わたしにとって、もう何物でもないわ。いいえ、前言撤回。おぞましい過去の記憶とでも言えばいいかしら」

ファルクスは笑い、音もたてずにうしろ手でドアを閉めると、長方形のテーブルに近づいた。正方形の部屋は小さく、ほかに出入口はない。キャロラインは自分が食べていた皿の横からナイフを取った。「近寄らないで、さもないと刺すわ。本気で、喜んで」

「どうかな、キャロライン。このあいだは不意をつかれたが、二度目はない。そう強がるな、お嬢さん。わたしを受け入れろ、ほかに道はないのだから」

彼が静かに、ポケットから白いハンカチを取りだす。さらにべつのポケットから、透明な液体の入ったガラス瓶を。その中身を、たっぷりとハンカチに含ませる。

キャロラインはガラス瓶を食い入るように見つめた。そこに入った、水のように透明な液体を。「それはなに?」

彼は笑みを浮かべただけで、テーブルをまわって近づいた。「ナイフをおろせ、キャロライン」

「いや、おろさないわ。気を失ったり、泣いたりもしない。本気よ、ミスター・ファルクス、刺すわよ、こんななまくらなナイフでも。わたし、すごく力が強いの。だから深くずぶりと突きたてて、それからひねってやるわ。拳銃を部屋に置いてきたのはくやしいけど、このナイフでもじゅうぶんよ。嘘じゃない。だからここから消えて、ミスター・ファルクス」

彼は六フィートほど離れていた。迷いのない足取りは、止まることがない。湿ったハンカチを右手に持ち、彼女に向けて差しだしている。突然、彼はマホガニー材の重い椅子のひとつに手をかけ、勢いよく押しだした。椅子が彼女めがけて激しくかしぐ。キャロラインはよけようとしたが、腕に当たった。しびれるほどの痛みに、腕をつかむ。次の瞬間、ファルクスが彼女に襲いかかり、湿ったハンカチを片手で彼女の顔に押しつけ、もう片方の手で彼女のうなじを抱えて動きを封じた。

キャロラインは、顔に彼の熱い息を感じた。「そうだ、お嬢さん、もがけばもがくほど、効き目は速くなる」彼女がナイフで刺そうとするが、妙に甘ったるい香りが鼻腔にも、のどにも、脳にも満ちてきた。意識が薄れ、力が抜ける。筋肉がゆるみ、支えを失う。ナイフを上げたけれど、指が離れる感覚が伝わってきただけだった。木の床にナイフの落ちる音が聞こえた。彼の腕から逃れようとしたが、無理だった。最後に目にしたのは、彼女を見おろす、満足感でぎらついた顔だった。「そうだ、それでいい、キャロライン。深く息をしろ。クロロホルムだ。これでおまえはいつまでもおとなしくなる」

最後にもう一度、体をひねって逃れようとしたが、だめだった。彼の顔がぼやける。彼の笑みが視界に映り、遠くから声が聞こえた。「いつ、おまえとふたりきりになれるだろうと思っていたが。もうすぐだな」

彼の高笑いが聞こえた。次の瞬間、もうなにも聞こえず、なにも見えなくなった。


これまでの人生、ノースはこれほどぞっとしたことはなかった。ツリートップを〈マウント・ホーク〉から〈スクリーラディ館〉まで全速力で駆けさせる。ファルクスがずっと見張っていて、彼女がひとりになったところを狙ったことは身にしみてわかっていた。あのベネット・ペンローズのばか者でさえも、いま彼女のそばにいないらしい。ほかにだれも男が──つまりはノースが──いないときは、ぜったいに彼女をひとりにするなと言っておいたのに。今夜の食事は一緒にするつもりだったのが、牝馬の一頭スプリング・レインが難産で苦しんでいたため、残ってついていてやることにしたのだ。その結果が、これか。

キャロラインは強い。機転もきく。そう、女性にしては強い。それはわかっている。逆境に陥《おちい》ったとき、なす術もなく気を失うようなことはないだろう。だがファルクスがけっして油断することがないのもわかっていた。今度はぜったいに油断するまい。万全を期してやってきて、そして目的を達したはずだ。ノースは血の凍る思いがした。

ものの数分であわれなロビンを引き離し、ツリートップの首に身を倒すようにして駆りて、速度をいや増した。〈スクリーラディ館〉についたとき、ミセス・トレボーが玄関扉を開け放ったまま、黒いボンバジンのスカートの上で両手を握りあわせ、十一月の灰白色の霜さながらの顔色でたたずんでいた。

「お嬢さまが連れていかれました、だんなさま！　とんでもない悪党です。とても信じられません、勝手に入ってきて、お嬢さまをさらっていったんです。ああ、どうしましょう、止められませんでした。止めようとしたのに、押しやられてしまって」

ノースは玄関前の階段横にツリートップを止めたが、馬をおりずに訊いた。「どうやって連れていった？」

「お嬢さまは命がなかったかもしれません。あの男に抱えられていたんですが、あおむけになった頭がだらりと垂れていて。あの男は馬車で来ていました。わたしは止めようとしたんです、だんなさま、ほんとうです。でも申しましたように押しやられて、じゃまをするなと言われて。ふたりいた小間使いもまったく役に立ちませんでした、気が動転してしまって、ばかな娘たちですよ。馬車には御者がいましたわ。北のニューキーのほうへ向かいました」

「ドクター・トリースのところへロビンを向かわせ、先生を連れてきてほしい。先生が来たら、おれに話したのと同じことを先生に話してくれ。〈マウント・ホーク〉に向かわせて、おれを待つように言ってくれ。だいじょうぶだ、ミセス・トレボー、彼女は取り戻す」

くそっ、だが、もしも……だめだ、ファルクスが彼女にするかもしれないひどいことを、いま考えてはいけない。くっきり残った馬車の車輪跡を追うことにエネルギーをそそがなければならない。午後に雨が降ったから、車輪跡はくっきりと深くついている。少なくともそれは、ファルクスには手にすることのできない強みだった。だがこちらも、ツリートップをもっとゆっくり慎重に進ませねばならない。ファルクスは馬車のなかで彼女に乱暴をはたらくだろうか？　彼女の意識がないうちに？　どうにかして彼女の意識を奪ったにちがいなかった。そうだ、彼女は死んではいない。死なせてしまったら、ファルクスの目的は果たせなくなる。

ノースは轍《わだち》を目で追いつづけた。あと一時間もすれば暗くなるが、ありがたいことに、まだ昼間の明るさはじゅうぶんに残っている。と、急に轍が方向を変え、細い崖の道へとまっすぐに向かっていた。いや、道といっても馬車が通るにはせまく、表面は荒れ、曲がりくねっていて危険だ。なにかおかしい。ノースはツリートップを止めておりた。止まってよかった。判断にしばらく時間がかかった。だれかが木の枝を手折《たお》って地面をならしていたからだ。あの男の焦《あせ》りが感じられるようだった。ばかげている、無駄だと思いながらも、ひづめの跡を枝で掃いてならしたのだろう。ノースはよくよく観察したが、彼の努力とあの男の焦りのおかげで報われた。ほかのものよりも深いひづめの跡があったのだ。ひづめの跡は三頭分。一頭だけがほかの二頭のものより深く刻まれている。その馬は重いものを載せているということだ。つまり、ファルクスはいま、彼女と同じ馬に同乗している。いまいましい馬車は、一種の陽動作戦だ。

もう一頭に乗っているのはだれだ？　気の弱いオーウェンではなさそうだが。そして三頭目には、だれが？　二頭とも、雇われた悪党が乗っているのはまちがいない。怒りと心配でノースは歯ぎしりした。

彼はツリートップの脇腹に蹴りを入れた。数分後、一頭分のひづめの跡だけが、方向を変えていた。

11

「目を覚ましかけてますぜ、だんな」

「それはよかった。どれくらい嗅がせたかわからんからな。あの薬屋め、へべれけに酔っぱらっておって、わたしがなにを買っているかもわかっとらんかった。下手《へた》すれば彼女を死なせるかもしれんというのに。そうなれば、なにも手に入らん」

「あの嬢ちゃん、なんともかわいい娘だなあ」

「背は高すぎるし、胸が足りん。口も悪いが、まあ、口さえ閉じておけば、器量はなかなかだ」

「息してるところを見てやしたがね、だんな、あのおっぱい、おれにはじゅうぶんだ。顔ときたら、すげえべっぴんで、なんとも言えねえかわいらしさだ。眉毛はきれいな弓形で、まつげも長くて。なあ、だんな、ほんとにかわいらしいなあ」

「黙れ。暗くなる前にあの小屋に着きたい」

黒く濃い眉毛が眉間で一本につながったむさくるしい若者、トリマーは、雇い主である男には金がある、つまり力があるというだけの理由で、口を閉じた。あの娘もかわいそうに。いったい、こいつになにをされるんだろう？　だがトリマーには、ファルクスのやることがわかっていた。このおやじがやっちまったあとで、おこぼれにあずかれるだろうか……。だが、小娘ひとりの小さな腹をかきまわしたいというだけで、これほど手を尽くすもんだろうか。トリマーにはさっぱりわけがわからなかった。女なんてやすやすと手に入るのに、どうしてこんなしんどいことをする？

キャロラインは、黒い上着のひだと襟巻きの上に見えるローランド・ファルクスのあごを見あげた。剃り残しのひげが見える。彼に抱えられた体の下で、馬のなめらかな動きが感じられる。自分は負けたのだ。彼が〈朝食の間〉に入ってきたときの恐怖がよみがえった。

彼女はゆっくりと口をひらいた。湿ったハンカチから吸いこんだもののせいで、頭がまだぼんやりとしていて、言葉もおぼつかない。「どこへ連れていくの？」

「ああ、起きたのか？　おはよう、キャロライン。もうおまえを守るやつはいない。ここにいるのは未来の夫と、頭に血がのぼればわたしのようにはやさしくない、荒くれ者の若造がいるだけだ。だから行儀よくしておけ」

「自分の声にうっとりしている時間が終わったら、どこに連れていくのか話して」

「まだそんな減らず口を。肩ひじ張って、とても女とは思えんな。いったいどうしてそんなはすっぱな娘になったのやら。おまえの父親はもの静かな男だった。気むずかしいやつではあったが。なんにでも理由をつけて決着をつけなければ気がすまない性格だった。たとえば穀物法――パンをひと切れ盗んだあわれな男を、国外追放にしたんだぞ。正義の名のもとに、変えようもない法律にかこつけてそいつを破滅させた。おまえの母親のほうは……そうだ、おまえのその減らず口は母親の遺伝だな。彼女は思ったことをそのまま口にする女だった。おまえのように冗談は言わなかったが。好き放題に持論をふりまわし、人を傷つける。いつだったか、わたしがあこがれの気持ちを懸命に伝えていただけだったのに、彼女ときたら……いや、母親の真の姿などおまえが知る必要はないな。おかしいだろう？　わたしはおまえを他人と交わらせないよう、ひとりにしてきた。寄宿学校からうまく逃れて帰ってきたおまえを。ミセス・テイルストロップは、おまえと生活をともにする付き添い婦人として向いていると思える女のなかでも、もっとも融通のきかない人間だった。そんな状況で、そばに男がオーウェンひとりしかいなければ、おまえは受け入れるだろうと思っていた。だが、おまえはそうしなかった。おまえの嘆かわしい減らず口については、わたしの妻になればそのうちなくなってくるだろう。どうだ、そろそろ少しくらい歩み寄ってもいいんじゃないか。おまえと結婚したら、おまえをベッドに連れていき、貴重な純潔をもらってやろう。どうだ？」

「ねえ、どこへ連れていくの？」

ファルクスは手袋をはめた手で彼女の頬を殴った。

「おい、だんな！　娘っこをたたくことはねえだろうが！」

「黙れ、トリマー。さあ、キャロライン、わたしと結婚するか、それとも子をはらむまで犯してほしいか、どっちだ？」

「あんたとはぜったいに結婚しないわ、ミスター・ファルクス。そんなに年寄りで、不細工で、根っからの悪人のくせに」ファルクスが彼女を抱える手をゆるめ、彼女の頰を張る。キャロラインは後先考えずに腕を上げ、彼ののどに手の側面を思いきり打ちつけた。そして彼を押しやり、馬から落とそうとした。ファルクスは死に物狂いで馬の速度をゆるめ、彼女を落とさぬようにしながら必死で息をしたが、満足に息ができないような気がして、空恐ろしくなった。キャロラインはもがきつづけた。今度は彼の耳を殴りつけた。かなり痛かったはずだが、それでもファルクスの手は彼女と馬をつかんだまま離れなかった。彼はまだしゃべることができず、ぜいぜいという激しい息が響いていた。

「おい、お嬢さん！　そんなことをするな！　やめろ！」

今度はトリマーとも闘わなければならなくなった。キャロラインがトリマーに向かって叫ぶ。「この下劣な男の倍の報酬を払うわ！　この男、ほんとうはなにも持ってないのよ。仕事が終わったら、報酬なんてもらえずに殺されるわよ。だからわたしと結婚しようとしてるんだから――」

拳銃の銃床で左のこめかみを殴られ、キャロラインは思わず、ファルクスのほうに体を丸めた。

「殺しちまったのか、だんな？」

「いや、そんなわけあるか。くそっ、話をするだけで痛む。このばか娘め。思い知らせてやる。そろそろ暗くなってきたな。例の小屋に連れこまねばならん。あの木立を抜ければ、すぐだ」

「彼女は貴族の出なのに」トリマーが言った。「いったいどこでさっきみたいな技を覚えたんだ。のどに平手を打ちつけるなんて」

　そのとき、低くなめらかな声が背後から響いた。「キャロラインが始めたことを、おれが引き継いでやろうか、ファルクス。いや、おまえたちふたりとも、指一本動かすな。ミスター・ファルクス、ゆっくりと彼女を馬からおろして、向こうの草の上に寝かせろ。おい、若いの、おまえは銃とナイフを地面に置け。おまえのような輩《やから》はまちがいなくナイフも持っているだろうからな」

「おい、聞いてくれ、だんな。話をしようぜ、あんた――」

　ノースは無言で発砲した。鈍い夕闇に銀色のひらめきを放つ銃を持ちあげようとしたトリマーの右手首に、弾が命中する。「言うとおりにしろ。でないと今度はおまえの頭をぶち抜く。そうだ、それでいい。わめくな、それくらいでは死なん、おまえがばかなまねさえしなければな。さて、ファルクス、おまえの番だ。急に動くなよ、さもないと心底、後悔させてやる」

ファルクスの怒りとどうしようもないほどのいらだちを見て、ノースは無上の喜びを感じた。決闘用の銃をファルクスの頭に突きつけながら馬をおりる。キャロラインはまだファルクスの腕のなかで気を失っていた。

「そっと彼女をおろせ、ファルクス」

「殺してやる、チルトン」

「やれるものならやってみろ、この薄汚いろくでなし野郎。この一時間、しわだらけのおまえののど首を締めあげる想像ばかりしていたよ」

「わたしの首にしわはない」

ノースは冷たくほほえんだだけだった。

キャロラインが地面におろされると、ノースは言った。「さて、ファルクス、おまえはおれと一緒に、窮屈で臭くてネズミだらけのグーンベルの牢獄に行くんだ」

「ふん、チルトン、言うだけ無駄だ。おまえになにができる」

「そうかな? もしかしたら言い忘れていたかもしれないが、おれはここの治安判事だ。おまえにはシドニーのボタニー湾流刑《るけい》がお似合いだと思うが。少しはまともになるかもしれんが、その年ではもう変われないかもしれんな」

「なんだと、わたしはそんな年ではない! かならず彼女を手に入れる。あの娘の言うことにだれかが耳を傾けると思ったら、大まちがいだ。たかが女ひとり。女の言うことなぞだれも信じん。彼女の頭に血がのぼって、駆け落ちしてくれと泣きつかれたとわたしが言えば——」

ノースはおだやかな口調で口をはさんだ。声がさらに低くなり深みを増しているが、怒りがにじんでいるのはまちがいなかった。「そっちのおまえは、もう行け。その骨張った手首に包帯を巻いて自分のベッドにもぐりこんで、そのまま朝を迎えろ。二度とその顔を見せるな」

だがトリマーは動かなかった。血だらけの手首をつかんだまま、柱のように突ったっている。「そいつは無理だと思うぜ、だんな」ようやく言った彼は、ノースの背後を見ていた。

「おい、この期《ご》に及んでごまかしは効かんぞ」

「ごまかしじゃねえよ、だんな。今度はあんたがそのおもちゃを地面に置く番だ。だいじょうぶかい、ファルクスのだんな?」

もうひとりいた。三つ目のひづめ跡か。ノースは自分の失態に怒りがこみあげた。うかつだった。ファルクスを見くびった。ほかにひづめ跡がないかどうか確かめようとしたとき、彼らの話し声が聞こえ、最後まで確認しなかった。なんてことだ。

「会えてうれしいよ、トレフェック」ファルクスが手をすりあわせた。「さて、だんなさま、言うとおりにしてもらいましょうか。地面に銃を置いて。そう、そう。さて、わたしのかわいい小鳩にかかるとしようか」

そのとき、キャロラインがうめいた。瞬間、ノースはツリートップの背を離れて彼女のかたわらにひざをつき、彼女を抱きおこして腕に収めた。頭を下げて彼女の額と額を合わせ、そっとつぶやく。「キャロライン、すまない、ほんとうにすまない」

キャロラインは頭をはっきりさせようとしているのか、彼をただ見あげていたが、やがてにこりとほほえんで手を上げると、彼の唇、あご、鼻にふれた。ノースがびくりとする。

「ノース」そう言った彼女は、彼の胸に顔を押しあてた。

「これはありがたい、子爵どの」ファルクスが言った。「これで最高にやりやすくなりましたよ。この娘がなんとも頑固だということをいつもうっかり忘れてしまうのだが、もう問題ないようだ。トレフェック、子爵どのの手首を縛りあげろ。トリマー、もううめくな。チルトンが片付いたら、ハンカチで手首を手当てしてやる。その情けない声をやめろ、この腰抜けめ」

もうしかたがない。ノースはキャロラインを体から放し、しっかりしなければと血を吐く思いで考えながら彼女を見たが、ファルクスに殴られたところがひどく痛んでいた。

「不思議だろうな」トレフェックがノースの手首を縛るのを見ながら、ファルクスが言った。

「そいつがどこにいたのか、不思議だろう。そいつは小屋を見張っていたんだ。そこへわたしらがもうすぐ到着するところだった。銃声を聞きつけたんだな。よくやったぞ、トレフェック。この娘と結婚したら、礼をはずんでやろう。さあ、小屋に行くぞ。司祭さまはいらっしゃるのか、トレフェック？」

「へえ、ミスター・バーホールドは見たこともねえほどみすぼらしいロバで来やして、ゼイゼイ、ハアハア言いながら文句たれて、のどを掻っきられたオコジョよりひでえもんだ。あれで式ができるのかね――だが、ギニー金貨をあのピカピカの黒いポケットに入れてやれば、結婚許可の言葉くらいはしゃべってくれるだろうよ」

「あんたと結婚なんかしないわ」キャロラインが言った。「なにされたって、あんたと結婚する気になんかなれない」

ファルクスが声をあげて笑い、彼女を引っぱって立たせると、肩に担《かつ》ぎあげた。彼女はすさまじい頭の痛みに気を失った。


キャロラインが目を開けると、もう地面の上でも、ノースの腕のなかでもなかった。小さなみすぼらしい部屋で、薄汚れたせまい寝台の上に寝かされている。甲高い声をした年配の男がファルクスに話している。いや、なにか説得しているような口ぶりで、声が大きくなるにつれ、ますます言葉がつっかえる。ノースは寝台とは反対側の薄暗い隅で、椅子に縛りつけられていた。悪党がふたり、ドアのそばに立ち、ふたりとも銃をノースに向けていた。

「こ、これは」小柄な年配の男が言っている。「こ、こういうことは、め、めったにないというより、あ、ありえないことです。こ、この年若い娘は、い、意識がないではありませんか！　こ、これでは、ち、誓いの言葉も申せません。け、結婚の、と、特別許可証は、もちろんととのっておりますし、カンタベリー大主教さまあてのそ、相当なご寄付もいただきましたが、じょ、女性も返事をしなければならぬのです、で、ですが——」

「返事ならします」ファルクスは言い、キャロラインがあおむけに寝かされた、臭気を放つ寝台につかつかと歩み寄った。彼女はまだしっかりと目を閉じている。「キャロライン」彼は彼女の頬を軽くはたいた。「さあ、ほら、目を覚ませ。自分の結婚式を寝たままで終わらせたくないだろう？」

キャロラインが目を開けた。前より頭がはっきりしていて、痛みにも耐えられそうだ。はっきりと言葉を紡いだ。「あなたとは結婚しません、ミスター・ファルクス。わたしを帰して」

「こ、これでは、と、とても」小柄な男が言う。

「しっ、黙れ、キャロライン。こちらは司祭のミスター・バーホールドだ。彼にあらぬ誤解をさせてはならん」彼女が司祭に大声で訴えはじめないうちに、ファルクスは彼女の唇に人さし指を当てた。「あっちの隅を見ろ、お嬢さん。チルトン卿だ。あまり楽しそうな様子ではないだろう？　さあ、これから取引をしよう。もしおまえがわたしと結婚したら、あいつは生かしておいてやる。だがわたしを拒みつづけるなら、トレフェックに命じてあいつの口に弾を撃ちこませる。トレフェックはやるぞ、キャロライン。こいつはわたしの知るなかでもいちばんの悪党だ。言っておくが、知っている悪党の数は半端じゃない。あの黒い目を見てみろ。死んだように空っぽで、スコットランドのハイランドにめぐる冬よりも寒々しい。金のためなら、なんでもやる男だ」

ノースがはっきりとした声で言った。「キャロライン、なにを言われようと気にするな。顔につばを吐きかけてやれ」

彼女は迷わずファルクスの顔につばを吐いた。

思わず後ずさったファルクスは怒りに燃え、彼女を殺してやりたいと思った。こぶしを上げ、目をぎらつかせたが、ゆっくりと、腕をおろした。「ふん、わたしを煽《あお》るつもりだろうが、そうはさせん。この……あと一歩というところで」そう言うと笑みを浮かべ、寝台から腰を上げた。「トリマー、ミスター・バーホールドを少しのあいだ外にお連れしろ。雨は降っていないし、月もなかなかロマンチックに輝いている。式の準備ができたら呼ぶ」

「ミスター・ファ、ファルクス、わ、わたくしは――」

「出ていてくだされ、ミスター・バーホールド。わが婚約者は自分の幸運がいまひとつわかっておらんだけです。しかし、それもすぐにわからせる」

いまにも壊れそうな古ぼけた玄関扉がトリマーとミスター・バーホールドの背後で閉まるのを、ファルクスは待った。

ノースからキャロラインへと視線を移しながら、彼はハンカチで頬をぬぐった。「さあ、キャロライン、おまえがわたしと結婚するなら、チルトン卿は〈マウント・ホーク〉に戻り、自分の仕事に励むことになる。だが言うことを聞かないなら、トレフェックがここで彼を殺す。遺体は埋められ、二度と見つからない。おまえの大事なおばも、殺されたのではなかったか？　チルトン卿の場合は遺体さえも見つからんのだ。嘘ではないぞ、キャロライン。わたしにはおまえの金がなんとしても必要だ。手に入れるためならなんでもする。さあ、チルトン卿の命と引き替えに、わたしを夫にするのか？」

キャロラインは涙をためた目でノースを見た。ためらいのない声ではっきりと言う。「結婚するわ。でも、先にチルトン卿を解放して、ここから逃がして」

「それはできん。それほどおまえを信用してはいないんだ、お嬢さん。わたしを信用してもらうしかないな」

キャロラインは笑った。冷ややかな、なんとも敵意をむきだしにした笑み。「わかったわ、ミスター・ファルクス。あんたと結婚するわ。もしチルトン卿を解放せず、なにか危害を加えたら、わたしがあんたを殺してやる。それで縛り首になってもかまわない。そのころあんたはもう死んで朽ち果て、骨から肉がそげ落ちているんだから、関係ないだろうけど。どうでもいいあんたの死にオーウェンが嘆き悲しむこともないわ、ありえない」

ファルクスは、なにか愉快なことを言ってやりたいと思った。一瞬たりともおまえの言うことなど信じない、どうせおまえは女にすぎないのだから、というようなことを。しかしのどに打ちつけられた、あの見事な一撃を思い起こす。股間を蹴られたときのことも。もし彼女の恋人に危害を加えたら、ほんとうに殺されるだろうか？　そうだ、きっと殺される——一瞬のうちにファルクスは悟った。やはりチルトンは彼女の想い人だ。オーウェンについては、もちろん父親の死を嘆いてくれるだろう。だが、それも数年のあいだだけだ。遠い将来、息子がとうとういまわの際を迎えたときには、心おだやかに、やすらかであることだろう。

ファルクスは言った。「なるほど、なんとも手の早いことだな、チルトン卿。わたしの婚約者に会ったのはまだ数週間前のことだろうに、もうそういう関係になったか。いや、ドーチェスターの宿では、まだ手を出してはいなかったんだろうな。あのあとしばらく怪しくは思っていたが……。しかし彼女がここへ来てから状況が変わり、彼女の脚のあいだにうずもれたんだろう？　なんとも見事な手腕だ、彼女がこれほど献身的になっているとは。そう思わないか？　それに、驚かされたぞ。彼女はプライドが高くていまいましいほど傲慢《ごうまん》で、似合わないほど独立心旺盛で、嘘つきの小娘だというのに、彼女はおまえのためにすべてを差しだす勢いだ。ああ、感動的だ」

ノースは自分の耳が信じられなかった。彼女の言ったことと、そこからファルクスが導きだした結論に、なにも言えず、ただ唖然としていた。

ファルクスはキャロラインに言った。「おまえの甘ったるい気持ちと、子爵どのの気持ちには温度差があるようだな。だが、どうでもいいことだ、どうせ一方通行だ。浮かれた世迷いごとを言うのは、いつでも女だ。男はそんなばかげたものに心を動かされん。子爵どのが賢明でありがたい。男は女の脚を広げさせるだけの労力しか使わん。ひとときのなぐさめを得さえすれば、自分にとって重要なものに戻っていく。さて、式を始めるとしようか」

トリマーがミスター・バーホールドを連れて入ってきた。司祭はすっかりおとなしくなって、うなだれている。

「それでも神の代理人なの？」キャロラインが声を投げつけた。「情けない泣きごとを言って言いわけしてる、虫けらと同じじゃない！　このペテン師！」

すかさず、ファルクスが笑みを浮かべながら彼女を手の甲で打った。「もういい。そのくらいにしておけ。トレフエック、もう少し子爵どののそばに寄れ。わがいとしの婚約者に、わからせてやるがいい。協力的な態度をとらずきっちり口を閉じておかなければ、子爵どのがどれほど神のお膝もとに近い場所にいってしまうのか」

「この礼はかならずさせてもらうぞ、ファルクス」ノースはこのうえなく低く抑えた声で言った。

キャロラインはおののいていた。自分のためではなく、ノースのために。だが命の危険まではないはずだ。彼女の言ったことが冗談ではないと、ファルクスにはわかっている。ノースに危害を加えれば、彼女はファルクスを殺す、本気で殺すのだと。そのときふと、もし自分がファルクスの妻にさせられたら、彼が男やもめになるまでにどれほど時間があるだろうかと思った。そう、彼のために生きながらえてやる時間などない。大きな矛盾がそこにあるはずだったが、いまの彼女にはそれさえも見えていなかった。

「わかったわ」キャロラインは脚をひょいと床におろし、立った。

「よお、だんな」トリマーが廊下から言った。「意外なお人がおいでなすったぜ！　病気だったあんたの坊ちゃんが、もう元気いっぱいで――」

トリマーはその場にくずおれた。前のめりに小屋のなかへと倒れる。銃を持ったオーウェンが、そのうしろからあらわれた。

「もうやめて、父さん、ぼくにああだこうだ言うのは。キャロラインを相手に無理難題をふっかけるのも。もう終わったんだ、なにもかも。こんなことは、もうつづけさせない」

「オーウェン」彼の父親が、息子のほうへと歩みを進めるが、オーウェンは父親をよく知っていた。すかさず司祭のうしろにまわる。「下手なことはやめて、父さん。でないと司祭さまを撃つ。そうなれば、キャロラインに無理やり結婚させることはできなくなるよ」

「わ、わたくしはせ、聖職者ではありますが」ミスター・バーホールドが言葉を絞りだした。「し、司祭ではありません。こ、このように、し、少々、言葉がなめらかでないので、し、主教さまは、わ、わたくしが司祭になることを、お、お認めにならないのです」

「おい、坊ちゃん、こっちは子爵のだんなに狙いを定めてるんだぜ、それに――」

「お黙り、このまぬけ」キャロラインが叫んだ。すでに立ちあがっていた彼女は、少しふらつきながらもすばやくノースに近づいた。トレフェックをにらみつけながら。「彼にけがでもさせてごらんなさい、許さない。もう決着はついたのよ。その醜《みにく》い頭にちょっとでも脳みそがあるのなら、早くトリマーを連れて消えなさい」

「だけんど、そこのだんなは五ギニーくれると言ったんだ！　五ギニーあれば、半年間も毎晩四パイント飲める」

「じゃあ、わたしが六ギニーあげる。少なくとも八カ月は飲めるでしょう。〈スクリーラディ館〉まで送ってくれたら、今夜六ギニーあげるわよ。待つこともないし、だれも手にかけずにすむし、なにもしなくていいの」

「七ギニーにするぞ、トレフェック！　子爵の口から銃を放すな、聞こえてるか？　こんなばか娘の言うことなぞ聞くんじゃない、わたしのばか息子の言うことも――」

「そうだな」ノースが言った。「おい、トレフェック、その銃をおろしておれを解放しなければ、グーンベルでも最高のミセス・フリーリーのエールビールは一パイントもおまえののどを通らなくなるぞ」

トレフェックはノースをまじまじと見た。ため息をつき、体の横に腕をだらりと垂らして銃をおろした。「すまねえ、だんな」ファルクスに言う。「だが、あんたにまったく勝ち目はねえようだ。あんたの坊ちゃんさえ敵になるなんてな。息子が寝返るなんて、ふつうはありえねえことなんだが。たぶん、あんたはひでえ親父だったんだろうな、そいつが悪かったんだ。そこのお嬢さんが言ったとおり、とんでもねえ人間だったのがな」

「黙れ、この臆病者め！」

「おい、だんな、おれが罵倒される謂《い》われはねえな。こちらの子爵のだんなは見逃してくれるような御仁じゃねえ。軍にいたんだろう。トリマーのくたびれたブーツよりいかついぜ。さて、お嬢さん、おれはこのあわれなトリマーを〈スクリーラディ館〉まで運んでくよ。八ギニーだったよな？」

「なに言ってるの、六ギニーでしょ。ファルクスが払うはずだった金額に一ギニー上乗せするだけ」

「しっかりしてんな」トレフェックは頭を振ったが、いつもの調子で受け入れた。「おれ、しっかりしてる女は好きなんだ」トリマーを床から引っぱりあげ、肩に担ぐ。そしてファルクスに最後の一瞥《いちべつ》をくれて、小屋を出た。

キャロラインはすばやくノースの縛《いまし》めをといた。彼は手首をさすって感覚を取り戻しながら言った。「オーウェン、よくやってくれた。きみのおかげで九死に一生を得たよ、いや、まったく」

「こうするしかなかったんだ」オーウェンはノースに言った。「とにかく、こうするしか。あなたとキャロラインはぼくを看病してくれたし、それに――」キャロラインに向く。「もう人質にはしないだろう?」

「ええ、しないわ、オーウェン、あなたのほしいものはなんだってあげる。ねえ、ノース、このミスター・ファルクスはどうするの?」

「そうだな、まずは——」ノースは静かにファルクスのもとに近づき、彼のあごにこぶしを見舞った。ファルクスはうめいてあごをつかみ、うしろの薄汚れた寝台に倒れた。起きあがったところでもう一発、今度ははるかにきつい一発を。ミスター・ファルクスはあおむけに力なく倒れて気を失った。「すまない、オーウェン、彼はキャロラインを二発殴ったんでな。いや、これくらいじゃすまない。またあとで話しあおう。さあ、今度は坊さんだ」

「そうね、あの人、ずうっと頼りなかったわ、ノース。でも——」ノースを見た彼女はびっくりしたような表情を顔に貼りつけたまま、その場でぐらりと揺れたかと思うと、薄汚い木の床に倒れこんだ。

12

「頭が割れるように痛いわ」

「殴られるのを防げなくてすまなかった。きみが小屋でまた気を失ったときは、ぞっとしたぞ。ああいうのはやめてくれ。これからは、気を失うのはひとつのけがにつき一回ってことにしてほしい、いいな？　まあ、でもこうして意識が戻って、澄んだ瞳をしているならいい。きみはいつも回復が早いほうなのか、キャロライン？　頼むからそうだと言ってくれ。心労のあまり老けこむなんて、まだごめんだからな」

彼女も気を失ったのが恥ずかしいらしく、それを見て取ったノースは声をあげて笑った。

「冗談だ。あの状況では、おれだって気を失っていたかもしれない。ただ、二度はないってだけのことだ。男はぜったいに二度は気絶しない。女性に弱いやつだと思われたくないからな」そのときキャロラインが、あまりにもやさしくあたたかみのある声で「あなたは命の恩人だわ。ありがとう、ノース」と言ったので、彼はたちまち真顔になった。

ノースはなにも言わず、ただ彼女の左のこめかみにできたたんこぶにそっとふれた。キャロラインは声をこらえようとしていたが、痛みには勝てなかった。「しっ、だいじょうぶだ。ツリートップにふたり乗りで帰ってやるから。それにほんとうのところ、今回助けに来てくれたのはオーウェンだ。さあ、ミスター・ファルクスを〈マウント・ホーク〉に連れ帰って、きみの元後見人にうちのいじめっ子どものもてなしを受けさせてやろう。それから、彼をどうするか決める。うちのやつらは女性は好きではないかもしれんが、悪党のことは心底嫌っている。まあ、ミスター・ファルクスを悪党と思うかどうかはわからんが。だってあいつらにとって彼は、ここから〝若い娘さん〟を連れていこうとしてくれていた男というだけだからな」

「話をつくってよ。そうしたら、ミスター・ポルグレインが彼に毒を盛ってくれるかもしれないわ」

「いい考えだ。あるいは召使いのティミーが夜中にきみのところへ忍びこんで死ぬほど驚かせたように、彼も驚かせてやるか」

「それとも、トリギーグルに猟犬をけしかけてもらってもいいわね」

ノースはあははと笑い、ふたりしてツリートップにまたがると、彼女をきつく抱えこんだ。

「じっとしていてくれればいい。すぐに帰れる。家でドクター・トリースが待っていてくれるからな」

キャロラインは頭に痛みが響いて、なにも言うことができなかった。ただ目を閉じ、彼の胸に顔を押しあてた。彼は〝家〟と言った。なんてすてきな言葉だろう。

オーウェンは〈マウント・ホーク〉の一階にある書斎でブランデーをのどに流しこみながら、トリギーグルとポルグレインとクームは父親をいったいどこに連れていったのかと考えていた。おそらく寒くて、湿っぽくて、きたならしくて、ネズミがいてろうそくもないところだ。ノースはとことん怒っていた。その夜に起こったことを思い、オーウェンはため息をついた。自分と、自分の父親がこれからどうなるのか考えて、気が滅入る。いまのところ、自分の人生にも父親の人生にも明るいものは見えなかった。

力を落とした青年を、クームが開いたドアからしばし見てから言った。「あまりお悩みになりませんように。チルトン卿は、なにもかも適切なご処置をなさるはずです。だんなさまはあなたさまに借りがございます。その借りはお返しになります。気前よく。だんなさまはナイティンゲール家の人間であり、ナイティンゲール家の男子はかならず借りを返します。〝ナイティンゲール〟だからといって、ふわふわした白い鳥をご想像なさいませんように。ナイティンゲール家の男子はみな強靭《きょうじん》で、軟弱なところはございません。先ほども申しあげましたとおり、当家の男子はかならず借りを返しますし、借りが〝名誉〟に関わることであれば、なおさらです。先々代と先代のご主人さまは、〝名誉〟に関わる借りとなれば、とくにまちがいのないお方でした。借りと申せば、ほかにも賭け事から生まれる借りもございますが——そのようなものは取るに足りないことでしょう？　それに、おふたりともすでにこの世にはおられないのですから、いったいどなたの目をおそれるというのやら」

まったくだ、とオーウェンは思ってクームを見つめ、さらにブランデーをあおった。父親が去り際についた悪態が脳内に響く。恩知らずで、尋常でないほど浅ましく、くだらない、責任逃れの言葉たち。そのほかにもいろいろ悪口雑言《ぞうごん》を吐いてはいたが、ありがたいことにそちらはもう覚えていなかった。オーウェンは頭を振って言った。「どうしたものだろう、クーム。こんなとんでもないことになって、どうやったらきちんと後始末できるのか」

「だんなさまにおまかせください」

「ぼくの意見はきいてもらえるのかな」

「それは無理です、だめでしょう。ですが現在のだんなさまは、当家ならではの男手によるまっとうなご教育を経てはおりませんが、責務は心得ておられ、たいへんなご手腕で遂行しておられます」

「責務って？」オーウェンは尋ねたが、クームは頭を振って思慮深い顔をするだけだった。

そのころ二階の〈ピンクの楕円の間〉では、ドクター・トリースがやさしい手つきでたんこぶを診察していたが、見事な観察眼を持つ彼はキャロラインの頭にふれただけで彼女の考えていることまで見抜きそうだった。ドクターは妹のベスにうなずいて見せたあと、ノースを見た。「脳しんとうだな。まだアヘンチンキは必要ない。眠らないようにしておいてほしい。さて、キャロライン、この指は何本に見える？」

「三本、振っているのかしら、ドクター・トリース。それからノースは黒い雷雲みたいな顔をしてる。そして、ここにいるわたしはまだ頭がしっかりしているから、話だってできるわ」

「子爵どのは少し落ち着きを失っているようだよ、キャロライン。だから彼が冷静になるまで、彼にはぼくから話をしたほうがいいと思う。きみが吐いたものだから、彼は死ぬほど心配したんだぞ」

「わかっているわ、ごめんなさい。ツリートップに揺られて気分が悪くなったの。止まってもらおうと思ったけれど、時間がなくて。ブーツにかかってしまったかしら、ノース？」

「いいや、ブーツから二インチは離れていたよ。いいからじっとしてろ。大麦の重湯でも飲むか？」

「ええ、お願い」

ドクター・トリースは子爵がいつになく若い女性にやさしいのではと思ったが、なにも言わずにおいた。チルトン卿たるもの、若いレディにやさしかったことなど、過去から現在にいたるまで地元民全員の記憶をひっくり返しても、まったくない。そう、ナイティンゲール家の男子というのは、そこらにいる男たちとはべつの種族なのだ。亡くなった先代の子爵をちらりと思い、ドクターは身震いした。まったく、こんなことは前代未聞だ。彼女のまつげがひらりと閉じたのを見て、ドクターは鋭い声で言った。「キャロライン、起きろ。かわいそうだが、眠らないようがんばってもらわなければならない、お嬢ちゃん。さあ、この指は何本だ？」

「五本。とても眠いの、ドクター・トリース。それにお嬢ちゃんだなんて、子ども扱いしないで。もう十九だし、ミスター・ファルクスさえ認めてくれたら、財産だってあるんだから。その財産めあてで結婚させられそうになったら、撃ち殺してやる。でもほんとうは撃ちたくないの。磔《はりつけ》なんていやだもの。少なくとも長い時間は」

「立派なことだな」ノースが言った。「彼女が眠らないよう、おれが見てますよ。先生は今夜、こちらにいられるんですか？」

「いや、それがだめなんだ。今夜はミセス・トレボーガンが出産予定でね。難産になりそうだ。彼女についていて、できるかぎりのことをしてやらなければ。なにかあったら、使いの者をよこしてくれ」

トリギーグルがドアのところにあらわれて咳払いをした。「だんなさま」

「ああ、なんだ？」

「人相の悪い若い男が、ギニー金貨をくれと言って来ております」

「ああ、トレフェックか。六ギニーやってくれ、トリギーグル。だが一ギニーたりともやりすぎるんじゃないぞ、キャロラインに怒られる。少なくとも彼女から百ギニーはもらう約束だったとか、やつは哀れっぽく訴えるかもしれんが。ほだされるな。六ギニーだ」

「彼はなかなかの曲者よ、トリギーグル」視界のなかでかすむ麗《うるわ》しき年かさの召使い頭に、キャロラインは焦点を合わせようとした。「油断しないほうがいいわ」

トリギーグルは聞こえなかったふりをしてノースに言った。「かしこまりました、だんなさま。あの、このお若い方のお加減はいかがでしょうか。またしても〈ピンクの楕円の間〉にいらっしゃいますが」

「心配ない」

「お言葉ですが、だんなさま、前回ここにいらしたときからまだ間もありませんのに、またここにいらっしゃらねばならないとは、残念なことでございます」

キャロラインがベッドでうめき声をもらした。

「早く行け、トリギーグル」

ドクター・トリースが声をかけた。「彼女にこしらえてもらう食事をポルグレインと相談しよう、トリギーグル」

「ですが、ドクター・トリース、お若い方は、ミスター・ポルグレインがお食事を用意する前にお元気になって〈スクリーラディ館〉にお戻りになるのでは」

「それはないな。さあ、トリギーグル、気持ちよく行こうじゃないか」ドクター・トリースはキャロラインに向きなおってやさしく頬をたたき、ほほえんだ。「きみはエレノアによく似ているな。彼女はすばらしいレディだった。とても明るくて――」その目に涙があふれる。

ただ目を開けておくので精いっぱいだったキャロラインは、よくよく考えて言葉を口にしたわけではなかったが、そのあまりにやさしい口調はドクターの心をばらばらにしそうだった。「お気の毒です、先生。先生はおばのこと、とても愛してらしたんですね」

「ああ、いまもね」ドクター・トリースは答えた。

「わたしもです。わたしも先生くらい、おばのことをよく知っていられたらよかったのに」

ドクター・トリースと妹が帰ると、ノースはベッドの脇に腰をおろした。両手の指先を山形に合わせ、軽くあごをつつく。「まだ眠るなよ」

「ええ、わかってる。指が落ち着かないのね、ノース。なにを考えているの?」

「ベネット・ペンローズの鼻を折ってやること。無責任な男だ」

「オーウェンにやらせてあげて。わたしが思うに、きっとオーウェンはいまごろ失意のどん底で、どこかで爪でも嚙《か》んでるんじゃないかしら」

「オーウェンがベネットに太刀《たち》打ちできると思うか?」

つかのまキャロラインは黙っていたが、言った。「ええ、思うわ。オーウェンは計り知れない深みのある人だって、これまでのことでわかったもの。予想外だったから、余計にうれしいの。いいことを思いついたのよ。細かいことを考えなくちゃいけないんだけど、とにかく頭痛がひどくて」

「それなら、考えるのは明日の朝にすればいい」

「ミスター・ファルクスのことはどうするつもり？」

ノースはため息をついた。「いったいどうしたものかな。下劣な男だがすぐに命を奪うというわけにもいかないし、国外追放にすればきっと生きていけないだろう。また解放するか？　そうしたら元の木阿弥《もくあみ》、またきみをさらいに来るだけだろう。まったく、あの男には逆に感心する。あの執拗さは、昔子どものころに飼っていたドッグドっていう猟犬を思いだす」

「それ、冗談なの、ノース？　犬に〝ドッグ《ドッグ》ド〟なんて名前を？」

「ただの犬じゃない、猟犬だ。ぜったいにあきらめないやつだった。ミスター・ファルクスのようにな。彼はきみのことを救世主だと思ってる。理屈じゃないんだ。あきらめることなどないと思う。きみの金は自分のものになって当然だと思いこんでいるんだろう。ところでキャロライン、おれはいま、この男らしいあごに何本指を当ててる？」

「十本ぜんぶ。あなたって、とてもすてきな手をしてるのね、ノース」

「ありがとう。大麦の重湯をもう少しどうだ？」

「ポルグレインからいただいたあのひと皿目は、ひどい味だったわ。毒でも入っていたんじゃないかしら？」

「そんなことをしたら、おれに撃たれるとわかってるさ。まずかったのも知ってる。おれが味見したからな。ポルグレインに言って、今度はおれがもういいと言うまではちみつを入れさせよう」

翌朝、〈ピンクの楕円の間〉に入ってきたオーウェンは足取りも重く、うなだれて肩を落としていた。

「まあ、オーウェン、背筋を伸ばして。そんな、負け犬か、フランスの断頭台に横たわる貴族のような顔をしないで。そう、そうよ、胸を張ってね。ちょっと聞いてほしいことがあるの、あなたの力を借りたいの」

その言葉に、はっとオーウェンは頭を上げた。「ぼくの力を借りたいだって？　キャロライン？」

「昨夜もそうだったでしょう、危ないところをあなたが助けてくれたんじゃないの。だから、またお願いしたいの」

「いや、実際に助けたのはノースで――」

「ノースも来てくれたわ。でも、ほんとうに助けてくれたのはあなただった。ノースの命までもね。だから否定しないで。わたしたちふたりとも、あなたに助けられたの。謙遜しなくていいの。あなたらしくないわ。あなたにお願いがあるのよ」

「父さんに関わること？」

「いいえ。あなたのお父さまのことは、今日またあとで話しあいましょう。いまはあなただけの話よ、オーウェン、あなただけ。聞いてちょうだい」

二時間後、〈スクリーラディ館〉にて、オーウェンは自分の獲物であるベネット・ペンローズを奥の喫煙室で追いつめていた。ベネットは巨大なウイングチェアに腰かけていたが、彫像のように身動きひとつしなかった。大またで近づいたオーウェンは、彼の目の前でつと止まり、単刀直入に言った。〈マウント・ホーク〉からの道すがら、何度も何度もくり返し練習していた言葉を。

「よくもキャロラインをひとりで放っておいたな、ペンローズ。愚かなおまえのせいで、彼女はぼくの父親と結婚させられるところだったんだぞ」

ベネット・ペンローズは雄牛ですら倒れそうなほどの二日酔いだった。オーウェンの言葉を聞いても、うめいてじっと体を支えておくことしかできない。相手にとっとと消えてほしかった。

「おい、聞いて――」

ベネットは頭を上げ、つらそうな表情で相手を見た。とても一人前の男には見えない、かろうじて成人したばかりの青年だ。おじが死んで、まだ遺産も受け取っていなかったころの自分くらいの年齢か。だが、とてもさっさと帰ってくれそうにない。ベネットはあきらめて口をひらいた。「何度も言わなくてもわかってるよ。キャロラインなら放っておいてもだいじょうぶさ。ミセス・トレボーは昨夜あれこれと泣きごとを言っていたが、彼女なら心配ない。まったく、あの娘はぼくよりよっぽど厄介ごとに首を突っこんでいく。自業自得だ。それに、彼女はぼくをだましたんだ。どうして彼女の心配をしてやらなくちゃならない？　ぼくは彼女のお守《も》りじゃない。お守りの相手は、呪われた身重の娘三人だ。ところで、おまえはだれだ？」

「キャロラインのはとこ、オーウェン・ファルクスだ。ファルクスといっても、あんな男の息子じゃない。いや、息子は息子だけど……キャロラインと結婚したいとは思っていない。ぼくはこれからここで暮らす。ペンローズの敷地とスズ鉱山を彼女と共同で管理し、これからやってくる不幸な身重の娘たちの管財人になるんだ」

ベネットが大きくうめいた。「なんだって、いい加減にしてくれ。おまえもキャロラインに肩入れするのか？」

「そうだ。いやならきみはどこかに行けばいい。きみも手伝うか、ここを出ていくか、だ」

「おまえの出る幕じゃない」ベネットは怒りが頭をもたげるにつれ、二日酔いが気にならなくなってきた。「彼女のいまいましいおばのせいでこんなことになって、今度はキャロラインがその遺志を継ごうとしてる。ぼくは〈スクリーラディ館〉から追いだされ、そこから得る収益も巻きあげられて。スズ鉱山の収益さえ一ペンスももらえない。理不尽だ。ぼくはだまされたんだ。なにも手に入らない。エレノアおばに起きたのと同じことが、キャロラインにも起きるかもしれないぞ。そうさ、それこそあるべき姿のように思える。聖人ぶったいまいましいペテン師の女があの崖から落ちていくのを、見たいもんだな」

オーウェンはベネット・ペンローズの上からかがみこみ、ゆるく結んだ襟巻きをつかむと、力の入らないらしい脚を立たせて口もとにこぶしを見舞った。ベネットは力なく床に倒れた。

「今度そういう口をきいたら、窓から放り投げてやる。玄関ホールにつながる客間の張りだし窓から」

ベネットは動かなかったが、痛む口からどうにか言葉を絞りだした。「そんなことをしたら、後悔することになるぞ、この薄汚いろくでなし《バスタード》が」

「ぼくはろくでなしでも私生児《バスタード》でもないぞ。父さんに訊いてくれ。いや、それはまずいか。いま父さんはぼくに腹を立てているだろうから。ううん、いまだけじゃなくてこれからずっとそうかもしれない。これからのことはさっき話したとおりだ。だからぼくは〈マウント・ホーク〉に戻らなきゃならない。ああ、父さん。なんでこんなことになってしまったんだ」

オーウェンは頭を振りながらミセス・トレボーの横を通りすぎ、〈スクリーラディ館〉の美しい表玄関を出た。

「ここでお暮らしになるのですか、ミスター・ファルクス?」

オーウェンはぼんやりとうなずいた。「ああ、たぶん、明日から」

「では、あなたのお父さまだとおっしゃる、あのおそろしい方も?」

「いや、ぼくだけだ」

「ミス・キャロラインは？」

「彼女はまだ伏せっているよ。父が頭を殴りつけてしまったのでね。でも、近いうちに戻れると思う」

「よろしくありません。お嬢さまにおっしゃってください。〈マウント・ホーク〉は殿方だけのお住まいです。あそこでは、けっしてご婦人は受け入れられません。あまつさえお嬢さまは付き添い婦人もなく、しかもお若い。どうかお嬢さまにお話ししてください、ミスター・ファルクス。ええ、どうか説得して連れ戻してください。でないと、お嬢さまはだめになってしまわれます。ナイティンゲール家の殿方にとって、ご婦人の破滅などなんでもないことなのです、どうかそれをお話しください」

「ノースはそんな人じゃないよ、ミセス・トレボー」

女中頭は、ふんと鼻を鳴らした。「それはこれからを見ていないと。でも、いやな予感がします。彼はやはりナイティンゲール家の殿方です、あそこの殿方はみな同じで、それはずっと変わりませんよ」

「あなたの言葉は彼女に伝えるけど、彼女は自分の好きなようにすると思う。いつもそうだから」

「おばさまのエレノアさまもそうでしたよ」ミセス・トレボーはため息をついた。「では、お願いしますよ。ナイティンゲール家の殿方は信用ならないと、お嬢さまにお話しくださいまし。彼らはひとり残らず、心の黒い悪魔です。先代と先々代の子爵さまのなさったことを聞かれても、信じられないと思いますよ。でも、いまのところそんなことはどうでもよろしいことです。おかわいそうなお嬢さま」ミセス・トレボーは頭を振って〈スクリーラディ館〉に入っていった。

そんなつもりはなかった。ほんとうに。だが、そこに彼女が横たわって眠っている。とてつもなくやわらかそうで、誘うように。だから考えることも忘れ、ベッドの縁に腰をおろし、身をかがめ、キスをしてしまった。こんなにやわらかな唇は知らない。ノースは舌先をそっと彼女の唇に走らせた。なんとも言えないやわらかさ、あたたかさ……。

彼女の唇がひらき、ノースはやめなければと思った。まだ引き返せるうちに、やめなければ。ナイティンゲール家の男は情熱的で抑えがきかなくて、いったん欲望に突き動かされたら、女性ではとても止めることができない。そう、いまの彼のように。彼はまだ、眠っている少女といってもいいような若い娘に、キスをいくつか落としただけだ。だが、もう彼女は眠っていなかった。唇をひらき、キスを返していた。それはノースの想像を超える出来事だった。想像したいという気持ちさえ起こらず、だから、拒むことも考えられなかった出来事。

「だめだ」ノースはあたたかな彼女の唇にささやき、持ちうる渾身《こんしん》の力で体を起こした。あとはただ彼女を見つめた。欲望で黒に近くなった瞳で、両手を握りしめたりひらいたりをくり返しながら。そうしないと彼女にふれてしまいそうだから。

「だめだ」もう一度言い、立ちあがってベッドから一歩下がった。あおむけになった彼女の胸が上下している――のは、なぜだろう？――そして彼女はこちらを見ている。こちらを見ている彼女の姿は、感動的だった。

「さっきの、すてきだったわ、ノース」彼女はそう言ってほほえんだ。「ちゃんと目覚めて、あなたにキスを返せてよかった」彼女が指先を自分の唇にすべらせる。その指先と彼女の唇を見つめただけで、ノースは死にそうだった。

「きみの瞳は緑のなかの緑なんだな」とノース。「灰色がかった緑だと思っていたが、ちがっていた。ハシバミ色ではなく緑、それも純粋な緑だ。すばらしい色だ。セント・アースの近くに生えているサンザシの低木みたいな」

「ありがとう。今度そこへ連れていって、その木を見せてくれる？　ねえ、もう一度キスして、ノース。そうしたら、またわたしの瞳の色が変わるかもしれないわ」

ノースも愚かではなかった。もう一歩、下がる。「いや。こんなことをしてすまなかった。きみは眠っていたから、いやだとも言えなかったのに」

「いやじゃなかったわ」

「黙れ、キャロライン。きみはまだ寝ぼけていて、自分の言ってることがわかっていないんだ」

「でも、自分の感じてることならわかるわ、とてもすてきだった。わたし、キスされたのが初めてなの、ノース。いままであなただけよ。男の人が女の人の口に舌を入れるなんて、考えたこともなかった。そういうものなの？　男の人は、みんなそうするの？」

ノースは魅せられたように彼女を見つめていた。「そうだ」

「それにあなた、わたしの唇をなめたわ。おいしい料理をなめるみたいに。なにが起こっているのかわかったあとは、すごく楽しかった」

「黙れ」

「どうして？　自分の望みを口にしちゃいけないの？」

ノースはかぶりを振った。「いいや、そんなことはない。だが、していいことと悪いことがある。結局、おれは男で、きみは付き添い婦人も連れていない未婚の娘だ。そんなきみがおれの家にいて、おれはきみを守る立場にいる。もう二度ときみにはふれないようにするよ」

ため息をついたキャロラインは、彼がポルトガルで抱いた女よりももっと不服そうな顔をしていた。あのときの彼は、まず幸せそうな笑顔で女を見あげたあと、それまでの人生のなかでも最高にひねくれた愉快な肉体の戯《たわむ》れに一、二時間ほどふけり、精根尽き果ててぼんやりしていたのだが……。

「あなたっておかたいのね、ノース・ナイティンゲール」

「なにも知らないくせに」ノースは顔をそむけ、背もたれのかたい婦人用椅子に腰かけた。前世紀につくられた椅子が彼の体重にきしむ。「さて、いまの気分はどうだ?」

彼がもうずいぶんと距離をとってしまったことがわかった。いまのところはしかたがない。じゅうぶん元気になったら、こんなに簡単には逃がさないんだから。紳士としての彼の基準はわかった。いまは彼の家にいて、彼に守られている。彼は貴族だ。貴族としての心得が先に立ってしまうのだ。少なくともいまのところは。少なくとも、彼女の頭が首からもげそうな感じがしなくなるまでは。「昨夜よりは楽になったわ。オーウェンは〈スクリーラディ館〉から戻ってきたかしら?」

ノースはにやりと笑った。「まだだ。きみの思いつきには恐れ入ったよ。オーウェンは父親から独り立ちしなければいけない、ときみは言ったな。その手始めの仕事は成功すると、おれは思ってる。問題は相方のベネットだけだな」

キャロラインはくすくす笑った。あまりにも意外な、そしてたまらなく甘い声。ノースは両膝をぐっと合わせて閉じた。その笑い声に反応するまいとこらえたが、無駄だった。椅子の脇にあるテーブルから新聞を取り、同じ文に目を五回走らせた。

「ミスター・ファルクスのことはどうするの?」

ノースはゆっくりと〈ガゼット〉紙をおろした。「そのことはさんざん、ああでもないこうでもないと思いつくだけ考えたんだが」深く息を吸う。「おれはやつを殺すしかないと思っている、キャロライン」

彼女の返事はノースの度肝を抜いた。「そんなことを言うんじゃないかと思っていたわ。だけどだめよ、ノース、いけないわ。もし彼を殺すのなら、わたしがやるから。彼はわたしがどうにかしなきゃいけない相手なの、あなたじゃなく」

ノースは立ちあがってうろうろしはじめた。「なんてことだ、きみは女だというのに、悲鳴をあげたり、どきどきする胸を押さえたり、人を殺すなんておそろしいとめそめそしたり、地獄に堕ちるわなんて言ったりしない。そしてこともあろうに、自分がやるなんて言いだす。女性がそんなことを言うのを聞いているのはつらいんだ、キャロライン。おれの友人であるマーカスの妻、〝妃殿下〟なら言うかもしれないが、彼女にはマーカスという歯止めがある。彼もむずかしいやつで、私生児だが、彼女は狂おしいほどに愛してる」

「いろいろ言ってくれたけど。ねえ、どうしてあなたは女がそういうことを言うのがつらいの、ノース？　男みたいだから？　論理的だから？　女は論理的になっちゃいけないの？　物事を考えつくして、そこから答えを出しちゃだめなの？」

ノースはうなずいて言った。「そうだ、だれもそういう女には会ったことがない。そんな経験がないからな。きみは女性のあるべき姿とはちがっているんだ、キャロライン。いいから、おれの言うことを聞いて、ばかなことを言うのはやめろ。男だって、かならずしも好きで人を殺すわけじゃない。正直、おれだって、あまりに非常識であきらめが悪くて必死だからって、そいつを殺そうなんて思いたくはない。きみが結婚さえしていれば、ファルクスも手出しでき――」急に口をつぐんだノースは、はっとした顔で彼女を見つめていたが、それ以上はひとことも言わず部屋から出ていき、背後でそっとドアを閉めた。

「すばらしい思いつきだわ」早い午後、四隅に影が落ちつつある部屋に向かって、キャロラインはつぶやいた。

同じ日の午後五時、トリギーグルは短いノックを三度、長いノックを二度してから部屋に入った。これが最大限の予告なのだろう、とキャロラインは思った。彼は焦げ茶色のモロッコ革で装丁された分厚い本を持っていた。それをベッドまで運ぶと、彼女にほど近い上掛けの上にそっと置いた。ふたりの体重を合わせたくらい重そうな本だった。

キャロラインは本を見て、トリギーグルに視線を移した。「これは？　どうして女が〈マウント・ホーク〉に十分以上いてはいけないか、あらゆる歴史的根拠が記されているのかしら？」

「十分どころではございませんが」トリギーグルは彼女の右肩を越えた一点に視線を飛ばして言った。

「なんの本？」

「じっと寝ておられるしかないあなたさまが退屈してらっしゃるのではないかと、だんなさまがおっしゃって。だんなさまは、これ以上あなたさまにお会いしたくないとお考えです。ナイティンゲール家の殿方ですから、それは無理からぬこと。そこであなたさまがお愉しみになれそうな本をお持ちしろとご指示なさいました。それが、この本です。長きにわたるナイティンゲール一族の伝説とも言えるものが記されてございます。もちろん、すべて埒もない話ですが、この邸を出ていかれるくらいお元気になるまでのおなぐさみにはなるでしょう」

「ありがとう、トリギーグル。どういうお話なの？」

「ええ、コーンウォールのマーク王の話でございます。彼がどうして南のフォーイではなく、ここナイティンゲールの領地に金銀財宝とともに埋葬されることになったのか。一般にはフォーイで生きて、戦って、命を落としたと考えられておりますが」

「あなたはどう思っているの、トリギーグル？」

「ナイティンゲール家の人間は先祖代々、変わり者でいらっしゃることが多くございます」

「いまの子爵さまも？」

「いまのだんなさまはまだお若く、ながらく領地を離れておいでしたので、まだなんとも申しあげられません。長いこと軍隊におられましたので、その影響がございますでしょう。いずれわかることと存じます。少なくともいまのところ、不運にもたまたまご自分のお邸におられる女性のあなたさまから距離を置かれるという、ナイティンゲール家にふさわしい意識はお持ちでいらっしゃいます」

「マーク王だなんて、とてもロマンチックね。マーク王の伝説ならよく知っているわ」

トリギーグルは苦虫を嚙みつぶしたような顔をした。「お若いお嬢さんはそのようにお思いになるのでしょうが。ナイティンゲール家の人間は、お気の毒な王に心を引きずられてきたのだと思います。マーク王はお后《きさき》のイゾルデと、愛する甥トリスタンに裏切られたのですから――」トリギーグルはあわてて手を上げて咳払いをし、頭を振った。「よろしければ目次をごらんくださいませ。僭越《せんえつ》ながら、ずいぶんとお顔の色がよいようにお見受けします、お嬢さま。お夕食に栄養たっぷりのニシンの頭スープを召しあがれば、明日にはお発ちになれそうでございますね」

「ニシンの頭スープって言った？　トリギーグル？」

彼はうなずき、あごをぐいと上げた。

「ポルグレインってやさしいのね。わたしの好物がどうしてわかったのかしら。〈スクリーラディ館〉の料理長もおいしいスープをつくってくれたの。きっと子爵さまがそのことを話してくださったのね。お礼を言っておいてちょうだい、トリギーグル。ああ、ニシンの頭スープがあるのなら、〈マウント・ホーク〉からずっと離れられないかも。予想外のごちそうでびっくりよ。スープのことを考えただけで、力が抜けてめまいがしそう」

キャロラインは手のひらを眉に当て、はかなげで青ざめた自分を演出しようとした。「ああ、でも、また頭がずきずきしてきたわ。手足には力が入らないし、華奢《きゃしゃ》な体は弱々しいし、女だから心も繊細だし、ああ、これじゃあ――」みるみる青くなったトリギーグルを見て、そこで言葉を切った。

ここにいてはならないのにここから動けない人間の監視役、トリギーグルは言った。「そろそろ失礼いたします、お嬢さま。早くお元気になってくださいませ。少しお部屋のなかを歩いてみられてはいかがですか。埒もない本に没頭されるより、お眠りになったほうがよいかもしれません。浅ましい甥のトリスタンをアイルランドへ送り、花嫁となるイゾルデを迎えにいかせたマーク王は、ただ手をこまねいて事態を見ていただけだったのです。イゾルデは世の女の例にもれず、不実な女でした。トリスタンとイゾルデは、イゾルデの小間使いブランジェンが王と美しき后のためにと用意しておいた媚薬《びやく》を飲み、ただなりゆきを見守った。王の甥と后は王を裏切りました。途方もない裏切りです。イゾルデはそれを隠すため、小間使いを手にかけたと記されております。しかし親愛なるマーク王は、ふたりを放免した。首をはねることも、爪をはがすことも、骨を砕くこともしなかった――そう、たぐいまれなる高貴な王は、ふたりを無罪放免としたのです。まったく、愚かな」

「そうね、おばかさんだと思うわ。そうよね？　なにが正義かわかっていない、ほんもののおばかさん」

トリギーグルはおそろしげなしかめ面を見せ、返す言葉もなく、そそくさと出ていった。当然、キャロラインは満足で、にやにや笑いがとまらなかった。

13

「キャロライン、こいつがフラッシュ・セイヴォリー。セント・オステルのほうでラファエル・カーステアーズを助けたって、このあいだ話した青年だ」

「はじめまして、ミス・キャロライン」フラッシュ・セイヴォリーは片手をすっと出した。彼は金髪きらめく、細身で笑顔を浮かべたハンサムな青年だった。キャロラインはつい彼の手をじっと見つめてしまったが、すぐに握手した。「右利きなの、左利きなの、ミスター・セイヴォリー？　それとも両利き？」

彼はにんまりと笑って彼女を見おろした。「両利き」

「あら、ついてるわね。どちら側のポケットでも、信じられない早業なんでしょうね」

「ああ、そのとおり」彼はにこやかに答えた。「まあ、船長の左ポケットに突っこんだ手をつかまれて、早業の左手を止められちまったんだけどな。手首を折られるところだったよ。だけどいまは、そのかわいそうなニシンが死んでるのと同じくらい、嘘偽りなく生きてるぜ。そのスープ鉢にぷかぷか浮いてる頭は、見たら吐きそうだけどな。その代物は、客に対する特別なもてなしだったのかい、ミス・キャロライン？」

キャロラインは身震いした。

「あのニシンの残り、まさか食べたのか、キャロライン？」ノースは魚の頭をまじまじと見おろした。

「いつのまにかナプキンが落ちてたのね」キャロラインはあわててスープの残りが入った鉢をふたたびおおった。ポルグレインだかトリギーグルだかクームだか、あるいは女性を毛嫌いしているその三人全員だかはわからないが、ずいぶんと甘くみすぎていた。スープを運んできたトリギーグルは、迷いのない笑みを浮かべ、銀の蓋を持ちあげて彼女に中身を見せた。すぐ目の前のことだったが、なんとか吐き気をこらえた。少なくとも、トリギーグルの前では。

「どうしてニシンのスープなんか？」フラッシュが尋ねた。「あんた、そんなにいやなやつなのか？」

「いえ、そんなことはないと思うけど。でも、まずい食事でいやがらせすれば、いてほしくない人間――つまり女、つまりわたし――を追いだせると思う殿方もいるということかしら」

彼女はしゃべりながらもノースにほほえんでいたが、ふと眉を寄せ、ありがたくもいまはナプキンで蓋をされたスープ鉢を見おろし、そしてドアを見やった。

「ノース、フラッシュは、エレノアおばさまのことで来てくれたの？」その言葉に、ノースの注意が少なくともとりあえずは手もとからそれた。

「そうだ」と答える。「いまごろはきみが退屈になって、自分のつま先ばかり眺めているんじゃないかと思ってね。おれの知っていることはすべてフラッシュに話した。今度はきみの番だ」

ノースとフラッシュは彼女のベッド近くに腰をおろした。フラッシュが邪気のない笑みを浮かべる。若い娘がたちまち心を許しそうな顔だとキャロラインは思い、笑みを返そうと思ったができなかった。なぜなら空腹だったのと、おばを思いだし、ここまで助けにきてあげられなかったことが頭に浮かんだからだ。おばはひとりだった。そんなおばのところへやってきたのは、背中を刺すほど彼女を憎んでいる人間だけ。

「わたしにはなにもわからないの、フラッシュ。ここにいなかったんだもの。エレノアおばさまとは三年近く会っていないわ。セント・アグネス・ヘッドにはノースが連れていってくれたの。おばさまが刺されて、崖から突き落とされた場所よ。おばさまの馬がどうなったか、わかったの？」

「ああ」ノースが言った。「〈スクリーラディ館〉のロビンに話を聞いた。彼女の馬はずっと馬屋にいたらしい。だからあきらかに、彼女は馬で出かけてはいないし、犯人とも馬に乗って会ったわけではなかった」彼は一瞬、落ち着きのない様子を見せたが、言った。「キャロライン、おれはきみのおば上を発見したとき、彼女が乗馬服を着ていなかったことを見過ごしていた。とにかく、うっかりしていた。彼女は青いドレスを着ていたが、そんなドレスで馬には乗らないという考えに思い至らなかった。まったく、なんてざまだ、おれはとんでもないぼんくらだ」

「おばさまが馬に乗っていようがいまいが、結果は変わらなかったと思うわ、ノース」

「そうだよ、だんな」フラッシュもうなずいた。「頭をたたいてみてもなんにもならねえよ。ミス・キャロラインの言うとおりだ。結果はなにも変わらなかった。で、思うに、これでいくつかの可能性が見えてきたよ。あのレディは、だれかと四輪馬車か二輪馬車に乗ったのかもしれない。そうすると、相手は顔見知りということになる」

ノースは言った。「そうだな、その可能性が高い。キャロライン、おれがきみのおば上を発見した日、おれはまちがいなくミセス・トレボーと話をした。彼女の話では、ミセス・ペンローズは毎日午後に判で押したように馬に乗るということだった。それで、きみに馬の件を指摘されたあと、おれはもう一度ミセス・トレボーと話をして、女主人の馬はずっと馬屋にいたことを伝えた。だから事件の日の午後、おば上は散歩に出たんじゃないだろうか。彼女は散歩が好きだったと、ミセス・トレボーも言っていた。馬に乗ったのでなければ、代わりにいつもの時間に散歩に出たということだ。〈スクリーラディ館〉に客人がやってきて、その人物の馬車に乗って出かけたかもしれないという件については……ミセス・トレボーは覚えていないというんだ。とにかく、いつもの行動とはちがっていたってことだ。〈スクリーラディ館〉に帰ったら、きみからも何度か話を聞いてみて、女中頭の記憶を引きだしてほしい。それと、館に戻ったら、きみはもうあそこの女主人だ。おのずとほかの召使いたちの信用も得ることになる。おれが話を聞いたのではきちんと顔も見てもらえず、彼らはただ突っ立ってもじもじして、なにも知らないと言うだけだからな」

「それは無理からぬことだぜ」フラッシュが当然のように言った。「召使いってのは、自分のおまんまが出てくるところにはよほど気を遣わないといけねえから」

「わかったわ」キャロラインは答えた。「つまり、エレノアおばさまは、〈スクリーラディ館〉の外でだれかと会ったらしいということね」

「あるいは、散歩に出ていて見知らぬ人間にさらわれたか」ノースが言った。「だが、もっとありそうなのは、顔見知りにさらわれた可能性だ。彼女が好意を持つ相手、信用している相手に」

「いろんな可能性が考えられるな」フラッシュが同意した。「さっきも言ったけど。でもグーンベルやマウント・ホークやトレヴェラスにごろつきはたくさんいる。これからそれとなく、あちこちに探りを入れてみるよ。おれもその気になりゃ、でっかい耳をたずさえた無口な男になれるって、船長もわかってるからな」彼はひざのあいだで手を組み、ベッドのほうに身を乗りだした。「ミス・キャロライン、若いベネット・ペンローズがおばさんを殺した可能性はあると思うかい?」

なんという、ゆゆしき重大発言。「わからないわ。彼に初めて会ったときは、口が悪くて意気地のない、すねた子どもみたいだと思ったわ。まあ、実際は子どもなんかじゃないけど。もう二十八ですもの。でもね、なんとも言えないのよ、フラッシュ。ミスター・ブローガンがおばさまの遺言書を読みあげたとき、ベネットは内容を知ってそうとう頭にきていたと思う。ミスター・ブローガンが遺言をねつ造したとか、おばさまの愛人だったとか、あくどい筋書きを書いて卑劣なことをしたとか、さんざん言ってたもの。あなたの質問に答えるとすれば、ベネットが犯人である可能性はあるとしか言えないわ。彼の人格はあまりほめられたものじゃないから」

「なかなか目のつけどころがいいな、フラッシュ。エレノア・ペンローズが殺されたときミスター・ベネット・ペンローズがどこにいたか、洗いだしてくれ。もしこのあたりにいたのだとしたら、疑わしい人物名簿の筆頭に名前がくる。喜んで対決するぞ」

「もしお金目当てで殺されたのだとしたら」キャロラインが言う。「わたしもその名簿に名前が載るんでしょうね」

「そうだな」ノースが冷静な声で言った。「もしきみがこの近くにいたらの話だが、きみはいなかった。そのことはすでにきみに言ったと思うが、そういえば、あのときときみは少々具合が悪かったからな」彼は立ちあがった。「さて、キャロライン、これからポルグレインと話をして、ナプキンをかぶせなくても客がおそれをなさないような夕食を出せと言ってくる。こんなことになってすまない。予想外だったとは言えないが、悪いとは思っている」

キャロラインは時間とともにひどくなってくる頭痛をこらえ、どうにか笑った。「いいの、ノース。いつのまにか、あなたの召使いが次はなにを仕掛けてくるのか楽しんでるから。創意工夫の才ってすばらしいわよね、あなたの召使いにはそれがたっぷりあるわ」そう言ってため息をつく。「ただ、悪意からのものでなければうれしいんだけど」

「ところで」フラッシュが言った。「そのばかでかい本は？　ナイティンゲール家の座右の書かい、だんな？」

ノースは分厚い本を見て顔をしかめた。「いや。それはなんだ、キャロライン？」

「あなたのご先祖さまたちが書いたご本ですって。マーク王がフォーイではなくこの〈マウント・ホーク〉で暮らして死んだという前提で。前書きは、第五代ペンリス男爵、ドニジャー・ジョージ・ナイティンゲールが書いているわ。初代チルトン子爵でもあった人物よ。前世紀の始めに自分の思いを書き連ねたわけね。この方があなたのひいおじいさまにあたるの？」

「そうだ、彼が初代チルトン子爵だ」ノースは重たい本を手に取り、ページをくりはじめた。「曾祖父がこれほど神話のたぐいに心酔しているとは知らなかった。この本の半分近くが彼の手になるものなんだ。ちゃんと見出しをつけて、まるで日記のようにまとめられているな。

ほら、こんなふうに。〝人気《ひとけ》のなくなった〈ホイール・ウェッフェル〉にほど近い場所で、うちの年若い乳搾り係の少年バーニーが、金色の宝飾品を見つけた。色あせてはいるが輝く金色のぼろ布にくるまれていた。バーニーは、まるで父親が赤ん坊を抱くかのように大事そうに、それをわたしのところへ持ってきた。金の腕輪だった。なんとも古いもので、『REX』と刻印があった。マーク王の所蔵品だったにちがいない。未来永劫《えいごう》、この手で守ろう。そしていつかマーク王の埋葬地をこのナイティンゲールの地所内に見つけたときには、かの尊い高貴な王のもとへ返そう〟」ノースは顔を上げた。「じつにおもしろい。この金の腕輪を、曾祖父はいったいどこに未来永劫、守っておくつもりだったんだ？　そんなものの話は聞いたこともないし、見たこともない」

「乳搾り係の少年バーニーだって？」フラッシュが笑った。「その少年のうやうやしいしぐさが、赤ん坊を抱く父親のようだって？　なんだかへんてこだな、だんな？　でも、その金の腕輪とやらは拝《おが》んでみたいな。ロンドンに持っていけば、いくらで売れるやら」

キャロラインが声をあげて笑った。「たいした値段でしょうね。ああ、そうだ、いまはテイミーって名前の召使いがいるのよ。ここは男所帯なの。どうやらもうずっと何年も、そうだったみたい。だからあなたはだいじょうぶよ、フラッシュ。毒を盛られたり、夜の暗闇に乗じて死ぬほどおびえさせられることもないわ。あなたは男ですもの」

彼女はノースに向きなおった。彼は、曾祖父が驚くほどのページを埋めた大きな本に視線をそいで眉根を寄せている。彼女は言った。「興味がおありなら、あとで内容をご報告しますけど？」

「いま思いだしたんだが」ノースは大きな本をじっと見おろしたまま、ゆっくりと言った。「まだおれが小さいころ、父からこの本のことを聞かされたな。夜、寝る前にマーク王のいろいろな話をしてくれた。もし愛する甥っ子や、親友や、兄や弟が信用できなければ、この世はもろくも崩れ去ってしまうというような話だ」彼は残りのページをくった。「父は数十ページ書いただけのようだ。もし驚天動地するような記述があったら、教えてくれ、キャロライン」

彼女はうなずいた。

「おれはアーサー王がここに葬《ほうむ》られたって話のほうがいいがな」フラッシュが言い、ノースの肩越しに分厚い本を覗きこんだ。「アーサー王のほうがかっこいいだろ。魔法使いマーリンだの、円卓の騎士だの、いろいろあってもっと有名だ。伝説の聖杯だって、ナイティンゲール家の敷地に埋まってるかもしれないぜ」

「そのとおりね」キャロラインが言った。「アーサー王のほうがずっとロマンチックよね。あわれなマーク王のことなんて、知ってる人さえあまりいないかもしれないわ。ねえ、こんなの意味ないわ、ノース。あなただって、こんなのは眉唾《まゆつば》ものだって顔してるじゃない。まだ若いんだから、宗旨替えしたっていいのよ。脚もふらつくような年になったころ、あなたなりのあわれなマーク王の物語を紡いで、東斜面のリンゴの木の下二十フィートに王が埋葬された、なんて書いたらどう？」彼女はざっと目を通した。ずらりと並ぶ見出し。思索に富んだ、とりとめもない話。そこかしこに挿入された、ここがマーク王の埋葬場所であるとする地図や証拠。そしてすぐに、アーサー王のこともほかのだれかのことも、女性がひとことも書きこんだ跡がないことに気づく。もちろん、自分の考えを持つことが許された女性は、そう多くはない。しかしナイティンゲール家の場合、女性不信はあきらかに世間一般よりも根が深い。そうならなければいけなかったのかもしれない。クーム、トリギーグル、ポルグレインが彼女に見せる嫌悪感から、はっきりとそれがわかる。この〈マウント・ホーク〉には女性の肖像画が一枚もないし、女性が書いたものもない。どうして？　いったいなにがあったというの？　なにか背信行為があったのはまちがいない。ノースの曾祖母？　ああ、もしそうなら、ナイティンゲール家の男性は途方もなく長いあいだ、なにかを抱えてきたことになる。

顔を上げると、フラッシュがじっとこちらを見つめていた。「まだニシンの頭の影が、わたしのあごについているかしら？」

「いや、そんな、ミス・キャロライン。じつは、船長の奥方のレディ・ヴィクトリアが、あなたに会えたらきっと喜ぶだろうなと考えてたんだ。彼女はなんというか……サー・ラファエル船長はいつも奥方に振りまわされてて、怒ってわめいてばかりなんだが、じつは船長自身がそれを楽しんでるんだな」

「それはぜひお会いしてみたいわ」彼女は気のない返事をした。改宗者が詰めかけた教会で献金皿を手にする司祭より、彼女にはやるべきことがたくさんある。

「キャロライン」ノースが言った。「フラッシュの相手はもういい。きみの胃袋がしぼんでちりにならないよう、おれは行ってくる。すぐ戻るから」

彼女の夕食を運んできたのは、クームでもポルグレインでもトリギーグルでもなく、ノース本人だった。食事の用意に彼自身が目を光らせたことはまちがいない。一ダースもの人間の腹を満たせそうな豚肉のオーブン焼きに、少なくとも半ダースの種類の料理。すべての皿に、磨き抜かれた銀のドーム型の蓋がかぶせられていた。

「食べろ」ノースはベッド脇の椅子に腰かけた。うまそうな豚肉の薄い肉片が彼女の口にフォークで運ばれるのを見てから、彼は口をひらいた。「ラファエル・カーステアーズはわれわれの側の船長であり、じつは密偵で、海上でできうるかぎりの損害をナポレオンに与えた男だ。それを終えて帰ってきてから、自分の真の姿と職務を世に知られることになり、復活した〈地獄の火クラブ〉(もとは18世紀に存在したイギリスの秘密結社。悪魔主義を標榜したが遊びで乱交などをくり返していた)をつぶす依頼を受けた。きみもそういう話は少しは知っているだろうが――若い男というのは悪だくみをしたくなるもので。まあ、彼はほんとうにクラブをつぶし、それで勲章を受けた。一卵性双生児で、バロン・ドラゴという片割れがいたんだが、そっちはまた長い話になる。だがラファエルのほうは、フラッシュもまだ〝船長〟と呼んでいて、この〈マウント・ホーク〉のスズ鉱山で力になってくれている。とくにデイヴィッド鉱山は修繕が必要な箇所ばかりだ。水が出てしまってるんだが、その解消のためにどんな設備が必要なのかはもちろん、どこから水がきているのかもわからない。妙な話で、きみらの鉱山のすぐそばだ。キティ鉱山だよ。そこは新品の車輪をつけた馬車みたいに、すこぶる順調らしい」

「管理人とは一度しか話をしていないけど、有能そうな人だったわ。ミスター・ピーツリーという人。あなたからも話をして、彼の言い分を聞いてみたらどうかしら?」ノースはうなずき、キャロラインはバターののったゆでジャガイモをもう一口、フォークで口に押しこんだ。彼女は自分のスズ鉱山のことに思いをめぐらせた。ミスター・ピーツリーは万事うまくいっていると話していたが、裏を返せば、彼女が女だから採掘の問題点など話しても理解できないと考えたのかもしれない。彼女は渋い顔になり、もう一度ミスター・ピーツリーと話をしようと決めた。

「どうしてそんなむずかしい顔をしている? 頭でも痛むのか?」

「あ、いいえ。ただ、自分が女だってことを思いだしてたの」

「そんなこと、心にとどめておくのがむずかしいことでもないと思うが」

彼女は笑った。「あなたにはわからない話かもね。いえ、ほんとうに、もしかしたらミスター・ピーツリーがわたしにはわからないようにしている、うちの鉱山の問題があるのかもしれないって考えていたのよ」

「もし彼に半分でも脳みそがあったら、そんなことはしないと思うがな」

「ありがとう」キャロラインはそう言ってノースに手を伸ばしたが、彼がそれを見て眉を寄せたので引っこめた。

しかし眉をひそめたノースの表情は変わらず、しかもいまは自分のブーツを見おろしている。「ラファエル・カーステアーズは自分の妻を愛しているようだな。おれがまだ海に出ていたとき、ふたりして笑うのを聞いたことがある。それに、彼が妻にキスしているところも見た」

キャロラインは息をのみ、問いかけるように首をかしげた。「妻なんだから、愛していて当然でしょう?」

ノースは肩をすくめただけで、そんなことを少しでも口にしてしまった自分にいらだっているようだった。「当然なのかな? 彼女は女で、美人だと思うが、なんてことはないふつうの女だ」

「でも、船長にとってはふつう以上なのよ」彼女は豆をひと盛り、ジャガイモの小さな山に埋めこみ、混ぜながら言った。「あなたはだれか女性を、ふつう以上に思ったことがあるの、ノース?」

「いいや」

「あなたはまだすごく若いし、男の人だものね。女性と絆《きずな》を結ぶには、これからまだ人生経験が――いえ、もっと成熟しなければならないのかもしれないわ」

「かもしれない。が、そんなことがあるかどうか。きみは、ラファエル・カーステアーズがそういうことをしたと思っているのか？　女性と絆を結んだのだと？」

「フラッシュ・セイヴォリーの話を聞いたかぎりでは、そう思ったけれど。ふたりは心から愛しあっているように聞こえたわ」

ノースはおもしろくなさそうな声を出し、こう言っただけだった。「ふたりは結婚せずにつきあっているだけじゃないのか？」

「あなた、まだ成熟しきっていないだけじゃなくて、ひねくれてるのね。あなたらしくもないわよ、ノース」

彼は肩をすくめた。「例の身ごもった娘たちだが、明日〈スクリーラディ館〉にやってくるぞ」

「意気地なし」キャロラインはぼそりと言ったが、じゅうぶんに聞こえていた。しかしノースはなにも言わなかった。「ああ、そうだったわ」やわらかなキジのオーブン焼きを飲みこんだばかりでのどに詰まらせながら、言葉を継ぐ。「おなかの大きな子たちね。そうそう、そうだった」水の入ったコップをつかみ、ごくりと飲む。なんとか息ができるようになり、苦しそうに言った。「ああ、そうよ、帰って出迎えなくちゃ、ノース。もう気分はいいわ。

もうひと晩、このすばらしいベッドでやすめば、ミセス・テイルストロップの気にくわないけど健康なパグ犬ルーシーくらい元気になると思うわ」

「明日の朝、ドクター・トリースに往診を頼んで診てもらおう」

「いえ、ほんとうにだいじょうぶよ、ノース」キャロラインはゆがんだ笑みを浮かべた。

「それに、あなたの腹心の男性の召使いさんたちは、みんなわたしのスカートのうしろ姿を見るのがうれしくって、玄関でワルツを踊るんじゃないかしら。ぜったいにそれを見逃したくないわ」

「ありうるな。そうか、わかった、明日の朝、送っていくよ」

「ノース?」

彼がこちらに顔を向け、黒い眉を片方くいっと上げた。つややかな黒髪がふわりと眉や頬にかかり、どんなゴシックロマンのヒーローにも負けない危うさと、翳《かげ》りと、極限の魅力が放たれる。

とんでもなくすてきだ。キャロラインは言った。「おやすみのキスをしてくれる?」

14

ノースは殴られたかのようにたじろいだ。〝暗い翳りのあるヒーロー〟はどこかに消え失せ、代わりに、すぐにでもここから逃げたがっている男が、そこにいた。うろたえた顔をしている。「だめだ」ひとこと言葉がもれる。しかし一瞬のためらいのあと、彼はすぐに彼女のもとへ取って返した。身をかがめ、そっと彼女のあごに手をかけると、彼女の顔を上向かせた。「なんてことだ」そう言う彼のあたたかな吐息が、彼女の肌をかすめる。「きみの唇は甘くて、やわらかくて――」唇が重なる。舌でくすぐり、口全体をやわらかくこすりあわせ、唇を軽くついばみ、ついばんだところを舌でなぞる。ノースは彼女の顔を両手で抱え、隣に腰をおろした。「こういうのは、まずい」そう言いながら、また唇を合わせる。「とんでもない。こういうのは、不埒なだけじゃなく、悪魔の右手並みに危険だ」彼の舌が彼女の下唇をすべり、唇がさらに押しつけられる。彼女の唇がひらき、口のなかに彼の味わいと感触が伝わると、彼女は胸を突かれるような悦《よろこ》びに襲われた。

「ああ、こんな」キャロラインはノースの背中に両腕をまわし、力いっぱい彼を引きよせた。

ノースは体を離そうとした。本気で。だが気づかぬうちに彼女の上に全身でおおいかぶさっていた。上掛けと彼女のナイトガウン越しに、彼女の腹部が感じられる。

そんなつもりはないのに、ぐいぐいと体を押しつけていたが、やめられなかった。唇は執拗さを増し、手が彼女の胸に向かって突きすすむ。薄いローンのナイトガウンを通して伝わるやわらかい肌の感触、手にしっくりとなじむ女らしい肉体に、ノースははじかれたように跳ね起きた。肩で息をして、そこに立ちつくす。瞳は欲望でかすんだようになっている。もし彼女がこれほど――いまいましいほど純真無垢《むく》でなかったら、彼がどんなに切羽詰まっているか、いますぐにでも彼女を奪いたいと思っているか、キスや愛撫でとどまることなく、彼女のなかに突き入ってそのまま包みこまれたいと欲しているか、ひと目でわかっただろうに……。もしそんなことができたなら、彼は、いままで生きてきてこんな感覚を味わったことなどないと、しみじみ思うのだろう。

「きみは明日の朝、ここを発つ」一マイルも走ってきたかのように、ノースの息は乱れていた。「かならずだ。だからこんなことはできない、とにかくだめだ」

ノースは大またで離れ、彼女が呼びとめても立ち止まらなかった。

「また意気地がないのね、ノース。なんて意気地なしなの」

彼は大きな音をたててドアを閉めた。

翌朝、ドクター・トリースと彼の妹ベス・トリースのふたりが、キャロラインのもとをふたたび訪れた。前日と同じように、妹のミス・トリースは少し離れて兄とは反対側に腰かけ、兄の指示にいつでも従えるようひかえている。ドクターはキャロラインのすぐそばに腰をおろし、手首を手に取って、懐中時計を見た。

「よろしい」少ししてからドクターは言った。「脈は異状なし。目も見せて」彼が身をかがめると、あたたかくてミントのにおいのする息がキャロラインの顔にかかった。ノースの息がかかったときのような反応は、なにも起こらない。ただ早く終わってほしいと思っていた。

ドクターが頭のたんこぶにふれ、彼女は目を閉じる。

「これも引っこみつつある。今朝、頭痛はあったかな？」

「いいえ。気分はいいです、ほんとうに」

ドクターの手が、のどから肩へと軽くふれていく。彼はキャロラインの胸もとに耳を寄せ、心臓の音も聴いた。

「問題はないようよ、兄さん」

キャロラインが目を開けると、ベス・トリースが彼女の上から身を乗りだすようにして兄に話しかけていた。

ドクター・トリースはキャロラインを笑顔で見おろしながら、彼女の手を取った。そして、ぎゅっと握りしめる。「エレノアの面影があるな、そう思わないか、ベス？」

「そうね、少し。キャロラインの緑の瞳にはずいぶんと無鉄砲そうな輝きがあるけれど。エレノアはちがっていたわ。楽しそうで笑い声が絶えず、まばゆいほど美しくて。キャロラインもきっと、ああいう美女になるのでしょうね。でも、キャロラインはキャロラインよ」

ベス・トリースはやさしい顔でキャロラインを見おろし、手を取った。「あなたはあなたよ、ミス・ダーウェント＝ジョーンズ。誤解しないでね。あなたのおばさまは、自分というものをしっかり持った特別な人だったわ。とくに、わたしの兄にとっては。それはもうご存じよね。じゃあ、また明日、わたしもうかがいます。じゃあ、スズメちゃんたちによろしく」

「スズメちゃんって？」

「おなかの大きい娘さんたちだよ」ドクター・トリースが言った。「妹はユーモアのセンスがあってね」

キャロラインは頭をうしろにもたせかけ、ふたりが帰っていくのを目を細めて見ていた。どうしてノースはドクター・トリースと一緒に来なかったのかしら。

ノースの手を借りて〈マウント・ホーク〉の大きな正面階段をおりているとき、それとなく訊いてみた。手を借りなくてもおりられたのだが、手にした彼の腕や、彼との近さが心地よかった。今朝の彼は、なにも感じていないのだろうか。男性の欲望というものは、夜のあいだしか働かないものなのだろうか。

「ほかに用事があったんでね」ノースは彼女のほうを見ることなく、そう答えただけだった。

「用事って？」

ようやくそのとき彼女を見て、ノースは階段の途中で足を止めた。「そんなことはきみに関係ないだろう。詮索とはきみらしくないぞ、キャロライン。どうしてそんなことを訊く？」

「あなたの大事な使用人の方々は、ドクター・トリースの診察にあなたを同席させたかったんじゃないかと思ったから。わたしがもう元気になって、一時間以内にここから出ていけるって聞きたかったんでしょう？」

「ああ、でも、どうせそのとおりになった。ほら、キャロライン、やつらはみんな整列して、きみにやさしいお別れの言葉をかけようとしているぞ。ワルツを踊ってないのが残念だな」

「彼らみんな、腐っちゃえばいい」ぼそりとつぶやいたキャロラインだが、ノースの耳にはちゃんと聞こえ、彼はくっくっと笑った。かすれた忍び笑いは、なんともすてきだった。

「お嬢さまがお発ちです」トリギーグルは彼女がまだ玄関前のステップをおりきらないうちから言った。

「そうね」キャロラインが声を張りあげる。「でもディナーには戻ってくるわ。すてきでしょ、クーム？」

「それは楽しゅうございますね」クームが言った。「ですが、あいにくミスター・ポルグレインが激しい偏頭痛を起こしかけております。後日あらためてお願いしたいと存じます。そう、今夜は〈スクリーラディ館〉でいつものお食事をされてはいかがでしょうか」

キャロラインは声をあげて笑った。この人たちみんな、まったくすばらしすぎる。「そうね、なんでもいいけどポルグレインに伝えて。ニシンの頭は存分に楽しみました、お客さまは見ただけで吐きそうになっていたけれど、って」

「身も蓋もないお言葉ですな」トリギーグルが言った。「ご婦人がお使いになるには品がございません。〝戻す〟くらいがよろしいかと。ああ、ごらんください、あなたさまのために玄関をお開けしておきました。ミスター・オーウェンがお待ちです。あなたさまをここから引き離……いえ、ご自宅にお連れしようと」

キャロラインはそれ以上言葉もなく、なんとも古ぼけた幅の広い玄関前のステップをノースと並んでおりた。オーウェンは忠臣よろしく、くたびれた二輪馬車のかたわらに立っている。馬車をひくコッブ種の馬も、同じようにくたびれていた。

「まあ、オーウェン、いったいどこからそんなものを掘りだしてきたの？」

「おはよう、ノース、キャロライン。ミセス・トレボーのお達しで、きみを大事にしなくちゃならないというから、こんな過去の遺物のご登場というわけさ。車輪がはずれなきゃいいんだけど」

キャロラインはノースに向かって、彼の袖に手をかけた。「お世話になりました」ひとこと言った。オーウェンには、くたびれた馬車にひとりで乗ってロンドンまで行っちゃってと言えたら、どんなにいいか。もう少しノースのそばにいられるなら、なんでもする。そう思いながらも、彼女はこう言った。「今夜はうちで一緒に食事をどうかしら?」

ノースは首を横に振りながらも、口は首とは裏腹の動きをしていた。「そうだな」

キャロラインはわが意を得たりとほほえみ、彼のあごにそっと手をかけ、つま先立ちして頰にキスすると、あたたかな肌に舌先で軽くふれた。彼の耳もとでささやく。「そうすると少なくとも一時間は、ポルグレインとクームと、なにかにつけ突っかかるトリギーグルはおろおろすることでしょうね」

ノースの息が速くなる。いまこの場所で、玄関前のステップで、彼女がほしい。いや、馬車の座席で彼女をひざに乗せてでもいい。あるいは馬車で向かいあった彼女に上からおおいかぶさるようにして、ペチコートを頭の上までまくりあげて——ああ、だめだ、二輪馬車には片側にしか座席がない。どうやら彼は惚《ほう》けて、頭の回転がまたたくまに鈍くなりつつあるようだ。ノースは頭を振った。そして可能なかぎり冷たい表情を顔に貼りつけた。「こら、キャロライン、わざとやっただろう」

「そうよ、でもすごくよかったわ、ノース。じゃあ、また今夜。ちょっと館に帰って、おなかの大きな娘さんたちに不都合がないか確かめてくるわ」

「気をつけて」とノース。「今夜、きみとオーウェンとおれとで、彼の父親の処遇を話しあおう」

「あの、ノース」オーウェンが近づいた。「父さんを地下牢に入れたりしてないよね?」

「ああ、オーウェン。東の棟のあそこの小部屋に入れている。楽しくはないだろうが、あれでもうキャロラインを追いかけまわすことはできない」

「キャロラインがあなたにキスしているところを見ていたとしたら、もうすぐすべてが失われることになるってわかっただろうね」

ノースは撃たれたかのようにびくりとした。「いったいなんの話だ、オーウェン?」

「なにって、あなたたちふたりのことだよ。キャロラインがあなたを見る目。あなたがそばにいるといつも笑顔だし、手が届くところにいるといつもふれてるし。それにあなたもだ、ノース。彼女が近くにいると目の色が深くなるし、一週間も食べてない人間が食事を出されたかのような目で彼女を見る。だれが見たって一目瞭然さ、ふたりが――」

「だれにもなにもないわ」キャロラインが言った。オーウェンの腕を強くつかみ、馬車へと引っぱっていく。「馬車はあなたが駆る? それともわたしがやりましょうか?」

オーウェンは東の棟を見あげていたが、馬のお見合い時の牝馬みたいに急に身をこわばらせた。「うわ、どうしよう、父さんが見てると思うかい?」

「だといいけど」彼女はにっこり笑い、オーウェンの頬に軽くキスをして、一瞬きゅっと抱きしめた。そのうえで、もう一度キスをする。「ほら」と満足げに言った。「重婚でもする気かって思わせてやりましょ」

「あら、オーウェン、そんなにおかたく上品ぶらなくてもいいじゃない。さあ、帰りましょう」

オーウェンが老いぼれ馬を前に駆り、キャロラインは思わず知らず〈マウント・ホーク〉を振り返っていた。ノースはまだステップに立って彼女を見つめていた。彼女は手を振った。彼はきびすを返し、大またで城のなかに入っていった。

ほんとうは、ノースはこちらを見ていたわけではないのかもしれない。目が悪いのかも、たぶんそうだ。彼女が手を振るのも見ていなかったのだ。そのときキャロラインの体に震えが走り、彼女は東の棟の三階を見あげた。なぜだか、ミスター・ファルクスが窓際にいて、彼女を見ているのがわかった。彼女を見て、時機をうかがい、計画を練っているのだ。

三人の年若い娘たちひとりひとりに、キャロラインは視線を移した。この三人の運命はいまや彼女の、彼女だけの肩にかかっている。三人のうちひとりだけが彼女より年下だった──たった十四歳のアリス。やせた体におなかだけが大きい。顔色が蒼白で、おびえている。もし彼女に無理強いした男に会うことがあったら、キャロラインはその男を殺すだろう。それほどの憤りをつかのま感じ、彼女は身動きすることもしゃべることもできなかった。

どうにか憤りをこらえてやりすごすと、彼女は言った。「ビスケットのお代わりはどうかしら、アリス?」今度は、急な動きをしないように心を砕いた。かわいそうなアリスは、すでに身重の体で跳びあがりそうになることがあった。「干しぶどうがたっぷり入って、とてもおいしいのよ。あなたを少し太らせなくちゃって、ミセス・トレボーも思っているの」

「ありがとうございます、ミス・キャロライン」アリスはゆっくりと、慎重に言葉を口にした。「ほんとうに、と、とってもおいしそうです」アリスは指までもが細くて血の気がなく、青い静脈が肌に透けている。マントルピースに飾ってある女羊飼いの小さなマイセン陶器よりもこわれやすそうに見えた。

キャロラインは、もうすぐ二十歳になるイヴリンに視線を移した。彼女は主人宅の年若い息子に誘惑されたのだ。身ごもったとたん、その年若い息子は自分に甘い母親に告げた。イヴリンはふしだらな身持ちの悪い女で、彼女のほうから自分の寝室へやってきてベッドに上がったのだ、彼女の狙いは自分をおとしめ、結婚せざるをえなくすることなのだ、と。もちろん、彼女はほかの勤め先への推薦状もなく辞めさせられた。彼女が親元へ戻りたくないというのもわからぬ話ではなかった。マウスホールの小さな実家にはすでに八人もの子どもがいて、父親は酔うと意地が悪くなる。そして父親は、もはやほとんどいつも酔っている。そんなときだった。ペンザンスの砂浜でひとり腰をおろし、室内履きの足もとにまで波が打ち寄せそうになっているのもかまわず泣き暮れているところを、ミス・エレノアに見とがめられたのは。

「紅茶のお代わりはどうかしら、イヴリン？」

「ほんとうにありがとうございます、ミス・キャロライン。ぜひいただきます。お代わりはもちろん、あなたがすすめてくださったのがとてもありがたくて、ほんとうに。そう思わなくて？　ミス・メアリー・パトリシア？」

「ええ、おっしゃるとおりよ、イヴリン」ミス・メアリー・パトリシアが答える。「それに、お迎えの方はとてもすてきな方でしたし」

キャロラインはミス・メアリー・パトリシア——彼女にしてみればたんに〝メアリー〟と呼ぶわけにはいかない——にほほえんだ。ドーセットに住む司祭の五人姉妹のひとりで、二十二歳という若さのわりに、ひじょうに存在感のある娘だった。家庭教師になるべく教育を受け、イースト・ルーにある最初の勤め先で甘やかされきった幼い子どもふたりをまかされ、悲惨で死にそうな目に遭ったが、さらにそこの主人ミスター・トレンウィズに裏庭で手をかけられ、無理やり体を奪われたのだ。「一度だけなんです」ミス・メアリー・パトリシアは言った。「たった一度なのに、わたしはいまここにいて、人生はめちゃくちゃで、どうしていいかわからない状態で、このおなかには赤ちゃんが育っているんです」トゥルーロの酒場で給仕女として働いていたところを、エレノアおばが見つけたのだという。

キャロラインはミス・メアリー・パトリシアに紅茶のカップとキュウリのサンドイッチを

渡していた。そのときふと、この〈スクリーラディ館〉ではオーウェン・ファルクスもベネット・ペンローズも男だという思いがよぎった。男という存在が、この三羽のスズメをつくりだした。いいえ、ちがう――ベス・トリースの使った〝スズメ〟という言葉に眉をしかめる。この三人はスズメなんかじゃない。ひとりひとり一個の人間で、いつかそれぞれが自分たちの好きなことをなんでもできるようになってほしい。そう、どんなに考えてみても、スズメなんかじゃありえない。

またアリスが震えているのが目についた。たぶんこの館に男がいるのを知ったのだろう。ああ、どうしよう、どうすればこの娘たちを力づけられるのだろう。オーウェンに害がないのはわかっているが、ベネットはどうだろう。見かけは天使のようだが、中身は悪魔に近い。自分の境遇に満足することなく、それゆえに他人にも満足できない。ああ、まったく。

ささやくようにアリスが言った。「わたし……あの、ミス・キャロライン、わたし、男の人を見ました。お年寄りではなくて、ハンサムで、ここに住んでいらっしゃるようで」

「ハンサムばかりでしたわ」イヴリンがうなずき、アリスの華奢な手を軽くたたいた。「そう、自分はどんな女でも手に入れられる、自分たちがハンサムだから、どんな女も自分になびくと思っているような方たち。おばかさん。いやらしいおばかさん。さあ、心配しなくていいのよ、アリス、ミス・キャロラインがすべて取りはからってくださるわ」

ええ、そうしますとも、とキャロラインは思った。正面切って、始めますから。三人の娘にちらとほほえんでみせると、言った。「わたしのはとこのオーウェン・ファルクスはたしかにここに住んでいるわ。とてもやさしい人よ。もうひとり、いとこのベネット・ペンローズもここに住んでいる。彼もハンサムだけど、じつを言うと、あまりいい人ではないの。でも、わたしからちゃんと話をしておくわ。ここでは身の安全を疑うことなどけっしてないように。あなたたちのだれひとりとして、不安になることがないように」

イヴリンの笑い声があがった。心からの大笑いをして、突きだしたおなかを軽くたたいた。「血気盛んな若い男性でも、わたしたちが出産を終えるまでは興味を持たないでしょうね。元気を出して、アリス、ここではだれもあなたにひどいことはしないわ。もし出産してからでも、だれかが手を出してきたら、腹を串刺しにして、あそこの先っちょをちょんぎってやるから」身をかがめてスカートを持ちあげると、ふくらはぎにくくりつけた短剣を見せた。「恥知らずのヘビたち……もうだれが来ても、黙ってやられたりしない」

「いいアイデアね」とキャロライン。「わたしもひとつ持とうかしら。ありがとう、イヴリン」

「わたしも、なにもできない自分ではいたくない」アリスも言ったが、鋭く息をのむ。「とにかく、こわいの」

「あなた自身、まだ赤ちゃんみたいだものね」ミス・メアリー・パトリシアが言い、アリスの手をぽんとたたいた。「こわくてもしかたないわ。でも、もうわたしたちに悪いことなんて起きないの、そうでしょう、ミス・キャロライン？」

「そうよ」キャロラインが言った。「起きないわ。わたしがなんとかするわ」娘たちが司祭の小さな二輪馬車のなかで山のように重なりあい、到着したときのことがよみがえる。あのいまいましい司祭は娘たちに、まるで紅茶のカップに残った飲み残しのような扱いをしたのだ。娘たちが身ごもっているのは、すべて彼女たちの責任だとでもいうように。

司祭は〈スクリーラディ館〉に娘たちが滞在するのを、身のまわりの世話をする若い娘がひとりもいないと言って反対しようとした。だがキャロラインはすかさず口をはさんだ。

「あの子たちはここで幸せになります、わたしが見届けます」

「この娘たちに、幸せになる権利などありません！　あなたもあなたのおば上も、物事の見方がまちがっております――」

「まあ、どうとらえるのが正しいとおっしゃいますの、司祭さま？」

「娘たちは追放されたのです。追放されたままでいるべきです。罪を犯し、捕まり、世の女性すべてを辱めた――」

そのときキャロラインはアリスの顔を見ていた。蒼白で引きつり、司祭のひどい言葉でほんとうに殴りつけられているかのように縮みあがっている。イヴリンはというと、まっ赤に充血した目をして、体の脇で両手を握りしめている。ミス・メアリー・パトリシアはあごをぐっと上げ、超然と、一歩ひいたところに自分を置いて――いや、少なくとも置こうと努めているようだった。あわててキャロラインは言った。「お引き取りください、ミスター・プランベリー。そして二度といらっしゃらないで。もしいらしたら、撃ってしまうかもしれません」

「そなたは神経がどうかなってしまったのだ」司祭は言い、片手を差しだして一歩キャロラインのほうへ踏みだした。「あわれな幼子よ。自分の言っていることがわかっておらん。此度《こたび》のような哀しみに襲われ、思いがけぬ重責を背負わされて。そなたのおばが、このようなことをそなたに負わせたのが悪い。だから――」

「ごきげんよう、司祭さま。お帰りください」

司祭は帰ったが、キャロラインにはわかっていた。司祭は彼女が感情だけで突っ走ったと思っている。目の前に真実を突きつけられても理解できない、劣った女だと思っている。キャロラインはおなかの張りだした三人の娘に向きなおって言った。「〈スクリーラディ館〉へようこそ。わたしはキャロライン・ダーウェント＝ジョーンズよ。あなたたちを心から歓迎するわ。なにもかもうまくいくから。約束します」

しかしいまや、どうすれば約束が守れるのかとキャロラインは思っていた。アリスは一時期よりは体調がよさそうに見えるが、水色の瞳は不安や警戒心であふれていて、どうして人生はこんなに理不尽なのだとキャロラインは叫びたくなりそうだった。アリスはセント・アイヴズ近くで血の気の多い三人組の若い男に襲われ、暴行されたのだ。三人全員に。イヴリンの場合はずいぶんと強がってはいるが、それでも例のナイフをふくらはぎに革帯で装備せずにはいられないのだろう。利口な娘だ。そしてミス・メアリー・パトリシアはと言うと、朝の礼拝に就く尼僧のごとくもの静かに見えたが、もしキャロラインがよくよく観察していれば、白い手がかすかに震えていたのがわかっただろう。

そこでキャロラインは言った。「イヴリンはとてもお利口さんだと思うわ。女はたいていの男より非力で傷つきやすいの。男のなかには残念ながら、不埒で節操のない人がいるわ。わたし自身もそういう男に乱暴されそうになったことがある。だから、あなたたちの身に起こったことがいくばくかは理解できるの。わたしたち全員、ナイフを身につけるようにしましょう。いいかしら?」

アリスが薄い肩を震わせ、泣きだした。

イヴリンがアリスのほうに向き、抱きしめながらそっと言う。「しいっ、いい子ね、泣かないで。ミス・キャロラインにおまかせしておけば、なんの心配もないわ」

ミス・メアリー・パトリシアが考えこんだように言った。「わたしは銃のほうがいいです。いまは小さいのもあるんでしょうか、ミス・キャロライン?」

キャロラインが迷うことはなかった。すばらしい考えだ。「ええ、あるわ。脚に装着できるよう、革帯もつくらせましょう。それでいいかしら?」

「はい、ありがとうございます。さあ、アリス」ミス・メアリー・パトリシアはあえて事務的な口調でつづけた。「お勉強の時間よ。あなたもイヴリンも言葉遣いはとてもよくなったけれど、まだ本も読まなくてはね。なにも知らない人間になるのはいやでしょう?」

「ええ、ミス・メアリー・パトリシア」アリスはよいしょ、と椅子から立ちあがった。

「あのミスター・ヴォルテールという人が書いた痛快なお話を、もっと読んでもいいですか?」

「もちろんよ」ミス・メアリー・パトリシアも優雅に立ちあがった。キャロラインに言う。

「イヴリンは『キャンディス』が大のお気に入りなんです」

キャロラインも腰を上げた。「わたしも好きよ。さてと、ミセス・トレボーを呼ぶから、一緒にお部屋に行きましょう。気に入ってくれるといいんだけど」

ミス・メアリー・パトリシアが言った。「ミス・エレノアが亡くなったあと、司祭さまのお宅の屋根裏にあるひと部屋に三人で押しこめられていましたから、それよりはずっといいと思います。わたしたちが住んでいた小屋は、司祭さまに閉められてしまって。わたしたちのような者のためにお金を無駄遣いする理由はないのですって」

「司祭さまがそんなことを?」キャロラインが訊く。みながうなずくのを見て、怒りの大波が押し寄せた。「思い知らせてやるわ」

「ナイフは必要ないでしょうか?」イヴリンは大胆にも大きな笑みを浮かべた。

15

〈スクリーラディ館〉の最上階にある長年使われていなかった学習室で、ミス・メアリー・パトリシアがアリスとイヴリンにあれこれと手ほどきをするいっぽう、ひとりになったキャロラインはオーウェンをトレヴェラスに送り、小ぶりの銃を一挺と、イヴリンが持っているようなナイフを二本調達してきてもらうことにした。

「女性に武器は必要ないよ、キャロライン」オーウェンはすっかり肝をつぶしていた。「だって、ぼくがここにいるし、きみもいる。だれにも彼女たちを傷つけさせやしない」

「そういうことじゃないの、オーウェン」キャロラインは忍耐強く言った。「あの子たちはおびえているの。男になにをされたか、考えてみて。ナイフや銃があれば、もっと安心感を持たせてやれるの、そうしなきゃならないの。ところで、ナイフのうち一本はわたし用よ。あなたのお父さんにつかまったあのときにナイフを持っていれば、あなたもお父さんに楯突《たてつ》かなくてもよかったでしょうに。それに、わたしも彼ののどを引き裂いてたかもしれないわ。それって最高よね。それなりに考えてもらえばわかるでしょうけど」

「ぼくにとってはいまでも父親なんだけどな」

キャロラインはため息をついた。「そうね、オーウェン、悪いと思っているわ。なにか手を考えましょう」

オーウェンの目が輝いた。「彼女たち、まちがってベネットを撃つかもしれないぞ」

「そう思うなら、銃は三挺買って。まったく、それっておそろしく愉快な展開だわ。ともかく、彼はどこにいるの？」

「グーンベルだよ。たぶんミセス・フリーリーの酒場で、耳がまっ赤になるまでビールを飲んでると思う」

「かえって好都合だわ。まったく、やることが山積みよ。ねえ、オーウェン、あなたは採掘場に行って、責任者のミスター・ピーツリーに会ってちょうだい。現地の状況を聞いてきて。帰ってきたら話しあいましょう。ノースのところでは水が湧きでているのをどう思っているか、訊いてみて。デイヴィッド鉱山よ。うちのキティ鉱山はなんともないのよ。そのふたつは近いでしょう？　どうしてノースの鉱山で起きていることがうちでは起きていないのか、訊いてほしいの。あと、ダッフェル鉱山とベル鉱山もあるわ。運営の様子や産出量や設備のことを、できるだけ聞いてきてね」

オーウェンは顔色《がんしょく》をなくした。「でも、スズ採掘のことなんかなにも知らないよ、キャロライン。なんて言えばいいのか、まったくわからない。これまでぜんぶ父さんが――」

「オーウェン、四の五の言ってないで、しゃきっとして。あなたはノースとわたしの命を救ったんでしょう? あなたは立派な人間だって、わたしたちに証明してみせた。だから今度はここでみんなに証明するの。あなたはわたしの共同管理者で、この土地やスズ採掘には不慣れだから勉強しなければならないのよ。なにか修繕が必要かどうか聞いてきてね。さっき言ったように産出量のことや、賃金のことも――ああ、もう、オーウェン、自分の頭でよく考えてよ。やるべきこと、わかるでしょ? 彼の話はメモしてね。ああ、それから腰は低くして。だれからも反発を受けたくないから」

オーウェンは出かけた。彼のせりふが早くも聞こえたような気がした。「"ミスター・ピーツリー、鉱山の年間産出量を教えていただけますか?……"」

キャロラインはにんまり笑って頭を振り、オーウェンが弱気にならないことを祈りながら馬屋に向かった。トレヴェラスのお針子のところへ行く用事があった。そう、それが終わったら、不動産屋のミスター・ダンバートンに会いにいこう。ペンローズの敷地には農場が五つあり、どんなことをする必要があるのかそろそろ確かめに行かなくてはならない。小作人に会いたかった。さらに、身重の娘たちには服が必要だ。まったく、あのとんでもない司祭ときたら。ミス・メアリー・パトリシアから聞いたのだが、ミス・エレノアが娘たちにこしらえた服を、司祭の妻は売り飛ばしてしまったらしい。娘たちは、ここに到着したときに着ていた服しか持っていなかった。

キャロラインはレジーナの鼻をさすった――あきらかにノースになついている彼女だが、自分の馬房という本来いるべき場所に戻っていた――そのレジーナにニンジンをやり、この館でただひとり馬屋番をしているロビンが鞍をつけてくれるのを、キャロラインは見ていた。司祭をどうしてやろうかと、思いをめぐらせる。

「すばらしいわ、ありがとう」彼女は礼を言い、ロビンの手を借りて鞍にまたがった。「ミセス・トレボーに二時間くらいで戻ると伝えて。できればお針子を連れて帰るからって」

「あの、ミス・キャロライン」

「はい、なに、ロビン?」

「おなかの大きな娘さんたちですが……」

「ええ、どうしたの?」

ロビンはまっ赤になっていた。「あの、お手伝いできることがあったら、言ってください」

「ありがとう、ぜひお願い。彼女たちが外に出ているときは、とにかく目を離さないで。とくに、いちばん幼いアリスは。彼女、ものすごくおびえているの。やさしくしてあげてね、ロビン」

キャロラインは馬に乗って〈スクリーラディ館〉を離れ、一度振り返った。愛らしい桃色のれんが造りの正面玄関が、午後の日射しのもとで清潔感を漂わせて光っている。彼女がとくに好きなのは、五つの切妻と四つの組みあわせ煙突で、屋根からゆうに二十フィートはそびえ立っている。ここがいまは自分の家。けれど、家のまわりの植物や木が物足りない。ここにもまたやることがひとつあった――庭師と話をしなければならない。庭師の名前も知らないけれど。そこで彼女は笑みを浮かべた。女性の庭師を雇うのもいいかもしれない。〈スクリーラディ館〉を女所帯の館にすればいいのではないだろうか。

あ、そうだ、と急にキャロラインは思いだした。〈ハニーメッド館〉とミセス・テイルストロップのことを忘れていた。ノースに話をしてあちらに人を送り、面倒を見てもらわなければならない。ノースなら、なにをどうすればいいのかわかるだろう。おかしなことに、彼女にはなんの躊躇《ちゅうちょ》もなかった。心のどこかに、いつもノースがいる。心の表側で彼のことを考えていないときも、目の前にいないときも、そしてたぶん、キスや愛撫をされていないときでさえも、いつもそこに。「ああ、どうしよう、レジーナ、わたしはノース・ナイティンゲールがいつでもそばについていてくれるかのように思いはじめてるわ。で、のろまでやかまし屋のあなたも、名前を変えてくれたからっていうだけで、あの人が大好きなのよね？〝レジーナ〟か……いくらわたしでも、またあなたをペチュニアと呼ぶほどセンスは悪くないわ」ノース――そう、あの人はいつもついていてくれる……。キャロラインは前夜のディナーを思いだした。同席したのはオーウェンだけ。ベネットはまたしてもグーンベルに出て、なじみの客と飲んでいたらしい。オーウェンが〈スクリーラディ館〉から少なくとも二十マイル離れた場所に行ってくれるなら、新しい靴下をあげてもいいのに。

でもオーウェンはここにいる。いつづける。それでも昨夜の食事はいちおう楽しくて、冗談交じりの会話もはずみ、食事もおいしかった。ミスター・ファルクスの話になるまでは。ノースはアーモンドのブラマンジェをひとすくいスプーンで口に入れ、香ばしい風味を味わって言った。「オーウェン、きみの父上はあまり愉快な人物じゃない。今日の午後に話をしたんだが、おれに悪態をつき、おれの先祖に悪態をつき、キャロラインと彼女のこれまでの友人に悪態をつき、それからやっと静かになった。そこで話を切りだした。キャロラインに執着しているようだけど、あんたをどうすればいいだろうかって、本人に訊いてみたんだ。彼は、もう執着していないと言った。やっと、彼女を——彼女の金を——手に入れることはできないと悟った、とね」

「お願いだから、わたしを無視して話を進めないで」キャロラインが言った。「その話、信じられると思う、ノース?」

「信じられないね」オーウェンがポートワインのグラスを両手に持って身を乗りだした。「父さんは、ロンドンのベア横丁の金貸しより悪賢い。やつらは自分のばあさんの金歯を本人に知られずにかすめとるんだって話を聞いたことがある。もしも本人に知られたとしても、きっと頭を殴ってでも金歯を奪うんだろうさ。だからノース、父さんはあきらめるような人間じゃないよ」

「そこでだ、オーウェン。ロンドンに行って、きみのお父さんの仕事仲間に会ってくれないか。彼の実際の財政状況を調べてきてほしい。おれもすでにロンドンにいる自分の手の者に指示を出し、ミスター・ブローガンの力を借りて、キャロラインの相続財産をきみのお父さんの管理下から動かそうとはしているんだが」

その夜、オーウェンがふたりに訳知り顔でにやりと笑い、ついに席を立ったあと、キャロラインはノースに言った。「あいつはあきらめないわ、ノース。オーウェンの言うとおりよ。彼はとんでもなく意固地で、異教徒だらけの部屋に放りこまれた司祭よりも動じないわ」そこで言葉を切り、まつげを通して上目遣いでノースを見あげた。ごくりとつばを飲みこむ。

「結婚すればいいのかもしれない。あなたが言ったとおり、二度とわたしをかどわかすような気を起こさせないためには、それがいちばんの手かも」

「おれはそんなことを言ったかな？」

「ノース、わたしと結婚してくれる？」

彼は目をむいて彼女を見おろした。青ざめ、言葉も出ず、動くこともできず。

「わたし、お金はあるわよ」

彼はまだなにも言わない。ただ彼女を見つめるだけで、さらに沈黙が深まる。これ以上の沈黙があればの話だが。

「わたしが相手なんて、そんなに考えられない？」

ノースは身をかがめてキスをした。瞬間、キャロラインは彼の胸に飛びこみ、背中にぎゅっと抱きつき、つま先立ちになって唇を押しつけた。「やめないで」彼の唇にささやきかける。「お願い、ノース、やめないで。すごくすてきだから」

「すてき?」ノースはなおもつづけた。「すてき、だけか?」そうしたくはないのに腕が勝手に動き、彼女の背中をなでさする。その手が下へ下へと移動して、ついには尻にたどりつき、彼女を持ちあげてきつく引きよせた。キャロラインは凍りついたが、衝撃が消えると今度は好奇心が湧いてきたのか、少女のころには感じたことのなかったような感覚に出会ったのか、もっともっとと求めてくる。なんてことだ、彼女は激しい。しかしまだ無垢な存在だ。なのにここに自分がいて、彼女の邸だというのに両手で乱暴に尻をつかんで誘惑している。やめなければいけないのはわかっていた。結婚などしたくない。たとえ相手がキャロラインでも。いままでにほしいと思ったどんな女よりもほしいと思う、この娘でも。だが、これは情欲だ、ただの劣情だ。そういう関係だけならば対処もできる。だが、結婚は無理だ。まだ無理だ、いや、一生無理かもしれない。少なくとも先祖たちのしたような——曾祖父から始まったようなことはできない。父親の怒り狂った場面など、いくらでも思いだせる。いまこの瞬間にも、鮮明に。父親の怒りはノースがほんの幼い子どものころから始まり、大きくなるにつれ、祖父に煽られてさらに醜く苦いものへと変わっていった。祖父などもっと早くに死んでいてくれればよかったのだ。あんなにみじめったらしい老いぼれは。あの悲惨な状況は、いつやむとも知れずにつづいた。

そのとき、彼女のあたたかな舌が自分の舌にふれるのを感じ、それだけでもう、ノースは精をほとばしらせそうになった。

彼はキャロラインの両腕をつかみ、うしろに押しやった。「やめろ」息も絶え絶えに言う。「くそ、だめだ。やめるんだ、キャロライン。おれはきみと結婚したくない。ただ抱きたいだけだ。そんなことは不可能だ。きみはレディだ、そしておれは、なんとか思いだしてみたところ紳士だ。そんなおれの欲望は、ほかのだれかでまぎらわす。だが、きみじゃない。きみが相手ではありえない。きみを辱めることはできないんだ、キャロライン。たとえ、きみにふれたらきみを押し倒し、スカートをまくりあげておおいかぶさりたくなるとしても……くそ、なんてこった、こんなことはやめなければ。きみはとんでもなく純真無垢で、おれの言ってることなんか、なにがなんだかわからないんだろうな。

ああ、だが、おれはきみにふれてキスしたい。きみの全身の、隅々まで。やわらかなひざの裏のくぼみも。内もものやわらかな肌も。ああ、それにきみの腹や、もっと下も、味わって、おれの口のなかできみが震えるのを感じたい。おれの手のなかできみの腰が浮くのも。そういうことをぜんぶして、きみはもう耐えきれずに声をあげる。それでもきみは、おれがどんな気持ちかなんて、まったくわからないんだろうな？　ああ、それが無垢な女の悦びなんだろう。キャロライン、きみは欲望を感じたとしても、男が女を求めるのがどんなものなのか、知りもしない。わかりえない。きみがやわらかくなり、気持ちが高ぶり、おれを迎え入れてもいいという気持ちになるのが、どんなものなのか。そう、きみにはぜんぜんわからない。男がどんな形なのかさえ知らないんだろう、キャロライン？　そうだよな、知るわけがない。まあ、おれたちはきみのように美しくも、白くも、やわらかくもない。毛むくじゃらでかたくて、女をほしがるときにはおそろしいものになる。おれたちのあそこときたら……ああ、なにを言ってるんだ、おれは。いま言ったことは忘れてくれ、ほんのさわりしか言ってないが、それでも。それに、もうおれはきみにキスしない。だからきみもその口を閉じて、舌を歯の奥に隠しておけ。まったく女ってやつは……きみのように純真無垢であっても、どうすれば男の欲をかきたてられるのか本能で知ってるんだな。きみを見ればわかる。そんなふうに唇をひらいて。舌が見えるじゃないか。

くそ、そんな目でおれを見るな。おれに近づくな。おれはもうぎりぎりだ、限界なんだ」

ノースは最後に怒ったようなこわい顔を見せ、自分にあきれたというように頭を振ると、客間から大またで出ていった。そしてまたもや大きな音をたてて、背後でドアを閉めた。

「ふう」空っぽの部屋に向かってキャロラインは言った。「どうやら彼、ものすごく動揺したみたいね。出会ってから、あんなにたくさんしゃべった彼は初めてだと思うけど。そう、ノースは情熱的な人なんだわ。それって、いいことよね」

彼女はよく眠れていなかった。彼がいたから。彼の唇の味わいはもう遠いところにある気がするけれど、口のなかにはまだめくるめく感覚が残っている。彼の体温でまだ体が熱い。

全身が熱い。彼の熱がまだ体に残る。彼の言葉も。彼が口にした行動ひとつひとつを思い描いてみると、耳に聞こえたほど未知のものでも恥ずかしいものでもなさそうに思えた。それどころか、彼と一緒なら魔法にかかったようにすてきだろう。彼は自分の体の大事な部分について、きっとこわがらせると言ったけれど、どういう意味なのだろう。それを知りたいと、彼女は心から願った。

いま彼女は頭を振り、レジーナを前へせきたてながら、ノースは代々つづく結婚嫌いとも言えそうなものに固執するつもりだろうかと考えていた。でも、彼の父親は結婚したのだし、彼の祖父だって、曾祖父だって結婚した。なにひとつ、わけがわからない。

ノースの母親はどこにいるのだろう。お産で命を落としたのだろうか。

16

ああ、いけない、ドクター・トリースがわたしとわたしに託された娘たちに会いにくることをすっかり忘れていた。「ミス・トリースがお嬢さんたちとお茶をしたって言ってたわね、ミセス・トレボー？」

「ええ、ミス・キャロライン。ドクターがお嬢さまたちの健康診断をしたあとも、ミス・トリースは少し残っていらしたんですよ。ベス・トリースはすばらしい方でございますね。きついことも、いやなことも、うわさ話めいたこともおっしゃいません。どういうことかおわかりになりますか、患者さんの身分が低かろうが高かろうが変わらないんでございますよ。ここのお嬢さんたちにも同様で、このうえなくおやさしい。見下すこともありません。それはお兄さまのドクターも同じですけどね。ミス・トリースはご結婚もなさらず、お兄さまのお世話を文句ひとつ言わずになさっている――とくに、何年も前にお兄さまの年若い奥さまが亡くなってからは」

「ドクターが結婚していたなんて知らなかったわ」

「あらまあ、セント・アイヴズご出身の、きれいな若い娘さんでしたよ。でも結婚されて一年も経たずに、お産で命を落とされて。まったく、人生にはうまくいく保証もないし、うまくいったとしてもそれがつづいていくかどうかさえわからないんですからねえ？」

「そうね」キャロラインは言った。「わからないわね」

「とにかく行動を起こして、迷わないことですよ。うちの人にもいつもそう言ってたんですけどね。あの人はなにも行動を起こすことなく、例え話をしては迷ってばかり。結局、七年ほど前に、朝起きたら冷たくなってしまっていて」

「お気の毒に、ミセス・トレボー」

「もうずいぶん昔のことですよ、ミス・キャロライン、すっかり過去の話。でも、いまのあなたは忘れちゃいけませんよ、迷って大事な日々を無駄にしてはだめ。人生なんて、午後の日射しが燦々《さんさん》と当たる窓枠に放置された牛乳より当てにならないもんなんですから」

「あなたの言うとおりね」キャロラインは言った。「まったくだわ、ほんとうにそのとおり」

「おば上のエレノアさまにも同じことを申しあげましたよ。そのあとまもなく、ドクター・トリースとの結婚をご決心なされたんだと思います。なんてお気の毒な」

キャロラインは目を丸くして見つめることしかできなかった。「でも、ドクターはプロポーズの話なんてひとこともなさらなかったけど」

「プロポーズの機会もなかったんだと思います。ですが、たしかに先生にご結婚の意思はございましたよ。だれが見てもあきらかでしたとも。世界じゅうのだれひとり、疑いやしませんでした。不憫《ふびん》なことにおばさまは、そのすぐあとに命を奪われたんでございます。おかわいそうに、あんなに楽しくていきいきとしてらした方が。鬱陶《うっとう》しい日も雨の日も苦にせず、精いっぱい毎日を過ごしてらっしゃいましたよ。そんな方が、あわれすぎます」

ミセス・トレボーはただ背中を見つめるだけのキャロラインを残し、そそくさと出ていきながら、厨房の流し場係であるダンプリングに大声を張りあげていた。「ダンプリング！　もう行きなさい！　だめよ、そのミルクをこぼさないで！　気をつけなさい！　あああ、げんこつをお見舞いしますよ！」ミセス・トレボーはキャロラインを振り返った。「ベス・トリースだっておやさしい方ではありますけどね、たまには召使いの耳にげんこつを当てるくらいのことはなさるでしょうよ。ダンプリング！　まったくおまえは不器用だね！」

キャロラインは三階に上がり、かつては子守用だった大部屋に行った。トレヴェラスから連れてきたお針子にあてがった部屋だ。お針子のミセス・ウィギンズはここに二週間滞在し、全員のドレスを仕立てる予定だった。明るくて、胸が豊かで、まるでセンスがない。しかしそのぶん、ありがたいことにミス・メアリー・パトリシアには絶妙のセンスがあり、しかも抑えきれないほど興奮しているイヴリンをうまくなだめることもでき、自分たち三人の服の生地やデザインを選んでミセス・ウィギンズに指示を出してくれていた。ついでにキャロライン用のドレスも数着、手配してくれることになった。

言いあいをするミス・メアリー・パトリシアとイヴリンを置いて、キャロラインはそそくさとその場をあとにした。ふたりは暗褐色のなんとも言えない微妙な色合いをめぐってもめていたのだが、イヴリンはミス・キャロラインならばそんな色をまとっても美しいと思っているようだった。キャロラインは階下に戻り、ベネット・ペンローズと顔を突きあわせた。

「ごきげんよう、いとこさん」キャロラインは仕事部屋として使っている邸奥の小部屋に入っていった。

「話があるんだ、キャロライン」

彼女は肩越しに答えた。「そう。わたしもよ。さあ、どうぞ、ベネット」

キャロラインが日射しを背負ってデスクにつく。日射しをまぶしく目に受ける形となったベネットがおもしろくないと思っているのはわかっていたが、彼女は気にしなかった。

「三人の娘さんたちが着いたわ、ベネット」前置きもなく切りだした。「全員に丁重な態度を心がけてね。こわがらせたりしないように。とくにアリスは幼くて、男の人にはだれにでもひどくおびえてしまうから」

「そんなに男がこわいなら、スカートをまくって上げたままにしておけばどうだい？」

「ベネット」キャロラインは忍耐をかき集めた。「アリスは十四歳よ。三人の若い男、しかもたぶん酔っぱらいに乱暴されたの。まだ子どもなのに、身ごもってしまって……。彼女の前では、よくよく気をつけて行動してちょうだい」

ベネットはさげすむような表情で肩をすくめた。思わず殴りたくなったが、彼女はこう言うにとどめた。「彼女たちにとって〈スクリーラディ館〉は避難場所であり、いまや家なの。ここはいやなこともおそれるものもない、安全な場所にしたいの。わかるわね？」

やはり彼は肩をすくめるだけだ。

「ベネット、気に入らないなら出ていってていいのよ」

「どこへ行くっていうんだ？　そのための資金でもくれるのかい、キャロライン？　それくらいの金、あるよな？　ぼくだって自分の取り分を放棄したりはしないが、きみが相続した金からの収益をまわしてくれるというなら、喜んで出ていくよ」

それもひとつの手ではあった。それも、すばらしい手。しかし彼女のおばは、ベネットにはまだ見込みがあると信じていたのだ。その点では、おばもちょっと浅はかだったが、やってみなければならないことはキャロラインにもわかっていた。「だめよ。仕事にでも就いたらどう？　あなただってべつに頭が悪いわけじゃない、怠《なま》けてるだけでしょう」

「ぼくは紳士だぞ」

「ああ、それはつまり、だから怠けて、すねて、グーンベルのミセス・フリーリーの酒場で死ぬほど飲んでるということなの？　そんなことが紳士にふさわしい務めだなんて、ノースなら思わないでしょうね」

「彼には金がある。ぼくにはない」

「爵位を継ぐまでは、彼にだってお金はなかったわ。彼は十六歳のときから軍に入って、人のためになることをして糊口《ここう》をしのいでいたのよ」

「ナポレオンはもういない。従軍する理由ももうない。それに、軍に入るなら任命書が必要だ。それを手に入れるのに七、八百ポンドの金を用意してくれるのかい?」

キャロラインはため息をついた。「あなたはどうしたいの、ベネット?」

彼は立ちあがり、美しい箱庭に面した背の高い窓まで行った。ようやく口をひらく。「ぼくは相続財産のある女と結婚したい」

たいした野望だ。「女性相続人と結婚するためにかけずりまわるつもり?」

「こんな田舎にはひとりも相手がいやしない、それは確かだ。ロンドンに出て、金持ちの平民の娘を探さなきゃならない。ぼくは爵位こそないが、血筋はいい。だから先立つものさえあれば、半年以内に女相続人と結婚してみせる」

「そのために、わたしからお金を借りたいというわけ? 狩り《ヽヽ》のための出資金を?」

「ああ」ベネットは振り返って彼女と対峙した。「五千ポンドもあればすむと思う。八カ月後には、そうだな、一割り増しで返せるだろう。そのときには、ここでぼくが持っている半分の権利をすべて、買い取ってくれてもいい。まったく、腹のせりだしたあばずれたちの世話をするなんて、まっぴらごめんだね。きみはそれでいいのかい?」

キャロラインには返す言葉がなかった。いつもは立て板に水で言葉に困ることなどないのに、妙な感じだった。ただベネットを食い入るように見つめ、いったいこの人の中身はどうなっているんだろうと思うしかなかった。しばらくしてようやく言った。「考えておくわ、ベネット。それまでは、ここでなにか人のためになることをしたら?」

「なにをする? あのつまらない農夫たちの見まわりか? 彼らの小屋の修繕をしろって? いつも雨が降りすぎて畑で腐っていくだけの、みみっちい作物の話を聞いてやるのか? それともミスター・ダンバートンと一緒に、ここでは紳士ではなく女のきみを主人として迎えなきゃならない悲哀を、嘆いていろって? 台帳にばかばかしい数字を書きこめばいいのか? スズ鉱山に出ていって、オーウェンがやってるみたいにピーツリーのやつに媚《こ》びろと? ああ、そうだよ、あのいまいましい責任者と一緒にキティ鉱山をほっつき歩いて、ばかな男子学生よろしく熱心に耳を傾けて、息を切らしそうになってるあいつを見かけたよ」

「ベネット、もし相続財産のある女性と結婚したら、あなただってなにがしかの仕事をしなきゃいけないんじゃないの? 地所があれば、きちんと運営されているのかどうか監督するのがあなたの責任よ。たとえば、もし妻となった女性の家が銀行経営に関わっているのなら、その業務を学ばなければならないはずよ」

ベネットは肩をすくめた。「管財人を雇うさ。銀行経営なんか……ぼくがアメリカに行かないのと同じくらい、金融街《シティ》に足を踏みいれることはない。言っただろう、キャロライン、ぼくは紳士なんだ。紳士ってのは、事業になど手を染めないもんだ」

その言葉にキャロラインは立ちあがり、両手を広げてデスクにたたきつけた。「ばかじゃないの、ベネット。でも、いちおうこの話は考えておくわ。ただし、どこかの気の毒なお嬢さんをだまして結婚させるつもりのあなたにお金を渡すなんて、考えられないから」

「それなら、いつまでたってもぼくを追い払うことはできないぞ、キャロライン。ここはきみの家でもあると同時に、ぼくの家でもあるんだ。そして二階には、腹の大きなふしだら娘が三人いる。赤ん坊を産み落としたら、まあそのときは、だれかを引っかけてやってもいい。結局、ここもそう退屈でもないのかもしれないな」彼はくるりと向きを変えると、この世のことなどどうでもいいというように口笛を吹きながら、ぶらぶらと出ていった。

なんて人。でも彼の言うとおりだ。いったい、どうすればいいのだろう。

「おい、キャロライン、いったいどうした？　まるでだれかを撃ってやりたいって顔をしてるぞ」

ノースの邸の客間で行ったり来たりしていたキャロラインは、まだ怒りが冷めやらず、息まで乱れそうだった。「ベネットよ」憤りで声が震えそうになるのをこらえ、一瞬足を止めるが、またうろうろしはじめた。

ノースが驚いて身をこわばらせ、彼女に近寄った。「あの卑怯《ひきょう》なろくでなしに、ひどいことでも言われたのか？」

その厳しい声音《こわね》に、キャロラインははっとした。そんなことでこの人は怒るの？　わたしがひどいことを言われたら、怒ってくれるの？　ああ、そうなのかもしれない……キャロラインはほほえんだ。満面の美しい笑み。ノースは口を閉じておけばよかったと後悔した。キャロラインはと言えば、ベネットにむかっ腹を立てていたのがなぜだか急に、雨雲が散るかのごとく消え失せた。いまではもう明るい日射ししか感じられない。

もはや屈託なく、キャロラインは言った。「いいえ、わたしはひどいことなんて言われてないわ、少なくとも表向きは。彼、ロンドンに行って相続財産のある女性を妻にしたいから、五千ポンドよこせって言うの。そして実現したら、ここのすべての半分をわたしが買い取ればいいだろうって。そうすれば当然、彼には莫大なお金が手に入る。そしてまた浪費生活をつづけるんだわ」

「それだけじゃないな？　そんなことだけなら、きみは笑い飛ばすはずだ、キャロライン。さあ、どうした、ほかになにがある？」

「こんなことも言ったのよ。もしわたしがお金を渡さなかったら、うちで預かっている娘さんたちが出産するのを待って、彼女たちに手を出すって。彼女たちのことをベネットは〝あばずれ〟なんて言って、ハーレムを持った君主《スルタン》にでもなった気分なのよ」

ノースはふと気づくと、大きく上下する彼女の胸にまたしても目を奪われていた。彼女にふれたくて指がうずく。その胸をまさぐりたい。両手でつかみ締めたい。目を閉じて、やわらかな肉を感じたい。彼はぶるっと体を揺すって立ちあがった。「やつのこと、おれはどういうふうにすればいい？」

「まあ、いいえ、あなたの問題じゃないわ、ノース。ごめんなさい。あんまり腹が立ったものだから。それにレジーナったら、行き先も告げていないのにここまで走ってきちゃったのよ。あなた、名前を変える以外にわたしの馬になにをしたの？　あの子、あなたに夢中よ。おもしろくないわ。あの子がまだ仔馬のころから餌をやってかわいがってきたのに、たった二日であの子の忠誠心はまるごとあなたのものになって」

「レジーナをおれに譲ったほうがいいんじゃないか？」

「いいえ、だめよ。ねえ、ツリートップはどうしてわたしに夢中にならないの？　よくしてやって、なんと歌だってうたってあげてるのよ。なのに彼はあなたを見たら駆けよっていく。早くわたしから離れたくてしかたがないみたい。不公平だわ」

「魔法使いとでも言ってくれ」とノース。

「いいわ、魔法ならずるじゃない。でも馬のことは――」

「キャロライン、もういいだろう」

彼女は息をついた。「そうだ、おもしろい話があるの。さっき玄関前に立ったとき、乗馬用の鞭でブーツをベネットの背中に見立ててぴしぴし打っていたら、クームはそれを見るなりその場で死にそうになってたわ」

「目に浮かぶな」ノースは言った。「さて、キャロライン、おれになんの用だ？」

彼女はまじまじと彼を見つめ、静かに言った。「抱きしめてほしいの、ねえ、抱きしめて、ノース。そして、もしそれがよかったら、キスも考えて。この前みたいに、その手でわたしにふれて。あれはすてきだったわ。あなたのしてくれたこと、なにもかも、よかった」

ノースは身震いしたが、動かなかった。体の脇で両手を握りしめる。「帰れ、キャロライン。おれには仕事がある。こんなことをしている暇はない。ベネットを殺してほしいのなら、そう言え。もうひとつの用件については、おれにはまったく興味のない話だ」

「そんな、いやよ、帰らない」キャロラインは彼のそばに寄った。ノースは硬直して立ちつくしたが、それでも彼女は止まらなかった。ミセス・トレボーの言うとおり――人生はあまりに不確かで、迷っている暇はない。彼女はつま先立ちになり、彼の唇にくちづけた。手で彼のあごにふれ、鼻、濃い眉へとそっとなでてゆく。「なんてきれいなの、ノース。どうかキスして」

「なにを言う」とノース。「おれは男だ。きれいなんかじゃない。言っただろう、男はでかくて、不格好で――」そこまで言って、彼女にキスをした。彼女にふれないようにがんばったが、長くはつづかなかった。あっというまにキャロラインは彼の腕にかすめ取られ、乱暴に背中をまさぐられ、きつく抱きよせられた。その手がゆるんだかと思うと、尻をつかんですくいあげ、彼女を持ちあげて体を押しつけた。彼の息が乱れている。舌が彼女の口に侵入し、舌を絡《から》めとって味わう。ただもうなにより、その快感に叫びだしそうだ。

「だんなさま」

彼女の乗馬服のスカートをつかみあげたい。やわらかな太ももを感じたい。スカートもペチコートも波のように胸もとまで跳ねあげ、ウエストまでむきだしにしたら、きれいな脚がひらいて彼を迎えいれ……。

「だんなさま！」

「くそっ、なんだ」ノースの言葉は彼女の口内に消えた。体が痺《しび》れたように震えている。彼女にかきたてられる感覚、彼女にしたいこと、いまこの客間でただ彼女を腕に抱いているということに、意識がのめりこんでいた。ああ、彼女の肌にふれたい。彼女のうるおいを、欲望を感じたい。彼女の唇に浮かぶあの胸躍るようなほほえみを唇で摘みとり、悩ましい声を引きだしたい。

「だんなさま、このようなことは非常によろしくないかと。だれが考えても歓迎すべからざることでございます。どうか落ち着かれて、その女の方から離れてくださいませ。お客さまが見えております、放っておくわけにはまいりません」

ゆっくりと深呼吸をしてちっぽけな自制心を取り戻すと、ノースは彼女の腕から身をはがした。彼女はそのまま、ただ彼を見あげている。その緑の瞳に、なにか空恐ろしいものが見えた。信頼の情を、彼が見落とすことはない。彼女の瞳の奥深くにくっきりと、たしかにそれはあった。いまだふたりのあいだにまばゆく燃えさかる激情と同じくらい、ごまかしようもなく。

「キャロライン」とてつもなく抑えた声でノースは言った。「とんでもないことをした、すまなかった。そのまま動くな。しっかり立っててくれ。できるか?」

彼女はうなずいた。無言で。

ノースはクームに向きなおった。「すぐにここを出て、ドアを閉めろ。客とはだれだ?」

「サー・ラファエルとレディ・ヴィクトリア・カーステアーズでございます、だんなさま」

ノースは聞こえないほどの声で、やたらとよどみなく悪態をついた。「すぐに行くとお伝えしろ。昼食にお誘いして、食堂に通しておけ」

「かしこまりました、だんなさま」

「出ていけ、クーム、早く」

「はい、だんなさま」

ノースはドアが閉まるのを待ってから、大またでドアまで行き、鍵をかけた。振り返って彼女を見る。それまで少なくとも彼のなかでは、一度も想像さえしたことのなかったような気持ちにさせられる乙女を。彼女は両腕をだらりと垂らしてたたずんでいた。胸もとはまだ小さく上下し、唇はまだわずかにひらいている。どうしようもなくそこに戻りたかった。もう一度、彼女をきつく抱きしめ、くちづけたかった。あと何十回でも、その唇に。のどに。

胸に。彼女がかぶっている粋《いき》な乗馬用帽子には、羽根飾りがついていた。顔の輪郭をふわりと囲むように、深い緑色の、彼女の瞳にも似た色の羽根飾りが。それは右側にかしいでいる。栗色の豊かな髪は、巻き毛となってもつれるように首にかかっている。彼女はまるで酔っているように見えた。おれも同じような顔をしているのだろうか。ああ、彼女を自分から遠ざけなければ。彼は体を揺すった。「キャロライン、すまない」

「そればかりね、ノース。そんなことを言う必要はないわ。謝る必要なんてないの。だって、わたしはまったく悪いと思ってないもの。それに、わたしはあなたが分け与えてくれただけの経験しかない処女なんだから、わたしの希望が最優先されるべきだと思わない？」

「いいや、きみには常識の欠片もないんだな。処女なら、悲鳴をあげて怒り、両手で胸を隠す。処女なら、いまおれがきみにしたようなことをされたら、相手に平手打ちをくらわせる……甘い声をもらしたりはしない。おれがキスをやめ、愛撫する手を止め、きみの腹をおれに押しつけるのをやめても、死ぬとでもいうように抱きついたりもしない……ああ、なんてこった、キャロライン、きみはおかしいぞ。このまま残って昼食を一緒にして、隣人に会っていくか？」

「もちろん」キャロラインは答え、衣服の乱れを直そうとした。マントルピースまで行き、鏡を覗きながら髪をぽんぽんと押さえてととのえる。「わたしまで誘ってくれるなんて、うれしいわ」

「ほんとうは誘いたくなんかない」ノースは彼女の腕を取った。「だが、しかたがない。紹介せずにきみを帰らせたら、彼らはきみのことをおれの愛人だと思うだろう。どうでもいいような女だと。彼らはきみの隣人でもあるんだ。会っておかなければならない」

「そうだったの」そう言ってにっこり笑った彼女の顔は、もう一度キスしたい、しかし同時に頬を張ってやりたいと彼に思わせるものだった。「いまやっとわかったわ。でも、ほんの少し前までは、そんな複雑な事情なんてなにも理解できそうになかったけど」

「うるさいぞ、キャロライン」


キャロラインは午後も半ばに〈マウント・ホーク〉を出た。さっきまでこぬか雨が降っていたのだが、いまはやみ、まだ空に残る灰色の雲のすきまからわずかに太陽も顔を出している。彼女はセント・アグネス・ヘッドまでレジーナを駆った。着くと馬をおり、崖の縁まで歩いていく。そこに立って泡立つ海を見わたし、眼下の黒い岩に波が打ちつけて崖の途中まで水飛沫《しぶき》が上がるのを眺めていた。

「だれがあなたにそんなことをしたの、エレノアおばさま?」

うしろでレジーナが小さくいなないた。

キャロラインはため息をつき、崖の縁をたどって歩きはじめた。雨でゆるんだように見える地面には近づかないように注意して。エレノアが突き落とされた場所から五十ヤードほど離れたところに、細道があるのを見つけた。ノースが見せてくれた砂浜は大きくて半月形をしており、崖はその奥にそびえて不毛な荒涼とした風情を漂わせている。ゆっくりと、慎重に、彼女は細道をおりていった。小さい岩が散らばっているが、持ちあげてどかさなければならないほど大きな岩も転がっていた。しばらくは通る人もなかったのだろう、おそらく地元の子どもが泳ぎにくる夏が終わってからは。下の砂浜におりるのに十分ほどかかった。ここは潮が入ってくるのか、砂が湿っている。今日は頭上に輝く太陽がないので色合いがやわらぐ効果もなく、暗くて薄汚れた感じに見えてしまう。流木や岩が散らばる砂浜は異様に長くて奥行きもあり、カーブを描いて崖下の暗がりへとつながっている。崖の下は、どこまで砂浜がつづいているのだろう。次に来るときはろうそくを持ってきて探検しようと、彼女は思った。岩は粘土質の砂岩のようで、だから時間とともにこれだけ激しく浸食されているのだろう。彼女は向きを変えて海を見わたした。満潮のときには砂浜は水でおおわれ、崖の下まで海が迫るのかもしれない。

キャロラインは大きな黒い岩に腰かけ、ひざを抱えて引きよせた。ひんやりしているが、寒いほどではない。ちょうど気持ちがいいくらいだ。打ち寄せる波を見る。ひとつとして同じ波はないけれど、届く限界まで寄せて砕けていく営みは変わらない。砂浜の上で扇のようにさあっと広がり、白く、小さくなって、そして引いてゆく。何度も、何度も。

彼女は迷いたくなかった。人生の出来事を、ただ漫然と受けとめていきたくはない。あきらかに取り立てて成したものもなくこの世を去った、ミスター・トレボーのようになりたくない。自分の人生に責任を持ち、自分のことは自分で決めたい。人生に置いてきぼりにされて、望まぬもののなかでもがいているなんてまっぴらだ。彼女にはノースが——心から求める人がいる。でも彼が感じているのは、いまいましい劣情と悲しくなるような無関心だけ。たとえ彼女が全身全霊をかけて奮闘しても、望みはないように思えた。彼女はため息をつき、ひざをぎゅっと抱きよせた。スナガニがちょこちょこ行き来するのを長いこと眺めていたが、カニもついに砂にもぐった。いったいどうすればいい？　どうすればノースに、この世でいちばん幸せな女にしてもらえるの？

「こんなことはもうたくさんだ、キャロライン。死ぬほど心配したぞ、まったく」

17

キャロラインは飛びあがった。おののいて心臓が跳ねたが、それは一瞬だった。彼がここにいるということは彼もそれほどわたしに無関心というわけではないのだ、まちがいない。笑顔で振り返る。「こんにちは、ノース。心配させてごめんなさい。考えごとをしたくて、この細道をたどって浜辺までおりてしまったの。ほら、あなたが見せてくれたでしょう？あなたはどうしてここにいるの？」

一瞬、ノースはためらうような表情をしたが、肩をすくめた。「さあ、わからない。馬に乗って外に出た。デイヴィッド鉱山に行くつもりだったのに、ここへ来てしまった。レジーナがいるのにきみがいないのを見て、きみが崖から落ちたのかと思ったぞ。もう二度とこんなふうに驚かさないでくれ、キャロライン」

彼女の笑みが広がった。「ええ、わかったわ」

「ぜったいだぞ。もしやったら、きみののどを締めあげる」

「わかってますとも」キャロラインはまだ笑っていた。なぜなら、もし彼の指が自分の首にかかることになったら、そのときはキスすることになると、ふたりともわかっていたから。

「笑うな、キャロライン」

彼女は肩をすくめただけで、暗い海を見やった。「カーステアーズ夫妻ってすてきね。レディ・ヴィクトリアはぜんぜんありきたりの人じゃない。すごくかわいらしくてチャーミングで。だんなさまに心から愛されて。あの方、あなたに負けず劣らずのハンサムね。いえ、けっして並びはしないけれど、迫るくらいには」

「それに奥方は身ごもってる」

「そうなの？　あんなにほっそりしてらっしゃるのに。どうして妊娠してるってわかるの？」

ノースは彼女に眉をひそめた。「きみは女だろう？　わからないのか？」

「そうね、わからないわ。あなたこそ男でしょう？　どうしてわかるの？」

ノースの眉根から力が抜け、男ならではのほれぼれするような不遜《ふそん》な態度で彼は言った。「彼女がまとっている雰囲気かな、輝きとでも言うのか。それに、彼女にふれるだんながやたらと気を遣っていたからな。一目瞭然だ」そこでなにか考えたかのように見えたが、つづけた。「三カ月といったところだと思う」

「すごいわ、あなたがそんなに観察眼の鋭い人だとは思ってもみなかったわ、ノース。ドクター・トリースに来ていただくまでもなかったわね。うちにいるおなかの大きなお嬢さんたちをあなたにひと目見てもらえば、ああしろ、こうしろって言ってもらえたでしょうに。ほんと、感心しちゃったわ」

あきらかに彼はいらだった顔をした。「なるほど、信じてないんだな。少なくとも、おれは努力したぞ。ラファエルが奥方に話してるのを聞いたんだ。奥方の胸は敏感になっていて、痛い思いをさせるかもしれないから、どんなに奥方がふれてほしがっても胸にはふれない、って。敏感になったのはひと月かそこらで落ち着くとドクター・トリースが言っていたから、辛抱しろ、そのときがきたら存分にふれてやる、って。そしたら奥方は、あなたはやさしくなれるのだから、痛い思いなんてしないはずよと答えていた。あなたの腰に脚を巻きつけたまま抱えられて、部屋を踊りまわるようなときはだめだけれど……って、いや、これは忘れてくれ。さあ、これだけおれから聞きだしたら、満足しただろう」

「女の人の胸が敏感になるなんて、知らなかったわ」

「キャロライン！　ばか、口を慎め。とんでもないことを言うな、きみはそんなことなど知らなくても――」

「胸のこと？　妊娠すること？」

「黙ってろ。それで、ここでなにをしていた？」

「考えてたの」

「おば上のことか？」

彼女はかぶりを振り、彼から視線をはずして、寄せてくる潮の流れに目を移した。ちょうど大きな飛沫をあげて波がはじけ、それが最後は彼女の腰かける大岩からわずか二フィートのところまで、さあっと広がったところだった。「いいえ、あなたのことよ。どうすれば人間は、自分の人生を自分の足で歩んでゆけるようになるんだろうって考えてた。もうずっと長いこと、わたしはとてつもなく孤独だったんだなってことも思いだしてた。そしていまはやらなければならないことが多すぎて、ほかの人生ならどうだったんだろうとか、べつのキャロラインもあったんだろうかって考える暇すらもないんだな、って」

ノースは、彼女が腰かけている岩のように動かなくなった。

「いろいろ考えることがあるんだな、キャロライン。だが、そんなにたいへんなのにおれのことを考えているのなら、すぐにやめろ。おれのことなど考えてほしくないんだ、キャロライン」

「どうして?」

「たんに、きみに興味がないからだ」

あまりに見えすいた大嘘に、キャロラインはやれやれとノースを見つめるしかなかった。

「わかった、またはっきりと言わなければならないようだな。ただの情欲だったと言っただろう? いまだって同じだ。もしきみがそれほど純真無垢でなかったら、たんなる劣情は劣情とわかるはずだ。いや、前言撤回。きみたち女性は、男を感情的なたわごとで包みたがる。

ほめ言葉と、バラと、ロマンスと、魂のふれあいを浴びせてほしいと思っている」

「それなら、なぜわたしを捜しに来たの？　もしかして、わたしを抱きたいの？　情欲をなだめるために？」

今度はノースが波に目をやる番だった。ヘシアンブーツのつま先に波がかかりそうになり、彼は一歩下がって話をそらした。「ラファエルは、スズの採掘で世話になっている男だ。デイヴィッド鉱山は混乱状態で、いまだなんの解決策もない。どうするか決めるまで、閉鎖しなければならないかもしれない。だがマルコム鉱山は順調だから、できるだけ多くの人間をあそこにつぎこもうと思う」一瞬、口をつぐみ、ため息をついた。「だが、学ばなければならないことは、まだまだたくさんある」

「わたしもよ。手はじめに、オーウェンを責任者のミスター・ピーツリーのところへ送って、勉強してもらってるの」

「そうか、よかった。ということは、オーウェンは鉱山経営をやる気なのか。貴婦人がやるようなことじゃないからな」

「どうしてだめなの、ノース？」

「男がやる仕事だからだよ、わかるだろう。鉱夫は荒っぽくていかつくて、命を賭けてるようなもんだから危険にも慣れている。そんな鉱山で女がぴょんぴょん跳ねまわってたら、気が散ってしようがないだろう」

「種馬を誘ってる牝馬みたいにね。もしわたしがぴょんぴょんしてたら、あなたは興味を持ってくれる？」

「きみはそんなにきれいなんだから、頭を低くして這いまわってたって同じことだ」

そんなにきれい――なんていい響きだろう。キャロラインはまたもや満面のまばゆい笑みを浮かべた。「ねえ、ほんとうにわたしはきれいだと思う？」

「黙れ、キャロライン。キティ鉱山のほかに、いまどこの鉱山を持ってるんだ？」

「ダッフェル鉱山とベル鉱山よ」

「どちらもよく採れる、いい鉱山だ。ラファエルの話だと、このあたりではキティ鉱山が最高の産出量で、そのミスター・ピーツリーも信頼のおける男らしいぞ」

「うれしい驚きだわ。オーウェンとはまだ話をしてないけれど、吸収できるだけ学んできてと言ってあるの。傲岸《ごうがん》不遜な所有者きどりはしないでね、って」

「ロンドンには行かせなくてもいい。そんな必要はない」

「どうして？」

「今朝、彼を父親のところに行かせて、しばらく話をさせた。ミスター・ファルクスはひとしきり強烈な悪態をついていたらしいが、それが収まったあと話をして、深刻な経済状況にあることがわかったらしい。あいつはのどから手が出るほど金を必要としていて、救ってくれるのはきみしかいないと思っていたから、執拗にきみを追いかけたんだ」

「自分という人間でなく、財産めあてで追いかけられるなんて、すてきよね」

「現実の話なんだぞ、キャロライン。ふざけてる場合じゃない。ミスター・ファルクスの真意にがっかりしたとか、驚いたとか、思わせようとしても信じないからな」

「わかったわ。じゃあ、わたしたち、どうするの？」ああ、わたし、言ってしまった。わたしたちって。彼女は返事を待ちながら、打ち寄せる波がどんどん近くなるのを見ていた。ノースが気づかなければ、もうすぐきれいなブーツに水がかかって台なしになってしまう。空を飛んでいた一羽のカモメが、黒い岩に腰かけているキャロラインのそばに舞いおりた。ハヤブサがのんびりと翼をかたむけ、砂浜に向けて滑空する。

「オーウェンから父親とどういうことがあったかをすべて聞いて、おれもミスター・ファルクスと話をした」ノースは足もとを見つめていたが、片手を彼女に差しだした。「そろそろ戻ろう」

彼が自分にふれたくないどころか、ほんとうはふれすぎるほどふれたいと思っているのは、キャロラインもわかっていた。そして、それがすべて情欲のせいだということも。しかし彼女はただほほえむだけで、彼の手に手をあずけ、岩からおりる自分をそっと引いてもらった。ふたりはゆっくりと、そびえる崖の下にできた暗がりへと戻っていく。

「それで、彼はなんて言ったの？」

「かならずきみを手に入れる、三度目の正直だ、と」

キャロラインは悪態をついた。威勢よく、大声で。

あっけにとられたノースが、頭をのけぞらせて大笑いしはじめる。

彼の笑い声は、すばらしくすてきだった。「あなたはぜんぜん気むずかしくも、暗くもないわ、ノース。いまの笑い声、最高よ。もっと聞きたい」

たちまちノースが黙りこみ、あっというまに眉間にしわが寄った。「やめておけばよかった。笑いつづけたら、マーカス・ウィンダムに申告しなくちゃならなくなる。もう自分は強面《こわもて》でも、影のある男でも、危険な男でもなくなった、ってな」

「なんてロマンチックなの。だめ、彼にはなにも申告しないで。影のある男、危険な男、なのね？」

「なんだかマーカスの幼いいとこのアントニアとファニーを思いだすな。そのふたりに、おれはとんでもなくロマンチックだと言われたんでね」

「それでノース、ミスター・ファルクスのことはどうするの？」

彼は深く深く、息を吸いこんだ。「きみがだれかと結婚するしかないだろうな」

「だれかと？　ノース？」

「そうだ。だれかとだ」

「あなたとではなくて？」

「おれはだめだ」

キャロラインはじっと彼を見つめたが、ため息をついて、ふっと笑った。彼から体を離し、崖の上につづく細道へと戻った。肩越しに言う。「わかったわ、オーウェンと結婚するわ。そうすれば、ミスター・ファルクスはわたしのお金を手に入れられるから、自分と結婚させるためにわたしの夫を撃つなんて心配もなくなる。そうね、オーウェンがいいわね」

「オーウェンだって！　神さまから与えられたなけなしの知恵までもなくしたのか？　あいつは〝お子さま〟だ、困難に立ち向かったことなどほとんどないんだろう。苦労など知らないんだろうな。一週間もしないうちに、彼はきみの過剰な要求に振りまわされて死ぬぞ、キャロライン。もうすでにあごで使っているし。あいつは父親の手を逃れても、結局はきみに――おれがいままで会ったこともないような女専制君主に――行き着いて終わるのか。もっと言えば、おれはオーウェンが好きだ。そんな扱いはかわいそうだ」

「そう、それなら、ベネット・ペンローズはどうかしら。彼はいちおう苦労を知ってるわ。それに、外見はなかなかすてきだし。あなたより三つ年上だから、お子さまだなんてあなたにも言えないわよね。彼は財産のある女を探しているけれど、わたしってけっこうそれに近いと思うの。もしミスター・ファルクスがわたしを未亡人にして手に入れるためにベネットを撃ち殺しても、ベネットだったらわたしもそれほど気に病まなくてすむし。どう思う、ノース？」

「なんなんだ、きみは、キャロライン」

ノースはつかつかと彼女に歩みより、彼女の両の二の腕をつかんで揺さぶった。キャロラインはまったく抵抗せず、ただ彼に思いきり自分を揺さぶらせておいた。ようやく、彼は迷うのをやめたらしい。唐突に揺さぶるのをやめると、まさに次の瞬間、いきなり激しく性急に、彼女にキスした。つぶれそうなほど彼女を自分に押しつけて。そのときキャロラインは悟った。それまでの人生で、これほど痛烈に悟ったことなどないくらいに。自分が結ばれる相手は、この人しかいないのだと。それは魂のふれあいというものになるんだろうか。彼が感情的なたわごとを吐きだすようになると思ってもいいんだろうか。唇をひらくと、彼のあたたかいものがふれ、昼食のあいだに彼が飲んだ甘いワインの味がして、彼の舌に軽く舌をなぞられる感じがした。

その瞬間、雲間から太陽が射し、ふたりは強烈な光に包まれた。妙な感覚。天上からは太陽の熱、そして体内の深いところからは、衣服を通して彼の両手が伝えてくる、彼が生みだす熱。

今度は彼が止まらないことを、キャロラインはわかっていた。そして自分が彼を止めないことも。とはいえ、過去に彼を止めようとしたことなんてないけれど。あとからなにが来ようと、たとえば明日、来週、どうなろうとかまわない。いま、この瞬間がほしい。彼がほしい。そしてたぶん、そう、たぶん、わたしの愛を彼は感じてくれる。彼と絆を結びたいと思っている、この心を。

　ああ、わたしは彼を笑わせたい。笑うこと以上に人の心を惹きつけるものはないはずだから。

　けれど次の瞬間、彼は凍りついた。腕を彼女からおろし、よろめくように数歩うしろに下がった。

「ノース？」

　まるできみのことなど嫌いだとでもいう顔で、彼は彼女を見た。「いいか、キャロライン、いま止まらなければ、もう止められない。それが真実だ。きみは、この濡れた砂の上で純潔を奪ってほしいのか？」

　キャロラインはまっすぐに彼の顔を見た。「ええ」と、ひとこと。「場所なんてどこでもいいわ。わたしはただ、あなたに心を決めて、行動してほしいだけよ、ノース」

　彼が彼女を見つめる。なにかもっと話しあわなければと、彼が思っているのがわかる。しかし彼の情動が、はじけてしまった欲望が、そんな思考を押しとどめていた。それはたぶん、歓迎すべきことだった。

「砂があらゆるところに入りこむんだぞ」ようやく彼が口にした言葉。「おれは十五のとき、浜辺でエイミー・トレヴダーを抱いた。そのあと一週間も、とんでもなく恥ずかしいところがかゆくてしかたなかった。彼女も気の毒に、あの悲惨な砂にどう対処したのか、わからないが」

キャロラインは笑った。笑わずにいられなかった。「ああ、ノース、あなたってほんとうにすてき。わたしは場所なんてどこでもいいわ。ただあなたがものすごくほしいだけ。あなたにすべてを教えてもらいたい。どうすればあなたを喜ばせてあげられるのか、あなたがわたしにくれる悦びや刺激と同じものを、どうすればあなたにも返せるのか」

ノースは眉を寄せたが、どこかユーモアまじりの声で言った。「これ以上きみに刺激をもらったら、爆発するな」

キャロラインはきょとんとして小首をかしげた。

「男は性的なこととなると、あきれるほど単純なんだ。そんな顔でおれを見るな。わかったよ、キャロライン・ダーウェント＝ジョーンズ。いったいぜんたい、おれはきみをどうすればいい？」

ほら、ミセス・トレボー、わたしはもう迷わない――キャロラインは決めた。「わたしと結婚して」

ノースは自分の髪をかきあげた。苦しそうな顔をしていた。取り乱しているような顔。「なんでこんな。おれはこんなにすぐに結婚するつもりなどなかったのに。まだ二十五で、次の誕生日だってまだ四カ月も先だ。もっと年を重ねてから、たとえば三十五とかそのくらいになったら結婚して、跡取りをもうけて……そんなものだろうと思っていた」

「跡取りをもうけるのはすてきなことだと思うわ、ノース。でもね、ほかのことだって、悦びや満足や楽しさをもたらしてくれるんじゃないかしら。だから想像してみて。わたしがそばにいて、あなたと一緒に笑って、あなたといろんなことを話しあって――」

「ぜったいにけんかもしそうだな」

「もちろんよ。人生にはつきものですもの。でも、あなたがオーウェンと一緒になるわたしを想像したときとはちがって、あなたを尻に敷くとは思わないけど」

「いったいいつから、そんな人生の達人になったんだ？」

つかのま、キャロラインは黙りこんだ。彼のほうは見ずに、ただ小さな声で言う。「わたしはもう何年もひとりぼっちだった。正直、わたしは世間知らずだったわ。世の中にはたくさんいろいろなことがあるのは知っていたけれど、どこに行ってどうすればそれを知ることができるのか、わからなかった」深く息を吸い、正面から彼を見すえた。「でもいまは、この手にたくさんのものを抱えてる。あなたもいる。だれかを気にかける、心配する、信頼するってすてきね。でも、そういうことにまだまだ慣れないの。もしあなたを怒らせるようなことがあったら、どうか許してね。無知のせいだから。

ミスター・ファルクスに犯されそうになったあの夜、魔法のような成長を遂げたのだと思う。人生のあらゆることを知ったというのではないけれど、たしかに成長したわ。ううん、ちがうの、あなたに同情してなぐさめてもらおうなんて思っていない。そんなんじゃないの、ノース。あなたと結婚したいだけ。ほかの人じゃだめ。あなたでなくちゃ。あなたと人生を歩みたいの。ほかのだれとでもなく。いつまでも一緒にいたい。わたし、けっこういい女だと思うのよ。それに、あなたをがっかりさせないようにがんばるって誓うわ。あなたがひとりでいたいときは詮索しないし、ちやほやしてとか、べたべたしてとか、そういうことはお願いしないから。あなたにすがったりしないから」

彼はまるで、いまにもブーツを履いた足で砂を踏みつけにしそうだった。が、髪をかきあげただけだった。「いったい、なぜ？　ファルクスから守ってもらうのにいちばんよさそうだからか？　もしそうなら、ばかげた話だ。そんな理由なら、結婚なんかしなくてもあの野郎を殺してやる」

「まあ、ちがうわ。たぶんわたしは、これから先五十年でも、あなたのその劣情とやらをこの体で知りたいの」そう言って彼に近づいたが、もう彼が後ずさりすることはなかったのがうれしかった。「あなたはこの世で最高の男だと思うわ、ノース」

彼はひねた笑みを浮かべた。「もしおれが猟犬を連れて、ふらりと荒野に出ていくと言ったら、どうする？」

「ポルグレインに心のこもったお弁当をつくってもらって、あなたに持たせて、いってらっしゃいって手を振るわ。そして帰ってきたら、笑顔でお迎えして、キスして、そもそもどうして荒野に行こうなんて思ったのか忘れてしまうくらい、やさしくしてあげる」

「おれはずっとひとりで生きてきたんだ、キャロライン。きみがひとりだったように。大きなちがいは、おれは自分がそうしたくてやってきたってことだ。ただ、ひとりで生きるのと、孤独でいるのとは——同じことじゃない。おれはほかの人間と一緒にいるのがどういうことかも、すべてわかってる。それでもあえて、ひとりでいることを選んだ。十六のときに〈マウント・ホーク〉を出たことは、話したな。そのとき、ここにはだれも大事な人はいなかったし、いまだって、親しい人間はほとんどいない。おれは人と一緒にいるのが苦手なんだ、キャロライン。とくに女性は。少なくとも、貴婦人というような女性は」

「とんでもないわ」キャロラインはつま先立ちになってノースの唇にキスをした。「どうして女性が苦手だなんて言うの？」何度も何度もキスをする。ついばむような軽いキス。彼が教えてくれたキス。「わたしに接してくれたあなたは、いつもすてきだった。笑わせてくれた。わたしはしわだらけのおばあちゃんになるまで、あなたにふれていたい、抱きしめていたい、キスしていたいって思うわ」

「そんなこと、とても信じられない」ノースは言いながらも、キスに応えはじめた。

「いいえ」キャロラインは彼の唇に、舌先をすべりこませた。「ほら」あたたかな吐息で彼の唇に話しかける。「まちがいなく、わたしはあなたの相手なの。もう心配するのはやめて、ノース。わたしはあなたの運命の女。あなたのものにしてほしいって、こんなに迷わず思っているんだから、どうか奪って」

18

「もうだめだ」ノースは彼女の前にひざまずいた。キャロラインはわけがわからず、その場に立ちつくし、ただ彼を見おろした。

「こんなことをしてもいいのかどうか、キャロライン。純粋でいたいけなきみが、もしショックを受けたらすまない、だが、おれはこうしたいんだ」それだけ言うと、ノースは彼女の乗馬服もペチコートもシュミーズもまくりあげた。「このままでいてくれ」彼女はそうした。やはりわけがわからず、彼を見おろしたまま。彼の目の前でむきだしになった自分。彼は長いこと、そんな彼女をただ見つめていた。白く、しなやかで、健康美にあふれた太もも。その上には、髪の毛と同じ豊かな栗色のふんわりした叢《くさむら》。彼は手を伸ばして、そこにふれた。

「脚を広げて」

キャロラインは息をのみ、脚を広げた。さっきよりもしっかりと立つ。「ほんとうにこういうことをしたいの、ノース？　こんなふうにわたしを見たいの？　すごく恥ずかしいわ。いままでだれもわたしの腰を見たことないのよ」

「おれは腰を見てるんじゃない。おれが見ているのは、これから指と口でふれるところだ。ああ、なんてきれいなんだ」

「ノース、でもほんとうに――」

そのとき、彼の指が彼女を広げ、唇がふれた。キャロラインは凍りついたが、驚いたことに、つま先から首にまで細かい震えが走った。ひざが折れ、がくりと崩れる。乗馬服のスカートもペチコートも広がって、彼にかぶさった。彼の両手に尻を支えられたかと思うと、彼女はあおむけになっていた。彼が上からおおいかぶさる。両ひじで体を支え、ぼうっとなった彼女の瞳を覗きこむ。

「すてきだ」ノースはくちづけた。しかし彼女が彼の背に抱きついて引きよせる前に身を離して立ちあがり、上から彼女を見おろした。彼女のスカートはウエストまでまくりあがったまま、両脚は広がったままだ。ノースは笑みを浮かべ、手を差しだした。

「こんなきみを想像していた。スカートを胸までまくりあげて、おなかをむきだしにしたきみ。そう、こんなきみをはっきりと思い描いたよ。だが言わせてくれ、キャロライン。いまここにいる、白い肌をしたほんもののきみのほうが、おれの想像のなかにいたきみよりもずっときれいだ。白い靴下と、黒の乗馬用ブーツ。より神秘的だ。ぞくぞくする。さあ、もう帰ろう」

キャロラインを助け起こした彼は少しうしろに下がり、彼女が服を直すのを見ていた。彼女の手は震え、これ以上ないというくらい黙りこくっている。

「なんてこった」彼は笑った。「きみが恥じらってる。とうとうきみの口を閉じさせるのに成功したんだな」

腹に彼女のこぶしをくらい、彼はうっとうめいてわずかに体を折り曲げた。

腹をこすりながらにんまりと笑い、ノースは言った。「来週の金曜、結婚しよう。いいな？　それだけ時間があれば足りるか？」

キャロラインが彼に目を向けると、焦げ茶色の瞳はからかうように光り、美しい口の両端が愉快そうに上がっていた。彼女は首を振った。「いいえ、水曜のほうがいいわ」

「まったく口の減らないお嬢さんだ、きみは。でも、そこが楽しい。じゃあ互いに譲歩して木曜にしよう。これから司祭を探して、許可証を手に入れなくちゃならない。婚姻の予告はしたくないんだろうからな」

「ええ。だってそれって、長い期間がかかるのでしょう？」

「四週間だ。そのうち三週間は、司祭が結婚の意思を教会で読みあげなければならない。いくらなんでも長すぎだ。早くきみを目の前で裸にむいて、この手でふれたい。また服を持ちあげていてくれるか？」

「ノースったら！」

「きみに口で勝つのは気持ちがいいな、キャロライン。以前のおれは暗く黙りこんで、ほかのやつらが延々とおしゃべりして、笑って、冗談を言いあってるのを聞いてれば気がすんだが、いまはきみといると、なんとかうまくきみを驚かせて赤くさせたり、うめかせたり、小さな悲鳴をあげさせたりするのが楽しい」
満面の笑みで彼女を見おろし、彼女の頰を軽くたたくと、ノースは手を差しだした。「行こう、やることはたくさんある。気をつけろよ、この道はのぼるのがけっこうたいへんなんだ」

同じ日の深夜、キャロラインはベッドで何度も寝返りを打ち、ひとりでいることに胸を締めつけられながら、ようやく気づいていた。ミスター・ファルクスはきっと平気でノースを殺し、彼女を未亡人にして、無理やり自分と結婚させるだろう。いや、でもそんなばかげたこと。人を殺せば、彼だって絞首刑になる。彼女はおかしくなりつつあるのかもしれない。あの浜辺で、ノースにあまりにも予期せぬ、とてつもなく甘美なことをされて、まともな考えができなくなっているのだ。たしかに恥ずかしくてショックだったが、彼の唇がどんなふうにふれたか、どんなふうに舌がなぞったかを思いだすだけで、いまも下腹部が熱くなってくるのは止められない。ああ。彼があのとき、あの指と口でしていたことをそのままつづけていたら、いったいどうなっていたのだろう。

〈マウント・ホーク〉にいるノースは、ベッドに入っていなかった。書斎で配下の召使い三人衆と向かいあっていた。彼らの顔は鏡に映したように、そっくり同じ表情を浮かべている――まさかという驚愕、そして拒絶。

「いったいなんだというんだ、おまえたちは！　キャロライン・ダーウェント＝ジョーンズと結婚すると言っているんだ。彼女はレディ・チルトンとなる。おまえたちの女主人に。彼女のことは知っているだろう？　欲得ずくの結婚ではない。おれにあたたかな気持ちを持ってくれたからという理由でしかない。おまえたち三人のことを彼女がなんと言ったか、知りたいか？　そうか、教えてやろう。おまえたちにはすばらしい創意工夫の才があるんだとさ。その創造性には感心すると」

「そうとは言えません、だんなさま」トリギーグルが一歩前に踏みだした。「あの方が欲得ずくではないという話ですが」

「では、いったいなんだ？」

「これを」トリギーグルはノースに深紅色の革で綴《と》じられた薄い本を差しだした。「どうぞお読みください、だんなさま。お読みにならなければなりません。あなたさまが決めようとなさっていることは――」

「もう決めたんだ」ノースは言ったが、小さな本を受けとった。「これはいったいなんだ？」

「このためにわれらを呼びつけられたのだと思っておりました」トリギーグルが言った。

「ですから、ご用意するのが最善だと思ったのでございます。これを書かれたのはあなたさまのひいおじいさま、おじいさま、そしてお父上でございます」

「なるほど」ノースは嫌悪もあらわに言った。「マーク王のことは存分に書きつくされたんじゃないのか？　裏切りの話がわかれば、もうじゅうぶんだろう？　これを読んで、変人のおまえたちと同じように女嫌いになれというのか？　先祖のしたことは、おれにはどうしようもない。だがな、おれは彼らとは関係ない。なんの関係も。さあ、ここから出ていけ。おまえたち全員だ。キャロラインとおれは来週、結婚する。彼女に出す料理の皿に、くたばったニシンの気配を少しでも感じさせたら、おまえたち全員ののどを掻ききってやる。銃剣でおまえらの腹を串刺しにする。だれひとり、二度と息ができないようにな」

「これは、ご先祖さまやわれわれ一同の総意なのでございます、だんなさま」クームが言った。「ここ〈マウント・ホーク〉では、ひいおじいさまの時代から女性は暮らしておりません。どうか、われらの声をお聞きとどけください、だんなさま。まだ間に合います」

「ばかを言うな」

「ミスター・クームの言うとおりです」トリギーグルが言った。「ここで女性が暮らしてはなりません」

「これからはいいんだ」とノース。「もういい。出ていけ。おまえたちみんな」

ポルグレイン、クーム、トリギーグルはゆっくりとうなずき、書斎を出ていった。その背中をじっと見ていたノースは、やれやれと頭を振った。トリギーグルが足を止めた気配を感じ、頭を上げる。「お願いでございます、だんなさま、ナイティンゲール家の男子が書き残したことをお読みください。すべて真実でございます。ナイティンゲール家の男子にとってはとくに、真実こそが重い意味を持っているのです」

「ああ、ああ、わかった。読むさ。だが、読んでもなにも変わらんぞ」

「十六歳のときに、出ていかれるべきではなかったのです。あなたさまは物事の真理をおわかりになっておりません。理解されるべきです、どうして——」

「トリギーグル、おれの父がおまえの父親だったら、おまえだって家を出たさ。あんなとんでもない人間が——」ノースは口をつぐみ、自制心を働かせた。「もう行け、トリギーグル、行ってくれ」

「はい、だんなさま、ですがほんとうは、そうしたくはございません。わたくしたちはみな、あなたさまをお守りしたいのです。だれにも干渉されないところで、わたくしたちだけがいる幸せな場所で、あなたさまをお育て申しあげたいのです」

「早く出ていけ、ばか者」

「はい、だんなさま」

チルトン卿と向きあったフラッシュ・セイヴォリーは、前置きもなく言った。「ベネット・ペンローズはエレノア・ペンローズが殺される三週間ほど前、この近辺にいましたぜ。グーンベルにひそんでたようで。本名と〃ヨーク〃という偽名を合わせて使ってたよ。おそらくそのせいで、あなたが最初に彼女の死を調べたときは、ほとんどなにも出てこなかったんだろうよ、だんな。ベネット・ヨークのやつはうまく立ちまわろうとしたんだろうが、尻尾をつかんでやったぜ」

「すばらしいよ、フラッシュ。もし彼が犯人だとしたら、彼女が自分に金を——大金を遺したと期待してのことだろうな」

「そのとおり。ミス・キャロラインのことはまったく知らなかったんだろうな。知っていたとしても、あのベネットのやつは——いかにもああいう〃男〃のあいつは——ただの女に金を遺す人間などだれもいないと思ってたんだろう」

「そうすると、キャロラインは危険な状況にあるわけだが、それももう長くはない。おれたちが結婚してしまえば、彼女の財産はすべておれのものになる。そうすればあいつももう彼女を狙う動機がなくなる」ノースは背もたれの高い革の椅子にもたれ、目を閉じた。「それでもミスター・ファルクスの問題は消えない。この〈マウント・ホーク〉に長居してもらいたいとは、とても言えんよ、フラッシュ」

「解放すればどうだい、だんな。あなたとミス・キャロラインが結婚したら、もう解放するんだよ。そのときは、もしやつがあなたを殺したり、なにかがあなたの身に起きた場合、絞首台に首を横たえることになるぞと知らしめておいて」

「おまえも今回はいろいろと考えてくれたんだな、フラッシュ」

「ああ、あなたと同じくらい考えた、と僭越ながら言わせてくれ。それから船長にも話をしといた。ミスター・ファルクスに新たな人生を用意してやるのはやぶさかじゃない、だとさ」

ノースは思わずほほえんだ。「それなら、うまくいきそうだな。だが、まだ証拠はなにもない。血のついたはずのナイフ——犯人はナイフをどうしたんだろう？ 気の毒なドクター・トリースが一度だけなんとか凶器について話してくれたが、どこの厨房でもふつうに見られるような、ごくふつうのナイフじゃないかという話だった。釣り用ナイフでも狩猟用ナイフでもなく、特殊なものではなさそうだと」

「今晩、〈スクリーラディ館〉のミスター・ベネット・ペンローズの部屋に忍びこもうと思ってるんだ。われらが坊やはグーンベルで、仲間と一緒にまた飲んだくれてるだろうから。なにか出てこないかやってみるよ。それから、だんな、ミセス・フリーリーから聞きだしたんだが——彼女はかなりおしゃべりで——」フラッシュは一瞬間を置いて、得意げな顔をした。「ああ、じつは女たちにけっこうもてちまって。いや、とにかく、おかしな状況で亡くなったのはミセス・ペンローズだけじゃないって聞いたぜ。三年ほど前、ナイフで刺されて死んだ女がもうひとりいるって言うんだ。名前はエリザベス・ゴドルフィン。商人の未亡人で、ペランポースの近くに住んでたらしい。たいした力量のある女だったが、ミセス・エレノアのように裕福ではなかったと」

「ほかに似通った点は？」

「ミセス・フリーリーが、紳士を見かけたとか言ってたが、それ以上は思いだしてもらえなかった。今度あちらに住んでいる友人に会うんで、話を聞いてみるってさ」

「そうか、それならなにかわかりそうだな」

「ミス・キャロラインとのご結婚、おめでとうございます、子爵さま。彼女はすばらしい女性だ。生気と情熱にあふれて、おちゃめで。それに、あの話しぶり。いや、船長が言ってたが、船長がレディ・ヴィクトリアに振りまわされてるのと同じくらい、あなたも振りまわされるんじゃないかって」

ノースはうなった。それでも、猟犬を連れて荒野をさまようという行為が、もはや日常の筋書きのなかでそれほど大事なものではなくなった気がしていた。

「もうひとりの女が殺されたときにも、われらがベネット・ペンローズがこのあたりにいたのかどうか調べるよ。やつはずっとこの近辺にいたと、おれは思うんだが。当時、あいつはあなたくらいの年だっただろう、子爵さま。もしかしたら、彼女にたかって暮らしていたかもしれないし、あるいは……いや、まあ、調べればわかるな」

そして午前一時、ノースはベッドに入って上半身を起こし、トリギーグルに渡された薄い本を読んでいた。端的に言って、信じられなかった。男だけの館などというものは。当然、ノースも不思議に思ったが、子どものころに質問をすると、いつも父に手ひどい扱いを受けた。子どものころ母親のことを尋ねれば、あの女は身持ちの悪いふしだらな女だと教えられ、もう死んだのだ、自業自得だったと言われた。父親の言葉の意味は理解できなかったが、父親の怒りと苦々しい思いはよくわかった。母の死後、父親とともに〈マウント・ホーク〉にやってきた五歳を過ぎるころには、もう母のことは尋ねなくなっていた。ノースは頭を振り、うしろにもたれて目を閉じた。父親の書いた言葉が心のなかで焼けついているように思える。

〝ナイティンゲール家の男子は、いったん自分がよその男とはちがうということを理解すれば、彼らのようには苦しまぬ。わたしは父の言葉も祖父の言葉も信じてはいなかったが、いまならわかる。神々の名にかけて、彼らは正しかった。少なくとも、わたしには次世代のナイティンゲール家を継ぐ男子がいる。次代のチルトン子爵が。そして、あの恥ずべきあばずれはいなくなった。これですべてがうまくいく。ノースにはわたしが教えよう。わたしの言うことをノースが聞きいれ、信じることを神に祈ろう。わたしが通ってきたような道を、あの子が通る必要はない。あの子も後継者をもうけたら、ナイティンゲールの子をはらむ器として必要だった女を早急に追い払うのだ。自由になるのだ。われらのように、一瞬たりとも苦痛を味わうことなく。わたしの言うことを、あの子は信じてくれるだろう〟

この文章は、ノースが五歳のときに書かれたものだった。必死で当時のことを思いだそうとするが、浮かんでくるのは悲鳴と怒声と泣き声だけだ。女の泣き声。母の？　わからない。そのあと、彼はここに来た。あのとき、母は死んだと聞かされた。そしてそのあとは、来る年も来る年もみじめで、いまいましくて、恨みがましくて、とことん陰鬱だった。なにがあったのだろう？

祖父と曾祖父が書いた部分もめくっていくが、読んではいなかった。読んだのは父が書いた部分だけだ。だがそれで、もうじゅうぶんだった。

ぼう然としていた。

「だんなさま」

「ああ、トリギーグル、なんだ？」

「あの、だんなさま、昨日お渡しした本は読まれましたか？」

ノースは羽ペンを放りだし、デスク前の椅子にもたれた。彼は〈ガゼット〉紙と〈タイムズ〉紙に発表する、ミス・ダーウェント゠ジョーンズとの婚姻の予告を書いていたのだ。

「ああ、一部は読んだ。父の書いた部分は」

「そうでございますか」トリギーグルは言い、期待をこめて待った。愚か者ではないので、余計なことは言わずに。

「まったく父らしい文章だったよ――仰々しくて、女という種族を侮辱してわめきちらし、憤怒と苦痛をブランデーでまぎらわして自己憐憫《れんびん》に浸って。目新しいことはなにもなかった。しかし祖父の影響で、さらにたちが悪くなっていたな。ふたりとも情け容赦のない冷酷非道ぶりだったことは覚えているよ。だれもかれもを嫌ってサディスティックで、少しばかり残されていた正気さえもあきらかに失っていた」

「だんなさま、じつのお父さまですよ！」

「けがれた異常者だ、トリギーグル！　あんな男、軽蔑することしかできない。いや、こんな話はもういい。四日後にはチルトン子爵夫人が〈マウント・ホーク〉で暮らしはじめるのだからな。いったい、どれくらいぶりだ？　さしものおまえでも答えられないんじゃないか？

　おれは、五歳までは〈マウント・ホーク〉で暮らしていなかったんだな。母が亡くなり、ここへ連れてこられた。母は、どうして結婚しているときにここで暮らしていなかったんだろう？　ああ、なにも言うな。もういい。父に仕えていたおまえからは、ろくな言葉が出てこないだろう。だが、おれの妻は、忌まわしい愛人であるかのようにロンドンに隠しておくつもりはないし、朽ち果てそうな別邸に押しこめておくつもりもない。おれと同じで、ここが彼女の家になる。それが受けいれられないというのなら、トリギーグル、おまえでもほかのだれかでも、ここを出ていくがいい」

「だんなさま、わたくしたちはあなたさまをお守りするためにここに残ります。あなたさまのご要望と願いを聞き届けるために」

ノースはため息をついた。「言い方が悪くなってしまったな。だが、もうこれ以上の話はない。行け、おれはこの仕事を片付ける」

小さな執務室から召使い頭がのろのろと出ていくのを、ノースは見ていた。まったくばかげているが、彼ら男の召使いどもは、先祖の主張を一言一句、信じこんでいる。あきれるほどつらい過去にがんじがらめになっている。

そのとき、衝撃を受けながらも興味津々だったキャロラインの顔が浮かんだ。浜辺で彼女にスカートとペチコートを持たせ、彼がその身にふれていたときの表情が。顔をほころばせたノースは、自分の手がわずかに震えていることに気づいた。おれはかならず彼女を守る。すべてうまくいく。おれは夫になる。本心から望むなど考えたこともなかったが、いつでも求めるときにキャロラインとベッドをともにできるというのは、もちろんすばらしいことだった。彼女は愛らしい。熱い心を持っている。そして彼も、これまでの人生で求めたどの女より彼女がほしい。女なしで暮らす人生、情婦を持たねばならない人生、地元の女で体をなだめる人生――いままでまるで病原菌のように毛嫌いしていたが、そんな自分とはもうおさらばだ。

その瞬間、彼は初めて気づいた。孤独を求める自分が、あまりにも長いあいだつづけてきた生き方に心から疑問を抱いたのは、これが初めてだと。絶え間ない苦痛や、父親の人間不信、とくに女に向けられた不信感から生まれた垂れ流しの怒りに、自分はずっと縛られていたのだ。ノースは多感な時期を通してずっとそんな言葉を胸に刻みつけられ、自分には他者など必要ないと信じこむことで、裏切られる可能性からただ目をそむけていた。人生とはどういうものなのか、わかっていないことに彼は気づいていなかった。喜びも、悲しみも、失望も、自分ひとりの力ではたぐりよせることさえできなくなっていた。だがキャロラインがそのことに気づかせ、教えてくれた。

彼は、そんなキャロラインの夫になる。

これからは一生、笑っていられるだろう。

19

耳をつんざくような悲鳴に、キャロラインはベッドでがばっと跳ねおきた。上掛けをはねのけ、ガウンをつかんで次の瞬間には廊下に出ていた。

また悲鳴。ただし今度はくぐもった、聞こえないほどの小さな叫び声になっていた。ああ、なんてこと、アリスの部屋からだ。キャロラインは廊下を走り、足を止めてひと息ととのえると、ドアを勢いよく開けた。

ろうそくが一本だけ、アリスのベッド脇の小さなテーブルで灯っている。アリスはひとりではなかった。悪い夢でもない。たしかにそこにはベネットがいて、彼女にのしかかり、腹を彼女に押しつけていた。アリスは半狂乱になってもがいている。

ベネットは片手を引き、アリスを強くぶった。「黙れ、このあばずれ、静かにしないか。こういうことが嫌いなら、その腹に赤ん坊ができるわけないだろ。黙ってぼくの言うことを聞け」

「いや」アリスが弱々しく言い、なおももがく。

「ベネット！」

彼の動きがいっさい止まった。ゆっくりと、キャロラインのほうを振り返る。彼女はガウン姿で、豊かな髪は乱れきっている。わけがわからないというように、ベネットはかぶりを振った。「キャロライン？　こんなところでなにをしてる？」

「なんですって、酔ってるのね、このけがれた豚野郎が。彼女から離れなさい」

「なにを言う、ここにいる娘はぼくのものだ。一日じゅう、この娘がどんな目でぼくを見ていたか、知らないんだろう。今夜はここに来てくださいとすがるような目だったぞ」

キャロラインは、いま銃を持っていないのが悔やまれたが、持っていないのだからそれでどうにかするしかない。

足載せ台——美しいつづれ織りのカバーでくるまれた、かたいオーク材の足載せ台をつかむと、高く持ちあげ、静かな声で言った。「ベネット、聞きなさい。さあ、こっちを向いて」

「出ていけよ、キャロライン。それとも、次は自分を抱いてほしいのか？」言葉が口からもれるや、ベネットは凍りついた。「やめろ」彼はあわててアリスから身を引いたものの、間に合わなかった。「おい、キャロライン——」

彼女はベネットの頭めがけて力のかぎり足載せ台を振りおろした。一歩うしろに下がり、彼がアリスから転げおちるのを眺める。アリスは彼が自分の上に落ちてこないよう、彼を押しやった。

「ああ、ミス・キャロライン、誓って言います、わたしは彼にここに来てほしいなんて言ってません、ほんとうです、ああ、ミス——」

「しいっ、アリス。この礼儀知らずが死んでるかどうか、確かめさせて」キャロラインはひざをつき、ベネットの心臓に手のひらを当てた。「死んでないわ、残念ね」そう言ってアリスを見あげる。血の気が失せ、緊張して震えているアリスは、子どものように見えた。「アリス、乱暴された？」

アリスはかぶりを振った。三つ編みからほどけた薄茶色の巻き毛が、ほっそりとした顔のまわりで揺れる。「ぶたれて、体を押しつけられただけです」

「悲鳴が聞こえて、一目散に駆けつけたのよ」

「わたしは抵抗しないと思ってたみたいです。わたしが悲鳴をあげるとも思ってなかったようだけど、わたしは大声を出してしまって。でも彼は頭に血がのぼってて、やめてくれませんでした。わたしにひどい言葉を投げつづけて。司祭さまみたいに」

「ええ、わかってるわ」キャロラインは言った。突如、猛烈な怒りが湧き、ベネットの脇腹を蹴りつけた。「ミスター・プランベリーもいまここにいればいいのに。しこたま蹴りつけてやるのに。「ほら」とひとこと。「これで少しはすっきりするでしょ」意識を失ったベネットの体をまたぎ、ベッドの片側に腰をおろすと、アリスを抱きしめた。「ほら、だいじょうぶ。もうこんなことは二度とさせないわ。約束する。あなたも蹴りたい、アリス？」

アリスは泣きやんだ。身じろぎもせず固まっていたが、つとキャロラインから体を離した。

「蹴るんですか?」

「そうよ、こいつがあなたにしようとしたことの仕返しに」

アリスはひどく不安げな顔をしたが、突然、にっこり笑った。「ええ、そう」と口にする。

「そうですね」するりとベッドをおり、ベネットを見おろすように立つと、力いっぱい彼の脇腹を蹴りあげた。

「もう一回どうぞ、アリス。いい気味なんだから」

アリスがもう一度蹴りあげて、今度はこう言った。「あ、あの……あの、すごくいい気分です、ミス・キャロライン。自分の足が痛いくらい蹴っちゃった」

「なんなんだ、いったいこれはどうしたんだ? キャロライン!」

オーウェンだった。あまりに急いで来たのか、むきだしの脚のまわりでガウンがひらめいている。「ベネット! とんでもない野郎だな、こんなやつ――」

「いまはなにもしないでちょうだい、オーウェン、落ち着いて。こんなに早く駆けつけてくれてありがとう。あら、イヴリンとミス・メアリー・パトリシアも」

ふたりはもう少しゆっくりとやってきた。大きくなったおなかで走れないのだ。

「まあ、なんてこと」イヴリンがひと目で事情をのみこんだ。「ああ、おちびさん、なんてことなの」

「だいじょうぶよ」とキャロライン。「彼女ならだいじょうぶ。情けないベネットの脇腹に強烈な蹴りを二発、お見舞いしたところだから。そうよ、アリスならだいじょうぶ。でも、ミス・メアリー・パトリシアにあたたかいミルクを持ってきてもらおうかしら。気分を落ち着けてもらって、わたしたちまで蹴りあげたくならないように」

アリスはくすくす笑った。自分に乱暴しようとした男が床に転がっているというのに、彼女は笑っている。キャロラインはうれしくて、小躍りしそうだった。

「ええ、それがいいですわね、ミス・キャロライン」ミス・メアリー・パトリシアが言った。

「オーウェン、ベネットを彼の部屋まで引きずっていってくれないかしら。あら、いやだ、彼の頭に血が。ドクター・トリースを呼んだほうがいいかしら?」

オーウェンとしては、絞首刑執行人しか呼びたくない気分だった。だがキャロラインは自分が殴りつけた傷から流れる血を見て、かぶりを振った。「ドクター・トリースを呼んでちょうだい。この〈スクリーラディ館〉でベネットに死なれたら困るわ。だってね、オーウェン、彼を殴ったのはこのわたしだから、絞首台に上がるとしたらわたしなんですもの」

「放っておけよ、キャロライン」

「もう一度、蹴らせてください、ミス・キャロライン」アリスも言った。

「だめよ、これ以上はちょっとね」

キャロラインとオーウェンはふたりしてベネットを彼の部屋まで引きずっていき、ベッドに寝かせた。キャロラインが頭の傷にたたんだ布を当てるあいだに、オーウェンは手早く着替えた。「できるだけ早く戻ってくる。そいつが目を覚ましたら、また殴っておいて」

キャロラインはにんまりと笑ったが、笑うにはお粗末な理由だった。オーウェンが出かけると、彼女はベネットを置いてアリスのもとへ行った。イヴリンとミス・メアリー・パトリシアがふたりがかりでアリスをなぐさめ、ミルクを飲ませ、髪をなで、あなたはとっても強いわ、あのろくでなし男を見事にやっつけてやったわね、と声をかけていた。

「あの人、死んだんですか、ミス・キャロライン？」イヴリンが訊いた。

「いいえ、死んでないわ。ベネットもかわいそうな男なのよ。酔っぱらって。明日の朝目が覚めたら、最悪の頭痛に襲われてることを祈るわ。脇腹はとんでもなく痛むでしょうね。さあ、もうこのことは心配しないで」そう言ったものの、キャロラインの心配はやまなかった。ベネットがここにいるかぎり、いつでも同じことをくり返す可能性がある。

彼女は頭を振った。「悲鳴が聞こえて、ほんとうによかったわ、アリス。大きな声を出してくれたものね」

「でも、ほんとうはそんな大きな悲鳴でもなかったんです、ミス・キャロライン。ただ口をふさがれる前に声を出せただけで」

キャロラインは目を丸くした。「でも、同じ部屋で聞いたかのようにはっきりと聞こえたのよ。ほんとうに聞こえたの、アリス。すごく大きな声だった」

「いいえ、ほんとうなんです。だから声が届いてよかった。でも、わたしの声は小さなネズミのキーキー声くらいしかなかったと思うんですけど」

どうしてそんなことが起きたのか、話してくれたのはベス・トリースだった。そのときドクター・トリースはベネットの頭の傷を縫っていた。「エレノアから聞いたんですけど」ベスは落ち着いた声で言いながら、流れる血を押さえていた。ドクターはベネットの頭皮に針を入れては抜いてをくり返す。キャロラインは目をそむけていた。

「部屋の裏側には、いくつか部屋と部屋をつなぐ通路があるんだそうです。なかでもアリスの部屋とあなたの部屋をつなぐものが主な通路だそうで。煙突も、音を大きくするトンネルのようなものなんですって。ほら、中空になっていて、通路にもつながっているから」

「つまり、ものすごい悲鳴に聞こえた声も、ほんとうはアリスがちょっとばかしの声を出したにすぎなかったと」

「そうなんです。そのふたつの部屋をつないだのは、先代のペンローズ当主の祖父が本妻のほかにお妾《めかけ》さんを囲っていたからだそうです。奥方をロンドンにやって新しい衣装をつくらせるあいだ、通路をつくって、愛人を家庭教師として邸に入れたと言われています。戻ってきた奥方はそんなことも知らず、新しい衣装をそろえて誇らしくて。当時、奥方の寝室は東の棟のいちばん奥だったとか」

「まあ、なんてことかしら」

ベス・トリースは笑ったが、それでもベネットの頭や顔についた血をきれいにすることは忘れていなかった。「わたしが思うに、奥方は愛する夫がしたことに気づいていたんじゃないでしょうか。だってそれから毎年、彼女はロンドンに出かけて新しい衣装に散財していたそうですから。ご当主はなにも言わなかったとか」

キャロラインも一緒に笑った。

「こら、ベス、それがほんとうかどうかも、わからないだろうが」ドクター・トリースが縫い目を結んでベネットの頭を軽くたたき、包帯を巻きはじめた。「長年、寒い冬のあいだの夜話《やわ》として語り継がれてきた小話のひとつにすぎない。おや、目を覚ましそうだな。もっと早く気づけばいいものを。針の痛みを少しは味わわせてやりたかったが」

「ベンジャミン兄さん、医者のくせになんてことを言うの」

「ふん、酔っぱらいに、自分のしようとしたことを思い知らせてやらないとな」

ベネットはうめき、身をすくめようとした。ドクター・トリースが言う。「じっとしてろ。もう終わる。そうだ、声くらい出してもいいが、動くなよ」

処置がすむと、ベネットは視線を上げて、ベッド脇にたたずむキャロラインを見た。「きみは」痛む頭にそっと指先でふれながら口をひらく。「あの足載せ台で殴ったな」

「もし銃を持っていたら、撃ってたわよ。とんでもなく情けない男ね」

「聞いてくれ、キャロライン、あのあばずれが誘ってきたんだ、だからぼくは――」

キャロラインは暖炉の前のウイングチェア前に置かれた足載せ台をつかむと、頭の上に振りあげて振り返った。「なに、ベネット?」

足載せ台を目にしたベネットは、肩をすくめた。「わかったよ。ひとりにしてくれ。くそ、脇腹が焼けるように痛い」

ドクター・トリースはアヘンチンキを使おうとは言わなかった。数日は安静にしておけと言っただけだった。「酒も女もおあずけだ」指示が飛ぶ。「どっちも、感染症の危険がある。感染症が脳に来たら、命に関わるぞ」

「見事な手腕ですね」廊下に出てから、キャロラインがドクターに言った。

「ああ、まあね」ドクターがくっくっと笑う。「さて、キャロライン、今度はきみの診察だ」

「わたし? わたしはなんの心配もいりません、ドクター・トリース。診ていただきたいのはアリスです」

「きみの状態を確かめたら、アリスも診よう。アリスのところにはベスを行かせておくよ」

ベスは笑みを返しただけで、アリスの部屋へと廊下を進んでいった。

「さあ、お嬢さん、こちらへ」

ふたりでキャロラインの部屋に入ると、ドクターはベッドに座るよう彼女に言った。そして聴診器を当てたが、それだけだった。とくに診察という診察もしなかった。ドクターはベッド脇で背筋を伸ばすと、前置きもなしに言った。「きみも同じだろうが、今回のことではわたしも胸を痛めている。そして明日、きみはノースと結婚する。そうなると——」

キャロラインは片手を上げ、笑みを浮かべてドクターの言葉を制した。「ご心配には及びません、先生。自分のしていることはわかっています。だいじょうぶ。ちなみに、アリスもわたしもベネットの脇腹をしたたか蹴りつけてやりました。あんなに痛がって、いい気味です」

声をあげて笑うと、キャロラインはドクターを抱きしめ、頬にキスをした。「心配なさらないで」

ベス・トリースがドアの向こうから声をかけた。「アリスはだいじょうぶです。痙直《けいちょく》もなく、少し気が張っているくらいで。それはしかたありませんわ。気付け薬を出しますか？」

「いや、ミルクにアヘンチンキを一滴落とすだけでいいだろう。そうすればすぐに眠れる」

ドクターと妹が帰ったあと、キャロラインはすっかり目を覚ましたミセス・トレボーを従え、玄関と一階のすべての窓の戸締まりを確認した。「まあ、ミスター・ペンローズはここに住んでいて、玄関の鍵も持っているんだから、無意味だとは思うけど」キャロラインが言う。「でも、これで少しは気がすむから」

キャロラインはミセス・トレボーをやすませた。アリスをベッドに入れ、ミス・メアリー・パトリシアとイヴリンを部屋まで送った。自分の部屋に戻ってすみやかにドアを閉めると、深い息をついた。のびをして首のうしろをもむ。疲れが押しよせてきた。ガウンのベルトをほどこうとしたとき、背後で男の低い声が響いた。「脱ぐのは待ってくんな、ミス・キャロライン」

きびすを返して目を丸くした彼女は、心臓を手で押さえた。「ああ！　びっくりした！　フラッシュ・セイヴォリー、どうやってここに入ったの？」

「ああ、しばらく前から入ってたんだが。善良なドクターが勘違いしてはいけないんで、姿を見せなかった。ベネットの部屋を調べるために来たんだけど。あなた、ベネットを殴ったね、キャロライン。まちがいない？」

「ええ、あいつったらアリスに乱暴しようとしたの。まだ十四歳なのに。フラッシュ、あの子はまだ十四歳なのに、赤ん坊を宿して。あの子にはベネットの脇腹を思いきり蹴らせてあげたわ。それで少しは気持ちがすっきりして、元気になったみたい」

「それはいいことをしたなあ。それで、オーウェンはどこに？」

「オーウェン。そうだわ、ドクター・トリースを呼びにやらせて、忘れていたわ。ここにいないの？」

「おれは見かけなかったけど」

キャロラインはゆがんだ笑みを見せた。「どこにいるか、わかったわ。いいえ、もう聞こえてきた――」

言葉を切り、聞こえてくる複数の男の声に大きな笑みを浮かべた。

「子爵さまをお連れしたようだな」フラッシュが言った。「頭のまわる青年だ、あのオーウエンは。あなたの婚約者どのは声がとがってるね」

ノースはとがっているどころではなかった。キャロラインの部屋のドアを勢いのままに開けた彼は、大きく乱れた髪が顔のまわりや背中にはらはらとかかっているガウン姿の彼女を目にした。思わず声を張りあげる。「いったいなにをやっているんだ、キャロライン・ダーウェント＝ジョーンズ？　まったく、一時間と目を離すときみは厄介ごとに巻きこまれて、おれは三十にもならないうちに髪が白くなりそうだ。ああ、おまえか、フラッシュ？　キャロラインの部屋でなにをしている？　まさか、おまえ――キャロラインに指一本……」

キャロラインは高らかに笑い、彼にまっすぐ歩みよって背中に抱きついた。とはいえ、ノースが両腕を上げて抱きかかえすのに一瞬の間はあったのだが。

「だいじょうぶよ、ノース。すべてうまくいくわ。オーウエンったら、あなたを呼びにいくって言ってくれればよかったのに。そうしたらやめさせたのに。でも、来てくれてうれしいわ。まあ、まだ息が荒いわよ」彼女がキスをした。フラッシュとオーウエンの目の前で、やさしいキス、ほのかなキスを。しかしそれでもノースにとっては雷に打たれたようだった。

彼はキャロラインの両腕をつかみ、彼女を自分から離した。「なにがあったのか、話してくれ。それから、この男がきみの部屋でにこにこしてなにをしているのかも」

「わかったわ。階下《した》へ行きましょう。ブランデーをお出しするわ」

ブランデーを二杯といくつもの質問のあと、ノースはようやく納得した。暖炉のそばに立ち、眉間にしわを寄せて自分のブーツを見つめながら言った。「行こう、フラッシュ。あのいまいましい野郎の部屋をふたりで捜索だ。なにか出てきたら、やつを窓から投げ捨ててやろう」

「その計画に大賛成だ」フラッシュは言った。「あの卑劣漢は、ここの小さなお嬢さんを痛めつけようとしたんだ」

「ぼくも手伝います」オーウェンが言った。

「いいだろう、オーウェン。キャロライン、きみはもうやすめ。まったく、六時間後には結婚式だぞ。式のあいだ花嫁がいびきをかかなきゃいいんだが。というより、そのあとが問題だ、少なくともおれたちが――」

「ノース!」

フラッシュ・セイヴォリーはただにやにやしているだけだ。「船長はいつもレディ・ヴィクトリアが恥ずかしがるようなことを言ってるぜ。それで奥方はわめきかえして、赤くなって、ときには船長の腹にパンチをお見舞いしたり、ね」

「いまの聞いた、ノース？ 気をつけたほうがいいわよ。あなたも、あなたのとんでもないことを言うその口も」

「ああ、キャロライン、きみは――」

「ノース、黙ってて」

フラッシュとオーウェンとノースはたっぷり三十分ほどベネット・ペンローズの部屋を探っていた。ベネットのいびきしか聞こえない部屋で、彼のイブニングシューズの下になっていた小さな正方形の箱を、フラッシュが見つけた。「おやおや、これはなんだね？」

ノースはフラッシュから箱を受けとって開けた。「手紙だ」とひとこと。「少なくとも半ダースはあるな」一通取りだし、一枚の便せんを広げた。「なんてことだ」とつぶやく。「こんなこと、信じられない」ノースはさらに悪態をつき、失意と失望のあまり、音をたてて床を歩きまわっていた足を止めた。

フラッシュが便せんを取り、目を通して、深くため息をつく。「はあ、これで多かれ少なかれ、おれたちが目星をつけていたやつは対象から外れるわけだ？」

「ああ」ノースが言った。「くそ、エレノア・ペンローズが亡くなったころ、やつはロンドンにいたという証明になる。もしこの手紙を信用するのなら。いや、信用するしかないんだが」

「彼はいかにも怪しかったんだがね」フラッシュが言う。「やつに望みを託してたのに」

「これからどうします、子爵さま？」

「帰って寝るよ、フラッシュ。明日は結婚式だ」

20

翌朝きっかり十時、〈マウント・ホーク〉の客間にて、トゥルーロからやってきたホートン司祭が、ペンリス男爵でありチルトン子爵であるフレデリック・ノース・ナイティンゲールと、ミス・キャロライン・エイデン・ハンダーソン・ダーウェント＝ジョーンズをめあわせた。その間《かん》、きっかり八分三十秒、後半の五分三十秒は、ずっと目をつむっていた。ホートン司祭が祈りの言葉を捧げていく。まずはアダムとイヴの結婚を象徴的な言葉で讃《たた》え、ついて自然と、その場で行なわれている婚姻の儀への賛美とキリスト教的意義を唱え、さらにノースとキャロラインの子孫という未来にまで話は及んだ。神が定めたもうたのであれば、その子孫もまちがいなく、先祖と同じく高潔な夫婦になるのだそうだ。キャロラインは、早くもだれかの祖先となった自分と、とうの昔に死んだチルトン家のだれかとのはざまでわけがわからなくなってきた。いや、それとも、遠い未来にすでに死んでいるだれか、なのだろうか？

ホートン司祭は手続きが適切に完了したと見るや、キャロラインとノースに穏和な笑みを見せ、祝福を受けたこの男女の結びつきに異議のある者は前へ出よと申し渡した。ミスター・ファルクスを含め、動く者はだれもおらず、みながほっとした。司祭の最後の祝福が終わると、ようやくキャロラインはぼんやりとした状態から醒《さ》めてきた。たった三分ほどの導きの言葉、そしてあとは、無数の世代の幸せな結婚を祝ってきたのと同じ祈りの言葉を聞いただけで、自分の人生がまるきり変わったことに、彼女はぼう然としていた。

ホートン司祭が聖書を閉じてうなずくと、ノースはキャロラインにキスをした。慎み深い、短すぎるほどのキスだった。

〈マウント・ホーク〉の使用人――ひとり残らず男性――は客間の片側に並んで立っている。そして〈スクリーラディ館〉の住人――馬屋番のロビン以外はすべて女性――は反対側に並んでいる。地元の人間も来ていたが、なかでも目立ったのはミセス・フリーリー、ミスター・ピーツリー、トリース兄妹、ミスター・ブローガン、そしてカーステアーズ夫妻だった。ミセス・フリーリーは思慮深く口に手を当てて話していた。キャロラインのドレスの感想。おしろいの白さ。若いふたりの結婚の早さ。花嫁の棒きれのような細さ。やせているのはいいことよね？　ノースもキャロラインも、ほかの参列者と同じく一言一句もらさずに聞いていた。

キャロラインは、少なくともドレスの感想には喜んだ。アイボリー色のやわらかなサテンのドレスはシンプルでエレガントで、胸の下でドレスよりも少しだけ色の濃いリボンが結んである。同じリボンとやわらかな白いバラが編みこまれた栗色の髪は、客間にふりそそぐ澄んだ日射しを受けて、純潔のまばゆい輝きを放っていた。胴着は胸もとが大きく刳《く》ったデザインで、開いた部分はアイボリー色のリネンの胸飾りにおおわれている。ベールは顔にまではかかっていなかった。花嫁はすっきりと背が高く見え、輝きを放ち、笑顔で瞳はきらめき、夫を見るたびに胸をどきどきさせているのは一目瞭然だった。

「恋愛結婚ですって」ヴィクトリア・カーステアーズは夫に言いながら、ノースが花嫁から視線をはずして祝福の言葉を受けはじめる様子を眺めていた。「すてきね」

「ノースのほうは、あえて言うなら〝色ぼけ婚〟かな」ラファエル・カーステアーズが返した。「花嫁を見ると、瞳の色が黒に近いくらい深くなる。かわいそうに、あの花嫁さんは今夜はあまり眠れそうにないな。いや、これから一年かそこらはずっとそんな調子かも」

「どうせ、ノースの瞳はふだんから黒に近い色でしょ」ヴィクトリアは赤ん坊の宿る、まだ平らな腹部に軽く手を当てた。「あなたって鈍感なのよ。それに、いまだにわたしをあまり眠らせてくれないでしょ。それはただの男の〝色ぼけ〟じゃないって、あなた言ったわよね。わたしが好きで好きで、大切だからって。台座までつくってわたしを週に二晩はそこに座らせて、あなたは身をかがめてわたしを崇めて――」

「いやなことを言うな、ヴィクトリア。気をつけろ。昔もいまも、当然、おれはおまえを見るとぞくぞくする。そういう感覚はわかるんだ、男ならだいたいだれでもな。いいことじゃないか、それで男の人生はたいていもっと楽しくなる。妻が妻のあるべき場所にずっといてくれれば、おまえもその場所を忘れないだろう?」彼は盗賊ばりの笑みで妻を見おろした。

「すてきだもの」とヴィクトリア。「ノース・ナイティンゲールは」

「並よりちょっと上くらいだ。おれにはどうってことない。おまえはおれに、コーンウォールでいちばんすてきだと言ったじゃないか。デヴォン州でもいちばんだと」

「そうだった?　忘れちゃったわ。ああ、でもノースときたら。あの白い歯。それにあの筋肉。引き締まって、かたそうで――」

「ヴィクトリア・カーステアーズ、いまの言葉を後悔するようなことをしてほしいのか?」

妻は夫を見あげ、セイレーンも顔負けの魅惑的な微笑を浮かべた。「ええ」

夫は長々と妻を見つめ、悪態をつくと、新郎新婦を祝いに行った。

キャロラインはノースを見あげた。彼が自分のものに、自分だけのものになったなんて。しかもそれが、オーウェンが病気になって、助けてもらおうとドーチェスターの宿の酒場に入っていったら、偶然、彼がそこにいたからだなんて。そんな行き当たりばったりの偶然で人生が揺らいで変わるなんて、こわいくらいだ。ああ、でも今回ばかりは、最高の偶然だった。彼がとうとう自分のものになった。たったの八分三十秒で。

彼の横顔を見る。ラファエル・カーステアーズの言ったことに、彼がほほえむ。そのまっすぐな鼻にふれたかった。彼の唇があまりに美しすぎて、息ができなくなるまでキスしたい。

指先と自分の舌で、彼の舌にふれたい。その熱を感じたい。味わいを確かめたい。彼のにおいを吸いこみたい。ふと、自分が浜辺に立ってスカートとペチコートを持ちあげ、彼はひざをついてその唇で彼女にふれ、愛撫しているところが頭に浮かんだ。ああ。あれはすごかった。またあれを、彼がせずにいられなくなってくれないだろうか。キャロラインは身震いし、おかしな薄笑いを浮かべ、夫になったばかりの人をまたつぶさに観察していった。あごは引き締まって頑固さを感じさせるが、彼女にとっては望むところだ。彼はなにかにつけ引きさがるような男ではない。手ごわい相手のほうが彼女も燃えるたちだった。

「キャロライン」

「はい?」

「どうした?」

「あら、ノース。あなたを見て考えていただけ。あなたとならすばらしいけんかができそう、って。じつを言うと、その前はほかのことを考えていたんだけど、こんな客間でそれを口にするのはとんでもないことだから。そうね、わたしたちはきっとすてきなけんかができるわ」

「つまり、きみが思い描くおれたちの未来は、そういうものなのか? きみはそれでうれしいのか?」

「あなたは強くて頑固だわ、そのあごを見ればわかる。わたしに蹴られて倒れるような人じや、わたしはいや。あなたはわたしがこうあってほしいと思うとおりの人よ」

「ありがとう、そうなのかな」ノースは身をかがめ、彼女の唇に羽根のようなキスを落とした。「少なくとも午餐《ごさん》が終わるまで待たなくちゃならない。理不尽だ。もうきみと結婚して、法にもそむいてないのに、まだ待たされるとは。きみの言ったほかのことって、なんだったんだ？」

キャロラインはうふふと笑った。「浜辺でするようなこと、とだけ言っておくわ。ねえ、もしわたしのことを心から思ってくれるなら、急な差しこみを起こして、みんなが納得するくらい顔面蒼白になって、ここから失礼したいって言ってもいいわよ。それであなたは当然、つらそうにしているわたしをひとりにしておきたくない、ということで。わたしについていてスープを食べさせ、汗の浮いた眉をぬぐってくれるの。どう思う？」

ノースは彼女をじっと見つめた。熱い視線を妻の顔にそそぐ。「きみは、おそろしいことを考えるんだな」

「すばらしい思いつきじゃない？」

ノースが声をあげて笑った。心から自然にこみあげた笑い声。トリギーグルは同僚に向き、暗い声で言った。「いまの声を聞いたか、ミスター・ポルグレイン？　ミスター・クーム？　あの方が笑っている。ナイティンゲール家の男子はめったに笑わないというのに。とくに婦人の言ったことになど」トリギーグルは深々とため息をついた。「わたしの知るかぎり、ご主人のお父上は生涯、一日たりとて笑ったことがなかった。ご自分の前でおそれ多くも笑った人間には、つばを吐きかけていた。罵倒していた。ああ、まったくいやな日だ」

「あの娘は破滅のもとだ」とポルグレイン。

クームが身震いし、耳のすぐ上の薄い毛を引っぱり、さらに頭頂部のはげたところに浮いた汗を押さえた。「少なくともしばらくは、あの娘がここにいるのをがまんせねばなるまい。が、少々どころではなくなったら？　それはまずいだろう、おのおの方。無理というものだ」

「みなで耐えるしかない」トリギーグルが言った。「あそこにいる身ごもった娘たちを見ろ。ああやって整列して。あんな姿を見るだけで心が痛む」

「午餐が終われば、彼女たちはミスター・オーウェンが〈スクリーラディ館〉に連れて帰るさ、ミスター・トリギーグル。心配するな」とポルグレイン。「あと数時間くらい、あの娘たちとその苦難も見ていられる。おお、厨房に戻らなくては。しゃくにさわるが、シャンパンでパンチをこしらえたんだ。ロンドンの名士たちの結婚式でふるまわれたパンチに負けるわけにはいかんからな」

「われわれには、とんとなじみのない仕事だよ、ミスター・ポルグレイン、いやはや」トリギーグルがまた深々とため息をつく。「客の腹を満たし、満足げなげっぷを聞いてやろうじゃないか。〈マウント・ホーク〉の男はなにもできない、苦労してもなにもうまくいかない、などと言わせたくないからな」

「だんなさまが彼女と結婚したとは、いまだに信じられない」クームが言い、いまやレディ・チルトンとなり、〈マウント・ホーク〉の女主人となった若き貴婦人を見た。「彼女をものにしたいと思ったにせよ、結婚までする理由はないだろう。ベッドに引きずりこんで、すぐに放りだせばすむことだ。それなのに、われわれはこれから毎日、彼女の存在に苦しまなければならなくなった」

「ああ、だがそもそも彼女は貴婦人だからな。まあ、ほとんどの奥方がそうだが、じきに変わるさ」ポルグレインが言う。「ほかの女たちと同じように。そして、すぐに出ていくさ、まあ見ていろ」ひと呼吸。「忘れたか？　先代は、奥方を一度しかここに連れてこなかった。だがその一度で物事の道理を理解され、すぐに奥方を追いやられた」

「まあな、だが忘れるな。あのときは先々代がまだ生きてここにおられた。先々代は彼女をここに住まわせるつもりなどなかった。事実、先代が歯向かわなかったら、先代の奥方は一日たりともここを訪れることはなかっただろう。しかしいまのご主人さまはどうだかわからない。先代たちの日記を読んでもなお、ばかばかしい話だと思っておられる」

「いまにおわかりになるだろう」クームがまたもやはげ頭をたたいた。「お気の毒だがまだ若いのだ、いまにおわかりになる。わたしは父から聞いたナイティンゲール家の男子の話を、いまでもぜんぶ覚えているよ。われわれはまだ運がいい。当家の主は男子を残そうと心を砕いておられるのだから。よそからもらい受けるのではなく、直系の血を残そうとな」

「かろうじて間に合う程度だが」とポルグレイン。「ぎりぎりだ」

「なんとかなるさ」またトリギーグルが言った。「やることは山ほどあるが、てきぱきと優雅にこなしていこう。まったく、娘たちはみな、いっぺんに子持ちだ。アリスという娘など、本人もまだ子どもだというのに。ぞっとする、耐えられん」

「すばらしい、言い得て妙だ、ミスター・トリギーグル」クームが言った。

オーウェンは昼近くなった客間の隅の暗がりで、ぎこちなく父親のかたわらにたたずんでいた。短い式のあいだに、父親がノースに飛びかかるのではないかとひやひやしていた。しかし父親は大きな椅子のうしろから動くことはなかった。が、激怒していた。目の奥にどす黒い憤怒が渦巻いている。それはかつて、ずっと自分に向けられていたものだ。しかし父はなんとか口をつぐんでいる。なにもしていない。ありがたいことに、まだなにも。両手を体の脇で握りしめることさえしていない。おかしなものだが、父は老けこんだように見えた。なんとなく縮んだような気がする。ミスター・ブローガンも近づきながら、暴力沙汰を起こす兆候がないかとじっくりうかがっていた。

「もし」ミスター・ブローガンが言った。「わたしはこのたびレディ・チルトンとなられた、元ミス・ダーウェント＝ジョーンズの弁護士です。子爵さまより、あなたと率直にお話しするよう仰せつかりまして。つまりは、現在、彼女の財産をすべて管理されているのは子爵さまでですので」

「長くはもたん」ミスター・ファルクスはうなり声にも似た声音で答えた。「いまに見ているがいい、あの出しゃばり男め」

「父さん」オーウェンが言う。

「黙れ、腰抜けが。おまえなど役立たずで恩知らずのクズだ。弁護士先生、あんたも、やってくれたぶんの礼はしてやるからな、なんたって――」

ミスター・ブローガンはホートン司祭並みの落ち着きはらった態度で割って入り、余裕たっぷりにつづけた。「この封筒はあなた宛てです。レディ・チルトンになにをしたか、あなたの策略と陰謀がすべて詳細に記されています。ありがたいことにすべて失敗に終わりましたが。内容はチルトン卿夫妻とあなたのご子息オーウェン・ファルクスによって立証されております。いまや、ノース・ナイティンゲールの身になにか起きた場合、あなたはただちに監獄行きとなり、まちがいなくあなたの首は絞首台に送られ、まもなく死ぬことになる。つまりおわかりのとおり、チルトン卿がお元気でおられるほうがあなたも得策だ。それに、わずかにあなたが絞首刑を免れる可能性ができても、あなたが得られるものはなにもない。チルトン卿の資産は妻に遺されることはなく、友人であるチェイス伯爵のものとなります。おわかりになりましたか」

「なんというばかげた話だ、そんなことは嘘だ。わたしは彼女の血縁者だぞ。血縁者と無関係に彼女の財産が動くはずがない。異議を唱えれば、かならず勝つ」

「ああ、ですが、子爵夫人は異議を唱えることなど考えておりませんよ。ですからあなたがどんな行動をとろうと、あなたがばかを見るだけです。もう一度、ご自分の状況をよく考えてみることです。コーンウォールを離れ、子爵夫人のことは忘れることをおすすめします。もうすべて終わったのです。ここにはあなたの得になるようなことはなにもありません」ミスター・ブローガンはそう言ってファルクスにうなずくと、背を向けて部屋をあとにした。人のよさそうな顔に冷淡な表情を浮かべて。

「無礼な男だ」ミスター・ファルクスは言った。「それからおまえだ、オーウェン、わたしを裏切ったのか？」分厚い封筒を息子の鼻先で振ってみせる。

「ちがうよ、父さん、そもそも父さんを守るためにやったんだ。信じないだろうけど、ほんとうだ。父さんと相談してほしいって、キャロラインに頼まれたことがあるんだけど」

「あの小娘が、いったいなんだって？」

「父さんに〈ハニーメッド館〉に戻って、彼女の代わりにあそこを管理してほしいって。よければ、あそこに住んでほしいらしい。それからもうひとつ伝言――ちょっと笑って言ってたけど――ミセス・テイルストロップは父さんのことを立派な紳士だと思ってるってさ」

「あんな年寄り」

「年寄り！」オーウェンはぎょっとした。「彼女は父さんより若いって、キャロラインが言ってたけど」

「年寄りというのは、男と女ではちがうんだ」

「まあ、たしかに。とにかく父さんは〈ハニーメッド館〉に行ってもいいし、べつに好きなようにしてもいい。ぼくはここに残って〈スクリーラディ館〉で暮らす。キャロラインの片腕として働いているんだ。そのうち共同管理者になるよ、きっと」

ミスター・ファルクスは痛烈な悪態をついた。「おまえは正真正銘、ばかで愚かなお子さまだ」

オーウェンは背筋をぐっと伸ばした。父親のさげすみが山盛りに積みあげられている状況ではむずかしかったが、それでもがんばった。「ぼくも少しはましな人間になったんだ、父さん。キャロラインもノースもそう言ってくれた。ほぼ、ありのままの自分に近づけたと思う。ぼくのすることが、なにか成果を生む。それがうれしいんだ」

ミスター・ファルクスは容赦なく息子に悪口雑言を浴びせかけると、旅行かばんを手にして振り返ることもなく出ていった。

「父さんは行ったよ」オーウェンが言った。

「ああ」とノース。「出ていくのが見えたよ」

「これからどうするつもりなのかはわからないけど、キャロライン」

「この近くからいなくなってくれれば、それでいいの」キャロラインは答えた。「コーンウォールを出たかどうか確かめるために、ノースがあとをつけさせているわ。さあ、だんなさま、そろそろ食堂に仲間入りする時間よ。ポルグレインいわく、彼と厨房のスタッフはこの上なくひねくれた人間でも涙するような食事を用意したんですって。でも少なくともこんな平和でへんぴな土地では、ひねくれた人なんて多くないそうだけど。どうやら急な差しこみを装うのはむずかしそうね。あなたの配下の男性召使いたちに殺されちゃう。わかるでしょうけど、ポルグレインなんか目をそらしながら、この日のために努力を惜しみませんでした、なんて言っちゃって」

七面鳥と栗のパイ、詰め物をした子羊の肩肉、豚肉のリンゴとセージ風味、愛らしいピンク色をしたアカフサスグリのふわふわクリームデザート――最後のひと品については花嫁のためだとポルグレインが聞こえよがしにつぶやいたが――豪華な午餐のあいだ、おしゃべりなミセス・フリーリーはあらゆることに意見を述べていた。〝レディ・カーステアーズの食欲では小鳥でさえも飢え死にしそうですわね、ましてや小さな赤ん坊など生きていけますかしら。ミスター・ブローガンは眼鏡がよく似合ってすてきですわ、奥さまをもらわれたらもっとハンサムになりそうですけど……〟

ノースが妻を見てにやりと笑った。「手に負えないな」

キャロラインはシャンパンをまたひと口、飲んだ。

21

ノースはどこ？

キャロラインは上等なローンの新しいナイトガウンを両手でなでつけた――バランシエンヌレースの帯が胴の部分と袖に縫いとめられた、薄桃色のナイトガウン――どきりとするような風情を醸《かも》しだすそれをまとう自分を、ノースはきっとまじまじと見つめるにちがいない。胸もとの刳りは深く、胸の下あたりに入ったベルトで胸が押しあげられ、いっそうふくらみが強調されるようになっている。

彼はいったいどこにいるの？

早く自分を見て、ときめいてほしかった。そのときめきがどこにつながっていくのか、キャロラインにはわからなかったが、計り知れない満足感をもたらしてくれそうに思えた。もしかしたら、彼のためにナイトガウンを持ちあげていることになるのかもしれない。あのときの記憶におかしな気持ちよさが押しよせてきて、彼女は身を震わせた。小さな鏡の前に行って、もう一度髪をとかし、うねる髪をできるだけ美しくととのえた。それからドアを振り向き、眉を寄せた。こんなこと、どう考えてもおかしい。

ノースはどこなの？

ここが子爵夫人の部屋だと、彼は言った。一枚のドアで当主の部屋とつながっていて、この一時間というもの、キャロラインはそのドアを幾度となく見やっていた。子爵夫人の部屋だと言ったときの彼は、なんとなくはっきりしない口調だったが、その理由はわかっていた。暗い感じの部屋だった。くすんだ緑色の絵の具は薄れて剝がれかけ、天井の刳形《くりかた》に描かれた天使は羽根があっても生気はないように見える。家具に目を移せば、わびしい金色の紋織りの上掛けが掛かった小さなベッドは少なくとも五十年も前の代物で、一脚の椅子は木の背もたれもむきだしのもの――〈チャドレイ女子寄宿学校〉で見た刑罰椅子の絵をいやでも思いだす――そして鏡台の前のスツールはベッドと同じくらい古そうで、そこにはなにか過去の事情が読み取れそうだ。まるで骨董品のようなこの部屋の雰囲気は、なんとも気の滅入るものだった。

いったいぜんたい、花婿《むこ》はどこにいるの？

キャロラインは鏡に映った自分に眉をしかめ、ブラシを置いて、細い窓へと歩いていった。五枚ある窓はすべて頑丈な鉛の枠にはめこまれ、外には暗い闇が広がっている。あるのは細長い月と、きらめく星だけ。まっ暗な夜のなかで、邸のすぐ横に立つ木の葉の音だけが聞こえる。景色から顔を戻そうとしたとき、目の端になにか妙なものをとらえた気がして、彼女は窓に向きなおった。

声のかぎりに悲鳴をあげて飛びすさった。ナイトガウンの裾《すそ》につまずいて、盛大に尻もちをつく。

隣のドアから、ノースがつんのめりそうな勢いで飛びこんできた。「なんだ、だいじょうぶか？　いったいなにがあった？」

彼女の心臓がどきどきし、体のなかで嵐が荒れ狂っている。言葉を出すこともできず、肩で荒く息をする。恐怖でのどが締めつけられるようだ。彼女はまんなかの窓をなんとか指さしながら、床から体を起こした。

ノースが窓に駆けより、さびついた掛け金をはずして、しばらくいらついて格闘したあと、外に向かって窓を開けた。身を乗りだし、暗がりを覗きこむ。彼は身動きもせず、ただじっと外を見つめた。しかしやがて振り向いた。「なにを見たんだ？」

キャロラインは震えていた。突然、いままで感じたことがないほど体が冷たくなった気がして、自分で自分を抱きしめる。

「キャロライン、なんだ、なにを見たんだ？」ノースが彼女をきつく抱きよせ、彼女の背中を大きな手でさすってあたため、気持ちを落ち着かせようとする。数分経って、また言った。「もうだいじょうぶだ。おれがいる。なにを見たか、話してくれ」

キャロラインは彼の首のくぼみに顔を寄せた。

「こんなきみは初めてだな。結婚して、ヒステリーのおばかさんになったのか?」

「もう、ひどい、あなたなんか——」

ノースは満面の笑みで妻を見おろした。「よし。元に戻ったな。アリスにベネットの脇腹を蹴らせたのと同じようなものだろ? 荒療治だ。さあ、話してくれ」

キャロラインは深々と息をした。「そうね、取り乱してごめんなさい。おばけがいたの、ノース。どんなおばけかはよくわからなかったけれど、まちがいないわ。あなたはどこにいるのかと思いながら外を見ていたのよ。そうだ、いったいどうしてすぐに来てくれなかったの? この数週間、そばにいてもキスかなでるくらいしかしてくれなくて、いきなりこんなおばけ騒ぎだなんて」ノースの腕に力がこもった。

「くそ、いまはもう少しがまんだ。で、どんなおばけだった?」

キャロラインは息をのみ、いよいよ彼にすりよって、彼の胸にささやくような声で言った。

「こわい顔をしてて、下に体がついていなかった。おそろしい顔だけが、急に目の前にあらわれたの。でもほんとうは顔ではなかったのかも。だからおばけだって言ったのよ。人間のような感じはあったんだけど、ひどく崩れていて、口はにたりと笑っていて、目の前にぬっとあらわれたの」

これ以上ないというくらい、ノースが彼女をきつく抱きしめる。「純真無垢な処女なら死ぬほどこわかっただろうな。つまり、きみは」

「信じてないの？」

「とんでもない、処女だって信じてるよ」

キャロラインが彼の腕をつつき、彼はやさしく彼女に笑いかけた。「少しは元気になったか？　外にはなにもいなかった。だが外はまっ暗だからな。きみ、髄膜炎を起こすような怪しいキノコを食べたんじゃないか？」

彼女はかぶりを振った。「キノコなんて食べてないわ」

「ああ、じゃあ、ミセス・フリーリーが今日目にしたものをなんでもかんでも話題にして、しゃべりまくってたからかな？」

キャロラインは笑おうとしたが、だめだった。「木がたてる音のせいかも。風で木の枝が家に当たると、ざわざわ音がするって聞いていたんだけど。思いもしないときに音がして、ふだん見ないようなものが見えて、死ぬほどびっくりしちゃったのね」

「いいんだ。明日の朝、もう少し窓の外あたりを調べてみる」

「ノース」

「ん？」彼はキャロラインの首筋にキスをしていた。すりよせる顔で彼女の頭をのけぞらせ、キスをしやすくしながら。

「どこに行ってたの？　なにをしてたの？　わたしのこと、すごく求めてくれてると思っていたのに。午後も、夕食のあいだも、客間でブランデーを飲んでいたときも、花婿は結婚式の夜に酒を飲みすぎちゃいけない、悲惨な結果になるからってミセス・フリーリーがみんなに話していたときでさえ、あなたはわたしのスカートをまくりあげたいんじゃないかって思ってたのに」

「部屋で本を読んでいた、いや、調べものをしていたんだ」

「本を読んでいた？」キャロラインは夫の腕の輪に背をもたせかけて見あげた。「調べるって、なにを？ どうしてそんなこと？ 結婚式の夜なのに！」

「図解してある本を、ちょっと」

キャロラインが目をぱちくりさせる。

「女性にどうすればいいか書いてある指南書だ。ひとつひとつ、ことこまかに解説してある。愛を交わすってことは、男と女の器官に関わることはまちがいないとわかってるんだが、具体的に知りたかったんだよ。専門的なアドバイスと説明が。新婚初夜にみっともないところは見せられないだろ」

キャロラインはつま先立ちになって彼の唇に思いきりくちづけた。やめることなくつづけるうち、彼がキスに応えはじめ、彼女の唇を割って、彼女の下唇を舌でなぞる。手はどんどん下におりて尻を包み、ぐっと引きあげて自分の体にぴたりと寄り添わせた。

息も絶え絶えになったころ、キャロラインは少しだけ体を引いた。「ねえ、ノース、これが正しい手順なのかどうか、わたしにはぜんぜんわからないの。部屋に戻って、さっき見てたって本でもっと調べてきてくれない？」

ノースは彼女を見おろした。その目は欲望でかすんでいて、彼が首を振ると少しはかすみが晴れたものの、そのまま言った。「まったく、その口を黙らせておく方法を調べる必要があるな」

「あら、そんなことだったら簡単よ。わたしにふれて、キスすればいいの」

「それならできる」ノースは彼女をすくうように抱きあげ、走らんばかりの勢いでベッドに行ったが、つと止まった。表面がでこぼこしていそうな小さくてみすぼらしいマットレスを見つめ、くるりと背を向けて、自分の部屋に駆けこんだ。男が六人はらくらく並んで眠れそうなベッドにあおむけに投げだされたキャロラインは、いったいこれからなにが始まるのだろうと思った。自分が赤くなり、心臓が早鐘を打ち、手のひらが汗ばむのがわかる。ちらりと彼を見やると、ガウンを脱いでいるところが目に入った。ガウンの下は裸だ。彼の顔も赤く、目はやはりかすんでいる。

キャロラインは息をのんだ。ミスター・ファルクス以外の男性の裸など見たことがなかった。あいつの体は吐き気がしそうだった。でも、ああ、ノースの体は彼女には想像もつかなかったようなものだった。

「ノース、あなた――」

「なんだ、キャロライン？」

返事をする間もなく、彼がおおいかぶさった。彼女の胸の下で結んだリボンをほどき、ナイトガウンを頭から脱がせる。「ほら」床に落とした自分のガウンの上に、彼女のナイトガウンをくしゃくしゃのまま投げ置く。「ああ、キャロライン」そう言うと、彼はキスをしながら体を重ねた。いきなり、まるごとの彼。彼の見事な肉体、いろんな感触を宿した肉体――なめらかで熱い肌。ちくちくと感じる、彼の胸と脚の黒くて濃い毛。大きくて熱くて圧倒される体。彼女は動けなくなった。感情にのみこまれて、思考がストップする。自分の体とあまりにちがいすぎて、すべてを一度に受けいれることができない。いきなりすべてを突きつけられても、勢いがすごすぎて衝撃が大きくて、彼の口に向かってあえぐような声を吐きだしてしまった。「ノース、ちょっとわたしからおりてあおむけになって、少し離れていてくれない？」

あまりに思いがけない言葉にノースは貫かれ、もどかしいほど感じていた性急さも打ち砕かれて、両手で体を押しあげ、キャロラインを見おろした。「わかった」

転がってあおむけになり、静かに腕を組むと目を閉じた。「こうすればいいのか？　ユリの花でも持とうか？」

「いえ、そんな。腕は横におろして」

言われたとおりにする。ひざ立ちでかたわらに座った彼女を、ようやくノースは見た。彼女の髪は肩に乱れかかり、胸のまわりにもはらはらと広がっている。

「きみはいままで目にしたどんな女より美しい」ノースは片方の手を上げて彼女の胸にふれた。が、返ってきた言葉は。「だめ、お願い、ノース、手は横に置いておいて」

「なぜ？」

少し困ったような顔をして、彼女は言った。「いきなりすぎて。あなたとわたしの体がちがいすぎて、圧倒されて。いっぺんには無理なの。こわいの」

「さっきの本を取ってくる。花婿が服を脱いで花嫁に飛びかかったせいで、あせってわけがわからなくなった花嫁についてもきっと書いてあるはずだ」

「ううん、いいの、そのままでいて、お願い。あなたを見ていたい。あなたがどんなふうなのか、ぜんぶ。その……あなたがわたしにしたいことをぜんぶするよりも前に、あなたをわかりたいの」

ノースは声をあげて笑った。筋肉がひきつるほど笑って、腹がよじれそうだ。自分を観察する彼女を見守る。あまりにじっくりと見られて、とても静かに横たわっていることができなくなる。また彼女をあおむけに押し倒したくなる。

キャロラインは指先でそっと、彼の胸にふれ、それからゆっくりと、手のひら全体を押しつけた。いまや彼の上からのしかかるようになり、むきだしの胸がいまにも彼にふれそうだ。思わずノースは体をのけぞらせ、自分の胸で彼女の胸の感触を確かめた。もうどうにかなりそうだった。意志を総動員してまたマットレスに体をつけ、うめいて目を閉じた。

「とてもすてきだわ、ノース。わたしとぜんぜんちがう。さわるとざらざらしてる。それに、おなかに沿って薄くなっていくのね」あたたかな手のひらを彼の胸からへそに這わせ、股間まですべらせていって、止まる。「ここで細い線がとぎれてる」突然、はっと手が揺れた。彼女が息をのむ声が聞こえる。たまらず、ノースは目を開けて彼女を見た。彼女は言葉をなくし、ただじっと、そこを見つめていた。長いこと、ずっと。長すぎる——とノースは思い、口をひらいた。「おれがいやになったか、キャロライン？　おれはきみのようにすべすべしてないし、白くもないし、やわらかくもない。体の毛や、突きでた竿《さお》や、そのほかぜんぶ、おれがいやになったか？」

「突きでた竿」彼女は目をそらすことなくそこを見つめたまま、くり返した。「おもしろい言い方をするのね」

「いろんな言い方があるさ。きみの大切な部分をあらわす言い方と同じように」

彼女はもうなにも言わず、ただ彼を見つめつづけた。かと思うと、ふと身をかがめ、彼の腹部にくちづけた。そして、そっと頬ずりする。ノースはベッドから浮きあがりそうになった。セント・アグネス・ヘッドの崖を駆けあがったかのように、息が乱れる。ジェントルマン・ジャクソンとボクシングの試合をして大負けしたかのように、胸が大きく上下する。

すかさずキャロラインが体を起こし、彼の顔へと視線を走らせた。時間をかけてゆっくりと——かすんだ瞳をとらえるまで。「あ、ごめんなさい、痛かった？」

「ばか言うな。キャロライン、いまのと同じことをもう一度されたら、おれはきみにおおいかぶさって、もう止まらない。だめだ、もうそこにさわるな、耐えられない、限界を超えてしまう。いや、やっぱりいい、もっとキスしてくれ、もっと下に。頼む、手でもいい、口でも。きみの口はやわらかくて、湿っていて――」うめいて体をよじる彼の濃い叢に、キャロラインは指を広げてからめ、やがてとうとう彼そのものを手に包んだ。彼を包む自分の両手を、彼女がじっと見おろす。そして笑みを浮かべ、まなじりをくっと上げて彼を一瞥すると、かがみこんでふたたび彼の腹部にくちづけた。

彼女の髪が厚いカーテンのように彼の腹部に広がり、彼女の顔が見えなくなる。自分を死にそうな目に遭わせている彼女を、自分を握っている彼女を、ノースは見たかった。だから手を上げ、髪のカーテンを持ちあげた。彼女がわずかに顔を向け、はっきり顔が見えるようになる。そのとき、わずかに残っていた正気さえ彼は失いそうになった。あまりにも、信じられないくらいに扇情的な光景で。

「もうそこでやめてくれ」ノースは歯を食いしばった。「本気だ、キャロライン。いまやめてくれないと、精を放ってしまう。新婚初夜に花婿が花嫁の手に精を放つなど、ふつうは考えられない。ほかの男たちの前で、おれはもう二度と頭を上げられなくなる。男たちの集まりからつまはじきだ。新婚初夜に無能なまぬけになるなど、耐えられない。頼む」

キャロラインはもうひとときだけ、あたたかな手のひらに彼を包みこんだ。もう終わりだとノースが思い、叫びをあげて頭をのけぞらせようとしたちょうどそのとき、彼女が手を離した。

彼女は彼の上に体を重ねた。腹と腹を、胸と胸を押しつける。彼女は彼の顔を両手ではさみ、見おろした。「あなたはすばらしいわ、ノース。あなたのことが前よりも少しわかったわ。あなたがどんなふうになるのかも。いまからは、あなたが主導権を握って？」

ノースは、ははっと笑い声をあげた。正気を失う一歩手前までいきながらも正気を残した男にできることは、それだけだった。彼は動かず、ただ両手を上げ、彼女の顔を包みこんだ。「きみにはいつも驚かされるよ、キャロライン。それにいつもうまくからかわれる。ああ、きみにはからかってるつもりなどないんだろうが。それとも、わかってるのか……。たぶん女はだれでも、どうすれば男を狂わせられるのか、本能でわかってるんだろうな。さあ、おいで。口を開けて」

身をかがめたキャロラインの唇に、ノースの熱い唇がぶつかった。

「口を開けて。二度目に会ったとき、教えただろう？」

「三度目だったかも」キャロラインはそう言って唇をひらいた。彼の舌がすべりこみ、彼女の舌と出会う。なんてすてきなんだろう、と彼女は思う。と、彼の大きな手が尻を包み、肉をもみしだき、彼の大切な部分に押しつけられた。彼女はなにも考えられなくなる。彼の手が脚のあいだに忍びこみ、肌を見つけ、ふれて、探り、そっと入ってきた。いまや彼女は震え、彼に体を押しつけるように動いている。止められない。彼女のすべてが彼に溶けこむ。彼にされていること、彼に感じさせられていることにはまりこむ。次の瞬間、彼女はあおむけにされ、脚のあいだに彼が身を置いた。両手で両脚を押しひらかれ、そこで静止させられて、彼に見おろされる。

「ノース、お願い」どうすればいいのかはわからなくても、これからとてつもなくすばらしいことが、特別なことが起きようとしているのはわかった。

「じっとしていろ、キャロライン」彼の声は低くかすれていた。熱い吐息が彼女のそこにかかり、彼女は背をしならせてうめく。彼の両手が彼女をさらに高く、口もとまで引きあげた。ほどなくして――そう、ほんの少し時間が過ぎただけで、彼女は泣いていた。すすり泣き、シーツの上で身をよじり、両手を握りしめ、彼の肩をたたき、彼をつかみ、迫りくるものを、もう耐えられないと思うほど求めていた。と突然、全身がかっと熱くなった。自分の内側に引きこまれるような感覚が、彼の口の熱さと溶けあう。思わず声をあげた。

そのままノースは彼女を支えていた。彼女のなかにあるものすべてが、あますところなく自分のものになる。彼女の感じたものすべてが自分と彼女自身に向かってくる。彼はすかさず動いた。次の瞬間、すべてを彼女のなかに収めていた。膜に押し返されたのは、ほんの一瞬。彼はそれを突き破り、子宮に届くまで自分を押しこんだ。彼女が痛いのはわかっていた。先ほどのぼんやりとした快感は、膜を引き裂かれた痛みで散ってしまっただろう。ノースは動きを止め、両ひじをついて体を支えた。じつにあっぱれな行動。自分でもよくやったとほめてやりたくなる。

「やあ」ノースはぼうっとしたキャロラインの瞳に見入った。「いや、動くな。おれの感覚に慣れるんだ。そうしたら動くから。だが、まだだぞ。でないと、もっと痛い思いをすることになる。本に書いてあったが、きみの処女膜を破ったら、おれは少なくとも十回は平謝りしなくちゃならないらしい。処女膜はきみが純真無垢だというしるしで、きみにとって大切なものだ。だからおれは、それを奪った者として、相応なふるまいをしなくてはいけないんだ」

「わかったわ」とキャロライン。「あなたの言ってることはばかげているけれど、それでもいい。すごく変な感じだわ、ノース。あなたがわたしのなかにいるってことが。だって、口のなかに舌が入っているだけっていうのとちがって、ほんとうにあなたがわたしのなかにいるんだもの。でも、あなたのこの部分は、わたしだけのものよね。そしてあなたはいま、あなたがするべきことをしようとしている、そうなんでしょう？」

ノースは苦しそうに笑った。「そうであってほしいと、心から祈るよ。もう待てない、キャロライン」彼が動きだす。それはそんなに悪いものでもなかった。キャロラインは両腕をきゅっと彼にまわし、唇を重ねて彼の息を受けいれ、つのっていく狂おしいほどの彼の性急さを感じていた。いつしか彼が背をしならせ、目を閉じて頭をのけぞらせる。ぐっと彼が動いたとき、彼女は体内で彼のほとばしりを感じた。

ノースが彼女の上にくずれおちた。荒い息をして、彼女の頭と並ぶように枕に顔を伏せた。

キャロラインは彼の耳にそっとささやいた。「手順はひとつも抜けていなかったと思うわ、ノース」

22

彼女がなにを言っているのか、ノースはしばらくのあいだわからなかった。脳が働いていなかった。少し経って口をひらく。「きみを満足させる前に、まず自分が満足しなくちゃならなかった。そうすれば、虫けらほども頭がまわらなくなったきみをからかうこともできる。たしかにおれは、手順をひとつも抜かさなかったかもしれないが、ひとつひとつの手順をもっと深く追求すれば、絶頂までもっと時間をかけられたかもしれない。どう思う？」

「わたしは」キャロラインは彼ののどにくちづけた。「あなたには才能があると思うわ。脇道で見つかるような、すごくおもしろくて、めったに出会わないような手順を見つける才能が。あなたが参考にした本だって、すべてを網羅できるわけじゃない。あなたはとてつもなくすばらしいの、ノース。しかもたぶん、創造力もある」

「そうだな」ノースは彼女にキスをして、ごろりと転がり、彼女を抱きよせた。「脇道、ね。明日の朝までに新しい脇道をひとつ見つけようか」

「わたしも考えてみる。オーウェンやベネットと結婚しないですんで、ほんとうによかった」そう言った次の瞬間、キャロラインは眠りに落ちていた。

ノースは彼女の髪にキスし、どうにか体を伸ばしてベッド脇のテーブルのろうそくを消し、ふたたび彼女を腕のなかに閉じこめた。女を抱いたのは、ずいぶん久しぶりだった。

もちろん〝妻〟と床をともにしたことなど、初めてだ。そう、彼女はいま妻だ。おれの妻。そしておれは、彼女に女の悦びを教えた。かなりいい気分だ。よくやったぞ、おれ。これなら男社会からのつまはじきにも遭わないだろう。おれは立派で度量のある男。まぬけじゃない。まぬけになりかけたことはあったけれど。

おれたちなりの手順にあふれた脇道――ノースはそんな考えにうっすらと笑みを浮かべ、深い眠りに落ちていった。

翌朝、ノースが目覚めるとひとりだった。キャロラインが前の晩に窓の外に見たというおばけの話を思いだし、がばっと体を起こして叫んだ。「キャロライン!」

返事はなかった。見ると、隣室につづくドアが開いている。険しい顔でベッドそばの時計を見やった。まだ朝の八時にもなっていない。

くそ。目覚めたら彼女をキスで起こし、もう一度、彼女がぼうっとするまで愛してやりたかったのに。彼は上掛けをはねのけて立ちあがり、のびをした。

と、その途中でドアが開いた。トリギーグルが立っていた。まるで板きれのように固まって、悪の巣窟《そうくつ》に入ってしまった司祭のようにおののいて。

ノースは不機嫌な顔を向けた。「いったいなんの用だ、トリギーグル？　おれの奥方はどこにいる？」

「奥さまは彼女たちのところにおられます、だんなさま。彼女たちとは、ここにいるあのお三方でございます。とても受けいれられません。このようなこと、われらは慣れておりません。ここはナイティンゲール家の住まいでございます。男だけの住まいです。マグダラのマリアがお泊まりになる宿ではございません」

その辛辣な物言いに、ノースは目をしばたたき、そしてにやりとした「ほう、なるほど、われらが身重の三人娘が来ているのか。キャロラインは彼女たちと一緒にいると？」

「さようでございます、だんなさま。彼女たちにたっぷりと朝食を用意するようにと、奥さまはミスター・ポルグレインに申しつけられました。娘たちに体力をつけさせておくためだそうです。だんなさま、結婚式に同席することは受けいれましたし、ミスター・ポルグレインが用意したその後の午餐に残ることまで認めましたが、当然のことながら、彼女たちはあるべき場所に戻っていただかなくてはなりません」トリギーグルは聞こえよがしな音をたてて息を吸った。「だんなさま、男子の住まいである〈マウント・ホーク〉で、朝の七時四十五分に、身重の令嬢お三方が、いったいなにをされているのでしょうか」

「なにって、トリギーグル、彼女たちはここへ移ってくるんだ。昨日、言わなかったか？」

トリギーグルは気絶しそうに見えた。顔面蒼白になり、体がしびれているとでもいうように手足が震えている。「召使いのティミーに湯浴み用の湯を運ばせてくれ、トリギーグル。おい、しっかりしろ。それほど悪いことじゃない。おまえたち三人、女性の会話や笑い声を聞いて楽しめるんじゃないか？」

「いいえ、だんなさま」

ノースは高笑いをした。が、自分のしていることを意識して、はたと止まった。笑うということが、だんだん自然になってきている。それはいつのまにかじわじわと彼の体に入りこみ、いまでは難なくできているのだ。なんだかひどくいい気分だった。ただ、それが死ぬほどおそろしいと感じることも、事実だった。


少しあと、こぢんまりとした〈朝食の間〉に入りかけたノースは入口で足を止め、なかの光景に見入った。キャロラインがそうとは知らず、彼の席である背もたれの高い椅子に座っている。その右と、左と、そして向かいの席に身重の三人娘がつき、朝食のテーブルを囲んで楽しげにおしゃべりしていた。全員、とても機嫌がいいようだ。まあ、キャロラインがこのうえなくご機嫌なのはもっともだ。新婚初夜をともに過ごした夫が、あれほどすばらしかったのだから。ふとノースの頭に、近い将来、朝食のテーブルを囲む身重の女性が四人になるのだろうかという考えがよぎった。そして口もとがほころんだ。そして、眉間にしわが寄る。よくわからないが、なぜだか彼の頭に、ののしりあうふたりの大人の姿が浮かんだのだ。ふたりのうちひとりはそのうち泣きだし、悪態をついていた。これは遠い昔の記憶だ……。しかしぞっとするようなその光景は、ずいぶん前に忘れ去っていたはずのものだった。心の底では、そのふたりが両親だとわかっていた。いまさら思いだすなんて、いまいましい。彼は思い出の扉を閉ざして封じこめ、足を前に進めた。

「おはよう、みなさん」ノースはひとりひとりにうなずいた。「朝食は楽しんでいただけているかな？」

「どれもこれもおいしいわ、ノース」キャロラインが涼しい顔で言って笑った。「ポルグレインが三度もやってきて、どれもわたしたち全員の口にあうかと訊きにきてくれたの。あなたもコーヒーを飲む？」

ノースはうなずき、皿を取ってサイドボードに向かった。ずらりと並んだ料理に啞然とする。ポルグレインも大盤振る舞いをしたものだが、いったいなぜだろう。ニシンもベーコンと同じようにうまそうだった。スクランブルエッグは空高く浮かぶ夏の雲よりふわふわに見えるし、トーストとマフィンはこんがりきつね色、鉢に入ったバターとジャムはこってりとなめらかだ。すごい、ナッツ入りの丸パンまである。

振り返ると、キャロラインが隣で忍び笑いをしていた。「どうしてなにもかもこんなにおいしそうなのか、不思議に思ってるのね？　犬の肉とかハトの落とし物とか、想像してたんでしょう」

「いったいどうしてこんなことが？」

「クームに言って、ポルグレインに伝えてもらったの。もし子爵の邸に見合う朝食が出てこなかったら、身重のレディ三人を厨房まで手伝いに行かせますって。だって、ポルグレインがちゃんとした料理を知らないってことですものね？　クームったら、あのまがまがしい中国陶器の花瓶でわたしの頭を殴りつけそうな顔をしてたわ。でも、なんとかこらえたみたい」

「あいつは自制心の塊のような男だからな」

突然、キャロラインが視線をスクランブルエッグに落とした。オービュッソン絨毯の端を、室内履きのつま先でこすっている。

ノースはいちばん大きく見える丸パンをつかみ、磨きこまれた銀の皿に載せたが、そのあいだもずっと目の端で彼女を追っていた。そして、丸パンに載せたバターがとろけるくらいに甘く響いてほしいと思う声で言った。「今朝は寂しかったよ。目が覚めたら美しいきみにしてみようと思っていた、とびきりのおもしろい計画があったのに。きみにはまだ、おれの愛情をじゅうぶんに見せていない」深いため息をつく。「どうしておれをひとり残して起きてしまったんだ。昨夜見ていた本には、新婚の相手が目覚めるのを待たずにひとりにするなど、あってはならないと書いてあったぞ。新婚初夜に満足させてやれなかったのかと、役立たずのような思いを相手に抱かせるからだと。つまり、ひとり残された相手は、悶々と果てしなく自分の技量に疑問を持ちつづけ、いったいどれほどひどい出来だったのかと考えてしまうんだ」

キャロラインがはじかれたように顔を上げ、口をひらくと、ノースは優雅に動きを止めた。

「またそんな作り話を！ ノース・ナイティンゲール！」

「とんでもない。食事はもう終わったのか、キャロライン？」

「ええ」彼女は答えた。「わたしはレディたちの引越しを手伝いますから。ああ、そうだわ、あなたの椅子に座っていたのね、ごめんなさい。気がつかなかった」彼女は皿と銀器を押しやったが、ノースはただ立ったまま、皿を手にして笑っていた。

「もう黙ってちょうだい」キャロラインが肩越しに言った。「お客さまに、わたしがどんなにだめな人間かと思われちゃう」

「まあ、そんな、ミス・キャロライン」アリスが言った。「殿方と一緒に心から楽しそうにしているレディなんて、想像できなかっただけなんです」

それで言い合いはとぎれたが、ほんの一瞬だけだった。ミス・メアリー・パトリシアがアリスの手を軽くたたいたところで、キャロラインはきびきびと言った。「さあ、お部屋に案内するわ。けっこうすてきなのよ」

ノースの声がうしろから追いかける。「朝食のあとですぐに新婚相手を置き去りにすると、深刻な自己不信に陥らせるって本に書いてあったぞ」

キャロラインはこれ以上、彼にからまれるのはやめにしたかったが、彼はうまい具合に攻めてくる。こんな人が、自分のことを気むずかしくて暗くて陰気だと思っていたというの？　彼女はミス・メアリー・パトリシアとアリスとイヴリンに聞こえないくらいのところまで、彼に近づいた。「そうだわ、昨夜窓に見えたおばけの顔について、トリギーグルに訊いてみたの。まっすぐに目を見て、切りだしたんだけど」

「ああ」

「彼、ぴくりともしなかったわ。でもあの人は、ああいう知らん顔を長年かけて磨きあげてきたんでしょうしね」

「そのことだが、おれが外を見てくるよ。それからポルグレインとクームに話をしてみよう」

「がんばってね」キャロラインは沈んだ声で言った。「あの人たちはさすがよ、ノース。ものすごく手ごわいわ」

「だが、きみはその彼らをあわてふためかせたんだぞ、キャロライン」

彼女が小首をかしげる。

「いままでは〈マウント・ホーク〉に四人もレディが暮らしているじゃないか？」

キャロラインは意地悪そうに、にんまり笑った。「女性の召使いがやってきたら、なんて言うかしらね?」

「さあな。あんまり聞きたくもないが」

二時間後、ノースはキャロラインをひざに乗せる形で書斎の巨大なウイングチェアに座り、彼女のつま先をもてあそんでいた。絹の靴下が片方、彼女の胸の上に置かれている。「もう少ししっかり座ってくれると、つま先を口でついばめるんだが。きっとラベンダーの味がするだろうな」

「召使いのティミーに言って、湯浴みのお湯にラベンダーを入れてもらったのよ。あの子、そばに突っ立ってまじまじと見てたけど、歯を見せていつものあの大きな笑顔を浮かべて、象でも浸かるのかと思うくらいたっぷり入れてくれたわ。あの瓶、見たでしょう?」

「ほとんど空っぽになってたな」ノースは彼女の足を自分のひざにおろし、じっくりと調べた。「すっかり治ったみたいだな。あの水ぶくれにはぞっとしたぞ。これからは気をつけてくれ。軍にいたころ、ブーツがきつすぎて水ぶくれのできたやつがいたが。かまわず放置していたら五日と経たずにそいつは死んじまった」

「気をつけるわ」とキャロライン。彼女はずっと彼の右腕にもたれてくつろいでいた。片手を上げて、彼の頰に当てる。彼にふれるのが大好きだった。彼の感触が大好き。いくつものぜいたくな手ざわりを感じられる。自分とはまったくちがう彼。ノースがやわらかくほほえんだ。「左足の靴下を脱がせてしまった。そろそろ右もいいんじゃないか。そのあとはもっと上に進んで、最後までしよう。今度はゆっくりと。たっぷり存分に時間をかけて、ゆっくりとな」

キャロラインは彼の顔を両手で抱え、ぐいと下に引きよせた。唇を重ねて離さない。ようやく離したものの、ノースも急いで顔を上げようとはしなかった。「ノース」吐息が混じりあうほどの距離で言う。「ちょっとだけ中断してもいい？　脚がつってるの。さすってくれる？」

しっかりと彼女を抱くためにひざの上でどれほどよじれた格好をさせていたか、ノースは気づいた。「すまない」彼は彼女の脚をもみほぐしはじめた。

「もう片方も。それ、とっても気持ちいいわ。もっと上のほうよ、ノース」

「上？　まったくきみは、とんでもないな、キャロライン・ナイティンゲール。ほう、けっこういい響きじゃないか？　夫の名前とやたらしっくりくるのだったら、奥方になるのもそう悪いことじゃないだろう？」

「ねえ、もっと上、ノース」

彼の息づかいが速くなる。「つったのは治ったか？」

「いいえ、もっとひどくなったわ。ねえ、もっともっと上よ。ああ、とっても痛い」

ノースは観念した。彼女のスカートのなかに手をすべりこませ、むきだしの太ももにまっすぐに向かった。「ああ」ノースが妻の鼻にキスをする。「ここか、キャロライン？ ひどくつったんだな、そんなに体をふたつに折るほどつらいのか？」

キャロラインは彼を見あげていた。愉快なほどまごついた表情で。彼女がごくりとのどを鳴らす。「それはもうだいぶ前からよくなってるわ」

「確かめてみよう」次の瞬間、彼の手が彼女の秘めた部分にふれ、彼女はびくりとした。

「ノース、そこはちょっと上すぎるわ。こんな昼ひなかに、いけないことかも。わたし、少し気が大きくなって、大胆になっていたの、たぶん。でもいまは、じつは気が引けて――」

「朝食から二時間だが、おれはなんだか具合が悪くなってきたよ、キャロライン。きみも思うところがあるなら、具合が悪くなると思うんだが。しかしおれの本によると、新婚初夜の奮闘のあとは――と言っても、実際はそれほどの奮闘でもなかったと思うが――おれはそれなりの事後対策を講じなければならないらしい。最高にかいがいしくなり、片時もきみから目を離さず、きみの眉をほめたたえ、ひざの裏にキスをして、指のあとを唇でたどって……」

大切な部分を手でおおわれ、キャロラインは夫を見つめるしかなかった。言葉がなにも思い浮かばない。ただ彼の唇を見つめ、キスしてほしいと願うだけ。と、彼はようやく唇をゆがめた笑みを浮かべ、頭を下げて、そして――。

「もしもし？ だんなさま？ 書斎にいらっしゃるのですか、だんなさま？ 角のデスクの下にもぐって、なにかお探しですか？　だんなさま？」

「つま先一本、動かすな。声もたてるな」唇がふれそうな距離でノースがキャロラインにささやいた。

「だんなさま？　カーテンのうしろにお隠れですか？　でもブーツが見えませんね。ああ、ではこちら、わたくしの真正面で、巨大なウイングチェアに腰かけておられるのですか。あなたのひいおじいさまには大きすぎる椅子でしたが。あの方は上方向にはあまり成長されませんでしたので」

ノースは彼女のスカートからそっと手を抜いて彼女の服を直し、最後のキスをして、大声を張りあげた。「トリギーグル、これから立ちあがって、花嫁を隣におろす。そうしたらおまえのところまで行って、おまえのその差しでがましい口を平手で打ってやる」

ノースはトリギーグルからわずか三フィートのところまで行った。すでに片腕があがっていたが、そのとき召使い頭は行儀の悪い子どもを見つけた母親のような非難めいた口調で言った。「だんなさま、わたくしはいたずらにおじゃましたりはいたしません」

「は！」

「だんなさま、平手はしばしお待ちくださいませ。とにかく腕をお下げください。わたくしは年寄りでございます、支えなしには直立もかなわないほど。あなたさまは紳士でございますから、わたくしを殴ったりはなさらないでしょう。あなたさまがお生まれになる前からお仕えしております、古参のわたくしを」

「いったいなんなんだ、トリギーグル？　早く用件を言え、おれのこぶしはおまえのあごをなでたくてうずうずしてるぞ」

「だんなさま、ミスター・ベネット・ペンローズがお見えです」

「なるほど。待つよう伝えておけ。そうだな、たっぷり二時間ほど？」

「はあ、あの、お客さまはたいへん荒れておいでです、だんなさま。わたくしに怒鳴りました。文字どおりお怒りで、ふしだらな小娘たちを出せと要求されました。ですからわたくしは、ご令嬢たちは二階におりますので、お望みなら連れていかれるようにと――」

「ぜんぜん笑えない話ね、トリギーグル」キャロラインがノースの隣にやってきた。

「そうですか、お嬢……いえ、奥さま。わたくしは二階のどことは申しておりませんし、お客さまにご自分でお連れしろとは申しておりません。だんなさまが直にあの青年とお話しになるかと思い、こちらまでまいった次第です。あの青年はあまりまともな方ではないかと」

「ああ、あいつは不愉快きわまりないやつだ」ノースが言った。「あわれなオーウェンではなく、あいつがファルクスの息子だったほうが納得できる。まあいい、これから会おう。すぐに行く。キャロライン、きみはここにいろ。靴下を履く必要はない……ああ、おまえ、まだいたのか、トリギーグル。耳をそばだてていたな？　いや、答えなくてもいい」

キャロラインはむきだしの右足を夫の前に踏みだした。彼の前で人さし指を振る。「あら、だめよ、ノース・ナイティンゲール。わたしだって当事者よ、男だけの問題みたいに言ってわたしを締めだそうったって、そうはいかないわ」

「わかった。トリギーグル、彼をここに通してくれ」

「かしこまりました、だんなさま、ですがあなたさまおひとりで会われたほうがよろしいかと。お客さまの言葉遣いが急速に悪くなっております。ご婦人と思われる方にお聞かせするのは――」

「いいから連れてきなさい、トリギーグル」キャロラインがやたらと大きな声で言った。

「いますぐに」

「はい」トリギーグルはほうきよりも硬直した様子で答え、書斎から出ていった。肩越しに言う。「裸足――はよろしくございません。殿方の書斎で。〈マウント・ホーク〉の殿方の書斎で」

「早く行け、トリギーグル」ノースが言った。

ノースは嘆息した。新品のブーツをおしゃぶりとして与えられたヤギのように気が逸《はや》り、彼女の肌にふれた指はなおも熱い。しかしあのベネット・ペンローズがこの平穏をぶちこわしにしようとしているいま、熱情など刻一刻と遠ざかっていくのがわかった。まったく、なんでおれがこんな目に。

「キャロライン、髪がくしゃくしゃくしゃだ。ちょっと直してこい。女性の使用人がここに到着するのはいつだ？」

「昼食のあとよ。ミセス・トレボーのお眼鏡にかなった人たちばかりなの、ノース」

「あの三人の猛者《もさ》どもにもくじけないだろうか？」

「その点については、なにも言ってなかったわね」

ほどなくして、男の天使のような顔をしたベネット・ペンローズが、いつでもかかってこいという感じで、書斎へ乗りこんできた。

23

「いったいなにしに来たの、ベネット？」

「つまらないじゃないか」彼は叫んだ。「キャロライン、腹の大きなぼくの小鳩たちを、きみは連れていってしまった――エレノアおば上は、ぼくらふたりを管財人にしたんじゃないのか？　それにあのとんでもない男、オーウェンの父親ローランド・ファルクスが昨夜泊まってたんで、ホイストをやったんだ。あいつは正真正銘のペテン師だぞ、おい！　いまいましいったらありゃしない！　ぼくの金を、最後のギニー硬貨まで一枚残らず巻きあげやがった。ぼくのブランデーを何杯もつぎたして、頭がまわらないようにして。ボトルを持ってたのがぼくだったら、あんなに飲まなかったのに。そして今朝、あのいばりくさった顔で笑って、賭け事をするときは飲まないことだな、とかなんとか抜かしやがった。お節介な年寄りめ！　もう帰ったが、ぼくの有り金をぜんぶ持っていったんだぞ」

「まあ、よかった」とキャロライン。「〈ハニーメッド館〉に戻ってくれたことを祈るわ」

「なにがよかったんだ、キャロライン？　ぐるになってるんだな？　ぼくにブランデーを飲ませて無謀な賭けをするように仕向けたのは、きみか？」

「そのへんでやめておけ、ペンローズ」割って入ったノースの声は静かで落ち着きはらっていたが、キャロラインは体の芯まで凍るような心地がした。こんな声を、自分に向けられるのはぜったいにごめんだ。おそらくこれが、暗くて、邪悪で、とてつもなく危険なノース・ナイティンゲールなのだろう。

「だが――」

「いいや、黙れ。いいか、よく聞け。身重のレディたちがこの〈マウント・ホーク〉にいるのは、おまえが〈スクリーラディ館〉で彼女たちに乱暴をはたらかないか、信用できないからだ。そうとも、おまえがアリスを犯そうとしたことは知っている。まだ十四歳の少女を。おまえは虫けら以下だ」

「彼女はもうすぐ十五だ、そんなことはでたらめだ。どうしてでたらめを話したんだ、キャロライン？　あの幼いあばずれがぼくを誘惑したんだ。ぼくに体をこすりつけて。ぼくのところへやってきて、抱いてくれとすがりつかんばかりに。腹に赤ん坊がいるんだから、ぼくはいやだったけど、少なくとも赤ん坊の父親だと言われることはないからな。くそっ、ぼくは虫けらなんかじゃない。それに彼女はまだ十五にもなってないとはいえ、見かけは少なくとも十五、いや十六だっていける」

「ベネット」キャロラインはノースの袖に軽く手を置いて言った。「いいこと？　これから言うことよく聞いて。五千ポンドあげるから、身重の娘たちの管理者としての権利を放棄して。いま預かっている子たちだけでなく、将来預かる子たち全員よ。それから〈スクリーラディ館〉の居住者としての権利も。要するに、すべてを放棄して、コーンウォールを出て、帰ってこないで。あなたはわたしに五千ポンド貸してくれ、利子を付けて返すからと言ったでしょう？　いいわ、お金はあげる。返さなくていいわ。でも、わたしと共同の権利をすべて放棄してちょうだい」

「五千ポンド？」

ノースは好奇心をそそられた傍観者といった風情で、ただなりゆきを眺めていた。しかしこの短期間で彼のことを、ふつうに人間が他者のことを知る限界以上に知ってしまったキャロラインは、彼の口もとが楽しそうにひきつれるのを見てしまった。まちがいない。こうなったら彼をがっかりさせることなどできない。がっかりさせたりしない。

「そうよ、五千ポンドよ。ミスター・ブローガンに書類を作成してもらうから、署名をお願い」

「一万ポンドだ、キャロライン。一ギニーもまけるわけにはいかない。ぼくの持ち分を考えれば、その倍はかたいはずだ。いや、それ以上か？　ミスター・ファルクスを操ってぼくを陥《おとしい》れ、ブランデーをのどに流しこませたからって、足もとを見られるわけにはいかないな」

ノースが手の爪を眺めながら、顔も上げずに言った。「こいつを殺してやろうか、キャロライン。一万ポンドの価値など到底ないやつだ。そうとも、殺してやる。あっというまに、後顧の憂いなく。二度とこの顔を見なくてすむぞ。リンゴの木の下に埋めてやろう。だれも気にも留めんさ」

ベネットは生唾を飲みこみ、あわてて言った。「わ、わかった、七千ポンド」

そこから応酬がつづき――もっとも人間らしくおだやかな雰囲気で――最終的には六千三百ポンドで決着した。

「女相続人をつかまえるには足りないぞ」とベネット。

「かもしれない」ノースが目に見えないしみを袖からはじく。「だが――おまえが自分の頭を使って賭け事に走らなきゃ、長いあいだ快適に暮らせる額だ。もっとわかりやすく言ってやろうか、ペンローズ。食うには困らない。その金がなけりゃ、おまえは飢え死にだ。おまえに金をやる人間も、ただで食わせてやる人間も、ひとりもいないだろうからな」

「そのとおりね」キャロラインは書斎のドアのほうに歩いていった。「それに、以前あなたは五千ポンドでじゅうぶんだと言ったじゃない。いったいどうしちゃったの、ベネット？　時間が経つごとにひどい人間に成りさがっていってるわけ？　もう自分は失敗するとしか思えないの？」

「いいや、成功するとも。ただ、このコーンウォールで自分が半分を所有している場所があるんだと思いたいだけさ。そのほうが箔《はく》がつくからな。〈スクリーラディ館〉の住人だと言えたほうが、未来の義父にも印象がいい。うわ、どうした、裸足じゃないか」ベネットは声を詰まらせそうになった。「なんてことだ、足をむきだしにしてるなんて」

「ペンローズ」ノースがやわらかな声で言う。「キャロラインは足がきれいだからな。見ていると楽しいんだ」

キャロラインは頭を振っただけで、書斎のドアを開けた。

そこにはトリギーグルとクームが立って、視線を据えていた。立ち聞きしていたことを知られても、恥じ入るそぶりすら見せない。

「なにも聞いておりませんよ、奥さま」クームが言った。「おや、いましがたミスター・ペンローズが大声でおっしゃいましたから、つい耳に入ってしまいましたが、おみ足がむきだしでございますね。それはいけません。さて」ノースに顔を向ける。「だんなさま、いかがいたしましょう？」

キャロラインは咳払いをした。「すぐにミスター・ブローガンを呼びにやってちょうだい、クーム」

「だんなさま？」

「奥方の言うとおりにしろ、クーム」ノースは言う。

「ちょっと迷いが出てきたな」言ったのはベネットだ。「これですべてを放棄するのかと思うと」

ノースは頭をめぐらせて彼を見た。なにも言わず、見ただけだった。その手はこぶしを握るまでもいっていない。冷静このうえなくリラックスしている。ように見える。それが、いつでもベネットを殴れる状態なのだとキャロラインにはわかっていた。いっそベネットがもうひと押し、挑発すればいいのにと思う。強欲なろくでなしが書斎の床に大の字でのされるところが見たかった。だがベネットは、動物的な狡猾《こうかつ》さを発揮し、口を閉ざしていた。ノースはそんな彼の腕をつかみ、書斎の外へと誘導した。「玄関ホールで座って待ってろ、ペンローズ。口は閉じておけ」

ノースは書斎に戻り、ドアを閉めた。そしてドアを綿密に調べだした。キャロラインが言った。「なにをしてるの、ノース？」

「このドアにはやっぱり鍵がないのかと思ってな」

「ドアノブの下に椅子の背をかませておけば？」

「だめだ、しっかりかかる鍵をつけないと。回転式で、トリギーグルもクームも開けられないやつ。もしポルグレインが厨房から出てきたとしたら、彼でも開けられないやつ」

キャロラインは〈マウント・ホーク〉の東側に面した、奥の窓に歩いていった。こちら側は急斜面で、ずっと下まで岩が点在しており、斜面が終わったあたりで細い小川が流れている。彼女の背中にノースが声をかけた。

「この次はローランド・ファルクスがやってきて、

きみの財産の残りをよこせと要求するか、おれを撃ち殺してきみと結婚しようと乗りこんででもくるのか?」

「まったく、これじゃあ白髪になっちゃうわ」キャロラインが振り返る。「見て、ノース。右目の上のここ。白髪でしょ」

「なんてことだ」とノース。「きみは嘘をついてたようだな。若くて愛らしいと思ってたのに、ほんとうのところはおれの目をごまかしてたんだな。羊の皮をかぶった狼。処女の装束をまとったばあさん、か」

キャロラインはじっと彼を見あげた。「ノース、あなたって、けっこうおもしろいことを言うのね。ユーモアのセンスがあるわ。すごく楽しそうに笑うし。わたしは暗くて陰気な人と結婚するんだと思ってたのに。あなたはほんとうの姿を見せてなかったのね。まじめな顔しかしないし、話もしないし、不思議な行動ばかりすると言ってたのに。猟犬を連れて荒野に出かけたところも、まだ一度も見てないわ」

「おれだって、自分がどうなったのかわけがわからないんだ、キャロライン。たぶん陰気にしてるのもそうおもしろくないって、やっとわかったんじゃないか。暇つぶしにしてはなんともつまらないって」

午後遅く、ベネット・ペンローズは六千三百ポンドを手に入れ、ミスター・ブローガンが考えつくかぎり、書類に署名することで片付けられるいっさいの権利を失うことになった。

ノース、キャロライン、オーウェン、そして身重の三人娘が全員、玄関前のステップで手を振ってベネットを見送った。ミスター・ブローガンは大あわてで友人に会うために帰っていったが、ただの友人ではなくもっと親しい女性ではないかとキャロラインは思った。お礼を伝えたとき、彼の目の表情がそう語っていたように思う。輝いて、どこか気もそぞろといった目だった。おばのエレノアは、ミスター・ブローガンにとってたんなる友人以上の存在だったのだろうか？　ミセス・フリーリーが言ったとおりだ。ミスター・ブローガンはなかなかのハンサムだ。女性の相手がいるにちがいない。

アリスはいまだイヴリンのそばを離れず、いまや剝がれそうにないほどくっついていることにキャロラインは気づいた。イヴリンは、アリスの手をことあるごとに軽くたたいてやっている。

「だんなさま」

ノースが振り向く。「なんだ、トリギーグル？」

「女性の使用人三名が、部屋に不満だそうです」

キャロラインは眉を寄せた。「でも、わたしが自分で部屋を選んだのよ、トリギーグル。子ども部屋の東に、三部屋並びで用意したわ。すてきな部屋よ」

トリギーグルはオーク材の重々しい玄関扉のように、黙りこくっていた。

「トリギーグル」ノースがなんともやわらかな声で言った。「話したほうが身のためだぞ」

「あ、あのでございますね、だんなさま。われわれはただ、あのお部屋では、われわれが望まぬ、しかもいずれにせよ来ていただく必要のない、女性の使用人に満足いただけるとは思いませんでしたので。もっと手のこんだ部屋に案内いたしました」

「どこへ連れていったんだ、トリギーグル？」

「三階でございます」

「三階のどこだ？」ノースは相変わらずものやわらかだが、危険な香りのする声音で言った。

「屋根裏のすぐ下の、愛らしい部屋でございます。冬もたいそうあたたかくて」

キャロラインが笑いだし、ノースを驚かせた。「なかなかよくやったわね、トリギーグル、でもまさか、そんな手が通用するとは思わなかったでしょうに」

「われわれに嫌気がさして、ひとこともなく出ていくかと思いまして」トリギーグルは深々とため息をつき、キャロラインの右肩の向こうを見つめた。「いちばん年かさのミセス・メイヒューが奥さまに話をしたいと申しましたので、先にわたくしからお話をするのが筋だと考えました」

キャロラインはやれやれと頭を振った。「三人とも、最初に用意しておいた部屋に通してちょうだい、トリギーグル。少しがまんしてほしいの。たいへんだとは思うけれど、でも、主人が結婚したのだから、ふつうに考えれば、家に女性が入ってくるのも当然でしょう？」

「もうばかなことはこれまでだ、トリギーグル」ノースが言った。「わかったな？」

「だんなさまのその静かで厳しく暗い物言いを聞かされましては、承知するよりほかにございません。お夕食の時間でございます。ポルグレインはあなたさまと奥さまのお食事は用意いたしております。ほかの方々については、存じません」

ノースは感じがいいとしか思えない声で言った。「ちょっと一緒に来い、トリギーグル。よく話しあおう。それから、窓に押しつけられた奇妙な顔のことについても話がしたい」彼はキャロラインにウインクし、召使い頭の腕をがっちりとつかんで邸のなかに引きずっていった。ふとキャロラインは、自分がトリギーグルの腕を引っぱっていけばよかったと思った。ついてきてくれたかどうかはわからないけれど、自分こそが、彼の男尊女卑《だんそんじょひ》を戒《いまし》めるべきだったのでは。いま、自分はここの女主人なのだし、今朝の朝食をおいしいものに変えたのは、ノースではなく自分だ。ああ、でも、それには時間がたっぷりかかる。ともかく彼女は、新しくやってきた女性の召使い三人のささくれだった心をなだめ、男だけのこの邸の事情を説明しなければ。

ノースが配下の男たちになにを言ったかはわからないが、功を奏したようだった。夕食には男ふたりと女四人の六人分、すばらしくバラエティに富んだ料理が並んだからだ。チキンのカレークリームソースから、フランスふうにボイルした――つまり味わい深いボルドーワインに浸った鴨、そしてニンニクとマスタードをまとったヌマガレイまで。

オーウェンが言った。「きみがあのベネットのやつと渡りあうところ、見たかったな。少なくとも、やつはもうぼくの父さんと同じようにいなくなった。たしかにすべての書類に署名していったんだろうね、キャロライン？」

「ミスター・ブローガンが上から覗きこんで、いちいち確認していたからな」ノースが言った。「だいじょうぶだ、オーウェン」

「ほらね」オーウェンがアリスに言った。「なにもかもうまくやってくれるって、話しただろう？　もうきみがおびえる理由などないからね」

「アーメン」イヴリンが言った。「まったくとんでもない男だったわ」

「ほら、ほら」ミス・メアリー・パトリシアが言う。「レディがそんなことを言うものじゃないわ、イヴリン。男性の不快なふるまいに、心底いやな思いをしたのであってもね」

イヴリンは小癪《こしやく》な笑みを浮かべた。「だけど、ベネット・ペンローズは卓越した人物とは言えなかったわ」

「卓越、ね」ミス・メアリー・パトリシアがくり返す。「すてきな表現だわ、イヴリン」

「子爵さまがミス・キャロラインに向かっておっしゃっていたことがあったの。彼女がなにかなさったのだと思うけれど、子爵さまはうれしそうでいらしたわ。だからなにか、よい意味なのだろうと思って」

「へえ？」とオーウェン。「きみに芸があるとは知らなかったな、キャロライン」

すべてがいい雰囲気で流れていたが、そこへトリギーグルがあごを上げ、まっすぐ前を見つめて、すべるように食堂に入ってきた。ノースのところにたどりついて、ようやく止まった。身をかがめ、主人に耳打ちする。「ドクター・トリースがいらしております、だんなさま。またひとり、女性が殺害されたようでございます」

「なんだと!」ノースは椅子を蹴るようにして立ちあがった。「そんなことがあるはずがない、トリギーグル、作り話じゃないだろうな」

24

ミセス・ノーラ・ペルフォースはセント・アグネス・ヘッドの浜辺でうつぶせに倒れ、打ちよせる波に体を丸めていた。髪は赤茶色のロープのように束になってかたまり、その一本が背中に突きたったナイフに巻きついている。海と岩のせいで着衣のほとんどが破れ、ふくれてむきだしになった白い肌には、生々しい切り傷が深く刻まれていた。

ノースはベンジャミン・トリースのかたわらにひざをついた。「どれくらい海に浸かっていたのか、わかりますか、先生？」すぐに返事は返ってこず、ノースは顔を上げてドクターを見た。ドクターはうなだれ、目をつむり、唇を真一文字に引き結んでいた。

「彼女は友人だった」ドクター・トリースの声は、その肩と同じように力を失っていた。「くそ、ノース。友人だったんだ。エレノアが殺されてから、ほんとうに親切にしてくれた。わたしの話を聞き、いつでも歓迎してくれた。つらくてたまらないとき、いつでも受けとめてくれた。なんてことだ、ノース、わたしはもう人が死ぬのを見たくない。うんざりだ。それなのに、こんな暴力的な死が、また……もうたくさんだ、ノース、こんなことは耐えられない」

「とにかく彼女を引きあげましょう、先生。毛布を貸してください、彼女を包みます」

ドクターはぼう然自失といった状態だった。顔を上げてノースを見つめ、そして頭を振る。

「すまない。そうだな、きみの言うとおりだ。これ以上、こんなところで寝かせておくわけにはいかない。あんなに美しい赤毛だったのに、彼女はあんなに髪を大切に思っていたのに、いまでは海藻と一緒くたになって絡まって」

亡骸をノースが肩に担ぎ、うしろにドクターをたずさえて、曲がりくねった細道を上がってきたとき、キャロライン、オーウェン、グーンベルやセント・アグネス・ヘッドに住む半ダースもの住人たちが、崖の縁に立っていた。

「ふん」鉱夫がブーツのつま先で土くれを蹴りつける。「おれたちの土地で、また女がひとり殺されたって？」

「なんでこんなことが起きるんだ？」

「理由なんてねえよ、わからねえ」べつの男が言う。グーンベルのミセス・フリーリーの酒場でビールを給仕している男だとキャロラインにはわかった。「ミス・メグも嘆いてたぜ。まったく。いったいだれがおれたちの女を殺してやがるんだ？」

ノースはそっとミセス・ペルフォースを馬車の荷台に横たえ、ウールの毛布を掛けた。きれいな人だった。せいぜい三十五歳といったところだ。明るい雰囲気を持ち、深い青色の瞳はおだやかだった。トレヴェラスで服地屋をやっていた夫は数年前に他界し、子どもたちはみな独り立ちし、使用人のほかは彼女ひとりで暮らしていた。ノースと顔を合わせれば礼儀正しく挨拶《あいさつ》をするくらいだった。彼女や彼女の夫が彼の父親と面識があったのかどうかは、わからない。が、もはや彼女はだれかの手によって息絶えてしまった。エレノア・ペンローズと同じように。なんなんだ、いったいここでなにが起きている？

「ノーラはみんなに好かれてた」鉱夫が言い、北から吹きつける強風につばを吐いた。「お高く止まることもなかった。そんな彼女をだれが殺したんだ？　なあ、だんな？」ノースに向かってつづける。「あんた、治安判事だろ。これからどうすんだ？」

自分のところのデイヴィッド鉱山で働く、ピレットという鉱夫であることにノースは気づいた。「できるだけのことをやる、ピレット。できるだけのことを。なにかおれに話すことができたら、〈マウント・ホーク〉に来てくれ」そこでオーウェンを見る。「ベネット・ペンローズがどこにいたか、調べてくれ」

オーウェンはうなずき、静かに立ち去った。

集まった男たちは頭を振りながらおしゃべりし、やがてちりぢりになって、それぞれの家へと帰っていった。

ノースとキャロラインが彼の部屋に入ったのは、もう真夜中近かった。彼があやうくつまずきそうになった先にはスツールがあり、足で蹴るようにどけた。「このスツール、トリギーグルがここに置いたのか？　かもしれないな。きみがこれにつまずいて、美しい首を骨折でもすればいいと思ったのか。なんてやつだ、まったく」

そこで動きを止め、とどろくような低い音で十二回響きわたる玄関の巨大な置き時計の音色に耳をすませた。数える気にもならないほど遠い昔の先祖が、ブリュッセルの時計職人につくらせたばかでかい時計。いまいましいそれは、いっこうに止まる気配もない。少なくとも二百年は経つだろうに、こわれもせず、有史以前の人類が住んでいたという貝塚に捨てることさえできない。

「なにを考えているの、ノース？」

「えっ？　ああ、いや、あの時計の音を聞いていただけだ。あの音ときたら、あれほど妙な音もないといつも思ってしまう」

「そうね、そのとおりだわ。叫んでいるのに、ほんとうはだれにも聞かれたくないと思っているような、がらがらにしわがれた人間の声みたい」

「きみの考えることはおもしろいな。一緒についてこなくてもよかったのに」

「そんな。このお邸のこと、なんでも知りたいの」

ノースは暖炉に近づいてひざをつき、火をおこした。そのまま立ちあがらず、体だけ振り返って彼女を見る。「ベネットの居所を、オーウェンに調べてもらっている。もういなくなってるだろうが、わからないからな。きみのおば上を殺していないことは調べがついたが、もしかして、ひょっとすると、ミセス・ペルフォースは手にかけたかもしれないから」

「でも、どうして彼がそんなことを？」

「そんなことはわからない。彼女に金を無心していたのかもしれないし。ふたりは男女の関係があって、彼女がもうつづけられなくなったとか、彼のほうが思いがけない金を手に入れて愛想を尽かしたとか。なんにせよ、朝にはベネットのことがはっきりする。なあ、キャロライン、冷えてきたな。今夜はこの部屋に、このままいるか？」

「あなたがどこで眠るかによるわ。わたしはあなたと一緒にいたいだけ」

ノースが立ちあがる。彼女の前まで行き、彼女の顔を大きな手ではさんだ。「きみの考えることはおもしろいと言ったが、きみ自身も大好きだ、キャロライン・ナイティンゲール。きみという人はとても……いい」

そう言うとノースはキスを始めた。キャロラインはこれ以上疲れることなどできないと思うほど疲れていた。ベッドの柱にもたれかかって眠れそうだ。ところが疲れなど、悪い夢だったかのように消えていった。体のなかに力が湧いてきて、雲ほどの高みへと押しあげられ、踊りだしたくなってくる。彼が心地よさそうにうめくほど、キスしたくなる。

ノースは彼女をくるりとまわして背中を向けさせ、彼女の髪を持ちあげると、かがんで彼女の首筋や耳をついばみ、唇と舌でふれていった。「すてきだ、奥さま、最高だよ」彼の舌が軽く耳をなぞると、キャロラインはびくりとした。

「あなたの顔が見たい」キャロラインは体をよじって彼と向きあった。「あなたのすべてが見たいの」

ノースが焦げ茶色の眉をくいっと上げた。「また裸にしたいか？　おれを思うままにしたい？　昨夜のように？」

キャロラインはまじめくさった顔でうなずいた。「そのほうがわたしにはいいと思うの、圧倒されなくて。ゆっくり少しずつ進めてほしい。そうじゃないと、緊張して、こわくて部屋を逃げだしてしまうかもしれないの。まだわたしの知らないあなたがたくさんいるわ、ノース。あなたはすてきですばらしいけれど、やっぱりわたしとはすごくちがうから」

ノースはやさしく彼女の顔をはたき、一歩うしろに下がった。三分も経たないうちに裸になった彼が、にっこり笑って両腕を大きく広げた。「さあ、どうぞ、キャロライン。ぼくにどんなことをさせたい？」

期待と興奮で、キャロラインは目がくらみそうだった。彼にふれたくて指がうずく。「ベッドに横になって、ノース。あおむけで。お願い」

ノースは巨大なベッドのまんなかで大の字になった。「ヘッドボードに腕をしばりつけたいか？」

キャロラインはわけがわからず小首をかしげる。「なんのために？」

ははは、とノースは笑ったが、なにも知らない無垢な彼女に思わず笑い声をあげたのだとキャロラインはわかった。「おれを完全にきみの好きにするためだ。急におれがきみをあおむけにして組み敷いたり、主導権を握ったり、圧倒したり、男の力で押さえつけたりして、それでこわがらせないとも限らないだろう？　おれはきみより力が強い。それに男だから、抑えが効かなくなるかもしれない」

「わたしだって同じよ」キャロラインが言った。「自分でもよくわからないの、ノース。変なことを言うようだけど、新婚の花嫁が考えちゃいけないようなことなのかもしれない。慎みもなく、しとやかでもなく、品もないかも。ねえ、襟巻きはどこ？」

彼女は彼と一緒に笑いながら、彼の手首をゆるくヘッドボードにくくりつけた。

「ほら、これでもうあなたはわたしの意のままよ、ノース・ナイティンゲール」

「そうだ」ノースがなにか思いをめぐらすように彼女を見る。「なんだかすごく楽しそうだな」

「どうしたの？　わたしの好きにさせて、後悔してる？」

「いいや。それどころか、花婿向けの本を書いたらどうだろうと考えていた。二日目の夜には花嫁が花婿を縛りたくなるだろうが、それはすばらしいことだから、妻が庭の壁まで行ってしまおうが、湯船でバッハのフランス組曲を演奏しはじめようが、心配せずに妻の好きなようにやらせるべきだと」

「なんだかすてきね」キャロラインはベッドをおりて、もう何本かろうそくを灯し、服を脱ぎはじめた。欲望に輝いた瞳が、彼をもどかしくさせる。自分がいまなにをしているか、それがどんな効果をもたらすのか、彼女にはよくわかっているのだ。丸まったシュミーズが足もとにく落ちるころには、ノースの呼吸は荒く乱れていた。

「キャロライン」ノースは手首を引っぱって自由にしようとしたが、動きを止めた。この状況を楽しんでいる自分に気がついた。暖炉に使われているイタリア産のカララ大理石くらいかたくなり、心臓の動悸《どうき》が速すぎて息が上がる。妻というものが夫婦の睦《むつ》みごとにこれほど熱くなり、意欲まんまんで、夫が耐えきれなくなるほど悦ばせたいと思うものだとは、想像したこともなかった。

「わたしの髪」キャロラインは自分が彼の欲望を煽っていることをよく知りながら、ただそこにたたずんでいた。髪からヘアピンを抜き、手櫛を通す。そして両腕を上げ、頭を振って言った。「さあ、これでやっとあなたにふれられるわ、だんなさま」

ノースは枕に体をあずけて目を閉じた。全身がどくどくと脈打っている。彼女に見られている。じっくりと。早くその手でふれてほしい。唇でふれてほしい。想いがつのりすぎて叫びだしそうだ。

広げた彼女の両手が彼の胸に置かれ、ノースはびくりとした。その手が腹に移り、彼ののどの奥からうめきがもれる。さらに手が彼の大切な部分を包みこむと、彼の背中がしなってベッドから浮いた。

あっというまに頭がくらくらし、ぼうっとしてしまう。「キャロライン、いとしいきみ、もうやめてくれ、頼む」

しかし彼女はやめず、身をかがめて彼にくちづけた。その衝撃に、ノースが息をのむ。なまなましい感覚がうねりながら全身を貫き、体が跳ねた。

彼女の手が片方、彼の胸に押しあてられる。「あなたが夫で、すごくうれしいわ、ノース」

ノースの胸は荒々しく上下している。目を開けて彼女を見あげる。見ひらいた彼女の瞳は、東の斜面のふもとにある沼地の草よりも緑が深い。少しだけひらいた唇に、息も絶え絶えになるようなキスをしたい。ふたりして崩れ落ちるほどのキスを。

「もう離してくれないか、キャロライン？」

「だめ、まだだめよ。あなたにキスしたいの、ふれたいの。ちょっと順番をまちがえたかもしれないわ。山の頂きから始めたほうが、ぞくぞくしたかもしれない。その……腰から始めるよりも」

「そうだな」とノース。ふたたび彼女の両手に包まれ、体に震えが走る。「やっぱりきみの考えることは、すばらしいよ」

「ええ、でも、あなたのきれいな唇から始めるべきだわ、ノース」キャロラインはひざをつき、髪をすべて右肩に寄せかけて彼の上にかがみこんだ。身を乗りだして彼にくちづける。

彼の下唇にそっと舌でふれる。どうすればいいのかわからない、とでも言うように。不慣れなことなどノースは少しも気にならなかった。自分のすべてをさらわれたかのように感じたが、彼女に襲いかかることも、主導権を握り返すこともしない。すると今度はもっと自信のこもったキスが降ってきて、舌が入ってきたときにはノースは自分がはじけるかと思った。キャロラインが体を引き、彼を見おろす。次に、彼の体を。「あなたにキスすると、すごく燃えて熱くなってくるの、ノース。少しやすまないと、手順をなにもかもすっ飛ばしてしまいそう」そこまで言って大きく息を吸いこむと、彼女の胸にノースの視線が釘付けになった。「あなたの体にある黒い毛、ぜんぶ好きよ。ほら、ここ」彼女が彼の胸毛にふれて、やさしくなでる。「とてもやわらかくて、あたたかい。わたしには、こういうものはないわ」

「ああ」自分の体のなかで彼女を、彼女のしていることを、感じていない部分があるだろうかとノースは思った。どこもかしこも、全身にふれてほしい。

「唇も大好き」キャロラインはまた身を乗りだして、キスをした。「男の人にキスするのがこんなに楽しいなんて、思わなかった」胸が彼の胸にふれ、動いて彼の肌を愛撫する。ノースはもうどうしようもなく、彼女のなかに入りたくなった。手首を縛る襟巻きを引っぱると、たちまちほどけた。ゆっくりと腕をおろし、彼女の背中にまわした。

「許してくれ、キャロライン。でも、もう手遅れになりそうなんだ。きみには楽しいかもしれないが、おれはもう限界を超えてしまってる」そう言うとキスをし、なでて彼女をあおむけにした。彼女の脇腹に鼻をすりよせ、なけなしの自制心を失うまいとしていると、彼女の手が背中をすうっと下へなでていった。

ノースは彼女の上になり、彼女を見おろした。いままでの人生でも、いままで生きることになるかもしれなかったほかのどんな人生でも、これほど美しい女はいなかった。指で彼女を慈《いつく》しんでいく。彼女を煽ることがわかっている、深いリズムで。そのうち、もう一刻も待てないところまできた瞬間、すかさず彼女とひとつになった。深く、深く、奥まで入りこみ、彼女をなでて、キスをする。彼女があえぎ、身をこわばらせたとき、彼は深くくちづけながらも満足の笑みを浮かべ、彼女の叫びを自分の口で受けとめた。自分が果てたときには……その衝撃で死ぬかと思った。

「ノース?」

「うん?」彼は彼女と頭を並べるように、枕に突っぷしていた。どうして彼女はこんなに早く回復するんだ? 彼はまだ呼吸に集中したかった。呼吸だけで精いっぱいだ。いまこの瞬間を生きながらえ、次の瞬間も生きているために。だが彼女のほうは、彼の名前をはっきりと口にすることもできている。

「子どもを一ダースつくりましょう、いい?」

「ううん……」息を吸う、息を吐く、ゆっくりと深呼吸。彼女が下で身じろぎするのを感じたとたん、くやしくもあり、いたく満足でもあったのだが、彼女のなかでまた大きくなっていた。「うう、こんな」ノースは体を起こして身をかがめ、彼女にキスをした。と、自分を締めつける彼女を感じる。こんな奇跡はありえない。

「嘘だろ？」ノースの体に震えが走り、動けなくなる。

「んん？　ああ、とてもすてき、ノース、ねえ——」

彼女がこれほどだとは思っていなかった。が、それはまたあとで考えよう。彼は彼女を快楽へと導き、そして自分も、人生において大切なものをすべて結晶化したような、えも言われぬ瞬間に身をひたした。口もとがほころんでいた。精根尽き果て、満たされ、十年でも眠れそうだった。

ノースは彼女を脇に抱えるように抱いた。胸にあたたかな吐息を感じる。「子どもよ、ノース」肌に沿わせた唇で彼女は語り、キスをし、そしてついばんだ。「たくさん、たくさんつくりましょう」

ノースはうめいた。

「わたしはずっとひとりっ子だったの。いやだった。ときには寂しくなったわ。わたしを産んだあとで母が二度は身ごもったのに、子どもが無事に生まれることはなかった。幼い妹がたくさんほしいと父に言ったこともあるけれど、父は首を振るばかりで顔をそむけてしまった。七歳か、もう少し幼いときだったか、ふたりの小間使いが母はあの妊娠で死ぬところだったと話してため息をついてるのを聞いたわ。わたしは母と同じようであってほしくないの」

いったいどうして彼女は、こんなときにこれほど筋道立てて考え、こんなふうに話すことができるのだろう？　彼のほうはとてもそこまでできない。なんとか彼女の髪にくちづけ、ラベンダーの香りを五感で堪能《たんのう》しただけだ。そのあと軽くいびきをかき、満たされた男ならではの眠りをむさぼった。

キャロラインは彼を抱きよせた。彼にとってたいへんな一日だった。男性にだって休息は必要だ。頭にミセス・ノーラ・ペルフォースが浮かび、体に震えが走った。いったいここでなにが起きているのだろう。

「母と同じようであってほしくないって、どういう意味だ？　きみがお母さんとちがうのは当然だ、そうだろう！　そんなことを言うんじゃない」急なノースの声にものすごく驚き、キャロラインはとっさに彼から離れた。彼は両ひじをついて起きあがり、怒ったような顔で彼女を見おろしていた。声も怒っている。しかし次の瞬間、彼はまた眠りに落ちていた。ただ寝ぼけていただけかもしれない。

キャロラインはまた彼に寄り添い、きつく彼を抱きしめた。これほど強い反応を見せてくれたことがうれしかった。少しは彼女のことを大切に思ってくれているということなのだろう。男の欲望を超えたものが、少しくらいはあるのかもしれない。

では、自分の女としての欲望は……それはきっと、ごく自然なことなのだろう。キャロラインのほうも、彼を想うと心が舞いあがる。あたたかな人間らしい感情。神聖な心地さえする。姿形はなくてもあふれるほどに感じられる、一点の曇りもけがれもない想い。頭ではなく心に近いところにあるもの。でもおかしなことに、ノースに組み敷かれているあいだは、こんな想いは顔を出さなかったように思う。

彼がベッドであおむけになり、頭の上で手首を縛られていたときの自分の気持ちのほうが、まだキャロラインにはわかりやすかったような気がした。

25

「あの、お嬢さん、いえ、奥さま？」

キャロラインがナイティンゲール家のマーク王回顧録から目を上げると、召使いのティミーが部屋のドア口に立っていた。

「あら、ティミー。湯浴み用のラベンダーを探してきてくれたの？」

「あ、いえ、それはまだです、お嬢さ――いえ、奥さま。湯浴みはもうミセス・メイヒューがお世話したかと思って」

「あなたのほうがいいのよ、ティミー」

「ありがとうございます、お嬢さ――奥さま。なんだかとても大事そうなものをお読みなんですね」

「だんなさまのご先祖でも殿方にとっては、たしかに大事でしょうね」キャロラインは答えた。「マーク王って聞いたことがあるかしら、ティミー？」悲しそうに首を振るティミーを見て、彼女はほほえんだ。「十六世紀なかごろにブルターニュ地方とコーンウォールを統治したとされている王さまよ。あんまり昔すぎて、真剣に考えるような人でもないけどね。でもマーク王って、クノモロスとも呼ばれていたのだけれど、妻のイゾーデだかイゾルデだかに裏切られて、それで――」急に口をつぐむ。「こんな話、おもしろくないわよね。なにか用だったの、ティミー？」

「いえ、あの、奥さま、ミスター・ファルクスのやつがいなくなってずいぶん経って、もうあなたをかどわかそうとする人もいなくなったから、あの銃をいただけないかと、そう思ったりして」

「ああ」キャロラインは立ちあがった。マーク王のことや、彼の不実な妻のこと、そしてトリスタンが彼の甥ではなくじつの息子だったのではということなど、たちまち忘れた。小さな銃を取ってくると、考えをめぐらせる表情を浮かべて少年を見た。「ほんとうに、お父さまの銃がこわれたから、お父さまがこの銃をほしがっているの？」

「ええ、はい、お嬢さ――いえ、奥さま」

「あのね、あなたの家族のことをクームに訊いてみたの。あなたのお父さまは銃をいくつか持っていて、大きなラッパ銃も持っているそうじゃない？」

「えっ」ティミーはうつむいて自分の足を見た。「じゃあ、さっきのマーク王の話なんですけど――」

「それにクームは、あなたのお父さまがあまりいい人ではないとも言っていたわ」

はじかれたように頭を上げたティミーは、急にこわい顔をしていた。とても少年の表情とは思えない。「あのろくでなし親父は、グーンベルの酒場で肝臓が腫れるまで酒をかっくらってる。ミセス・フリーリーに酒場をつぶす気かいって言われて、追いだされても。ふらふらになってうちに帰ってきてもまだビールを飲んで、母さんや姉さんたちを殴るんだ。腫れた顔で叫びながらぼくのほうに来たら、ぼくは〈マウント・ホーク〉に逃げてくるだけだけど、母さんや姉さんたちはどこにも行けない。だからぼくはあの銃がいるんです、お嬢さ――いえ、奥さま。家族を守らないと」

キャロラインは手にした小さな銃をちらりと見た。これは父の形見だ。でもティミーの気持ちもよくわかった。自分が生きていること、自分にもなにかできること、無力なだけじゃないことを証明するためには、行動が伴わなければならないことも。あの身重の三人娘もナイフを持っている。ミス・メアリー・パトリシアは小型の銃まで持っている。キャロラインのナイフも衣装だんすの抽斗《ひきだし》に入っている。「あなたの言うとおりね、ティミー。あなたのほうがわたしよりこの銃を必要としているわ。ただし、じゅうぶんに注意すると約束して。あなたのお父さんを撃ったりはしないこと。約束できる？　お父さんを止めるときは、頭の上に向かって撃つのよ。頭のずっと上。ものすごい音がするから、牛だって驚かすことができるわ。撃つだけでお父さんの気をそらせるでしょう。一発で効かなかったら、もう一発、お父さんの頭の上を撃てばいいいんだけど、できる？」

「約束します、お嬢さ——いえ、奥さま。父さんを殺したくはないです。ただ度肝を抜いてこわがらせて、殴る気をなくさせられたら、それで。二回撃てるかって、どういう意味です？」

「銃の撃ち方は知ってる？」

ティミーはふうっと息を吐いた。「いえ、銃なんて一回も撃ったことないです」

「そう、それなら果樹園に行って練習しましょう。なかをきれいにして弾を装填する方法も、やって見せてあげる。ティミー、これは二連発銃で、弾を二発こめられるの。真鍮の銃身が二本ここに並んでいるでしょう？　銃身はいつもきれいに磨いておかなきゃいけない。ここは鉄でできてて、ここを切り替えて、どちらの銃身を使うか選ぶのよ。それで、ここの火打ち石式発火装置なんだけど……」

一時間後、東の斜面から銃声を聞いたノースは、うなじの毛が逆立った。駆けだしたものの、地面が急に坂になったところでスピードが出すぎて足がもつれ、リンゴの木にぶつかってしまった。そのまま木につかまって肩で息をしながら前を見ると、キャロラインとティミーが二十フィートほど離れたところに置いた瓶を撃っていた。彼女がこう言っている。「いいわよ、ティミー、こつがつかめてきたわね。銃をしっかりかまえて——重いのはわかるけど、しっかり固定しなきゃだめ——標的を直線上でとらえるように視線を動かして。そうよ。

さあ、そしたらゆっくり、ゆっくり引き金を引いて」

大音量の返事が響いた。ガラス瓶が吹き飛び、粉々に砕けるのがノースの目に映った。

いったいなにをしてるんだ？〈マウント・ホーク〉の主として、大またで歩みよろうとして、足を止めた。いや、彼女がティミーとなにをしているのかは、あとで訊こう。

ノースは背を向けて斜面を上がっていった。途中、低く垂れた枝からリンゴをひとつもぎ取った。つやつやになるまで腿のあたりでリンゴを磨くと、上に放り投げ、受けとめ、たったの四口でたいらげた。

銃とティミーとで彼女がなにをしていたにせよ、退屈な話にはならないことがノースにはわかっていた。


退屈どころではなかった。ノースはまじまじと妻を見つめ、口を開けては閉じ、また見つめる。ゆっくりと、言葉を紡ぎだした。台風の目ほどの静かな声で。「きみはティミーに、父親が酔っぱらって母親や姉を殴っているとき、父親そのものを撃つのではなく、父親の頭上に銃をぶっぱなして震えあがらせろと言ったんだな」

「そうよ。ティミーは覚えが早いわ。もうなかなかの腕前よ。ほんとうに自信がつくまで、一緒に練習するけれど、もう急におどかされても人を撃つ心配はないわ。彼のお父さまも、今度家族に手を出そうものなら、驚くことになるでしょうね。あの酔っぱらいさんは」

ノースはやはり妻を見つめることしかできず、やれやれと頭を振った。自分の務めに戻るしかないとばかり、〈マウント・ホーク〉を出た。

一時間後、キャロラインはミス・メアリー・パトリシアと客間に座り、赤ん坊の産着《うぶぎ》を一緒に縫っていた。そこへクームがやってきて、ミス・メアリー・パトリシアなどいないかのように、キャロラインに話しかけた。「奥さま、ミスター・ポルグレインが、今週の献立のご意見をうかがってご相談したいと、申しております。だんなさまは外出なさっておられるようですので」

「だんなさまだって、ポルグレインと献立の相談などしたことがないでしょう？　よく知っているはずよ、クーム」

「本来はなさるべきなのです、奥さま。ミスター・トリギーグルが引きつづきお引き受けするわけにはまいりません」

キャロラインはもう数針、縫いすすめた。どれも目が粗く、曲がってしまったが。小さなローンのシャツを座っていた長椅子に置くと、驚いて顔を上げた。「あら、クーム、まだいたの？　十五分後に〈貴婦人の間〉で会うとポルグレインに伝えて」

「〈貴婦人の間〉などございませんが、奥さま」

「できたの。書斎の隣奥の、あの日当たりのいい部屋よ」

「ですが――」

「十五分後にね、クーム」

「はい、奥さま」

こわばったクームの背中がドアの向こうに消えると、ミス・メアリー・パトリシアが忍び笑いをした。思いがけないその笑い声は、すごく耳に心地よく響いた。「彼って、おかたい人なんですよね？」そう言ってまたくすくす笑う。「昨日〈マウント・ホーク〉の村に行ってたんですけど、彼ったら大通りの小さなケーキ屋さんの女主人にやたらと甘い言葉をかけていて。髪の薄い男は男らしいとかなんとか、そういうことを言ってました」

キャロラインは言った。「おかたい人と言えば、トリギーグルもそうよ。ほんと、三人のなかでもいちばんかたいわよ。明日、〈貴婦人の間〉に内装屋さんが来てあれこれやりはじめたら、あのふたりはきっと怒りに燃えて踊りまくるんじゃないかしら」そう言って両手をこすりあわせる。「待ちきれないわ」

「また内装に手を入れるんですか？」

「一度にひとつずつ片付けているの。〈チャドレイ女子寄宿学校〉でイタリア語の先生から、ずっと同じことにばかりかまけないように、と教えられたから。同じことばかりしていてもなにも片付かないのだそうよ。その教えを忘れたことはないの。一度にひとつずつ、ね」キャロラインは笑った。「ノースも同じ考えよ。うちのおかたい配下三人衆は、女性の働き手が来たことでいまだにうろたえてるけれど。でもミセス・メイヒューは、いまではもうほんのわずかなりとも、彼らに心を乱されたりしないでしょうね」

「前はちがっていたんですか?」

「ええ、ミセス・メイヒューと彼女の補佐役のふたりをもともと用意した部屋に案内しなおしたときに、ひとつふたつ助言をこっそりとしたの。このあたりではミスター・クームとミスター・ポルグレインを知らない人はいないって、彼女は言ってたわ。ふたりとも女嫌いで有名で、それはこれまでの主人のせいなんですって。だから彼女、早くここに来て、どんなふうに彼らが邸を切り盛りしているのか見てみたいと思ってたらしいの。だからね、うちのおかたい男三人衆も、きっとなにかしら新しいことを学ぶと思うのよ」

「これで邸に女性が七人。彼らは歯ぎしりしていることでしょうね」

「ええ、ええ。すてきじゃない?」


ポルグレインはおもしろくなかった。こんなところにいたくなかった。あの女が用途を決めた、この美しい部屋。この部屋は彼女にだめにされる——かならず、そうなる——だがしかし、若くて経験の浅い世間知らずの現当主は、自分の邸であの女がしていることが見えていない。女への恋情で締まりがなくなり、好き勝手にやらせている。不実な女を相手にする男が、どこにいる? しかも、ほかにいる女たちときたら、どんな女だというのだ? しかも、さらに三人増えた。先の三人は腹に赤ん坊を抱え、なにやら小さなものをちまちまと縫っている。考えると血も凍る思いがする。そしていま彼は、あの女のものであるべきではないこの愛らしい部屋で、この邸の女主人となったあの女を待っていなければならないのだ。

ポルグレインは部屋を見まわして言った。「貴婦人のための部屋には見えません。どんなことをしても、そんなふうに見えることはないのではないでしょうか」

「明日の夜には変わっているわ」キャロラインが軽快な口調で言った。「淡い黄色のカーテンを掛ければぜんぜんちがってくるわ、そう思わない、ポルグレイン？　淡くて薄い色の絹をたくさん使って。色白の貴婦人と同じようにね。ああ、それにやわらかいクッションも椅子の上に置きましょう」

ポルグレインはつばを飲みこんだが、うなずいて同意をあらわすまではいかなかった。やせこけた顔に、さっと苦痛がよぎったのがキャロラインの目に入った。年はトリギーグルと同じくらいだが背は彼より低く、体つきは同じように細身で、白髪交じりの見苦しい髪に、とがったあご。前歯には大きなすきまがある。顔に笑いじわはまったくない。そのせいで年齢よりも若く見えるのはまちがいないが、人間味が感じられない。三人のうち、執事のクームがいちばん年若で、着衣やふるまいもだいぶしゃれている。だからケーキ屋の女主人も口説いていたのだろうか？　ミス・メアリー・パトリシアと一緒に、ぜひその場面を見てみたかったものだ。〈マウント・ホーク〉に近づかないかぎりは、いくら女性でも大目に見てもらえるのだろうか。いや、大目に見るどころか、好意を寄せられたり、口説かれたりさえするのかもしれない。

キャロラインは椅子にもたれ、ひざの上で手を組んだ。「今日のお夕食に考えているお料理は、どんなものなの?」

二十三分後にポルグレインが出ていったとき、キャロラインは頭を振り、両手がこぶしを握りそうになるのをこらえていた。肩が凝っているのを感じて、首をまわす。夕食に関しては、自分のほうからたくさん提案をしなければならないだろうと思っていた。ポルグレインは彼女が男ではなく女で、だからここにいることさえおかしい、ましてや彼に命令することなどとんでもないと思っていて、いちいち反発するだろうから。

夕食に考えている料理を尋ねたとき、彼はただぼんやりと彼女を見るのみだった。だから彼女は父親がしていたような表情をまねた。「そうね、わたしは鹿肉の煮込みが好きなんだけど」

「鹿肉は手に入りません」

「あなたはやり手でしょう、ポルグレイン。あなたなら手に入れられるはずよ」

「ポルグレイン家では、みな代々やり手ではありますが。鹿肉は無理です」

「無理だなんて言葉は、ダーウェント=ジョーンズ家では聞き入れられないわ、ポルグレイン。そうね、ミス・メアリー・パトリシアは豚肉のリンゴとセージソースが好きだし、ミス・イヴリンはステーキ・パイに目がないそうよ。あなたならどういうものか知ってるでしよ――ジャガイモと新鮮なグリーンピースが添えてあるのよね。ミス・アリスはオックステール・スープが好物なのよ」

「セージがありません。セージがなければステーキ・パイはつくれません」

「ああ、それなら村にだれか行かせて調達させて。ミセス・クリムのところではあらゆる調味料や香辛料を庭で育てているわ。知らなかったの、ポルグレイン?」

「知っています。ですが、どうして奥さまがこれほどの短期間にミセス・クリムのことをご存じになったのか、それがわかりません」

「わたしは女よ、ポルグレイン。とても頭がまわるの。あなたの見えないことも見えるかもしれないわ」

「だんなさまはオックステール・スープがお嫌いです」

「それなら彼にはカメのスープをつくってさしあげて。大好物でしょう?」

ポルグレインは唇を噛んだが、三方の壁を覆う暗色の色あせた壁紙のように沈黙を守った。彼がずっと愛してきた壁紙。くすみなのだろうか、よくわからないが灰色の汚れがこびりついているし、ティミーが掃除しそこねたか、前にいた従僕のロバートが気づかなかったのか、埃も舞っている。ああ、もちろん彼女は女だから、そういうものも見えているのだろうな。いまいましい目だ。だがいま彼女は、この貴重な部屋を蹂躙《じゆうりん》しようとしている。彼の愛するこの壁紙は、まもなくごみ箱行きになるのだ。もう生まれ出《い》でることはない。そしてこれからはティミーでなく、新しく来たあの女の召使いがここの掃除をするのだろう。ティミーはまだすべてに目が行き届かない。しかし、細かなちりが残って少々飛んでいようが、そう目くじらたてることでもないではないか。ティミーはいま仕事を覚えている途中なのだ。あの女たちが〈マウント・ホーク〉に来なければ、文句のつけようもない召使いになっていたのに。

「ああ、そうね、イタリアの軽食ビスケットである桂皮ビスケットや、オレンジケーキ。ミス・アリスにはシュルーズベリ名菓のビスケット、シュルーズベリケーキがいいわ。どれもおいしいでしょう？　レモンとジンジャーが入っていたと思うけれど」

ポルグレインは頭を振って口をひらいたが、キャロラインが先を制した。「あなたはたいへんだと思うわ。男性としていろいろ仕事をして、料理まで手伝わされるんだから。料理をするのと男性でいるのとは、うまくかみあわないことなのかもしれないわね。男の人は上手に料理したり、新しい料理を難なく覚えたりするようには、できていないのかも。よかったら、ミセス・メイヒューに話して――」

「いえ、奥さま、わたくしは国一番の料理人を自負しております！　女性では理解しえないような材料を使って、どんな料理でもご用意できますし――」

「うれしいわ、ポルグレイン。タラのオーブン焼きや、こんがり焼いたイガイなんか、ごちそうよね。あなたの裁量でほかの材料を加えて、もっとおいしくしてくれていいのよ。ここに希望の料理を書いておいたわ。ありがとう、ポルグレイン。じゃあ、また来週のこの時間に。もしなにか手伝ってほしいとか、訊きたいことがあるとか、邸にいる女性の手を実際に借りたいとかがあれば、言ってちょうだいね。わたしたちみんな——七人ともみんな——喜んでお手伝いするわ。ああ、そうだ、新しく来た使用人も、当然、厨房であなたたちとお食事をしますから。自分の部屋まで食事を運んでいくのは、気が進まないそうなの。よそ者みたいな感じがするから、って。彼女たちもナイティンゲール家の一員になりたいのよ。ええ、だからあなたたちと一緒にお食事させるわね」キャロラインはおもねるような笑みを浮かべ、手書きの覚え書きを彼に渡した。「そうだわ、次に指示を出すまでは、お食事はずっと六人分お願いね」ポルグレインの腕を軽くたたき、〈マウント・ホーク〉にいったいなにが起きたんだと言わんばかりの顔をした彼を残して、キャロラインは部屋を出た。

　きっかり六時、キャロラインは客間の時計をにらみ、いったいノースはどこにいるのかと思っていた。オーウェンがアリスに小声で話しかけているのを、聞くともなしに聞いている。

　そのとき、彼の音が聞こえた。階段を早足でおりる、しっかりとした足音。そしてドアがひらき、彼が大またで入ってきた。湯浴みで髪はまだ湿り、黒のイブニングをまとい、これまで目にしたどんな料理よりもおいしそうだった。ポルグレインでも、ノースほど食欲をそそるものはつくれない。はっと気づくと彼女はノースを見つめていて、周囲は静まりかえっていた。イヴリンの忍び笑いが聞こえた。

ノースはキャロラインの前に立ち、満足げな笑顔で彼女を見おろして、彼女の頬をこぶしでそっとなでた。「ごきげんよう」彼の視線が彼女の唇に移る。キャロラインは息をのんで口をひらいた。居並ぶ身重の娘たちの目の前で、震えている自分を意識する。どうにか言葉がすべりでた。「今日はどんよりとしたお天気だったわね」

「ああ、雲が動かず、空で居座ってるな」

「果樹園でリンゴを食べたわ」

「知ってる。おれも食べた」

「どこに行ってたの？」

「グーンベルだ。仕事で。仕事だけだぞ。だが正直言うと、なかなか楽しかった」

オーウェンが言った。「ところでノース、ミセス・ペルフォースのことはなにかわかった？」

ノースの動きが止まり、一瞬、笑顔も消えた。オーウェンに向きなおる。「たいしたことはなにも。ベネットがミセス・フリーリーの店で飲んでいたことはわかった。まったくあいつは。残りはまたあとで話す。まあ、話すこともほとんどないんだが」

「そんなの嘘でしょう」とキャロライン。

「とにかくあとで話す」ノースは返した。「夕食の前に動揺させるようなことは言いたくない。まあ、それは夕食のあとでも同じだがな」

26

ミス・メアリー・パトリシアが言った。「お願いします、子爵さま。おそろしいお話でもわたしたちの耳は耐えられますわ。ええほんとうに」長々と、大げさに間をとる。「じつは子爵さま、イヴリンが気づいたことがあるのです」

ノースはおいしい鹿肉の煮込みに舌鼓《したつづみ》を打ち、天にも昇る心地を味わっていた。横からオーウェンが言う。「村人がみな武装してる。ここはなにもかも平穏無事で静かだったのに、いまでは――」奈落の底に声が落ちていく。

「いや、しかたがないさ」ノースが言った。「おれもセント・アグネス・ヘッドでキャロラインのおば上の遺体を発見した。おれはここに来たばかりのよそ者だ。村人があれこれ言うのも無理はない」

「そうですね」イヴリンがすかさず口をはさんだ。「でも、先日亡くなられた、あの女性のときは。子爵さま、あなたはこの近辺にいらっしゃらなかったんですよ。あの卑劣なベネット・ペンローズがいたのならいいのに」

「そんなことを、どうしてきみが知っている？」ノースが訊いた。

イヴリンが頬を赤らめた。その光景にキャロラインはあら？と思い、目が離せなくなった。やや間があって、イヴリンが言った。「ミスター・セイヴォリーに聞いたんです、子爵さま。頭のよい方ですのね。それにとてもやさしくて。あなたの調査をお手伝いなさっているとおっしゃっていました。子爵さまこそ、たいへん頭の切れる方だとも」

彼がそんなことを？ノースはフラッシュに、すべては内密にと言っておいたのだが。イヴリンをまじまじと見ながら、ノースはフラッシュが落とし穴にはまったのを発見して、降参するしかなかった。イヴリンはいくら腹がふくらんでいても、はっとするほど美しい娘だ。ああ、もう、しかたがない。

「イヴリン、きみには言いづらいが、卑劣なベネットもこの近辺にはいなかったんだ。残念ながら」

「ほかにもお話ししたいことがあるんです、子爵さま」イヴリンがつづける。

「なんだ？」

「ドクター・トリースがミセス・ペルフォースと親しかったということです」

「ああ、それはおれも知っている」ノースが言った。「彼女が浜辺に打ちあげられたとき、ドクターはひどく動揺していた。キャロライン、きみのおば上が亡くなってから、ドクターは彼女にとても親切にしてもらったそうなんだ。ドクターは取り乱していたよ」

キャロラインは逸る気持ちで口をひらいたが、ノースが首を振ったのでしゃべるのをやめ、皿に載ったおいしいグリンピースのバター炒めに戻った。

なんの落とし穴にも気づかないオーウェンは、言った。「キャロライン、ドクター・トリースはきみのおば上に好意を抱いていた。そして、ノーラ・ペルフォースにも。ドクターは頭がおかしいんだろうか、ノース？　女性のご機嫌をとって取りいって、そのあと命を奪うとか？」

「まさか」ノースが答えた。「そんな、ばかばかしい。食事をしろ、オーウェン。アリスがこわがってるじゃないか」

すぐさまオーウェンはアリスに向きなおり、彼女の手を軽くたたいた。まるで彼女のおじか、贖罪《しょくざい》司祭のようだ。

しかしキャロラインは考えつづけていた。ドクター・トリースは三年前に殺された女性とも知り合いだったのだろうか。彼女はなんといったかしら？　ああ、そうだ、エリザベス・ゴドルフィン。

ふとノースが顔を上げると、トリギーグル、クーム、ポルグレインがドア口に立っていた。

「なんだ？」

トリギーグルが咳払いをした。「いえ、だんなさま、わたくしたちはそちらの若い娘さんがおっしゃっていたことが気になっただけでございます。あなたさまになにかよからぬことの責任があると思うなど、的はずれもいいところだと、そちらの愚かな方々に申しあげとう存じます」

「それはどうも」とノース。「ほかに、なにか仕事があるんじゃないのか?」

「このように大きなお邸では、つねに仕事はございます、だんなさま。加えて、現在はひじょうに大勢の人間が暮らしておりますゆえ、驚くほど仕事が増えているのでございます」

キャロラインが言った。「それなら、ミセス・メイヒューを――」

「いえいえ」クームがすかさず言った。「なんとかなります。これまでもずっとそうでした。どのように絶望的で緊迫した状況でも」

「おまえたち三人にはいつも感服しているが、その度合いはどんどん増すばかりだ」ノースが言った。「ああ、ポルグレイン、牛のもも肉は絶品だったよ。デザートも、カメのスープもうまかった」

「だんなさまに喜んでいただければ、なにも申しあげることはございません」

ノースはうなずいただけで妻と目を合わせ、料理人に大きな笑顔を向けた。「いや、奥方が選んだ料理はすべておれの好みに合っていたな、ポルグレイン」

「では、われわれは喜んでよいというわけでございましょうか、だんなさま」

だれもが驚いたことに、アリスが口をひらいた。「オックステール・スープも、あの、とてもおいしかったです、ミスター・ポルグレイン」

ポルグレインの顔がひきつった。テーブルの中央にある、不格好な飾り皿にまっすぐ視線が飛んだ。「クローブの熟《う》れ具合で味に差が出るのです。だんなさまはオックステール・スープがお好きではありませんが」

プロシアの陸軍元帥ブリュッヒャーのごとく直立不動で一列に並ぶ、三人の男性使用人とテーブルの料理について話をしているのはなんとも奇妙なことなのだが、そのことをだれも口にしなかった。しかしその夜、ずっとあとになってキャロラインがノースの胸から離れ、両ひじをついてこう言った。「ポルグレインが用意してくれるお料理よりも、あなたのほうがおいしいわ」

「おれの体が熟れてるってことか？」

キャロラインは笑って、彼の肩、のど、あご、そして唇にキスをした。「奮闘して汗ばんだ男性の味だわ、ちょっぴりしょっぱい」そう言ってもう一度キスをする。「あら、ノース、もう眠ってしまったの？」

「ああ」ノースは彼女を腕のなかに抱きよせた。「キャロライン、愛を交わしたあとにこうして話をするのは、たいへんなんだ。そういう情熱で死にそうな心地にさせられたあと、哲学を論じるなんてな」

「そんな、わたしはただ、今日の午後あなたがどこに行ってたのか知りたいだけよ。ミセス・ペルフォースの件だったの？　それに、どうしてドクター・トリースが彼女と知り合いだったことを話してくれなかったの？　地元の人が、あなたは頭がおかしくなってると疑ってるってことも」

「いや、ミセス・ペルフォースの件で出かけたんじゃない。召使いのティミーの父親に会ってきたんだ」

キャロラインは上半身を起こして彼を見おろした。豊かな髪が、顔の両側にカーテンのようにはらりとかかる。彼女の髪が醸しだす雰囲気は、妖《あや》しく官能的だ。「どうしてそんなことを？」

「ティミーが飲んだくれの親父を誤って殺してしまわないように」

「でも、わたしが一緒に彼に教えるって――」

「グーンベルの彼らのコテージに入っていったとき、彼の父親が母親を殴ったところだったよ。おれは彼を母親から引きはがし、襟首をつかんで外に引きずりだした。すると、きみは信じられないだろうが――ティミーの母親はおれを追いかけてきて、夫にひどいことをしないでくれと叫んだんだ。口についた血をぬぐいながらね。幼い娘三人は、大声でわめきちらしていた」

「おれは彼の女房に家に戻れと言った。できるかぎり意地悪そうな声でな。そのあと、ジェブ・ペックリーと話をした」

「ペックリー？　ティミーはペックリーって名前なの？　変な名前ね、ノース。それで、どうなったの？　彼はなんて言ったの？」

「いや、とくに……最初のうち彼は聞く耳も持たなかったんでね」ノースは無意識のうちに自分のこぶしをさすっていた。

キャロラインは、ノースが世界の支配者でもあるかのような目で彼を見上げた。彼は人からこんな目で見られたことがなかった。急に気恥ずかしくなり、口がもつれた。「おれはただ、今度人を殴ったらどうなるか、わからせただけだ。とにかくな、キャロライン、もしジェブが泥酔して家族に手を上げようとし、ティミーが銃を持ちだしたら、あの親父は道を踏みはずすだろう。死人が出るかもしれない。そんなことを起こさせるわけにはいかないんだよ」

「ああ、ノース、あなたはすばらしいわ。コーンウォールじゅう、いえ、イギリスじゅうを探しても、あなたほどの人はいない。わたしは最高に運のいい女だわ。ああ、わたしはこんなにもあなたを愛してる」キャロラインは彼にキスし、笑い、彼の肩と腕をなでさすった。そのうち彼女の手のひらが彼の腹部に移り、やさしく伝っていく。次の瞬間、彼は妻のなかに入っていた。彼女の口の奥にうめき声を注ぎこむと、さらに深いところまで彼女に迎えいれられる。

そのとき、ノースははたと動きを止めた。両手をつき、老いた猟犬カルダルーがタイバース・ムーアを駆けたときのように息を荒くして。「さっき、なんて言った？」

「あなたはすばらしいって。すばらしいでは言葉が足りないくらい。そう、あなたほどの人はいないって――」

「そのあとだ」

「わたしは最高に運がいいって。ほかには覚えていないわ」

そうだ、彼女は〝愛している〟という言葉をおそれていないのだ。なぜならそれは、白旗を揚げて降参するようなものだから。いや、彼はもちろん〝敵〟などではない……。彼女はほんとうに覚えていないのかもしれない。あるいは、本気で言った言葉ではないのか。ノースは妻の唇を奪い、味わい、下唇を噛みながら、悦びが全身にあふれていくのを感じていた。ノースの背がしなり、のどが詰まるほどのけぞる。解き放たれるその瞬間を、彼女に見られているのはわかっていた。人生でも最高の、えも言われぬ快楽を得た、永遠とも思える瞬間、彼女が自分を抱きしめていてくれる。彼女は彼の首筋に、もう一度〝愛してる〟とささやいた。そして、それから……。「あなたが達するときの苦しそうな表情を見るのが、とても好きよ、ノース。ぞくぞくするの、すごくうれしいの」

キャロラインは彼を自分の上に抱きよせ、両手で彼の背中をなでながら、彼の肩や腕に軽いキスを落としていった。彼はつながったまま眠りに落ちた。それほどに甘い感覚は、それまでの人生で味わったことがなかった。

キャロラインは冷静になろうと努力した。それはもう、ほんとうに。しかたがない、自分は思わず口に出してしまった。けれど彼がこれまで口にしたのは、彼女は〝いい人〟だとか、好感を持っている程度の言葉だった。しかしなんと、自分は〝愛している〟と二回も言ってしまった。でも、しかたがない。

〝いい人〟でいるのは、悪いことじゃない。世界のだれより大切に思っている人に好かれるのは、やはりうれしい。あとひと月やそこら〝いい人〟でいるのは、やぶさかじゃない。いえ、あと一年かそこらでもかまわない。

彼女は歌い踊りながら、ノース・ナイティンゲールは理想の男性だと世界に叫びたい心地だった。気むずかしくて、暗くて、強面で——そんな妙なことを彼は自分で思っているようだけれど——ナンセンスだ。彼は理想の男性で、彼女のもので、彼のためならなんでもしてあげる。そんな簡単な、揺らぐことのない話なのだ。キャロラインが彼の肩にキスすると、彼は少し体を起こし、満足げなぼんやりとしたまなざしで彼女を見おろした。「さっきのは、文句のつけようがなかった」ノースは顔を下げて唇を重ね、彼女から転がるようにおりた。彼女は上掛けを引きあげ、彼の背中に重なるように身を横たえると、暗がりのなかでほほえみを浮かべた。

だが翌朝のキャロラインに笑みはなかった。夜が明けたばかりのころ、イヴリンに起こされた。アリスの具合が悪いというのだ。アリスは室内便器に吐き戻し、その髪は湿った細縄のように青白い顔のまわりに垂れていた。

キャロラインはドクター・トリースを呼びに、召使いのティミーを遣わした。

自分の部屋に戻り、いそいで着替える。アリスの部屋に戻ると、ノースがアリスを抱え、ぬらした布で顔をぬぐってやっていた。アリスは細い体を襲う痙攣《けいれん》がひどくて震えている。男に抱えられていることに気づいているのかしら、とキャロラインはいぶかしく思った。

ベス・トリースが、いつもと変わらぬ様子で兄のうしろについてきた。兄がアリスを診ているあいだ、みなベスに追い払われた。イヴリンは暗がりのなか、両手をもみあわせて立っていた。「かわいそうに、あの子が泣いているのがわかったの。少ししたら泣き声が大きくなって。部屋まで行ったときには、死にそうな顔で戻していたわ。なんてかわいそうなアリス」

オーウェンが部屋に駆けこんできた。「なんてこった、いったいどうなってるんだ? アリスが病気? そんな! なにかあったとは思ったんだ、様子がおかしいって。ドクター・トリースが家から出てくるのを見たとき、ここに来るんだとわかって」

オーウェンがグーンベルでなにをしていたのかとノースは思ったが、いまは訊いているときではない。

さすがのベス・トリースも、ドクターがアリスのナイトガウンをまくりあげて大きくなったおなかを押しているときでさえ、オーウェンを追いだそうとはしなかった。オーウェンはアリスの顔から目をそらすこともしない。ただ彼女の手を握り、だいじょうぶだ、心配することはない、自分がここにいるからと、ささやきかけていた。

ノースがキャロラインに言った。「これはおもしろいことになったな」

「ええ」とキャロライン。「気がつかなかった。アリスがなにごともなくすんでくればいいのだけど」

しばらくのち階下の客間で、ドクター・トリースはキャロラインとノースにアリスの流産はないだろうと話していた。それがいちばんの心配だった。

ベス・トリースが言った。「どうかしら、兄さん。あの子のためにはそのほうがいいのかもしれないわ。あの子自身まだ子どもで、これからなにがあるかもわからないのだし」

キャロラインは笑みを浮かべたが、内心、ベス・トリースはなにを考えてこんなことが言えるのだろうと思った。「アリスのことならご心配なく、ミス・トリース。おばのエレノアもわたしも、もちろんアリスが赤ちゃんを産んだあとに追いだすだなんて、思ってらっしゃるわけではないでしょう？　ええ、なにも問題はありません。先生、必要なご指示をお願いします」

アリスはドクターの用意した水薬を飲むとたちまち眠った。キャロラインとノースは彼女の部屋を覗いてから、自分たちの部屋に戻ったが、オーウェンはアリスの部屋でベッドに腰かけ、小さく薄い手を握って、親指でやさしく彼女の手をなでていた。

オーウェンが顔を上げた。「もう心配ないよ。ぼくがついてる。ドクターが言うには、食べた物が悪かったんじゃないかって。たぶんオックステール・スープが」

「ほかにはだれも、あのスープはあまり食べてないからな」ノースが言った。「たぶんあれが原因だろう。キノコが悪かったのかもしれない」

キャロラインは大きなあくびをした。「ごめんなさい、すごく疲れちゃって。ここでは静かに過ごせる時間がないみたい」

「そうなんだ、キャロライン」オーウェンが言った。「ミセス・メイヒューとクロエとモリーがみんなやってきてね。ミセス・メイヒューなんか、覚えきれないくらいアリスの世話についてあれこれアドバイスしていったよ。すごく押しの強い人だ。父さんに似てるよ」

「そうね」キャロラインはまたあくびをしたが、同時に心から満足そうな笑みを浮かべてもいた。「彼女、最強でしょ?」

部屋に日射しが燦々と差しこむころ、ノースは彼女のなかへゆっくり、やさしく入っていった。そのあいだずっとキスをしながら。キャロラインは身を震わせ、解き放たれたときには彼の口のなかであえいだ。

「ほんのりと笑みを浮かべて眠りに落ちようとしている女性の顔は、最高だ」ノースはキャロラインをきつく抱きしめた。

「もう一度、〝いい女〟だって言って、ノース」

彼はつかのま彼女を見つめ、閉じた彼女の目にキスを落とすと、次に鼻、口にもくちづけた。「きみは最高の女だ、キャロライン」そう言うと彼女の手が背中をすべりおり、彼はやわらかな息をついた。「たいへんなことがつづくが、きっと切り抜けられるさ」

「ええ」彼女はキスを返し、彼の胸に頬を押しつけた。

27

なんとも怪しかった。彼が受けとった短い手紙、いまはしわくちゃになって、ひざ丈ズボン《ブリーチズ》のポケットに入っている。ノースの愛馬である鹿毛の去勢馬ツリートップに砂糖をやろうと、ティミーが馬屋に行ったときに渡されたらしい。「若いまぬけそうな男でした。ちょこまかしゃべりの」ティミーの知らない男だったというが、彼はこのあたりではだれとでも顔見知りだから——とにかく本人はそう思っているので——おかしな話だ。〝ちょこまかしゃべり〟ってどんなんだ？　とノースは尋ねた。するとティミーは「小柄なまぬけ男は、いっぺんにふたつ以上の言葉をつづけてしゃべろうとすると、すぐつっかえるようでした」と説明した。

ノースはツリートップに蹴りを入れ、敷地の北東の境界線へと走らせた。そこは地面がやわらかく、ゆるやかに起伏した丘陵地で、夏の名残の蒼い草がまだ残っている。半ダースほどの小丘があり、その小丘だか塚だかの下には、大昔の——ローマ人がここに暮らしていたよりもずっと昔の——いや、ケルト人がコーンウォールに押しよせたよりも前の——墓があると言われていた。埋葬地としてだれもが知る巨大なシルベリーの丘の伝説はノースも本で読んだことがあり、そこには宝物が隠されているかもしれないのだそうだ。前世紀末、コーンウォールのスズ坑夫たちを使って、その丘のてっぺんから底まで垂直坑を通したのはノーサンバーランド公爵だった。しかしあいにく、そこからはなにも出てこず、あきらかに神の手ではなく人為的につくられた奇妙な小丘のことを口にする者もいなくなった。

ときおり村人たちが、これらの小丘の近くで不思議なものを見つけることがあった。土地そのものよりも古いのではと思われる焼き物の欠片。そのなかには明るい色素が点々とついたものがあったり、大昔の武器の一部ではないかと思える鉄や鋼の小片がついたものもあった。ほかにも掘り返された小丘がある。少し前に、ある小丘が細長い埋葬室だとわかり、なかには古い骸骨と焼き物の欠片が収められていたが、べつだん価値のあるものではなかった。イングランドのほかの地域でも、ローマ時代の硬貨やケルトの武器が発見されるのは驚くことでもないのだそうだ。

マーク王はここに埋葬されたのだろうか。ここのやわらかな丘陵地のひとつに？　ノースの曾祖父が見つけたという金の腕輪は、この近くから出てきたのだろうか？　正直、おおいに疑わしいものだとノースは思っていた。

ある丘の上で手綱を引いてツリートップを止めると、彼はあたりを見まわした。考古学のことも、マーク王のことも、情欲に惑わされ背徳の美女イゾルデとともに王を裏切ったトリスタンのことも、いまは頭になかった。

手紙には、彼の妻がこの北東の境界あたりで愛人と逢《あ》うことになっていると書いてあった。ノースは、ドゥルイド教（ケルトの古代信仰）の祭司よりも古そうなオークの深い木立に目をやった。ドゥルイド教では敵を檻に閉じこめて枝につるし、生きたまま焼き殺したと言われている。

彼女はどこだ？　こんな話はでっちあげだと思ったし、いまもそう思っているが、それでもキャロラインがここにいるような気がしていた。彼女の馬レジーナがどこかにいないか？

そのとき彼女の牝馬と、もう一頭の去勢馬が深い木立の奥でつながれているのが見え、ノースの心臓はゆっくりと重々しい鼓動を刻みはじめた。彼女の愛人？　まさか、そんなばかなことが。そうだ、だれかの悪だくみだ。おそらくは、彼のもとにいる口うるさい使用人のだれか。

まだ新婚三週間の妻を疑うようなことはしたくない。そんなばかげたことを。キャロラインは彼が大好きだ。彼を愛している。快楽にのぼりつめたときの彼女は、いつもそう口にしていた。彼にくちづけ、何度も何度も、どんなに彼を愛しているか告げてくれた。彼女からその言葉を聞きたいのだと、彼は気づいていた。その率直な言葉がもたらす悦びに、彼は溺《おぼ》れたいのだ。

だが、こんなに短いあいだに、彼女はどうやって彼を愛するまでになれたのだろう？　愛というものが、そんなに急に実るわけがない。女性として解き放たれたから、あんな言葉を口走ってしまっただけなのだろうか。情欲が満たされて、それを愛だと思った？

ノースはかぶりを振った。ツリートップの筋肉質の脇腹に蹴りを入れたが、全速力で駆けだして乗りこんでいくことはなかった。ゆるい駆け足のまま、彼女と相手の男が見えるところまで近づいた。

相手はベンジャミン・トリースだった。キャロラインに近い距離で立ち、なにか持った手を伸ばしている。ああ、彼女になにかを見せているのだ。それ以上でも、それ以下でもなかった。

これは秘密の逢い引きなどではない。だが、ドクターは彼女になにを見せているのだろう？ そして、どうしてこんなところで？ 彼女はこれまでナイティンゲール家に嫁《とつ》いできた奥方たちとはちがう。夫を裏切った奥方とは。跡継ぎを産んだあとは貞淑な妻であることを放棄し、無節操な女となって私生児を産むか、ノースの母親のように追いだされて死ぬか。しかし、キャロラインは誠実だ――彼に。彼だけに。持てるものすべてを賭けてもいい。自分にとって大切なものをすべて、賭けてもいい。彼女は操《みさお》を立てている。彼だけ……そう、彼だけに。

そのときドクターがキャロラインのほうに体を傾け、彼女の肩に手をかけた。大きな手。彼女を包みこみそうなその雰囲気が、ノースには苦しかった。ふたりはなにかをひじょうに深刻な様子で話しているようだ。ドクターがキャロラインの頬にキスしたとき、ノースは金縛りにあったような気がした。ドクターの手は彼女の肩からまだ離れていない――いや、いまは彼女の腕をすべりおりている。ようやくドクターが体を起こし、彼女から離れて馬に戻った。小さく手を振り、またほほえんで鞍にまたがった。

いったい、ここでなにが起きているんだ？

その瞬間、トリギーグルに強引に渡されて読んだあの日記の一言一句が、鮮やかに、なまなましくよみがえった。女は信用ならない。彼の母親は父親を裏切り、出ていったあげくに死んだ。祖父も、曾祖父も、裏切りを受けた。ふたりとも、女の背徳を――長い年月を通して埋めこまれた恥辱を――跡継ぎが誕生したあとは女を信用しないというナイティンゲール家男子の心得を――書き残した。

いや、しかしノースは〈マウント・ホーク〉と父から逃げた。いまいましい負の遺産の苦痛と空虚さに耐えきれなかったから。父は自分を裏切った母を、あばずれ、売女とつねにさげすんだ。そしてふしだらな母は死んだ。当然の報いがふりかかったのだ。まだ子どもだったノースは、父の言葉の意味をまったく理解していなかったが、いまならわかる。こころよく思っていない女に対して男がどれほど多くのとんでもない言葉を吐けるのか、驚きを禁じえない。ノースの手が自然と手綱を握りしめた。

十年前、自活できるとなるや、家を出るというまともな精神を持っていた自分にノースは感謝した。たしかにたいへんではあったが、〈マウント・ホーク〉に父親と残ることに比べたらどんな状況でもましだと信じた。もしあのままいたら、あの忌まわしい日記をのどから体に詰めこまれていただろう。おあつらえ向きの女に跡継ぎを産ませたあとは女と縁を切り、いかに女というものが——とくに妻というものが薄汚いものであるか、日記にしたためることがおまえの責務だと、言い含められていたのだろう。しかしトリギーグルに日記を渡されたとき、やはり目を通さずにはいられなかった。自分はまだ踏みとどまっているものの、もちろんすべてではないが、それでもこの家の毒素はいくらか自分のなかに染みこんでいる。いまとなっては、そんな自分がいやでたまらなかった。

彼は父とも、祖父とも、曾祖父ともちがうし、同じだと認めることは今後いっさいありえない。ナイティンゲール家の負の遺産は、彼の代で終わりにする。ノースはキャロラインのもとへとツリートップをまっすぐに走らせながら、彼女はなにを考えているのだろうと思った。ベンジャミン・トリースのことでないのはあきらかだ。

すてきな木立ね、とキャロラインは考えていた。なだらかに起伏する小丘や、両方向に何百ヤードも伸びる広大でロマンチックな石壁にうっとりする。この石壁は、当然、人の手で積まれたものだろうが、よほど慎重にすきまなく積んでいったのか、くずれて肥沃な土壌の上に落ちそうな箇所はほとんど見当たらない。いつ、これほど見事な石壁が組まれたのだろう？　いったいだれが？　なんのために？　ふと顔を上げると、ノースの姿が見えた。

声をあげ、彼に向かって走りだす。乗馬服のスカートは裾がせまくて足さばきが悪いが、ひざに圧迫を感じながらもスピードはゆるめない。

ノースは手綱を引いてツリートップを止めると飛びおり、そのとたん胸に飛びこんできたキャロラインを抱きとめ、高く抱きあげてくるくるとまわった。

「やあ」ゆっくりと彼女をおろし、唇を重ねながら、ノースは両手で彼女の尻を抱えこんだ。「会いたかった。きみを見つけるまで長かったぞ」

キャロラインはふたたび唇を重ねた。そして、さらにいま一度。「ねえ、どうしてここがわかったの？」

ノースはもう一度キスしてから言った。「きみがここで愛人と逢い引きするって手紙が届いたんだ」

彼女は目を丸くした。驚きすぎてキスを返すことも忘れそうだったが、すんでのところで唇を合わせてその感触と味わいを楽しむと、ようやく口をひらいた。息が乱れている。「冗談でしょう？」

ノースは彼女を地面におろし、手紙を渡した。しわくちゃの紙を広げた彼女は、一度目を通し、さらにもう一度読んだ。「なに、これ」やっと顔を上げる。「びっくりしちゃった」

「おれもだ」

「どこのだれが、こんなものを書いたのかしら」ノースが肩をすくめる間もないうちに、キャロラインは笑いだした。最初、彼はわけがわからずぎょっとした。長いこと埋もれていた彼の一部、父親の苦痛や怒りによって形づくられた彼の一部が、いったい彼女はなぜ笑っているんだと問いかける。どこまでもしらをきろうとでもいうのか？

彼女は手の甲で目をぬぐい、しわくちゃの手紙を振った。「この手紙を書いたおばかさんは、あなたがどれほどすばらしい愛を交わす人か知らないのね、ノース。なんにせよ、もうひとり愛を交わす相手を持つなんて、そんなエネルギーはわたしにはないわ。それに、最高の男性を夫にしたわたしが、どうしてそんなことをしたいと思うかしら？　あなたがわたしにどんなことをさせてくれるか、だれも知らないのね。ほかの男の人の手をベッドの柱に縛りつけたいなんて、思わないのに」

ノースは彼女を見つめるしかなかった。おれは彼女にとってそれほどの存在なのか？　彼女はほんとうにそんなことを思っているのか？　「まったくもって謎だな」

彼女は鼻を鳴らした。「謎？　とんでもないわ、ナンセンスよ。結婚してまだひと月たらずなのよ。ノース、こんなこと言ってごめんなさい、でもこれにはあなたのところで働く男性使用人のにおいがするわ。結婚式の夜に、窓におばけを出したのもそうだと思う。トリギーグルかクームが屋根で腹ばいになって、ロープの先におばけをつるして垂らしてるのが目に見えるようじゃない？　ひどい風邪でも引いたならよかったのに。今回のこれには、トリギーグルの影がちらつく気がするわ」――彼女がノースの鼻先で手紙を振った――「ほんと、ばかだわ」また鼻を鳴らすと、ノースの口の端がくっと上がった。

キャロラインは渋い顔で手紙を振りまわした。「でもこれでわかるように、彼らは主人の熱い気持ちがわかってないのね。わたしがあなたから目を離すわけないのに。いえ、今日はほんの少し目を離したけれど、あなたのほうからすぐに来てくれたわ。もう二度とこんなことはないから。ねえ、キスして」

ノースは言われたとおりにした。キャロラインのような女は、コーンウォールじゅうどこにもいない。もう彼女はおれのものだ。過去にあった裏切りも、ナイティンゲール家の負の遺産も、いまここで終焉《しゅうえん》を告げた。

しかし、彼女がしばらく目の届かないところにいたことは確かだ。

ノースは頭を上げて彼女を見おろした。渦巻く疑惑、女性に対する遠い昔の父親の不信感で、ノースの瞳はくすんで黒に近い色になり、表情はかたく、おびえがにじんでいた。

「まあ、ノース、それがあなたの陰気な顔なの？　きっとそうなのね。その顔、ぜんぜんよくないわ。暗くてこわい顔。危険で、とんでもなく魅惑的。もしあなたが夫じゃなければ、とってもロマンチックだと思うだろうけど。それにわたしはあなたの笑い声や冗談がすごく好きなの。だってあなたの笑い声を聞くと、体がぞくぞくするから。寡黙《かもく》な強い男ってたしかに謎めいていて、若い娘は舞いあがって震えるだろうけれど、若い娘ってばかよね。あなたはわたしのこと、こわがらせも傷つけたりもぜったいにしないって、全身でわかっているから幸せよ。わたしはあなたの敵になるのはごめんだわ。あなた、フランス兵を震えあがらせて骨抜きにしたんでしょうね。あなたが退役してイングランドに戻ったときは、さぞフランス人は喜んだでしょう」

「ここでなにをしていた?」

キャロラインは満面の笑みで見あげ、彼のうなじに両手をまわして頭を下げさせ、また唇を重ねた。そのうちノースは彼女の背中を愛撫しはじめ、きつく彼女を抱きよせた。抱きしめすぎて、どちらの息も乱れているような気がする。

「ここに来たのは、あなたのおじいさまが書かれたマーク王の伝説に気になる記述を見つけたからよ。おじいさまは何度も何度もイゾルデ妃を取りあげていらしたわ。彼女があわれなマーク王を、王の甥であるトリスタンと――彼はじつの息子だという説さえあるけれど――ふたりして裏切ったこと。イゾルデはふしだらで、けがれていたこと。ほかにも侮蔑の言葉はいくらでも書き連ねてあったけど。そして彼女のような人間には、尼僧院ですらもったいないこと。おじいさまが書かれるのは同じことのくり返しで、じつはとてもつまらなくなってしまったのだけど、なんとあるとき、ひいおじいさまが書かれたのとはちがったことを書いてらしたの。それによると、フォーイはとても特異な場所で、ヴァイキングがイングランドの大半を支配するよりも前から、大地の自然な隆起のおかげでほかとは隔絶されていたということだった。大地が隆起し、ねじれて、新しい形を成したのだから、マーク王があの付近で見つかることはないというの。マーク王はフォーイに埋葬されたと考えられてきたけれど、いままでだれもがまちがっていたんだってことが、このあたりの修道士にはあきらかになった。隔絶された土地がその証拠。南コーンウォールにマーク王は埋葬されていない。あなたのおじいさまがおっしゃるには、このオークの木立でマーク王は甥のトリスタンと会い、コーンウォールから彼もイゾルデも追放しようとしたということだったわ。マーク王はここで死んだのだ、と。おそらくは、トリスタンの支持者が放った毒矢に倒れた。そして、ここに埋められた。ここの小丘のひとつにね。だから、マーク王のなにがしかはここにあるのかもしれない。そうでしょう？　ねえ、ちょっと、笑わないで、ノース。あなたのご先祖さまを少しは真剣に受けとめようとしているのに」

「まだ笑ってないだろ。でも言っておくが、キャロライン、ここより南で地震があったなんて話は聞いたことがない。祖父が書いたという修道僧はだれだ？　名前は？　役職は？　そういうことが実際にあったと、その修道僧がしたためた記録が、書斎にあるんじゃないか？」

キャロラインは少し肩を落とした。「いいえ、そんなものはないわ。でも棚という棚、本という本を見たわけじゃないけれどね、ノース。あの金の腕輪。あれはいったいどこから出てきたの？　あなたのひいおじいさまがその詳しい場所に一度もふれないなんて、おかしいわ。それに、腕輪はいったいどうなったの？　急になくなったというのに、どうしてあなたのお父さまはひとことも言及なさらなかったの？　つじつまが合わないのよ。とにかく、ここに来ればなにかわかるかもしれないと思って」

「で、なにも見つからなかったのか？」

「まったく、なにも。大昔の剣の一部かもしれない小さな鉄の欠片さえ。あなたのご先祖さまはなんとも長いあいだ綿々とつながってこられて、その全員がマーク王だけでなく、女性の裏切りについても書きつづってこられたわ。ねえ、ノース、あなたのひいおじいさまは、女はイスラム教のハーレムのように閉じこめて住まわせ、跡継ぎを産ませるときだけ外に出すべきだとさえ書かれたのよ。おじいさまとは面識があったの？　女性を忌み嫌っていたことは知ってた？」

「ああ、覚えているよ、いやというほど。それに、祖父が女性を忌み嫌っていたことも知っている。あれは強迫観念だな。祖父だけでなく、その父親と息子も取り憑《つ》かれていた。祖父もナイティンゲール家の男子らしい風貌だった。つまり、おれと似た感じだ」

「全身黒っぽくて、ごつごつして、最高にすてきってこと？」

ノースが大きな笑顔で彼女を見おろし、あっというまに日焼けしてきている彼女の鼻先にキスをした。「最高にすてきか、おれが？」

「ええ、そうよ、しかもいまは前よりさらにあなたにまいってしまいそうなの。ねえ、このままもう少しのあいだ、わたしをいい気にさせておいて」

ノースの瞳が欲望でかすんだ。あおむけになり、両脚を大きく広げて頭上で手首を縛られ、あとどれくらい彼女にされていることに耐えて、彼女に手をふれずにいられるだろうともだえている自分が目に浮かぶ。

「ノース、息が速くて荒くなってるわ。だいじょうぶ？」

「いや」

「そう、それなら――」キャロラインは乗馬服の上着からするりと肩を抜いた。ノースは凍りつき、ただ彼女を見つめる。彼女は小悪魔のような笑みを浮かべて上着を地面に脱ぎすて、乗馬帽を留めたピンを抜きはじめた。

「キャロライン、こんな外で――」

彼女はノースの手をつかんで引っぱった。「じゃあ木立に入りましょう。きっと、あたたかくて居心地がいいわ。気が遠くなるほどあなたにキスしたいの」

木立に向かって、ふたりは走っていた。キャロラインの明るく幸せな笑い声が、制御のきかない彼の欲望と同じくらいノースの血を熱くする。その欲望は、とどまるところを知らないように思えた。

28

真夜中すぎ、ノースはまだ起きていたが、キャロラインがぴたりと寄り添って規則的な寝息をたて、ぐっすりと寝入っているのがわかるので、身動きもせずにじっと横たわっていた。眉根を寄せて暗い天井を見あげる。そういえばドクター・トリースとあそこでなにをしていたのか、訊くのを忘れていた。彼はなにを見せていたのか。どうして彼女の頰にキスしたのか。キャロラインのほうからはなにひとつ、話してくれていなかった。

ノースはかぶりを振った。自分もほかのナイティンゲール家の男となんら変わらず、女との関係は——とくに妻との関係は——不信だらけの毒されたものなのか。裏切りへの強迫観念は、血のなかに脈々と受け継がれているのか？

くそ、いまいましい。

もう二度と考えないと誓ったのに。

思い返してみると、関係を持ったどの女も、自分と関係しているあいだは相手も自分のものであり、相手にも自分だけだと、疑うことはなかった。しかし当然だが、ほかの男とも関係を持った女がいた。あのときの自分の反応は手に負えなかった。凍るような、激しく根深い怒りが噴きだした。なんと言っても女はただの愛人で、人生には涙も笑いも落胆もつきもので、男と女のあいだはきれいごとではすまないものだというのに。ああ、だがいま思い返すと、ほかの男と関係を持ったと知ったあのとき、うねるような憤激が体を裂いた。あの瞬間、遠い記憶の彼方から、父親の痛烈な罵倒の数々が怒濤《どとう》のごとくよみがえった。そうだ、あれは自分の奥深くから出てきたような気がする。自分のなかにそんな場所があるとも思っていなかったようなところから。そうだ、知らないうちに、そんな毒を身の内に巣くわせていたのだ。しかし自分がなにをしているか、なにを考えているか、どんな記憶を持っているかに気づいた彼は、とっさにべつのことへ意識を向けようとした。

キャロラインが彼を誘うようなことをしたのは、都合の悪いことを訊かれないためだったのか？

ノースはこんな自分に耐えられなかった。キャロラインと結婚する前、トリギーグルに渡されたあの忌まわしい日記など、ほんの少しでも読まなければよかった。あれは憤怒に満ちていた。邪悪であり、毒であり、彼でさえ空恐ろしくなるような胸くそ悪さを含んでいた。それは曾祖父にまでさかのぼる。たしかに、ナイティンゲール家の奥方たちによる裏切りは、偶然の一致ではすまされない。そう、ぜったいに。

彼はキャロラインの頭のてっぺんにキスして抱きよせた。彼の胸でくぐもった声が聞こえたときには、跳びあがりそうになった。「どうして眠らないの？　どうしたの？」

「おそろしいくらい気が高ぶっているせいじゃないかな。きみはまだ妻の務めを果たしていないぞ、キャロライン。もうたっぷり六時間は過ぎた。おれは困ってる。きみがなぐさめてくれないかぎり、眠れないと思う」

こんな言葉がすらすら出てくるとは、ほんとうにおれなのか？　そっけない言葉をひとこと、ぼそっと言うだけが、いつものおれじゃないのか？　どうしてこんなに楽しげなんだ？　自分で自分がわからない。こんなふうに言葉をやりとりし、ふざけたりちゃめっけを出したり、笑顔をふりまきすぎている新しい自分。必要以上に笑っている自分。

だがそのときの彼は、気むずかしく憂いをまとわせることなど忘れていた。考えられるのは、自分の胸に当たる彼女の胸のことだけ。彼ののど、肩、そして腕をすべっていき、彼の手に握りしめられる彼女の手のことだけ。そして彼女は、彼の脚のあいだに身を置いて身をかがめ、暗がりのなかで彼を見つめた。部屋にはほんのわずかな月明かりしかないことに、彼はほっとする。彼女の顔は影になっていたが、彼女がほほえんでいるのはわかる。彼は目を閉じた。彼女の手が腹部に広がり、下へ下へとおりてゆき、彼はうめいた。

「許してね、ノース。わたしったら、気がつかなくて、ちゃんとしていなくて」

彼女のあたたかな吐息を感じ、その威力にノースは震えた。もの悲しさの欠片、忘れていたもの悲しさの雰囲気だけでも思いだそうとする。陰気な思いをほんのわずかでも、と。しかし彼のなかには荒々しさが増すばかりで、さらには自分でも気づくことのなかった広大な空間が広がっていた。その空間に詰まっているのは、彼女だ。そこは彼女が彼にしていること、彼に感じさせていることだけであふれている。彼女の両手で自分をふわりと包まれたとき、ノースはもう思いわずらうことをいっさいやめた。「キャロライン、口で、きみの口でしてくれ」そのとおりにされて、至福のあまり死にそうになった。

ノースも彼女を愛撫し、体熱と熱く濡れた口を感じさせるうち、自分も彼女にされたのと同じくらい、彼女のすべてを翻弄《ほんろう》していることに気づいた。彼女が悲鳴にも似た声をあげ、背が弓のようにしなってベッドから離れる。ノースは口もとをゆるめ、身が粉々に砕けそうな悦楽のその刹那《せつな》、彼女をいとおしく抱きしめた。

「ああ、キャロライン」やさしく彼女をなでる手を止めることなく、ノースは彼女の腹部にくちづけた。「きみは、平凡な男ひとりにはもったいない」

その言葉に、キャロラインは彼の髪を手ですいて返事した。「わたしがほしいのは、あなたひとりなの」

キャロラインは、新しく自分の家となった邸のすべての部屋を見たわけではない。まだ男性も女性も進んで話しかけてはくれないから、なんとなく身の置きどころのない気分だ。モスリンのドレスにウールのショールをはおり、どっしりしたあたたかなブーツという格好。

秋になっていた。ハロウィーンも近い秋のまっただなか。朝は濃い霧に包まれていることが多くなり、午後はたいてい空気がしゃきっと冷たく、鼻を刺すような海のにおいが強くなり、風が強く暗い雲が低く垂れこめているような日は、そのにおいが〈マウント・ホーク〉まで届くこともあった。ああ、コーンウォールってすばらしい。

ミス・メアリー・パトリシアは、自分の部屋でイヴリンとアリスに勉強を教えていた。三人ともおなかに赤ちゃんを抱えた一人前の女性なのだから、子ども部屋はもう不似合いだ。オーウェンは〈スクリーラディ館〉にいて、スズ鉱山の責任者であるミスター・ピーツリーと会っている。ミスター・ピーツリーは男だが、自分をわきまえ、オーウェンにも好感を持っているようだとオーウェンは言っていた。ノースはフラッシュ・セイヴォリーとともに、ノーラ・ペルフォースを知っていた人間すべてに話を聞き、彼女を殺した人間の手がかりを、どんなささいなものでもいいから得ようと奔走していた。ベネットが犯人でなかったのはいかにも残念だ。あれほど腐った人間なのに。

キャロラインはもうひとつ、彼女が愛人と逢い引きするという偽の手紙を召使いのティミーに渡した人間について、ノースがフラッシュに命じて探させているのではないかと思っていた。あのふたりにはサー・ラファエル・カーステアーズがついている。きっと三人はグーンベルのミセス・フリーリーの店に寄り、うまい地ビールを飲んでいるのだろう。

キャロラインは東の棟の三階に上がった。静かすぎて、この世の場所ではないように思えた。これほど静まり返っていると、かえって少し落ち着かなくなってくる。埃の微塵が空中に漂い、閉じた窓の鎧戸《よろいど》と年代物のカーテンからかろうじて差しこむ日射しの筋にきらめいている。しばらくのあいだ、ここには人が入っていないのだろう。

長い廊下の突きあたりにあった部屋のドアを開けると、くしゃみが出た。そこは寝室というより、納戸のような部屋だった。木製の重々しい鎧戸が、細長い窓にきっちりと閉められている。掛け金をはずし、明かりがなだれこむにまかせる。壁を支えにして、いかにも古そうな木製のすかし箱が高く積みあげられていた。そしてまた、壁にもたせかけるようにして絵画がうずたかく積まれている。彼女は一枚を引っぱりだし、一歩うしろに下がった。

前世紀初めに描かれた、いかにも肖像画という女性の絵だった。ひじょうに若く、いまのキャロラインと同じくらいだろうか。画家の力不足にもかかわらず、絵のなかの彼女はとても美しかった。こげ茶色の瞳、黒い髪、右の頬に刻まれた色っぽいえくぼ。彼女のうしろに青年が立っている。威厳があって長身で——ナイティンゲール家の男性にちがいない——その大きな手は彼女の肩に軽く置かれていた。

キャロラインはほかの絵も壁際から引きだし、一枚一枚ひっくり返して確かめていった。すべて貴婦人の肖像画で、古いものは十六世紀にまでさかのぼる——ほかのものより年配のその女性は——薄い唇を引き結び、つぶらな瞳を細めていた。幅の広い白の襞襟を首まわりにつけており、さらに三連の真珠の首飾りをしていた。どことなく口やかましそうな印象だ。

こんな人が義理のお母さまだったらいやね、とキャロラインは思った。

少なくとも二ダース二十四枚の肖像画があり、すべてがあきらかに先代以前のナイティンゲール家の奥方だった。すべての絵がここにうち捨てられ、〈マウント・ホーク〉の主な生活の場からまるごと移され、こんな奥まった部屋で朽ちるのもかまわず積みあげられているのだ。少なくとも、公然と焼き捨てられたり、破壊されたりしたわけではないけれど。ふと、ある貴婦人の絵が目に入った。髪粉《かみこ》をふりかけた髪を、前世紀後半に流行した頭上でふくらませるスタイルにまとめた女性。ノースの祖母だ、まちがいない。やはり彼女もひじょうに若く、いまのキャロラインと同じくらいだった。しかし、彼の母親はどこだろう？　祖母の絵よりも新しいものは、一枚も見当たらなかった。

だれが母親の絵を葬ったのだろう。決まっている、ノースの曾祖父だ。絵を処分したか、あるいは肖像画を描かせなかったのか。なんにせよ、ノースの祖父に人生の艱難辛苦《かんなんしんく》を吹きこんだ張本人は、曾祖父なのだ。留まるところを知らない彼のひねた難癖や、世界や世界におけるる自分の立ち位置をはっきり言って独断でしか見ていないところに、キャロラインはうんざりさせられた。女性は奴隷であり、男の所有物でつねに支配下に置くものとしか見ていない。そして、マーク王がフォーイやブルターニュではなく、ほんとうはこの〈マウント・ホーク〉に埋葬されたと主張しはじめたのも、曾祖父だ。マーク王に関する記述の合間に、しょっちゅう女性をこきおろしているのを読めば、女性の肖像画をすべてはずさせたのも彼だろう。前にも何度か考えたことはあるのだが、どうして彼はマーク王ではなくアーサー王を選ばなかったのだろう。アーサー王のほうがずっと世に知られているし、親友とグィネヴィア妃に裏切られるのも同じだ。どうして世間にはほとんど知られていないマーク王だったのか？　女性の裏切りは、どちらの王を選んでも同じだったというのに。キャロラインはそんな考えを振りはらった。ナイティンゲール家の先祖は頭がおかしくて、だから道理など通用しなかった、あきらかにそうなのだ。

キャロラインは振り返っていま一度、肖像画を見定めた。大半が状態も悪い。この百年以内に描かれた二枚をのぞいて、どの絵も修復作業を施さなければならないだろう。彼女はスカートで手を払った。その瞳には闘志がめらめらと燃えていた。まったくナイティンゲール家の過去の男たちときたら。なんとか肖像画を二枚、一枚ずつ脇に抱える形で持ちあげた。引きずるようにして、その二枚を自室まで運んだ。ミセス・メイヒューに呼び鈴を鳴らしたときには、まだ重労働で息切れしていた。

そのあとは、汚れたドレスから数十年前の埃をもうもうと巻きあげながら、ジグ（動きが速く活発で不規則な三拍子のダンス）を踊っているようなものだった。

ノースは妻を見た。汚れたモスリンのドレス。埃まみれのブーツ。見たこともないようなまっ黒な汚れを頬につけ、手もきたない。しかし妻は笑っていた。「こっちに来て、だんなさま」彼女が声をかける。「いいから、こっちへ。びっくりさせるものがあるの」

妻のうしろに、〈マウント・ホーク〉に住まうほかの女性六人もいることに気づく。みな一様に期待をこめた表情を浮かべ、もし彼のまちがいでなければ、少しおびえているようでもあった。その反対側には宗教裁判の死刑宣告の場にでも引きずっていきそうな風情だ。彼らのほうは、女性たちを宗教裁判の死刑宣告の場にでも引きずっていきそうな風情だ。嬉々として大至急で処刑の火をおこす光景が、労せずして浮かんでくる。

ノースはキャロラインに視線を定めた。「まるでわんぱく小僧だな。いったいなにをしていた?」

にっこり笑った彼女は、無言で壁を指さした。ノースは彼女のかたわらに立って顔を上げた。目が見ひらかれ、釘付けになる。のどが詰まる気がした。曾祖父の肖像画と並んで、もう一枚、絵が掛かっていた。そこに描かれていたのは、やはりナイティンゲール家男子の遠い昔の姿だった。若く、男盛りのころを描いたもの。その彼の前には、あきらかに彼の花嫁である若い貴婦人が――ノースの曾祖母が描かれていた。ノースは言葉もなく、ただ絵を見つめた。ああ、曾祖母がなんと美しく、なんと若いのだろう。そして曾祖父は幸せそうで希望に満ち、自分自身と自分の前で腰かける美しい乙女に喜びを抑えきれないように見える。

ノースは最後に、一枚の貴婦人の肖像画に目を移した。これはあきらかに祖母の絵だ。この祖母の絵も曾祖母の肖像画と同じく、結婚したばかりの、とても若いころのものだった。

陽気で、小悪魔を思わせるちゃめっけがはちきれんばかりだ。いまにも笑いだしそうな。幸せそうな。その美しい瞳には、これから身にふりかかる暗い将来を思わせる翳りはない。

突如、母の絵が見たいという思いがノースの胸にこみあげた。いったい母はどんな人だったのか。どうしても思いだしてみたい。しかし父の肖像画の隣に絵はなかった。ただ父のいかめしい顔が、せばめられた暗い瞳が、怒りと苦悩があふれて輝く瞳があるだけで、ノースは思わず顔をそむけた。ひどく抑えた声で言う。「どこで見つけた?」

「東の棟の三階をまわっていたの。少なくとも二ダースの絵があったわ、ノース。すべてエリザベス女王時代のナイティンゲール家の女性の絵だった。ほとんどがひどい状態だけれど、修復できるんじゃないかと思うの、できるといいんだけど」

彼はなにも言わなかった。ただ食い入るように祖母の絵を見つめていた。「母は」そう言って言葉がとぎれる。「母は死んだ。知ってのとおり。母の肖像画はなかったんだろう?」

「ごめんなさい。あなたのおばあさまのものより新しい絵はなかったの」

「祖母はとても若くて幸せそうだな。曾祖母の絵もそうだが」

「そうね。妙なのは、ほかの人たちは――あなたのご先祖さまだけど――肖像画が二枚ずつあるということ。一枚目は若いころ、二枚目はもう少し年を取られてから。でもひいおばあさまとおばあさまは、あきらかに結婚されたばかりのころしか描かれていないわ」

「それは、夫とともに年を重ねるまでもなく追いだされてしまったからさ。いま思いだした。

おれの母の名前はセシリアだ。母も、もし結婚したてのころに描かれたのだとしたら、母も曾祖母や祖母と同じように笑顔で、幸せそうだったんだろうか」

「だんなさま」

「なんだ、トリギーグル?」

「申しあげてよろしいですか、だんなさま?」

「あとにしてくれ、トリギーグル」ノースは心ここにあらずで言った。キャロラインのほうを向いて笑顔で見おろす。彼女の頬についた汚れをこすった。

「だんなさま」

「なんだ、クーム?」

「少々、お時間をいただきたいのですが、別室で」

「いまはだめだ、クーム」

「さようでございますか、だんなさま。では、諸々の、女性もいる面前で、本心を語れとおっしゃるのですね。わたくしたちは、これらの肖像画を持ってくることに反対いたしました。と申しますより、あの部屋に絵があることは承知しておりましたが、じつのところ忘れておりました。あなたのひいおじいさまが絵をすべてはずし、この〈マウント・ホーク〉に二度と女性の絵を飾ってはならぬ、女性の絵は記憶から消して封印しろと命じられたのだと、奥さまにご説明しようといたしました。しかし奥さまはあの部屋のドアを開けてしまわれたのです。不思議です。ドアは施錠されていたとトリギーグルは申しております」

「どうしてそんなことがわかる、クーム？」

「あなたのひいおじいさまがそう書き残しておられます、だんなさま。〈マウント・ホーク〉に女性をお連れになる前に、ミスター・トリギーグルがお渡しになった本を読まれたのではないのですか？」

ノースが驚いたことに、そこでキャロラインは声をあげて笑った。「もういいじゃないの、クーム。ねえ、トリギーグル、いまはもう新しい時代で事情が変わったのよ。昔は昔。過去に起きた不幸は、そのまま過去のものにしておかなくちゃ。もうわたしたちとも、この家とも関係ないことだし、過去に逆戻りしつづけることはないわ。あるべきものが戻ってきたことを、すなおに歓迎しましょう。この貴婦人たちは殿方となにも変わらない、ナイティンゲール家の人間なの。殿方だってだれもが女性を母として、女性から生まれてくるでしょう？ここにいるいまのだんなさまだって」

「受けいれられません」トリギーグルが言った。「ナイティンゲール家にとって母親は価値のないものです。僭越ながら、当家に関わった女性はみな堕落した者ばかりです。ナイティンゲール家の男子が、いかに彼女たちが不実であるかを悟るまでのあいだ、いっときナイティンゲールを名乗ったというだけのこと。もはや一般論として差し支えございません、だんなさま、当然の結果なのです」わざとらしく間を置き、キャロラインを見すえる。「ここ最近のところでは、ナイティンゲールに嫁いできた女性で夫に誠実であった者はおりません。ナイティンゲール家の男子はそのような呪わしい事実を背負っているのです。いえ、ご本人の受けとりようによっては、喜ばしい事実と申しあげたほうがよろしいかもしれません。それはもはや遺産です――あなたさまにとっても――だんなさま」

「もうじゅうぶんだ、トリギーグル」ノースの声は低く、よどみなく、そして空恐ろしささえ感じさせた。

「ですが、だんなさま、奥さまはすでにドクター・トリースと通じていることがわかっております！」クームが叫んだ。「みな知っております！」

トリギーグルもまた葬儀での司祭のごとく、熱のこもった声で言いつのった。「さようでございます、だんなさま。奥さまもほかの奥方となんら変わりません。ナイティンゲール家の男子を苦しめる重荷なのです」

「そうか」ノースはのろのろと言い、三人の男性使用人をひとりずつ、順番に視界に留めていった。「では、おまえたち全員を外に出して、撃ち殺していくしかあるまい。おまえたちは変わらないんだな。キャロライン、きみの銃を借りていいか？」

「ごめんなさい、ノース。あれはティミーにあげてしまったの、ティミーは覚えてる？」

「それなら、縄を」とノース。「果樹園のリンゴの木に、こいつらを全員つるす。腐ったら、リンゴと同じで自然に落ちるだろう」

29

「あの、だんなさま」トリギーグルが眉に大粒の汗を浮かべて言った。「それは、あなたさまがおっしゃられるにしては、楽しい冗談とは言えないと存じますが」

「冗談ではない」クームが言う。「わたくしたちのだれが聞いても、あまり楽しめるお話ではございませんが」

「ええ、ミスター・クーム」ミセス・メイヒューが彼の前に進みでて、まっすぐに目を見た。「そうですわね。ですから、わたしの話を聞いてくださいませ。だんなさまはずっと、あなたたちお三方に辛抱強く耐えておいでででした。ですが、もう限界でございます。それに、あなたです、このおたんこなす」ミセス・メイヒューはトリギーグルに近づき、彼の鼻先から二インチと離れていないところまでにじり寄った。「奥さまのおっしゃるとおりです。〈マウント・ホーク〉はもはや男性だけの聖域ではございません。正常な状態に戻すよい頃合いですよ。さあ、あなたさまもミスター・クームもミスター・ポルグレインも厨房に行って、ブランデーを召しあがって落ち着かれてください。神経がやすまれば、まともなお考えができ

ることでしょう。だんなさまのお手をわずらわせることもなくなりますよ。だんなさまとき
たら、ほんとうにあなた方のあわれな首をつりそうな勢いでしたからね」
「そのようなことはない」ポルグレインが言った。「少し動揺しておられただけだ。無理も
ない。おまえたちが騒がしくおしゃべりして、やるべきでないことをしていたんだから」
「だんなさまがわれらに危害を加えることなどない」クームが言った。「そんな野蛮なこと。
ナイティンゲール家の男子はどなたも文明人だ」
「でも、わたしが手を貸せば彼もやるでしょうね」とキャロライン。「言っておきますけど、
わたしも限界ぎりぎりなの。だから、もうやめて。いい加減、慣れてください。あなた方の
ような態度はもはやここでは許されません。今日をかぎりに、新しい〈マウント・ホーク〉
に生まれ変わるの。ナイティンゲール家に、女性があるべき場所に戻ってくるの」
驚いたことに、ほかの女性六人がみな歓声をあげた。〈マウント・ホーク〉の召使いとし
て砦を築いていた男性三人は、凍りついて動けない。ノースは双方を代わる代わる見て、片
手を上げた。たちまち静まり返る。なんと言っても彼は主人なのだ。
ノースはキャロラインのほうをさっと見た。と、ちょうど彼女からこれまでの人生でも最
高に愛のこもったまなざしを向けられたところだった。ただし、同じくらい愛のこもったま
なざしで見られたことは何度かあったが。ノースはなにを言おうとしていたか忘れてしまっ
た。彼女の汚れた顔にキスをして、汚れた服を脱がせたかった。その汚れた手で全身をまさ

ぐってほしかった。彼女を抱えたままの自分の腰に、その脚を巻きつけてほしい。彼女のなかに突き入れば、彼女は頭をのけぞらせ、快楽の悲鳴をあげて、髪がはらはらと乱れかかるのだろう。

ノースは咳払いをした。「奥方の言うとおりだ。この〈マウント・ホーク〉でいかなることが過去に起こったとしても、それはもう終わったことだ。ミセス・メイヒューの言うこともまったくそのとおり。これ以降、チルトン子爵夫人に〝あなた〟だの〝ミス〟だの〝マダム〟だのと呼びかけてはならん。〝奥さま〟〝奥方さま〟と呼びたまえ。もう過去の汚点を現在に引きずるな。今後、〈マウント・ホーク〉は正常な状態に戻る。そして神のご加護を賜《たまわ》り、子どもたちが生まれることになる。ナイティンゲール家の跡目を継ぐための後継者だけでなく。この点について、よく考えるように。さあ、もう行ってくれ、おまえたちみんな。ミセス・メイヒューの言ったとおり、ブランデーを楽しむもよし。だがこれだけは覚えておけ。〈マウント・ホーク〉は曾祖父の代以前の状態に戻る」

やかまし屋の男三人は身をかたくし、一列で言葉もなく大きな玄関ホールに出た。ふいにキャロラインは、アリスの具合が悪くなったオックステール・スープは、窓にあらわれたおばけの顔と同じようないやがらせだったのだろうかと思った。いや、まさか。窓におばけの顔が出るのと、毒入りスープとでは次元がちがう。そう、同じであるはずがない。三人の召使いは、少なくともいまのところ、受けいれがたい変化に直面した年寄りにすぎない。しかしミセス・メイヒューは他人の不幸にほくそ笑むような人間ではない。彼らの鼻をつまみ、負けた彼らをあざけるようなまねはしないだろう。

ミセス・メイヒューはキャロラインにひざを折っておじぎをすると、クロエとモリーを追いたてる仕草で仕事に向かわせた。ミス・メアリー・パトリシアが言った。「アリスは少し疲れたようです、ミス・キャロライン。イヴリンもやすみたいと。わたしがついていますから」ノースに会釈し、すっかり安心したような笑みを見せた。しかしノースがそれを見ていないことに、キャロラインは気づいた。彼はまたもやうわの空で、肖像画を見つめていた。

「キャロライン」ようようノースが口をひらいた。「父と結婚したてのころでさえ、母の肖像画が描かれなかったのはなぜだと思う?」つかのま目を閉じる。「いや、きみがそんなことを考える必要はないな。おれは知ってるんだ。父が母と結婚したとき、祖父はまだ生きていた。母はたった一度だけ、この〈マウント・ホーク〉に来ることを許された。父があの忌まわしい日記に書いていたよ。祖父は母を追いだしたんだ。おれを産んだあと、母はほかのナイティンゲール家の妻と同じように不貞を働き、父は怒りのあまり母を放りだした。おれは父から、母はふしだらな女だから忘れろと何度もたたきこまれた。母が死んだことも伝えられ、当然の報いを受けたんだと言われた。いまになって、父の声がよりはっきりとよみがえってくる。両親の言い争う声も。おれはまだ幼かったが、ふたりがとてつもなく大きくてやかましくて、それがどうにもつらかったのを覚えている。あのあと母は突然出ていき、帰ってこなかった。あの日の翌日から、〈マウント・ホーク〉で暮らしはじめたんだ。だが、ひどい場所だったよ、つらかった、母が恋しかった。祖父が死んだときだって、どうでもよかった。父はすでに祖父にそっくりの人間に——いや、もっとひどいと言えるかもしれない人間になっていたから」

「つらかったでしょう、ノース」キャロラインは彼に両腕をまわし、きつく抱きしめた。「でも、いまはもう状況がちがうわ。ふたりで一緒に変えていきましょう。わたしもほんとうにつらい」

「どうしてドクター・トリースとあのオークの木立にいた？」

彼女はまっすぐに彼と目を合わせ、まばたきもせず、身じろぎもしなかった。落ち着いた声で言う。「わたしが愛人と逢い引きするだなんて、どこかのおばかさんがあなたに送った手紙——あなたは信じているの、ノース？」

「いいや」

「あなたはお父さまでも、おじいさまでも、ひいおじいさまでもないわ。そしてわたしも、いままでのあわれで悲惨なナイティンゲール家の奥方じゃない」

「ああ」

「ドクター・トリースは、わたしとふたりきりで話がしたかったらしくて、馬で〈マウント・ホーク〉を出たわたしを追ってきたんですって。ノーラ・ペルフォースのことをわたしに話したいと言ってたわ。エレノアおばさまが殺されてから、彼女にはとてもよくしてもらったんですって。だから事件はわけがわからないし、とてもつらいって。でもなによりもまず、わたしがだれかから彼とノーラ・ペルフォースが知り合いだったと聞いて、誤解されたくなかったそうなの。自分が不誠実で、おばをほんとうに愛していなかったとは思われたくなかったと。先生は苦しんでいたわ、ノース。わたしは先生をなぐさめようとした。ちゃんとわかっていますって、安心させようとしたの。そしたら頬にキスされて、きみを義理の姪と呼びたかったと言われたわ」

「ありがとう、キャロライン、話してくれて」

「もっと早く、あのときに話そうと思ったんだけれど、あなたがキスを始めて、なにもかも忘れてしまったの。あなたにかかると、わたしの心は翻弄されてしまうのよ、ノース・ナイティンゲール。ああ、あのときはすてきだったわ、木立のなかで、オークの葉のあいだから日射しが幾筋も差しこんで。あなたにおおいかぶさられたとき、顔に太陽の熱を感じていたの。あんなにすてきなことは、ほかにないわ」

ノースは心を揺さぶられたが、それなりに冷静な声を出すことができた。「ああ、すてきだったな。おれは太陽の熱を背中に感じてたよ。ドクターがきみに見せていたものはなんだったんだ？」

キャロラインはつと彼を見あげ、まじまじと彼を見つめた。彼は知っている。なのにどうして訊くのだろう。彼の奥深くに息づく不信感のせいだとわかってはいたが、彼女は怒ることもなく、あえてそれを受けいれた。だって、彼はきっと変わる。そして彼も、彼女の思うとおりになりたいと祈っているのだから。

あっさりと彼女は答えた。「おばが亡くなってから、ノーラ・ペルフォースが彼に送った手紙よ。ノーラ・ペルフォースは手紙のなかで、どれほど彼がおばを愛していたかわかっている、ほんとうにお気の毒だと書いてあったわ。あなたも手紙を見たいかしら、ノース？」

彼はうなずいたが、言った。「いいや」

「それは助かるわ。ドクターは手紙を渡してはくれなかったから、お願いしないといけないもの。そんなことをしたら、少しばつが悪いでしょう？　ああ、でも、あなたは少なくとも半分はわたしを信じてくれたのね」つかのま口を閉じ、キャロラインは彼の二の腕を軽くなでたりもんだりした。無意識の行動なのだと彼にはわかっていた。彼女はただ彼にふれるのを、彼と直にふれあうのを楽しんでいるだけだ。

彼女が言った。「ノース、あなたのお母さまのことはほんとうにお気の毒に思うわ。もしかしたら、やかまし屋の三人衆のひとりから、もっと話が聞けるかもしれない」

彼はなにも言わなかったが、心の痛みがキャロラインには伝わってきた。いまではおぼろになった遠い昔の痛み。しかしそれは、いまだ彼の奥深くに巣くっている。彼女は彼の腕に手をかけた。「ノース、あなたはご両親が最後にひどい諍《いさか》いをして、お母さまが出ていかれたあと、この〈マウント・ホーク〉に戻ってきたことを覚えていると言ったわね。それまではどこで暮らしていたの？」

ノースは目をしばたたき、祖母の肖像画をむさぼるように見あげて、ゆっくりと口をひらいた。「わからないんだ、キャロライン。父が所有していたほかの地所だと思う。いまはおれの所有になっているが」

「地所はいくつあるの？」

「三カ所だ。ロウワー・スローター近くのコッツウォルドの狩猟場、ブライトンのシュタインにある邸、それからヨークシャーにあるノーザラートン近くの領主館《マナーハウス》だ」言ってから一瞬、間があく。「なんてこった、ひと月半前までヨークシャーにいたのに、館のことをすっかり忘れていた」

「どうしてヨークシャーに？」

「軍時代からの親友に会いにいってたんだ。チェイス伯爵と、やつの新妻に。マーカスと妃殿下は、きみもうまが合うと思う」

「妃殿下？」

「ああ、彼女が九歳のときに、やつがつけた愛称だよ。彼女はやつのおじ貴の庶子《しょし》だ」

「まあ、ノース、その話、もっと聞きたいわ」

「いいとも。この冬、暖炉の前で丸くなって暖を取ってるときにでも、話してあげよう。ウインダム家の歴史と、ふたりに起こったことをぜんぶ」

キャロラインの瞳が輝き、ノースはすかさずキスをした。「いまはだめだ、キャロライン。ゆっくり話したいからな。いまは別宅の話をさせてくれ。どの家にも何年も行っていない。生まれてから五歳まで、そのうちのどこかで暮らしていたのかどうかも思いだせないんだ」

「きっとご両親と一緒に――お父さまがまだこの〈マウント・ホーク〉に戻って、おじいさまに毒されていないころ――その別宅のうちのひとつで生活していたにちがいないわ。そうとしか考えられない、ノース」

「可能性はあるな。ロンドンで経理を一任している人間に手紙を書いて、財務状況を報告させよう。どうせやらなければならないことだ。父と母がいつ別宅で暮らしていたか、わかるだろう」

「ヨークシャーの別宅には一度行って、あなたのお友だちに会いたいわ。それからね、もうひとつ話したいことがあるの、ノース。だめよ、まだキスしないで。とにかく聞いて」キャロラインは彼の顔を両手ではさんだ。「あなたはわたしのだんなさまよ。愛しているわ。これからもずっと。あなたがおじいさんになって、歯が一本もなくなって、腰が曲がっても。それでも愛してる。たぶんわたしも同じようになっちゃうから、そうむずかしいことではないと思うわ。ぜったいにあなたを裏切ったりしない。あなたに害をなそうとする人間があらわれたら、殺してあげる。あなたはわたしのものよ。わたし、自分のものは永久に手放さないの」

ノースの息があがった。「キャロライン」彼の両手が上がって彼女をしっかりとつかむ。

オーウェンが口笛を吹きながら玄関ホールに入ってきた。ふたりがいて、キャロラインの腕が夫の首に巻きついているのを見てとる。「そんな深刻そうにして、どうしたんだい？ なにか悪いことでも？ あれ、この女性たちはだれ？ 前は飾ってなかったよね？ いや、女性の肖像画なんて、どこにも一枚もなかった。変だと思っていたんだ」

「いや、オーウェン」ノースが両手をおろしてオーウェンに向きなおった。「キャロラインが三階の部屋でおれのご先祖さまたちをすっかり見つけてくれて、この二枚をおろしたんだよ。残りも修復して、元の場所に飾ることにしてある」

「キャロラインは昔から、なんにでも首を突っこんでたものなあ」オーウェンはそう言って肖像画を見つめた。「〈チャドレイ女子寄宿学校〉にいたころの話もしてくれたけど、あなたも信じられないと思うよ。とんでもない生徒さ、ノース。口は開きっぱなしだし、自分のことなどおかまいなし。なんでもかんでも首を突っこんで自分で片を付けたがる。ぼくのことでもね。そうだ、父さんから手紙が来たんだ。父さんがなにをしたか、信じられないんじゃないだろうか。いや、父さんのことはよく知ってるだろうから、信じられるかな」

すっかり夜も更けた。キャロラインは階下の書斎で、ひじのあたりに枝分かれした小さな燭台を置き、読書をしていた。あたたかい緋《ひ》色のガウンを着こんでいる。ノースがこのガウンを過剰なくらいほめてくれて、じっくり見てくれて、それから脱がせてくれたらなおうれしい。彼に会いたかった。といっても、彼と離れてまだ三時間しか経っていないのだけれど。彼は〈カーステアーズ館〉までサー・ラファエル・カーステアーズに会いに行っていた。ここ三日ほど強い雨がつづき、スズ鉱山での落盤事故が心配されていた。ほかの鉱山所有者や責任者も集まり、三つの鉱山での落盤や設備問題を解決しているところだった。

おかしなものだが、キャロラインは大きなベッドにひとりでいたくなかった。冷たくて、寂しくて、いやだった。だから彼が帰ってくるのを待っていようと、こうして書斎でゴットフリート・シュトラスブルク版の『トリスタンとイゾルデ』を読んでいるのだ。ジョン王の時代に書かれたものだが、卑劣で冷酷なジョン王は、封建家臣たちに大憲章《マグナ・カルタ》に署名させられた人物だ。お手柄ね、封建家臣たち。

この物語は、のちにマロリーが書いた運命の恋人たちの話よりも暗く醜悪だが、同情と敬意に値する唯一の人物は顔に泥を塗られたマーク王だった。ああ、忍耐強く高潔なマーク王は、自分を裏切った甥のトリスタンと自身の妻イゾルデを追放しただけで、トリスタンをふたつに引き裂いたわけでも、若い妻の胸を短剣で突いたわけでもない。キャロラインはもし自分がマーク王だったら、裏切り者たちののどを嬉々として掻ききっただろうと思う。けれども伝説は、悲恋、裏切り、ほんの少しの勝利、しかし最後は死を迎えるという古典的テーマのすべてを巧みに織りこんでいるため、もっとやさしく、いつまでも色あせない魅力に満ちていた。

そしてそれが、ノースの曾祖父からあとのナイティンゲール家の男性のたどる道となっているのだ。いったい彼らはどれほど自分たちを高貴な存在だと思っているのか。伝説のコーンウォールのマーク王に自身をなぞらえるなど、いったいどれほどうぬぼれているのか。マーク王が廷臣を集めたのは、伝説で言われているフォーイ近くの南海岸でなく、ここなのだと主張までして。

しかし少なくともアーサー王にまでは手をふれなかった。多くのコーンウォール人が強く信じているとおり、かのなんとも魅惑的な王はティンタジェルに生まれ、そして死んだということにしておいたらしい。伝説が綿々と受け継がれてきたアーサー王とちがい、マーク王と背徳の妻と血気盛んな甥のことについては、知る人間も心惹かれる人間も、ほとんどいないように思われる。アーサー王はナイティンゲール家の男子が自分を重ねるには強烈すぎるのかもしれないと、キャロラインは思った。いっぽうで慈悲深いマーク王は、ほんとうは気弱なまぬけだけれど、ずっと簡単に利用できるし、自分たちの空想にうまく組みこめたのだろう。

彼女としては、アーサー王を偶像に選んでくれたらよかったのにと思ってしまう。なぜならアーサー王のほうが、気弱でやさしいマーク王とちがって、いまでも世に知られているからだ。まあ結局は、彼も王妃のグィネヴィアと忠臣サー・ランスロットに裏切られたのだが。

キャロラインは頭を振った。ナイティンゲール家の男子がマーク王を選んだのは、彼のほうが人々の頭から消えやすく、それゆえ反対意見や苦情も少ないからだと、彼女にはわかっていた。アーサー王なら熱く感動するところでも、あわれなマーク王となるとせいぜい生ぬるい感想が生まれるくらいだろう。

キャロラインは本に没頭した。中世のフランス語はとてつもなくむずかしかったが、イゾルデ（フランス語ではイズー）と追放されたトリスタンが、彼女に〝たったひとつの心、結婚の約束、肉体、人生〟を誓ったことは判読できた。しかしご立派なトリスタンはべつの〝イゾルデ〟と出会い、恋に落ちてしまう。まったく男ときたら……男の節操ってこんなものなの……。キャロラインはあくびをし、またトリスタンを取りあげた記述を目で追っていった。ナイティンゲール家の男たちがありがたがって集めた物語――自分の妻にすらろくなことができてないのに、もっとほかにやることがあるんじゃないだろうか。

キャロラインの目の前でいつしか文字がぼやけた。目がごろごろする。そして盛大なあくびをした。膨大な叙情詩だったが、すべてはゴットフリートの波乱に富んだ想像力のたまものにちがいない。しかし中世の当時では大まじめに受けとられていたものが、いまのキャロラインにとってはばかげているように思えた。本が彼女の手からひざの上に落ち、絨毯の上へとすべった。

悲鳴で目が覚め、彼女は長椅子から落ちた。

30

一瞬でキャロラインは立ち、スカートをひざまでつかみあげて玄関ホールに走った。すべるように止まって目をむいた。オーウェンがベネット・ペンローズに馬乗りになり、こぶしを握って彼のシャツをつかみ、激しく揺さぶって、淡い金と白の大理石に頭を打ちつけている。ベネットも抵抗してはいるが、功を奏していなかった。とんでもない苦境に立たされたかのごとくわめいている。その刹那、キャロラインはオーウェンに計り知れない誇らしさを覚えた。

「オーウェン！　すごい、見あげたものだわ。でも、もうやめて。彼、死んでしまうわ」

「当然の報いだ、このくそいまいましい野郎！」そう言ってオーウェンは、またしてもベネットの頭を大理石に打ちつける。

「まあ、そうね、そのとおりね。でも、それであなたが絞首刑にされるのはいやなの」キャロラインはオーウェンのこぶしにそっと手を当てた。彼の体がこわばり、心底怒っているのがわかる。これほどわれを失っているオーウェンを見たのは初めてだった。

「さっき悲鳴をあげたのはベネットね？」

「ああ、そうとも。でもまだ一発も殴ってないときのことだからね。まったく抜け目のない男だよ」オーウェンはベネット・ペンローズを見おろした。ベネットは派手に鼻血を出してぼんやりしているようで、壁付きの燭台から届くほの暗いろうそくの明かりのなかでは顔色も青ざめて見えた。もう彼もわめかなかった。あんなふうにわめいていては、さすがにみっともないとわかったのだろう。

キャロラインはペチコートを細長く引き裂いた。「ほら、ベネット、鼻をふいて。そのきれいな大理石に血をつけないでちょうだい。ノースが泣くわ」

オーウェンはベネットから離れ、やたらときれいな顔をした男がふらつきながら上半身を起こし、血の出る鼻を押さえるのをにらむように見つめていた。オーウェンの声は嫌悪と侮蔑であふれんばかりね、とキャロラインは思った。だからこそ、思う存分、ベネットを殴ったのだろうが。「おい、ペンローズ、どうしてこそこそうろついていた？」

ベネットは鼻をこすりつづけているが、あまりきれいになっていない。

「まあ、とにかく水場のある厨房に行きましょう」キャロラインが言い、先に立って階下に向かった。

オーウェンはベネットを押しやり、厨房の巨大なテーブルのまわりにある椅子に座らせた。そこではすでに、やかまし屋の召使い三人衆と女性の召使い三人が食事をしていた。この食事の場に、そのうち自分も入ってみたいとキャロラインは思った。彼らはたぶん、互いにひどい消化不良でも起こしそうな気分だろう。クロエとモリーがなんでもないようなことに忍び笑いし、トリギーグルの顔がいやそうにゆがんだ。

キャロラインは布を濡らし、ベネットにわたした。ほんとうは彼の鼻に投げつけてやりたかったが。「きれいにしながらでいいから、ここでなにをしていたのか白状しなさい」

「べつに、べつになにもしていない」ベネットはようやくそう言った。ふてくされた子どものような口調だった。「このばかがいきなり飛びついてきて、がっちりつかまえられて。ぼくは床に倒れて、殴られてびっくりしたもんだから、このばかが調子に乗りやがって。でなきゃ、鼻血を出して頭の骨にひびが入ってたのはこいつのほうだったんだ」

オーウェンは鼻を鳴らし、血のにじんだこぶしを満足そうにさすった。

「だめよ、オーウェン、もう殴るのは」キャロラインが言った。「ここでなにをしてたのか言わないと、またオーウェンに殴られるわよ、ベネット。それから、わたしにも。あなたとわたしは取り決めをしたわよね。あなたはお金を手に入れ、わたしはあなたと縁を切った、永遠に。わたしの友人とも、あなたはもう無関係よ。なのにこうしてまた舞い戻って、夜中に〈マウント・ホーク〉をうろうろして。ノースがいなかったことを感謝するのね。彼がいたら殺されてたわよ」

「彼がいないことは知ってたよ」ベネットはいまや点々と血だらけになった布を押さえたま

ま言った。「ぼくだってばかじゃない」

「ああ、つまりおまえは、卑劣きわまりないおまえは、キャロラインだけだから、なんでも好き勝手できると思ったわけか」

キャロラインはふと、オーウェンはここでなにをしていたのだろうと思った。まあ、彼の場合は少なくともよこしまな目的ではないだろう。「どうなの、ベネット？」

「おい、卑劣漢、まさかまたアリスを狙ってたんじゃないだろうな？」ベネットのすぐ前までこぶしが近づいたが、キャロラインがなんとかオーウェンのこぶしを押さえて落ち着かせた。

「なんだって、まさか」とベネット。「そいつを近づけないでくれ、キャロライン。でないと、ぼくも手を出さざるをえなくなる。ぼくはアリスなんて狙ってない。あの小さなあばずれも、いまは醜く肥えて、見たら吐きそうになるんだろうな。いや、そんなことじゃなくて金がなくなったんだ。ぼくのせいじゃない。だまし取られたんだ、とんでもないやつに」

「賭け事で、全額なくしたの？」

ベネットはうなずいた。

「なにか盗むためにここに来たの？」

「いや、そういうわけじゃ。でも、なにか小さくて面倒のないものでもあれば……チルトン卿の執務室にでも行けば金庫とか……あればの話だけど。でも執務室がどこかさえわからなかったよ、このばかにいきなりつかまって」

「なかなかおもしろい話をしてるじゃないか」

三人が振り返ると、ノースが厨房のドア枠に無造作にもたれ、腕を組んでいた。「生まれてこのかた、見たこともないほどあわれな虫けらだな、おまえは」ベネットに向かって、完全に醒めた声でつづけた。「キャロライン、こんな虫けらに動揺しなかっただろうな?」

「いいえ、だって大声でわめくんだもの。書斎の長椅子から落ちちゃったわ。あのね、ノース、あなたが帰ってくるのを待っていて眠ってしまってたの。取るものもとりあえず走って出たら、玄関ホールでオーウェンがベネットの胸にのしかかってたわ。大理石にベネットの頭を打ちつけてた。ベネットが鼻血を出していたから、わたしがここへ連れてきたの。あのきれいな大理石を汚してほしくなくて」

「きみは思いやりがあるな」ノースは言ったが、まだ動かない。その瞬間の彼はとてつもなく危険な香りを漂わせていて、キャロラインは身震いした。その静けさこそが、空恐ろしかった。一見おだやかに見えるせいで、ほんとうは彼が相手を殺しかねない状態だということが、敵にはわからないだろう。

「やめなければよかった」オーウェンがノースを見た。「こいつはこれからだって厄介のもとになるよ、ノース。ぼくの父さんは、少なくとも禊《みそ》ぎをすませたけど」

「ああ、そうだな。ファルクスがそんなことをするとは思いも寄らなかったが」

「手紙に書いてあったことがほんとうなら」とキャロライン。「まったくミスター・ファルクスは悪知恵の働く人よね。あ、ごめんなさい、オーウェン、でもほんとうのことでしょう」

「つらい経験をしたから、そのとおりだってわかってるよ」オーウェンが答える。「でも今度は父さんも嘘をついてないと思う。父さんはちゃんとミセス・テイルストロップと結婚するよ。でも、彼女のパグのルーシーは取りあげて、どぶに捨ててくるんじゃないかな。大嫌いらしいから」

「ミセス・テイルストロップにはおれから手紙を書いておいた」とノース。「彼女がなんと言ってくるか、様子を見よう」

「そんなことをしたなんて知らなかったわ」キャロラインが言った。「さすが、頭が切れるのね、ノース。でもべつに驚くことでもないけど」そう言うと、息をついてベネットを見た。怪しいまでに静かで、鼻を押さえているだけの彼を。

「この人のことはどうする?」

「再起不能になるまで殴らせてくれ」オーウェンが気合いを入れて自分のこぶしをなでまわす。

「やかまし屋の三人衆と一緒に絞首刑にしたらどうかしら」キャロラインは期待をこめて言った。「三人と一緒に腐って地面に落ちてくるだろうから。リンゴも収穫できなくて落ちてしまうだろうけど」

ノースはただかぶりを振っただけだった。「いい考えだが、ひねりが足りないな、キャロライン。じつに残念なことに、こいつがきみのおば上やほかの女性ふたりを殺したのでないことははっきりしている。それにはおれも、がっかりするよ」長いこと押し黙り、穴があくほどベネットを見ていた。そしてようやく、言った。「きみの父上のところへ送ってみたらどうだ、オーウェン？」

オーウェンが爆笑し、キャロラインもにんまり笑った。「ああ、すごい、父さんならベネットをたたきなおしてくれるよ、ノース——それか、死なせてしまうかも。どう思う、キャロライン？」

「そうね、ベネットもあなたのお父さまのためなら働くわよね、オーウェン？　それがだめなら、植民地に送る手配をノースがしてくれるでしょうね」

「つまり〈ハニーメッド館〉に行くか、野たれ死にか、だ」ノースが言った。「おまえ、金はまったくないんだろう、ペンローズ？」

ベネットはまだ鼻を押さえながら、うなずいた。

「それに、おれの金庫も持っていないんだな」

いま一度、ベネットはかすかに震えながら、うなずいた。

ベネットは両手に顔をふせた。厨房の隅に置かれている時計と同じく、なんの音もたてない。その時計は七十五年前、〈マウント・ホーク〉に運びこまれたとたん、動きを止めたものだった。

「どうする？」

ベネットはうめき、ハンカチを押しあてた口を動かした。「植民地に女相続人がいるなんて話は聞いたことがないな」

「ちょこまか話すってやつを、やっと突きとめたよ」一週間後、ノースはキャロラインと向きあって朝食の席についているときに切りだした。だいぶ早い時間だったので、まだふたりしか席についていなかった。

「いつもぴょんぴょん跳ねていて、二語以上はつづけて話せないって人？」

「そうだ、そいつだ。フラッシュがトレヴェラスで見つけた。酪農場の息子らしい。おれを案内する前にティミーを連れていって、本人かどうか確認させた。ティミーのやつ、かわいそうに、知らないと言われてびっくりしたようだ。おれに仇《あだ》なすようなことをしたと知って、動転していた」

「そうなの。それで？　だれがその子に手紙を渡したの？」

「クームだ」

キャロラインは、ほっとしたと同時に落胆をおぼえた。「えっ」と思わずもらしてしまう。

「そう、でも少なくともわかったんだものね」

「おれがクームに問いただすときに、きみも同席したいか？」

「ええ、それがいちばんいいと思うの。ああ、ノース、あの三人は、ここのところずっとなにごともなく静かだったわ。やっと現状を受けいれてくれたのかと思っていたのに」

「まさか、そんなことはありえないさ」ノースは立ちあがり、白いテーブルクロスの上にナプキンを放りだした。「残念だが」

一時間後、書斎でクームは主人を前にして立っていた。主人は部屋の隅をどっかりと占める巨大なマホガニーのデスクについている。視界の片隅になにか動くものが映ったとたん、クームの全身に怒りがほとばしった。世間知らずの高潔な主人をうまくそそのかした鼻持ちならないあの女、主人がいまだに猫かわいがりしているあの女が、そこにいた。いったいどういうことだ？

「ジョニー・トリルビーという少年に会った。どもり癖があって、駄賃をもらっていろんな使い走りをしている子だ。かわいい子で、みんなが気の毒がって用事をさせてやるらしい。駄賃をはずんでくれるもんだから父親もそれを認めていて、酪農場の仕事は免除してやってるそうだが、駄賃はほとんど父親が取りあげてるようだな」

クームは背筋を伸ばし、無言でノースの左肩の向こうを見やった。

「ジョニー少年が話してくれたが、おまえは彼に金を払って、おれに手紙を届けさせたらしいな。おまえの字に気がつかなかったとはおれもうかつだったが、クーム、ここに帰ってきてから、おまえの字を見たことなどあまりなかったものな? それにおれが〈マウント・ホーク〉を出ていったときは、まだ十六歳だったし」

「まちがいでございます、だんなさま」クームの声は、ノースが二年前にポルトガルのオポルトで購《あがな》ったひと巻きの深紅色のベルベット生地のようになめらかだった。その生地を、彼はキャロラインのクリスマスプレゼントにしようと思っていたのだが、ずいぶん前のものだから、いまごろ虫食いの穴があいているかもしれない。「ええ、まちがいです、わたくしのせいではございません。僭越ながら、すべてはそちらの方のせいでございます。彼女が初めてここに来たとき——おば上さまが亡くなってショックを受けられたふりをしていらしたあのときから、なにもかも大混乱でございます」

キャロラインが言った。「絶妙なタイミングだったわ、クーム。あんなことをしたのも、あなたにつきがあったのも。あなたはドクター・トリースがわたしに会うために出かけたと知ったとき、ジョニー・トリルビーを使ってノースにあの手紙を届けさせなければならなかった」

「いや、キャロライン」ノースが言った。「そんなことはまったく造作もないことだったんだ。ドクター・トリースのほうも、きみからのものだと装った伝言を受けとったはずだ。心配だから、会いたいとかなんとかいう内容の。おそらく手紙には、きみ自身をふくめてだれにも手紙のことを口にしないでほしいと書いてあったにちがいない。そうだろう、クーム？」

クームが答えず沈黙ばかりが広がってゆくと、キャロラインが口をひらいた。「すごく知りたいことがあるんだけど、クーム。あなたはほんとうに、ナイティンゲール家に嫁いできた女性は夫を裏切ると信じているの？」

「もちろんでございます」クームは相変わらずノースの左肩の向こうに視線を据え、直立している。「不実な尻軽女です、だれひとり例外なく」

「でも、あなたがノースに言ったことは嘘だったわ。わたしが愛人と逢い引きしようとしているなんて。ほんとうはすべて作り話だったのに」

「あなたはかならずだんなさまを裏切ります、時間の問題です。わたくしはただ、あなたがほんとうに不義をはたらいてだんなさまの人生を悲惨なものにしないうちに、早くあなたと縁を切っていただきたいだけでございます」

「まだ跡継ぎも残していないのに、縁を切らせたいの？」

「いえ、それは！　だから――なんてことだ」

「どうやら、頭がうまくまわっていなかったらしいな、クーム」ノースが言った。「奥方と、奥方が〈マウント・ホーク〉にもたらした変化が気に入らなくて、おまえは思考が鈍っていたんだろう。頭のなかがとっちらかってしまったんだな？」

いまとなってはクームもうなずくしかなかった。「はい、頭がまわっていなかったようです、だんなさま。わたくしは彼女にここから出ていってもらって、だんなさまに幸せを取り戻していただきたかったのです」

驚愕の言葉に、ノースはクームを凝視することしかできなかった。「幸せを取り戻す？　いったいおれがいつ幸せだったというんだ？　完全におかしくなった父から逃げる前か？　祖父がまだ生きていて、気がふれたように怒鳴りちらし、わめきちらし、女性である人間はだれでも、司祭の奥方さえ〈マウント・ホーク〉に寄せつけなかったころか？　軍にいて、数えきれないくらいの戦闘のなかでいつ撃たれるかわからなかったころか？　生まれてからずっとひとり、孤独に生きていたころなのか、クーム？　ばかもやすみやすみ言え、おれは生まれてこのかた、いまほど幸せなことはない。彼女がいて。妻がいて。おまえにおれの気持ちがわかるか、クーム、彼女はおれの妻だ」

「いえ、いいえ、いまの幸せは正しい幸せとは言えません、だんなさま。ナイティンゲール家の男子であるあなたさまは、いまの状態はいっときのものでしかないとおわかりでしょう。それに、あなたさまは節度を欠くほどお笑いになり、おもしろみのあることを口にされることもおひかえになっておりませんね。冗談を口にされ、まわりの人間を笑わせることまでなさっておいでです。他人にもご自分にもそのような気楽なご様子をお見せになるとは、ナイティンゲール家の男子にとってあるまじきことです。ナイティンゲール家の男子はもっと底知れない深み、豊かな魂を持っているのです。人生の落とし穴と、それをどう避けるのが最良かに深く思いを致すのです。浅はかで見識のないほかの男たちよりも、長生きするのです。あ、いえ、少なくとも長生きすることがある、ということですが」

キャロラインはクームに目を丸くした。ノースは頭を振ることしかできない。しばらくして、こう言った。「クーム、もうおまえの言うことは信じられない。おまえはおれを裏切った。今日かぎり、ナイティンゲール家の職務から退くがいい。恩給はじゅうぶんに出すから、コテージでも買ってこの近辺に残るもよし、よそに移るもよし。おまえは父上に立派に勤めてくれたから、父がいれば同じことをするだろう。こんなことになってすまないとは思う、クーム。ほんとうに。おまえの姿勢は時代遅れなだけでなく、とにかくまちがっている」

「あなたさまのお父上ならば、わたくしにこのようなことをするなど夢にも考えなかったでしょう。おじいさまも然り。あのおふたりならば、彼女は破滅のもとだと申しあげれば、信じてくださったはずです。わたくしや、お仕えするほかの男を信頼する以上に女性を信頼することなどありえません。おふたりとも清浄なお心を持ち、信心深く、思いやりのあるお方でした、おふたりとも——」

「気むずかしいろくでなしだったよ」ノースはデスクにこぶしを打ちつけた。「もうこんな話はたくさんだ。墓のなかでふたりをきりきり舞いさせているなどとおまえに責められて、耐えられるとは思えない」

「ひいおじいさまもいらっしゃいます。まちがいなく、見識のある賢いお方でございました――」ノースが一歩、彼に近づく。そのあまりの形相に、クームは口を閉じなければ自分の命はないとやっと悟った。なんとか口をつぐむだけはつぐんだが、わめきちらしてカーテンさえも落としてやりたいというような顔をしていた。その青ざめてひきつった顔に、キャロラインはあわれをもよおして胸がちくりと痛んだが、次にクームが彼女に向けた顔にはすさまじい憤怒が刻まれていて、彼女は一歩後ずさった。

クームが書斎を出ていくとノースが言った。「許してくれ、キャロライン。結婚してからすぐの夜に、あいつが化け物の顔を垂らしてきみを死ぬほどこわがらせたとき、すぐにおれが行動していれば、こんなことにはならなかった。彼が犯人だとは知らなかったが、三分の一という確率だった。そうだ、考えればわかりそうなものだった。三人のうちいちばん若いということは、いちばん機敏だということなんだから。きみの部屋の屋根は急勾配だ。すべりおちて頭でも打っていればよかったのに」

「わたしも残念だわ、ノース。こんな終わり方になってしまったなんて。仲違《なかたが》いなんてしてほしくなかった。三人が現状にまともに取り組んでくれたらと、心から思っていたの」

「おれもだ」とノース。

キャロラインは彼のそばに行き、背中に抱きついて彼のあごにキスをした。「クームのことは残念だと思うわ。でも正直言うとね、彼がもうここでいたずらを仕掛けなくなってほっとしてるの。あなたはなんてすてきな人なのかしら、ノース。思いやりがあって、やさしくて、おもしろくて、そしてブリテン島でいちばんの恋人よ」

「でも、たまには物思いに沈まずにはいられないんだ、キャロライン。そういう性分がおれの黒い血に溶けこんでいるからな。そうしないとおれはおかしくなるだろうし、二度ときみに甘い言葉を吐けなくなる」

「じゃあ、わたしも一緒に物思いに沈んでいい？」キャロラインの手が彼の胸から腹部へと這った。彼の震えが伝わって、彼女は彼にくちづけた。「ドアが」唇を重ねたまま彼が言う。一瞬の早業で彼はドアに鍵をかけ、振り返って彼女を見た。「きみの脚をおれの腰に巻きつかせたい、キャロライン。そんなことをおれはずっと思い描いていたんだ。おれの手のなかできみが背中をのけぞらせ、髪を背中に垂らしている姿を。そうだ、そういうのをやってみたいんだ」

キャロラインはノースが夢みる最高のまぶしい笑顔を返した。「いいわ、でも、どういうふうにすればいいのかわからない」

「心配するな。おれにすべてまかせておけ」

「わたしがあなたの手首をヘッドボードに縛りつけなければ、ふつうはそうしてくれてるのよね。あなたを縛りつけたことなんか、まだ一度しかないけれど」

ノースの息づかいが速くなる。「いますぐ、やってみよう」

ノースは彼女をデスクに持ちあげ、両手をスカートに潜りこませ、靴下の上へとすべらせてゆき、内ももの肌をなでた。「ああ、すごい、すごくいいわ」キャロラインが言い、彼の耳たぶを噛む。彼の手が大切なところへ届いた瞬間、彼女はデスクから落ちそうになった。「楽にして」ノースは体を離し、彼女を持ちあげて自分の上にのせた。自分の体を突きあげて、彼女のなかに入る。彼女が自分にきつく絡みつき、彼女の肉が締まるのを感じる。これほど心地よい感覚など、生まれてこのかた知らない。ノースが彼女を持ちあげると、彼女は笑い、驚き、興奮したが、さらに彼女の脚を自分の腰に巻きつかせた。

「こんなふうにすることを考えていたんだ」彼女ののどに唇を寄せてささやき、彼女を抱えたままくるりとまわって、いっそう彼女の奥深くに入りこんだ。「こんなふうにしたかった」彼女が背をしならせ、さらに体を押しつけてくる。ノースは限界を超えてしまうかと思った。

「じっとしていてくれ、これは命令だ」

キャロラインが身じろぎひとつしなくなる。「これでいい？　ノース？」

「いや。でもこれでじゅうぶんとしよう。ああ、キャロライン、こんなことは想像したこともなかったし、実際にやってみるとも思わなかったぞ」

「すごく変な感じよ、ノース。あなたがわたしを抱えたまま歩きまわって、でもあなたがわたしのなかにいて、すごくすてき――」

「キャロライン、頼むから動くな、まあ、じっとしていても、きみが動いても、おれは気が変になりそうなんだが」

「じゃあ、どうすればいいの？」

ノースは目を閉じてゆっくりと腰を引いたかと思うと、また深く、奥の奥へと押し入った。キャロラインはうめき、またのけぞる。「きみはきみのままでいてくれ、それでもおれはたいへんなんだから」彼が激しくくちづけはじめる。そして彼女をあおむけにデスクに寝かせ、脚をだらりと垂れさせた。「いや、ちがう、こうじゃない」ノースは言い、彼女の脚を押しあげてひざを曲げさせた。「そうだ、それでいい」そうして少しずつゆっくりと、自分を引き抜くと、彼女の腰の下に両手を差しいれ、自分の口もとへと持ちあげた。

ドアにノックが響いた。「どうかされましたか、奥さま？」ミセス・メイヒューの声。しかし気づかうような響きはまったくない。

キャロラインの瞳はもうかすんでいた。息を吸いこむことさえできそうにない。彼女はすがるような目で夫を見あげ、ほほえんだ。「もう死にそうよ、ノース、もうだめ」

「しっかり」ノースは彼女の鼻先にキスを落とし、手のひらを彼女の腹部に当てて声をあげた。「ミセス・メイヒュー、だいじょうぶだ。奥方が絨毯で足をすべらせただけだ。おれがいるから心配ない。行ってくれ」

長々とした間があり、そして――ノースのまちがいでなければ、慎み深い忍び笑いがつづいた。ミス・メアリー・パトリシア？　そんな、いけない、ミス・メアリー・パトリシアがいるのでは……ここに住まう身重の女家庭教師に、こんなことを気取《けど》られては。

ノースは視線を戻して妻を見おろした。彼女は目を閉じ、唇は彼の口のせいでかさつき、少しひらいている。彼女の舌先が見える。すっかりうち捨てられたかのような風情が漂い、スカートはウエストのあたりまでまくりあげられ、両脚ともだらりと垂れ、髪はピンを抜かれてもつれ乱れている。彼は無言で、妻のやわらかな肉にそっと人さし指をふれた。彼女が身を震わせる。

「終わりにするか、キャロライン？」

彼女が目を開けた。また、あの瞳だ。彼に王さま気分を味わわせてくれる、崇めるようなまなざし。彼を石ほどにもかたくさせる、甘くあたたかな表情。彼の知らないものがこの世界にはあり、たぶんそれを彼は手に入れることができるのだと教えてくれる、この表情。ノースは彼女のなかに入り、彼女は悦楽のあえぎをもらした。

ずいぶん時間が経った。火の入っていない暖炉の前の大きなウイングチェアで、彼のひざにキャロラインは腰かけていた。ふたりは快楽に心ゆくまで浸り、もうなにも考えずに座っているだけで満足だという心地のなか、キャロラインが言った。「わたしたちのまわりには、ひどい人がぞっとするほどたくさんいるわね、ノース。そんなに世間を見たわけでも、たくさんの人を知ってるわけでもないのはわかっているけれど、これまでにわたしが出会った数少ない人のなかでも、大半はあまりいい人とは言えなかったわ」

「そうだな」ノースは首にかかった彼女の髪を持ちあげ、そこにキスした。少ししょっぱい。女と、キャロラインの味がした。「わかるよ、残念なことだと思う。でも少なくとも、きみはおれを見つけてくれたし、おれはいい人間だと思ってるんだが」自分の口から出た言葉にノースは驚いたが、おそらく二週間でも前に同じことを口にするよりは驚きが少なかっただろう。

「いい人間どころじゃないわ。最高の人間よ。ほかの人たちのぶんを補ってあまりあるわ」

ノースは彼女を抱きしめた。彼女の胸が自分の胸に押しつけられてつぶれ、いとおしいほどの欲望のうねりが全身にほとばしる。これほどの短い時間に二度も死にそうなところまで追いつめられたというのに、また彼女がほしくなるとはどういうことだろうと、ぼんやりとした頭で考えた。彼は手を上げ、彼女の胸を愛撫しはじめた。

キャロラインが体を押しだし、彼の手をいっぱいにしてほほえみを送った。このうえなくうれしそうな顔。彼はいま一度、椅子の上で向かいあったまま愛を交わしたが、それは人生でもまごうかたなき最上の至福のときだった。彼女とともに過ごし、彼女を愛し、彼女を慈しんだほかの至福のときと同じように。

キャロラインの顔が、彼ののどもとに押しあてられている。彼女は荒い息をして、ぐったりとしていた。こんなふうになっている彼女が、ノースは好きだった。こういうときの彼女は、よほどの快楽を彼に与えられて、もう崩壊寸前ということなのだ。「今度こそ、もうだめよ、ノース。もう限界を超えちゃったわ」

「そうか、でもおれは少しでも復活してきたら、またすぐにしてやる」

彼女が彼ののどもとでくすくす笑い、彼のあごをついばんだ。「愛してるわ。でも、やっぱりもっと確かな言葉を聞きたいの。ポルグレインやトリギーグルはこれからどうすると、あなたは思ってる？」

ノースの動きが止まり、力の抜けた両手が彼女の腰の上におさまった。彼女のドレスは乱れ、靴下の片方はデスクの縁から垂れさがり、もう片方は白いヘビのように箒に巻きついている。室内履きは、酔っぱらった天使のように椅子のそばに散らかっていた。存分に愛された名残を漂わせる妻の姿に、彼は度を超すほどの喜びを感じた。「ふたりのことなど、いまは考えたくない。が、考えなければならないのだろうな。近いうちにふたりと話をする。今度はおれだけで」

わたしは臆病者だと、キャロラインは思った。ノースの提案にすぐにうなずいてしまった。

「まだいいわ」彼女は身をかがめて夫にキスした。「まだ、いいの」

その夜、キャロラインは召使いのティミーを夢に見た。彼がノースに銃を向けていて、彼女は撃たないでと叫んでいた。ノースはあなたの父親じゃない、あなたは混乱しているの、と。大きな銃声が響いた。キャロラインは肩に手がふれたのを感じて、はっと目を覚ました。目を上げると、ミス・メアリー・パトリシアの青ざめた顔が、早朝の薄明かりのなかに見えた。

「とうとう来ましたわ。ミス・キャロライン。ああ、とうとうこのときが」

31

ドクター・トリースとベス・トリースは一時間も経たずに〈マウント・ホーク〉に到着した。ミス・メアリー・パトリシアは日々の務めを果たすのと同じように、出産においても手際よく冷静で、泣いたりわめいたり品位を落とすことなく、翌日の正午近くに元気な産声《うぶごえ》をあげる黒髪の女の子を産んだ。自分を乱暴した勤め先の主人にそっくりだと、ベス・トリースに語り、幼子を胸に抱きしめた。

キャロラインは入室を許されていなかった。ドクター・トリースに厳しく言いわたされていた。「きみはなにひとつ知る必要はない、キャロライン。最初の子を授かるときにきみもすべてを知ればいいのであって、いまはまだ早い」

おかしな言い草だとキャロラインは思ったが、ベス・トリースは笑って言った。「兄としては、もし女性がほかの女性の出産を見てしまったら、男性にふれさせなくなると思っているのよ」一瞬、間があき、考えこんだような顔でつづけた。「兄の言うことも一理あるかもしれないわ。出産は楽しいものではないもの。出産してもいいという気になるには、相手がとても特別な男性でなくちゃだめだと思うわ」

それなら、どうしてあなたは結婚していないし、したこともないのに、そんなひどい場面《ま》を目の当たりにすることを許されているのと、キャロラインは訊きたかったが、訊かなかった。少なくとも三十歳にはなっていそうなベス・トリースには、そういう不愉快なことにも耐性ができているのだろうと思った。それに、何年も医者の兄を手伝ってきた経験もあるのだし。けれどベス・トリースが言ったことは――とてつもなくおそろしいことであるように思え、階下でミス・メアリー・パトリシアの出産が無事に進むのをノースと一緒に待っているとき、キャロラインは口にしてしまった。「出産って、そんなにぞっとするようなものなの？」声は低く落としていた。アリスやイヴリンには聞かせたくなかったから。ふたりはいまのところオーウェンが気をそらしてくれていて、アリスなど一度は笑い声さえ聞かせていた。

「そうだな」ノースはひとことだけ言った。

それが、たちまち彼女を突き動かした。彼女はノースの腕をつかんで振った。「ちょっと、ノース、あなたは出産のことなんか知らないくせに」

「ポルトガルの山中で出産した女性を助けたことがある。彼女は夫を亡くしたばかりで、そのせいで陣痛が始まった。おれの配下の者たちがテントを張って、おれは――まあ、おれは彼女を手伝おうとしたんだが」

「どうなったの？」

「赤ん坊の男の子は死産だった。女性もすぐあとに亡くなった」

「どうして亡くなったの？」

「彼女は二日近くものあいだ子どもを産もうとがんばっていた。体力を使い果たしていた。夫もすでに亡く、赤ん坊も逝《い》ってしまって、生きる気力など彼女には残っていなかったんだ」そのときキャロラインの顔色がまっ白になり、ノースは自分がなにを言ったのか、初めてわかった。

ノースは彼女にキスして抱きしめた。「キャロライン、きみにこんなことを話すなんて、おれはどうかしていた。きみは気の毒な彼女とはちがう。きみが身ごもったときは、おれがここにいて見守って、なにくれと世話を焼いてやる。ドクター・トリースもついてる。この世に命を産みだすときには悲劇も起こりかねんが、きみとは無関係だ、キャロライン。おれがそんなことにはさせない。おれはきみの体を感じたことがあるんだぞ。そうだろう？ 一度や二度は、欲望に駆られたものではない目線できみの体を見たことだってある。きみの腰はちゃんと幅がある。望むだけ子どもを産めるさ」

正午近くになり、小さな赤ん坊を抱いて客間に入ってきたベス・トリースが、笑顔で宣言した。「五体満足の小さな天使よ。ミス・メアリー・パトリシアはこの子をエレノアと名付けたいんですって。キャロライン、あなたのおばさまのお名前をいただいて」

「まあ」とキャロライン。ノースが驚いたことに、彼女は急に泣きだした。

リトル・エレノアはミス・メアリー・パトリシアのベッドに並べられたゆりかごで、ぐっすりと眠っていた。オーウェンはミセス・メイヒューが用意してくれたあたたかいミルクをアリスに飲ませてから、〈スクリーラディ館〉に戻った。ベネット・ペンローズはフラッシュ・セイヴォリーに付き添われ、ミスター・ファルクスのいる〈ハニーメッド館〉へと向かいつつある。どうかベネットを受けいれ、あなたの手で男にしてやってほしいとノースがしたためた、ミスター・ファルクス宛ての手紙を携えて。そんな依頼が実現可能なのかどうか、ノースにはわからなかったが――ふと、にやりと笑い、キャロラインにこう言った。ファルクスを実際に相手にしてみてわかったが、やつはこの地上にいるほかのだれよりも自分のほうがえらいと思っている。だから、そんなふうに頼まれていやと言えるやつではない。それに、自分が完膚《かんぷ》無きまでにたたきのめされたあとで、ほかの人間をたたきのめす絶好の機会をみすみす逃すわけがないさ、と。

いま、ノースは腕を組んでマントルピースにもたれていた。キャロラインに言う。「いろいろと話すのが遅くなって、すまなかった」

「あなたはベネットがおとなしく、ミスター・ファルクスと〈ハニーメッド館〉に留まると思う?」

「ほかに行くところなどないだろう。ファルクスには、労働の対価を支払ってやってくれと書いておいた。せっかくの報酬をすってしまわないよう、賭け事の仕方も教えてやってくれ、とも。それから、ベネットの泣きごとはかなりうっとうしいから、なんとかやめさせるように計らってくれ、ともね」

キャロラインは笑った。「もう言うことないわ、ノース。なんでもお見通しなのね」

またしても、ノースは自分の内奥にあるなにかがふわりとひらき、満たされて舞いあがるかのような心地がした――彼女の言葉や愛らしい笑みで、そのなにかがどんどん深いところまで広がってゆき、いつしか彼もまたほほえみたい、笑いたい、唇の感覚がなくなるまで彼女にキスしたい、と思ってくるのだ。

「まあ、お手並み拝見といこう」胸の内の感動などなかったかのように話そうとしたが、うまくいかなかったかもしれない。「ところで、ポルグレインとトリギーグルのことだが。ふたりとも最初は、抑えつけられたせいかおれと目も合わそうとせず、まるで死刑執行人を見るような顔をされたよ。ここに残りたいかと訊いてみた。トリギーグルは、クームがそんなことをしたとは気がつかなかったと言った。手紙の件はやりすぎだと。だが、結婚式の夜のおばけの顔は、思いつきは悪くないが、きみにそんな手は通用しないと自分ならわかっていたと言ったな。きみはとてつもなく頑固で、意志も強すぎるから、脅しても無駄だと。話し合いや論理的な説得も、善意の相手にだけ通用するものだ、とも。それからポルグレインが、クームはオックステール・スープになにか入れたかもしれないと言っていた。

それから、おれの父が最初に母と結婚したときも、クームはそれほどまでに強いこだわりを抱いていたかどうか訊いてみた。ふたりは顔を見あわせ、そんなことはなかったとは言わなかった。それでおれは、もしかしたらクームは若いうちから、ナイティンゲール家の裏切りの歴史がつづくよう、なんらかの手を加えていたのかもしれないと思った。わからないが……ポルグレインとトリギーグルも知らないことだろう。

だから、ふたりの意向を訊いてみた。どうしたいのか、明日、返事をもらうことになっている――ここに残って、きみに然るべき扱いをするか。引退して、ランズ・エンドあたりに古風なコテージでも買って、釣りの練習でもするか」ノースはキャロラインがなにか言うかと、間を置いた。じつを言えば、もっと前に彼女はなにか言葉を差しはさむと思っていたのだが、すっかり黙りこんで座っているだけだった。ぴくりとも動かず、どうにも彼女らしくない。いつもなにかしらしている手さえも、動かない。その手が彼の上で動くとき――彼はつま先にまで力がみなぎるのだが。

「驚いた」ようやく口をひらいたノースは、彼女に目を丸くした。「どうやらきみは、物思いに沈んでいるらしいな。おれのキャロラインが、ほんとうにそんなことをするとは。猟犬たちを呼んで、一緒に荒野を散歩させようか？　書斎から詩集でも持ってきてやろうか――気分を滅入らせ、魂を暗くさせ、この嘆かわしい地上にある男の存在そのものを疑問視させるようなやつを。まっ黒なはためくケープも買ってやろう。きみはそれをはおって、海近くのでこぼこになった古い岩に腰かけ、暴風が吹き荒れるなか、無限の空間を眺めて過ごすんだ」

ようやくキャロラインが顔を上げ、冷笑を浮かべた。「いままで物思いになんてふけったことがなかったわ。ひとりにしてくれる、ノース？　まるで実験みたい。物思いなんて、わたしに合うのかどうかわからないけど、とにかくやってみなくちゃ。黒いケープって言った？　すてきな暴風にはためくのね？　ゴシックふうで、いいかもしれないわ」

ノースはよく響く声で笑った。ふと止まり、自分が笑ったことに驚く。そして彼女の上にかがみこむと、抱きあげてきつく抱きしめた。「あなたの笑い声ってすてきよ、ノース」キャロラインが彼ののどもとで言った。「ほんとうにすてき。物思いに沈むより、あなたの笑い声を聞いていたいわ、いい？」

「いいとも。不愉快なやつらは気にするな。トリギーグルもポルグレインも、おれたちを驚かせてくれるんじゃないかって予感がする」

「それには賭けないことにするわ、ノース」

トリギーグルとポルグレインは、邸に残ることにした。彼らの雰囲気がやわらぎ、〈マウント・ホーク〉の変化にも観念したようだった。ポルグレインはミセス・メイヒューにわずかながらも礼儀をわきまえるまでになり、夕食に用意している杏《あんず》のソースに意見を求めていた。トリギーグルは、モリーに銀器磨きがよくできているとほめることさえあった。ふたりとも、必要なときには、キャロラインを〝奥さま〟と呼んだ。

キャロラインはどちらも信じられない思いだった。

十一月に突入し、寒さが厳しくなってきた。骨身にしみるような寒さではないにしても、部屋に火を入れるにはじゅうぶんだ。

十一月十二日の正午、イヴリンの陣痛が始まり、夕食のころには男の赤ん坊を出産した。彼女は赤ん坊にフレデリック・ノースと名をつけた。先に生まれたエレノアは赤ん坊と顔合わせをされると大声で泣いたが、その光景はトリギーグルのいかめしい顔さえもほころばせた。あるいは、笑顔に見せかけて顔をしかめたのかもしれないが。彼らの真意などわかるはずもなかった。

キャロラインが言った。「〝リトル・ノース〟とは反対に、あなたのことは〝ビッグ・ノース〟と呼んだほうがいいのかもね」

「〝ビッグ・ノース〟って響きはいいね。すごくえらくなった気がする」

彼女は笑い、彼の腕をパンチして、それからなでさすり、いつしか腕だけでなく肩や胸にまで手が伸びていた。

「キャロライン、チェイス伯爵のマーカス・ウィンダムから手紙が来た。前に話をしたが、覚えているか？　それで、彼と〝妃殿下〟が一週間後にやってくるらしい」

「まあ、すてき。準備万端ととのえるようにするわ。そうだ、ほかに話したいことがあったのよ、ノース。思っていたのだけど、ミス・メアリー・パトリシアはだいぶ体も快復してきて、所在なさげになっているようなの」

「どういう意味だ？」

「退屈してるってこと。なにかすることがないとね。そこで〈スクリーラディ館〉に行ってもらうのはどうかしら。いわゆる女性の責任者として、イヴリンも一緒に、ふたりであそこをエレノアおばが最初に思い描いていたような場所にしてもらうの」

「つまり、子どもを身ごもってどうにも身動きがとれなくなった少女たちの、避難場所にするのか？」

「そうよ。どう思う？」

「ミス・メアリー・パトリシアを、あそこで生まれた子どもたちの先生にどうかと思っているんだな？　イヴリンのほうは、少女たちに必要なものがすべて行きわたるようにしたり、子どもを産んだあとに勤め口を探す手伝いをしたり？」

「ええ、そうよ。つい先日、ミセス・トレボーに話をしたら——」

「ああ、つまりきみは、もういろいろと動いていたんだな。で、ここへ来て、もっと上の立場であるおれのアドバイスがぜひとも必要になったというわけか」

「そんな感じだけど、あなたの意見はわたしにとってとても大きいの、ノース。ねえ、もう冗談はやめて、重要なことなんだから」

「ミセス・トレボーは、なんて？」

「とても喜んでくれたわ。ミセス・エレノアは少しばかり変わった方だったけれど、立派なレディだった、笑い声のあふれた楽しいお邸がなつかしいと言ってたわ。小さな子どもがいれば、暖炉一ダースぶんよりあたたかいでしょう、って。それから、ミスター・オーウェンはいい青年だけれど、まだ子どもで大人になりきれていない、って。やはり大きなちがいがあるのだと思うわ、心が浮き立つような喜びがないというか」

「そうだな、彼女のすばらしい仕事ぶりに、じゅうぶんなねぎらいがないのだろう。彼女はすべてをきちんと清潔に保ち、晩餐のテーブルでは皿がぴかぴか光っているというのにな。キャロライン、男というのは、いつもより過分なことをしてもらっても気づかないものだ。うっかりしてるんだよ、たぶん」

「ことさらすてきなドレスを着ても、そのうっかりのせいであなたは気がつかないってこと？」

「いや、自分を喜ばせようとしてくれる女の努力を、男がうっかりで見過ごすことはないな。ほんとうだ。もしきみが、着ているそのドレスの胸もとをたった一インチでも引っぱり下げたら、おれはとびきり優秀な猟犬みたいに、たちまちつま先立ちになるだろうな」

彼女は笑い、ノースをきつく抱きしめた。ノースは彼女ののどにくちづけた。「アリスの調子はどうだ?」

キャロラインはすぐには答えられなかった。じつは自分もあまり気分がすぐれず、それがもう一週間以上にもなっていた。最初に吐き気をもよおしたときはオックステール・スープのせいかと思って青ざめたが、その吐き気はもうなくなった。しかしいまも、むかつきが波のようにせりあがり、彼女は目をつむった。

「キャロライン?」

「ああ、アリスね。それなんだけど、ノース。少し心配ではあるし、ドクター・トリースも同じように感じているらしいの。彼女はとてもやせてて小柄でしょう。赤ちゃんが生まれたあとも、ここにいさせたいの。なにかあると困るから」

「それならミス・メアリー・パトリシアとイヴリンも残ったほうがいい。アリスに寂しい思いをさせたくない。きみからミス・メアリー・パトリシアとイヴリンに話して、きみの考えをどう思うか訊いてみたらどうだ。アリスの赤ん坊が生まれるのは、まだひと月やそこら先なんだろう?」

「だと思うわ。それはいいわね、ノース。ああ、オーウェンのことも考えないと。彼も〈スクリーラディ館〉にいるよりここにいるほうが多いのよ」

「たんにポルグレインの料理がうまいからだとは思ってないだろうな?」

キャロラインは笑顔で彼を見あげた。「ええ、アリスに夢中なんだろうと思ってるわ。彼も大人になりつつあるんじゃないかしら、しかも、とてもいい感じに」

ノースは彼女を引きよせ、大きな手で背中を上下になでた。彼女ののどにくちづけ、重みのある髪を持ちあげて、彼女の首と肩をもんでやる。あたたかな吐息をかけながら、彼女の耳にやさしくささやいた。「きみは、いつ赤ん坊のことをおれに話してくれるんだ、キャロライン？」

彼の手の下で、キャロラインが身じろぎさえしなくなった。「だれの、赤ちゃん？」

「おれの子だ。おれたちの」

「そんな……」

「おれもきみも、そういう行為に極端なくらい楽しくいそしんだことを考えると、当然の結果だと思うんだが」

「ああ、そんな、ほんとうにそうだと思う？」

ノースは声をあげて笑った。「いや、確信はないが、きみはずっと気分がすぐれないんだろう？　昨日の午後三時ごろ、きみは顔色がすこぶる悪かった。月のものが最後にきたのは、いつだった？」

キャロラインは彼の胸に顔を伏せた。「もう、ずっと前」

「もう少し、正確に言ってくれないか？」

彼女はかぶりを振った。「あまりにもいろいろなことがあったから、じつはそんなに気にしていなかったの。そうね、ひと月半くらいにはなるかしら」

「そうか、ちょうどそれくらいか。ああ、そうだな、やはりそうだ」

「わたしが赤ちゃんを産むの、ほんとうに？」

「ああ、だと思う」

「あなたはうれしい、ノース？」

「いま、腹はどんな感じだ？」

「なんともないわ」

ノースは彼女を抱きあげ、くるくるまわって、世間でははしたないダンスと言われているワルツを部屋いっぱいに踊った。

ふたりの笑い声を、〈マウント・ホーク〉の西の棟の廊下にいたトリギーグルは耳にした。眉間にしわを寄せながらも主人の部屋をノックし、フラッシュ・セイヴォリーがお見えになりましたと告げた。

「キャロライン」ノースは言った。「聞いてるか？　どうだろう、ドクター・トリースが来たら、話があると申してでては？」

彼女は肩をすくめたが、目を合わさない。

ノースは彼女を見つめていたが、ふいに笑いがこみあげてきた。「なんだ、きみは照れてるのか？　おれのキャロラインが、医者に診てもらうのを照れているとは」

彼女はいつものまばゆいばかりの笑みを浮かべた。「二度目ね、〝あなたのキャロライン〟って言ってくれたのは」

「ちがう、〝おれのキャロライン〟だ。さて、ドクター・トリースを呼んで、きみを診てもらおうか？」

「まだいいわ、ノース、お願い。まだ心の準備ができてないの。だって、まだいままであなたしか……いえ、あの、なんのことかよくわかってるだろうけど」

「彼は医者だ、キャロライン。ミス・メアリー・パトリシアもイヴリンも世話になった。きみは、彼があのふたりのことをきれいな若い娘だという目で見ていると思うのか？」

「いいえ、そんなことは。でも、それとは関係ないの。もう少しだけ時間をちょうだい、ノース」

「おいおい、キャロライン、彼はきみの父親と言ってもいい年だぞ。ベス・トリースも一緒なら、彼に診察されてもかまわないだろう？」

「だから、もう少しだけ待ってほしいの、こういうことぜんぶに気持ちが追いつくまで。すごくおかしな気分なの、ノース」彼女は自分をきゅっと抱きかかえ、彼が自分を〝彼のキャロライン〟と言ったことを思いだしていた。ううん、ちがった、〝おれのキャロライン〟だわ、と顔がほころぶ。

これまで生きてきて、こんなに幸せだったことはない。

翌日の午後までずっと、キャロラインはそんな気持ちだった。

クームが消えた。彼はノースに暇を出されたその日に〈マウント・ホーク〉を出た。ミスター・ブローガンから相当額の恩給を受けとり、グーンベルにあるミセス・フリーリーの宿に移り、物思いにふけったまま、つねに無言でだれとも話さなかったとノースは聞かされた。地元の人間のほとんどが思いだすこともできないほど長く勤めた〈マウント・ホーク〉をどうして辞めたのか、けっして口にすることはなかった。そして、クームはあっけなく消えた。

ミセス・フリーリーはノースと直接話をするため、〈マウント・ホーク〉を訪れた。ノースはキャロラインに、ミセス・フリーリーがもう二日間クームを見ていないと告げただけだった。ミセス・フリーリーは彼が泊まっていた部屋に行き、彼が残していったものを見つけた。いや、未払いの代金があったわけではない。それどころか彼は、あとひと月は泊まれるだけの金を払っていた。

ノースはミセス・フリーリーとともにグーンベルに戻った。〈マウント・ホーク〉に帰ってきたときには、彼の話を聞こうと大勢が待ちかまえていた。女性の全員、トリギーグル、ポルグレイン、そしてもちろん召使いのティミー。女性は身重の者もそうでない者も、主人の顔を見つめ、最悪の話を聞かされるのを待っていた。そう、最悪の事態を想像せずにいられないことを、ノースはわかっていた。

彼は一同を見すえ、これだけ言った。「こんなことを言うのがつらいのは察してくれ、だがどうやら、犠牲となった女性たちを殺したのは、クームだったらしい。残念だ、キャロライン」

「そんな」ミセス・メイヒューの声はぎょっとするほどどきしんでいた。「ミスター・クームはいろいろな意味でとても変わった人でしたよ。とことん意地悪なときもあって。でもね、女性を殺《あや》めるなんて信じられません。いい印象を持つことだってあった人ですから。そう多くはありませんでしたけどね、思いだしてみれば二度ほどかしら。被害に遭った女性は何人でした？」

「三年のあいだに三人ですよ」ポルグレインが言った。「ご存じのとおり、全員が刺し殺されている。だんなさま、彼女の言うとおりです。ミスター・クームは凶暴な人間ではございません」自分の言ったことにはっとし、口を閉ざした。彼もまたオックステール・スープのことを考えていたのだ。

ノースは首を振った。「とにかく彼は姿を消したようなんだが、身のまわりのものをすべて持っていったわけじゃない。紙の束と、妙な衣類と、室内履きが一足」そこで大きく息を吸う。「紙のなかに、エリザベス・ゴドルフィンがクームに宛てた手紙があった――いや、クームに宛てたと思われているだけなんだが。彼女は三年前に殺された女性だ。痴情のもつれではないかと見られている。それから、シャツにくるんで衣装だんすのうしろに突っこまれていたナイフも見つかった。それには乾いた血がついていた。女性は三人とも、刺殺だ」

キャロラインの頭のなかで、言葉ががんがんうるさく響いていた。生まれて初めて、彼女は気を失った。ノースに名前を呼ばれたのが聞こえたかと思うと、あとは闇に包まれた。

32

チェイス伯爵マーカス・ウィンダムがノースに言った。「コーンウォールに帰ったおまえが、まず最初に結婚して、いとも自然に笑って冗談を言うようになるとは、信じられない。それになんだ、暗く物思いに沈むのもやめたんだな。衝撃もいいところだよ、ノース。いったいどう考えればいいんだ？」

ノースはにやりと笑った。憂いもゴシック様式を思わせる暗さもまったくない、愛嬌《あいきょう》のある笑顔。「おれだってなんと言っていいかわからないさ、マーカス。キャロラインに出会ってから、いつも頭上に垂れこめていると思っていたいまいましい黒雲がどこかに消えてしまって、太陽しか残っていないんだ。彼女が笑いかけてくれると、足のつま先まであたたかくなる」

「おかしいな」マーカスは妻を見やった。「おれは妃殿下を子どものころから知ってるが、なにも変わらんぞ。彼女と結婚しても、おれの気性も性格もべつによくならん。おそらく、おれたちのほうは最初から足りないところがなかったのかもしれないな。だが、おまえは気むずかしすぎるやつだったから、ノース」

妃殿下はうっすらと笑みを浮かべてキャロラインに言った。「わたしのだんなさまは、自分を哲学者並みの賢人だと思っているの。おかげでときどき、わたしの体は不愉快なことになるのだけれど」

キャロラインは笑った。「もう少しわかりやすく言ってもらえないかしら」

「いえ、いまはまだだめ」妃殿下は言ったが、ティーカップを小さく持ちあげてキャロラインにあとでね、と合図した。マーカスも、〝もう少しわかりやすい説明をしろ〟と言いたげな顔つきだったが、妃殿下はあわてて言葉をつないだ。「ああ、そう言えばあなたたち、なにか困ったことがあると言ってなかった？」ティーカップを置くとびきり優雅なそのしぐさが、キャロラインには一瞬、強烈にうらやましく思えた。妃殿下は、彼女がそれまで見たなかでも最高に美しい人だった。夫の伯爵のほうは、たしかにノースと長年の友人であるのは見ていてわかる。互いに気兼ねがなく、紳士という人種が嬉々として楽しむような、親しい間柄ならではのユーモアを交えたけなしあいをしている。ふたりとも大柄で、筋肉質で、自信にあふれていたが、キャロラインのひいき目では、ノースのほうがずっとすてきですばらしかった。では伯爵はというと、妃殿下は夫にじゅうぶん満足しているようだ。

「そうなんだ」ノースが言った。「キャロラインが四日前に気を失って、死ぬほど心配させられた。またそんなことになったら、首を絞めるぞと言ってやったが」

「まったくね」キャロラインが言う。「そんな弱々しいところを見せてしまって、情けなかったわ」

「気を失ったなんて、どうして?」妃殿下が訊いた。

「ああ、そりゃあ訊くよな」ノースが言った。どうしようか、とためらうような間があいたが、そろそろと話しだす。「たしかにおれたちはそれぞれ困ってはいるんだが、もっと大事なことがあってね。キャロラインに子どもができたんだ」

「まあ」妃殿下が言った。「すばらしいことだわ。身ごもったのなら、少なくとも一度は気を失ったっていいのよ、キャロライン。おふたりとも、おめでとう。マーカスもね、わたしをもう一度、いわゆる〝ふつう〟にしようと一生懸命やってくれてるのだけど。ああ、いいのよ、ノース、わたしの前で子どもの話をしたら悪いなんて思わないで」キャロラインに向かって言葉をつなぐ。「しばらく前に、わたし、流産したの。でももう元気になったのよ。マーカスのおかげでね。さっきも言ったとおり、マーカスは鉄壁の意志を持つ人だから」

「全身全霊をかけてがんばってるぞ」マーカスが口をはさんだ。なにげなく髪をかきあげる――そのしぐさが、キャロラインにはとてつもなくすてきに思えた――「毎日、子づくりに励んでやる。もちろん、旅の道中はべつだが。しかし妃殿下は大きな馬車が好きでね。揺れ方や跳ね方のせいで、どうもやたらとそういう気になるらしい、おれを離してくれないんだ。道中一日目にして、おれは元気と平衡感覚を取り戻すために馬車をおりて、馬で併走することになるのさ。だが不思議なもので、彼女を愛している最中は、子どものことなぞほとんど考えもしないんだが――」

「もうそれくらいで、マーカス」妃殿下が言った。その口調はよどみなく、おだやかで、まるで齢《よわい》六十を迎えた婦人のように落ち着いていた。「恥ずかしいじゃないの。あなたがそういうことを楽しんでやっていて、しかもとてもうまくいってるのは、いままで何度も言ったとおりだけれど、そろそろ口を引っこめておかないと、あとでふたりきりになったときたいへんなことになるわよ」

キャロラインはくすくす笑った――笑わずにいられなかった――チェイス伯爵ともあろう偉大な男性が、いかさまのカードと切り札を手にした賭博師のように、妻に向かってにやにやしているなんて。そのうえ、手をしきりにこすりあわせている。マーカスがキャロラインに言った。「女らしい白い手に繊細なティーカップを持って、こんなふうに腰かける妻しか、きみには想像できないんだろうな。めったに声を荒らげず、眉をちらともつりあげず、彼女のために召使いがみな懸命に走りまわって満足させようとするような、こんなもの静かな生き物しか。ところが彼女はおれを怒鳴りつけるし、スペイン製の鞍を投げつけるし、乗馬用ブーツで殴るし――」

「マーカス」妃殿下が、今度はそれほど静かとも言えず、冷静ともおだやかとも言えない声を出した。「黙っていてくれないかしら。少なくとも、もう少しキャロラインと知りあいになれるまで。あなたにそんな話をされたのでは、わたしはすごくおかしな女だと思われてしまうでしょ」

ノースはかぶりを振り、ブランデーグラスを置いた。「キャロライン、きみもマーカスにはすぐに慣れると思う。それに妃殿下も、おれにとってはマーカスと同じくらい大切な友人だ。ただし、彼ほどとんでもない人間じゃないが――まあ、それも当然か、彼女はレディであって、〝いやらしい〟〝ノータリン〟の〝ヤギ《まぬけ》〟じゃないからな」

「その三つ、ぜんぶおれが引き受けなきゃならないのか？」マーカスはノースの肩にパンチを当てた。

「わかったよ、おまえがそう言うなら、〝いやらしい〟だけにしておくか」

「どう思う、妃殿下？」マーカスが妻に訊く。

「わたしならこの人をヤギとは言わないと思うけど、悪くはないわね。ノースはあなたのことをよく理解してるわ」

キャロラインが言う。「あの、ノースは神さまだとわたしは思っているの。マーカスがそんな彼の親友なら、ヤギよりは昇格させてあげなくちゃ。ピューマなんてどうかしら？」

「こいつはどっちかと言うと悪魔だぞ」マーカスが言った。「それに、きみのその論理だと、おれはこいつの仲間にならなくちゃいけない、キャロライン」

「悪魔的な人だなんて、ロマンチックだわ」妃殿下が言った。「でもね、キャロライン。ここに悪魔はいない。あなたはノースが神さまだって信じてるんでしょう?」

キャロラインは笑顔で夫を見あげた。彼女の思いのすべてがその瞳にありありと浮かんでいた。「彼はこれ以上ない最高の男性で、そんな彼をドーチェスターのひなびた宿で見つけたわたしは、この世でいちばん幸運な女なの」

「まったく、むかついてくるな」マーカスが言った。「甘ったるいたわごとを無理やり聞かされているよりは、きみたちふたりが困っていることとやらを聞きたい」

「そのとおりだ」ノースが言った。「で、キャロライン、おれたちの問題を少しだけマーカスに話しておいたんだが」

「おばさまとクームのことを話したの?」

ノースはうなずいた。「こいつには命を助けてもらったから、信用できるぞ、キャロライン。それに、こいつはたいした神経の持ち主だ――悪魔や、悪魔の仲間と張るくらい狡猾な――そんなやつだから、おれたちには見えないものが見えるかもしれない。妃殿下のほうは、剃刀《かみそり》の刃を思わせるほど鋭い感性を持ってるし」

キャロラインはゆっくりとうなずいた。不安そうな目をした彼女を、ノースが抱きよせ、髪にキスを落とした。「かならず切り抜けられるさ」彼は言った。「かならず」

キャロラインは風邪を引き、みじめったらしい気分だった。のどは痛いし、汗だくになったと思ったら、その次は震えていたりする。それに全身の骨という骨が、きしむように痛んでいる。ノースはポルグレインのこしらえた風邪薬を彼女ののどに流しこみ、しっかりやすめと命じた。妃殿下は、彼女とそれなりの距離を取るなら見舞いをしてもいいと言われた。「風邪なんか引いてかわいそうに、キャロライン。不安定なお天気のせいね、きっと。少なくともマーカスはそう言ってたわ。わたしまで風邪を引いたら、ひっぱたくなんて言うのよ。だから言ってやったの、あなたこそくしゃみのひとつでもしたら、ひっぱたいてやるわよって。そうしたら、あの憎たらしいくらい鼻持ちならない余裕の笑顔で、おれは風邪を引かないって言うのよ。ほんと、えらそうなの、わかるでしょう？　わたしの大切な人、だんなさまなの」

ポルグレインのすさまじい味の薬を飲みくだしたおかげでふらつきが薄れ、少し人心地のついていたキャロラインは、言った。「あなたのだんなさまはすてきな人ね。ちょっぴり傲慢な感じがするのもしかたがないわ、妃殿下。だってノースの親友ですもの。でもノースは完璧なの、ほんとうに」

妃殿下は顔をほころばせ、やわらかなバーガンディ色のウールのドレスに入ったひだを、そっとたたんだり伸ばしたりしていた。「ノースがマーカスに話していたのを耳にしたのだけれど、ノースの先祖の男性たちはマーク王がフォーイではなくここに埋葬されていると信じていたそうね。もちろん、莫大な財宝も一緒に。それから、王を裏切った恋人たち、トリスタンとイゾルデのこともどうなの？　そのことを綴った日記があるって、ほんとうなの？」

　そこでキャロラインは妃殿下に、ナイティンゲール家男子にまつわるふたつの伝説について話をした――ひとつは、不実な妻ゆえに苦しむことになった跡取り息子たちについて。そしてもうひとつは、六世紀にマーク王の遺体とともに埋葬された財宝について。その現場はここから遠く離れたコーンウォールの南海岸だと信じられてきたものの、それはまちがいで、じつはこのナイティンゲール家の敷地内の、おそらくは小丘のひとつに埋められているらしいということ。しかし小丘は数えきれないほどある。いったいどれがそうなのか、見つけられるはずがない。

　それを機に、妃殿下もウィンダム家の財宝について話をした。「ヘンリー八世ですって」とキャロライン。「すごいわ。あわれなマーク王がここに眠るという証拠を見つけるなんて話より、ずっとすごいと思う」

「それはどうだか」妃殿下が言った。「ヘンリー八世はたかだか三百年前の人だけれど、マーク王は一千年以上も前の人よ。感動ものだわ、キャロライン、畏《おそ》れ多いくらい」

「わたしとしては、その伝説はすべて、ノースのひいおじいさまからあとの女性不信に陥った男性のご先祖たちが、苦悶にさいなまれて生みだしてしまったものだと思っているの」

「もっと話して」妃殿下が言い、キャロラインはそうした。

「ふうん」一時間ほど話を聞き、質問をしたあとで、妃殿下が言った。「ふたりで一緒に考えてみましょう、キャロライン。血の気の多い紳士ふたりだったら、頭を使って考えるよりも頭をぶつけて倒れそうだけど、レディふたりならきっと、答えを出せる可能性がずっと高いわよ」

「それは」戸口でマーカスの声がした。「おれの耳には侮辱としか聞こえんが」

「おれもだ」ノースが部屋に入ってきた。「少なくとも、おれの妻はまだおれに笑いかけるくらいには頭が働いていると見える。あのとんでもない薬がまだ効いてるのか？」

キャロラインの思考はぼんやりしつつあったが、ノースはあまりにすてきだった。ひんやりとした午後に馬を駆って風に吹かれ、風に乱され、これ以上ないほどの活気と生気のみなぎる姿に、彼女は体がかっと熱くなり、笑みがこぼれた。ほほえまずにいられなかった。

「とってもいい気分よ」

「おまえの奥方の表情ときたら、惚《ほう》けた女の顔つきそのものだな、ノース。あれを真に受けるようじゃ、おまえはおれが思っていたよりうぬぼれやだぞ」

妃殿下が言った。「いまね、マーク王と彼の財宝がこのナイティンゲール家の領地に埋葬されてるって話をしていたの。あなたはどう思う、ノース？」

「ふうん。えっ、すまない、妃殿下。なんて言った？」

マーカスが友の腹をこぶしでつついた。「こいつはいま、自分が人間を超えた神だと世界に宣言することを考えてるんだよ。彼の奥方に訊いてみるといい。つまり、こいつはきみを悦ばせてくれるんだな、キャロライン？」

「ええ」夫に笑みを向けたまま、キャロラインは無邪気に答えた。

妃殿下は立ちあがってウールのスカートを揺すった。「キャロラインはそろそろ少し眠ったほうがいいわ。いまにもしおれそうですもの。マーカス、話があるの、ふたりきりで」

「ああ」マーカスは妻に腕を差しだした。「まさか、うちの馬車を出させて、おれに無理やり——」

妃殿下が夫の腹にこぶしをぶつける。

「あのね」キャロラインが言った。「ノースの襟巻き、主導権を握るのにとても役立つことがわかったの。少なくとも、前に一度使わせてくれたときは、そうだったわ」

「どう使うの？」妃殿下が尋ねた。優雅な黒い眉がつりあがる。

キャロラインはまっ赤になり、思いがけず口をついて出てしまった言葉に、目がまわりそうになった。ノースは、ははと笑って言った。「ほら、ひやかそうと思ったら、隠しごとはできないんだぞ、キャロライン。きみが襟巻きをどう使ったか、妃殿下に話すのか？」

「ええ、話すわ、ふたりきりのときに」キャロラインはそう言うや、くしゃみをした。ふりだな、とノースは見破ったが、そっとしておいた。彼女の顔がまっ赤だ。ちくしょう、いまいましい風邪め。

翌日の午後、昼食の席で、妃殿下が一同に言った。「昨夜、例の日記をすべて読んだわ」

「おれはおとなしくやすんでろと言われてな」マーカスはポルグレインがこしらえた、オランダガラシの葉と小さなオレンジで飾られた美味なマガモのローストを口に運んだ。

「驚いたわ」と妃殿下。「この人がほんとうにおとなしくしてたのには。クリスマス・ディナーを平らげた大食漢みたいにぐっすりよ。それはともかく、日記のおかげでいろいろわかったわ、キャロライン」

前日よりもずっと頭が働いていたキャロラインは尋ねた。「なにがわかったの？　わたしは飛ばし読みで、ぜんぶは読んでいないの。あなたは、ノース？」

彼は首を振った。「それで、きみの意見は、妃殿下？」

「あなたのひいおじいさまに仕えるだれかがあの腕輪を見つけたとされる場所に、行ってみるべきだと思うわ。腕輪がただ消えてなくなったなんて、おかしいもの。でも悪いけれど、ひいおじいさまの記述はあいまいすぎるわね」

「そう、そうなのよ」キャロラインが言った。「あれでは探そうにも探せなくて、いらいらしていたの」

マーカスは軽く驚いた顔で妻を見た。「あんな子どもだましの作り話を本気で信じるのか？　腕輪など、きみのひいじいさんの頭のなかにしかないいさ、ノース。一張羅《いっちょうら》のヘシアンブーツを賭けてもいいいぞ？」

「あいにく、おれも同意見だ」ノースが言った。「曾祖父は、日記を書きはじめたころには、もうおかしくなっていたと思う。妃殿下、きみも読んだんだろう、破廉恥《はれんち》なあばずれの妻のことを曾祖父がこきおろした文章を？　彼がマーク王を理想の人物に選んだのは、マーク王も妻のイゾルデとトリスタンに裏切られたからだろう。苦悩するあわれな王を自分と重ね、王の亡骸と財宝をこのナイティンゲールの領地に移すことで、みずからの栄誉を高めて喜んでいたのだと思う」

「わたしもその場所に行ってみたのよ、妃殿下」キャロラインが言った。「オークの木立が生い茂り、長い石壁と数えきれないほどの小丘があるばかりで。探しまわったけれど、だめなの、なにひとつ見つからなかったわ。瀬戸物の欠片でさえ、なにひとつ。三、四回は行ってみたのに」

マーカスが言った。「おれは、金の腕輪なんてもともとなかったんじゃないかと思うんだが。でなきゃ、どこにあると言うんだ？　もし盗まれたのなら、どうしておまえのじいさまや父上が日記になにも書かなかった？」

その答えはどこにもなかった。ノースが言った。「さすがにうちのやかまし屋三人衆も、なにも知らん」

「それでも」妃殿下は言った。「現場に行ってみたいの」夫に向きなおる。「修道院で財宝を探したときのことを思いだすわ、マーカス。ほら、あのときだって、わたしたちのどちらもウィンダム家の伝説を信じてはいなかった。でも、それはまちがっていた。とにかく、なにかは見つかるかもしれないわ。いいえ、どうしてもなにかを見つけたいの」

「いまや秘宝探しに、奥方の血は騒ぐのさ」マーカスは言った。「あの真珠の長いネックレスを身につけた彼女を見せてやりたいよ。見つかったのは真珠だけで、ほかにはなにも――」

妻の白い手が、マーカスの口を勢いよく押さえた。

33

妃殿下は財宝探しのため、〈マウント・ホーク〉を早いうちに出発し、紳士の一行は馬でスズ鉱山へと向かった。そこでキャロラインはグーンベルに馬を走らせた。クームが消える前に泊まったという宿の部屋を見たかったのだ。

ミセス・フリーリーは、キャロラインがマントと手袋を脱ぐ間もなく話しだした。あの情けない酒浸りのジェブ・ペックリーがいまやほとんど酒を飲まず、きちんとした夫に変わったことをキャロラインは知った。そもそも彼女は、ジェブが妻や娘を殴っていたことさえ知らなかった。話を聞いて、彼女の顔に満面の笑みが広がった。ミセス・フリーリーはチェイス伯爵夫妻のことを尋ねながら、キャロラインを大きなあたたかい厨房に案内し、体があたたまりますよとホットワインを出して、キャロラインの髪にぽんぽんとふれた。「きれいな御髪《おぐし》ですこと、奥さま。味気ない一色だけでなく、いろいろな色合いが交じりあった、すてきなお色です。まるでこの宿を囲む木立のようです。ここのニレの木、オークの木、カエデの木、ずっといとおしく思ってきたんですよ、ええ。いまは葉っぱがぜんぶ落ちてしまってますけどね、あなたにはああなってほしくないですよ、ある意味」

ようやくミセス・フリーリーは彼女を二階に案内したが、チェイス伯爵夫妻にお会いできたらいいのにと願いごとを口にした。キャロラインは、うわさ話をしつづけるミセス・フリーリーを妃殿下がうまくいなす場面を想像し、きっと見物《みもの》だろうと思った。そして彼女を晩餐に招待した。

「あのですね、奥さま、いままであたしを意のままにしようとした男なんて、いなかったんですけどね」クームの泊まっていた部屋に近づくにつれ、ミセス・フリーリーが言った。

「えっ？」キャロラインはわけがわからなかった。

「とにかく、あたしにちょっかい出す男なんていなかったんです」ミセス・フリーリーはなおも言い、自分で納得してうなずく。「ところがあたしをメグって呼んで、あたしがそばを通るたびにお尻にさわる怖いもの知らずの男がひとりいて。したたか殴ってやりましたけどね。ああ、ここです、気の毒なミスター・クームのお部屋は」彼女はドアを開けた。「新しく見つかるものはないと思いますよ。だんなさまが隅から隅までお調べになりましたからね。このへんじゃみんな、クームは頭がおかしくなって行方をくらましたと思ってて、どこにいるかわからないから不安がって。いまはその話しかしませんよ、だれも。お察しのとおり」

「ええ、わかるわ」とキャロライン。

宿の二階、東側にあるその部屋は、なかなかいい部屋だった。四つの窓はすべて大きく、それぞれに白いレースのカーテンが掛かっている。家具類は質素だったが、けっして不快感を与えるようなものではない。キャロラインは部屋の中央に立ち、全体をぐるりと見まわした。ミセス・フリーリーは、キャロラインが顔を合わせてから初めて静かになっていた。うなずくだけで振り向いた彼女は、肩越しに言った。「さっきお話しした、わたしをメグと呼んだ男の人ですけど、すてきな人でしたよ、ほんとに」もう一度うなずいて出ていき、キャロラインはひとり残された。

「あなたがおばさまを殺したの、クーム?」静かな部屋に向かってキャロラインは問いかけた。「あなたは女嫌いだったって、みんなが言ってるわ。ナイティンゲール家の伝説に呪われたんだって。女に突っぱねられたとか、裏切られたとかのせいで、女を殺したんじゃないかって。でも、だれもなにもわかっていない。正直、ノースもなにを信じたらいいかわからないし、わたしもそうよ。エリザベス・ゴドルフィンが書いた手紙のことを、ノースは考えあぐねているわ。あなたに愛称があったなんて彼は知らないと言っていたし、トリギーグルやポルグレインも知らなかった。それに、あんなおかしな愛称だなんて。彼女はほんとうにあなたのことを〝ダイヤモンドの王〟なんて呼んでたの?　本名では呼ばなかったの?　ほかの女性もあなたをそんなふうに呼んでいたの?　どうして手紙は一通しかないの?　どうして彼女からのものだけなの?　ノースはとても悩んでいるわ、クーム。あなたは愚かな男ではないと言ってる。とにかく理解できないと。もしあなたが犯人なら、どうして血のついたあんなナイフを、泊まっていたこの部屋に残していったのか？　ああ、なにがあったのかわかればいいのに」

部屋からは沈黙が返ってくるだけだったが、それはわかっていたことだった。キャロラインはため息をつき、衣装だんすと向きあった。

「あなたはどこへ行ったの？　逃げたのだとしたら、見つかることがわかっていて、どうしてこんな証拠をすべて残していったの？」やはり返事はない。物音すら。

彼女は衣装だんすを開けた。ノースが中身をすべて持っていったので、空っぽだ。下部にヒマラヤスギのにおいを放つ抽斗がある。それも空だった。彼女は立ちあがり、たんすの扉を閉めた。部屋には羽ペンとインクだけが置かれた小さな机もあり、浅い抽斗が三ついている。それぞれ開けてみたが、なにも入っていなかった。ノースはこの抽斗のうちのひとつで手紙を見つけたのだ。どの抽斗も慎重に調べたはずだ。

キャロラインは机から体を起こし、部屋全体を見まわした。小さな暖炉に火は入っていないので、寒い。いまのところ、ミセス・フリーリーはこの部屋に客を泊めないようにしているらしい。いや、ミスター・クームがいなくなってから、この部屋に泊まった者はいないのだそうだ。世間が口うるさくてね、と彼女は言っていた。血のついたナイフのことをだれもかれもがよそ者に話し、この部屋はいまや幽霊に取り憑かれていることになっているらしい。

「コーンウォール人が幽霊好きというのは、ご存じでしょう。コーンウォール人は、どんな小屋にも、宿にも、曲がった木にでも、霊はいると思ってるんですよ。ああ、奥さまはデヴォンだかドーセットだかのお人でしたね。あそこらの人には想像力ってもんがありゃしない。クロテッドクリームはデヴォンが本場だとか自慢してますけどね、言わせてもらえば、コーンウォール産の比じゃありません。ああ、とにかくこの部屋を遊ばせておくと部屋代が入らないのは、つらいですよ」

部屋の中央に立っていても、キャロラインには体がざわつくようなおかしな感じはなかった。おそらく彼女がコーンウォール人でないから、霊のにおいを嗅ぎとったり、感じたり、声が聞こえたりはしないのだろう。「どこへ行ったの、クーム？」沈黙する部屋に問いかける。「あなたがいなくなったこと、ミセス・フリーリーは気づかないとでも思ったの？　彼女とノースが部屋を調べないとでも思ったの？」

そのとき、キャロラインはびくっと跳びあがった。なにかこすれるような、たたくような音がしたのだ。だが木の枝が窓を軽くこすったのだとわかり、キャロラインは大きく息を吸った。

「やっぱりわたしも、とうの昔にコーンウォール人になってたのかも」と口にする。声に出したほうがいい。ひとりきりだという気が薄れる。

なにも見つからなくてがっかりしたが、ほんとうはノースがなにか見過ごしたなどとは思っていなかった。もう帰ろうとしたとき、ヘップルホワイト式のベッドの、美しい彫刻が施された柱に気づいた。かつては天蓋付きで、もっと長く高いところまであったのだろう。あきらかに切りとられたのがわかる。いまでは四本の柱は、粗めに彫られたパイナップルのあたりまでしか長さがない。彼女はそのパイナップルを凝視したまま、ゆっくりとベッドに近づいた。足もとの一本に軽くふれてみる。びくともしない。引っぱってみる。やはり動かない。

足もとのもう一本にまわってみた。それも動かなかった。だが三本目にさわった頭のほうの一本が、軽くふれただけでまわった。彼女の動悸が速くなる。そろそろと、パイナップルを引っぱってはずした。下に穴があいており、空洞になっていた。空洞に手を入れると、紙にふれた。紙のまわりになんとか指を引っかけて引っぱりだす。それは一枚の紙で、正方形に折ってからさらに小さく正方形に折られていて、せいぜい一インチ四方の分厚い塊になっていた。

手のひらにある折りたたまれた紙を、キャロラインは凝視した。年月のせいで黄ばみ、もろくなっている。壊れ物を扱うように、そうっと塊をほぐしていく。たたまれたこの紙がなんなのか、皆目見当もつかなかった。遠い昔、早朝の朝霧のなかを出発するだれかが恋人に宛てて書いた、恋文かもしれない。彼女は頭を振った。なにをばかなことを。

慎重に、上掛けの上で紙を広げた。恋文ではなかった。古い商取引の伝票とか、家庭用リネン製品の目録のようなものでもない。

それは、命を狙う脅迫状だった。一七二六年五月、チルトン子爵――つまりノースの曾祖父が、グリフィンという男に宛てて書いたものだ。まるでクモのようにうねる黒インクの文字はあちこち読みづらかったが、内容そのものはわかりやすいものだった。「〝グリフィン〟と、声に出して読んでみる。「〝わたしの妻に近づくな。さもなければ、おまえのその黒い心臓を剣でひと突きにしてやる〟」最後に、チルトン子爵、D・ナイティンゲールと署名があった。

D。すなわちドニジャー。そうだ、たしかにノースの曾祖父だ。ドニジャー・ナイティンゲール。変わった名前だと思って、記憶に残っていた。

グリフィンというのはだれ？　どうしてこんな手紙が、パイナップルの彫刻入りの切りとられたベッドの柱に押しこまれているの？

キャロラインは紙のしわを伸ばし、階下の酒場に駆けおりていった。息を切らしている彼女に、ミセス・フリーリーが言った。「おやまあ、いったいあの部屋になにがあったんです？」

「信じられないわよ、ミセス・フリーリー。ベッドの柱にこれが隠されていたの。ほら、見て、すごいの、たぶんこれが、ナイティンゲール家の裏切りの伝説の始まりなのよ」

ミセス・フリーリーはキャロラインを厨房に案内し、ふたりしてテーブルに紙を広げた。

「ああ、グリフィンですか」ミセス・フリーリーが言った。「彼の話は祖母から聞いたことがありますよ」

コーンウォール人の記憶力のよさに、キャロラインはまたしても舌を巻いた。おそらくグリフィンのミドルネームを尋ねたら、ミセス・フリーリーは簡単に答えてくれたことだろう。

「それ、だれなの?」

「放蕩者の悪党ですよ、このあたりではいまだに人の口にのぼります。ハンサムで若くて、世の憂さもどこ吹く風、親からたっぷり財産をもらって。カサノバより女を口説いたって話ですよ。この手紙からすると、いまのだんなさまのひいおじいさまから奥さまを寝取ったようですねえ。あたしの記憶じゃあ、グリフィンはここにとどまらず出ていって、コーンウォールには戻ってこなかったはずですよ。たぶんロンドンに行って、上流社会のご婦人方を手玉にとったんでしょう。つまり彼は奥さまを捨てて、奥さまはだんなさまと向きあうことになり、お亡くなりになったってわけですね。おもしろいじゃありませんか。でも、この古い手紙がどうしてベッドの柱に入っていたのかは、わかりませんけどね」

「あのベッドはどこにあったものなの?」

「ああ」ミセス・フリーリーは言った。「それなら調べればわかりますよ、奥さま。紅茶でも飲んでらしてください。母の日記を見てまいります。母は、この宿のために買ったものをすべて記録に残していたんでございます。あのベッドもどこで買ったものか、きっと書いてございますよ」

キャロラインは興奮すると同時に気分が沈むのを感じた。ノースのひいおばあさまが――いまや階段の上がり口の白壁に肖像画を飾った、あの笑みを浮かべた幸せそうな若い貴婦人が――夫を裏切ったことは、これではっきりしてしまった。なにかのまちがいであってくれたらと、キャロラインは思っていたのだ。

あのベッドがグリフィンの家にあったとミセス・フリーリーに聞かされても、驚くことではなかった。子息たちの賭け事やら女遊びやらで一家は困窮を極め、イングランドを離れて植民地へ渡る前、一七八〇年代に家具や調度品を売却したようだ。「ああ、母が家事の記録日誌に書いてありますよ、一家はボストンの親戚のところに身を寄せたようです」

ああ、そうすると、夫を裏切ったナイティンゲール家の妻というのはやはりノースの曾祖母のことだったのだ。キャロラインの心は沈んだ。彼女がすべての始まりだった。

その夜、キャロラインはノースと抱きあいながら話をした。「日記のなかであなたのひいおじいさまが書いた部分を、すべて読んだの。グリフィンの名前は出てこなかったわ。それに、ひいおじいさまが彼を殺したような様子もない。もし殺したのなら、よほど深いところに埋めたのね。遺体は見つかっていないんだから。そして、あなたのひいおばあさまは、彼が去ってひと月かそこらで亡くなった。なんという悲劇かしら」

ノースは長いこと黙っていた。「なあ、植民地のグリフィンに手紙を書いてみようと思う。

一家はボストンに渡ったと、ミセス・フリーリーは聞かされたんだったな？」

キャロラインは彼の胸でうなずいた。彼のにおいを吸いこみ、そしてわれを忘れた。

「すごいよ」しばらくのち、また二語以上の言葉をつづけて言える状態になったノースがさっきまでのふたりの行為を思いだしながら言った。「きみはほんとうに天国を見せてくれるんだな、キャロライン」

「そのこと、ぜったいに忘れないでね、ノース・ナイティンゲール」キャロラインは彼のあごをついばみ、深いため息をついた。「ウィンダム家の伝説のように、わたしたちのマーク王の伝説もほんとうだったらいいのに。そうでしょう？　ウィンダム家の人たちは古い書物と不思議な手がかりを見つけ、秘密をすべて明るみにして見せた。伝説はほんとうだったことを発見したのよ」

「悪いが、どうがんばっても、傷ついた男心があてどもなくさまよったって話にしかならないと思う」

「ご先祖さまのこと、なんてすてきに表現するのかしら。わたし、あなたのひいおばあさまがひいおじいさまを裏切ったのでなければよかったのにって、ほんとうに願っていたのよ。でも、いまとなってはもう疑う余地もないみたいで」

「ああ、そうだ、疑う余地はない。だが、なにか理由はあったはずだ。それを知る術もないが」

キャロラインはとにかく目をつむり、口をきつく閉じた。「じゃあ、キャロライン、楽にして。痛いことはしないから。でも、少しだけ押してみなくちゃならない。ノース、ちょっと下がってろ。おまえに診察はできないだろう」

ノースは一歩下がり、ドクター・トリースが妻を診察するのを見守っていた。ドクターはナイトガウンを持ちあげるようなことはせず、上掛けとガウンの下に両手をすべりこませただけだった。しばらくして両手を引きぬき、ノースに言った。「腹部にしこりなどはなくやわらかいが、内部の触診もしなくちゃならない」

ノースがまくしたてる間もなく、ドクターは立ちあがって妹に言った。「熱湯と石けんがいる。そうだ、ベス、大事なことだから避けては通れん」

「気が進まないわ」キャロラインがドクターに言う。

「わたしもだよ。だがベスに言ったとおり、避けては通れないんだ。赤ん坊を宿した女性の患者さんには、例外なくしていることだ。痛くないように注意はするが、触診はかならずしなければならない」

その前にドクターはキャロラインの胸を触診したが、彼女はなにかほかのことを考えようとした。ドクターの指は長くて乾いていて、その指のふれる感触が、どうにもキャロラインにはいたたまれなかった。ドクターの指が二本すべりこんできたときには、たしかに慎重でやさしかったものの、やはり屈辱的だった。ドクターの指は長くて痛かったし、押しこむような感じで、しかももう一方の手で腹部を押さえられ、彼女はとうとう苦痛の声をもらしてしまった。

「終わりだよ」ドクターはそう言って指を抜いた。「うん、まったく問題はないようだね。健康そのものだ。これなら妊娠がかなり進むまで、触診は必要ないだろう。さあ、ノース、階下に行こう。奥方どのの身支度はベスが手伝うから」

「ひどいものだったわ」男性ふたりが部屋から出ていくと、キャロラインは言った。

ベス・トリースは少しむずかしい顔で、キャロラインをベッドから助け起こした。「吐き気がしているわけじゃないですよね?」

「ええ、ものすごく恥ずかしかっただけ。ばかよね、先生はお医者さまなのに。でも、それでもね。お手伝いありがとうございました、ミス・トリース」

「兄はお医者さまですからね」ベスは、まだ赤い顔をしているキャロラインににこりとほほえみかけ、シュミーズと靴下を手わたした。

妃殿下は気落ちしていた。キャロラインに聞いた場所は隅々まで調べてみたが、なにひとつ、手がかりのひとつさえ、どこからも見つからなかった。ため息をつき、フォークでブラマンジェをひと口運んだ。「たしかに、千年以上も前の話だものね。大勢の人間があの場所を歩きまわったでしょうし、なにか見つけようと躍起になって探したにちがいないわ。あなたのひいおじいさまが、あのいまいましい腕輪のことをもう少し詳しく書いていてくだされぱよかったのに、ノース」

「すまない、妃殿下。でも、そのいまいましい腕輪は架空のものなんだと思う。もし実在しても、マーク王とはなんの関係もないだろうよ」

マーカスが妻の手を軽くたたいた。「よくがんばったじゃないか、お疲れさん」

カエルを飲みこんだかのような音をたてる巨大な置き時計が、七時を打ちはじめた。

アリスは身震いした。「あの時計の音、嫌いだわ。ずっとあんなふうなんですか、だんなさま？」

「おれの知るかぎりではね。いっそ止まってくれたらと、キャロラインにも言ってたんだが。そうしたら厨房のごみ箱に捨ててやるのに」

「ぼくはあの音、好きだけどな」オーウェンが言った。「ひどい風邪を引いた王さまみたいだろ」

キャロラインは声をあげて笑い、頭を振った。「あなたたちみんな、とんでもなくロマンチックで想像力が豊かすぎるわ。わたしには、たっぷり油をさしたほうがいいんじゃないかと思えるだけよ」

牛肉のシチュー、アンチョビーのパイ、子羊のローストの白インゲン豆添え、数えきれないほどの副菜、ブラマンジェとマカロンのデザートという贅《ぜい》を尽くした晩餐のあと、伯爵夫妻はヨークシャーに戻る話を口にした。

キャロラインはひどくがっかりした。妃殿下のことが好きになっていたし、彼女のとんでもない夫にもようやく慣れたところだったのに。マーカスはとにかく言いたいことを言い、妻を容赦なくからかい、妻に熱烈なキスをし、とても愉快な人だった。まあ、ノースほどではないけれど、それでも愉快にはちがいなく、ときどき笑わせてもくれた。

「おいで、キャロライン」その夜、ふたりの部屋でノースが言った。「おれのひざに乗って。しょげてるきみなんて見たくない。そうだ、おれを見て、ああ、そうだ、この感触、きみの感触が大好きだ」ノースはキスをしながら両手で彼女のガウンとナイトガウンを引っぱりあげ、素肌にふれて、上へ上へとなであげた。

「ああ、ノース」吐息まじりに彼の口にささやいたキャロラインは、彼のあたたかい指にふれられて、たちまちあえいだ。指がなかにすべりこむと、びくりと硬直する。

「どうした？」

「それ、ドクターがしたのと同じことだから。あれはつらかったわ」

「まあ、おれもいやだったが、やらなくちゃいけないことだったんだから、しかたがない。さあ、もう楽にして。いまはドクターじゃなくて、おれなんだから。おれは赤ん坊のことなんてほとんど考えてない。頭にあるのはその母親と、彼女に感じさせて声をあげさせたいってことだけだ。ああ、いいぞ、キャロライン、やわらかくなってきてる。すてきだ。もっとキスしてくれ」

彼の上に抱えあげられたときには、気持ちよくてため息がもれた。彼の指が魔法を紡ぎ、キャロラインの悲鳴があがる。彼女がだらりと体をあずけたときには、ノースの首筋が彼女の涙で濡れた。

ノースはぎょっとした。「いったいどうした？ 痛くしたか？」

「あ、いいえ、ただ、あなたをこんなに愛してるんだと思って。たまらないの、それだけよ」

「そうか」ノースはゆっくりと言った。「それだけか。よかった、安心した。さあ、もう寝よう、キャロライン」

彼のほうは長いこと眠りにつかず、ずっと彼女を離さなかった。ひと晩じゅう、抱きしめていた。キャロラインをそばに置いておけるなら、どんなことでもする。彼女のためなら、命も投げだそう。

だが翌日、キャロラインの命を救ったのはノースではなかった。妃殿下だった。

34

キャロラインと妃殿下は馬で海まで行き、崖につづく細道を上がり、そのあとは内陸に入って小丘やオークの木立をもう一度調べた。さらには、長い石壁も。石と石のあいだにできた割れ目になにか手がかりでも入っていないだろうか、ノースの曾祖父が見つけたと言っていたような腕輪がまた見つかるのではないだろうか、と期待して。しかしいまのところ、風がふたりの乗馬帽に吹きつけるだけだった。ふたりはどうしてクームが有罪の証拠を残していったのか、話しあった。

ひととき馬を止め、アイリッシュ海を見晴らす。「わけがわからないわ」キャロラインは帽子に髪を入れこんだ。

「あなたのその親戚の人だけど、キャロライン。ベネット・ペンローズって名前の」妃殿下が言った。「彼が少なくともおばさまを殺した犯人だという可能性は、ないの?」

「ええ」とキャロライン。「ノースが洗いざらい調べたのよ。おそらくベネットの歯形にいたるまで。でも残念ながら、エレノアおばさまが殺されたとき、彼はこのあたりにいなかった。気の毒なノーラ・ペルフォースのときは、ベネットはグーンベルにあるミセス・フリーリーの宿にいて、最後は這うこともできないくらい酔っぱらって、〈スクリーラディ館〉に連れ帰ってこられたのを、大勢の証人が見ているの」

「残念ね」

「ええ、まったく。あの虫けら坊やが。そうだ、ミスター・ファルクスからノースに手紙が来たこと、話したかしら。ノースの予想どおり、ベネットを受け入れることにおそろしいほど大歓迎だそうよ。大喜びでもみ手して、ベネットを痛めつけてくれるでしょうね。賭け事の手ほどきもするつもりだそうよ。こともあろうに、その日の家事雑用を賭けるんですって。来週末にはベネットの腕に筋肉がついてるかもしれない、なんて」

「話には聞いてたけれど、お互いさまでお似合いのふたりね」

「まあね。いまとなってはミスター・ファルクスよりも——ミセス・テイルストロップにちょっぴり同情しちゃうわ。あのみすぼらしい飼い犬のパグを、夫の手から守らなくちゃならないでしょうから。ミスター・ファルクスはルーシーが大嫌いだって、オーウェンが言ってたの」

妃殿下は頭をのけぞらせて笑い、きゅっと目をつぶった。さわやかな秋の風の心地よさを体の芯まで感じたのだろう。

「わたし、コーンウォールには来たことがなかったの。ここはいままでに見たどんなところともちがうわ。荒々しくて厳しくて、すばらしい。それに海のにおい。海のにおいがいつでもそばにあって、どこにいても波の音が聞こえる気がするの。昔ドーヴァーの近くに住んでいたことがあるんだけど、ぜんぜんちがうわ。ここには心を吸いこまれるような、なにかがある」

「魔法みたいよね」

「さてと、熱く語るのはここまでにして。ねえ、女を殺すほどの人間って、ほかにだれがいるかしら？　わたしもけがばかりしてたとき、マーカスと一緒にずっと考えつづけていたわ。わたしが死んでいちばん得をするのは、だれだろうって」

「マーカスでしょ」

妃殿下は大声で笑った。〈チェイス・パーク〉にいたあのころの自分を笑えたなんて、自分でも驚いた。「それは彼には内緒にしておきましょ。そんなこと聞かせたら、すっかり気がふれそうだもの。彼ってあのとおり、独占欲が強いから」

キャロラインはにんまり笑って、レジーを前に進めた。「だと思ったわ」

「ノースと同じね」

「ノース？　ううん、ちがうわ。彼はただ、わたしに大きな責任を感じているだけで――」

「なに言ってるの」

「え？」

「わかってないのね。彼、あなたにぞっこんじゃない。ばかなこと言わないのよ、キャロライン。彼があなたを見る目、気づいてないの？　あなたが部屋に入ってきたとき、あなたが忍び笑いするとき、ただ座ってお茶を飲んでいるとき、あくびをするときでさえ、彼はいまにも食いつきそうな目をして、でも同時に満足そうな顔をしてるわ。彼ってほんとうに幸せ者ね」

キャロラインはなにも言わなかった。妃殿下の言うことは、当たっているんだろうか。いとおしげに自分を見る彼を目にすることができたら、信じられるかもしれない。

「あら、ちょっと話がそれちゃったわね。クームの話に戻りましょう。だれもが彼は頭がおかしいと思ってるわ。すっかり頭がいかれて、女に拒絶されたから殺したんだって。彼は女に裏切られたと思いこんでいて、不実だと思う女を殺すことで、ナイティンゲール家の男子すべての仇《かたき》を討ちたかったのかもしれないって。でも、あなたのおばさまはどうかしら、キャロライン？　彼女はドクター・トリースと恋仲だったと言わなかった？　クームの狂気の対象になるなんて、おかしいわ」

「そうね」

「それに、クームはどこへ行ったのかしら。地元の人は、彼がどこかで自殺して、みんなにそれがわかるようにナイフを残したと――せめてもの罪滅ぼしに――と言ってるけれど、それはちょっと――」

いきなりレジーナが前のめりになってひざを折り、キャロラインは前方に頭から飛ばされ、うずくまるように地面に落ちた。

馬から飛びおりた妃殿下は、顔面から突っ伏して転びながらも跳ね起き、キャロラインのかたわらに駆けつけた。キャロラインに意識はなく、あおむけに倒れ、ロイヤルブルーのベルベットの乗馬帽がぺしゃんこになり、羽飾りは半分に折れていた。乗馬服のスカートが斜めに広がり、白いペチコートと白い靴下とやわらかな黒革の乗馬用ブーツがあらわになっている。

キャロラインの脈を確かめた妃殿下は、ほっと胸をなでおろした。脈はしっかりしていた。それからキャロラインの頭にそっとふれ、迷わず帽子を取り、豊かな髪を広げてゆるめた。かなり小さな岩で、右耳のちょうどうしろあたりを打ったらしい。腕と脚にさわってみたが、どこも折れてはいない。あとは待つだけだ。妃殿下は自分も金色のベルベットの乗馬服の上着を脱ぎ、キャロラインの胸と首あたりにたくしこんだ。そしてそばに座り、盾となって海風が当たらないようにした。

キャロラインがうめき、目を開けた。妃殿下が見おろしているのがわかって言った。「だいじょうぶよ。ばかみたい、あんなに簡単にレジーナから振り落とされるなんて。ああ、もう、頭が痛いわ。ミスター・ファルクスに殴られたときほどではないけど」

「もう少し静かに横になっていて。頭を打ってるから、また意識をなくさないかどうか、確かめないと」

「なんだったのかしら、妃殿下？　ウサギの巣穴？　うっかりしてたわ。レジーナにけがはないかしら」

「じっとしてて、見てくるわ。レジーナもだいじょうぶそうよ。とにかく動かないで、キャロライン」

数分後に戻ってきた妃殿下は青ざめ、その美しくおだやかな瞳には怒りとなにかべつのものが浮かんでいた。「ウサギの巣穴じゃなかったわ」

鞍なしの裸馬にまたがった妃殿下の前に妻が乗っているのを見て、ノースは目をしばたたいた。横鞍もなく、妃殿下がキャロラインをしっかりと抱えている。レジーはうしろに引かれていた。

ああ、なんてことだ。ノースは大声で叫びながら駆けよった。「マーカス、いますぐ来てくれ！」

心臓が狂ったように打つのが止まらない。キャロラインは客間にある暗褐色の紋織りの長椅子に寝かされ、毛糸を編んだ水色の毛布を掛けられた。

「どうだ、ほんとうに腹に痛みはないのか？」

「ええ、ノース、痛いのは頭だけよ」

「そうか。トリギーグルがドクター・トリースを呼びに行ってる。もうすぐ来るから。ほら、ポルグレインがいれたこのお茶を飲むんだ。アリス、彼女はもうだいじょうぶだから。心配するな。きみも座って、お茶を飲んでくれ。妃殿下、アリスを座らせて、お茶を飲ませてやってくれ」

ドクター・トリースとベスが到着したとき、きしるような痛々しい音で置き時計が午後四時を告げた。ひどいのどの痛みを抱えた王さまが、臣下を怒鳴りつけているかのような音だった。

これから診察だと身をかたくするキャロラインを前に、ドクターは笑顔で椅子を引いて腰をおろした。「さあ、頭のこぶを診ようか」ドクターはやさしい手つきでそっと頭をさぐり、ふくらみつつあるたんこぶの輪郭をなぞった。そしてまた腰をおろすと、彼女を見すえた。

「じっとしてて」ドクターは両手を上掛けと彼女の着衣の下にすべらせた。キャロラインが緊張する。せずにはいられない。ノースは彼女の手を取って握った。

「なにか必要なものはない？　兄さん？」ベス・トリースが訊く。

ドクターはすぐには答えなかった。

「兄さん？」

「えっ？　ああ、いや、ベス。彼女なら問題ない」ドクターはキャロラインにほほえんだ。

「とにかくやすむことだ。激しい運動はしないように。出血や腹痛が少しでも見られたら、すぐに呼んでほしい。トリギーグルは、ウサギの巣穴だと思ってるって？」

「ええ」妃殿下が答えた。

ようやくトリース兄妹が帰り、アリスもようやくキャロラインは死なないと納得して、午睡をするため自分の部屋に下がると、妃殿下は咳払いをして口をひらいた。「ドアを閉めてもらえるかしら、マーカス」

彼は小首をかしげたが、言われたとおりにした。

「どうしたんだ、妃殿下？」ノースが言った。

答えたのはキャロラインだった。「最初に思っていたようなウサギの穴ではなかったのよ」

「そうなの」妃殿下がつづける。「オークの木と石壁のあいだに針金が張ってあったの。あそこは道幅がせまいわ。だれにも言いたくなかったんだけれど、いまのところはわたしたちのあいだだけに留めておきましょう」

「あの方向には、彼女が毎日馬で出かける」ノースは内臓が怒りで締めつけられるような気がした。

「つまり」マーカスが言う。「その針金は彼女だけを狙ったものだということか。しかしきみが一緒にいたんだろう、妃殿下。きみはどうして針金に引っかからなかったんだ？」

「あのときはキャロラインが少し先を走っていたの。道幅がせまいから。彼女の馬が倒れてすぐ、わたしもあわてて馬を引いたわ。でもわたしも彼女のところに走りよろうとして針金に引っかかって、顔から転んでしまったのよ」

「ということは」マーカスが言った。「きみたちふたりを狙った可能性もあるわけだ。なんてことだ、ノース、まったく腹が立つ」

ノースはマーカスと妃殿下のふたりが撃たれたときのことを思いだしていた。あのときの恐怖、灼《や》けるような怒り。あのときマーカスも同じ目をしていた。あのとき自分はマーカスに、冷静になれと言った覚えがある。怒りでは妻を救うことはできないと。いま、マーカスは自分に同じことを言うだろうか。ノースは深く息を吸った。

「死と謎と悲劇と隣りあわせの生活が、かれこれ四カ月になる。片時も頭を離れないし、いつも心にのしかかっている。おれはキャロラインのおば上がセント・アグネス・ヘッドの岩棚に倒れているのを発見する前、二週間ほど留守にしていた。犯人を突きとめることはできなかった。それから、あの気の毒な女性ノーラ・ペルフォースだ。あの事件も解決できていない。今度はクームが消え、彼の泊まっていた部屋に血のついたナイフが残された。なにもかも正気の沙汰じゃない。おれに対するいやがらせかなにかなのか。だれがどうしてこんなことをしてるのか、さっぱりわからない。だれかに恨まれでもしてるのか」

キャロラインがひじをついて起きあがった。「三年前に殺されたエリザベス・ゴドルフィンを忘れてるわ、ノース。そのときあなたはここにいなかったのよ。だから、あなたのせいじゃないわ」

ノースは矢継ぎ早に悪態をついていたが、ふと、こう言った。「それなら、おれの父か祖父への復讐にちがいない。マーカス、おまえと妃殿下はここを離れてほしい。妃殿下がまたけがをするかもしれないと思うと、血が凍りそうだ。おまえたちは明日にでも発ってくれ」

「いいえ」妃殿下がゆっくりと言った。「それはだめよ、ノース」

トリギーグルがドアのところで咳払いをした。「だんなさま」

「ああ、くそ、いったいなんだ、トリギーグル？」

「お若い方、アリスさまのことでございます、だんなさま。アリスさまがミス・メアリー・パトリシアさまにお知らせし、必然的にわたくしがお伝えしにまいりました。彼女にはこの部屋に来ておじゃまになってはならないと申しておりましたので。アリスさまが、そのときを迎えられたそうでございます」

「まあ、なんてこと」キャロラインはよろめきながらも立ちあがった。「早すぎるわ。赤ちゃんはだいぶ大きくなってきていたけれど、それでも早すぎる。ああ、どうしよう、ノース」

すぐにオーウェンを呼びにやらなければならないと思い至ったのは、妃殿下だった。キャロラインはティミーを〈スクリーラディ館〉にやった。

ほどなくして、楽なお産ではないことがわかった。ドクター・トリースとベス・トリースは、意識が薄らいだアリスにほとんどつきっきりだった。陣痛が弱すぎて、疲労に負けてしまうのだ。

オーウェンは部屋の外で、ほんとうの父親のように青ざめ、ひきつった顔をして行ったり来たりしていた。

二日目になると、暗い雰囲気が邸をおおった。アリスの叫び声が聞こえるたびにどきっとしていたキャロラインだが、いまやなにも聞こえなくなったことにおびえていた。衰弱したアリスは、さらに弱りつつあった。

東の棟の最上階、ナイティンゲール家の女性の肖像画が見つかった部屋で、ノースはキャロラインを見つけた。彼女は一心不乱に――とはいえキャンバスにはふれないよう気をつけつつ――額縁を磨いていた。額縁はすでに光っている。

彼はそっと、妻の肩をつかんだ。猛然と動いていた彼女の手が止まり、彼を見あげた。

「つらいな、キャロライン」

「アリスになにかあったの？」

「いや……だがドクターの話では、もう望みはないそうだ。生まれた子は男の子だった。小さな子だ。しかしドクターが思っていたほど小さくはなかったらしい。ただ、アリスの体には大きすぎた」

「それなのに、よく無事に生まれたわね？」

「ドクターが引っぱりだしたらしい。ほかに方法がなかった。そうしなければ、母子ともに命がなかっただろう。最期のお別れをするか？」

キャロラインは目を閉じ、ノースが叫びだしたくなるほどの絶望がにじんだ声で言った。「あの子を犯した男たちが……。そいつらがあの子を殺すのよ……あの子を殺しておいて、自分たちはのうのうと生きている。ああ、神さま、どうかそいつらを地獄で腐らせてください」

キャロラインが枕もとに座ったとき、アリスはほんのつかのま目を開けた。キャロラインは笑顔で彼女を見おろした。「かわいい男の子よ、アリス。なんて名前をつけたい?」

「オーウェンと」アリスがささやく。かすれて痛々しい声。しかし、いきなり驚くような力でアリスはキャロラインの手首をつかみ、ぐっと引きよせた。「赤ちゃんのこと、お願いします、ミス・キャロライン」

「もちろんよ」キャロラインはアリスの額を、濡らした布でぬぐってやった。「でもあなたが赤ちゃんを育てるの。体をやすめて、元気になるのよ、アリス」

「いいえ、ミス・キャロライン、わたしはもうだめです。わかっているんでしょう? わたしのこと、息子に話してやってくれますか? 愛していたと、離れたくなんかなかったと。でも――」言葉がとぎれ、彼女は胸を締めつけられるような笑みを見せた。

「息子さんがあなたを忘れることは、けっしてないわ。アリス、約束する。さあ、オーウェンに会ってあげて。すぐ外にいるわ。あなたにキスしたくて待ってる。どうかしら?」

「いいえ、そんな。こんなわたしを見せたくありません、ミス・キャロライン。帰ってもらってください。ああ、わたし、一度も言ったことがなかったけれど、彼はとてもやさしくしてくれました。ものすごく、やさしかった。特別な関係になったわけではないですけど、でも彼はとてもやさしかった。オーウェンほどやさしくしてくれた人、ほかにはいません」

「じゃあ、それをいま本人に言ってあげて。あなたのこと、ほんとうに大切に思っているわ。あなたを放りだしたりしない人よ、アリス——いまだって、すぐ外に来てるのよ、あなたに会うために。そうだわ、ポルグレインがあたたかいミルクを持ってきてくれたの、飲む?」

「アリス?」オーウェンがするりと部屋に入ってきた。「ほら、アリス、あたたかいミルクを飲もう、ね?」

そのとき、〝大好き〟と、小さな小さなささやきが聞こえたような気がした。

そのあとはただ静かな沈黙だけがつづいた。アリスの頭は、わずかにキャロラインとオーウェンとは反対の方向にかしいでいた。その双眸《そうぼう》は閉じられていた。

「ご臨終です」ドクター・トリースの声が、やさしくキャロラインとオーウェンを揺さぶった。

「嘘だ!」オーウェンはベッドの脇に立ちつくし、アリスをじっと見おろして、頭を振っていた。「嘘だ」もう一度くり返す。「嘘だ、こんなにかわいらしくて、純真な子が。神よ、こんな……こんなのは理不尽だ」

キャロラインが口をひらいた。「オーウェン、ここへ来て、お別れのキスをしてあげて。送りだしてあげて」しかしそう言う彼女でさえも、体の奥のなにかが冷えてかたくなっていくのを感じていた。そして、なにかが砕けて闇へと沈んでいく。その闇が、いまの彼女にはありがたくさえ思えた。ああ、そうだ、この闇に……深い影のなかに、心の痛みもアリスの若々しい顔も、のみこまれてしまえばいい。命の火が消えて死をたたえた、おだやかすぎる顔。あまりにも、愛らしい顔。

キャロラインは喪服を着たことがなかった。今回も着るつもりはなかった。「アリスは十五歳にもなっていなかったわ。その若い命を讃えるのに黒を使いたくないの。白を着るわ。彼女のように純粋で無垢な白を」その言葉に、ミセス・メイヒューもただうなずいた。〈マウント・ホーク〉から参列した女性はみな、白をまとった。ミセス・プランベリーが呼んでもいないのに司祭を連れて到着したとき、司祭はキャロラインからミス・メアリー・パトリシアに視線を移し、さらにほかの一同を見て言った。「これではいけません。たとえアリスが罪深い人生をつづける価値のない人間であったとしても、黒装束《しょうぞく》をまとうことが神の教えであり、故人よりも神を讃え、神に敬意を表することになるのです」

キャロラインは長いあいだ、あっけにとられて目を丸くしていた。

「さしずめ、このふたりが」――司祭はイヴリンとミス・メアリー・パトリシアをきっとにらんだ――「あなたをそそのかしたのでしょう？　このふたりは信心の欠片もなく、正しいことも適切なこともわからぬ、安っぽくだらしない娘です、そしてあなたを惑わせ――」

キャロラインがこぶしを引き、ミスター・プランベリーのあごに送りこんだ。司祭は石のように転がった。キャロラインは自分のこぶしをさすりながら、すっくと立っていた。司祭の妻が悲鳴をあげ、がくりとひざをついて、キャロラインにわめいた。「なんということを！ あのようなつまらぬあばずれのために、わたくしの尊きプランベリーをここまで出向かせる資格など、あなたには──」

キャロラインは風邪のせいではなく、怒りで震えていた。大声を張りあげる。「トリギーグル、ポルグレイン、ここに来て、プランベリー夫妻を〈マウント・ホーク〉の敷地の外へ送ってさしあげて」

「さわらないで！」ミセス・プランベリーが叫んだ。「なんという愚かな──」もはや金切り声はとどまるところを知らなかったが、その口からほとばしるおぞましい言葉の数々よりは、まだましだった。

キャロラインは大声で言った。「ノース、ミスター・プランベリーを馬車に乗せてさしあげて。馬車の床でけっこうよ」

ノースは言われたとおり、司祭の足もとに、どさりと司祭を投げだした。ミセス・プランベリーが窓から顔を出してわめいた。「あなたたち、だれもかれも後悔することになりますよ！ おぞましい罪人ばかり！ 自分の姿をごらんなさい！ なにもせずに突っ立って！ 異教徒のようなおぞましい白装束をまとう、神を恐れぬ女ども。わたくしのホレスが、ひとり残らず永遠の地獄に送りこむことになるでしょう、見てらっしゃい!」

プランベリー司祭の馬車が丘をくだっていったあと、ありがたくもトゥルーロのホートン主教が到着し、アリスの墓でキャロラインとオーウェンがしたためた言葉を読みあげてくれた。主教の声は低くよく響き、ナイティンゲール家の墓地がこわくて墓地の隅に立っていたミスター・ダンバートンの末っ子にまで届いた。

「アリスも喜んでるよ」オーウェンが言った。「トゥルーロの主教が彼女のために来てくれたなんて。ぼくはずっと、自分の声が主教さまのように低くてよく響く声だったらいいのにと思ってたんだ」

風の強い、くもった朝だった。空気は冷たく湿っぽく、悲嘆に暮れるのには最高の日。キャロラインはノースのかたわらに立ち、彼の腕に腕をからめていた。こぶしが痛むが、その痛みさえいとおしい。アリスの葬儀には五十名近くの参列者があった。アリスもきっと喜ぶだろう。たぶん恥ずかしがってまっ赤になり、見事なまでに身につけた英語の文法も忘れて、こんなことを言うんじゃないだろうか。「わあ、ミス・キャロライン、見て見て、あのはいからさんたち。それに、庶民の人たちも。うれしいわ、ミス・キャロライン、ほんとにうれしい」

しょっぱい味がして、手袋をはめたノースの指が頬をぬぐってくれたとき、キャロラインは初めて自分が涙を流していたことに気づいた。

35

つけられていると気づくまで、三日もかかった。キャロラインはグーンベルのお針子を訪れ、赤ん坊用の小さな毛布とおくるみを受けとる予定だったのだが、すかさず行動を起こした。

建物のあいだの路地にすばやくすべりこみ、待った。案の定、二分もしないうちに、あとをつけていた人間の長い影が見えた。心臓が躍る。ポケットから銃を抜いて待つ。いつでもかかってらっしゃい。こわくなんかないわ、この卑怯者。

キャロラインは尾行していた男の腕をつかんでくるりとこちらを向かせ、顔に銃を突きつけて叫んだ。「いったいなにをしてるの？　どうして――」恐怖でひざが崩れそうになっていたのは、召使いのティミーだった。

ぶざまなほど口を開け、おののいた瞳をした少年を、キャロラインはぼう然と見おろした。

「ティミー、わたしのあとをつけて、いったいなにをしてるの？」

「あ、奥さま、すんごくびっくりした。すみません、銃をおろしてもらえますか？」

「えっ？　ああ、そうよね、ごめんなさい、こわがらせて」

「はあ、しかもぼくの銃で。や、少なくとも、奥さまが取り戻しにくるまでは、ぼくの銃だったってだけですけど」

キャロラインは分厚い茶色のウールのマントについた大きなポケットに、銃をしまった。

「どうしてあとをつけてたの？　あっ、まさか、そんなこと考えもしなかったけど……あなた、わたしの影――護衛だったのね。だんなさまが差し向けたのでしょう？」

「はい、すっかり見破られちゃったんで、もう隠さなくてもいいのかな」

「そう。あなた、わたしを狙っている人物に心当たりはある？　わたしがけがをしたあと、みんなであの針金を探しに戻ったら、なくなってたことは覚えてる？　どんな針金のことでもいいわ、なにか聞いたことはない？　ティミー？　なんでもいいの」

「いいえ、なんもねえです、奥さまには申し訳ないけど。だから、だんなさまもかっかしてんだ。もしミスター・クームでないんなら、どうして女の人たちは殺されたのか、そしてあなたを殺そうとしてんのはだれなのか、ずうっと考えてらっしゃって」

「あなたの言葉遣いはもうちょっと上達の余地があるわね」キャロラインは彼を路地から引っぱりだした。

「あの、奥さま、フラッシュ・セイヴォリーとカーステアーズのご夫婦だってなんもわかってなかったし、あんなひどいことした犯人を見つけるなんて無理だ。でも、いまはあの人がいる。チェイス伯爵が。彼はすごく頭がいい、でもそんな人でも、だれがなにをしてんのか、突きとめられないんだね」

キャロラインはため息をついた。「わかってるわ。妃殿下でさえ八方ふさがりの状態なの、まったくたいした犯人よね。ねえ、あなた、せっかくここにいるんだから、赤ちゃんたちに買ったものを取りにいくのを手伝ってちょうだい」

ティミーがぎょっとする。

「ね、ティミー。わたしはあなたの尾行を見事に見破ってしまったんだから。あなた、そう言ったわよね?」

「や、奥さま、ぼくは〝すっかり見破った〟って言ったんで」

「いいから一緒に来て、ティミー」

その日の夕食のテーブルについたのは、四人だけだった。ナイティンゲール夫妻とウィンダム夫妻のみ。ミス・メアリー・パトリシアとイヴリンとオーウェンは、みな二階で赤ん坊相手に大騒ぎしていた。小さなオーウェンはものすごい食欲で、トリギーグルが深々とため息をついて言ったところによると、小さな坊っちゃんの肺は一級品だ、ということだった。

キャロラインはティミーのことを話した。

ノースは笑顔ではあったが、悪態をついた。「気づいてほしくなかったんだがな、キャロライン。あいつは子どもだが、すばしこい。くそ、きみは目ざとすぎるぞ」

「十二歳の護衛なんてすてきだわ、ノース。でもあんなやり方じゃなく、ただついていてくれればそれでいいんじゃないかしら」

「だめよ」妃殿下が言った。「そういうことじゃないの。あなたといれば、それだけでティミーにも危険が及ぶのよ。だから、あの子は隠れてあとをつけるしかないの。それでこそ、だれかがなにかしかけたとき、すぐに出ていけるんだから」

キャロラインは深いため息をついた。夜中にリトル・オーウェンがミルクをほしがってぎゃあぎゃあ泣きわめき、起こされたトリギーグルがついたため息に勝るとも劣らないものを。リトル・オーウェンにはイヴリンとミス・メアリー・パトリシアが交代でミルクを与えていたが、小さいくせに食いしん坊ねえ、とふたりとも言いながら、ふんわりとやわらかな彼の金髪にキスを落とすのが常だった。

神さま、感謝します――キャロラインは思った。ねえ、アリス、あなたの息子は大きく、強くなるわ、けっしてだれかに傷つけられたりしない。そうよ、わたしの力のおよぶかぎり、あなたのようなことにはぜったいにさせないから。

キャロラインは頭を振った。いつもすぐに涙が出そうになって、たまらない。

ノースは伯爵夫妻に言った。「今日、ドクター・トリースがキャロラインを診察に来てくれたんだが、彼女と話がしたいからふたりきりで診察したいと言われてね。妹さんとおれは、廊下で待たされた。きみたちふたりはあちこち動きまわっているが、いまのところ、ドクターから体に毒だとか言われてないか？」

妃殿下は笑おうとしたが、無理だった。「ええ、もっとやすめと言われたけれど、やることは山ほどあるの。マーカスから聞いたロンドンの人にも手紙を書いたわ。ここまで出向いて、ナイティンゲール家の女性の肖像画を修復してくれるかもしれないの。すぐに来てくれればいいんだけど」

「少なくとも、額縁はすべてぴかぴかだが」マーカスが言った。「そうそう、きみが一生懸命、金ぴかに磨きあげたって、妃殿下から聞いたぞ、キャロライン」

「ええ、そうなの。肖像画を修復してくださる方、クリスマスがすんだらすぐに来てほしいわ」

「もう二週間しかないわね」と妃殿下。彼女は身を乗りだし、スパイスを振った洋なしの皿にフォークを置いた。「マーカスとわたしは、クリスマスの四日前までこの〈マウント・ホーク〉にいることにしたわ。そのあとはヨークシャーの〈チェイス・パーク〉に戻って、自分の家族と過ごさなくちゃならないの。でも新年の一日にはここに戻ってきて、今回の謎がすべて解決するまでずっといるつもりよ」

ノースはかぶりを振った。「そんな、だめだ、妃殿下。先日だって、きみは大けがをしかねなかったんだぞ。そんなことはさせられない。マーカス、ロンドンでも家でもいいから、彼女を連れていって戻ってくるな。ふたりとも、クリスマスが終わっても来るんじゃないぞ。それに」マーカスの頑固そうなあごを見て言い添える。「何カ月経っても解決しないかもしれないんだ。きみたちはすばらしい客だとは思うが、言わせてもらえば、きみらがいるのに疲れてきた。クリスマスのあいだにひと息入れたとしても、それじゃ足りない。ほんとうだ。嘘じゃない。そうだな、キャロライン？」

「ええ」彼女はすかさず、ノースの言葉につづけた。「ノースと同じで、わたしもすでに退屈してるの。あなたたちと一緒にいても、眠りこけないでいるのが精いっぱいよ。もうとっくに帰ってくれてたらよかったのに」

「そこまで言わなくてもいいぞ」ノースは妻に言った。「それにきみ、おれのことをおもしろがってるだろう？」

テーブルの端と端で、ノースと十フィートも離れているのがキャロラインは悲しかった。彼のひざの上に座っていたい。彼の手のひらで、靴下をやさしく太ももまでなでてあげてもらいたい。そのあいだ彼女は彼の耳たぶをついばみ、軽く彼のあごをなめ、下唇を噛んで、それから……。「いいえ、ノース」彼女は答えた。「あなたがお友だちのことをわかっていないだけよ。ふたりはクリスマスのあと戻ってきて、そしてたぶん、すべてが片付くまで動こうとしないわ。つまり、あの針金事件の黒幕がだれなのか、突きとめなければならないということよ。でなければ、ふたりは永遠にわたしたちと暮らすことになる。そしてそんなことになれば、だれひとり幸せになれないってこと」

ノースは悪態をついてトリギーグルに言った。「ポートワインを一本持ってきてくれ。ご婦人方にはお引き取り願って、おれはマーカスとふたり、オービュッソン絨毯の下で飲むことにする」

キャロラインは声をたてて笑った。幸せな気分だった。しかしいまの人生の現実を思い、記憶が怒濤のごとく押しよせて、笑いは消えた。

「わかってる」ノースはそう言い、またマーカスのほうを向いて話しだした。

キャロラインが席を立つ。「妃殿下、わたしたちも客間に行って、女同士でポートワインを飲まない？　あそこにも大きな絨毯が敷いてあったわ」

「だめだ、妃殿下」マーカスが首筋の血管をぴくぴくさせて大声を出した。「それは禁止だ。きみが飲んで酔っぱらうときは、かならずおれがそばにいて楽しませてやることになってるだろう」

「ほらね、あの人、かわいいって言ったでしょう？」妃殿下がキャロラインに言い、かっかしている夫に向きなおった。「ノースを退屈させないでね、あなた。いますぐにでも、彼はこの〈マウント・ホーク〉からわたしたちをふたりとも追いはらいかねないんだから」妃殿下は夫ににっこり笑って見せると、キャロラインのあとについて格式ばった食堂から出ていった。

歯なしで耳の遠いパ・ドゥじいさんを含め、〈マウント・ホーク〉の住民という住民が大声で喧々諤々《けんけんがくがく》やりあった。おおかたそれは楽しい時間なのだが、やっとのことでクリスマスの炉の台木となる大まきが決まると、二頭建ての荷馬車で城に運ばれた。これからそれが広い玄関ホールの洞穴みたいな暖炉に入れられ、火をつけられ、クリスマスの贈り物の日《ボクシング・デー》を過ぎるまで燃やされるのだ。

ポルグレインが美味なるホットワインをこしらえ、ようやく大まきに火がつけられると、みながノースに乾杯した。楽しげで、感慨深くて、どこかほろ苦さもにじませた笑い声が広がったところで、リトル・オーウェンが次のミルク係であるミス・メアリー・パトリシアに小さな腕を振り、脚をぴょんぴょん曲げ伸ばしして泣きわめいた。

キャロラインは用を足すとき以外、岩場についたきれいな苔《こけ》をなんとなく見にいくようなときでさえ、どうしてかならず少なくとも三人の人間がついてくるのか、疑問をあえて口にするようなことはなかった。

だれもが彼女を大切にしてくれている。それがうれしかった。体は疲れやすくなっていたが、もうむかつきはない。その夜、暖炉の前でノースのひざに座っていたとき、ノースに言われた。「前より胸が大きくなってる。痛むか?」

「いいえ」キャロラインは答えてうなずき、彼にキスした。

「嘘はだめだぞ、キャロライン。ドクター・トリースの話では——」

ノースの腕のなかで体を引いた彼女は、恥ずかしさのあまり咳きこみそうになった。「あなたとドクターは、わたしの胸のことなんか話したの？」

「ああ、妙な勘ぐりはするなよ。ドクターはただ、きみにふれるときは慎重にしろと注意しただけだ。カーステアーズ夫妻もそうだっただろう」

キャロラインは目を閉じ、彼の胸にぱたりともたれた。「信じられない。ひどいわ、こんなの。ああ、もう」

ノースが笑う。「きみの腹がいつふくらんでくるのかも訊いたぞ。人によってちがうそうだが。赤ん坊の成長するペースがそれぞれなんだそうだ。四月の十四日まではきみを愛してもいいと、お墨付きをもらった。どうだ？」

キャロラインは彼のあごをきつく嚙んだ。

それから、あごをなめると、彼にキスをしはじめた。「そうね」と彼の唇の内側にささやきかける。「そのとおりにするのがいちばんじゃないかしら。あなたの手やほかの部分にがまんしててもらわなきゃならないときが来たとき、すてきな思い出を持っていてほしいから」

ノースもその意見に賛成だった。

キャロラインは髪をとかすため、すばやく自室に入った。それまで妃殿下と外を散歩していて、ひどい有り様になっていた。冷たい風にさらされて頰は赤くなっていたが、気分は最高だ。思わず鼻歌が出たとき、ふと宝石箱の下にある折りたたんだ紙切れが目についた。けげんな顔でそれを取りだすと、広げた。

全身がすうっと冷たくなった。短い言葉を、何度も何度も読みかえす。


すっかり守られているつもりだろうが、それはまちがいだ。わたしの手紙がこうして届いているだろう？　おまえもほかの女と変わらぬ、薄汚い女だ。おまえは死ぬ。ほかの女と同じように。おまえのおばと同じように。


キャロラインは紙切れをまた折りたたみ、ポケットにすべりこませ、ゆっくりと階下におりていった。ノースは書斎でミスター・ブローガンとともに、キャロラインの遺産相続に関わる最後の書類を見なおしていた。顔を上げた彼は、妻が立っているのに気づいた。顔面蒼白で、身じろぎもしない妻。彼は断わりの言葉を口にしながら、あわてて立ちあがった。やさしくキャロラインの腕をつかみ、書斎の外へ連れだした。「いったいどうした？　気分でも悪いのか？　キャロライン、なにがあった？」

彼女はそっと、紙切れを差しだした。

クリスマスの午後。三人の赤ん坊が、客間の暖炉の前に敷いた大きな毛布に寝かされていた。ホットワインの入った大きなパンチボウル、ケーキやビスケットや砂糖菓子でいっぱいの大きな銀の皿が、サイドボードをたわませんばかりに載っている。〈マウント・ホーク〉の住人全員が集まっていた。キャロラインとノースはプレゼントを渡し、祝いの言葉をかけている。妃殿下とマーカスも、〈チェイス・パーク〉で同じことをしているのだろうかと、キャロラインは思った。ふたりは四日前に帰っていったが、キャロラインはいつも妃殿下相手になにか言いかけて、もういないのだと思いだすことがつづいていた。つらかった。寂しかった。けれどノースを独り占めできるのは、うれしいかぎりでもあった。彼女は満面の笑みで、ポルグレインにプレゼントを渡した。裏面に金文字でイニシャルが彫られた、ベルギー製の懐中時計。見事な一品で、これほどのものをあげてもいいのかと、彼女は納得しかねていたのだが。

同じその日、農民や〈スクリーラディ館〉の使用人や、ミスター・ピーツリーに〈マウント・ホーク〉まで連れてこられた坑夫にとっても、大きな催しがあった。ポルグレインの本領発揮だ。彼は六人の助手を雇い、ミスター・ファルクスを彷彿《ほうふつ》とさせる豪腕ぶりで、彼らが正気を失いそうになるほどこき使ったが、その成果たるや輝かしいものだった。〈スクリーラディ館〉のミセス・トレボーでさえ、料理のできばえには賞賛を口にした。〈スクリーラディ館〉で流し場を担当しているダンプリングのあまりの食べっぷりに、彼女は一度だけお小言を言ったほどだ。

キャロラインはミス・メアリー・パトリシアとイヴリンの両方に、長方形の包みを渡した。「ハッピー・クリスマス」そう言って、ふたりの頰にキスをした。

みなの視線が集中する。ミス・メアリー・パトリシアはごく慎重に包みをほどき、リボンを丸め、小さな木箱を開けた。なかに入っていたのは鍵。彼女は困惑顔でキャロラインを見あげた。イヴリンも自分の鍵を手に取り、鍵についた黒のベルベットのリボンを持ってぶらさげた。

ノースが言った。「それは、きみたち用の〈スクリーラディ館〉の鍵だ、ミス・メアリー・パトリシア、イヴリン。まずミス・メアリー・パトリシア、キャロラインとおれはきみに、あそこの監督者になってほしいと思っている。虐げられて身ごもり、どうしようもない状況に陥った若い女性を保護する場所として。それからイヴリン、きみには子どもたちの世話をまかせたい。そしてきみもミス・メアリー・パトリシアとともに、保護された娘たちが将来どうしていきたいか、相談にのってやってほしい」

「やることはたくさんあるわよ」キャロラインが言った。「みんなのなかでも、わたしたちがいちばん責任重大ね。やる気はある？」

ミス・メアリー・パトリシアはじっと鍵を見つめていたが、やがてキャロラインとノースを見た。「あなたのこと、エレノア・ペンローズは心から誇りに思うと思います、ミス・キャロライン」

「ああ、なんてこと」イヴリンが高らかに大笑いし、部屋じゅう踊りはじめた。その騒ぎでリトル・オーウェンが目を覚まし、たちまちミルクの時間だとわめきだした。

「すごいわ！　すばらしい！　ああ、ミス・キャロライン、だんなさま、ミス・メアリー・パトリシアとわたしで〈スクリーラディ館〉をイングランドで最高の場所にしてみせます。ええ、ミス・メアリー・パトリシアはみんなの英語をきちんと直して、わたしはみんなの服装をととのえて、みんな元気になるまでお世話します」

ふとイヴリンは言葉を止め、リトル・オーウェンを見おろした。彼はいまや顔をまっ赤にして、わんわん泣いていた。「ああ、もう、いまここにアリスがいてくれたらどんなにいいか。小さなこの子たちを見られたら、どんなにか……。リトル・エレノアも、リトル・ノースも、とってもかわいがっていたわ。それなのに、自分の息子をひと目でも見ることがなかったなんて。ひどすぎる、なんて理不尽なの」

「リトル・オーウェンはママがどんなにすばらしい女性だったかをちゃんと知りつつ、ここで大きくなるんだよ」ノースが言った。

「あの子の英語、どんどんよくなっていたのに」ミス・メアリー・パトリシアも言った。「ひとつもまちがいをせずに文章を言えたときには、それはもう誇らしげでした」

イヴリンは、さっと片手で目をぬぐった。「いけない、今日は幸せな日なのに。アリスもわたしたちに笑っていてほしいだろうし、わたしたちのこれからを見てくれてるのよね。わたしたちはこれから、大きな変化を起こすんだから」彼女はかがんでリトル・オーウェンを抱きあげた。「泣き声でお城の壁のれんがを崩される前に、ご主人さまにミルクを差しあげなきゃ」

赤ん坊の背中をとんとんとたたくイヴリンに、オーウェンは目をやった。「今日はクリスマスだ。与え、笑い、そしておなかをいっぱいにする日だ。ぼくはオーウェンを養子に迎えたい。ぼくの息子にしたい。〈スクリーラディ館〉で生活するにしても、ぼくのものであってほしいんだ」

「まあ、オーウェン」キャロラインが言った。「きっとアリスは大喜びしてくれると思うわ。それに、あなたはほんとうに強い人間に成長したと思う」

リトル・オーウェンが金切り声をあげた。イヴリンは笑い、彼を抱っこして客間から出ていった。

その夜、ようやくふたりきりになったノースとキャロラインは、くたくたに疲れ、たらふく食べて大満足していた。ポルグレインがあらんかぎりの大声で歌いながらこしらえたクリスマス・ディナーは、牛肉の骨付きスペアリブのサトウニンジンと牡蠣添えだった。

女房、ステーキ、クルミの木――

たたけりゃたたくほど、うまく、よくなる――

寝室の暖炉の前で、キャロラインはノースにもたれて立っていた。

「あの甘いワインがおいしくて、つい飲みすぎちゃったわ」とキャロライン。

「それはつまり、きみの手首を襟巻きで縛って、おれの好きにしていいということか?」

「おもしろいことを言うのね。もう少し具体的に言ってくれる?」

ノースは彼女のうなじにキスし、また髪をおろした。そして両手で彼女の胸を包みこむと、そっと愛撫しながら彼女の耳にささやいた。「今日はクリスマスの夜だ。魔法の夜、思いがけないことが飛びこんでくる夜。これ以上はなにも言わない。きみはただ酔っぱらって、おれのすることに声をあげていてくれ」

「わかったわ」キャロラインは彼の腕のなかで向きを変え、つま先立ちになって唇を重ね、彼の下唇を舌でなぞった。「好きなようにしていいわ。でもそのあとは、わたしの番よ。ああ、ノース、こんなにもあなたを愛してる」甘くあたたかな彼女の吐息が、彼の吐息と混じりあう。

「おれも相当、きみを愛してるみたいだ」ノースが言うと、キャロラインは銅像のように動かなくなった。「おい、気を失うなよ、嘘じゃないぞ。信じてくれるか?」

キャロラインは目を丸くして、問いかけるように彼を見あげた。言葉はなかった。ただ彼の背中に腕をまわし、ぎゅっと抱きしめた。

「きみにクリスマスプレゼントをあげてなかったな。ちょっと待ってて」ノースはこぢんまりとした自分の化粧室に行き、戻ってきた。まっ赤な薄紙に包まれた小箱を差しだすと、彼女はまた言葉をなくして箱を受けとり、そろそろと包みをほどいた。小箱を開ける。視線が吸いこまれた。

「なんてこと」キャロラインはノースを見あげた。ゆっくりと、腕輪を手に取る。手のなかで崩れるのではないかと不安になるほど、古い腕輪。REXの文字が彫りこまれている。

「なんてこと」とくり返す。「どこで見つけたの？　ずるいわ、ノース。妃殿下もわたしも、あのいまいましい小丘を探しまわって、焼き物の欠片ひとつ、道具の欠片ひとつ、武器の欠片ひとつ、見つからなかったのに。いったいどこにあったの？」

「じつは、玄関ホールにあるあのあわれな置き時計が鳴っているとき、マーカスが前を通りかかってね。じっとにらむように見つめて、両手を耳にかざしていたんだが。鳴り終わったと思ったら、やつは時計の前板をこじ開けた。あの時計がずっとあんなにおそろしげな音で鳴っていたのは、だれかが腕輪をなかに隠したからだったんだ。いったい何十年のあいだかわからんが、機械部分に腕輪がこすれていたんだな。きみはきっと気に入ってくれると思ってね、キャロライン。ほら、もちろんREXってのは〝王〟という意味だぞ」

「信じられない」キャロラインはくり返した。熟練の技で金板に深々と刻まれた文字に、そっとふれてみる。「すごいわ、これってつまり、あなたのひいおじいさまはやはり嘘をついてなくて、これを見つけたということよね。でも、いったいだれが、これを時計のなかに隠したの？　これが消えたとき、どうしてだれも、なにも言わなかったのかしら？」

「いい質問だ。それはさっぱりわからない。だがマーカスも妃殿下も、きみはマーク王がここに埋葬されたかもしれないって証明しようとあんなにがんばっていたから、これはきみへのすばらしいプレゼントになるだろうって言ってたぞ」

「でもわたし、ほんとうには一度も信じてなかったのよ。あなたと同じように、あなたのご先祖さまは裏切りの伝説を自分たちになぞらえたから、そのふたつが入り混じってわからなくなっただけだと思ってたの」

「まあ、こうなると、もう信じざるをえないだろうな」

キャロラインの夫へのプレゼントは遊び心程度のつもりだったのだが、ノースが妻の瞳を覗きこんだときにすべてが変わった。きらきらと輝き、どうしようもなく色っぽく欲情した妻の瞳を見て、彼は深く息を吸いこんだ。「さっき、襟巻きのことでおれが言ったことは忘れてくれ。まずはきみが先だ。あれをどんなふうに結ぶんだ？」

ノースは両手を頭上で縛られてあおむけになった。サテンで裏打ちをした革の手錠よ、パ・ドゥのお手製なの、とキャロラインは打ち明けた。老いぼれパ・ドゥは、なにも言わなかった――手錠の用途がなんなのか、勘づいているようなことはなにも。ノースはばかみたいにやにやしながら、じっと横になっていたが、やがてキャロラインが彼の腹にキスをした。手錠をはめたまま彼が背をしならせる。全身の血がどくどくとめぐる。爆発する寸前、キャロラインが彼の熱い肌にささやく声が聞こえた。「ハッピー・クリスマス、ノース」

36

翌朝、トリギーグルもポルグレインも含め、だれもがなにをするでもなく、ただ座っていた。ノースは玄関ホールを通って書斎に向かっていた。格子細工の背もたれが高い古びた椅子にトリギーグルがだらりと腰かけ、靴を脱いで左足をもんでいるのを見て、ノースは顔をほころばせた。玄関に大きなノックが聞こえると、トリギーグルは大儀そうな顔でドアを見た。ノースは吹きだし、彼を追いやるように手を振った。「おまえはいいよ、トリギーグル。おれが出る。リージェント王子でも来たんじゃないか。ポルグレインの美味《うま》いクリスマス・ディナーが残ってないか、見にきたんだろう」

ノースは大きな扉を引いた。

背の高い女が目の前に立っていた。はちきれそうな胸をした、まっ黒な髪のノースとは対照的に淡い金髪の女だった。彼女はまるで、血と肉を持った生身の彼がここにいるのが信じられないとでも言うように、ノースを見つめてたたずんでいる。ようやく口をひらいたそのとき、ノースは彼女の瞳が自分と同じくらい濃い色だということに気づいた。「フレデリック?」

ノースはけげんな顔でかぶりを振ったが、目をそらすことができなかった。おかしな話だが、ほんとうのことだ。彼はゆっくりと言った。「いえ、わたしの名前はノースですが」

「わたしはフレデリックと名付けたわ。プロイセン《プロシア》の王フリードリヒ《フレデリック》二世にちなんで、フレデリックにしたのよ。わたしもあなたのお父さまと同じように、彼が大好きだったから。でもあの人はこの邸にあなたを連れ帰ったあと、名前をノースに変えたのね。いえ、名前を変えたのは、あなたのおじいさまかもしれないわね」

ノースの心臓が、早く、強く鼓動を刻みはじめた。朝の冷たい空気のなか、目の前にいる女は、記憶にある顔より年を取っている。しわもある。しかしその深い色の瞳にはやさしさがあり、口もとはほころんで、締まったあごは強い意志を感じさせられた。

その女が言った。「あなたにはショックだろうとは思うけれど、わたしはセシリア・ナイティンゲール。あなたの母親よ」

ノースは頭を振りながらも言った。「あなたの肖像画はないんだが」

「あなたのおじいさまが反対なさったから」彼女は動かず、同じところに立ったままだった。ボンネット帽についた緑の羽根飾りが強い寒風にはためく。

ノースの背後で息をのむ声が聞こえたかと思うと、トリギーグルの声がした。「奥さま!おお、なんということでしょう、ここにいらっしゃるとは!」

「こんにちは、トリギーグル。相変わらずすてきな年の取り方をしてるわね。あなたなら死んでからもきれいに年を重ねるんでしょうね」

そのころにはキャロラインも来ていた。興味津々で小首をかしげている。「どちらさまの、ノース？」

「こちらがあなたの奥方なの、フレデリック？」

「ええ、わたしの妻キャロラインです。子どもも生まれる予定です」

セシリア・ナイティンゲールの顔がほころんだ。「きれいな方ね、キャロライン。おめでとう」

「ありがとうございます、奥さま」キャロラインはノースを見た。彼は女性客のほうに手を伸ばしてあっさりと言った。「キャロライン、こちらはおれの母上、セシリア・ナイティンゲールだ」

「まあ、なんてこと」キャロラインが言った。「なんてこと。ノースはあなたが亡くなったと思っていたんですよ。すごいわ。ノースにとって最高のクリスマスプレゼントね。どうぞお入りください、奥さま。さあ、なかへ」

妻に袖を引っぱられ、ノースは一歩下がった。そのとき、母親のうしろに女性が立っているのが見えた。若く、キャロラインより年上にも見えない。彼はただ見つめることしかできなかった。

「そうよ、フレデリック、こちらはマリー。あなたの妹よ」

キャロラインは目を丸くしてノースとマリーを見比べた。双子と言っても通りそうだ。思わず言葉が口をついた。「あなたはノースのお父さまを裏切ってはいなかったんですね！　思ったとおりだわ」

「まあ、いやだ」セシリアが言った。「裏切ってなどいないわ」

「でも、どうしていまになってやってきたんです？」目の前で起こっていることをノースは懸命に理解しようとしていた。なにが真実なのか、そして、この邂逅《かいこう》の意味はなんなのか。

「わたくしがお連れしたのです、だんなさま」

クームだった。前に進みでた彼は胸を張り、堂々として大胆で、そしておびえていた。

キャロラインは彼に飛びついて抱きしめた。「あなたがあの女性たちを殺したはずがないって、わかっていたわ。なんの根拠がなくてもね。あなたがいなくなったあと、わたしの部屋にわたしを冒瀆《ぼうとく》する手紙が残されて、死を予告されて、わたしが殺されそうになったときも、みんなあなたを信じていたわ。まあ、あなたは身を隠して、まだおそろしいことをしようとしているって言う人もいたけれど――」

「だんなさま」クームは言った。「わたしが行方をくらましてから、だいぶ騒ぎになったようですね？」

「少しな、クーム。ミセス・フリーリーのところのおまえの部屋に、だれかが血のついたナイフを置いたんだが、どんな気分だ？」

　トリギーグルがすかさず言った。「われわれのだれひとりとして、おまえがやったなんて信じていなかったよ、ミスター・クーム。しかしそれでも、木と古い石壁のあいだに針金が張られて奥さまが馬から飛ばされたときには、おまえの仕業じゃないという証拠になっておおいにほっとしたよ。そのあと奥さまの部屋にひどい内容の手紙が残されたが、おまえでないことはわかっていた。もちろん、おまえが身を隠しているのでなかったとしたら、だがね。おまえなら〈マウント・ホーク〉に雑作もなく入れると、みんな知っているからな」

「めでたしめでたしね」キャロラインが言った。「でもノース、あなたのお母さまと妹さんのことがあるわ」

　ノースはゆっくりと向きを変え、〈マウント・ホーク〉のだだっ広い玄関ホールに入ってからはひとことも口をきいていない女性を見た。その女性が、ようやく口をひらく。「どんなにここの一員になりたいと願ったことかしら。でも、あなたのおじいさまが許してくださらなかった。わたしが滞在を許されたのは、たったの三日だけ。しかもその三日間ずっと、あなたのお父さまとおじいさまが言い争うのを聞いていたわ。そしてあなたのお父さまは、わたしを連れてここを出たの」

「ですが、わたしは父のロンドンでの事務弁護士に手紙を書いて、生まれてから最初の五年はどこで暮らしたのか尋ねたんですよ。彼の返事には、ブライトンのシュタインにある別宅だと書いてありました。父はあなたが死んだから、わたしを連れて〈マウント・ホーク〉に戻ったと言ったそうですよ」

「いいえ、いいえ、わたしは死んでいないわ、ノース。二十年間、サリー州で暮らしていたの。実際、あなたのお父さまは毎年、お金を送ってくださっていたわ。それが今年は届かなかったので、亡くなったにちがいないと思ったの」

ノースは母をじっと見つめ、そして次に妹を見つめた。妹はひとことも言わず、母のうしろに立っている。静かに、身じろぎもせず。「どういうことだ」

キャロラインはあわてて言った。「客間に入りましょう。トリギーグル、ポルグレインにお茶とケーキの用意をさせてちょうだい。昨日の食べ物の残りがどっさりあるはずよ」そう言って、義理の母に向きなおった。「どうぞ、マリーと一緒にこちらへ。今日は寒いですわ。火のそばであたたまってください」

気まずい沈黙がつづくなか、みなの手にお茶が行きわたった。そしてキャロラインが言った。「わたしの母は、わたしが十二歳のときに亡くなっています。すごく会いたいです。いまでも、会いたい。ノースは五歳のときから、あなたは亡くなったと信じていました。彼もあなたにとても会いたかったと思います」

セシリア・ナイティンゲールは、カップをそっとソーサーに置いた。「終わったのね？」

「えっ？」とノース。

「ナイティンゲール家の裏切りの伝説は。クームからは、あなたが十六のときに〈マウント・ホーク〉を逃げだしたとしか聞いてなかったけれど。辛辣でいつも怒っている父親に耐えられなかったんですってね。あなたは、父親やおじいさまが望んでいたような人間にはならなかったと」

「そのとおりです、そうはならなかった、ありがたくもね。父は祖父に徹底的に毒されていた。でも、いまとなってはどうでもいいことです。どうしてあなたは、父に手紙を書いてマリーのことを知らせなかった？　そうとも、彼女は父に生き写しだ。おれと双子と言っても通る。彼女をひと目見れば、裏切りの疑いなどすぐに晴れたものを」

「あの人は、けっしてこの子に会おうとしなかったわ」セシリア・ナイティンゲールは静かに言った。娘の手に手を伸ばし、ぎゅっと握る。「わたしだってあきらめたくはなかった。いろいろあっても、あなたのお父さまを愛していたから。結婚したてのころ、あの人は疲弊《ひへい》して、不安だらけで、それでもわたしの愛や忠誠を信じたくて苦しんでいたわ。そんなときに、将来わたしは彼を裏切るだろうだとか、手ひどく傷つけるだろうとか、あの人はずっと聞かされつづけた。たしかに、あなたのおじいさまに毒されたのね――言い得て妙だわ。遠ざけられたのはわたしだけじゃない。あの人と結婚したかもしれないすべての女、尊いナイティンゲール家の跡取りをすでに産んだすべての女が対象だった。わたしはあなたのお父さまに、どうかマリーを見にきてほしいと懇願したわ。けれどあの人は来なかった。代わりにおじいさまがいらした。この子が五歳のときに。この子はおじいさまや、あの人や、あなたが五歳のときとそっくりだった。でもおじいさまはこの子を見て、そしてわたしの顔を見て、こうおっしゃった。〝おまえは嘘つきのどうしようもない女だ。二度と息子に手紙を書くな。息子はおまえたちに会いたいとは思っておらん。今回のことも、わしに代わりを頼んだくらいだ〟と。それで終わり。クームが会いにきてくれるまで、音沙汰なしよ」

「でも、ノースの妹だというのは一目瞭然なのに」キャロラインが言った。「どうしてそんなことを言ったのかしら？」

セシリアは息子を見ながら言った。「おじいさまは、裏切りの伝説がとだえるのは耐えられなかったのでしょう。その考えはもう彼の一部となっていて――いえ、彼というものを成す根幹になっていたのかもしれないわ。彼にとって唯一、理解できて、受けいれられるものになっていた。彼という人間は、それでできていた。息子の前でそれがまやかしだったと暴かれるなんて、耐えられることではなかったのよ。しばらくは、わたしもおじいさまがあわれに思えていたわ。でもやがて、彼も、あなたのお父さまをも、憎む心に変わっていったの、フレデリック。あ、ごめんなさい、ノースだったわね。早く慣れなくちゃ。この二十年、わたしにとってはずっとフレデリックだったから。ずっと。ああ、なんてこと」彼女は両手に顔をうずめて泣きだした。

マリーはこわい顔で兄をにらみ、母親を抱きよせた。母親の肩をやさしくたたくと、それでセシリアが顔を上げ、洟をすすりあげた。「ごめんなさい。ただちょっと――」

ノースは立ちあがり、母親のもとへ行って手を差しだした。驚いたことに、妹はその手を払った。母の前にすっくと立ち、兄の胸を押しやる。烈《はげ》しさをむきだしにし、なぜか戸惑っているふうでもあったが、母を守るためなら兄を殺すことも厭《いと》わないといったふうだった。

「ちがうの、マリー」セシリア・ナイティンゲールがごくおだやかに言い、娘の手を引いた。「いいの、いいのよ。ノースが悪いのではないの。こちらを見て、そうよ。わたしはあなたに嘘をついたりしないでしょう？　わかるでしょう？　わかるわよね。彼は悪くないの。わかる？」

マリーは困惑したように見えた。というよりひどく心配そうな顔つきだったが、突然、顔をそむけて腰をおろし、両手をひざに置いてその手を見つめた。

「彼女はどこか悪いのか？」ノースが訊いた。

「出産のとき、地元のお医者さまがいらっしゃらなくて。ろくに目も見えない年寄りの産婆さんだけが手を尽くしてくれたのだけど、マリーの頭を損なってしまって。それで障害が。複雑なことは考えられないの、ノース。でもごらんのとおり、いつもとてもやさしくて、わたしを守ってくれようとするの。いまの状況はこの子にとって異常なことで、目の前で起きていることが理解できていないのよ。正直、あなたのおじいさまがこの子を認めてくださらなかったのは、それも原因じゃないかと思うわ。この子は不自由なところがあるけれど、あなたにはない。あなたがナイティンゲール家の後継者なのよ。あなたは完全体。この子はおじいさまにとって恥でしかなかったのでしょう。それに、もしあなたのお父さまがこの子をごらんになっていたら、おじいさまの言っていたことは嘘だとわかってしまうでしょう。そうすれば、おじいさまは息子を失っていたかもしれない。いえ、どうかしら。もうあのころには、そんなことでどうこうならなかったのかもね。うすぼんやりした娘なんて、あの人は嫌っていたかもしれないわ。ふたりともこの世にはいないのだから、真相などわからない」

「あのろくでもない親父どもめ」ノースは口走った。「ああ、くそ、そしておれもこの子をこわがらせてしまったんだな」そう言って妹の前にしゃがんだ。ゆっくりと、やさしく、自分の手を妹の握りしめた手に重ねた。「マリー」と声をかける。「おれを見てくれないか?」

マリーはゆっくり顔を上げた。自分と同じ瞳に、ノースが見入る。繊細さの加わった、同じ鼻。やわらかさと丸みを持った、同じ意志の強そうなあご。「美人さんだな」ノースが言った。「おれの妹。美人さんだ」

彼はなにを言ったのだろうというようにマリーは小首をかしげたが、やおら、なんの前触れもなく、にっこり笑った。まばゆいばかりの満面の笑みに、ノースは息をのんだ。

セシリアが静かに言った。「そんなことを男性から言われたのは初めてなのよ。おわかりのとおり、言葉は知っていたんだけれど。この子、これでも物覚えがいいのよ。自慢の娘なの」

ノースはひざをついたまま、妹の手を握り、母親を見あげながら言った。「どうしてもっと早く来てくれなかったんです？　父が死んでからもう二年近くになる。どうして来てくれなかった？」

「あなたも同じかもしれないと思ったからよ。仕送りが途絶えたとき、あなたも父親と同じ考えでいるのじゃないかと思ったの。あなたが〈マウント・ホーク〉で暮らすようになったその瞬間から、まわりが恨みつらみをあなたに植えつけはじめたことはわかっていたわ。あなたが十二歳近くになるまで、おじいさまは生きてらしたものね。クームに聞かされるまで、あなたが逃げだして軍に入ったことは知らなかったの」

「おれは祖父も父も大嫌いだった」ノースはあっさりと言った。「父の毒々しさも、辛辣さも、怒りっぽいのも、耐えられなかった。でも、おかしいんだが。おれが十九になったとき、父は入隊辞令を買ってくれて。おれは大尉になり、最終的には少佐になった。このあいだの七月に売って退役したばかりだ。父に手紙を書いたことも、感謝したことも、父のしたことを認めたこともなかったが」

キャロラインが大声で言った。「ノース、肖像画の修復に来てくださる方を知ってる？　今日、その方に手紙を書いて、ロンドンでも腕のいい肖像画専門の画家を紹介していただこうと思ってるの。あなたのお母さまの肖像画を大至急で仕上げてもらおうと思って。そうね、いますぐ手配するわ」はじかれたように立ちあがったが、ノースがいきなり大笑いをしたので止まった。彼は立ちあがり、ゆったりと妻のところへ行った。彼女の両肩をつかみ、自分のほうに引きよせる。そして鼻先にキスをした。「キャロライン・ナイティンゲール、座りなさい。母とマリーはもうここにいるんだから、時間はたっぷりある」

「ノース、わたしのお母さまにもなっていただいていい？」

「どうかな。母に訊いてみよう」ふたりして振り返り、セシリア・ナイティンゲールと向きあった。

セシリアの顔には苦労のあとが見てとれた。目もとと口もとに深いしわがある。明るい茶色の髪には白いものが交じっている。そのとき、唐突に、彼女は笑った。娘と同じ、きれいな笑顔。すると若々しく、幸せそうな顔に変わった。

「よろしいですか、お母さん？　もうひとり娘が増えても？　ときに彼女はとんでもないことに巻きこまれてくれるとご忠告申しあげなければいけませんが、おれを笑わせて、愛してくれる人です」

セシリアは言った。「あなたを愛さない女性なんて想像できないわ。それにノース、あなたが笑っているのを聞けるなんて――ああ、あなたのお父さまも昔は笑ってくれたのだけど、長くはつづかなかった。いやだ、ばかなことを言ってるわね。娘がもうひとり増える。なんてすてきなのかしら。それに、もうすぐわたしはおばあちゃんになるのでしょう？　でも、これは訊いておかないといけないのだけれど、フレデ――いえ、ノース。あなたはどうした

い の？」

「おれは、あなた方にもこの〈マウント・ホーク〉で暮らしてほしい。ここはあなた方の家でもあるのだから。あなたとマリーにもう一度、ここの家族になってほしい。おれは、母を取り戻したい」

マリーは客間の暖炉の前に敷かれた毛布の上で、三人の赤ん坊に囲まれて座っていた。エレノアを抱き、そうっと空中に投げあげ、あやし、赤ん坊がうれしそうにはしゃぐと彼女もきゃっきゃっと笑った。

セシリアが言った。「マリーは赤ちゃんが大好きで、扱いもものすごく丁寧なのよ」

「ほんとうにそうですね」ミス・メアリー・パトリシアが答え、リトル・ノース用の小さなウールのシャツにもうひと針刺した。「ミス・キャロラインと一緒になって、もうだんなさまにはこれ以上の幸せはないだろうと思っていましたけど、ありましたわ、大奥さま。あなたがいらしたおかげでだんなさまは幸せで輝くよう。以前ミスター・トリギーグルから、だんなさまは笑ったり冗談を言ったりなさらない方だ、ナイティンゲール家の男性は物思いに沈んで、けっして不用意に笑みを浮かべたりしないと伺っていましたが」

セシリアが手を打って笑うと、すかさずマリーは振り向いた。「ああ、ちがうの、ミス・メアリー・パトリシアとのおしゃべりが楽しかっただけよ。ああ、いらっしゃい、キャロライン。とても調子がよさそうね。気分はどう？」

「申し分ありません、お義母《かあ》さま。あの、われらがやかまし屋の召使い三人衆は、あなたが生きてることを知ってたんでしょうか。あるいは、少なくとも生きているかもしれないとは思っていたの？　どう考えてもノースのおじいさまが、ノースには言うなと厳命を下したとしか思えません。ノースはあなたがもうこの世にはいないと思って大きくなったんです」

「それに、ふしだらだとか、だらしないとか、ほかにもいったいなにを吹きこんでいたのやら」セシリアは言ったが、いまでは苦々しい口調も薄れ、やがては跡形もなく消えるのではないかと思われた。

「そうですね。実際、やかまし屋の三人は、あなたがノースのお父さまを裏切ったと思っていましたわ。まったく、彼らの仕切る〈マウント・ホーク〉がどんなふうだったか、お話ししてもきっと信じられないと思いますよ」

ミス・メアリー・パトリシアがくすくす笑いながら、リトル・ノース用のシャツをひざの上で伸ばした。「ミス・キャロラインとだんなさまが結婚なさった次の日、〈マウント・ホーク〉の玄関に身重の娘が三人あらわれたときの彼らの顔ったら、そろいもそろって……お見せしたかったですわ」

「あなたたちが成し遂げた変化には、目を丸くしてしまうわ」セシリアが言った。「トリギーグルがミセス・メイヒューに愛想よく話しかけるところだって見かけたし。クロエはポルグレインの前でくすくす笑っているし。あなたって奇跡の人じゃないかと思いはじめてるのよ、キャロライン」

ノースがゆったりとした足取りで客間に入ってきた。母親の頬にキスし、妻に抱擁をして、妹の隣に座りこんだ。

「とってもやわらかい」マリーは赤ん坊から目を離すことなく、兄に言った。エレノアにキスして、頬ずりする。「とっても」

「ああ、そうだな」ノースは妻のほうを見た。「同じことを、おれはきみに言うがな、キャロライン。そうだ、確かめてみよう」彼はエレノアの頬を指先でなぞった。「ううん、どうだろう。やわらかいと言っても、ちょっとちがうな。あ、そうだ、お母さん、彼女はほんとうに奇跡を起こすんですよ。でもいっときの、小さな奇跡ですけどね」

「もう少し慎みを持って話したほうがいいと思うわよ。ろくでもない無頼漢かと、お義母さまに思われてしまうわ」しかしそう言うキャロラインの顔は笑っていた。というのも、義母は二十年も会えなかった息子から〝お母さん〟と呼ばれて、このうえなく幸せそうだったからだ。

ノースが言った。「マーカスが妃殿下に話すときに比べたら、かわいいもんだ。ああ、チェイス伯爵とその奥方のことですよ、お母さん。ふたりは一月一日に戻ってくる予定なんですが、キャロラインにけがをさせた犯人を見つけるまで、帰らないと言ってて」

「少なくとも、クームでないことはわかってるんですけど」とキャロライン。「ここでよからぬことをして外で身をひそめながら、同時にあなた方を迎えに行くなんて、できることじゃないわ。ミセス・フリーリーが言ってたけれど、もうクームを疑う人はいないんですって。それどころか、だれか地元の人間が彼を殺人犯に仕立てあげようとしたって、息巻いてるそうよ。そう、わたしたちの近くにいるだれかが、わざとミセス・フリーリーのクームが泊まっていた部屋にナイフを残した、それが真犯人だって、いまはもうみんながそう思ってるの」

「わたしに罪を着せようとしたと思うと、腹が立ってしかたありません」戸口に静かにたたずんでいたクームが言った。両手にケーキとサンドイッチの皿を持っている。

「とにかく神さまに感謝するのは一度だけにしてね」キャロラインが首を伸ばすように振り返ってクームを見た。「あなたの疑いが晴れたのは、だれかがわたしを殺そうとしたおかげなんだから」

「ですがそれは予期せぬことでして。沈んでいた気持ちが浮上するのはどうしようもございません、奥さま。それから、奥さまのお部屋に残されていた手紙を拝見しましたが、犯人は頭がおかしいとしか思えません」

「おれもそう思う」ノースがゆっくりと言った。「犯人が正気だと思っていたわけじゃないが、あの手紙には言いようのない精神の不安定さを感じる。それと」母親に向かってつづけた。「あの日〈マウント・ホーク〉に来た人間をすべて思いだそうとしてみたんです。そのなかのだれかなら、キャロラインの部屋の鏡台に手紙を置いていけるだろうと思って。だが出入りした人間は大勢いる。地元の人間もほとんど入ってしまう」

「司祭のミスター・プランベリーかもしれませんわ」ミス・メアリー・パトリシアが言った。「あの人はひどい人ですから」

「彼にそんな勇気はないでしょう」とクーム。

「あの人はここまでは来ていないわ、残念ながら」キャロラインはクームからキュウリのサンドイッチをつまんだ。

「でも」ミス・メアリー・パトリシアはサンドイッチを口に運ぶ手を止めた。「ミスター・プランベリーの使用人が来ていたと思いますわ。厨房のミスター・ポルグレインと話をしていたような」

「いや」ノースが言う。「それはありえないと思う」

「あの司祭にそんな勇気はありません」クームがくり返した。「ですが、ミスター・ポルグレインにプランベリーの使用人について訊いておきます。だんなさまはご心配なさいませんように」

「ありがとう、クーム。ポルグレインの返事はかならず知らせてくれ」

キャロラインが口をひらいた。「クーム、その前に、どうしてひとこともなくノースのお母さまをお迎えにいったのか、話してちょうだい」

「なにも言うべきではないような気がしたものですから」クームはあっさりと言った。「大奥さまが生きておいでかどうかもわかりませんでしたし。だんなさまに要らぬ期待を抱かせ、ただ落胆させるようなことにはしたくありませんでした。ですから、わたくしひとりで確かめに参ったのでございます。うれしいことに、大奥さまはお元気でした。そのうえ、マリーさままでいらっしゃった。立派にご成長なされ、だんなさまに瓜ふたつのマリーさまが。先々代のだんなさまはわれわれに、幼い女の子がいたけれども、息子の友人によく似ていた、つまりまたしてもナイティンゲール家の奥方が夫を裏切ったのだとおっしゃいました。そしてわたくしどもに、大奥さまが生きてらっしゃることはぜったいにだんなさまに教えてはならぬと誓わせたのでございます」

「どうして考えを改めた、クーム？」ノースは顔を上げて尋ねた。脚を交差させて座り、ひざにエレノアを抱いていた。

「あなたさまがあまりにもお幸せそうだったからです」クームが答えた。「わたくしは奥さまを嫌いになろう、これまでナイティンゲール家の妻が夫を裏切ったのと同じように、かならずあなたさまを傷つけるのだろうと思いながらも、ひょっとしたら、自分はまちがっていたのかもしれないと思うようになったのです。わたくしは自分がしようとしていることを、ミスター・トリギーグルにもミスター・ポルグレインにも言いませんでした。とにかくサリ

ー州のチディングフォールドにある〈ホーリーウェル・コテージ〉に向かいました。すると
ありがたや、そこにはレディ・チルトンがいらしたのです。そしてやはりありがたいことに、
門前払いされることもありませんでした」
「そんな考えは一瞬のうちに消えたわ、クーム。あなたに会って、驚きすぎて。じつのとこ
ろ正直に言うと、あなたに手紙を書かなくてはならなかったの、ノース。生活費が底をつい
てしまって。地域の子どもたちに行儀作法や音楽を教えてはいたけれど、それでも厳しくて。
そんなとき、ミスター・クームが訪ねてきて、見たこともないようなうれしそうな顔をして、
でも同時に死ぬほど不安そうな顔をして、帽子を手に持って玄関に立っていたのよ」
「ミス・マリーにお会いしたとき」クームが言った。「すべてが嘘だったのだと確信しまし
た。わたくしたち全員が二十年ものあいだ、とんでもないまちがいをしていたのだと。です
から彼女に、どうか〈マウント・ホーク〉にお戻りになってくださいとお願いいたしました。
どうか、あやまちを正させてくださいと」
「おまえもここへ戻れ、クーム」ノースはミス・メアリー・パトリシアに彼女の幼い娘を渡
し、立ちあがって手を差しだした。「もう奥方の部屋の窓におばけの顔をぶらさげないと約
束してくれたら、それでいい。好きなだけここにいろ」
クームは五フィート五インチの体を精いっぱい高く伸ばした。「わたくしともあろう者が、
品のないことをいたしました」

「まったくね」とキャロライン。「でも、屋根から落ちるのがこわくないのだったら、楽しそうだわ」

「はい、あの、少しは緊張していたかと。ですが、いまではすべてが変わりました。つまり、いまではちがった物の見方をしております。これからのわたしは、奥さまのおば上さまとふたりの女性を亡き者にし、あまつさえわたしに汚名を着せようとした不埒な生き物を暴くことに邁進《まいしん》したいと思います。そうです、ミスター・トリギーグルやミスター・ポルグレインと力を合わせて。われら三人――ミセス・メイヒューにも少しばかりお力添えをいただいて――この謎を解き明かし、またすべてがうまくいくようにいたします。〈マウント・ホーク〉に笑いがあふれ、われわれ全員がそれに慣れるように。たまには冗談を交わすことさえもできるように」

「おまえとトリギーグルとポルグレインが、おれと奥方の力も少しは借りてくれれば」ノースが言った。「うれしいな。ほら、そのレモンシードケーキをひと切れ取ってくれ」

37

十二月二十九日、その年いちばんの冷えこむ夜だった。少なくともキャロラインにはそう思えたのだが、階下の客間で風のうなりを聞きながら、ノースの帰りを待っていた。窓はくもり、強い海風は切り裂くような音をたて、裸の枝が窓ガラスに打ちつけられるたび、彼女は跳びあがった。ノースはサー・ラファエル・カーステアーズとフラッシュ・セイヴォリーを伴い、馬でグーンベルに向かった。酒場でしたたか酔っぱらった男が、節操のない女たちを刺す話を吹聴していると、ミセス・フリーリーからフラッシュに連絡があったからだ。

キャロラインは震え、燃えさかる暖炉に椅子を近づけた。しかしほんとうは、凍《い》てつく天候に寒くて震えたのではない。それよりも震えは彼女の内側から来ていた。まるで悪寒《おかん》のように。ただその悪寒は恐怖から来るもので、彼女はいたたまれなかった。自分だけではない、ノースにまで――いや、ノースにこそ、なにか起きるのではないかと思うとこわかった。でも彼は強くて、賢くて、フラッシュやラファエルも一緒にいるのだから、そんな心配をするほうが愚かかもしれない。それでも、やはりどうにもならない。自分もグーンベルに連れていってくれたらよかったのに。

「だめだ」と反対され、反論しようにもキスでごまかされた。「外は寒いし、きみは身重だ。おれたちの赤ん坊を大事にしてくれ、キャロライン」

あの古い置き時計が十一時を告げていたが、もうその音はざらついてかすれた耳障《ざわ》りなものではなくなっていた。そう、マーカス・ウィンダムが金の腕輪を見つけたときから。いまの音はよく響くほんものの音。あわれな時計も、ようやくまたそれなりの音を奏《かな》でられるわけね——キャロラインは自分の指にはまった結婚指輪をくるくるまわしながら考えた。もうすぐ最後の一回が鳴り、きしる音がして、また黙りこむのだ。

キャロラインは腕輪を見やった。つい今日の夕方、以前はやたらと大きな陶器の花瓶を飾っていた台に、ふかふかした深紅色のベルベットの台座を置いて飾ったばかりだった。これでだれもが腕輪を見て、感動することができる。あの腕輪はマーク王がここに埋葬されたという唯一の小さな証拠ではないだろうか——しょっちゅうそんなことを考えるのだが、いまもやはり考えてしまっていた。

けれども、彼女の運のよさと、ナイティンゲール家男子のご先祖さまの運のよさを考えてみると、腕輪はマーク王がほんとうに埋葬されたフォーイの近くで発見され、どこかのよろず屋がここまで持ってきて、ノースの曾祖父に売ったという流れのほうが信憑《しんぴょう》性は高そうだ。もしそれが事実だったとすると、初代チルトン子爵である老ドニジャー・ナイティンゲールは子孫を相手になんというもくろみを企ててくれたのだろう。

キャロラインはため息をつき、椅子に頭をもたせかけて目を閉じた。ノースが出かけて三時間が経つ。待つのは嫌いだ。いつもそうだった。彼女は自分が動いていたいほうなのだ。こうしてここに座って指をもてあそんで、ため息をついているなんて性に合わない。ヴィクトリア・カーステアーズも同じように夫を待っているのだろうかと、ふと思った。女であるということは、いつもいいことばかりじゃない。いまだって、自分の思うとおりに動けず、自分で物事を決められず、ノースが無事かどうかも確かめられない。

顔を上げると、クームが客間に音もなく入ってきたところだった。彼は十八世紀初頭の磨きあげられた銀器を載せた盆を持っていた。「ジョージ一世時代の始めごろのものです」彼女がここに来たころ、クームがそう教えてくれたのだが、あのころの銀器はこれほどきれいに磨かれていなかった。「そう、一七二二年にまでさかのぼる品だと思います。だんなさまのひいおじいさまである、初代子爵さまがお買い求めになりました」

それを聞いた瞬間、キャロラインはその銀器が嫌いになった。

「寒いわね」声をかけるキャロラインの前でクームはそっと盆をテーブルに置き、それから彼女の椅子まで運んできた。

「雨が降りだしました。このようなお天気のなか、だんなさまを外にお出ししたくはなかったのですが」

「わたしもよ。一緒に行けばよかったわ。そうしたら濡れないように気をつけてあげられたのに。病気にならなければいいけど」

的はずれなことを言っているとクームは思ったかもしれないが、口には出さなかった。

キャロラインは紅茶を飲んだ。「よかったらもう少しここにいて、クーム。ねえ、あの古い置き時計に腕輪を隠した人物に、心当たりはある？」

「いえ、まったく、奥さま。ミスター・トリギーグルとミスター・ポルグレインにも尋ねてみましたが、わたしと同様、戸惑うばかりで、落ち着かない状況ですね」

「ノースのひいおじいさまが隠したのだとすれば、どうしてそんなことをしたのかしら？マーク王について彼の立てた仮説を証明するものなのに。少なくともREXなんて彫り物のある金の腕輪が実在すれば、仮説の印象も少しはよくなるのに。そうよ、ぜんぜんわけがわからないわ。何年もあの時計のなかにあったにちがいない。ナイティンゲール家の男性のだれも日記に書いていないし。腕輪のことを書いたのはノースのひいおじいさまだけ。不可解で気持ちが悪いわ」

「奥さま、じつはわたしには、目下のところもっと重要なことがあるのです。だんなさまにはお話ししましたので申しますが、奥さまのお部屋に悪意の手紙が残されたあの運命の日、プランベリーの使用人はたしかにここへ来ておりました。しかし、記憶力のよいポルグレインが思いだすかぎり、その使用人が厨房を離れたことはなかったそうです。ただ、その使用人というのはアイダという独身を通している女性で、ミスター・ポルグレインに好意を寄せております。ですから彼はひじょうに照れくさかったでしょうし、だいぶ気が散っておりましたでしょう」

「つまり、プランベリーの使用人の女性が客間でお茶を飲んだとしても、ポルグレインは気づかなかったかもしれないということね？」

「そういうこともあるかと」

「まあ、なるほど。わたしの記憶では、あの日ここに来なかったのはカーステアーズ夫妻だけよ」

「ああ、しかしあのフラッシュ・セイヴォリーという方はいらっしゃいました。あの男は信用なりません、奥さま。美男子すぎますし、あまりに身のほど知らずです。おわかりいただけますでしょうか」

「それは考えたことがなかったわ。フラッシュはだいじょうぶだと思うんだけど。クーム。でもそうね、わからないわよね。彼はだんなさまに会いにここへ来ていた。そしてたぶん、ミス・イヴリンにも」

「では、可能性はあると？」

「可能性なんてどこにでも転がってるものよ。だんなさまだってドーチェスターに行ってわたしと出会ったでしょ？　よかったわ」

「奥さま、昔でしたら、だんなさまが奥さまと出会う可能性など不愉快だったと申しあげるところですが、いまではあなたさまをここへと導いてくれた可能性は、少し突発的ではありましたが、悪いものではなかったと思います」

「ありがとう」キャロラインは最後のひと口を飲むと、立ちあがった。「さあ、トリギーグルがだんなさまのベッドに広げてくれたすてきな毛布にもぐりこむことにするわ。あなたももうやすんでちょうだい、クーム。だんなさまはいつお帰りになるかわからないもの」

クームは精いっぱい背筋を伸ばしたが、それでもキャロラインの目線くらいにしかならなかった。「わたしはナイティンゲール家の跡取りを宿してはおりませんので、だんなさまのお帰りをお待ちして、ブランデーグラスをあたためておきます、奥さま」

彼女もたったいま飲んだ渋い紅茶より、フランス産のブランデーのほうがよかったのだが、身重の女が酒をたしなむなどと言えば、クームの反応が容易に想像できた。

「ミス・マリーの具合はどう？」

「はい、鼻づまりと咳が少々あるくらいです。ですがレディ・セシリアはあのとおりですので、ずっとそばについておられます。あなたさまへのご挨拶も仰せつかりました。ですが明日にはレディ・セシリアもミス・マリーも階下におりてこられるかと」

キャロラインは口笛を吹きながら階段を上がった。いま一度、壁に空いたスペースに目をやる。ノースの父親の肖像画のなかでも、あまりに気むずかしくて意地悪そうな表情をした、悪魔の腹心かと思うような絵を一枚はずしてできた空間だ。いつか近いうちに、そこにはセシリア・ナイティンゲールの肖像画が掛かるだろう。そして、ノースとともに描かれたマリーの肖像画も。そう、ナイティンゲール家の妻は貞淑で夫に誠実だと、未来永劫、証明するあかしとなるのだ。

疲労が体にのしかかるのをキャロラインは感じていた。階段の上にある奥まった壁龕《へきがん》に羽の生えた脚で立つ、使いの神マーキュリーの彫像のように重い。一歩前に進むごとに、足が重くつらくなってくる。彼女は頭を振り、眉根を寄せた。赤ん坊がいると、どんどん疲れやすくなる。まったく困ったことだ。

主寝室にたどりついたころには、とてつもない疲労で震えがきそうなほどだった。ドアノブをまわすだけでもたいへんだ。小間使いを呼んで服を脱ぐのを手伝ってもらおうかと思ったが、もう時間が遅い。部屋の暖炉には火が入って明るく炎が踊り、広い部屋の隅に影を落としていた。彼女はなんとか暖炉まで歩いていくことができた。両手を伸ばしてあたたまる。自分の両手を見た。見ている間にも、その手が消えていきそうな気がする。どんどん影が薄くなり、皮膚の下の薄青い静脈が明るく目立ったかと思ったのもつかのま、手と同じように血管もぼやけて存在感がなくなってきた。部屋の隅で揺らめいている影のように。それとも、自分の手がこんなにも妙なものに見えるのは、暖炉の火のせいにすぎないのだろうか。

なにか変だった。うしろから聞こえた小さな、小さな音に、キャロラインはゆっくりと振り返った。なにもなかったが、くたびれ果てていた。もう脚がくずおれそうだ。立っていられない。まして、部屋の遠い片隅で走りまわっているだろうネズミを調べにいく力などない。なんとか二歩でウイングチェアまで行き、背もたれにしがみついた。また、なにかがこすれるような小さな音がした。今度はもっと近かった。すぐそばだ。中国風の衝立《ついたて》のすぐ隣。湯浴みをしていると決まってノースがあらわれ、にやにやと色っぽい笑みを浮かべて両手をさまよわせるので、その衝立を使ったことはないのだが。キャロラインは動きを止め、注意力をとぎすました。ああ、こんなにも疲れているのに。そのとき、またしてもおかしな音がした。たぶん空耳だろう。疲れのせいで妙な幻聴が聞こえるだけ。そう、それだけ。

ゆっくりと振り返り、暖炉のほうに向いた。炎はコーンウォールの妖精みたいに踊り、あちこち気まぐれに揺れ、つねに形を変えて移ろっている。その熱は届いているはずなのに、彼女には感じられなかった。キャロラインは片手を顔まで上げた、いや、上げようとした。その腕がだらりと体の横に垂れた。疲労にのみこまれて動けなかった。

また音がした。けれど、振り向く力も残っていなかった。前よりも近い。それはわかっていた。けれど、もう待つしかなかった。猟師の銃を見ているウサギみたい。ただ突っ立って、音が近づいてきて絡めとられるのを待っているだけ。

でも、音でけがをすることなんかない。

小さなささやき声がすぐそばに聞こえた。だからささやき声で返した。「なにが起きてるの？　いったいなんなの？」

小さなささやきが、耳もとまで近づいた。意味のない音。ほんとうに、なんでもない。いまたしかに、指先が彼女の髪にふれた？「おまえは売女だ」夢見るような甘い声が響いた。「これから死ぬ。ほかの売女どもと同じように」

「いいえ」キャロラインは言った。口が渇いていた。そんな簡単なひとことを言うのが苦しい。「いいえ」ふたたび口にする。両腕で抱きしめられるのがわかる。とらえどころのないにおいを吸いこんだかと思うと、これ以上はないほどそっと、床に倒された。その一瞬、やっと暖炉のあたたかさが感じられた。けれどもそれはすぐに消え、あとには冷たさだけが残った。

「ノース」そう言うとキャロラインの頭は片側にがくりと倒れ、もはやそれ以上の言葉を紡ぐことはなかった。

風がうなりをあげていた。砂が空中を舞い、砂の味がするほどだ。

なにをしているのか自覚もないまま、キャロラインはベルベットのマントを着こんでうずくまり、ふと、どうしてこんなものを着ているのだろうと思った。もちろん、散歩に出るならなにか上に着なければならなかっただろうが、よく思いだせない。散歩の準備をしたという記憶もない。

暗かった。半月が左のほうの空に高くかかっていた。ああ、目を開けると痛い。それでも彼女は目を開け、月を見た。海からの潮気を乾いた唇に感じ、骨身にしみる寒さを感じた。ぶるっと震え、それで完全に目が覚めた。大きく張りだした黒い岩の下に、これでもかと押しこまれた格好になっていた。この岩がどこの岩なのかはわかる。セント・アグネス・ヘッドの崖だ。どうしてこんなところまで来たかもわかっている。だれかが紅茶に薬を入れたのだ。だれかが部屋に来て、あの奇妙なこすれるような音をたて、彼女の耳もとでおまえは売女だ、これから死ぬんだとささやいて、〈マウント・ホーク〉から彼女を連れだし、ここへ連れてきた。

いったいだれが？

体のあちこちを伸ばしてみたキャロラインは、うしろ手に縛られ、足首も縛られていることに気づいた。その格好でうしろにもたれていて、風はだいたいしのげるものの、厳しい寒さはどうしようもない。

彼女をここに連れてきた人間はどこに行ったのだろう？

ここには彼女ひとりきりだ。

恐怖で脳が凍りつき、体がしびれた。母親の姿が浮かんだ。はっきりと。大好きな顔。笑って生き生きとした緑の瞳。キャロラインとほぼ同じ、緑の瞳。しかしやがて母親の顔は薄れ、残像だけが残った。母の瞳が緑色だったのかどうか、じつは覚えていない。「お母さま」つぶやきがもれた。「お母さま」

夜の闇にひとりきり。うなる風の轟音に包まれる。彼女をここに連れてきたのは男にちがいない。〈マウント・ホーク〉に出入りできる男。

クーム？ ばつの悪そうな笑顔で、ノースの母親と妹を連れ帰ってきた男。見た目は聖人君子、性格は一変し、良心をも覗かせる。キャロラインにドクター・トリースという愛人を仕立てあげたことなど、みんなはもう忘れている。オックステール・スープに毒を盛って、アリスをあんなに苦しめたかもしれないのに。

低くうめくような声が聞こえた。近い。近すぎる。ぎゅっと体を抱きしめて丸くなる。逃げたい。おそろしい。けれどそのとき、声は自分から出ていることに気づいた。自分の奥深くから出ていて、恐怖はもはや彼女の一部になっていた。もう終わりだ。彼女はノースを見つけた。けれどもいま、たった数カ月しか経っていないのに、彼はまたひとりになろうとしている。いや、ちがう、もう彼には母親と妹がいる。笑うことも冗談を言うこともできる。物思いに沈むことも、もうないはずだ。

しかしキャロラインは、自分がいないのにノースに笑ってほしくはなかった。身勝手だとわかっているけれど、それが本心なのだからしかたがない。ただここに座って、だれかがやってきて刺され、崖から突き落とされるなんてまっぴらだ。死にたくない。

初めて、頭がはっきりしたような気がした。希望はあまりないけれど、のたうちまわってだれかが殺しにくるのを待っているだけなんていやだ。手首を縛っているロープの具合を見てみた。がっちりとしていてほどけない。足首も離してみようとした。六インチほどの余裕しかない。走ることはできない。たどたどしいながら歩くこともできないだろう。

よし、それでもあきらめないと言うのなら、なにかしなくてはならない。露出した大きな黒い岩の縁に、手をふれてみる。ああ、やはり返ってきたのは鋭い手ざわりだった。役に立つだけの鋭さがあることを願った。

そのとき、自分の手が素手で冷たいことにキャロラインは気づいた。もう冷たくなりすぎて、そのうち感覚もなくなるだろう。彼女をさらった人間は、マントを着せながらも手袋ははめてくれなかった。でも、それも悪いことばかりじゃない。彼女はそんなことを思いながら鋭い岩に手のロープを激しくこすりつけはじめた。感覚がなくなれば、痛みを感じなくてすむ。それももうすぐだ。

歯を食いしばり、両手を上下に動かす。

うねったような黒雲がべつの黒雲にぶつかり、月をおおった。おそろしいほどの完全な暗闇。さらに寒く、風のうなりも大きくなった気がする。荒れ狂う波がセント・アグネス・ヘッドのふもとの岩に打ちつける音が、はっきりと聞こえる。氷のように冷たい飛沫が、崖の中腹あたりまで跳ねあがっているのだろう。

手を止めるな、わたし。キャロラインは動きを速めた。ねばついた感触に、血が出ていることがわかる。少なくとも感覚は生きている。なかなかすごいことだ。手の痛みと、肺を突き刺すような冷気で、息が切れる。息をすると痛い。つかのま手の動きを止め、大きく息を吸って、そっとロープを引っぱってみた。

ゆるんでいる。

安堵と希望で涙が出そうになった。

ふたたび作業に戻る。やがてロープがはじけ、両手が自由になった。手を前に持ってきて、じっと見る。赤くすりむけ、ロープの跡がくっきりと手首に残っていた。でも、そんなことはどうでもいい。自由になった。そしてまだ生きている。すばやく足首も解放する。ふらつきながら立ちあがったが、すぐにくずおれた。

力が入らない。体が芯まで冷えて弱りきっている。彼女は一心不乱に脚をこすった。鋭い痛みが脚に走る。できるだけ気づかないふりをした。

今度はもう少しゆっくりめに立ちあがり、岩につかまった。今度は倒れなかった。一歩踏みだし、また一歩、また一歩と足を動かす。

そのとき、馬の近づいてくる音が聞こえた。いや、聞こえたというより、ひづめが地面を打つ振動が体に響いてきたと言ったほうがいい。犯人がやってきたのだ。彼女としては、ここでただおとなしく手をこまねいているわけにはいかない。

崖は、なにもない不毛の地。どうすればいい？

浜辺だ、とキャロラインは思った。マントとスカートをつかんで持ちあげ、崖の縁に沿って北へ走る。浜辺につづく細道はほんの五十フィート先だ。浜辺なら岩とか流木とか、武器になるものが見つかるかもしれない。浜辺の奥にある崖のふもとに、身を隠せるかもしれない。犯人も急な細道をおりてこなければならないのだから、なにか手を考える時間が稼げる。武器を探す時間も。相手の顔を見るチャンスもあるかもしれない。もしかしたら相手の虚《きよ》をつくことができるかもしれない。

叫び声が聞こえた。激怒した声、つづいて悪態をつく声が、風に乗って消えた。その風と同じ空気が彼女の肺の奥に入る。彼女はあえいでいた。脇腹に突然の激痛が走り、体を折る。しかし、あと少しだ。あと少しで細道だ。

馬が近づいている。叫び声と悪態が聞こえたかと思うと、ぼやけて薄れた。風が強くなっていた。ここに木がないのもうなずける。この風では育たない。

わたしの赤ちゃん。キャロラインは両手をおなかに当て、赤ん坊を守るかのように抱えた。いまにもバランスを崩しそうだ。体勢をととのえるために両腕を伸ばしたものの、細道に倒れこみそうになった。あわてて横すべりしながら止まると、足もとの小岩や泥が跳ねとんだ。

体を起こし、肩で息をしながらつかのまたたずみ、耳をすませた。馬が近づいている。もうすぐ彼女を上から見おろす位置に来たら、あとを追っておりてくるだろう。いそがなければならない。

キャロラインは足をすべらせながらも走り、何度か頭からつんのめって転びそうになったが、それでも死に物狂いで走らなければならなかった。そうしなければ細道で座りこんで、死を待つのみ。馬に乗った男はだれだろう？

転がるように前へ進んだ。両腕を突きだして、転びそうになるのをこらえたが、細道の出口で転がった。ほんの一瞬そのまま止まり、足が折れていないことを祈って、立ちあがった。振り返ると、マントを着た男が細道の入口でこちらを見おろしていた。かと思うと、こちらに向かってきた。彼女に負けぬ勢いで、死に物狂いで。黒いマントがひるがえり、まるで飛んでいるかのように見える。悪魔そのものかと見まがう姿。

キャロラインは湿ってまとわりつく砂の上を力のかぎり走り、身を守れそうなものを必死で探した。なんでもいい。そのとき、太い枝が目に入ったが、しっかり握れるほどの太さはなかった。とにかくそれをつかみあげ、そのあいだも足をゆるめることなく、浜辺の奥に向かった。粘土質の砂岩が幾重にも厚い板となって張りだしていたが、崖のふもとには多孔質の岩が何百年ものあいだに深くえぐりだされた部分があった。

ここでは逃げ場がなくなると思い、一瞬、止まった。荒い息づかいが自分の耳に響き、胸にさざなみのような痛みが走る。どうすればいい？　そのとき、崖の岩がえぐりだされた部分は暗く、身を守ってくれるのではないかと気づいた。けれど、犯人は追いかけてきているし、彼女より力も強いだろう。意表をつかなければ勝ち目はない。

頭上の黒い雲が急に晴れて、月の輝きがふりそそいだ。滑空する孤高のチョウゲンボウの音まで聞こえる。そのとき、張りだした部分の横あたりの岩に、上に向かっていくつか、うっすらと刻み目がついているのに気づいた。こんなもののことはノースはなにも言ってなかったし、キャロラインも刻み目になど気づいていなかった。しかしこれをたどれば、上へのぼっていける。刻み目は実際には足場と手がかりになっているとしか思えないが、どうしてつけられたのか、そんなものをだれがつけたのか、疑問に思うのはやめた。それ以上のことは考えず、刻み目に駆けよって、体を上へと向かわせた。

足場は足にしっくりきた。岩をつかむと、果たしてそこには手がかりがあり、次の足場へと体を持ちあげた。そのとき、木の枝を持っているとのぼれないことに気づいた。振り返ると下に男が見え、男めがけて力いっぱい枝を投げつけた。勢いをつけられるような体勢ではなかったが、精いっぱい投げた。そう、あの男よりも先に上にたどりつけば、あの男の馬を奪えるかもしれない。

枝が当たって男が悪態をつくのが聞こえた。それほど激しくぶつかったわけではないが、少しは男を足止めできる。

キャロラインは次の手がかりを見つけては次の足場へと、引きずるように体を持ちあげていった。上へ、上へ、そして浜辺から三十フィートもの高さまで上がってきた。ここから落ちたら確実に死ぬだろう。

つかのま止まり、息をととのえた。下を見ると、男が上がってきている。着実な動きで、確かなスピードで。いそがなければならない。キャロラインは顔を上げた。あと二十フィートかそこらで頂上だ。とにかくのぼりつづけ、男より先に着く。そうすれば、男の馬にまたがって走り去るくらいの時間はあるだろう。

しかし突然、手がかりがなくなった。そして足場も。ただ忽然《こつぜん》と消えた。いや、そもそも足場や手がかりなどなかったのか。キャロラインは、こんなふうに上へのぼれるようにした古代の人々に裏切られた気分だった。どうしてここで終わりにした？　わけがわからない。必死でまわりを見まわした。血のにじんだ手を、ざらついた岩のまわりの泥に食いこませ、懸命に手探りする。

すると右側、ちょうどすぐ右隣の方向に足場があったが、そこに体を移すには全力を振りしぼらなければならなかった。

ふいに、上から叫ぶ声が届いた。男の声。聞き覚えがある。すさまじい希望がほとばしった。そのとき、下から銃声が聞こえた。上からはなにもない。情けない声すら、聞こえてこない。

下にいる男は、彼女を助けに来た男を撃ったのだ。まさか、ノースを？　いやだ、そんな、そんなこと、とても考えられない。キャロラインはめいっぱい体を右へ伸ばし、横方向に体を持ちあげて、とても手が届きそうにないごつごつした岩を必死でつかもうとした。と、そのとき、足場が安定する感覚があった。さらに、もう一歩。それも横方向だ。崖の表面に沿って、横向きにほぼ一直線につづいている。わけがわからないが、どうでもよかった。とにかく先へ進む。もうなにも考えず、体を動かしつづけるだけ。

下にいたはずの男の声が聞こえた。垂直に上に向かう足場と手がかりがとぎれたところまで到達したのだ。今度は崖の表面に沿って足場が横につながっていることなど、すぐにわかってしまうだろう。

そのとき、なんの前触れもなく彼女の足がすべり、宙ぶらりんになった。必死で足場を探そうとするが、見つからない。そうこうするうち、男が六フィートと離れていないところまでやってきた。彼女がこれから落ちて死ぬ運命なのを、笑っているのがわかる。彼女の手がすべった。半狂乱でしがみつこうとしたが、無駄だった。完全に手がかりを失い、落ちていく。彼女の悲鳴が、風のうなりに重なってのみこまれていった。

38

崖壁に生えたハリエニシダの茂みに、夢中で手を伸ばした。スピードは落ちたが、それだけだった。一瞬つかんだ茂みはちぎれ、彼女は激しく横に揺れた。腰が崖に打ちつけられる。彼女の体重がぶつかって、崖が揺れているような錯覚をおぼえた。そのとき表面がゆるんで崩れた。横すべりしながら落ちていく。落ちる、落ちる、乾いてカビくさい空気のなかへ。彼女の下で崖が崩れていく。横向きに斜面を落ちたが、さらに六フィートほど転がって、平らでなめらかな砂地に着いた。ぜいぜい息をしながら横たわっている。なにが起こったのか考えたくなかった。まだ、いまは。とにかく、いきなりすぎた。いきなり崖が崩れ、いまは崖の内側にいるらしい。その状況をまだ受けとめられないのに、まして理解することなどできなかった。

ようやく息が落ち着いた。脇腹の痛みもやわらいだ。おなかにも、痛みやひきつりは感じない。赤ちゃんはだいじょうぶだ、少なくともいまのところは。そろそろとキャロラインは向きを変えて起きあがった。明かりは、彼女が勢いで地面を突き抜けて開いた穴から差しこむ、月の光だけだった。

いったいここはどこだろうと、あたりを見まわす。どうやら洞窟《どうくつ》らしいが、いままでに見たものとはまるで様子がちがっていた。と言っても、洞窟などあまり見たことがなく、ひとつしか知らないのだが。小さくて、暗くて、湿っぽい洞窟だった。けれどもここは乾いていて、足もとも砂地で平らだ。彼女はただまわりを見まわし、体はだいじょうぶかと考えたが、問題はなかった。手が血だらけですりむけているが、そんなことはどうでもいい。それどころか、ひりひりとした痛みがうれしいくらいだった。生きている証拠だ。

けれど、あの男もやがてここにおりてくるだろう。そして彼女を殺すだろう。ここでは逃げ場がない。明かりさえあれば……。キャロラインは自分が落ちて入った崖の表面側から離れて奥に進んだが、まだものの形は見てとれた。おそらく洞窟は曲がりくねって奥につづき、またどこかべつの崖の表面に出るようつながっているのだろう、外とつながっている部分がもう一カ所あるはずだ。もちろん、ここは彼女の体重が掛かって抜けただけの場所だから、外とつながっているわけではない。

しかし、足場も手がかりも、この洞窟に来るためだけに故意につくられたものであることはまちがいなさそうだ。だが、いったいどういう事情があったのだろう？　そのときふと、ここから出られる道がどこかにあるはずだと思い至った。おそらく上方向だ。

とにかくそれを見つけなければならない。キャロラインはゆっくりと歩きつづけながら周囲に目を配り、男の気配に耳をすませた。きっと男はもうすぐ下までおりてきて、洞窟に入ってくるだろう。

崖の上にいて、男に撃たれたのはだれだったのだろう。ノースでないことは、なぜか確信があった。では、いったいだれ？

急に、彼女はつまずいた。転ぶまではいかず、よろめいただけで体勢を立てなおした。足もとの、なめらかで乾いた砂地から、なにか光るものが飛びだしていた。彼女はひざをつき、それを手に取った。丸くてすべすべしているように思えた。光っていて、宝飾品のようなものだ。後戻りしてはっきり見たいと思ったが、そんな危険を冒す気は起きなかった。

宝飾品をマントのポケットに入れ、暗闇を歩きつづけた。

うしろから気味の悪い声が聞こえた。ハロウィーンのおばけのような、亡霊が叫んでいるような声。洞窟の壁に囲まれているせいか、くぐもってひずんでいる。暗く重く反響する声が、人を惑わすセイレーンのように呼びかける。「キャロライン、キャロライン、もう止まったらどうだ。もうすぐつかまえる。ゆっくり、時間をかけて、死なせてやる。おまえの腹にいるそのいまいましい小さな赤子も、一緒にあの世へ送ってやろう」

キャロラインは震えだした。両腕で自分の体を抱きしめる。体の奥から弔《とむら》いの泣き声がじわじわと湧いてきて、彼女を締めつけ、恐怖で息が乱れる。意志の力を総動員し、岩に囲まれた場所で声をたてないようにする。また声がした。反響し、暗闇を縫うように届く。さっきよりも近い。「こっちにおいで、キャロライン。おまえはほかの女より機転がきくな。いや、もしかしたらただ運がよかっただけかもしれないが。あのあわれな女のことを話してやろうか。エリザベス・ゴドルフィンだ。あの女は泣いたぞ。ひざまずいて、殺さないでくれとすがりついた。だが、もちろん殺してやった。あの女はおまえのおばよりひどい女だった。おまえをつかまえたら、おまえのいとしいおばがどうやって死んだのかぜんぶ話してやろう、キャロライン。おまえの顔を見ながら話してやりたいよ。彼女がどんなに助かろうとがんばったか。だが、そんなチャンスはなかった。しかしあの女が死ぬのは当然だった。当然の報いだった。あの女の話はもういい。おまえをつかまえてからだ。さあ、出てこい、キャロライン。わたしを怒らせるな」

キャロラインの震えが激しくなる。まわりに反響する気味の悪い声には狂気が潜んでいる。狂気と、揺らぎようのない決意が。

武器を。なにか探さなければ。キャロラインは崖の奥へと歩きつづけた。天井が低くなったが、それでもまだ少なくとも二十フィートはある。角を左に曲がった。いきなり、闇が薄らいだ。ものの影が見てとれる。べつの出入口があるのだ、あるはずだ。出入口が見つかったのだ。彼女は急いで、なんとなくきらめきを感じる光のほうへ走った。そしていきなり止まり、つんのめって転びそうになった。

目の前に、やたらと幅が広くて長い、平らな岩があった。その上に載っているのは——黄金の山。金貨、銀貨、宝石、腕輪、ネックレスが、文字どおり山となっている——さらには石だけの宝玉も、いくつかの金の聖杯にあふれるほど盛られていた。その財宝の中央には一フィート半ほど突きでる形で、立派な剣が斜めに刺さっていた。柄《つか》の部分にダイヤモンド、ルビー、エメラルドがちりばめられている。少なくとも長さの半分くらいは岩に埋まっているように見えた。すごい。おそらく少なくとも四フィートはある剣だろう。キャロラインはただ剣に見入った。自分がなにを見つけたのかを知って、一瞬、恐怖も忘れた。

これはマーク王の財宝だ。そうにちがいない。ナイティンゲール家の男たちが言っていたことはほんとうだった。マーク王の財宝はここにあった。命に限りあるひとりの人間が持つには莫大すぎるほどの、千年以上も前に埋蔵された秘宝。

キャロラインは近づき、手を伸ばして剣にふれた。しかし手を引っこめた。おそろしかった。とにかくそれだけだ。こんな剣が岩に埋めこまれているとは、いったいどういうわけなのだろう。人知の及ばない、人間がどうこうするべきでない状況なのはわかっている。この世の、この時代のものではないもの。しかし、剣はここにある。まるで待っていたかのように。黄金のように輝いてはいるが、鋼《はがね》でできているらしい。すばらしい剣だった。長く、頑丈で、凄《すご》みがある。鋭い刃は銀色に光り、見事な切っ先はきらめいている。一千年のときを経ても、その力を失っていないように見える。

キャロラインは剣に見入った。なにか心を惹きつけられるものがあった。あまり考えることもなく、柄を握って引いてみた。まったく意外だったが、剣は動いた。さらに力を入れて引っぱると、するりと岩から抜けた。岩は見かけほど硬くないのかもしれない。剣が収まるよう、岩に鞘《さや》の部分が形づくられているのだろう。彼女が例の腕輪を飾ったのと同じように、剣を尊び、飾るための場所。でも、いったいだれのためにこんなことを？　彼女は剣を引き抜いた。そして宝玉と黄金に埋もれるようにして岩に横たえ、じっと見つめる。こんなものを、ほんとうに持ちあげられたのだろうか。少なくとも長さは四フィートはあり、まっすぐで切っ先は鋭くとがり、命など簡単に奪えそうな剣は、見るだけで震えが来る。

けれど、いちおう身を守れる武器でもある。

キャロラインはためらいがちに両手で柄をつかんで持ちあげてみた。またしても驚いたことに、いとも簡単に持ちあげることができた。宝石を埋めこまれた柄を片手で握っただけでも持ちあがる。手にしっくりなじむ。違和感がない。けれど、最初見たときはやたらと大きく、岩に刺さった姿はなにかの予兆のように思えた。剣を振ってみる。重さをほとんど感じないが、わけがわからない、そんなことがあるはずがない。しかし、どうでもよかった。もう一度、振ってみる。流れるようになめらかな動きができ、まるで腕の一部のようだった。強くなった気がする。剣の力を感じる。いや、ただの気のせいかもしれないけれど。まるで彼女のために、彼女のためだけにあつらえられたかのような心地がするのだ。

口もとがほころんだ。これでどうにかなるかもしれない。しかしそこで、銃声を思いだした。男は銃を持っている。この立派な剣があっても、銃を出されたらかなわない。彼女はまた明かりのほうに向いた。べつの出入口かもしれない。男から逃げられるかもしれない。

淡い光を頼りに進んだ。が、愕然とした。平らな岩のうしろ六フィートも行かないところで、頭上に明かりが見えた。それは小さな円形の穴でしかなく、細いトンネルがくねって伸びているのか、崖の出口につづいている。ただ、それだけだ。

敗北感にうちひしがれそうだった。しかし、剣を背中にそっとまわし、ふたたび足を前に進めた。今度は殺人犯のほうへ。剣はまるで重みを感じない。脚に押しつけていても、片手でじゅうぶんに持っていられる。柄はあれほど太く見えたのに、実際に持ってみるとそうでもなく、おかしな話だった。地面にこすらないようにずっと持ちあげた状態でも、腕は少しもつらくならない。

キャロラインは、自分が崖に穴を開けて突き抜けた場所から、光のほうへ歩いていた。自分を殺したがっている男のほうへ。狂気をはらんだ男のほうへ。あのぞっとするような声。彼女の自信にも、強さにも、浸食してくる声。

男の呼ぶ声が、また聞こえた。いまはやさしくなった声が、低く重く響き、岩壁に反響して影のように幾重にも重なる。「キャロライン、いつまでわたしから隠れているつもりだ？もうここへ来い。あっというまにおまえの心臓にナイフを突き立ててやる。苦しませないでやる、キャロライン。そしてチルトン卿はおまえから解放される。みんな、おまえから解放される。なかでも、このわたしが」

男に近づいたいま、その声ははるかにおそろしく、さらに冷酷で、人間の声というよりも亡霊の声のように聞こえた。キャロラインは壁の近くに身を寄せて暗闇にまぎれ、自分で聞いても身震いしそうな声で霊廟の主《ぬし》を装った。「どうして頭のおかしな人間が、わたしの霊《れい》廟《びょう》に入ってきた？　ここは立入禁止だ。おまえはここに入っていい人間ではない。無断で入ってきたあの女は死んでここに転がっている、おまえもそうなるぞ」

ぎょっとしたような悲鳴が響いた。悲鳴にまちがいない。息づかいも速くなったのがわかったが、動く音は聞こえなくなった。キャロラインはいっそう壁に強く体を押しつけた。

「おい？　おまえはだれだ？　どうしてここにいる？」

聞こえてきた犯人の声はどことなくおびえているようで、低くかすれ、おののいていた。

「すぐ出ていくさ。だが彼女の体は持っていかないと。彼女は忌まわしいものだ。ここに残していったら、霊廟をけがすことになる。彼女の存在そのものが災いになる。だから連れていく」

「おまえはだれも連れていけない！　あの女を殺したのと同じように、おまえも殺す。覚悟しろ」

完全な沈黙がおりた。それがさらに深まっていくような気さえする。空気がからからで、キャロラインは咳がしたくなったが、とてもそんな勇気はなかった。ただじっと、身じろぎしないようにこらえた。そのとき、頬にあたたかな乾いた吐息を感じた。「なかなかよくやった。だが詰めが甘かったな。わたしが話しながら近づいていることが、わからなかったのか？　ほんとうに？　この霊廟のなかではなんでもひずんで聞こえてしまうからな、おまえには気の毒だったが。もう動くな、キャロライン。永遠に地獄で苦しむ前に、自分がだれに殺されるのか教えてやろう」

キャロラインは動かなかった。背中で剣を強く握りしめ、身がまえた。まだなにもできない。脇腹に銃を突きつけられている。

「来い、キャロライン、ここでは顔が見えないだろう。来い」

ゆっくりと、男の手がキャロラインの腕をつかんだ。そして、崖が崩れた裂け目のほうへと戻っていく。

時間はかからなかった。男はすぐそばにいた。が、戻ってくるとキャロラインを押しやった。彼女は壁にぶつかったが、なんとか転ばず、剣は背中に隠しおおせた。マントとブーツ姿の男が歩いてきて、崩れた裂け目の真下に立った。男は背筋を伸ばし、黒いマントのフードをはずした。

キャロラインの瞳に映ったのは、ベス・トリースの顔だった。「男の人だと思ってたのに」

「ええ、そうでしょうね。さっきまで声を低くしてたから。頭のおかしな男に狙われてると思わせたほうが、もっとこわいだろうと思って。でも、わたしは男じゃないし、もうあなたの前では男のふりをする必要もない。ずいぶん手こずらせてくれたわね、キャロライン。でも、もう終わったわ。わたしのために財宝まで見つけてくれて」

「ベス・トリース」キャロラインは名前を口にした。そうすれば、もっと現実味が増すのだろうかと思いながら。ベスをじっと見つめる。目の前の状況と、耳にした言葉が、いまだに信じられない。「でも、どうして？　どうしてわたしを売女だなんて言ったの？　どうしてわたしを殺したいの？　それに、わたしのおばまで？　どうしてエレノアおばさまを？　彼女はよく笑う楽しい女《ひと》で、人を裏切るようなこともなかったわ。だって、おじさまは亡くなって、独身だったんだから……」

「でも、もうすぐ結婚することに……」

「ええ、あなたのお兄さんと――」キャロラインの声は、すぐ背後にある崖から岩が落ちていくかのように消えた。

「ああ、やっとわかったみたいね。わたしはエレノアが兄と結婚するのが許せなかった。兄はきっとわたしを置いていく。そんなこと耐えられなかった。兄はわたしのものよ。ベンジャミンは、わたしだけのもの。両親が死んだとき、わたしはまだ十一歳で、兄が父となり、母となってくれた。そして、最後は愛する恋人に――でもそれはたったひと晩だけのこと。かわいらしい小さな奥さんを亡くして兄が泥酔していた、あの夜だけ。あの売女、兄を独り占めできるなんて本気で思ってたんだから」

「でも、お義姉《ねえ》さんは出産で亡くなったって……」

「ええ、そうよ。わたしが道案内してあげたと言えばいいかしら。かわいそうにベンジャミンは、あのまぬけ女がさっさと産まないから疲れきっちゃって。チャンスさえあれば、わたしが楽に産んであげたのに。なのに、あの女はわめいて、暴れて、だから彼に言ったのよ、休んでていいわよって。わたしが彼女を見ていてあげるからって。なにかあったら呼ぶからって。ああ、でも彼女は目を開けて、わたしが笑って上から見おろしてるのを見て、自分は死ぬってわかったでしょうね。わたしもその期待どおりに応えてあげたわ。わたしは彼女の体に手を突っこんで、引き裂いてやった。それだけよ。そのたった数秒で、あっけなく死んだわ。ベンジャミンはむせび泣いて、置いていかないでくれってとりすがってた。わたしはただ突っ立って、それを見ていた。彼がふと目を上げてこっちを見たときには、ちゃんと涙を流して。でもね、心のなかでは笑ってた。わたしが勝ったんだって笑ってた」

　剣が、キャロラインの手のなかでじりじりしているような気がした。ちりばめられている宝石すべてが、肌にふれている石たちがあたたかく――いえ、熱くなっている？

　ベス・トリースは銃の狙いをキャロラインに定めたまま、岩壁にもたれた。「もっと知りたくない？　すべてを知りたいんじゃない？　ほかの女たちのことも。あなたのおばさまのことも。彼女はあっけなく死んだわ。簡単すぎた。もっと苦しんでほしかったのに」

キャロラインはあごを上げてほほえんだ。「どうして？　あなたは狂ってる。あなたの言うことはぜんぶ嘘だし、もしほんとうのことが交じってるとしても、あなたがひねくれてるから、言うこともひねくれてる。あなたがゆがんでるから、あなたの言うことはぜんぶゆがんでるのよ」

「うるさい！　なんなの、あんた、とんでもないあばずれのくせして、黙ってなさいよ」

キャロラインは肩をすくめた。口もとに笑みを残したまま。「あなたのほうこそ、あばずれで、腹黒いじゃない。お兄さんを誘惑したんでしょう？　いったいいくつのとき？　十三歳？」

「ちがうわ、あのみじめな小さいアリスと同じ歳のときよ」ベスは目をすがめた。そこには残念そうな色が浮かんでいた。「ふん、あの娘《こ》はこの手で送りだすチャンスがなかったわ。ベンジャミンはそばを離れないし、あのいまいましいオーウェン・ファルクスもずっとついてるし。でも、自分でくたばってくれたわね。うれしかったけど、もうちょっとあの子に笑いかけたり、子どもみたいな頬にさわったりしたかったわ。わたしがあんたを殺してやると言いつづけながらでもね」

「だから、あなたこそろくでもない女なのよ。お兄さんを誘惑して。しかも十四歳で？」

「ばかね、キャロライン。さっきと同じこと言ってる。わたしを動揺させて、悲鳴をあげさせて、下の浜辺に飛びこませようとしてるわけ？　うまくわたしの心を締めあげて？　ほんとにばかね。ベンジャミンは覚えてないのよ。ぜんぜん覚えてない。ブランデーとウイスキーで泥酔してたものだから、あれが縮こまっちゃってて、最初は口でしてあげなきゃならなかったわ。あの夜やっとひとつに、やっとわたしのものになったとき、もう離さないって決めたの。そんなこと、彼は覚えてない。もし覚えてるとしたって、だれにも言ってない。どうでもいいの、そんなこと。彼はわたしのもので、もう離さないって誓ったんだから。ほかの女になんか、ぜったいに渡さない。彼にちょっかい出す女はほかにもいたけど、あくまでちょっかい程度だった。でもあのエリザベス・ゴドルフィンって女は、わたしが気づかないうちに、彼をベッドに連れこんで。ベンジャミンたら顔がゆるみっぱなし、心ここにあらずで、鼻歌うたって、にやけて。あんなあばずれに恋してると思ってたみたいだけど、わたしがちゃんと片を付けてやったの。そうよ、チャンスが来るや、すぐにね。スズ鉱山で事故が起きて、彼が出かけるのを待って、それから彼女を刺して、ペランポース近くの崖から落としてやったわ。あの女、泣きわめいて、別れるからって言ったけど、もうすでに手をつけてたんだもの。あの口で、あの手で彼にさわって、脚をひらいて、女を差しだしてたんだから」

もう耐えられなかった。キャロラインは身をかがめて吐いた。薬の入った紅茶のせいだろうか。クームが持ってきたケーキは食べていない。身をかがめ、頭を下げて、体をふたつに折ったけれど、それでも右手はうしろに隠しつづけた。ぜったいに離すものかと、力のかぎり剣の柄を握りしめていた。突然、剣がさらに軽く感じられた。考える間もなく、背後にまわしたまま剣を片手でかまえる。左手でスカートを持ちあげ、口をぬぐう。そしてベス・トリースを見あげた。笑みさえ浮かべて。「ねえ、オールド・ミスのベスおばさん、ごらんのとおり、おかげで気分が悪くなったわ。そんなにたくさん女の人を殺して、いちいち聞かされるのももううんざりよ。わたしを殺したい？　ええ、もちろん殺したいでしょうね。それなら、ほら、やりなさいよ、しなびたおばさん、殺しにきたら？　それとも、わたしに殺してほしい？　だって、こんなことがばれたら、お兄さんもわたしと同じように吐くんじゃない？　あなたを罵倒するでしょうね。もしここにいたら、自分の手であなたを殺すかもね。ほら、どうしたの、おばかなおばさん？」

キャロラインは左手でおいでおいでをして、ベスをからかった。もうなんでもいいから、早く終わりにしたかった。もうこれ以上、こんな狂気の言葉を、けがれた言葉を聞いていたくない。おばのエレノアがこの女の手にかかって死んだときの話など、聞きたくなかった。

「どうしたの？　年増で頭がおかしいうえに、意気地もないの？」

「うるさい！　よっぽど死にたいようね、キャロライン？　いますぐ死にたいの？　いいわよ、わたしは――」

「わたしを葬り去る前に、どうやってお兄さんを誘惑したか、聞かせてよ。気づいてないかもしれないけど、あんたのお兄さんなんて、わたしの父親みたいな年よ。頭がおかしいうえに、目までくもって見えなくなってるのね。わたしは夫を心から愛してる。あなたのお兄さんなんか眼中にないわ」

「でも、そのうち好きになるわよ。だって、彼はあなたに気があるもの。あなたを見る目が熱かった。あの人の心は、もうわたしにはお見通しなの。生まれてからずっと、見つづけてきた人だもの。でもね、あなたのおなかや胸をさわったみたいに、わたしもあの人にさわられたらどんな感じだろうって、ずっと思ってた。ああ、それに、あなたのなかに指も挿《い》れてたわね。あれ、よかった？　指、動かしてた？」

「いいえ、そんなことしなかったわ。彼はお医者さまだもの。わたしはとてつもなく恥ずかしかっただけ」

「嘘ばっかり。女ならだれでもベンジャミンがほしくなるはず。そんなことのくり返しをずっと見てきたんだもの」

「彼はもう年よ。あなたよりも。でもね、ベス、心の病院に入れられたら、あなたはまだ二十年かそこらはゆうに生きる年だわ。あなたと同じくらい頭のいかれた連中に、なんでも話して楽しんでよ。みんな、あなたの話を聞いてくれるかしら。それともつまらなくて、蚤《のみ》に刺されたところでもかいてるのかしら？」

ベス・トリースは怒声をあげて銃を地面に投げ捨て、マントのポケットからナイフを取りだしてキャロラインに襲いかかった。

「だめだ、おい！　やめろ！」

キャロラインが背後から剣を振りだしたそのとき、クームが崖の裂け目から叫び声とともに落ちてきた。「やめろ、ベス・トリース、手を出すな！」

ベス・トリースはきびすを返し、一瞬動けなくなった。「あんたのこと撃ったはずなのに。当たったはずなのに！　このゲス野郎、グーンベルから逃げたんじゃなかったの？　恥をさらして汚辱にまみれて逃げたはず。だから血のついたナイフをあんたの使った部屋に置いてきたのに。女たちを殺したのはあんただって、みんなに思わせるために。どうして戻ってきたの？」

「最初から戻るつもりだったさ。わたしはだんなさまのお母さまと妹君をお連れしたんだ」

「嘘よ、このろくでなし。子爵の母親は死んだはずよ。ほかの嘘つきなあばずれたちと同じで、夫を裏切って。子爵の父親に殺されたはず。母親のことなんか、なにも聞いてないわ。だから、そんな話は嘘よ。そうよ、聞いてない。そんなことがあったのなら聞いてたはずだわ。その嘘つき女だって、ほかの女たちとまったく同じようにベンジャミンをほしがるようになるわ。そうしたら、そいつも殺してやる。

あんたはいなくなっててくれればよかったのよ。そうしたらキャロラインが死んだとき、あんたが戻ってきて殺したんだって思われたのに。まったく、この役立たずが！」

ベスはナイフを大きく振りかざし、彼の胸めがけて突きだそうと突進した。

キャロラインは剣を振りあげた。やたらと軽い。月の薄明かりのなかで鋼の刃が銀色に鋭く光り、彼女は叫んだ。「こっちよ、ベス！　ほら、わたしにかかってきなさい！　クームはけがをしてるから、あなたの相手じゃないわ。放っておけばいい」

ベス・トリースが振り返り、食い入るように見つめた。「その剣。どこで手に入れたの？」

「なによ、ここにあったのよ。わたしだけのために。あなたを殺せるように。来なさい、ベス、そうよ、こっちへ来て」ふたたび、大きな剣を右の片手でやすやすと握り、振りかざす。そして左手でベス・トリースに手招きした。目の端で、キャロラインはクームがベスの放りだした銃にじわじわと近づいているのを見た。彼の肩からは血が滴りおちている。弱々しく、顔もまっ青に見えた。突然、彼に銃を奪ってもらわなくてもいいんだとキャロラインは気づいた。そうだ、そうだったんだ。

ベス・トリースは金切り声で叫んだ。狂気と、憤怒と、おそらくあきらめにも似た気持ちが詰まった悲鳴。そしてキャロラインに襲いかかった。

キャロラインは剣を持ちあげ、右へ左へと振りまわした。鋭い刃が空を切る。ベス・トリースはきらめく鋭い刃に切られないよう、突然、立ち止まった。頭に血がのぼって肩で息をし、ふたたびナイフを振りあげたが、振りまわされている長い剣の向こうへは届かなかった。

キャロラインは剣を精いっぱい伸ばして、跳ねるように前に踏みこんだ。ベス・トリースは隣に飛びすさってかろうじて避けたが、剣は彼女のマントの右肩当たりを斜めに切り裂いた。ベスが痛みと怒りの悲鳴をあげる。

「そのおなかにナイフを突き刺して、先にあんたの子どもを殺してやる!」まっすぐキャロラインに突進する。大きく振りあげられた剣の前へ、まっすぐに。

刃がすべるように、ベス・トリースの胸に吸いこまれた。

ベス・トリースはつかのま、立ちすくんでいた。巨大な剣からぶらさがるような格好で。背中からゆうに一フィートは剣先が突きでている。彼女はただ自分の胸もとを見おろし、次にキャロラインに視線を移した。自分のすぐ目の前で、剣の柄を握っている女——自分の命を吸い取っていく剣を握っている女を。「いつか終わりが来るって、わかってたわ」ベス・トリースは言った。「でも、この剣、どうしてそんなに軽々と持ってるの? こんなに大きいのに。あんたと同じくらい重さがありそうなのに。あんたはか弱い女にすぎないのに。ありえない」

「どうやら、そうじゃないみたいね」キャロラインは答えた。目の前のベス・トリースはもう声もなく、ゆらゆらと揺れ、それから横にどさりと倒れた。

彼女の体から剣を抜く。クームを見ると、彼は手に銃をかまえ、彼女を食い入るように見ていたが、ベス・トリースに視線を落とし、青い顔に冷や汗を浮かべていた。キャロラインが言った。「紅茶に薬を盛ったのがあなたでなくて、とてもうれしいわ。肩から血が出てる。崖の上まであなたを戻さないとね、クーム」

「それほどひどい傷ではありませんよ」クームはなんとか冷静であろうとしている。「ここにおりてくることはできましたが、間に合わないんじゃないかと気が気ではありませんでした。この女はやたらと強くて。この場所はなんです?」

「マーク王の財宝部屋よ」

クームは目を瞠るしかなかった。

「来て」とキャロライン。「見せてあげる」

「ですが、先にお話ししなければならないことが――」クームは意外にも、途方に暮れたような表情で一歩前に出ると、ため息をついて、ゆっくり砂地の地面に座りこんだ。

「なんなの、クーム?」

彼は一瞬だけ目を開けた。そこには抑えきれない苦悩が浮かんでいた。「トリギーグルです」消え入りそうな声が言った。「トリギーグルでした」

39

崩れた崖の裂け目から外に出ようとしたキャロラインは、クームがぶらさげたロープを見つけた。どうやって彼がここまでおりてきたのか、さっきまでは考える余裕もなかったが、いまわかった。ロープなどどこで調達したのだろうと思ったそのとき、気づいた。このロープは、彼女が手首と足首を縛られたものだ。彼は二本のロープの端を結びつけていた。

キャロラインはロープをしっかり握り、崖の外側にくぐりでた。下は見なかった。風が強く、マントと髪がもぎとられそうなほど乱れる。大きく息を吸い、のぼりはじめた。いまはクームを救わなければならない。ベスの着ていたマントを引き裂いて作った布きれで彼の肩を縛り、寒さをしのげるようありったけの衣服でおおった。クームはトリギーグルの名前を口にしたあと、意識を失ったままだ。

トリギーグル。彼が薬を盛った？　あきらかにそうなのだろう。彼女の部屋に手紙を置いたのも、彼だ。針金を張って馬を転ばせ、彼女を殺そうとしたのも彼なのだろうか？

キャロラインはゆっくりと、体を引きずりあげるようにのぼりはじめた。強風にあおられ、顔をたたきつける飛沫《しぶき》に耐えながら。上を見てみる。まだかなりある。さっき見たときより遠くなった気がする。

腕が痛くて震えていた。少なくとも、手についた血が乾いたおかげでロープは握りやすいけれど。つかのま止まって息をととのえる。ふと気づくと、顔が笑っていた。不毛な崖の壁に、顔をぐっと押しつける。助かった。勝ったんだ。そのとき、大声が聞こえた。

「キャロライン！」

急に力が湧いてきて、彼女はひと握り、またひと握りと手を進めていった。もう迷わない。やすまない。痛みも感じない。ただ彼に会いたい。彼を抱きしめたい。

彼の手に肩をつかまれるのを感じた。彼の手が、崖の縁から体を引きあげてくれる。彼はキャロラインを持ちあげて自分の前に立たせ、彼女の両肩に手を置いた。そして見おろした。無言でただ見おろしている。

「死んじまったかと思った」やっと、ノースが言った。「そんなことになったら耐えられなかったよ、キャロライン。クームが残した手紙を読んだとき、どう考えたらいいのかわからなかった。できるだけ早くセント・アグネス・ヘッドに来いとしか書いてなかったから」

キャロラインはノースに抱きつき、胸に顔をうずめた。「クームを連れにいかないと。わたしを助けてくれようとして、けがしたの」

「どこだ？」

「信じられないと思うけど、ノース。マーク王の財宝の山を見つけたのよ」いったん言葉を切り、頭を振って、つづけた。「でも、いまはそれは置いといて。先にしなければならないことがあるの。クームは意識を失う前に、トリギーグルの名前を言ったのよ」

「まさか……トリギーグルが？　そんな、信じたくない」

突然、トリギーグルの声がふたりの背後で響いた。低く張り詰め、怒りに満ちた声だった。「このあばずれめ、どうしておまえがそれほどついてなくちゃならないんだ。ふん、だがもうほとんど片付いた。あとは元どおりに落ち着くだけだ」

トリギーグルが近付いてくる。ラファエル・カーステアーズが六フィートほど離れたところで気を失い、倒れているのがキャロラインの目に映った。

ノースは静かに、キャロラインの前に出て立ちはだかった。「よく聞け、トリギーグル、おまえの言うとおりだ。もう終わった」

キャロラインもゆっくりと、トリギーグルだけでなくノースにも聞かせるつもりでこう言った。「ベス・トリースはわたしが殺したわ。ベス・トリースがおかしくなっていたこと、あなたは知ってたの、トリギーグル？　彼女はクームも殺すところだったのよ？　ほかの女性たちも、みんな彼女が殺したの。知ってた？　そして、彼女がお兄さんのドクター・トリースに執着してどうにもならなくなってたことも？」

ノースはあっけにとられてキャロラインを見つめた。キャロラインがさっきベス・トリースの顔を見たときと同じ、信じられないという表情。ベスが自分を殺しにきたんだとわかった瞬間の、驚愕の表情で。

トリギーグルは彼女の言葉を無視して言った。「クームのやつなら自業自得だ。事情を知って、首を突っこもうとした。わたしの話になど耳も貸さずに。わたしがここにいたら殺してやったのに。情けない裏切り者め、あの女が失敗したのが残念だ。そうだ、わたしは彼に事情を話し、協力しておまえをここから排除しようと言った。だが彼は、そんなわたしにショックを受けたようだった。なにを驚くことがある！　あいつはわたしがおかしいと言った。おまえがベス・トリースをおかしいと言ったように。彼女はわたしと同じくらいまっとうださ。彼女はあのだらしない女どもをみなこの世から葬ったが、おまえだけは失敗した。だから、わたしが代わりにやる」ふさふさとした白髪が、いまは荒れ狂う海風で頭に貼りついていた。背筋を伸ばして胸を張り、黒いマントをうしろにはためかせる姿は、復讐の天使を彷彿とさせた。

「どうして？」キャロラインは一歩まわりこみ、ノースと肩を並べた。ノースが体をこわばらせたのを感じたが、彼のほうは見なかった。「どうしてわたしを殺したいの、トリギーグル？　わたしがあなたになにをしたの？」

彼はあっさりと言った。「おまえはわたしから大切な坊ちゃまを奪い、変えてしまった」ノースのことを話しているのだとわかるのに、一瞬、間があった。「そうだ、おまえは坊ちゃまを変えたうえ、いまや坊ちゃまのとんでもない母親まで帰らせた――ぜんぶおまえのせいだ――しかも、あのうすぼんやりした娘まで。中身のない人形みたいにぼうっとして、なんという恥さらしな。それをあの母親は、よくもナイティンゲール家の血を引いているなどと言えるものだ。反吐《へど》が出る。一刻も早く、あの娘をここから追いはらってやるとも」

「でも、あの子はノースにそっくりよ」キャロラインは、ノースがじわじわとまた彼女の前に出ようとしているのに気づいた。しかし、そうはさせなかった。「あの子がちょっとゆっくりしているのは、たまたまそうなっただけのことよ、なんの意味もないわ」

「たまたまではない。母親の血と、情事の相手の血のせいだ、ナイティンゲール家の血は関係ない。先々代があの女を訪ねたとき、あの女がほかのナイティンゲール家の妻と同じように夫を裏切り、不貞をはたらいたとわかったのだ。あのとき先々代は、彼女を永遠に遠ざけ、その汚辱と背徳行為を世間から隠すことにしたのだ」

ノースは吹き荒れる風にかき消されそうな、とてつもなくやさしい声で言った。「トリギーグル、おまえはベス・トリースが女性たちを殺害するのに手を貸したのか？」

「とんでもございません、だんなさま！　わたくしはそのような人間ではございません。たしかに彼女は、少しおかしくなっていたのかもしれません。ですがそれは、そうなってもしかたのない、数少ない機会にだけでございます。お兄さまへの深く揺るぎない愛情のために、そのような道へと踏みこんだのでしょう」

「どうして彼女が犯人だとわかった？」

「ミセス・フリーリーの宿で、彼女がクームの部屋に入っていくのを見たのです。わたしはあとをつけました。血のついたナイフをシャツでくるんでいるところも見ました。そこで、奥さまを亡き者にしてほしいと彼女に言ったのですよ。すると彼女も、そろそろ頃合いだと思っていたと言いました。奥さまがほかの愚かな女たちと同じように、もうすぐ兄を好きになるころだから、と。細道に針金を張ったのは、うまくいきませんでしたね、残念ながら。予定どおりあのときに死んでくれていたら、こんなことにまでならずにすんだのに。クームもなにも知らないままでよかった。死ななくてよかった。いや、あいつは少々ばかなやつだから、やはり死んでもらわねばならなかったかもしれませんが。

そう、奥さまを手にかけるまでには、少し様子をうかがわねばなりませんでした。だんなさまがいつも人をつけていましたからね。いつもだれかに奥さまを守らせていらした。召使いのティミーを使ってやろうとしたら、あいつはわたしに嘘をついた。このわたしに！　だが、今夜は絶好のチャンスだった。完璧な夜だった。あの女とわたしとで奥さまをマントにくるみ、ここまで運んだ。だがあの女はいとしい兄が待っているからと言っていったん帰り、だからわたしが奥さまを縛りあげたのです。ただ、少しだけゆるみを持たせて。わたしがここに残る必要はなかった。あの女が自分で——自分ひとりで手を下したがったのですよ。あの女はそれが自分の特権だと、自分の務めだと申しまして。ですからわたしは〈マウント・ホーク〉に戻ったのですが、そこにクームがいて、疑いをもたれた。わたしはなにも言わなかったが、あのばかは手を握りあわせて、奥さまが〈マウント・ホーク〉からいなくなったと心配して取り乱して。だからわたしはすべてを話し、わからせようとしたのに、だめでした。ベス・トリースのことまで明かして、奥さまがどうなるかきちんと説明したのに。あの小心者はまっ青になり、わたしを殴った。気づいたときには、やつの姿はなく、奥さまを助けにここへ向かったのだとわかりました。それくらいすぐにわかる。そして当然、その報いを受けさせねばならなかった」

ノースが言う。「奥方がマーク王の財宝を見つけたことは知っているか？　この下、崖の内部にある空洞で」

「またそのような嘘を、だんなさま。その女に嘘のつき方を仕込まれたのですね。そんな言葉でごまかそうとするのは、もうおやめください。わたしはその女を殺さねばなりません。そのあとは、どうすればよいのかわかりません。あなたさまがここにいらして、わたしが彼女を殺したことを知られているのですから。おそらくあなたさまは怒り、わたしに報復したいと思われるでしょう」

トリギーグルは銃をかまえた。ノースは飛びかかって彼の腕をつかみ、背中にねじりあげた。ふたりして地面に倒れ、ノースもトリギーグルのマントに巻きこまれた。

飛びだしたキャロラインはロープにつまずき、四つんばいに倒れた。あわててロープをつかむと、輪をつくりながらノースとトリギーグルのもとへ駆けよった。ふたりは地面を転がりつづけ、じょじょに崖の縁へと近づいていく。

「ノース！」

彼はトリギーグルに馬乗りになり、口もとを殴りつけていた。トリギーグルも最後の力を振りしぼり、両脚を振りあげてノースの背中を蹴りつけた。ノースはトリギーグルの頭上に飛ばされ、崖の縁のほうへ転がっていく。ものすごい勢いで。キャロラインは走って追いかけ、ぜいぜい息をして寝転がっているトリギーグルを飛びこえて、ノースにつかみかかった。どうにか足首をつかんだ彼女は、輪にしたロープをかろうじて引っかけて絞るところまでやりおおせた。かかと立ちでしゃがんでうしろに重心をかけ、そこで踏ん張ろうとしたが、それでも崖の縁のほうへ引きずられていく。彼女は力のかぎり叫んだ。「ラファエル！　助けて！　ラファエル！」

しかしノースを引きあげたのはラファエル・カーステアーズではなかった。トリギーグルだった。主人を救った彼は、主人を見おろし、次にキャロラインを見やった。

「わたしの負けだ」ゆっくりと、口にした。「おまえに坊ちゃまを奪われた。どうやっても勝てなかった。わたしは主人を死なせそうになり、おまえは救った」そう言うと身をひるがえし、そのまま崖の向こうへ消えた。あとには風のうなりだけが聞こえていた。

ノースは四つんばいになり、崖の縁から下を覗いた。トリギーグルが浜辺にあおむけで大の字になり、堕天使のように世界をつかもうとしていた。

ゆっくりと立ちあがったノースは、振り返ってキャロラインを見た。

「もうたくさんだ」彼女より、むしろ自分に向けた言葉だった。「遺体は回収する。あんなふうに転がっているのは、堕天使というよりも、ただのあわれな老人だ」

「そうね、でも、あなたは生きている。ほかのことはどうでもいいわ」

彼はキャロラインを立たせ、抱きしめた。きつく抱いて、やさしく揺らす。

「なんてこった、ふたりとも無事か？」

ラファエル・カーステアーズだった。彼はまだ足もとがかなりおぼつかない。

「だいじょうぶだ」

「トリギーグルが飛びおりたのが見えたが。どうして彼があんなことを？　いったいなにがあった？　キャロライン、きみはどこにいたんだ？　おれは背後から忍び寄ってきた彼に殴られてしまって……すまなかった」

「みな命があるんだから、それでいい」ノースが言った。「ぜんぶあとで説明する。正直、ほかにはそんなに重要なことはない」

「いいえ」キャロラインが大きく息を吸った。「あるじゃない。もうノースには話したんだけど、マーク王の財宝を見つけたの。崖の表面から二十フィートほど下に、埋蔵場所があって。崖の壁を突き破ってそこに落ちたのよ。来て、案内するわ」

ノースは彼女の両腕をつかんだ。「あの崖を、またおりるつもりか?」

「あら、決まってるでしょ。宝物を見つけたのよ。当然の権利だと思うけど、ノース」

「そりゃそうだが。信じられないよ、キャロライン。きみは身重の体なんだぞ——あっ、そうだ、赤ん坊は無事なのか?」

ノースは妻のおなかに両の手のひらを当て、抱えこもうとした。

「赤ちゃんなら平気よ。ねえ、聞いて。ラファエル、あなたが先に行って、そのあとわたしたちをロープでおろして。あなたにはクームを引きあげてもらわなければならないの。彼、けがをしてるのよ。だから彼をドクター・トリースのところへ連れていって」

「女性たちを殺したのがベス・トリースだったとは、いまだに信じられない。少しは話が見えてきたいまでも、驚きが収まらないよ」ことの真相を、真実を、ノースが懸命に受けいれようとしているのが、キャロラインにも伝わってきた。

「彼女はじつのお兄さんに、狂気の思いを寄せてしまったのね。だからお兄さんが愛してるのじゃないかと思える女性も、お兄さんを求めてるように思える女性も、みんな殺してしまった。そしてトリギーグルの言ったとおり、血のついたナイフをクームの部屋に置いた。クームがあのまま戻ってこず、わたしを殺しても彼に罪をなすりつけられると思っていたんでしょう」

彼女の肩をつかむノースの手に力がこもった。「だが、きみはクームに助けられたんだろう？」

「ちがうわ、わたしは自分の力で助かったの」

「でも、どうやって？」

「下に戻りましょう。なにもかも見せてあげる。剣も、なにもかも。魔法よ、ノース。ほんとうなの、ラファエル。わたしのために、わたしの手のためだけにつくられたような剣だったわ。巨大で、ぴかぴか光る頑丈な鋼鉄でできていて、少なくとも四フィートは長さがあって、柄に宝石がちりばめられていて。そんな剣が、巨大な岩板に突き立てるようにはめられていたの。でも、簡単に抜けたわ。片手でしっかり持てるほど手になじんだし」

「剣？」ノースがかぶりを振った。「いいか、キャロライン。きみはどこへも行かせない。ここに残って、あたたかくしていろ。ラファエルとおれが――」

キャロラインはにっこりと笑顔で彼を見あげた。「だめよ」このうえなくおだやかでやさしい声に、ノースはまじまじと妻を見つめた。彼女のなにかがちがう。これまでに見たことのない、静かな決意が宿った瞳か？　それとも、彼女から波動のように伝わってくる激しさ――新たに感じられる強さ、経験なのか？　彼女のなかに生まれたこの新しい力は充ち満ちて奥深く、もうすでに彼女の一部として息づいているのがわかった。だから、最後まで見届けるのは彼女の当然の権利なのだ。

魔法の剣だって？

ノースとキャロラインは脇の下にロープをかけてくくり、崖の表面を慎重に、ラファエルにおろしてもらった。

崩れた崖の裂け目から空洞にすべりこんだノースは、最初、自分の目が信じられなかった。それからすぐにクームが寝ているところへ行った。クームはショックと寒さで震えていたが、目は覚ましていた。

「だんなさま、奥さまがあなたを連れてきてくださったのですね?」

「だからそう言ったでしょ、クーム。いい加減、わたしを信用してちょうだい」

「奥さまがわたしの命を救ってくださったのです、だんなさま」

「話はそのうち、ぜんぶ聞かせてもらう。このロープを脇の下にかけるぞ。ラファエル・カーステアーズが上まで引っぱりあげてくれるから。そのあとはドクター・トリースのところへ連れていってくれる」

その名前にクームは身震いした。それもしかたがないとキャロラインは思った。

ノースとキャロラインは崩れた崖の裂け目から身を乗りだし、ラファエルがクームを引っぱりあげるのを見守った。上に到着して引きあげられたのを見届けると、ふたりともほっと息をついた。

ノースはベス・トリースを見おろした。血だまりに倒れ、苦悩から解放されたおだやかな顔をしている。頭のいかれた女には、もう見えない。「とんでもない話だよ、なあ」

「ええ。彼女はいろいろ話してくれたわ、ノース。どれだけお兄さんを愛していたか、どうやって最初の奥さんを殺したか、そしてお兄さんをどうやって誘惑したか。ドクターは知っていたと思う?」

「おかしいと思わないはずがないだろう? 聞いてみないとな」

キャロラインが、はっとした。「ああ、そうだわ、剣はどこ? 彼女から引き抜いて、そばの地面の上に置いておいたのよ。どうしたのかしら? だれかが持っていくなんてありえないのに」

奥に駆けていくキャロラインのあとから、ノースもすぐについていった。古代の祭壇のように見える平たい岩板が見えてくる。その上にうずたかく積まれた宝石や黄金や聖杯に、彼は息をのんだ。

「マーク王か」

「そうよ、でもここに遺体が埋葬されているわけではないみたい。ここはただの秘密の祭壇みたいなものじゃないかしら。あるのは財宝だけ。あなたのひいおじいさまやおじいさま、そしてお父さまが信じていたとおりね、ノース」突然、キャロラインが息をのみ、一歩うしろに下がった。

「どうした? だいじょうぶか、キャロライン?」

彼女は腕を上げて指さした。「嘘、そんなこと、ありえない」しかし現実に、剣が岩に深々と収まっていた。前とそっくり同じように。鋼の刃が薄明かりのなかできらめき、宝石をちりばめられた柄は強烈な色彩を放っている。彼女は近づき、ぼう然と気の抜けた声で言った。「でも、どうしてここに戻ってるの？　どういうこと、ノース？　わたしはベス・トリースの遺体のそばに剣を置いたのよ。それに、刃についていた血は？　まるで磨きあげられたみたいになってる。最初に見たときとぜんぜん変わらないわ」

キャロラインは手を伸ばし、おずおずと柄にふれた。握りこもうとしたが、できなかった。太くて、女の手には大きすぎる。だから両手を柄にかけ、引っぱった。びくともしない。がっちりと岩に収まっている。もう一度、もっと強く、力いっぱい引いてみる。なにも起こらない。

ノースはそっと彼女の手に手を重ね、柄から手をはずさせた。抜けなくてもかまわないじゃないかと言いたかった。なんだかんだと言っても彼女を助けたのはクームで、おびえや恐怖のせいでなにか勘違いをしているのだろうと。しかしなにも言わなかった。なにを言えばいい？　クームも彼女が自分を救ってくれたと言ったが、そんなことがあるはずがない。あの剣がほんとうに魔法の剣だったとでもいうのか？　たしかに彼女の瞳には困惑が浮かんでいるし、いくつもの疑問が去来しているらしいのはわかるのだが。

ノースはただ彼女の手を握り、じっとしていた。するとキャロラインはぶるっと体を震わせ、わけのわからない笑みを浮かべた。彼から目をそらし、もう一度、巨大な剣にふれる。

「ノース、ここになにか書いてあるわ。柄と刃が合わさっている境目のあたり。読める?」

ノースは近寄り、目を細めてぼやけた文字を見た。声に出して読む。「〝エクスカリバー〟とかなんとか書いてあるんじゃないか」目を丸くして剣を見つめ、くり返す。「〝エクスカリバー〟だって? そんな、まさか、あれは伝説、古い神話だ。架空の話であって、ほんとうの話じゃない。ありえない。信じられない。この不思議な埋もれた空洞にいるものだから、頭がちゃんと働いていないんだ。嘘だ、おれは信じない」

「アーサー王の剣ね」キャロラインがゆっくりと言った。刻まれた文字を指先でなぞる。「アーサー王の剣。マロリーが書いていたわよね。ここにあるものはマーク王とはなんの縁もなかったんだわ。なにひとつ。すべてアーサー王のもの。彼のためだけに岩からはずれる魔法の剣。でも、この剣はわたしのためにも動いてくれた。あんなに簡単に抜けて、苦もなく持ちあげられて。どうして? わたしの命が危なかったから? わからないけれど、ほかに説明のしようがないわ。そしていま、剣はふたたびあるべき場所に戻った。剣はここに収まっていなければならないんだわ、きっと、ノース」

「いずれにしろ、おれたちでは抜けそうもないな」しかしそれでもノースは、とにかく試さずにいられず、両手で柄を握るとありったけの力で引っぱった。びくともしなかった。

「このままにしておこう」とノース。「だれにも抜けないんだから。きみ以外は」

「わたしだって、どうしてもというときだけだったわ。でなければ、死んでた」

ノースは魔法など信じたくはなかった。説明のつかないものなど、まったくもって胡散臭《うさん》い。が、目の前に剣があるのは事実だし、きらめく刃に刻まれた文字も否定できない。ほんとうに彼女がこれを抜き取ったのか？　というより、魔法の剣だから、彼女の手がふれたらはずれたのか？

ノースは妻を笑顔で見おろした。「この宝物は岩に埋めこまれてるわけじゃない。これはどうしたい、キャロライン？」

彼女は前のめりになって黄金の聖杯をひとつ手に取り、腰で岩に寄りかかった。そのとき、ベス・トリースから逃げようとしたときにつまずいた、黄金の宝飾品が腰に当たるのを感じた。ゆっくりと、それを引っぱりだす。それは二の腕にはめる腕輪だった。邸の客間で深紅のベルベットの台座に飾られている、あのＲＥＸと文字の入った腕輪とお揃いかと思うような品だった。

「それはどこで見つけた？　うちにあるのとそっくりだな」

「ほんとうに、対《つい》になる品みたいよね。ベス・トリースから逃げて走っていたとき、これにつまずいて、マントのポケットに入れたの。これにもなにか彫ってあるわ、ノース。ここは薄暗いけど、読める？」

彼は目を細め、腕輪をあちこちひっくり返して眺めたが、やがてゆっくりとおろした。薄暗いなかで、顔色がまっ白に見えた。腕輪を持つ手が震えている。

「信じられない」

「なにが?」キャロラインはノースの腕をつかんだ。

「こんなこと、できればぜったいに言いたくないんだが。この腕輪は存在するべきでないものだ。ついさっきまでだれかが身につけていたみたいに、あたたかく息づいているような気がするなんて」ノースは彼女に腕輪を渡した。「ほら、キャロライン。見てみろ」ノースが言った。

彼女は何度も腕輪をひっくり返し、じっくり見るでもなく、感触を確かめていた。ノースが言った。「なにが書いてあるか、指先でさわっただけでわかるのか?」

キャロラインはにっこり笑った。「いいえ、とくに読まなくてもいいの。これはあの腕輪と対になるものですもの。あちらに王《REX》と書いてあったのなら、こちらはまちがいなく王妃《REGINA》と書いてあるはずよ」

「いや、じつはもっとはっきり、厳密に書いてあるんだ」ノースが言った。「〝グィネヴィア〟と」

40

客間に腰を落ち着けたウィンダム伯爵夫妻だったが、妃殿下は寂しそうに眉を寄せてティーカップを覗いていた。「ねえ、マーカス、わたしたちはすっかり蚊帳《かや》の外。これっぽっちもドキドキワクワクに参加できなかったのよ。たった三日の差で。ずるいわ」

「使いの者とちょうどすれちがいになったようだな」ノースが言った。

「おまえのところの使いだが」マーカスが返す。「いまごろ、たっぷりとお楽しみ中だろうよ。うちの使用人が食わせて、ちやほやして、洗いざらい情報を搾《しぼ》りとっていることまちがいなしだ。で、そのあと進言付きで送り返すんだろう。まったくおせっかい焼きのやつらだからな」

「ねえ、妃殿下、ずるくなんかないわ」キャロラインが言った。「危ない目に遭ったのはわたしたちで、あなたたちじゃないんだから。でも、もしあなたとマーカスがいたら、きっとあなたたちが土壇場で救ってくれただろうから、感謝の気持ちとしてこれを進呈したいの」

キャロラインは妃殿下に、美しい黄金のネックレスを渡した。ずっしりと豪華でとてつもない年代物なのに、褪《あ》せぬ輝きを放ち、ふれるとあたたかみを感じる品だった。

「真珠のネックレスと重ねづけするといい」マーカスが言い、豪華な黄金の鎖に軽くふれた。

「残りの宝石や金貨については、おまえと妃殿下と同じように、おれとキャロラインも大英博物館にいくらか寄贈して、聖杯はソールズベリー大聖堂に譲り、残りはこの〈マウント・ホーク〉で公開しようと思う」

「お金がなくなったら、いつでも腕輪のひとつやふたつ売り払えば生きていけるわね」とキャロライン。

「はは、発見した宝石ひとつに別れを告げる前に、きみはおれをスズ鉱山に送りこんで働かせるんだろうな」ノースは妻の腕を軽くなでた。

キャロラインはほほえんだ。最初は心ここにあらずといった感じでまわりの人間がまったく目に入っていないようだったが、すぐにあたたかくてちゃめっけと幸せ気分たっぷりの笑顔に変わった。彼女は深紅色のベルベットの台座を見やった。そこにはいま、ふたつの腕輪がふれあう形で飾られていた。ナイティンゲール家のつづくかぎり、この腕輪もふたつそろってここにあるのだ。剣については、あのままにしてだれにも言わないことにする、とふたりで決めた。家族にも、ウィンダム伯爵夫妻にさえも、内緒にする。その日の夜、ノースはこう言っていた。「知る人間が少なければ少ないほどいい。ラファエル・カーステアーズはけっして口外しない。もう話はしてある。そしてクームは、当然、秘密を守るさ」

キャロラインは眉を寄せて言った。「それだけじゃ、じゅうぶんとは言えないわ、ノース。だれかが偶然、あそこに行き当たらないようにしないと。実際、浜辺から見れば、崖の中腹あたりが黒っぽくなっていて、なにか変だとわかってしまうわ。興味を持った人は、調べてしまうかもしれない。わたしだったら、きっとそうするわ。心ない輩が忍びこんで、なにか盗もうとしたら困るでしょう。だから、うまい具合に爆発とか、ないかしら。スズ鉱山ではそう珍しいことでもないでしょう」

「そんな奇跡みたいなこと」ノースは言った。「うう、もうくたくたでなにも考えられない。それはまた明日の朝に考えよう」

たしかにそんなことは奇跡だと、ふたりとも思っていた。その夜、明け方も近くなってようやく、くたびれ果てて思考力も停止したふたりがベッドに倒れこむことができたころ、風が強くなって雨が地面をたたきつけ、木を根こそぎ倒し、巨大な岩さえも崖から海へと転がし、おかげで崖は自然と崩れ、例の空洞と魔法の剣〝エクスカリバー〟は永遠に封印されてしまった。

そしていま、キャロラインは義理の母親にこう言っていた。「お義母さまは、秘宝のなかからどれがほしいか、おっしゃってくださいませんね。お願いですから、気に入ったものをお持ちになってください。マリーも」

セシリア・ナイティンゲールが答える。「マリーには訊いてみるわ。きっと腕輪を選ぶだろうけれど。わたしはね、生きているかぎり、もうあの秘宝のどれにも手をふれたくないの」

「どうしてですか、お母さん?」ノースは小首をかしげて尋ねた。

「あのね、とてもさわりづらいのよ、ノース」セシリアは自分の手を見おろした。〈マウント・ホーク〉に来てから、より白く、よりやわらかくなった手を。「あの深紅のベルベットの台座にキャロラインが飾った腕輪——あなたのひいおじいさまが、この〈マウント・ホーク〉の敷地内で見つけたと言われる腕輪だけれど。それから、その腕輪と一緒に置いてある、キャロラインが崖で見つけたものだけど」

「ええ」マーカス・ウィンダムが言った。「最初のひとつ目はおれが、あのひどい音で鳴っていた古時計のなかから見つけたんです。あの時計の音があんなに、病人が咳をしようとしてるみたいなひどい音だったのは、そのせいだったんですよ」

キャロラインが言った。「いまだに謎のままなんです。だれが、どうしてあんなところに腕輪を隠したのか? いつ隠されたのか? どうしてナイティンゲール家の男子は腕輪のことについてなにも言わなかったのか?」

「それは謎でもなんでもないわ、キャロライン」セシリア・ナイティンゲールが言った。

「どういうことですか、お義母さま? あの腕輪のこと、なにかご存じなんですか?」

「ええ、その……わたしがやったのよ」

「なにをしたですって、お母さん？」

セシリア・ナイティンゲールは息子を見た。「あなたのおじいさまがお父さまとお話ししているところを、盗み聞きしてしまったの。わたしと別れろって、おじいさまがお父さまに怒鳴りつけていないなんて、珍しいことだったわ。とにかく、話を聞いてしまったの。おじいさまは、お父さまに腕輪を見せておいでだった。おじいさまは、まるで腕輪が生きていて、世界でいちばん貴重なもののようになでていらしたわ。ナイティンゲール家の男子はそれを大事にして、ほかのだれにも見せないのだとおっしゃって。だからね、ノース、あなたのひいおじいさまはそんなものを見つけてしまって、それを盗まれそうになったものだから、隠したのよ。そしていまわの際になって初めて、ご自分の息子に腕輪のことを話した。あなたのおじいさまは前の冬に病を患われて、息子であるあなたのお父さまに腕輪を譲っておこうと決心なさったのね。どんなふうに腕輪をなでておられたか、わたしには忘れられないわ。まるで相手が人間であるかのような。いやらしくて、どこかもの悲しくて。あなたのおじいさまが腕輪を大事そうに金庫にしまうのを、わたしは見ていたわ。その夜、わたしは金庫を開けて、腕輪を取った。あなたのおじいさまに仕返ししたかったの、ノース、それだけよ。おじいさまは、人間が人間を愛するかのように、あの腕輪を大事にしていた。だからわたしはあの腕輪が大嫌いで、おじいさまも大嫌いだったから、腕輪を奪って時計のなかに隠したのよ。卑怯だとわかっていたけれど、彼を苦しめたかった。なによりも大切にしているものを奪ってやりたかった。だれも、なにも言わなかったわ。腕輪なんか、始めからなかったかのようだった。でも、わたしはおじいさまがどんなに苦しんだか知っている。盗まれたとわかっているのに、犯人はわからないんですもの。血を分けた自分の息子が、と疑ったでしょう。息子であるあなたのお父さまを責めたり、問いつめたりしたのかどうか。それとも、あの召使い三人衆のだれかだと思ったのか。でも、永遠にわからないのだから、わたしはしてやったりだったわ。一生、あの時計の音を聞きながら、なかになにが入っているのか知らないまま。でもいま、あなたたちはあの腕輪の片割れまで見つけてしまった」

「ひとつ目の腕輪はどこから来たんだろう？」ノースがだれにともなく訊いた。

「そうね」キャロラインがゆっくりと、腕輪に目をやった。「崖にあの空洞を掘った人たちが、どこかから偶然、持ちこんだんじゃないかしら。少なくとも千年も前に。あなたのひいおじいさまが、発見場所について嘘を書く理由はないと思うんだけど」

「小丘とあの石壁と木立の近くかな」ノースが言った。「そうとしか説明できないだろうな」

「それから」妃殿下が言った。「これまでずっと、王がここに埋葬されているとしたら、それはマーク王だとだれもが思っていたんでしょう？」

「でも、アーサー王もここには埋葬されていない」

「あるのは財宝と、つる――」

「財宝と、なに？　キャロライン？」妃殿下が優美な焦げ茶色の眉を片方つりあげた。

「いえ、なにも。なんだかぼんやり考えてしまっただけ。あっ、ほら、ミス・メアリー・パトリシアが赤ちゃんをふたり連れてきたわ！」

みなであやしたり、笑ったり、とんとんたたいたり、キスしたり。クームは苦い顔をしていたが、その後の午後は、ときおりうれしそうに歓声をあげるリトル・ノースやリトル・エレノアが輪の中心になっていた。

その晩、三角巾で腕を吊ったクームが客間に入ってきて、咳払いをして告げた。「夕食がご用意できました、奥さま」

「ああ、クーム、ありがとう」ノースが答えた。「おまえ、ロマンチックな英雄みたいだな。おまえも、ポルグレインも、調子はどうだ？」

「なんとかやっております、だんなさま、だいじょうぶでございます。しかし、つらいことはつらいですね。他人のことがわかっているつもりでも、そうではないこともあるのですね。気の毒に、ミスター・ポルグレインは、あの夜どうしてもっとしっかりしていて奥さまをお助けできなかったのかと、深く悔やんでおります。ですがご存じのとおり、奥さまと同じようにミスター・トリギーグルに薬を盛られておりました。彼の計画に誘いこめると思われていたのは、わたしだけだったのです。いずれにせよ、ふたりともひどく気が滅入っております」

滅入るのと、気落ちと、両方なのでしょうねとキャロラインは思った。彼の肩を包み、ひじを吊っているきっちりした三角巾に、目をやる。その三角巾のせいか、やけに颯爽《さっそう》として見える。あの夜の記憶が鮮明によみがえった。起こったすべてのこと、恐怖、こすられるような痛み、そして最後の勝利。すべてが彼女の奥深くに刻まれて、これからもいつもそこにあるのだろう。けれど、死ぬそのときまで彼女のなかに残るのは、岩から簡単にエクスカリバーを抜いた自分の残像と、まるで剣が自分のためだけにあつらえられたかのような、自分の一部であるかのような感覚だろう。この世のものではない、自身を超越したものにふれられたという感覚。彼女は魔法にふれたのだ。説明のつかない、古代の魔法に。それでも、たしかにあれは現実だった、たしかに理由はあった。彼女の命を救ってくれた。いや、自分で自分の命を守る力を、彼女に与えてくれたのだ。

「ずいぶん考えこんでるな」ノースは彼女の手を自分の二の腕に置き、ディナーの席へとエスコートした。「今夜、あの手錠をおれに使うことでも考えてたか？」

キャロラインはにんまりと夫を見あげた。「ええ、わたしたち両方とも、ものすごく楽しめるかも」

たしかにふたりとも楽しめた。とくにノースは大の字であおむけになり、紅潮した妻の顔を見あげて、その日の朝よりもまだ美しく見えるなんてありえないだろう、と思っていた。手錠から両手をそっと引き抜き、大きくなった妻の胸を手のひらでで包みこむ。「愛している」彼が告げると、キャロラインは身をかがめてキスを受けた。

「隣に寝てくれ」ノースは彼女を引っぱってかたわらに寄り添わせ、彼女の頰をやさしく胸に押しつけた。「ドクター・トリースのことなんだが。来週、ここを出ていくそうだ。今日の午後、話をした。自分を責めていたよ。それが当然なんだろうが、おれにはよくわからない。自分の手の届く範囲に入ってきた女すべてに起きていることを、どうしてそんなに気づかないでいられたのか。でも実際、気づかなかったんだな。十四歳だった妹を抱いたことは覚えてるのか、それは訊かなかった。もうどうでもいいことのように思えたから。いまはもうみんな、彼の妹がなにをしたか知っている。トリギーグルがきみに薬を盛って、彼女がきみをセント・アグネス・ヘッドに拉致《らち》する手助けをしたこともな。兄に不在を気取られないように、彼女がいったん家に戻らなきゃならなくて助かったよ。おかげできみは時間稼ぎができた」ノースは身を乗りだして妻の額にキスをした。「さっき愛しあった名残で、まだ汗が残ってる。いいな、こういうの。それから、言わせてくれ。きみは尊敬に値する女だ、キャロライン。勇敢で、誠実で、創造性があって。でも、そもそもきみに惹かれたのは、やはりきみが気高くて、ああいうとんでもない厄介ごとを背負ってたからかな。しかしきみもわかってるだろうが、きみには新しい部分もできてきた。あの夜に起きたことがきっかけで――」ノースが言葉を切った。そして肩をすくめたのが、キャロラインに伝わってきた。

「きみには新しい強さが備わったような気がするんだ。そして、きみはほんとうに理解しているような気がする。おれたちのように命に限りある人間がどうしてこうして生きているのか。どうして驕《おご》らずに、自分にとって大事な人間を慈しむことが大切なのか。ああ、もう、なにを言ってるのか、わからんな」

キャロラインはノースの肩にくちづけた。「今日、手紙が届いたの。ナイティンゲール家の女性の肖像画を修復してくれる人が、画家と一緒にやってくるんですって。ふたり一緒に絵を描いてもらえるかしら、ノース？　あなたのお母さまとマリーとあなたと三人の絵を描いてもらってからでいいから」

「つまり、おれたちの絵が未来永劫、飾られるわけか？」

「そうよ。わたしたち夫婦がいつも一緒で、愛しあっていて、なにがあっても離れられないふたりだったってこと、玄孫《やしゃご》にも知ってもらいたいわ。もう一度めぐりあった、あのふたつの腕輪と同じように」

「手錠を掛けられた姿で描いてもらおうか？」

キャロラインは夫の胸に唇を寄せたまま声をあげて笑い、あたたかな肌にそっと舌でふれた。そして思った。〝これから毎日、魔法をかけられて感動してしまいそうね〟

エピローグ

コーンウォール州〈マウント・ホーク〉　一八一五年　三月

ノースは右手に折りたたんだ紙を数枚持ち、妙な顔つきで客間に入った。

キャロラインは刺繍から顔を上げた。「ほら、見て、ノース。ミス・メアリー・パトリシアもほめてくれたのよ。あなたのハンカチのこの隅に、がんばってナイティンゲールの鳥を刺繍したの」上等なリネンを手に取り、まじまじと見入る。「よかった、ちゃんと鳥に見えるわ。ナイティンゲール家の男性は、自分を鳥になぞらえるのをいやがってることは知ってるけれど、しかたがないでしょう？　いっそ見せびらかして、さえずる練習でもしてみたら。ノース？　どうかした？」

ノースはうわの空だった。腰をおろして妻のおなかに手を当て、やさしくなではじめた。無意識の行動だ。ノースから聞いたことがあるが、考えごとをしたり問題を解決したりするとき、そうすると集中できるらしい。赤ん坊が協力するかのように彼の手のひらめがけて蹴り、ノースは目をぱちくりさせて満面の笑みを浮かべた。

「やあ」

「手に持ってるものはなに？」

「ボストンからの手紙だ」ノースは大きく息を吸った。「曾祖母がグリフィンって名前のろくでなしと関係を持っていたことはわかっただろう？　ふたりはあのあと、行方不明になった。曾祖父は妻が死んだとふれまわり、葬式まで出したという話だ。それで、グリフィンの家族は一七八〇年代にコーンウォールを離れてボストンに移ったってことが、わかったよな？」

キャロラインはうなずき、身を乗りだして彼にキスした。「ひいおばあさまを見つけたのね？」

「ああ。どうやら曾祖母とグリフィンはボストンへ駆け落ちしたらしい。驚いたよ、キャロライン、おれは植民地に家族がたくさんいたのさ。いとこが十人単位で。それから、曾祖母もグリフィンも、曾祖父より長生きしたようだ。曾祖父が亡くなったことをグリフィンの家族がグリフィンたちに知らせたとき、ふたりは正式に結婚して、子どもたち全員を嫡出子《ちゃくしゅつし》にしたらしい」

「ひいおばあさまはお幸せだったのね」

「グリフィンがろくでなしだったのはまちがいないようだが、曾祖母と出逢って恋に落ちて、心を入れかえたんだな。ボストンに行ってみるか？　いまいましい戦争も昨年の秋に終わったし」

　赤ん坊がまたノースの手のひらを蹴った。彼はにやりと笑い、身をかがめて、妻のおなかに頬を寄せた。「こいつ、いとこ全員に会いたがってるぞ」

　キャロラインは笑い、夫の耳をつまんで引っぱりあげた。そして夫にくちづけた。「すごくいいアイデアね。少なくとも彼らはナイティンゲールなんて名前じゃないから、ハンカチにたくさん鳥を刺繡しなくてもいいし。ねえ、わたしもあなたに話があるんだけど、ノース」

　彼の黒い眉がぴくりと動いた。

「クームがね、ミセス・メイヒューと結婚するんですって」

　ノースは息をのんで目を丸くし、手に持っていた書類を取り落とした。そして頭をのけぞらせ、高らかに笑った。

「きみもいい加減、うちの一族に魔法みたいな出来事を起こしてくれたと思っていたが」長々と笑ってからノースが言った。「どうやら、ミセス・メイヒューは最上級の魔法をかけてくれたみたいだな」

〈著者　注釈〉

マーク王は、もしほんとうに実在したとすれば、コーンウォール州南部のフォーイ近くに埋葬された可能性が高く、たいていの伝説のなかでもそう考えられている。アーサー王に至ってはよく話題にされ、十五世紀にマロリーが『アーサー王の死』のなかで描いたとおり、強く気高い人物として実在したと信じられている。スコットランド、ウェールズ、コーンウォール、イングランドのどこに行っても、アーサー王は自分たちの土地に生きた自分たちの祖先であり、身近な存在として慕われている。

もしもアーサー王がコーンウォールに生まれてその生涯を過ごしたのであれば、その場所はティンタジェル近辺ではないかとわたしは考える。〈マウント・ホーク〉の北東わずか四十マイルほどのところに位置するティンタジェルは、アーサー王の宮廷があったとされる理想郷〈キャメロット〉の所在地としては、まちがいなくロマンチックな設定となるだろう。

ふたりの王はほんとうに実在したのか、それとも、伝説や神話やその他もろもろの物語の登場人物にすぎなかったのか。たとえばキルトのモチーフに使われるなど、多くの人々の手を経るうちに話がふくらみ、絶えず変化を遂げ、より複雑になっていき、世代を超えて人々の心を豊かにし、夢を与える存在になっていったことは周知の事実である。

わたしにとってマーク王はお人好しのまぬけな存在で、あまり現実味が感じられないのだが、アーサー王はつねに実在した人物以上の身近な存在だった。彼は伝説であり、英雄が具現化されたものだ。時の流れという霧のなかにとけこんでうやむやになっていい存在ではない。アーサー王はつねにわたしたちとともにあり、わたしたちに希望を与え、高揚させ、魔法のような魅力でわたしたちを感動させてくれる。偉大な存在でありながら人間くさい失敗をし、破壊と喪失を通して気品と謙虚さを見せてくれる。

アーサー王の剣〝エクスカリバー〟はどこかに存在すると、わたしは心の奥で信じている。アーサー王本人と同じく、この世に実在したものなのだと。

訳者あとがき

キャサリン・コールターの「レガシー」シリーズ第一弾『真珠の涙にくちづけて』につづき、第二弾『月夜の館でささやく愛』をお届けします。

第一弾では、チェイス伯爵の爵位を継ぐことになったウィンダム家のマーカスと、伯爵の庶子である通称〝妃殿下〟との激しい愛が描かれましたが、本作ではマーカスの親友であり、第一作でも登場したチルトン子爵フレデリック・ノース・ナイティンゲールが主人公を務めます。それに合わせ、舞台もイングランド北部のヨークシャーからイングランド南西部のコーンウォールに移ります。前作でウィンダム家の本邸〈チェイス・パーク〉に滞在していたノースは、爵位を継ぐために退役し、コーンウォールの自邸〈マウント・ホーク〉に戻りました。

しかし治安判事をも兼ねるノースの前で、さっそく事件が起きます。近隣の地主であるペンローズ家の女主人であり未亡人のエレノアが、セント・アグネス・ヘッドの崖下で死体となって発見されたのです。しかも背中には刺し傷があり、事故ではないことを物語っていました。

さらにノースの預かり知らぬところで、エレノアの姪キャロラインにもまた危険が迫っていました。早くに両親を亡くしたキャロラインは、南イングランドのサウス・ダウンズの館でひとり暮らしていましたが、父親のいとこミスター・ファルクスに財産を狙われていたのです。財産を受けとる十九歳の誕生日を目前にして身の危険を感じたキャロラインは、ミスター・ファルクスの息子オーウェンを人質にとって館を逃げだし……おばのエレノアのもとへ向かう途中、ノースと邂逅することになります。

このキャロラインというヒロインが非常にコールターらしいというか、いわゆる、男前なのです。男尊女卑を許さないコールターならではのエピソードがたくさんちりばめられています。男性の従属物として、か弱くなよやかな女性が当たり前だった時代に、コールターの描くキャロラインは強く、気高く、無鉄砲に思えるほど迷いがなく、世間知らずなために純粋で、頑固かと思えばすなおで、かつユーモアもあり、思わず応援したくなってしまいます。

そんなキャロラインに出会って、ノースは面食らいます。出会いは宿の酒場なのですが、酔っぱらいを軽くあしらい、あまつさえ手なづけてしまうキャロラインに、まずびっくりします。しかも彼女の行動には媚びも計算もまったくなく、素のままにふるまっただけ。しかも言葉を交わしてみれば、中身のある会話ができる。ノースは、いままでそんな女性に会ったことがありませんでした。もちろんマーカスの妻となった〝妃殿下〟のことはすばらしい女性だと認めてはいたものの、キャロラインは彼女と比べられないほど彼の目にまぶしく映ります。しかしノースには、心惹かれるままに行動できない理由がありました。前作で孤独を愛する陰鬱な男として描かれていたノースがキャロラインと出会ってどうなるのか、ぜひ読んでいただきたいです。

いっぽう、弱冠十七歳にして独身を決めこんでいたキャロラインにもまた変化が訪れます。十九歳になるまで、自分の財産を狙う後見人とその息子と、領地の小作人くらいしか男性を知らなかった彼女が独身主義を掲げるのはしかたのないことですが、ノースは彼女にとって(ノースにとって彼女がそうであるように)、それまでの男性像を覆す相手でした。そんな相手に出会ったキャロラインは持ち前のすなおさを発揮し、自分の気持ちに抗わず、煮え切らないノースをぐいぐい押していきます。

ノースの自邸である〈マウント・ホーク〉の特異さも、この作品をよりおもしろくしてくれています。〈マウント・ホーク〉はわけあって男の召使いしかいない、男の館なのです。そんなところへ女の身で単身乗りこんでいったキャロラインは、もちろん冷遇されるのですが、それをものともしないヒーローとヒロインのふたりが熱くて小気味よいです。いまどきの言葉を借りるなら、前作のマーカスと妃殿下は刺激的な「ケンカップル」、本作のノースとキャロラインは甘々の「バカップル」(どちらもラブラブ大前提)といったところでしょうか。

また前作では、謎解きの重要な鍵を握る人物としてヘンリー八世が関わっていましたが、本作では伝説上の人物マーク王とアーサー王が出てきます。実在したかどうかもわからない、はるか昔の五、六世紀ごろにコーンウォールを統治したと言われるふたりの王ですが、とくにアーサー王はイギリスのみならず世界じゅうで人気のある存在です。

アーサー王の生誕地とされるコーンウォールのティンタジェルには、ティンタジェル城の遺跡が残っています。城跡と言ってももはや屋根も壁もない、廃墟としか言いようのない石や岩の残骸ですが、海岸が目の前に広がる荒涼とした風景は、一千年以上前の王や王妃たちへのロマンをかきたてます。

私事で恐縮ですが、訳者は学生時代にティンタジェルを訪れました。三月の春休みを利用したためオフシーズンで、交通機関がないから無理よとあっさり言うインフォメーションのおばちゃんにしつこくくらいつき、ローカルバスの乗り継ぎを見つけてもらった記憶があります。

ほかに観光客もいないなか、海に張りだした丘（――というより崖――）の上でお弁当のサンドイッチを食べようと思ったら、ものすごい強風で立っていられず転げ落ちそうになりました。「風がこわい」と思ったのは、そのときが生まれて初めてでした。作品のなかでも語られている、コーンウォール北海岸の自然の厳しさはほんとうにすさまじいです。

あれから長い年月が流れましたが、当時をなつかしく思いださせてくれる作品を訳す機会に恵まれたことはとても幸せで、感慨深かったです。

わたしはお目にかかれなかったのですが、作中で登場する名物料理「スターゲイジー・パイ(stargazy pie)」を実際に食された読者の方はいらっしゃるでしょうか? 現在はインターネットですぐに検索できますので、ご興味を持たれた方はごらんになってみてくださいね。ニシンの頭がパイ皮からにょきにょき飛びだしていて、星空を見あげているように見えることからその名前がついたようですが、キャロラインでなくともぎょっとしそうなひと皿です。

さて、「レガシー」シリーズを締めくくるのは、"*The Valentine Legacy*"(ヴァレンタイン・レガシー)です。第一作のマーカスのいとこ、ジェイムズ・ウィンダムがヒーローとなりますが、こちらも最高に熱い物語を予感させてくれます。どうぞ、お楽しみに!

二〇一二年　九月

ザ・ミステリ・コレクション

月夜《つきよ》の館《やかた》でささやく愛《あい》

著者　キャサリン・コールター
訳者　山田香里《やまだかおり》

発行所　株式会社 二見書房
東京都千代田区三崎町2-18-11
電話 03(3515)2311［営業］
03(3515)2313［編集］
振替 00170-4-2639

印刷　株式会社 堀内印刷所
製本　株式会社 村上製本所

ISBN978-4-576-12121-5
http://www.futami.co.jp/

真珠の涙にくちづけて

キャサリン・コールター
栗木さつき［訳］

衝突しながらも激しく惹かれあう勇み肌の伯爵と気高き〝妃殿下〟。彼らの運命を翻弄する伯爵家の秘宝とは……ヒストリカル三部作、レガシーシリーズ第一弾！

黄昏に輝く瞳

キャサリン・コールター
栗木さつき［訳］

世間知らずの令嬢ジアナと若き海運王。ローマの娼館で出会った波瀾の愛の行方は……？ C・コールターが贈る怒濤のノンストップヒストリカル、スターシリーズ第一弾！

涙の色はうつろいで

キャサリン・コールター
山田香里［訳］

父を死に追いやった男への復讐を胸に、ロンドンからはるかサンフランシスコへと旅立ったエリザベス。それは危険でせつない運命の始まりだった……！ スターシリーズ第二弾

忘れられない面影

キャサリン・コールター
栗木さつき［訳］

街角で出逢って以来忘れられずにいた男、ブレントと船上で思わぬ再会を果たしたバイロニー。大きく動きはじめた運命を前にお互いとまどいを隠せずにいたが…。

ゆれる翡翠の瞳に

キャサリン・コールター
山田香里［訳］

処女オークションにかけられたジュールは、医師モリスによって救われるが家族に見捨てられてしまう。そんな彼女を、モリスは妻にする決心をするが…。 スター・シリーズ完結篇！

夜の炎

キャサリン・コールター
高橋佳奈子［訳］

若き未亡人アリエルはかつて淡い恋心を抱いた伯爵と再会するが、夫との辛い過去から心を開けず…。 全米ヒストリカルロマンスファンを魅了した「夜《ナイト》トリロジー」第一弾！

夜の絆
キャサリン・コールター
高橋佳奈子［訳］

クールなプレイボーイの子爵ナイトは、ひょんなことからいとこの美貌の未亡人と三人の子供の面倒を見るハメになるが…。『夜の炎』に続く「夜《ナイト》トリロジー」第二弾！

夜の嵐
キャサリン・コールター
高橋佳奈子［訳］

実家の造船所を立て直そうと奮闘する娘ジェーンは、英国人貴族のアレックに資金援助を求めるが…⁉ 嵐のような展開を見せる「夜《ナイト》トリロジー」待望の第三弾！

迷路
キャサリン・コールター
林 啓恵［訳］

未解決の猟奇連続殺人を追う女性ＦＢＩ捜査官。畳みかける謎、背筋つたう戦慄……最後に明かされる衝撃の事実とは⁉ 全米ベストセラーの傑作ラブサスペンス

袋小路
キャサリン・コールター
林 啓恵［訳］

全米震撼の連続誘拐殺人を解決した直後、サビッチのもとに妹の自殺未遂の報せが入る…。『迷路』の名コンビが夫婦となって大活躍！ 絶賛ＦＢＩシリーズ！

土壇場
キャサリン・コールター
林 啓恵［訳］

深夜の教会で司祭が殺された。被害者は新任捜査官デーンの双子の兄。やがて事件があるＴＶドラマを模した連続殺人と判明し…待望のＦＢＩシリーズ続刊！

死角
キャサリン・コールター
林 啓恵［訳］

あどけない少年に執拗に忍び寄る魔手！ 事件の裏に隠された驚くべき真相とは？ 謎めく誘拐事件に夫婦ＦＢＩ捜査官Ｓ＆Ｓコンビも真相究明に乗りだすが……

許される嘘

ジェイン・アン・クレンツ

中西和美［訳］

人の嘘を見抜く力があるクレアの前に現われた謎めいた男ジェイク。運命の恋人たちを陥れる、謎の連続殺人。全米ベストセラー作家が新たに綴るパラノーマル・ロマンス！

消せない想い

ジェイン・アン・クレンツ

中西和美［訳］

不思議な能力を持つレインのもとに現われたアーケイン・ソサエティの調査員ザック。同じ能力を持ち、やがて惹かれあうふたりは、謎の陰謀団と殺人犯に立ち向かっていく…

楽園に響くソプラノ

ジェイン・アン・クレンツ

中西和美［訳］

とある殺人事件の容疑者の調査でハワイに派遣された特殊能力者のグレイス。現地調査員のルーサーとともに事件に挑むが、しだいに思わぬ陰謀が明らかになって…!?

夢を焦がす炎

ジェイン・アン・クレンツ

中西和美［訳］

特殊能力を持つゆえ恋人と長期的な関係を築けずにいた私立探偵のクロエ。そんなある日、危険な光を放つ男が訪れ、彼の祖先が遺したランプを捜すことになるが…

霧に包まれた街

ジェイン・アン・クレンツ

中西和美［訳］

アメリカ西海岸の田舎町にたどり着いたイザベラは調査会社〈J&J〉のアシスタントになる。深い霧のなかでの闘いと愛！〈アーケイン・ソサエティ〉シリーズ最新刊

あの丘の向こうに

スーザン・エリザベス・フィリップス

宮崎 槇［訳］

気ままな旅を楽しむメグが一文無しでたどりついたテキサスの田舎町。そこでは親友が〝ミスター・パーフェクト〟と結婚式を挙げようとしていたが、なぜか彼女は失踪して…!?